민담, 그 이론과 해석

민담, 그 이론과 해석

초판 1쇄 발행 2009년 3월 1일
초판 2쇄 발행 2009년 9월 1일

지은이 _ 카트린 뫼게 알더
펴낸이 _ 배정민
펴낸곳 _ 유로서적

편집 _ 공감IN
디자인 _ 천현주

등록 _ 2002년 8월 24일 제 10-2439호
주소 _ 서울시 금천구 가산동 329-32 대륭테크노타운 12차 416호
TEL _ (02)2029-6661
FAX _ (02)2029-6663
E-mail _ bookeuro@bookeuro.com

ISBN 978-89-91324-38-1

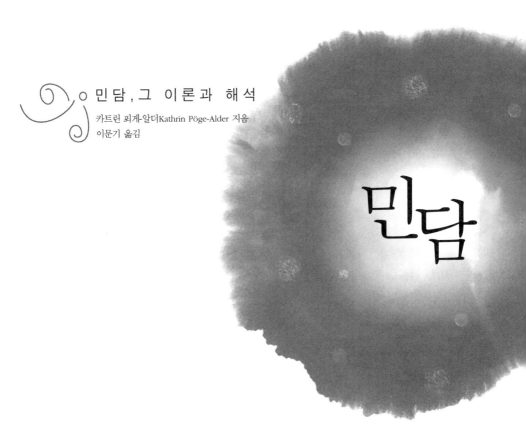

민 담 , 그 이론과 해석

카트린 피게-알더Kathrin Pöge-Alder 지음
이문기 옮김

민담

Märchenforschung
heorien, Methoden, Interpretationen

이 책은 그림Grimm 형제 이후의 민담연구를 정리해 보고자 하는 생각에서 쓰여졌다. 때문에 나는 대상에 대한 역사적 시각뿐만 아니라 공시적 시각도 필요하리라 보았다. 민담을 장려하는 데 있어서 민담연구에서 이미 낡아버린 이론들이 모두 잊혀 진 것은 아니다. 오늘날 민담연구에서 의미 있다고 여겨지는 한, 학문사적 측면에서의 중요한 이론이나 담론들은 간결하게나마 소개되어 있다.

예술적이고 목적 지향적 구성을 제시하고, 무엇보다도 전래된 소재나 모티브들을 다루는 중부유럽의 전통 민담에 관한 분석이 관심의 초점이 된다. 여기에서 이른바 창작담의 문제들과 관련해서는 부수적으로만 다루어진다. 그 밖에도 민담연구는 언제나 민족 상호간의 이해, 학문의 통섭적 이해를 요구한다.

이른바 서술의 핵심내용은 민담연구의 본질적인 문제들을 관통하며, 주로 회춘(回春)의 모티브, 모티브로서 물, 그리고 「생명의 물」

들어가는 말

(ATU 551)에 관한 이야기 유형을 주제로 삼기 위한 예들을 다룬다.
그림 형제의 『어린이와 가정을 위한 민담』에 수록된 「생명의 물」
(KHM 97)과 그 밖의 몇몇 다른 버전들을 읽어볼 것을 권하는 바이다.
이들 버전은 민담집의 색인(AaTh 또는 ATU 551)이나 한스-외르크
우터Hans-Jörg Uther가 편집한 CD-롬에서 찾아볼 수 있다.

이 책에는 민담 모티브의 역사 또는 민담의 역사가 포함되어 있지
않다.[1] 중세 초기에 구전으로 전승된 문학은 입증하기가 쉽지 않기 때
문이다. 그러므로 몇몇 텍스트 모음집에 실린 유명한 민담과 민담 모티
브들이 해설과 함께 출판되어 있다는 점을 참고할 것을 권하고 있다.[2]
모티브들은 인접 장르들에서도 발견된다. 그림 형제는 그들의 최초의
해설과 함께 민담연구의 맨 앞에 위치해 있었기 때문에 장(章)의 순서
는 연대기적으로 구성되어 있지 않다. 그렇지만 민담의 기원에 관한 문
제는 근본적이며, 관련 학문분야들에 의해 제시된 접점은 그림 형제의
위상을 결정적으로 밝혀준다. 또한 이 저서가 민담연구 전반에 두루 미

---

1) 개요: Karlinger: Geschichte des Märchens ²1988. Neuhaus: Märchen 2005.
2) Röhrich: Erzählungen des späten Mittelalters 1962, 1967. Wand-Wittkowski: Die
   Zauberin Feimurgan 1997, 1-13쪽. Wesselski: Märchen des Mittelalters 1925.
   Clausen-Stolzenburg: Märchen und mittelalterliche Literaturtradition 1995.
   Hellinghaus: Legenden, Märchen, Geschichten, Parabeln und Fabeln des
   Mittelalters 1921.

칠 수는 없다. 이 책은 일련의 주제 쪽으로 인도해서 그것에 관한 이해
를 촉구할 것이다. 완벽성이 추구되고 있지는 않지만, 그 대신에 실용
적인 학습 자료가 갖추어져 있다고 하겠다. 물론 공간적인 제약으로 말
미암아 루돌프 쉔다Rudolf Schenda의 저서에 관해서는 상론(詳論)될
수가 없었다. 그렇지만 이야기의 사회사적 연구에 미친 그의 영향, 그
의 의사소통 및 사회사적 연구들이 이 저서의 배경이 되고 있으며 개
별적으로 인용되어 있다. 헤르만 바우징어Hermann Bausinger, 헬게
게른트Helge Gerndt, 알브레히트 레만Albrecht Lehmann, 디츠-뤼
디거 모저Dietz-Rüdiger Moser, 레안더 페촐트Leander Petzoldt,
루츠 뢰리히Lutz Röhrich, 하인츠 뢸레케Heinz Rölleke, 한스-외르
크 우터Hans-Jörg Uther의 연구서들 역시 비슷한 경우에 해당된다.
기독교 윤리와 교의에 대한 여러 민담의 태생적 의존성 및 사회사, 그
리고 정신사적 연구방식이 현상으로서 '민담'을 다루는 데 있어서 끼
친 영향과 같은 특수한 문제들은 여기서 다루어지지 않지만, 적어도 염
두에 두고는 있다.

인용된 참고문헌은 참고문헌목록에 상세하게 제시되어 있다. 약어
(略語)는 참고문헌에서 반복되지 않는다. 민담집들은 이용된 사례나
사례모음집을 위해서만 인용되어 있다. 특정 부분에서만 중요한 참고

들어가는 말

문헌이나 『민담백과사전Enzyklopädie des Märchens』(EM)의 항목
들은 참고문헌목록이 지나치게 불어나지 않도록 하기 위해서 재차 등
장하지 않는다. 나는 이야기 유형의 경우에 EM의 항목별 제목 또는 우
터Uther의 민담유형목록(ATU) 수정본에 나오는 자료를 사용하였다.
찾아보기는 내용색인과 관계없이 곳곳에 산재해 있는 핵심단어들을 찾
는 데 도움을 줄 것이다.

나는 이 자리를 빌어 여러 사람에게 감사드리고 싶다. 먼저 매우
다양한 방식으로 이 프로젝트를 처음부터 나와 함께 한 가족 모두에게
감사의 말을 전하고 싶다. 그러나 많은 내 동료들, 그 가운데 특히 크
리스텔 쾰레-헤칭거Christel Köhle-Hezinger, 루트 보티히하이머
Ruth B. Bottigheimer 그리고 지크프리트 노이만Siegfried Neumann
에게도 감사의 말을 빼놓을 수 없다.

이 책을 출판 기획에 포함시켜 전문가적 도움을 아끼지 않은 군터
나르Gunter Narr 출판사와 편집부 직원 모두에게도 감사드린다.

카트린 피게-알더
2006년 5월

옮긴이의 말

오늘날 디지털 시대에도 민담에 대한 사랑은 변함없이 이어지고 있다. 아니, 지난 시대보다 훨씬 더 많은 사랑을 받고 있다고 해도 과언이 아니다. 실제 우리는 어린 시절부터 수많은 옛날이야기들을 다양한 매체를 통해서 읽거나 보면서 성장했고, 성인이 된 후에는 우리의 생활주변에서, 예컨대 연극, 오페라, TV 드라마, 정치풍자, 삽화, 광고, 인터넷 등을 통해서 끊임없이 접할 수 있는 것만 보아도 옛날이야기에 대한 사랑을 어렵지 않게 확인할 수가 있다.

그뿐만 아니라 최근에는 문화콘텐츠산업이 21세기 핵심 산업으로 주목받으면서 민담에 대한 관심과 흥미 또한 한층 더 높아지고 있다. 이에 상응해 각 대학은 민담에 관한 교양과목을 개설하고, 매 학기 많은 학생들이 수강할 정도로 인기 있는 과목으로 자리 잡아가고 있다. 그러나 일반 독자나 학생들이 쉽게 접하고 이해할 수 있는 민담 관련 교양 교재의 부재 때문에 종종 어려움을 겪는 것도 사실이다. 왜냐하면 우리가 현재 접할 수 있는 민담관련 저서들 대부분이 연구서 중심으로 나와 있기 때문에 일반 독자나 학생들에게는 오히려 민담에 대한 이해를 어렵게 만드는 측면이 없지 않다.

그런 의미에서 본다면, 이 책은 교양교재로서 여러 가지 장점을 지니고 있다. 오늘날 전 세계 70여개 언어로 번역되었으며, 청소년도서 출판의 약 50%를 차지할 만큼 독일문학작품 가운데 세계에서 가장 널리 읽혀지고 있는 이야기 소재이자 민담의 고전적 견본이라고 할 수 있는 민담집이 바로 그림 형제의 『어린이와 가정을 위한 민담』이다. 이 책에서 저자는 그림 형제의 민담을 중심으로 민담이란 무엇인지, 민담은 다른 유사 장르와 어떻게 다른지, 전 세계 민담의 유래 및 유럽의 민담과 다른 나라 또는 원시(자연)민족의 민담은 어떻게 다른지, 그리고 민담의 문학적 위상은 무엇인지에 대한 지금까지의 전통적인 문예학적 연구방법론을 비롯해서 사회학적, 심리학적, 교육학적, 기능주의적, 구조주의적 연구방법론의 연구 성과들을 한데 묶어 민담에 관한 중요한 인식이나 이론들을 개괄적으로 소개하고 있다.

그러나 무엇보다도 이 책에서 민담의 전승과 관련해 이야기꾼과 이야기 공동체가 어떤 관계를 지니고 있는지에 대한 저자의 설명은 우리에게 민담에 대한 새로운 시각을 열어주고 있을 뿐만 아니라, 이를 통해서 민담의 현재성과 보편성, 민담의 매력과 생명력을 다시금 확인시켜주는 계기를 마련해 주고 있다. 그밖에 저자도 지적했듯이 이 책이 기존의 민담연구 전반을 포괄하고 있지는 않지만, 실용적인 학습 자료로서의 미덕을 고루 갖추고 있다는 점 또한 이 책이 지닌 또 다른 장점이라고 할 수 있다. 이러한 장점들을 고려한다면, 분명 이 책은 민담에 관심이 있는 일반 독자나 학생들에게 민담을 이해하기 위한 훌륭한 길잡이가 될 것이라고 믿어 의심치 않는다.

물론 이 책을 번역하면서 가장 어려웠던 부분은 아무래도 장르명칭이나 용어를 우리말로 옮기는 문제였다. 특히 '메르헨Märchen' 또는 '폴크스메르헨Volksmärchen' 이라는 낱말은 그 동안 우리나라에서 흔히 동화 또는 전래동화라는 용어로 옮겨 사용되어 왔지만, 이 용어는 학술용어로도 적합하지 않을 뿐만 아니라 그 본래의 의미를 제대로 담아내지 못하고 있기 때문에 여기에서는 전후 문맥상 동화 또는 전래동화라는 낱말로 번역하는 것이 적절한 경우를 제외하고는 '메르헨' 또는 '폴크스메르헨' 을 담(譚)이나 (전래)민담 또는 (옛날)이야기로 번역하였다. 독자들이 혼동하는 일이 없기를 바란다.

마지막으로 이 자리를 빌려 이 책이 나오기까지 따뜻한 격려와 도움을 주신 모든 분들께 이루 말할 수 없는 감사의 말씀을 드린다. 아울러 이 책을 만드는데 애써 주신 유로서적 관계자분들께도 깊이 감사드린다.

2009년 2월 이문기

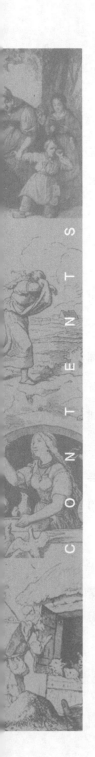

| C O N T E N T S |

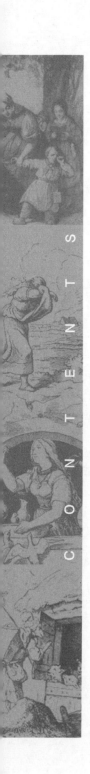

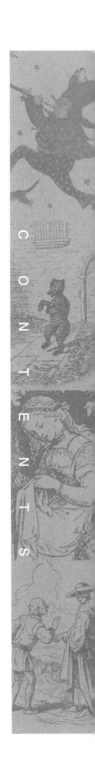

1

서사연구의 대상으로서 '민담'

Märchenforschung

1
서사연구의 대상으로서 '민담'

서사연구 내에서 '민담'은 가장 인기가 있으며 가장 큰 몫을 차지하고 있다. 과거뿐만 아니라 현재에도 이 분야는 이야기꾼들, 이야기하기, 그리고 이야기들을 다룬다. 여기서 통시적 전망과 공시적 전망은 동전의 양면을 형성한다. 의사소통상황 내부에 참여하는 사람들과, 이때 영향을 미치는 과정들이 바로 그것에 해당된다. 그들이 생산하는 것들은 언어적 성격을 지니고 있을 뿐만 아니라 구체적-창조적 성격을 지닌다. 의사소통에 참여하는 사람들은 이야기를 서로 주고받기 위해서 구술적, 문서적, 인쇄 및 전자형태의 수단들을 사용한다. 이러한 과정에 대한 이해는 넓은 의미에서 자신의 삶의 상황에 처한 '인간'의 특성을 알아야만 가능한 것이다. 의사소통과정의 산물이자 대상으로서의 민담은 생산적이며, 동시에 수용능력이 있는 문학적 존재로서의 호모 나랜스homo narrans에 관한 인식획득을 위한 특별한 경우를 형성한다.[1]

'민담'에 관한 연구는 대중으로부터도 활발한 관심을 받고 있다. 서로 다른 쪽에서 행해지는 민담해석들이 눈에 띄게 증가하고 있다. 유럽민담협회Europäische Märchengesellschaft e.V. 에서 이야기를 장려하기 위해 등록된 숫자나 거기에 기재된 이야기꾼 목록을 보더라도, 공공장소에서의 이야기하기가 점점 더 많은 사람들의 관심을 사로잡고 있다는 것을 알 수 있다.[2]

교양과목과 독일어 수업도 민담에 의지하고 있다. 성인교육에서도 민담은 여전히 자신의 위치를 고수하고 있다. 이러한 관심이 민담연구의 폭넓은 스펙트럼을 다룰 수 있도록 명시하고 사실 묘사에 자리를 내주기 위해서 추측과 동시에 소망들을 제거하는 새로운 양상의 연구기반들을 모색하고 있다.

1.1 '민담연구'의 개념

특히 민담연구는 이른바 전승된 민담들, 이들 이야기의 유래, 공통점들, 장르문제들, 문서형태와 특히 구술형태의 전승방식, 그리고 이야기꾼들, 청중들, 수집가들 및 독자들의 수용을 다룬다. 낭만주의 운동 이후부터는 흔히 '전래민담'이라고 불려온 이야기들의 직접적 전승과 간

---

1) 참고. Fischer: Erzählen - Schreiben - Deuten 2001, 9쪽. Pöge-Alder: Erzählen 2002, 1-2쪽.
2) Pöge-Alder: Erzählerlexikon 2002.

접적 전승이 주목을 받고 있다. 거기에는 의사소통과정과 여기에 참여하는 사람들이 포함되어 있다. 퍼포먼스 및 민담과 관련된 연구들이 이와 관련된 표제어들이다. 그 밖에도 민담의 형식과 내용상의 문제들이 제기된다. 불변성과 가변성의 양상들이 역사적 시각과 함께 모색되는 것이다. 이야기 유형과 모티브에 관한 연구, 그리고 "민속이야기의 생물학"(참고. 5.3 삶의 맥락에서 이야기하기)이 이야기의 기원에 관한 역사연구와 함께 나란히 놓여있다. 이와 같은 일련의 주제들을 프리드리히 랑케 Friedrich Ranke(1882-1950)와 칼 빌헬름 폰 지도우Carl Wilhelm von Sydow(1878-1952)는 핀란드 학파에 관한 논쟁의 연장선상에서 끌어들였다(참고. 3.2 지라-역사적 연구방법론). 즉, 그들은 어느 한 공동체의 삶 속에서 이야기들의 발생지에 관한 문제를 학문적 논쟁의 주요 관심사로 여겼다.[3] 텍스트 전승과 그것의 사회문화적 조건들을 고려하지 않는 민담유형의 '원형' 재구성이 연구의 중심에 놓여있는 것이 아니라, 남녀 이야기꾼들, 그들의 레퍼토리 및 교육수준, 그들의 사회적 배경과 환경, 그들의 예술적 잠재능력과 그들 자신의 평가가 연구의 중심에 놓여있어야 한다고 본 것이다.

서사연구 내에서 민담연구가 차지하는 몫이 가장 크다. 민속학적 서사연구는 안드레 욜레스André Jolles에 의해 『단순한 형식들

---

3) Ranke, F.: Grundsätzliches zur Wiedergabe deutscher Volkssagen. In: Niederdeutsche Zeitschrift für Volkskunde 4 (1926), 44-47쪽. 여기서는 5쪽. Sydow: Selected Papers 1948, 11쪽. Wehse, R.: Volkskundliche Erzählerforschung. In: Märchenerzahler - Erzählgemeinschaft. Hg. v. R. Wehse. Kassel 1983, 7-20쪽. 참고. 5장 이야기하기 - 이야기 공동체.

Einfache Formen』(1930)이라고 명명된 장르들을 대상으로 삼고 있으며[4], 이때 민담, 전설, 성담(聖譚), 슈방크Schwank(역자 주: 익살스러운 이야기), 위트, 속담 그리고 수수께끼가 가장 중요한 장르로서 거기에 속한다. 최근에는 가령 일상 이야기, 전기적 이야기, 핸드폰 대화, 인터넷 커뮤니케이션 및 구전 역사와 관련된 구두형식의 모든 표현들이 서사연구의 대상이 되고 있다. 그 때문에 새로이 생겨나는 의사소통의 형식들과 그 결과물도 마찬가지로 학문의 연구과제영역에 해당된다.

이에 비해 문예학적 서사연구는 가령 '창작담Kunstmärchen'이나 현대의 문학적 형식의 이야기를 통해서 이러한 주제범위를 확대하고 있다. '단순한 형식들'은 이러한 맥락에서 보면 "역사적으로 발전되고 변화할 수 있는 문학-사회적 제도로서" 간주된다. 블라디미르 프로프Vladimir Propp를 계승하는 구조주의적 연구 성과들과 막스 뤼티 Max Lüthi 이후의 미학적 물음들이 하나의 연구모델을 형성하면서 영향을 미쳤다.[5]

특히 폭넓은 독자층을 확보하고 있는 심리분석학적 성격의 해석문제들은 참고문헌에서 커다란 의미를 지니고 있었다. 대중문학 내지는 통속문학의 역할은 사회사적 관점에서 보더라도 민담을 위해서도 각별한 역할을 담당하고 있다.

민담연구는 무엇보다도 이른바 핀란드 학파를 거치면서 중요한 기

---

4) 참고. Bausinger, H.: Jolles, André. In: EM 7, 1993, 623-625단.
5) Bausinger: Erzählforschung. In: EM 4, 1984, 342-348단. 80년대 중반의 상황과 서사연구가 인접학문에 미친 영향에 관한 인용문은 343단. Märchen und Märchenforschung in Europa 1993.

초들을 세운 지리-역사 연구방법론과 관련을 맺는다. 가설적(假說的) 텍스트로서의 '원형' 찾기가 포기되었더라도, 어느 한 이야기 유형의 변형과 버전들, 그리고 그 유형의 지리적 분포나 역사적 증거들을 다루는 일이야말로 민담연구의 중요한 구성요소로 남아있었다.

용어에 있어서는 다음의 관례가 인정을 받았다: **'버전'**은 민담이 기계적으로 전승되는 것이 아니라, 끊임없이 적응 내지는 가공되어 수용된다는 점을 강조하는 개념이다. 이에 반해 **'변형'**은 문헌학적 연구방법론과 관련이 있으며, 사라진 원본을 후대의 사본에 기초해서 재구성하고자 하는 목표를 환기시키는 개념이다.[6]

1.2 민담연구의 학문간 통섭성

본래 독어독문학(독어독문학의 고고학)의 통합적 구성요소로서 서사연구는 어문학과 민속학으로 그것이 분리된 뒤에도 계속 발전하였다. 각기 서로 다른 관점에 초점을 맞추고 있는 문예학적 서사연구와 민속학적 서사연구의 병존은 특유의 통섭연구결과로 이어진다. 무엇보다도 문예학은 그때그때의 장르형식과 어느 한 작가의 창작물로서의 민담을 강조한다. 이를 위해서 그림Grimm 연구와 루드비히 베흐슈타인 Ludwig Bechstein에 관한 연구논문들이 중요한 연구 성과들을 제공하였다.[7] 특히 서적민담(역자 주: 서적형태로 고정된 민담)의 현상과 전래민담과

---

6) Holbek: Interpretation of Fairy Tales 1987, 160쪽.

창작민담 중간에 위치하는 텍스트들의 현상에 대해서는 어문학적 연구 방법론들이 많은 성과를 거두고 있다.

양쪽의 연구방향은 민담, 신화, 전설, 성담, 슈방크와 위트, 속담과 수수께끼 같은 장르들을 다루고 있다. 그때그때 형식이 지향하는 정신 활동을 통해서 정의된다고 말하는 안드레 욜레스의 『단순한 형식들』과 민속문학의 원칙적 구조를 규정한다고 말하는 알렉스 올리크Alex Olrik 의 『서사적 법칙들Epische Gesetze』에 관한 논문들, 그리고 막스 뤼티에 의한 문예학적 문체양식분석이 두 연구 방향이 교차하는 지점에 놓여있다.[8]

중세시대의 원전에 나오는 이야기 소재들에 관한 역사적 기록은 알베르트 베셀스키Albert Wesselski와 루츠 뢰리히Lutz Röhrich(1962, 1967)에 의해서 이루어졌다. 엘프리데 모저-라트Elfriede Moser-Rath (1964)는 바로크 문학의 토대를 마련하였다. 볼프강 브뤼크너Wolfgang Brückner(1974)는 종교개혁시대의 이야기 기원을 밝히는 데 전념하였으며, 요제프 뒤닝거Josef Dünninger(1963)는 역사적 구비문학을 다루었다.[9]

민속학적 서사연구는 퍼포먼스, 수용, 그리고 실제 이야기하기에

---

7) 예를 들면, Bottigheimer, R. B.: Ludwig Bechstein's Fairy Tales. Nineteenth Century Bestsellers and Burgerlichkeit. In: IASL 15, 2 (1990), 55-88쪽.

8) Jolles: Einfache Formen 1982. Olrik: Epische Gesetze der Volksdichtung 1909, 1-12쪽. Lüthi: Das europäische Volksmärchen ''2005.

9) Wesselski: Märchen des Mittelalters 1925. Röhrich: Erzählungen des späten Mittelalters 1962, 1967. Moser-Rath: Predigtmärlein der Barockzeit 1964. Brückner: Volkserzählung und Reformation 1974. Dünninger (Hg.): Fränkische Sagen 1963.

시선을 돌린다. 여기서도 경험에 근거한 현장사례수집 자료로서 일화(逸話), 도회지 전설, 위트, 회상록을 포함한 일상 이야기들이 중요한 연구대상이 된다. 헤르만 바우징거Hermann Bausinger는 "일상적인 이야기하기Alltägliches Erzählen"[10]를 고찰하면서 그것을 설명하는 데 기여하였다.

핀란드 학파의 연구 활동 이후부터는 이야기 유형과 모티브 분석이 연구의 **대상**이었다. 그와 달리 사람들이 호모 나랜스homo narrans에 관한 연구를 말할 수 있을 정도로 대상이 분명하게 확대되었다.[11]

서사연구 내에서 서사작품의 생물학 또는 사회학이 독자적인 연구방향을 형성하고 있으며, 이러한 연구방향이 소재사적 문제제기와는 달리 현재 사실상 연구의 초점이 되고 있다.[12]

민담연구 또한 사람들이 독자적인 연구방향을 말할 수 있을 만큼 과거뿐만 아니라 현재에도 중요한 부분을 이루고 있다. 여기에서 광범위한 대중들의 일반화된 관심과 마주칠 수 있다. 이러한 관심은 민담과 이른 나이의 어린이이들이 만남으로써 제약을 받게 된다. 때문에 민담 모티브들이 여러 영역에서 수용되기 위한, 예를 들어 광고에서 사용될 수 있으며, 언어의 도움 없이 행해질 수 있는 의사소통의 배경을 구성하기 위한 "상징들"로 이해되었다.[13] 그래서 어린이들의 성장에·미치는 민담의 영향 또한 조사되었다.[14] 그 때문에 교육학이나 교수법도 마찬

---

10) Bausinger, H.: Strukturen des alltäglichen Erzählens. In: Fabula 1 (1958), 239-254쪽.
11) Homo narrans. Festschrift für Siegfried Neumann 1999.
12) Röhrich: Erzählforschung 2001, 515-516쪽.

가지로 민담연구의 문제들에 커다란 관심을 갖고 있다.

또 다른 **학문분야**들, 예컨대 역사법률학이나 신학, 그리고 서로 다른 분야, 특히 정신분석학적 연구방향들을 지향하는 심리학 및 인류학과 민족학도 민담연구에 기여하였다.

역사법률학은 『어린이와 가정을 위한 민담Kinder- und Hausmärchen』과 중세시대의 법집행과의 관계에 대한 연구로 민담연구에 기여하였다.[15] **신학** 쪽의 연구는 형식 및 모티브와 관련해서 성서와 민담 또는 신화 사이의 유사성을 다루었다.[16] "기독교는 하나의 이야기 공동체이다."[17] 이러한 표현과 함께 전래의 전통 내에서 성서적 전승기능과 맥락에 대한 관점들이 이야기 형식의 신학에서 나타나기 시작한다. 여기에서는 서사의 범주나 맥락에 비해 예수의 삶에 대한 이야기가 우위를 차지하며, 이야기하기의 과정적 성격이 강조되고 있다.[18]

인류학과 **민족학** 쪽에서는, 문자가 없는 민족들의 경우에 전해져

---

13) Fischer: Erzählen - Schreiben - Deuten 2001. Fischer: Märchen von der Theke. In: MSP 12 (2001) H. 3, 152-155쪽.

14) Zitzlsperger: Kinder spielen Märchen 1992. Zitzlsperger: Märchen neu denken 2000, 55-58쪽.

15) Jenssen: Das Recht in den KHM 1979. Laeverenz: Märchen und Recht 2001.

16) Gott im Märchen 1982. Murphy/Ronald: The Owl, the Raven and the Dove 2000. Betz, O.: Erzählen heißt Antwort geben. Über die religiöse Dimension der Volksmärchen. Vortragskopie Cloppenburg 2003. Betz: Der verborgene Gott. Über die religiöse Dimension der Volksmärchen. In: MSP 8 (1997) H. 3, 65-70 쪽.

17) Weinrich, H.: Narrative Theologie. In: Concilium. Internationale Zeitschrift für Theologie 9 (1973), 329-334쪽, 여기서는 330쪽. Betz, O.: Vom Geheimnis des Märchenerzahlens. In: MSP 1 (1990) H. 2, 19-20쪽.

오는 기록물에서 그들의 문화에 관해 뭔가를 경험할 가능성이 존재한다고 본다. 유럽의 민담과 유사한 점들이 전 세계 민족들에게서 발견할 수 있었기 때문에, 이들 민족의 삶 속에 모티브상 공통점들을 지니게 된 원인과 전래민담의 '발생지'에 관한 의문이 생겨났다. 과거에 사람들은 초기 단계에 놓여있는 유럽의 발전과 여기서 그대로 느끼고 추적할 수 있다고 믿었다. 수집된 민담들이 전반적으로 장르의 유래에 관한 일반적 추론을 가능하게 한다고 보았던 것이다. 연구방법론의 지속적인 세분화는 훨씬 더 전문화되고, 보다 더 효과적인 결과들을 가져왔다.[19]

꿈과 민담 사이의 모티브상 공통점에서 민담에 관한 **심리학** 연구자들의 성찰이 처음으로 생겨났으며, 그 가운데 지그문트 프로이트 Sigmund Freud의 『꿈의 해석Traumdeutung』(1900)이 가장 뛰어나다. 오늘날까지도 이 연구 분야는 민담 장르와의 독특한 이론적 접목이 관찰될 수 있다.[20]

이어서 민담연구는 **역사를 비교하는 학문분야**로 이해된다. 자료의 유래 및 조사, 기록자 또는 이야기하는 사람의 상황, 그리고 인쇄의 역사는 자료를 분류하는 데 있어서 중요한 좌표들이다. 문예학적 그리고 민속학적 문제제기도 여기에서 공통적으로 이용된다.

---

18) Wenzel, K.: Zur Narrativität des Theologischen: Prolegomen zu einer narrativen Texttheorie in soteriologischer Hinsicht. Frankfurt a.M. 1997, 139-141쪽.

19) 참고. Pöge-Alder: 'Märchen' 1994, 119-123쪽.

20) Bausinger: Formen der 'Volkspoesie' ²1980, 37쪽. Poser: Das Volksmärchen 1980, 59-60쪽.

1.3 연구기관의 현황

대학에서의 민담연구기관은 교수의 관심에 따라서 매우 다르다. 일반
적으로 민담연구는 민속학적 서사연구의 일부로 민속학 연구소나 독어
독문학과에 소속될 수 있으나, 경우에 따라서는 어문학이나 사범대 학
과들에 소속될 수도 있다. 괴팅겐Göttingen 대학, 『민담백과사전
Enzyklopädie des Märchens』을 담당하는 연구부서가 소재한 괴팅
겐 과학아카데미Akademie der Wissenschaften zu Göttingen, 보
시들로-문서보관실Wossidlo-Archiv이 있는 로스토크Rostock 대학,
독일 민속문학 문서보관실이 있는 마르부르크Marburg이 서사연구에
무게를 두고 있다. 지금까지 그 밖의 연구 중심지로는 취리히 대학, 인
스부르크 대학, 함부르크 대학 및 프라이부르크 대학이 있었다. 물론
이들 대학은 교수진이 바뀌면서 부분적으로는 더 이상 이야기 연구 또
는 민담연구에 힘을 쏟지 않고 있다. 1989년 이후 교육이나 연구 분야
쪽을 보면, 신연방주(역자 주: 구동독 지역)에서는 민속학 교수직을 유일하게
신설한 예나Jena 대학이 민담연구를 대표하고 있다. 그림Grimm 연구
와 관련해서는 부퍼탈Wuppertal 대학이 수많은 연구결과를 내놓았다.
서사연구를 위한 문서보관실은 마르부르크/란Marburg/Lahn, 괴팅겐
Göttingen, 프라이부르크Freiburg 및 로스토크Rostock 대학에 설치
되어 있다. 이미 여러 대학이, 예를 들면 2002년 레겐스부르크
Regensburg, 2003년에는 아우구스부르크Augsburg와 베를린 예술
대학Hochschule der Künste in Berlin 등이 민담을 주제로 한 민담

재단 발터 칸Märchen-Stiftung Walter Kahn의 순회강연을 계획하였다.

핀란드 학파의 토론주제나 연구방식은 어느 한 유형의 민담이 지니는 변형본 일체를 방대하게 수집하는 작업을 전제하였다. 이러한 작업을 지원하기 위해서 서사연구자들이 1907년부터 1911년까지 민속학 연구자협회Bund Folklore Fellows의 틀에서 협력을 하였다. 이러한 협력은 민속문학 연구를 위한 국제사회International Society for Folk Narrative Research(ISFNR)의 활동을 통해서 지속되었다. 국제회의도 정기적으로 개최되었다. 학술간행물로는 이른바 핀란드 학파의 카를레 크론Kaarle Krohn과 악셀 올리크Axel Olrik의 제안으로 1907년 창간된 총서 민속학회원 커뮤니케이션Folklore Fellows Communications(FFC)과 쿠르트 랑케Kurt Ranke가 1957년 창간한 잡지 "파불라Fabula"가 있다.

독일 민속학회Deutsche Gesellschaft für Volkskunde e.V. (DGV) 내에서는 특히 서사연구위원회가 민담 주제를 다루고 있다. 이뿐만 아니라 학회 회의와 번갈아 가면서 학회가 정기적으로 개최되고 있다. 1964년 설립된 국제 민족학 및 민속학회Societé Internationale d'Ethnologie et de Folklore의 과제가 공동협력이다. 여기에서도 마찬가지로 민담연구의 주제들을 다루는 대규모 학술회의를 주요 활동으로 삼는다.

특히 다음의 정기간행물들은 국제적 차원에서 논의될 수 있으며,

적어도 이들 잡지는 부분적으로 인터넷으로도 볼 수가 있지.[21]

- AFS-뉴스. 미국 민속학회 소식지News of the American Folklore Society,
- 안트로폴리탄Anthropolitan. 문화인류학을 장려하기 위한 프랑크푸르트 협회의 소식지,
- 바이에른 민속학 연감Bayerisches Jahrbuch für Volkskunde,
- 문화와 전통Cultur & Tradition: 민속학과 민족학 분야의 캐나다 대학원생 저널,
- 드 프로베르비오De Proverbio,
- 파불라Fabula. 서사연구를 위한 국제 학술지. 괴팅겐,
- 민속학Folklore(런던),
- 민속학회원 커뮤니케이션Folklore Fellows Communications. 과학 및 문학 우수 아카데미 발행, 미국 민속학 저널,
- 민속학Folklore. 에스토니아 언어연구소 발행
- 케아kea. 브레멘Bremen 문화학회지
- 메르헨 슈피겔Märchenspiegel. 국제 민담연구 및 민담보존을 위한 학술지. 1990년 이후부터 민담재단 발터 칸Walter Kahn에서 발행(MSP; 특히 독일에서 현대의 민담수용과 관련해 지역적 의미를 지님),
- 기적과 이야기Marvels & Tales. 민담연구저널. 웨인Wayne 주립 대학 발간, 디트로이트, 민속학의 새로운 경향, 포스트모더니즘 문화,
- 남부 민속학 계간지Southern Folklore Quarterly,
- 미국 민속학 저널The Journal of American Folklore,
- 민속학회지Zeitschrift für Volkskunde, 독일 민속학회 발행.

---

21) Stickfort: Internet-Ressourcen für Volkskunde/Europäische Ethnologie 2000, 141-142쪽.

대학과 학술단체의 연구기관들에 비해 대학 밖에서 이루어지는 민담연구영역은 비교적 견고하게 발전하고 있다. 이러한 연구영역은 세미나나 학회모임에 모이는 참석자들의 폭넓은 관심에 바탕을 두고 있다. 이 경우에 민담의 보존은 민속주의, 신빙성, 그리고 이른바 브리콜라주 bricolage(역자 주: 손이 닿는 대로 아무 것이나 이용해서 만드는 것, 즉 전승된 이야기의 모티브들이 새로이 하나의 이야기로 결합되는 것)와의 긴장관계 속에서 부단한 곡예를 한다.[22]

독일에서 두 번째로 규모가 큰 문학단체로, 라이네Rheine에 소재한 유럽 민담협회Europäische Märchengesellschaft e.V.(EMG)는 2600명이 넘는 민담애호가와 이야기꾼들을 회원으로 두고 있으며, 회의와 학술세미나도 정기적으로 개최하고 있다. 또한 발표논문들은 책으로 발간하고 있다.

뮌헨에 소재한 민담재단 발터 칸Walter Kahn은 유럽의 민담보존에 책임감을 느끼고 있다. 이 재단은 1985년 브라운슈바이크Braunschweig에서 창설되었으며, 매년 루츠-뢰리히-상Lutz-Röhrich-Preis과 더불어 차세대 연구자들을 위한 상, 그리고 민담을 위한 필생의 업적을 기리고자 하는 민담상Märchenpreis 등을 수여한다. 또한 이 재단은 학술지 "메르헨 슈피겔Märchenspiegel"(MSP)을 발간한다.

이들 연구기관에는 이미 20세기 초에 민담 및 민속의 "2차 존재 sekundäre Existenz"(클리모바 Klímová)를 기록하는 과정이 전반적

---

22) 참고. Lévi-Strauss: Das wilde Denken 1973, 29쪽. Pöge-Alder: Afrikanisches Erzählen 2004.

으로 축적되어 있다.[23] 민담들은 '민담장려'의 구심점을 이룬다. 알베르트 베셀스키Albert Wesselski가 그의 『민담이론Theorie des Märchens』에서 처음으로 민담장려라고 명명하고, 이를 민담보존이라고 이해하였다. 민담공원들(1897년 이후)[24], 민담박물관들, 관광객들을 위해서 만든 민담가도(街道)들, 시내관광, 신구(新舊) 매체형식의 인기 간행본들[25], 전시회들, 연극 및 영화화[26]에서 보듯이 여러 기관들이 인기 있는 이야기 소재들을 재활성화하는 데 기여하고 있으며, 특히 민담과 전설에 초점을 맞추고 있다.

학습과제

1. 앞에서 언급한 정기간행물들에서 민담연구가 차지하는 몫을 조사해 보시오.

2. 민담에 대한 다양한 연구 분야의 시각들을 정리해 보시오.

---

23) Klímová: Versuch einer Klassifikation des lebendigen Sagenerzählens 1967, 244-253쪽. 참고. Wienker-Piepho, S.: Märchenpflege. In: EM 9, 1999, 287-291단, 특히 287단.
24) Stein, H.: Märchenpark. In: EM 9, 1999, 284-286단.
25) Verweyen, A.: Märchenbücher. In: EM 9, 1999, 278-284단, 특히 282단.
26) Schmitt, Ch.: Märchenspiel. In EM 9, 1999, 291-302단. Schmitt, Ch.: Adaptionen klassischer Märchen im Kinder- und Famlienfernsehen 1993.

2

장르의 맥락

Märchenforschung

2

장르의 맥락

2002년 여름학기 예나Jena 대학의 민속학과 개설 세미나에 참여한 학생들에게 던졌던 질문에 대한 답변은 그들 대부분이 어린 시절에 민담을 들었으며, 스스로 읽거나 아니면 극장이나 TV에서 방영되는 영화를 통해서 민담을 알게 되었음을 밝혀주었다. 민담을 알게 만든 매체들은 대부분 아동도서와 영화였다. 가장 먼저 떠오르는 민담은 백설 공주 Schneewittchen이였고, 그 다음으로는 빨강모자Rotkäppchen와 재투성이 아가씨Aschenputtel이였다. 빌헬름 하우프Wilhelm Hauff와 한스 크리스티안 안데르센Hans Christian Andersen의 이야기들 그리고 아스트리트 린트그렌Astrid Lindgren의 『도둑의 딸 로냐Ronja Räubertochter』도 언급되었다. 그러나 몇몇 학생들은 퀴플러Kübler의 『월장석(月長石) 이야기Mondsteinmärchen』, 『촌놈Krabat』, 『반지의 제왕Der Herr der Ringe』, 그리고 에리히 케스트너Erich Kästner의 『조그만 친구, 이젠 어때Kleiner Mann was nun』 등을 말하기도

하였다.

2005년 겨울학기에는 퀴플러의 이야기들과 마찬가지로 최근의 도서들이 언급되었다는 점에서 답변내용이 변했다. 똑같이 이번에도 첫번째 순위는 백설 공주가 차지하였다. 그 뒤를 가시장미공주Dornröschen가 이었다. 그리고 「헨젤과 그레텔Hensel und Gretel」과 「빨강모자Rotkäppchen」가 세 번째 자리를 차지하였다. 동장군 Väterchen Frost, 피터 팬Peter Pan, 예쁜 인어 아가씨kleine See- oder Meerjungfrau, 산신령Rübezahl이 민담으로 떠올려졌다.

가장 많은 사랑을 받은 작품들은 2000년 알렌스바흐Allensbach 설문조사에서 가장 잘 기억하고 있는 민담들과 일치하고 있다.[1] 그 밖의 제목들은 마술적인 것, 환상적인 것, 현실에 구속받지 않은 서사내용에 이르기까지 일상적인 언어사용에 있어서 민담, 즉 '메르헨 Märchen' 개념이 과도하게 확대되고 있음을 보여주고 있다. 조안 롤링Joanne K. Rowling의 『해리 포터Harry Potter』 연재소설의 인기는 판타지소설과 같이 경계를 넘나드는 장르들에 대해서도 새로운 문제들을 제기한다.

여기에서 제시되는 장르 '민담'의 특징들은 예술작품들에 근거를 두고 있으며, 그 형태는 19세기에 이르기까지 광범위하게 전개되었다. 이러한 전형적인 자기법칙성은 원래 장르 민담의 특징들이 아니었던

---

1) Allensbacher Jahrbuch für Demoskopie 1998-2002. Bd. 11, hg. v. E. Noelle-Neumann und Renate Köcher. München 2002, 326쪽. 이 보다 앞선 여론조사: Wienker-Piepho, S.: Kinder brauchen auch heute noch Märchen: die Allensbach-Umfrage von 1996. In: MSP 7 (1996) H. 4, 90-92쪽.

특징들이 문제라는 사실을 언제나 염두에 두고 기술하게 되며, 그러한 특징들이 특정한 기능과 수용의 기초가 된다.

학술적 및 일반적 이해에 있어서 '민담'의 개념은 238개의 이야기를 담은 야콥과 빌헬름 그림Jacob und Wilhelm Grimm의 『어린이와 가정을 위한 민담집Kinder- und Hausmärchen』이 간행되면서 늦어도 20세기 초 이후부터는 이들 민담의 내용과 형식에 의해서 특징지워진 후, 곧 '장르 그림Gattung Grimm', 서적담Buchmärchen이나 개인담Individualmärchen과 같은 용어들도 통용되었다. 이 모음집의 강한 영향력은 수집태도에서도 나타난다. 예를 들면, "그것이 '너무나 잘' 알려졌다고 생각했기 때문에(1895년 12월 2일자 편지)"[2] 간츨린Ganzlin 지역에서 교사로 일했던 슈뢰더Schröder는 엄지공주 이야기Däumlinggeschichte를 기록하지 않았다. 그 밖의 다른 문헌들과 마찬가지로 로스토크의 보시들로Wossidlo 문서보관실에 보관되어 있는 문헌을 보면 그림 형제의 『어린이와 가정을 위한 민담집』에 포함된 소재의 이야기들을 수집가들이 기록하지 않았다는 결론이 나온다.

흔히 방언을 사용하는 이야기꾼들은 독일어권이나 일상 언어에서 '민담Märchen'에 대해서 특별한 명칭을 사용하였다. 요한네스 볼테Johannes Bolte는 게오르크 폴리브카Georg Polívká와 더불어 민담의 명칭들과 특징들에 관한 실례들을 41쪽에 걸쳐서 출판하였다.[3] 거기에는 Löögschen(북부독일어), Verzälche(중부독일어), 그리고

---

2) Neumann: Mecklenburgische Volksmärchen 1971 und 1973, 14쪽.
3) BP Bd. 4, Leipzig 1930.

Gschichte 또는 Rätsle(로렌지방방언) 보다는 오히려 '이야기들 Geschichten' 이라고 부르는 또 다른 유사한 '민담' 개념이 반영되어 있다.[4] 『어린이와 가정을 위한 민담집』에서도 그림 형제는 '민담' 의 포괄적인 장르개념을 주장하였다. 그 개념은, 이를 테면 오이겐 디더리히스Eugen Diederichs 출판사에서 한스-외르크 우터Hans-Jörg Uther 가 출판한 두 권의 『독일민담Deutsche Märchen』(뮌헨 1997)에서 보듯이 오늘날 출판되는 모음집들에도 실려 있다.

19세기 초반에는 민담과 전설이 오늘날 전형적인 민담의 제목들과 구분되는 것과 같이 그렇게 엄격하게 구분되지는 않았다. 그 때문에 그림 형제의 민담집에는 동물민담, 우화, 성담, 노벨레 형식의 민담, 슈방크와 슈방크 형식의 민담, 허풍과 비유, 수수께끼와 수수께끼 형식의 민담, 기원을 알려주는 전설 등이 함께 실려 있다.[5]

외국의 연구문헌에서 이들 용어는 독일어의 의미와는 구별된다. 흔히 이들 용어는 개념상 훨씬 포괄적인 내용을 지니거나 아니면 민담전래의 일부만을 가리킨다. 일반적으로 영어권에서는 'fairy tale' 또는 'household tale', 프랑스에서는 'conte populaire' 라는 적절한 개념을 사용하고 있다.[6]

---

4) 참고. Lüthi: Märchen 2004, 2쪽.
5) 참고. Uther (Hg.): KHM 1996, 여기서는 Bd. 3, 232-233쪽.
6) Lüthi: Märchen 2004, 1-2쪽. Thompson: The Folktale 1977, 7-8쪽. Jung: Der aktuelle Stand der französischen Märchenforschung 1999, zu erhalten über die Märchen-Stiftung Walter Kahn, Reihe Umgang mit Märchen Heft 9.

2.1 '메르헨Märchen' 의 어휘 및 개념사

낱말 '메르헨' 은 오늘날의 언어사용에서 나타나는 사실적인 것과 환상적인 것 사이의 긴장관계가 유지되어 있었다. 이러한 긴장관계는 언어의 뿌리로까지 거슬러 올라갈 수 있다. 특히 이 낱말의 문법적 성(性)에서 서로 구별되는 두 개의 의미 담지자가 '메르헨' 개념의 의미에 있어서 다의성을 초래하였다. 고고지독일어 명사들은 그 토대를 형성하고 있다.

■ 중성명사 *mari*는 9세기에는 '소식, 알림, 이야기' 를 뜻함. 고고지(古高地)독일어와 마찬가지로 중고지(中高地)독일어에서 중성명사 *maere*는 '알림, 소식, 보고, 창작이야기, 소문' 이라는 의미에서 사용되었다.

■ 여성명사 *mari*는 '평판, 유명, 소문' 이라는 의미로 1000년경의 문헌을 통해서 입증되었으며, 신고지(新高地)독일어 형태인 *Mär*와 더불어 중고지독일어 형태 *maere*(여성명사)는 '유명, 연설, 알림, 이야기' 라는 의미에서 사용되었으며, *Märe*(여성명사) 역시도 '알림, 이야기' 를 의미하는 낱말이며, 이들 단어는 19세기까지 통용되었다.[7]

'maere' (중고지독일어)의 개념은 중세시대에는 알림, 보고, 이야기 그리고 문학적 기록과 같은 의미를 지녔던 서사내용으로 간주된다.[8]

---

7) Etym. Wb Bd. 2, 837쪽.

1350년과 1600년 사이의 초기 신고지독일어는 특히 모험과 색다른 사건을 다룬 흥미진진한 산문표현의 의미도 낱말 'Mär' 라는 낱말을 달고 있다.[9]

māri (중성명사)   고고지독일어   mārī (여성명사)

mære (중성명사)   중고지독일어   mære (여성명사)

신고지독일어

Märe, Mär

축소형: Märchen, 낡은 형태: Märlein

8세기에 나온 동사 *māren*의 파생어들은 이미 '공포하다', '칭찬하다', '찬양하다', '알리다', '유명하게 하다' 와 같은 내용들을 포함한다. 또한 부정의 의미와 함께 '악명이 높다' 라는 뜻을 담고 있다. 그 밖의 언어사적 뿌리들은 고대 이란어에서는 '크다' 이고, 그리스어에서는 '창을 들고 싸우다' 와 '빛나다' 이며, 그리고 라틴어에서는 본래 '깨끗하다, 맑다' 의 의미를 지닌 'merus' 는 '벌거벗다, 순수하다' 이다.[10]

---

8) Clausen-Stolzenburg: Märchen und mittelalterliche Literaturtradition 1995.
9) Baufeld, Chr.: Kleines frühneuhochdeutsches Wörterbuch. Lexik aus Dichtung und Fachliteratur des Frühneuhochdeutschen. Tübingen 1996, 166쪽: 출전(出典) 등등: Turnierbuch des Ludwig von Eyb, Fastnachtspiele des 15., 16. Jh., Thüring von Ringoltingen Melusine, Jakob Unrest Österreichische Chronik.

'소문의 전파자'[11]라는 의미에서 고고지독일어 *mari-sagari*는 소재의 불확실성과 허구성을 추가해서 강조한다. 이후에 의미결합에서의 확대는 이 문학 장르의 특징들에 해당하는 허구성의 기준이 '메르헨' 개념에 덧붙여졌음을 보여준다. 마찬가지로 언어사적 뿌리들 속에서 구술형식으로 전승된 소재들이 문제시 되고 있음을 알 수 있다.

여성명사 'Mär' 는 중성명사, 특히 복수형에서 특정한 '통보', '이야기' 및 '구두 보고' 의 의미로서 '외침' 과 '소문' 의 의미를 받아들였다. 그래서 루터Luther는[12] 다음과 같이 표현하였으며, 그것은 오늘날까지도 널리 알려져 있다.

> 높은 하늘에서 내려와,
>
> 너희들에게 멋지고 새로운 이야기를 전하고,
>
> 내가 멋진 이야기를 많이 가져와,
>
> 난 그것을 노래하고 말하고 싶네.

> von himel hoch da kom ich her,
>
> ich bring euch gute newe mehr,
>
> der guten mehr bring ich so viel,
>
> davon ich singn und sagen will.

---

10) Etym. Wb Bd. 2, 837쪽.

11) Splett, J.: Althochdeutsches Wörterbuch. Bd. I, 2. Berlin/New York 1993. 참고. 'Märleinträger' insbesondere bei Hans Sachs. In: Grimm DWb Bd. 12, 1616단. 같은 책. 핵심어 "erzählen" Bd. 3, 1078-1078단.

12) Luthers Werke. Kritische Gesamtausgabe 8, 358a. 참고. Grimm DWb 12, 1616단.

무르너Murner의 경우에도 "한결같이 사랑스럽고 즐거운 이야기,/ 천상에서 하나님이 보낸die selbig lieblich fröhlich mer,/ von got gesant von himel her"라는 비슷한 예문이 있었다. 베크헤를린 Weckherlin은 "거짓 이야기falscher zungen mähr"에 대해서 말했다. 1598년 고트하르트Gotthart는 "또 다른 시간은 또 다른 이야기를 가져 온다ein andre zeit bringt andre mehr"라고 표현하였다.[13]

15세기부터 17세기까지, 사람들은 이야기를 평가하는 데 있어서 진실이 아님을 유독 강조하였다. 그 이후 18세기 말까지 'Mär' 라는 낱말이 문어체 형식으로는 사용되지 않다가, 클로프슈토크Klopstock, 하인리히 크리스티안 보이Heinrich Christian Boie, 요한 하인리히 포스Johann Heinrich Voß, 슈톨베르크 형제Brüder Stolberg, 요한 마르틴 밀러Johann Martin Miller 그리고 루트비히 크리스토프 하인리히 휠티Ludwig Christoph Heinrich Hölty와 같은 삼림파(森林派) 시인들을 통해서 비로소 새롭게 부활되었다.[14]

'Mär' 의 축소명사 'Märchen' 은 문어체 고형(古形) 'märlein' 에 해당된다. 그러나 이 낱말은 18세기 이후부터 낱말 'Märchen' 에 의해서 거의 완벽하게 도태되었다.[15] 축소형 접미사들은 상술한 조어(造語)의 의미를 뒷받침한다. 즉, 감성적으로 친밀감을 보이는 훨씬 짧은

---

13) Murner: Luth. Narr 2406. Weckherlin, G. R.: Geistliche und weltliche Gedichte. Amsterdam 1648. Gotthart, G.: Zerstörung Trojas. Solothurn 1598 2. Tag, 7. act. Zitate Grimm DWb 12, 1616단.

14) 참고. Grimm DWb Bd. 12, 1617쪽. 참고. Grubmüller, K.: Märe. In: EM 9, 1999, 302-312단, 여기서는 특히 304단.

15) Grimm DWb Bd. 12, 1658단.

서사형식이 문제이지만, '감정적으로 경멸하는' 요소도 이와 같은 짧은 서사형식과 보조를 맞출 수 있다.[16]

18세기와 19세기의 문학적 기록들은 판타지의 산물이며 역사서술에 선행하는 정보로서의 의미를 보여주고 있다. 그래서 크리스토프 마르틴 빌란트Christoph Martin Wieland(1733-1813)는 그의 서사시 「요정의 왕Oberon」(1780)에서 절친한 친구 쉐라스민Scherasmin으로 하여금 어리석은 행동을 하지 못하도록 하기 위해서 이야기 하나를 하도록 하였다.[17]

> 때로는 이런 생각, 때로는 저런 생각이 그에게 든다;
> 그들을 몰두시키고, 제지하고, 분산시킬 수 있는
> 방법이 전혀 없기에,
> 마침내 그는 저녁시간의 무료힘을 달래기 위해 이야기 하나를 할 것을 제안한다.
>
> 물론 그건 이야기 이상이었지만, 그는 그걸 메르헨이라고 부른다.
> 그의 주인이 죽은 뒤 사후 동방의 나라들을 예전에 오랫동안 배회하였을 때,
> 예전에 바스라Basra의
> 칼렌더가 그에게 그런 이야기를 하였다.
> 폭풍우가 치는 세상의 파고에서

---

16) 그 밖의 예: Bürschen, Witzchen. 참고. Kleine Enzyklopädie Deutsche Sprache. Leipzig 1983, 258쪽.

17) Wieland, Ch. M.: Werke. Hg. v. F. Martini und H. W. Seiffert. München 1968, 255쪽: 6. Gesang, 34-36쪽.

그가 레바논의 협곡으로 되돌아가기 전:

그 이야기가 지금 그의 마음속에 선명하게 새로워지자,

아마도 적시에 필요한 말이 바로 그것이라고 생각한다.

자, 그래서 그는 시작한다: "약 100여 년 전에

비록 수염과 머리카락이 허옇게 셌지만,

지혜는 정말이지 초록빛을 발하는 한 귀인이

티치노 강가에 살았다;…"

Ihm fällt bald dies bald jenes ein,

Sie zu beschäftigen, zu stören, zu zerstreuen;

Zuletzt schlägt er, da alle Mittel fehlen,

Zur Abendkürzung vor, ein Märchen zu erzählen.

Ein Märchen nennt' er es, wiewohl es freilich mehr

Als Märchen war. Ihm hatt' es ein Kalender

Zu Basra einst erzählt, als er die Morgenländer

Nach seines Herren Tod durchirrte, lang vorher,

Eh in die Kluft des Libans aus den Wogen

Der stürmevolle Welt er sich zurückgezogen:

Und da es itzt in ihm gar lebhaft sich erneut

Glaubt er, es sei vielleicht ein Wort zu rechter Zeit.

Und so beginnt er denn: "Vor etwa hundert Jahren

Lebt' an den Ufern des Tessin

Ein Edelmann, an Weisheit ziemlich grün,

Wiewohl sehr grau an Bart und Haaren; ..."

쉐라스민의 교훈적 이야기는 그 자신이 내적 귀환을 필요로 했을 때 참고한 문서형태의 출전, 즉 달력 덕분이었다. 그러므로 교훈적 담화 속에서 이야기가 그와 만났다. 18세기 후반에 이것은 우리와 친밀하다는 쪽으로 의미가 변하고 있다는 증거이다.[18]

그러므로 꾸며낸 것, 사실에 근거하지 않은 것이 '메르헨' 개념에서 하나의 장르로 융합하였다. 'Mär' 개념의 어원은, 보고(報告)라는 의미에서 사실적인 것의 극점에서부터 소문 및 허구라는 의미에서 비사실적인 것에 이르기까지 이야기들의 진폭을 뒷받침하였다.

2.2 '메르헨Märchen' 의 특징

이미 1739년의 체들러Zedler 백과사전은 환담이라는 목적과 함께 신빙성과 허구성을 가치평가하지 않고 함께 나란히 세워놓는다.

소문이란, 그것이 진실한 이야기이든, 아니면 꾸며낸 이야기든 하나의 이야기이다. 달리 말하면, 그것은 진실에 입각한 혹은 꾸며낸 새로운 소식,

---

18) Bausinger, H.: Märchen. In: EM 9, 1999, 250-274단, 여기서는 251단.

보도, 아니면 보고이다. 거기서 짧은 이야기가 나온다. 그렇지 않다면 우화가...[19]

짧은 이야기란, 사람들이 다른 사람들을 즐겁게 하거나 아니면 지루함을 몰아내기 위해서 이야기하는 운문 또는 우화이다.

여기에서는 예술작품으로서 '메르헨'에 관한 오늘날의 생각은 적절하고, 오히려 정의보다는 특징의 범주에서 확인될 수 있는 그 밖의 특성들을 통해서 이와 같은 텍스트들을 기술한다. 그림 형제의 민담집에 이어서 출판된 다양한 민담집들, 그리고 민담연구에 기여한 다양한 학문적 연구 분야와 함께 '메르헨'의 개념을 정의하려는 시도들 또한 급증하였다.

1. '메르헨' 또는 '전래'-민담이라는 **장르복합체**는 동물민담, 노벨레 형식의 민담, 슈방크 형식의 민담, 성담 형식의 민담, 수수께끼 형식의 민담, 경고민담, 마법민담 등으로 분류된다. 그 중심에는 본래의 민담들, 즉 아르네Aarne/톰프슨Thompson/우터Uther(ATU)의 색인에 따르면 300번부터 745A까지 "마법민담들Tales of magic"이 놓여있다. 노벨레 형식의 민담들은(ATU 850번부터 992A까지) 장편소설 또

---

19) Zedler, J. H.: Grosses vollständiges Universal-Lexikon Aller Wissenschaften und Kuenste, Welches bishero durch menschlichen Verstand und Witz erfunden worden. Bd. 19, 2. 재인쇄, Graz 1995, 163, 167단(핵심어 'Maehre'와 'Maehrlein'; 초판 1739).

는 노벨레(역자 주: 특이한 사건이나 극적 구성을 갖춘 중·단편 분량의 소설)와 비슷하다. 그러나 줄거리, 인물(예; 왕), 표현방식(양식화)에 있어서 민담 특유의 것을 갖추고 있다.

2. 일반적으로 마법민담은 특히 기적적인 것 또는 경이로운 것을 **자연스럽게** 이야기하는 특성을 가지고 있다.[20] 민담의 남자주인공 혹은 여자주인공은 자연의 법칙에 따르면 도저히 있을 수 없는 일에 대해서도 놀라워하지 않는다. 민담의 주인공은 마음을 열고, 거리낌 없이 초자연적 힘을 지닌 조력자들을 길가에서 만난다. 이유도 묻지 않으면서 설명할 수 없는 것을 받아들인다. 목적을 달성하는 또는 과제를 푸는 과정에서 마법의 선물이 지닌 기능상의 유용성에 대해서 전혀 의심하지도 않고 그것을 고마워하며 받는다. 그 특성이나 이야기와 관련하여 '요정빈남Feenmärchen' 은 '마법민담Zaubermärchen' 과 구별된다.[21]

3. 그러한 '마법적' 사건은 사람들이 경험이나 일상생활을 통해서 알고 있는 것과는 다를 수 있다. **그럼에도 가족 및 사회적 상황[22] 내에서의 사회적 관계나 사람들 사이의 관계가 사실적으로 묘사되어 있다.** 그래서 대개는 세 명의 형제자매 가운데 냉대를 받는 막내(예, ATU

---

20) Solms/Oberfeld (Hg.): Das selbstverständliche Wunder 1986.

21) 참고. Bottigheimer: Nary a Nursemaid. In: Marvels and Tales 21 (인쇄 2007).

22) 참고. Wollenweber: Thesen zum Märchen. In: Märchenanalysen 1977, 63쪽.

551), 버림받은 의붓자식(예, ATU 510A, ATU 511), 탐욕스럽고 권력을 의식하는 사회적 상류계층에 속하는 사람, 즉 대부분의 경우에는 지배자(예, ATU 465) 등이 등장한다.

4. 또한 이야기꾼의 입장에서 도입부와 결론부의 양식을[23] 근거로 의도적인 민담사건의 허구성이 구축되어 있다. 이러한 허구성은 장소와 시간을 표시하지 않음으로써 도움을 받는다. 전반적으로 묘사는 정형화된 방향전환과 삽입[24], 즉 빌헬름 그림Wilhelm Grimm이 민담텍스트들을 수정하는 과정에서 이용하였던 문체수단을 통해서[25] 두각을 나타낸다.

5. 전래민담에서의 각기 다른 역사적 층위의 중첩은 오늘날 독특한 매력을 불러일으킨다. 어쨌든 이른바 생존이 문제시 된다. 그래서 경직된 신앙이나 관습의 형식들은 그 본래의 의미를 잃는다.[26] 이때 서사기법상의 필요한 문체수단과 문화사 초기의 흔적들 사이에서 신중하게 고려하지 않으면 안 된다. 생명의 물을 가져오거나 혹은 눈이 먼 왕을

---

23) Olrik: Epische Gesetze der Volksdichtung 1909, 1-12쪽.
24) Pop: Der formelhafte Charakter 1968. Akidil: Formelhafte Wendungen1968.
25) Bluhm/Rölleke: "Redensarten des Volks" 1997.
26) 참고. Röhrich: Märchen und Wirklichkeit 2001, 63쪽. Schenda: Von Mund zu Ohr 1993, 252쪽. 대개 잔재는 오해를 받는 초기 신앙형태들의 잔재들을 가리키며, E. B. Tylor가 발전시킨 각기 다른 연령층 내에서의 잔재라는 개념도 마찬가지이다; 예를 들면 푼케Funke에 의한 적용: Enthalten die deutschen Märchen Reste 1932. Pöge-Alder: 'Märchen' 1994, 84쪽.

치료하는 어려운 과제가 민담유형 ATU 551에서 왕의 아들들을 떠나 보내는 것은 모험적인 민담사건을 전개하기 위한 서사기법상의 전제조 건이다. 그러나 이러한 이야기는 이슬, 피 또는 물이 지니는 마법적 치 유효과를 고수하는 "마법적 상상의 세계 속에 있는 믿음의 현실들에" 기반하고 있다.[27] 각기 다른 강물의 치유력에 대한 믿음은 오랜 전통을 누리고 있다.[28]

6. 인물들, 도구들, 선물들 그리고 이를 테면 일상용품들과 같은 그 밖의 민담요소들은 예를 들면 전설에서 보듯이 다른 장르에서도 소품 으로 등장한다. 그러한 요소들은 이를 테면 민담이나 전설 속에서 물의 영활(靈活)과 자연에 혼을 불어넣는 역할로서, 물의 요정(Nixe)과 같 이 다른 서사장르의 맥락에서는 부분적으로 민담에서 벗어나는 기능을 담낭할 수 있다. 검이 총이 되고 왕이 대통령으로 등장하는 경우에는 소품들이 또 다른 서사 환경이나 변화된 시대에 맞춰진다. 여기서는 **소 품의 변동**과 그 반대인 **소품의 동결**이 문제이다.[29]

7. "**사실에 부응하는 표현**이 기대될"[30] 때에는 민담의 내용이 거짓 의 **부정적 함의**에 가까워진다. 그렇지만 그 자체가 부정적으로만 남는

---

27) Röhrlich: Märchen und Wirklichkeit 2001, 예를 들면 79-81쪽.
28) 참고. Boette, W.: Lebenswasser. In: HDA 5, 1933, 972-976단, 여기서는 972, 975 단. Hünnerkopf, R.: Wasser. In: HDA 9, 1941, 107-122단, 물의 치료효과, 마법적 효과 및 유해효과에 대해서는 113-119단.
29) Bausinger: 'Historisierende' Tendenzen 1960, 279-286쪽.

것이 아니라 이른바 진실에 대한 관심을 환기시킨다. 이러한 진실은 오늘날 **역사적** 이해와 함께 혹은 **상징적** 관점에서의 사건해석을 통해서 밝혀진다. 에리히 프롬Erich Fromm이 주장하듯이, 이를 위해 잊혀진 언어에 대한 이해가 반드시 필요하지는 않다.[31] 이때에는 민담사건 또는 개별 모티브들에 대한 심리분석학적 이론응용이 흔히 적용된다. 민담 자체가 심리분석적인 치료를 위해서든 매스미디어식 변환을 위해서든 하나의 매체로서 기능하는 것이다.[32]

8. 유럽의 민담집, 특히 그림 형제의 『어린이와 가정을 위한 민담집』이나 이러한 전통으로부터 영향을 받은 유럽 밖의 민담집들의 경우에는 막스 뤼티Max Lüthi가 기술한 **전형적 민담미학**이 인정을 받았다. "세계를 함유하는" 이야기들 속에는 "일차원성"과 "평면성"이라는 의미에서 인물들, 소도구들, 동물들, 조력자들 및 저승세계와 이승세계가 분명하게 서로 구분되어 있다(자세한 내용은 6.4장의 뤼티 참고).

9. **서술의 탈개인화**는 집단적 체험의 배경에 앞서 외견상 개인적 체험묘사가 예시되어야 하는 전설과는 중요한 차이를 보인다.

10. "명확한 구성"[33]과 구조는 작가가 (창작자의 의미에서) 분명

---

30) 참고. Bausinger, H.: Märchen. In: EM 9, 1999, 250-274단, 여기서는 251단.
31) Fromm: Märchen, Mythen, Träume 1957.
32) Franz: Das Weibliche im Märchen 1991. Jacoby/Kast/Riedel: Das Böse im Märchen 1994. Laiblin (Hg.): Märchenforschung und Tiefenpsychologie 1972.

예술적 자유를 통해서, 예를 들면 자신의 성찰, 회상, 기술 및 해설을 끼워 넣을 수 있는 **'창작민담'**과 '전래민담'을 구분하게 한다.[34] 이른바 전래민담에서도 물론 이야기꾼들, 기록자들 그리고 편집자들에 의해서 그와 같은 개입이 일어날 수 있다.

11. 전통 민담은 블라디미르 프로프Vladimir Propp가 특히 '마법민담Zaubermärchen'에 적용해서 제시한 **명확한 구조화**를 통해서 두드러진다(참고. 6.2장). 민담의 줄거리는 먼저 결핍상황에서 출발하며, 이어서 주인공은 집을 나서서 모험 내지는 바로 풀 수 없는 과제들을 해결하지 않으면 안 된다. 여기에서 특히 이야기 공동체의 현실에 부합되는 요소들이 발견된다. 장르의 이와 같은 구조상의 결합이 민담유형들의 발생을 초래한다(예, ATU).

12. 청중의 기대는 특히 '본래의 민담' 내지는 '마법민담' 그리고 '노벨레 형식의 민담'에 적합한 민담의 전형적 결말로서 해피엔딩과 부합한다.[35] 행복한 자와 은혜를 입은 자를 위해서 **사건의 종착점으로서의 행복한 결말**은 앞서 극복한 갈등상황들로 말미암아 뚜렷하게 드

---

33) Lüthi: Märchen 2004, 3쪽.

34) Mayer/Tismar: Kunstmärchen 1997. Tully: Creating a national identity 1997. Wührl: Das deutsche Kunstmärchen 1984.

35) 아르네Aarne의 유형별 색인에 따르면 일반적으로 ATU 300과 ATU 749 사이의 모든 일련번호는 마법민담들이고, ATU 850과 ATU 999 사이는 노벨레 형식의 민담들이다. 참고. 행복의 해석: Boothe (Hg.): Wie kommt man ans Ziel seiner Wünsche? 2002.

러나게 된다.[36] 행복과 안녕으로 이어지는 남/여주인공의 과정을 표현하기 위해서 '출세 이야기rise tale' 나 '복위(復位) 이야기restoration tale' 와 같은 명칭들이 생겨났다.[37] 그러나 행복은 묘사의 대상이 아니다. 대개 그것은 마지막 문장에서만 언급될 뿐이고, 이야기의 상황을 끝맺는 결구(結句)를 통해서 흥미를 불러일으키게 된다. 만약 불행한 결말로 이어지는 이야기가 있다면, 그림 형제의 편집을 완벽하게 만들고자 하였던 '전형적 해피엔딩 부재의' 판본 혹은 "훼손된 파편형태"가 있는 듯하다. 그 밖에 **안티민담Antimärchen**' 이 있다. 여기에서는 가령 「어부와 그의 아내Von dem Fischer un syner Fru」(KHM 19), 「생명의 잎사귀Die drei Schlangenblätter」(KHM 16) 그리고 「죽음의 신Der Gevatter Tod」(KHM 44)에서 보듯이 엉뚱한 해피엔드로 끝을 맺는다. 또한 전통적인 전설들이나, 경고민담Warnmärchen, 공포민담Schreckmärchen, 에피소드를 서로 끼워 맞추어 줄거리를 진행시키는 이른바 체인 형식의 민담Kettenmärchen, 하나의 사건을 현재의 상황에 대한 원인으로서 이야기하고, 이로써 숙명적이고, 이상적-낙원과 같은 결말상황으로 끝나는 기원민담ätiologische Märchen, 그리고 이른바 문자가 없는 문화권에서 나온 민담들의 경우에서 볼 수

---

36) Röhrich: Märchen und Wirklichkeit 2001, 46과 233쪽. Neumann: Mecklen-burgische Volksmärchen 1971, 19쪽.

37) 신분상승 및 원상회복 이야기. '출세 이야기' 는 가난-불가사의한 것-결혼-행복이라는 과정을 포함한다. '복위이야기' 는 훨씬 짧고 오랜 된 것이다. Bottigheimer: Fairy Godfather 2002, 11, 14쪽. Bottigheimer: Fairy-Tale Origins, Fairy-Tale Dissemination, and Folk Narrative Theory. In: Fabula 47 (2006) H. 3/4, 211-221쪽.

있듯이 고대의 민속신앙이나 도덕적 훈계목적을 지향하는 이야기의 경우에도 행복한 결말은 결여되어 있다.[38]

13. **민담 텍스트의 구술형식** 또는 **문서형식의 재현**은 개인의 서사능력과 본래의 의도, 양식상의 요구 그리고 수용자에 의해서 좌우되는 **하나의 독자적인 예술작품을 만들어낸다.** 대개 형상화는 고정된 에피소드나 등장인물들의 관계, 모티브의 중심에서 크게 벗어나지 않고 있음을 보여준다. 전후관계나 이야기꾼에 따라서 통상적인 이야기하기와 이야기를 파괴하는 과정들, 단어나 어구의 합성, 변형, 단순화, 망각, 차용, 소도구의 위치변경, 현대적 개조 등은 쉽게 변형되면서 나타난다. 흔히 '민중'-민담으로 간주되는 전통적인 이야기 작품의 이러한 특징은 전승의 맥락에서 보면 이야기꾼을 창작자이자 동시에 중재자로서 돋보이게 만든다. 민담구연은 전승의 일부로서 하나의 예술작품을 창조해낼 수 있는 잠재력을 갖는다. 어느 한 민담유형에 속하는 여러 버전들을 비교할 때 비로소 다양한 변화를 제시하고, 이야기 형식의 구성과 동시에 구술이 차지하는 몫을 지적한다. 그 때문에 새로운 창작자로서의 이야기꾼이 자신의 청중을 위해서 표현하는 정도 그리고 이야기를 재현할 때 주위환경에 따라 민담에서는 집단이 차지하는 몫과 개인이 차지하는 몫이 혼재된다. 이러한 민담구연을 토대로 해서 일종의 "공동체험과정"의 형태로 청중은 이야기 속에 포함되어 있다. 그러므로 그와 같은 역할은 민담이 구연되는 동안에 개별화, 균열 및 파트너

---

38) 상세한 내용. Röhrich: Märchen und Wirklichkeit 2001, 46-55쪽.

십의 갈등들을 무의식적으로 함께 체험하는 데 있다.

14. **시민계급의 가정**과 이러한 문학 장르가 성립되던 시기, 즉 18세기 말 이후 독일에서는 민담이 전반적으로 아동 및 청소년 문학의 중요한 역할을 담당하였다. 취학 전의 예비단계나 학교에서는 민담이 **필독서목록**에 포함되고, 동시에 아동 및 청소년으로부터 사랑받는 도서가 된다.[39] 어린 아이들을 위한 읽을거리들이 명시적으로 정해지기 이전에도 물론 어린 아이들은 민담, 성서이야기, 대중적인 이야기책, 슈방크나 인기 있는 읽을거리들을 수용하는 데 전반적으로 관여하였다. 그렇지만 어린이들을 위한 의도적 민담 규정은 어린이에게 적합하고, 성적(性的) 측면을 약화시키는 이야기방식과 인물묘사에 적합한 텍스트 개정을 필요로 하였다. 그리하여 민담은 집이나 학교에서 도덕적, 교육적 가치들을 전달하는 일종의 매체가 된다. 여기서 이를 테면, 영화나 DVD에 이르기까지 그림책이나 독본용, 그리고 이른바 성탄절 시즌에 어울리는 크리스마스용 이야기Weihnachtsmärchen에 맞게 민담의 동기들을 대중매체가 변형하기 시작하였다. 이처럼 '민담'이라는 문화재를 상품화하는 것은 제품의 이름이나 광고에까지 미친다.[40] 그 때문에 아동 및 청소년 문학에서 민담을 연구할 경우에는 생산, 분

---

39) Pöge-Alder: Lehren fürs Leben 2003.

40) Bottigheimer: Grimms' Bad Girl and Bold Boys 1987. Fischer, H.: Märchen von der Theke. In: MSP 12 (2001) H. 3, 152-155쪽. Schmitt: Werbung und Märchen 1999, 103-106쪽. Horn: Selbsterfahrung mit Märchen 1996, 230-240쪽. Horn: Über das Weiterleben der Märchen 1993, 25-71쪽.

배 및 수용의 매스미디어적 조건들도 고려하지 않으면 안 된다.[41]

15. 서사상황 또는 작품선별과 관련해서 역사적으로, 지역적으로 한정되어 있음에도 불구하고 '민담'에는 **일정한 역할**이 주어진다. 흔히 민담은 오락적 기능에 초점이 맞춰진다. 그러나 그와 같은 기능이 전설과 비교해서 분명하게 확인될 수는 있지만, 그것이 지식의 중재, 심리극적 갈등해결, 희망의 장식[42] 그리고 이야기를 하고 듣기 위한 이야기 모임의 특징인 공동체 체험과 관련해 다각도로 확대되지 않으면 안 된다.

민중의 생생한 전통 속에 뿌리를 박고 있는 이야기들이 바로 '전래민담'으로 세분화해서 표현되는 이야기들이다 - 여기에서는 이 이야기들만이 다루어진다. 이 이야기들은 구술로 전승되는 동안 어느 정도는 변하기가 쉽고, 그러한 상태에서 서적민담Buchmärchen으로서의 고정된 형태에 이르게 된다. 물론 그러한 상태는 구연된 민담들의 경우에도 반영된다. 그래서 이를테면 서적민담으로서 그림 형제의 『어린이와 가정을 위한 민담집』이 오늘날의 남녀 이야기꾼들에 의해서 꾸준히 구두 형식으로 구연되고 있다.

---

41) Tomkowiak, I.: Kinder- und Jugendliteratur. In: EM 7, 1993, 1297-1329단, 여기서는 1301단.
42) Bloch, Ernst: Das Prinzip Hoffnung. Werkausgabe Bd. 5. Frankfurt a.M. 1993.

'민담'의 특징들

1. 장르 '민담'은 다양한 종류의 예술적 텍스트들을 포괄한다

2. 자연스러운 것으로서의 기적(경이)

3. 현실적인 것: 사회적 관계나 가족 간의 상황

4. 의식적 허구성:

     발단부와 결말부의 양식화

     시간 및 장소표시의 부재

     정형화된 어법

5. 서로 다른 역사적 층위의 중첩

6. 소도구의 위치변동

7. "사실에 입각한 진술" - 거짓;

     역사적 차원에서의 상징해석

8. 전형적인 민담미학: 막스 뤼티Max Lüthi

9. 탈개인화

10. '창작민담Kunstmärchen'과의 차이점

11. 명확한 구조

12. 행복한 결말Happy End과 '안티민담Antimärchen'

13. 예술작품으로서 민담 텍스트의 구술형식 및 문서형식의 재현

14. 중산층 가정의 형성(필독목록, 상품화)

15. 기능: 오락, 지식, 심리극적 갈등해소, 이야기 공동체로의 편입

2.3 대중문학 장르와의 경계

이른바 민중문학이라고 부르는 전통적인 이야기문학 전체는 그 농도가 조금씩 다르지만 구술의 전통에 의해서 제공된다. 하나의 '이야기 텍스트'가 기록된다. 이로써 이들 장르는 문학적인, 구술적인 언어가치를 지니게 된다. '작가'가 자동적으로 '이야기꾼'이 되는 것은 아니다. 하나의 형태가 실현되고, 그것이 '버전'으로서 하나의 서사유형의 전통이 되기까지 여러 중간단계들이 더해졌다. 특히 그림 형제와 같이 이야기를 수집하고 편찬한 명망 있는 편집자들도 하나의 버전을 만들었으며, 이러한 버전의 모범적 구성은 그들이 독자적인 유형들을 특징짓는 데 기여할 만큼 서사유형에 상당한 영향을 미쳤다.[43]

때때로 문학외적 형식들로 간주되기도 하는 이야기 장르들은 그 자체가 문예학과 민속학의 발명품이자, 계통분류를 위한 가능성 찾기의 발명품이다.[44] 실제로 서사과정에서 일종의 장르 혼합이 생겨날 수 있다. 민담 혹은 전설만을 모아놓은 모음집 역시도 "과거 수백 년에 걸쳐 행해진 실질적인 이야기 행위를 도외시 한 하나의 예술작품"[45]이다. 가장 빈번하게 이야기되는 이야기는 "아주 평범하지만, 언제나 우리를 엄습하며, 굼뜨며, 시끄러운 소리를 내는 일상"을 다룬다. 좀 더 정확하게 말하자면, "평범한 것을 비범한 것으로 덧씌우기"를 한다.[46]

---

43) Herranen: The maiden without hands (AT 706) 1990, 106쪽.
44) 참고. Honko: Methods in Folk Narrative Research 1989.
45) Schenda: Von Mund zu Ohr 1993, 266쪽.
46) 같은 책. 268쪽.

수집된 이야기들에 맞는 카테고리들이 발전되었으며, 부분적으로 이들 카테고리는 전설, 메모라트Memorat(역자 주: 순수 개인의 체험을 다루는 이야기의 한 형식), 크로니카트Chronicat(역자 주: 역사적 사건이 문제시되는 이야기의 한 형식),[47] 파불라트Fabulat(역자 주: 민중 신앙에 근거한 이야기의 한 형식), 성담과 귀감, 슈방크와 위트처럼 일상생활 속으로 깊이 파고들어갔다. 구술형식의 이야기라는 점, 그리고 이야기의 텍스트는 대개 문서형식으로, 그러나 나중에는 시청각 형태로도 기록되는 특성이 이른바 민중문학에 해당되는 이들 장르의 공통점이다. 문서로 기록된 텍스트의 경우에도 구전의 발전이 있을 수 있음을 개별연구들이 보여주고 있다.[48] 이야기 소재와 이야기 모티브들이 "전형적인" 장르들과도 일치할 수 있다. 그렇지만 각 장르들은 차별성을 보여주는 특유의 소도구들, 등장인물들, 상황들, 줄거리의 연계 그리고 이야기 방식을 이용한다.

특히 소재와 이야기꾼과의 관계 그리고 경이로운 것에 대한 묘사가 특징을 보여주는 역할을 한다. 이때 현실에 대한 이야기형식의 묘사는 이야기들 속에서 변화하였다. 장르설명과 관련해서 과거와 현재에 서로 다른 장르에 어떤 사회심리학적 기능들이 내재하고 있는지가 재삼재사 분명해진다.

다음에서는 전통적 민담의 관점에서 흔히 주제, 소재 그리고 모티브를 공유하는 유사 장르들을 구분하기 위한 기준들이 모색된다. 실례

---

47) 크로니카트 Chronicat는 이야기꾼과 다른 사람들이 잘 알고 있는 역사적 사건에 관한 일종의 보고이다. 마티 쿠우시 Matti Kuusi와 관련해서 다음을 참고하시오. Kaivola-Bregenhøj: Narrative and Narrating 1996, 69쪽.

48) Röhrich: "Die Sage von Schlangenbann" (Thompson Q 597) 1968, 325-344쪽.

를 들어서 논거가 뒷받침되는 일반적인 몇몇 특징들이 일차적으로 경계를 짓는 데 이용된다.

상세한 기술을 위해서는 다음의 문헌들이 이용된다:

- 『민담백과사전Enzyklopädie des Märchens』의 목차(장르의 문제점들)
- 메츨러Metzler 총서의 개별저서: 민담Märchen(뤼티Lüthi, 초판 1979), 전설 Sage(뢰리히Röhrich 1971), 슈방크Schwank(슈트라스너Strassner 1978), 성 담Legende(로젠펠트Rosenfeld 1972), 일화Anekdote(그로테Grothe 1971), 우 화Fabel(라이프프리트Leibfried 1973)
- 바우징거Bausinger: "민속문학Volkspoesie"의 형식들 (²1980)
- 파우크슈타트Pauckstadt: 서사이론의 범례들(1980)
- 치페스Zipes(묶음): 옥스퍼드 민담안내서(2000)

전설Sage

민담이 보다 문학적인 반면, 전설은 보다 역사적이다. 민담은 그 자체로, 즉 타고난 화려함과 완벽성에 있어서 거의 요지부동이다. 반면에 다양한 색조를 띠지 못하는 전설은 여전히 친숙하고 잘 알려진 것, 일정한 장소 또는 역사를 통해서 확보된 이름에 밀착하는 개별성을 지니고 있다. 이와 같은 전설의 제한성에서 전설이 민담과 마찬가지로 어디든 거주할 집을 가질 수 있는 것이 아니라, 그 어떤 조건을 전제하는 결과가 생겨나며, 그러한 조건이 없다면 전설은 때론 전혀 존재하지 않을지도 모르고, 때론 보다 불완전하게 존재할 것이다.[49]

1816년과 1818년에 출간된 그림 형제의 『독일전설Deutsche Sagen』 초판은 이처럼 구전문학의 소규모 이야기형식에도 영향을 주면서 19세기 연구자들, 수집자들 그리고 출판자들이 뒤따랐던 시각을 만들어 냈다. 그러나 이 경우에 여행기, 연대기, 설교집, 고문헌, 미신에 관한 기록문서, 고대 및 동시대의 저작물, 역사서, 법률관련 논문, 일화(逸話)나 칼렌더, 지지(地誌)통계 간행물들에서 나온 이야기들을 활용한 필생의 작업이 중요하다는 점을 강조하는 서사연구의 인식들과는 그것이 구별된다. 그 때문에 오히려 장르정의를 위해서는 자료수집이 역사적 의미를 갖는다.[50]

전설(역사전설, 기원전설, 악령전설)은 비범한 역사적 사건 혹은 경이로운 사건을 그린다. 물론 이 경우에 그 사건이 실제 일어난 사건으로 이야기된다. 이러한 인상은 사건의 시간과 장소, 이야기 제공자들에 관한 자료들을 서사적으로 통합함으로써 고정된다. 그 때문에 모니카 슈라더Monika Schrader는 '전설'을 모방형식이라고 말하였다.[51] 체험한 것과 이야기한 내용이 진실임을 강조해야 하기 때문에 이야기 할 때에는 주관적 감정이 주도적이다. 민담과의 중요한 차이가 바로 여기에 있다. 그러나 그 차이는 처음에 '전설'(9세기 고고지독일어saga)이라는 낱말의 어원을 보면 여전히 뚜렷하지가 않았다. 중고지독일어 sage는 '말하기, 연설, 진술, 이야기, 소문, 보고'의 의미를 포괄하다

---

49) Brüder Grimm: Deutsche Sagen. Hg. v. H.-J. Uther. Bd. 1. München 1993, 15 쪽.

50) Petzoldt: Einführung in die Sagenforschung 1999, 39쪽.

51) Schrader: Epische Kurzformen 1980, 37쪽.

가, 14세기에 이르러 비로소 "(역사적 공증이 없는) '과거 사건들에 관해 알림' "[52]이라는 의미로 변화된다. 물론 이러한 의미는 18세기에 이르러 일반적인 타당성을 획득하고, 특히 19세기에 이르러서는 특수한 장르의미를 갖게 된다.

이야기하는 사람은 사건의 경이로움을 실제의 사실로 다룬다. 판타스틱한 것을 사실로 포장하게 되며, 때문에 전설은 특유의 "인지심리학적 신빙성"[53]을 돋보이게 한다. 전체 이야기 문학과 마찬가지로 전설은 외견상 일회성의, 혹은 개인적 반응이 믿음에 관한 집단적 생각과 체험의 배경에 앞서서 해석되어야 한다.[54] 그런 다음 전설은 공동체적 체험의 일부로 간주되며, 이러한 체험의 기초를 이루게 된다. 이러한 맥락에서 사회학자 슈테르Stehr는 이야기들, 특히 "대화중에 소품으로 이용되며, 사회적 공간에서 울려 퍼지는"[55] 현대적 전설들에 관한 윤리적 가치가 일상 속에서는 풍문이나 소문으로까지 전이된다는 점을 지적한다.

---

52) Etym. Wb Bd. 2, 1156쪽.

53) Pentikäinen: Grenzprobleme zwischen Memorat und Sage 1970, 89-118쪽. 참고. Petzoldt: Einführung in die Sagenforschung 1999, 58쪽.

54) 참고. Tillhagen, C.-H.: Was ist eine Sage? Eine Definition und ein Vorschlag für ein europäisches Sagensystem. In: Petzoldt, L. (Hg.): Vergleichende Sagenforschung. Darmstadt 1969, 307-325쪽. 그는 앞서 폰 지도우von Sydow (1948)가 제안한 용어들에 호의를 보인다. 그것에 따르면 "민속신앙에 대한 개개인의 묘사"로서 파불라트Fabulat와 "신앙에 관한 민족의 문학"으로서 메모라트Memorat의 구분이 유효하다고 본다. 그 경우 마찬가지로 신화와 기독교 성담도 파불라트Fabulat일 것이다. 이 점은 지금까지의 연구에서 인정을 받지 못하였다.

55) Stehr: Sagenhafter Alltag 1998. 12-13쪽.

혼히 초자연적인 사건과 주인공의 접촉에 앞서서 규범 훼손이 일어나며, 그로 인한 처벌은 사건의 일부가 된다. 특히 전설은 경이로운 일이 섬뜩하게, 그리고 현저한 대조를 이루며 주인공의 삶 속으로 파고든다는 점이 민담과 구별된다. 그 때문에 전설은 오히려 침울한 느낌을 준다. 그와 달리 민담에서는 이야기꾼이 시 · 공간적 확정이나 심부효과 없이도 "시적 진실"을 창조하는 반면, 전설의 내용은 인간적인 것과 그러한 사고범주에서 벗어나지 못한다. 즉 "전설은 현실과 일치한다. 왜냐하면 전설은 우리 주변의, 그리고 우리 마음 속에 존재하는 비현실적이며 초자연적인 것을 가리킬 때에도 현실이기를 원하기 때문이다."[56]

대부분의 유랑전설이나 유랑모티브들은 전통적인 전승문학에 해당된다. 그러한 이야기 소재들은 한 눈에 지역 색이 강한 것처럼 보이며, 좀 더 자세히 살펴보면, 그러한 소재들은 최근의 전승층위에 해당될 수 있으며, 시간상으로 묘사된 사건 내지는 이와 관련된 장소에 대한 비교적 오래된 증거들이 별로 존재하지 않다는 것을 알 수 있다. 이러한 모티브들을 다른 지역들과 연계시킬 경우, 가끔은 중세시대로까지, 혹은 그것을 훨씬 뛰어넘는 하나의 전통을 입증할 수도 있게 된다.[57]

민담과 전설의 접근은 경이로운 것, 예를 들면 물이 금으로 변하는 것에서도 볼 수가 있다. 그러나 '당연한 기적'과 달리 전설에서는 이러

---

56) Ranke: Betrachtungen zum Wesen und zur Funktion des Märchens ²1985, 343쪽. 참고. Petzoldt: Einführung in die Sagenforschung 1999, 58-60쪽.
57) 하르츠 Harz 지방의 예. Uther: Einführung: Zur Entstehung der Sagen, 22쪽. In: Uther: Deutsche Märchen und Sagen. Digitale Bibliothek 2003, Band 80, 62쪽.

한 변신에 대한 놀라움이 전형화되어 있다. 비현실적 사건이 중요하다는 점에서 역사적 층위들을 포괄하는 이 두 장르를 연결시킨다. 전설에서는 현재성과 체험이 강조된다. 이 두 이야기 형식에서는 '선한' 행동과 '악한' 행동이 평가를 받는다. 따라서 이 두 이야기 형식은 청자들에게 교훈을 주면서 동시에 즐거움을 가져다준다.

민담과 달리 전설은 개인적 체험이 갖는 가치를 중시하며, 따라서 진실에 관한 개인의 가치가 담긴 사건을 묘사한다. 그 때문에 이야기꾼은 자신에게 전설을 들려준 사람에 대해서 진술하면서 그 자신이 전설을 공증할 필요가 있다. '전설의 미학'은 간결함과 단순함을 보여주는 데 있다. 즉 행복한 결말이 결여되어 있으며, 저주하는 자가 벌을 받는다. 여기에서는 자연의 일부이기도 한 인간과 자연의 관계가 초점이 된다. 이때 경이롭고 초자연적인 것의 갑작스런 내습은 섬뜩한 것으로 체험하게 된다.

오늘날의 이야기하기에서 전설과 같은 이야기는 '도회지 전설 urban legend'의 형식으로 등장한다. 이처럼 공증된 체험들에 대한 간단한 묘사들은 일상의 해석과 의사소통을 강화해준다. 그것을 중재하는 것은 인쇄매체를 통해서도, 인터넷을 통해서도 이루어지며, 영화를 통해서도 촉진된다. 예를 들어 「하수구 시스템에 빠진 악어 Crocodile in the sewer system」이야기는 영어권에서 도시의 밀집 공간을 입증할 수 있다.[58] 이때 이들 현대식 전설의 경우에도 이야기 구조 또는 이야기의 서사적 도식은 문화특유의, 그리고 사회적으로 이미 정해진 모델에 부합한다는 견해일치는 서사연구에서도 의심의 여지

가 없다.[59]

신화Mythos

민담기원에 관한 야콥 그림Jacob Grimm의 성찰에서 출발해 낭만주의 시대의 서사연구 초기 이후부터, 신화는 중요한 역할을 담당하였다. 민담의 발전을 위한 신화의 평가는 그때그때의 연구방향을 결정하였다. 민담연구에 있어서 신화학파Mythologische Schule는 야콥 그림 이후의 민담에 대한 해석방향을 뚜렷하게 새겼다(참고. 3.1장).

예를 들어 동부지중해 문화권과 몇몇 민담들과의 관계, 이 지역이 유럽의 민담전통에 미친 강한 영향 그리고 이와 동시에 민담과 그리스 신화 사이의 관계는 오늘날에도 이론의 여지가 없다. 이에 관한 언어사적 증거는 그리스어 낱말 *paramýthi*이다. 이 낱말의 전철(前綴) *para*는 "옆에", "앞에", "향하여"를 의미하며, 이로써 이 낱말은 신화의 주변에서 나온 이야기를 가리키고 있음을 알 수 있다.[60]

신화의 공통적인 특징은 그것이 선사시대의 보고(報告)라는 점이다. 이들 보고는 이야기를 재구성하는 형식으로만 존재한다. 그리고 그것은 광범위한 기원학으로서, 우주의 생성과 창조가 원시상태의 신화형식으로 - 죽음, 성생활, 노아의 홍수, 세계의 새로운 창조의 기원으로

---

58) 참고. Pöge-Alder, K.: Krokodil. In: EM 8, 1996, 486-491단. Brednich: Der Goldfisch beim Tierarzt 1994. Brunvand: Encyclopedia of urban legends 2001.

59) 참고. Stehr: Sagenhafter Alltag 1998, 40쪽.

60) Röhrich: Märchen - Mythos - Sage 1984, 11-35쪽, 여기서는 11쪽.

- 생생하게 묘사된다. 신화는 21세기에도 그 중요성을 잃지 않고 보편 타당한 우주생성에 관해서 설명한다.[61] 무엇보다도 그리스 신화 속에서 는 그리스의 만신전(萬神殿) 판테온Panthenon이 중심 역할을 담당하며, 다른 지역들에서는 동물들이나 최초의 인간들이 이 역할을 대신한다. 그리스 신화는 흔히 신들의 열정과 운명, 그와 동시에 무엇보다도 신들이 인간세계에 미치는 영향에 관한 이야기들이다.

뢰리히Röhrich가 지적하듯, 현대의 언어에서 신화는 흔히 비합리적, 날조된, 허구적 요소들을 내포하는 상반된 의미를 갖는다. 이러한 의미는 특히 "진보적 사고"의 의미에서 역사적으로 지나가 버린 것, 비현실적인 것, 중요하지도 않고 믿기 어려운 사상의 총화가 이들 관념 속에서 보인다는 '신화'의 두 번째 개념적 의미에서 유추될 수 있다. 종교, 형이상학 그리고 철학의 교조적 결정과 합리주의적 학문이 신화를 한정지었으며, 신화를 이교도의 신앙전래로, 그리고 이와 동시에 미신에 가까운 민중의 이야기로 해석하도록 가르쳤다.[62]

성담(聖譚)Legende

일찍이 '성담'(라틴어 legenda)이라는 장르명칭은 기독교 예배 중에 (큰소리로) 성직자와 신도들이 교독(交讀)하는 텍스트의 명칭이 되었으며, 7세기부터는 성인(聖人)의 생애를 이야기하는 데 이용되었다. 특

---

61) 예를 들면. Wardetzky, K.: Das Ehegemach in Mythen und Märchen. Vortrag Kongress der Europäischen Märchengesellschaft 2003 Potsdam.
62) 참고. Röhrich: Märchen - Mythos - Sage 1984, 12쪽.

히 성인의 연례기념일에 즈음해서 수도원의 성찬 또는 예배 중에 성인의 전기(傳記)가 낭독되었다. 9세기 이후부터는 그 개념이 개별 성인에 관해 이야기를 하는 장르명칭으로 사용된다. 이후 성담은 신앙고백자들 혹은 순교자들에 대한 특별한 축연 없이 대부분 연감으로 정리한 총서의 일부가 되었으며, 성인전례서(聖人典禮書)passionale sanctorum라고 부르기도 한다.

독일어 차용어 '성담Legende' 은 13세기 후반 이후부터 확인된다. 전반적으로 이 낱말은 불가사의한 종교적 사건과 관련된다. 15세기에는 낱말의 의미가 자유분방한 보고 또는 이야기로까지 확대되었다. 그리고 종교개혁시대에 이 낱말은 전설과 같다는 의미를 지닌 믿을 수 없는 보고라는 의미를 가리키기도 하였다.[63] 내용의 역사성은 그것의 내적, 외적 현실을 받아들이는 데에서 입증된다.[64] 이 이야기에서는 역사적인 세부사항들이 중요한 것이 아니라, 간명함과 귀감Exemplarik이 이야기를 결정한다. 오히려 오늘날의 서구적 의미에서 본다면, 역사적 진실은 허구적이며 불가사의한 사건의 결정적 상황 뒤편으로 명백하게 물러나 있다.[65] 성담의 내용은 일상의 논리나 학문적인 합리성을 따르는 것이 아니라, 예를 들면 계시종교의 가르침 속에서 교리상의 규범체계의 예외적 합법성을 모범으로 삼는다. 새로운 교의(敎義)가 승인되기 때문에 규범체계가 약화될 경우, 이를 테면 기독교 교리로 말미암아 이

---

63) 이와 더불어 비문 또는 상징의 해석기호에 관해서. Karlinger: Legendenforschung 1986. Rosenfeld: Legende ³1972, 여기서는 1쪽.
64) Karlinger: Legendenforschung 1986, 5쪽.
65) Ecker: Legenden 1999, 508쪽.

교도-게르만 풍의 교의 해체 혹은 신교의 사상으로 말미암아 가톨릭 사상이 배제되거나, 또는 그 관계가 일정 범위를 넘어서 이완될 경우에는 텍스트의 성격도 변화한다. 즉 성담에서 전설이 되고, 성담형식의 이야기가 되고, 소설 또는 희곡작품이 되기도 한다.[66] 에커Ecker에 따르면 성담의 세계전망은 모순된 두 존재영역의 분리에서 기인한다.

> 전통문화들이 저승세계와 내면세계의 질서를 비슷하게 조직화한다고 생각하고, 신들과 인간이 동일한 행위모델에 연루되어 있다고 보았던 반면, 추축사회들은 초월적인 신성의 이념과 이승세계의 질서와는 철저하게 다른 자율적 윤리규범의 사상을 서로 완성하였다. 그러나 일상의 현실 저편에 있는 질적 측면에 있어서 대단히 가치 있는 초월적 질서의 구상은 즉각 두 영역 사이에 놓인 거대한 간격을 어떻게 메울 수 있는가 하는 문제를 불러일으킨다. 즉 죽음의 의식과 인간적 관습의 실효에 부합하는 구원의 문제가 새로운 방식으로 제기되는 것이다.[67]

초월적 질서에서는 이승과 저승세계의 긴장관계 속에서 성직자들, 예언자들, 철학자들과 같은 새로운 정치 엘리트들이 교회 내에서 제도화되면서 죄를 진 인간과 전능한 신 사이를 중재하고 대변하는 일을 맡았다. 이러한 의미에서 성담은 교회와 세속적 권력의 대리권에 정당성을 뒷받침해주는 상징적 역할의 일부가 된다.[68]

---

66) 같은 책. 508쪽.
67) 같은 책. 509쪽. 칼 야스퍼스Karl Jaspers에 따르면 '추축시대Achsenzeit' 개념은 시대의 새로운 것을 가리킨다: 인간은 전체 속에서 자신의 존재, 즉 자기 자신과 자신의 한계를 의식하게 된다.

전설과 마찬가지로 성담은 공간과 시간의 카테고리를 갖추고 있다. 왜
냐하면 랑케Ranke가 기술하고 있듯이 "성담은 신의 초월성이 우리의
관점이 고정된 세계 속으로 가라앉음을 계시하고자 하기" 때문이다.
그 때문에 성담은 형이상학적인 것을 이승세계와 그 규범 속으로 불러
들인다고 할 수 있다.[69] 오늘날에는 의혹, 경악, 경탄[70] 그리고 놀라움
을 포괄하는 낱말의 의미에서 양가성이 공존한다.

　중세시대에 문자로 기록된 많은 성담들은 구술형식의 전승문학 안
으로 파고들었다. 이들 성담은 전승과정에서 다른 장르 형식들, 특히
전설의 형식들을 받아들였다. 그러므로 이들 성담은 문맹 지역에서도
널리 전파되었다. 큰 소리로 낭독하는 것은 또 다른 이야기의 토대가
되었으며, 거기서부터 이들 성담이 다시 기록되었고, 새로운 기록에 기
초해 또 다시 이야기되었다. 내용이 그림 형식으로, 심지어는 하나의
그림이 시퀀스 형식으로 구성되는 경우에는 그 과정이 훨씬 더 빠르게
진척되었다.[71] 이로써 성담은 구두형식에서 문서형식으로 이행하는 매
체상의 전환기에 속한다.

　전설과 마찬가지로 성담도 세계해석을 내놓는다. 가령 뉴질랜드 마
오리족의 성담은 달이 죽으면, 달이 생명수를 지키는 폴리네시아의 주
신(主神) 가운데 하나인 칸Kane의 생명수를 향해서 간다고 이야기한
다. 그의 물은 모든 것을, 심지어는 자신의 궤도를 다시 돌 수 있도록

---

68) Ecker: Legenden 1999, 510쪽.
69) Ranke: Betrachtungen zum Wesen und zur Funktion des Märchens ²1985, 343쪽.
70) Ecker: Legenden 1999, 513쪽.
71) Karlinger: Legendenforschung 1986, 4쪽.

달조차도 소생시킬 수 있다고 한다.[72)]

　전설이나 성담은 초자연적인 사건을 이야기한다. 그렇지만 성담은 답변을 제시한다. 물론 확고한 종교적 체계에서 비롯되는 교리 형식으로, 즉 성스러운 것은 하나님에 의해서 입증되고 역사되는 것으로 여겨진다.[73)] 성담에서는 인물들이 매우 중요하지만, 전설에서는 사건이 중요하다.[74)]

　성담은 경이로운 것을 형상화하고 해석하는 경우에 그때마다 에워싸고 있는 확고한 종교적 체계에서 출발을 한다. 종교적 체계와의 밀접한 관계는 성담의 전승을 전제한다.

> 성담은 민중적인 종교 이야기이며, 과도기의 대립이 성담을 옛 종교의 한
> 뙈기 실체로 낙인찍지 않았더라면, 그것은 기독교와 더불어 민속신학으로
> 서 문학사적 의미만을 지녔을 것이다. 거기에서부터 성담이 교육적 요소
> 로서 기독교 속으로도 파고 들어갔으며, 중세의 기독교가 유효했던 시기
> 동안에 성담은 그러한 역할에 머물러 있었다. 종교개혁으로 말미암아 그
> 것이 붕괴된 이후에 비로소 성담은 19세기 어문학을 통해서 학문적으로
> 다시 논할 만한 가치를 지니게 되었다.[75)]

---

72) Hamburg: Märchen der Südsee 1979, 336쪽. 성담 「성스러운 왕의 탄생Die Geburt des Gottkönigs」은 「생명의 물」 테마의 또 다른 예이다. 참고. Ecker: Legenden 1999, 22, 438쪽.

73) 참고. Lüthi: Märchen 2004, 10쪽. Karlinger: Legendenforschung 1986, 4쪽.

74) Rosenfeld: Legende ³1972, 16쪽. Karlinger: Legendenforschung 1986, 100쪽.

75) Günter: Die christliche Legende des Abendlandes. Heidelberg 1910, H. 1 zit. n. Karlinger: Legendenforschung 1986, 4쪽.

전설과는 달리 성담에서의 기적은 이미 이루어진 불가사의이며, "신에 의해서 역사되고 그를 증명하는 것", 즉 이 안에서 모든 것이 의미를 지닌다고 할 수 있다. 그러므로 성담의 서사목적은 모범적인 생활태도의 모방뿐만 아니라 개심, 깨달음 그리고 구원에 이르기까지 교육적으로 자극하는 데 있다.[76] 민담 또는 우화 역시도 "교훈"을 중재한다.[77] 성담의 내용들을 담고 있는 민담유형의 구조는 성담형식의 민담으로 용해된다.[78]

성담은 신의 구원에 관한 설명뿐만 아니라 위로하고, 도덕심을 강화하고, 그리고 성인의 위엄과 희생을 기리고 증명하는 것을 포함하는 교화의 요구를 따른다.

슈방크, 위트 그리고 수수께끼

서사문학에 있어서 이들 세 형식은 그때그때 개별적인 경우에 확정될 수 있는 오랜 전승과정을 지니고 있고, 그러한 전승과정에서 문헌 및 구술형식의 출전(出典)과 동인(動因)들이 그때그때 공조를 하며, 개별적으로 시험을 받는다. 이들 형식이 갖는 공통점은 상투적 표현과 간결함으로 말미암아 쉽게 잊혀지지 않는다는 점이다. 이 경우에 슈방크가 이들 형식 가운데 가장 방대하다.

슈방크Schwank는 사건 진행의 희극성, 그리고 흔히 풍자를 목적

---

76) Lüthi: Märchen 2004, 10쪽. Karlinger: Legendenforschung 1986, 3쪽.
77) 참고. Röhrich: Grundriß der Volkskunde 2001, 532쪽.
78) Karlinger: Geschichten vom Nikolaus 1995, 22-26, 146쪽.

으로 한 무대에 적합한 이야기 형식의 생생한 표현과 관련 있다. 중고지독일어의 낱말 *swanc*는 '흔들거리는 움직임', '도약', '(운명의) 일격', '던지기', '(검객의) 타격'을 의미한다. 낱말의 유래가 (펜싱 용어에서도) 오히려 슈방크에 공격적인 성격들을 부여한다. 15세기에는 교활한 장난이나 즐겁고 유쾌한 장난, 그리고 그러한 장난을 담은 이야기 또는 연극적 표현으로 발전한다. 15/16세기에 슈방크 문학은 비크람 Wickram과 한스 작스Hans Sachs에 의해 '슈방크'를 문예학적 개념과 장르명칭으로 삼는다.[79] 슈방크의 문헌적 증거자료들은 "파블리오 fabliaux"(역자 주: 13/14세기 프랑스의 북부지방에서 발생한 슈방크 형식의 짧은 이야기)의 프랑스식 장르에 해당되며, 1백년이 지난 중세말기에는 수많은 증거자료들이 있다.[80] 주인공과 관련된 해학적 이야기 계열은 슈트리커 Stricker(1220-1250)의 『성직자 아미스Pfaffen Âmîs』에서 접할 수가 있다.[81] 16세기에 산문형식의 슈방크는 서적인쇄술 및 새로운 커뮤니케이션매체의 발전과 밀접한 관계가 있으며, 하나의 문학적 경향이 된다(한스 작스, 『지름길Wegkurzer』, 『정원 사회Gartengesellschaft』, 『욕설과 진심Schimpf und Ernst』, 『야간문고Nachtbuchlein』, 『이동문고Rollwagenbuchlein』와 같은 오락문학선집).[82] 『꽃의 지혜Modus florum』에 나오는 슈방크 「거짓말의 대가Meisterlugner」와 더불어 『현

---

79) Etym. Wb Bd. 2, 1255쪽. Straßner: Schwank 1978, 1쪽.
80) Röhrich: Erzählungen des späten Mittelalters 1962 und 1967. Straßner: Schwank 1978, 35쪽.
81) Fischer: Der Stricker. Verserzählungen 2000.
82) 참고. Röhrich: Erzählforschung 2001, 535쪽.

자 리빈크Modus Liebinc』에서 라틴어 운문형식으로 전해지는 「어린 눈사람Schneekind」의 철없는 짓이 독일에서는 가장 오래된 슈방크이다. 이 이야기는 라우테Laute(역자 주: 구식 현악기의 일종)에 맞춰서 익살꾼이 낭송하는 4개의 노래 가운데 하나로서 섹스투스 아마르치우스Sextus Amarcius에 의해 언급된다. 가령 러시아 민담에서는 비상한 보호를 필요로 하는 사람의 이유와 초자연적 수태의 형태로 이야기되는 것이 여기서는 익살스럽게 묘사되어 있다. 즉 남자가 여행 중에 이른바 눈을 통해서 얻은 아이를 팔아버리면서 아이가 눈 녹듯이 사라진 것이라고 주장한다.[83]

19세기말 이후부터는 오히려 익살스러운 이야기 소재들에 관해서 언급될 수 있을 만큼 극히 서로 다른 종류의 텍스트들이 '슈방크'라는 문예학적 개념과 결합한다.[84] 다양한 코믹 형식들이 이야기들을 서로 뒤섞어서 다른 장르들과도 결합한다.[85] 선수들이 어느 시합에 들어서자, 그들 사이에는 사회적, 지적 그리고/또는 성적(性的) 불균형이 강하게 지배한다. 한 쪽이 술수(특히 작전상의 의미에서 교활한 행동으로), 폭력 또는 자업자득을 통해서 대개는 그 시합을 이긴다. 얼핏 보면 흔히 사회적 지위에서 우월한 자가 장난으로 행하는 기만이 종종 특이한 행위의 희극성을 만들어낸다. 현실의 형성물로서 민담과 슈방

---

83) Petzoldt: Deutsche Schwänke 2002, 38-43쪽. 참고. Peuckert: Deutsches Volkstum 1938, 158쪽; Bausinger: Formen der 'Volkspoesie' ²1980, 152쪽. Straßner: Schwank 1978, 25쪽.

84) 여기에 대해서는 Theiß: Schwank 1991, 23쪽.

85) 참고. Gutwald: Schwank und Artushof 2000, 92-96쪽.

크는 한편으로 인간적 그리움을 반영하고, 또 다른 한편으로는 상황의 불균형과 그것이 지니는 희극적 측면을 반영한다.[86]

인간의 우둔함, 신분에 대한 거만함과 인간의 부덕함을 조롱하고, 그것에 대해서 재담을 나누는 일은 인간의 기본적인 욕구에 해당된다. 따라서 슈방크 이야기는 영향미학적 측면에서 보면 언제나 관객의 웃음을 겨눈다. 흔히 등장하는 투박한 행동은 특히 성적인, 음란한 또는 욕설의 영역에서 보면 금기와 사회적 규범 사이의 불화에서 비롯된다. 그것에 대한 유용성 논쟁 및 사회심리학적 영향과 관련해서 위트의 그것과 마찬가지로 슈방크의 배출구 기능에 관해서도 이야기되었다.[87] 지크프리트 노이만Siegfried Neumann은 메클렌부르크Mecklenburg 지역에서 전래되는 슈방크와 관련해 이 지역의 통례적인 사회적 토양을 강조하였는데, 물론 여기서 말하는 사회적 토양이란 농업을 중심으로 한 메클렌부르크 지방의 날카로워진 사회적 문제 상황이 그 배경이 된다.[88]

물론 지방 특유의 특징들이 발견될 수 있지만, 초지역적 특색들이 다양한 형태로 조각되어 나타나기도 한다. 이야기 과정에서 슈방크는

---

86) Straßner: Schwank 1978, 13쪽. 슈방크의 줄거리 구조에 대해서; Bausinger, H.: Bemerkungen zum Schwank und seinen Formtypen. In: Fabula 9 (1967), 118-136쪽.

87) 참고. Gutwald: Schwank und Artushof 2000, 94쪽. Schröter, M.: "Wo zwei zusammenkommen in rechter Ehe ..." Sozio- und psychogenetische Studien über Eheschließungsvorgänge vom 12. bis 15. Jahrhundert. Frankfurt a.M. 1985, 140쪽.

88) Neumann: Der mecklenburgische Volksschwank 1964, 16쪽.

이른바 단순한 형식들 가운데 하나이다. 모티브나 익살스러운 형식들은 전 세계에 퍼져있으며, 이집트, 셈족, 인도 그리고 그리스 문헌에서도 발견된다.[89]

민담과 달리 '슈방크' 형식은 오히려 짧고, 정곡을 찌르는 이야기들을 가리키며, 그 구조 또한 확고하게 고정되어 있지가 않다. 그 때문에 토마스 구트발트Thomas Gutwald는 엄밀히 말해서 장르가 문제가 아니라, 우화시(寓話詩), 옛 이야기, 사육제극 그리고 산문형식의 일화(逸話)와 같은 서로 다른 장르들의 모델을 이용할 수 있는 이야기식의 구성형식이 문제라는 점을 강조한다.[90] 그 때문에 '익살스러운' 모티브들은 이와 같은 맥락에서 언급될 수 있다. 사람들은 코믹한 소재를 담은 이야기 형식들을 '슈방크'라고 부르며, 이 이야기 형식들은 상황의 부조화를 반영하고, 형식적으로는 바우징거Bausinger의 기준에 따라서 명명된다.[91]

슈방크와 위트의 공통점은 가령 교회와 교회 밖의 세계의 모순 속에서, 예를 들면 슈방크의 인기 인물인 교회집사를 통해서 표현되듯이 서로 다른 규범들이 부딪치는 데 있다. 마찬가지로 많은 슈방크가 사회적 갈등들이나 성적(性的)인 문제에서부터 욕설에 이르기까지 편협한 규정이나 관습의 위반을 주로 내용으로 다룬다.[92]

---

89) Straßner: Schwank 1978, 18쪽.
90) Gutwald: Schwank und Artushof 2000, 94쪽. Straßner: Schwank 1978, 9쪽.
91) 같은 책. 9쪽. 간통을 주제로 한 슈방크와 노래: 슈방크 발라드 「난장이 디키 밀번Little Dicky Milburn」에 실린 "압살롱의 물water of Absalon"로서 생명의 물 AaTh 1360C 「늙은 힐데브란트 Der alte Hildebrand」. 참고. Roth, K.: Ehebruchschwänke in Liedform. München 1977, 101-102쪽.

위트Witz는 고고지독일어의 *wizzi*(중성명사)에서 비롯된 낱말로 9세기에는 '앎', '이성', '이해력', '통찰', '지혜', '의식' 이라는 의미를[93] 지니고 있었으며, 이러한 개념적 틀 속에서 19세기까지 이 낱말은 이해력, 총명, 지혜를 의미하였다. 언제나 새로운 위트의 유행이나 경향들이 두드러지게 나타나기 때문에 위트는 "희극적인 것의 현대적 형태"를 대표한다.[94] 위트는 민담과 같은 다른 여러 장르들과도 관련을 맺는다. 그러나 정치적 위트가 가장 빈번하게 자신의 존재감을 환기시킨다. 민담에서는 관용구나 속담과 같은 다양한 이야기 장르들이 특질을 보여주기 위한 문체양식수단으로 이용되는 데 반해서, 위트에서는 정곡을 찌르기 위해서 이용된다. 이 장르가 현실과 어떤 관계를 맺는가 하는 문제는 여기에서도 개별적인 경우에만 답변될 수 있는 특수한 역할을 담당한다. 위트에서의 자기결정은 하나의 위트가 창작되지 않으면 안 되는 진실과 비현실적 상황 사이의 총체적 확장을 말한다.[95]

수수께끼Rätzel는 대부분 하나의 이야기 문맥에 잘 어울리며, 상투적이고 고정된 표현 형태로 문서형식뿐만 아니라 구술형식으로도 전승된다. 어느 정도까지 전래의 수수께끼 또는 '침몰된 문화재' 가 문제인가는 연구를 통해서 논의되었다.[96] 하나의 수수께끼 기원이 창작 문학에서 입증될 수도 있지만, 그것이 '민중의 입' 에서 전승되었다면, 후자

---

92) Bausinger: Formen der 'Volkspoesie' ²1980, 158-161. Neumann: Der mecklen-burgische Volksschwank 1964.

93) Etym. Wb Bd. 2, 1576쪽.

94) Röhrich: Erzählforschung 2001, 533쪽. Röhrich: Der Witz 1977.

95) 참고. Köhler-Zülch: Der politische Witz 1995, 74와 83쪽.

96) Bausinger: Formen der 'Volkspoesie' ²1980, 126-128쪽.

는 존재할 것이다.[97] 연상 메커니즘, 매체 전달 그리고 뜻밖의 관점들이 가령 낱말 맞추기 퍼즐, 사물 맞추기 퍼즐, 언어놀이, 계산이나 숫자 맞추기 퍼즐, 두뇌운동을 위한 문제들, 농담조로 희화화하는 이야기들, 숨은 그림 찾기, 낱말정서(正書) 퍼즐, 유행을 따르는 퀴즈에 이르기까지 몇몇 종류의 수수께끼들에 관해서 설명한다.[98] 예를 들어 난센스 퀴즈는 가령 북부 이탈리아의 프레마나Premana 지방에서는 저녁시간에 즐기는 오락에 속했다. 이때 여자들은 일을 하고, 남자들은 일상적인 일이나 미신과 관련된 내용에 관해서 이야기를 나누었다.[99]

낱말의 의미에서 동사 *raten*('알아맞히다' 의 의미) 은 '생각하다', '고안해 내다', '대비하다' 그리고 '제안하다, 권하다, 풀이하다' 라는 그 본래의 의미로 이 장르의 개념을 만들어냈다.[100] 몇몇 수수께끼의 우주론적 관심은 그 유래와 연대를 추측할 수 있는 계기를 제공하기도 하였다.[101]

격언과 격언형식의 관용어

격언은 대개 형식이 고정되어 있으며, 그 길이가 짧고, 딱 들어맞는

---

97) 개념에 대해서: Bausinger, H.: Gesunkenes Kulturgut. In: EM 5, 1987, 1214-1217 단.
98) Bausinger: Formen der 'Volkspoesie' ²1980, 129-133쪽.
99) Schenda: Von Mund zu Ohr 1993, 120쪽.
100) 참고. 고(古)영어 'rǽdan'도 '알아맞히다, 읽다'의 뜻으로 원래는 '고대 독일의 루네 문자를 읽다.'를 의미. Etym. Wb Bd. 2, 1087쪽.
101) 참고. Jolles: Einfache Formen 1982, 129쪽.

잠언(箴言)형식으로 특정 상황과 관련된 경험들이나 평가들을 전달한다. 격언은 구술 및 문서형식으로 이루어진 공동체의 정신적 자산에 속하며, 이러한 의미에서 이따금씩 모순된 상황들에 대한 논평으로 인용된다. 일반적으로 격언의 수용과 구속력은 그것의 추정 생성연대로부터 기인한다.[102] 격언의 역사적 층위들은 연구를 다양한 문제들에 직면하게 만든다. 풍부한 서양문화권 유래의 두 갈래는 한편으로는 유대인과 고대 오리엔탈 그리고 이집트 격언의 모음집으로서 성서이며, 다른 한편으로는 고대, 그리스-로마의 수사학에서 나오는 속담들이 중세의 수도원 학교와 인문주의 시대의 모음집을 거쳐 민속 문학으로 흘러들어간 격언들이다. 그래서 헤르만 바우징거Hermann Bausinger는 격언의 경우에 광범위하게 사라져버린 문화재가 문제라는 결론에 도달한다.[103]

격언은 고풍스러움과는 달리 거리감과 언어유희의 증거가 되며, 이를테면 "남자는 말 한 마디면 족하지만, 여자는 사전(辭典)과 같다Ein Mann ein Wort, eine Frau ein Wörterbuch", "슬픔을 나누면 기쁨이 배가 된다Geteiltes Leid ist doppelte Freude" 또는 "끊임없이 떨어지는 물방울이 주머니를 채운다Steter Tropfen füllt die Blase"와 같이 새로운 상투적 표현으로[104] 흘러들어가는 패러디 형식으로 모순이 기꺼이 진술된다. 여기에서 특수한 형태로서 "진술격언Sagte-

---

102) Hose: Sorbisches Sprichwörterlexikon 1996, 6쪽.
103) Bausinger: Formen der 'Volkspoesie' ²1980, 104쪽, 105-110쪽.
104) Bausinger: Formen der 'Volkspoesie' ²1980, 96쪽.

Sprichwörter"이 생겨난다. 이때 말하는 사람을 명명하는 중간부분, 그리고 상황진술을 표시하면서 부록과 일치하는 결말이 하나의 격언 또는 관용구에 덧붙여진다.[105] 바우징거Bausinger와 마찬가지로 사람들은 격언이 "존재와 당위"가 서로 만나며, 일종의 코멘트로서 표명되는 "유사한 구조의 일부 구속력 있는 생활의 규칙"을 표현한다고 간략하게 요약할 수 있다. 그것은 사람들이 일반적으로 준수해야 하고, 받아들여지지 않으면 안 되는 합법성에 대한 지적이다.[106]

격언과 격언형식의 관용구는 마찬가지로 평상시의 환담, 통상적인 연설 그리고 광고 산업에서 조미료 역할을 한다. 그것은 문학에서 텍스트를 전반적으로 정중하게 보이도록 만든다. 비유, 정형화된 표현, 억양 그리고 운율과 같은 언어적인 수단들은 강렬한 인상을 주며, 각기 다른 혈통의 매체들에서도 즐겨 이용된다.

작자 미상이자, 언어적으로는 상투적 표현인 이 두 형식은 특히 완결성이라는 측면에서 서로 구별된다. 즉 격언은 그 자체가 완결된 하나의 단위를 구성하는 반면, 격언형식의 관용구는 하나의 문장 안에 삽입되어 구체화되지 않으면 안 된다. 이로써 격언형식의 관용구는 문장의 진술내용과 연계되어 비로소 비유적으로 작용한다.[107]

사람들은 격언집들에서, 특히 "물Wasser"이라는 핵심어에서 흔히 다음과 같은 함축적 의미들과 조우한다.[108]

---

105) Neumann: Sprichwörtliches aus Mecklenburg 1996.
106) Bausinger: Formen der 'Volkspoesie' ²1980, 103쪽.
107) Hose: Sorbisches Sprichwörterlexikon 1996, 8쪽.
108) DSL Bd. 4, 1799-1834단.

a) 순수의 요소로서 물

나는 손을 순결하게 닦는다. *Ich wasche meine Hände in Unschuld.*

[문헌출처: 시편26, 6; Hose: 소르브인의 격언사전Sorbisches Sprich-wörterlexikon 1996, No. 2699: 빌라도를 씻긴 이 세상의 물은 없다. 번역 비엘라Wjela 1891 (100), 피셔Fischer: 슈바벤지역의 방언사전에서는 낱말 "손Hand": 사람들이 손을 씻을 수 있을 정도로 운다.Weinen, dass man die Hände unter einem waschen kann.]

물이 맛이 없다. *Wasser hat keinen Geschmack.*

[문헌출처: 호제Hose: 소르브인의 격언사전Sorbisches Sprich-wörterlexikon 1996, No. 2158과 2694.]

물만으로는 가재들이 말라죽는다. *Vom Wasser allein gehen Krebse ein.*

[문헌출처: 호제Hose: 소르브인의 격언사전Sorbisches Sprich-wörterlexikon 1996, No. 2124과 2696.]

어떤 물도 부옇게 할 수 없다... *Kein Wasser truben konnen...*

[문헌출처: 블룸Bluhm/뢸레케Rölleke: 민중의 관용구Redensarten des Volks 1997 색인 KMH 35.]

b) 재산이 많은 것과 비교되는 물

큰 강에는 맑은 물이 별로 없으며, 지나친 부자는 양심이 별로 없다. *Große Flüsse haben selten klares Wasser, großer Reichtum selten ein gutes Gewissen.*

[문헌출처: DSL 1권, 1084; 호제Hose: 소르브인의 격언사전Sorbisches

Sprichwörterlexikon 1996, No. 2698.]

조그마한 입이 물 한 모금을 마신다면, 조그만 지갑에는 푼돈이라도 있을 텐데. Wenn das Mündchen Wässerchen trinken würde, hätte das Beutelchen Pfennige.

[문헌출처: 부크Buk 1862(209), 호제Hose: 소르브인의 격언사전 Sorbisches Sprichwörterlexikon 1996, No. 2687과 643.]

물에 대한 높은 가치평가는 "물이 최고이다Das Wasser ist das Beste" 라는 것을 표현한다.[109] 마찬가지로 그것은 "물이 가장 좋은 약이다 Wasser ist die beste Arznei"라는 것을 의미하며, 그것은 또한 물을 알맞게 마시는 것이 건강을 지키는 방법이라고 해석할 수 있다. 이와 더불어 "잠잠한 물이 깊다" 또는 "샘과 같은 강" 그리고 "만족이야말로 물을 와인으로 바꾼다"는 표현들에서 보듯이 대부분의 격언들은 보편적인 삶의 지혜들과 관련 있다.[110]

"격언형식의 관용어사전"에 실린 루츠 뢰리히의 내용들은 11단으로 나뉘어 "물"이라는 언어상징으로 표현된 다양한 경험들을 알려준다. 즉 여기에서는 이미 1507년 하인리히 베벨Heinrich Bebel의 경우에 시간의 경과와 함께 유수(流水)에 관한 정확한 정보가 주어져 있고, 오비드Ovid의 경우에는 물을 바다로 만드는 일이 헛수고의 메타포로, 또

---

109) DSL Bd. 3, 1801단 No. 58.

110) 참고. Hose: Sorbisches Sprichwörterlexikon 1996, No. 521과 2690. Röhrich: Lexikon der sprichwörtlichen Redensarten 3, 2003, 1698쪽. Hose: Sorbisches Sprichwörterlexikon 1996, No. 2688과 No. 2691.

한 남편들을 살해하자, 이에 대한 벌로 구멍이 온통 뚫린 통에다 쉬지 않고 물을 퍼 넣어야만 했던 다나오스Danaos 왕의 딸들에 관한 그리스 전설과 관련해서도 그것은 입증되어 있다. 슈방크 ATU 1180 "체에 물 긷기Catching Water in a Sieve"는 언어의 관용(慣用)에 가깝다. 여기에서 체로 물을 긷는다는 것은 악마를 멀리하기 위한 효능이 입증된 과제이다.[111] 그것이 No. 125 「악마와 그의 할머니Der Teufel und seine Großmutter」(ATU 812 「악마의 수수께끼Rätsel des Teufels」)로 그림 형제의 『어린이와 가정을 위한 민담집』에 실렸다.[112]

하나의 서사유형이 격언형식의 관용구를 '상징으로 장식할' 수 있는가에 대한 하나의 실례가 여기 앞에 놓여있는 반면에, 빌헬름 그림은 이러한 처리방식을 정반대로 적용하였다. 즉 그는 격언형식의 관용구와 함께 한 눈에 들어오는 관용적 표현, 정형화된 형식 그리고 이와 동시에 보편적 지혜의 장식을 민담집으로 끌어들였다.[113] 여기에서 "물이 그의 머리까지 차 오른다"(오늘날: "물이 그의 목까지 차있다")라는 격언형식의 관용구는 1850년 제6판에 처음으로 등장하는 KHM 195 「무덤의 봉분Der Grabhügel」이라는 이야기에 실려 있으며[114], 물론 바실레Basile의 번역본에서 유래한 "기쁨이 물이 되다Freude zu

---

111) Röhrich: Lexikon der sprichwörtlichen Redensarten 3, 2003, 1698쪽.

112) BP Bd. 3, 16쪽 주해 1. KHM Uther Bd. 3, 238쪽. Ranke: Schleswig-Holsteinische Volkserzählungen Bd. 3, 1962, 136-145쪽.

113) Bluhm/Rölleke: "Redensarten des Volks" 1997. Mieder: "Findet, so werdet ihr suchen" 1986.

114) DSL. Bd. 4, 1825쪽. Röhrich: Lexikon der sprichwörtlichen Redensarten 3, 2003, 1701쪽. Grimm DWb Bd. 27, 2303과 2331단.

Wasser werden", "물첨벙이Wasserpatscher"와 같은 물과 관련된 최초의 표현들도 KHM 1과 7에서 볼 수 있다.[115] 가령 19세기 중반 노르웨이 출신의 아스비외른젠Asbjørnsen이나 모에Moe와 같은 이야기꾼들이나 출판인들은[116] 이러한 맥락에서 그 기능들을 완벽하게 실현할 수 있는 민담 텍스트에다 그러한 관용구들을 끼워 넣는다.[117] 즉 이들 관용구는 캐리커처와 같은 과장을 통해서 하나의 사태를 명료하게 설명할 수 있으며, 또한 정곡을 찌름으로써 사건들을 의미 있게 요약할 수가 있다. 반면에 같은 정도로 관용구는 가면을 벗기거나 혹은 완곡한 표현으로 사태를 은폐할 수도 있다.

2.4 경계넘기와 교집합

'민담'의 개념은 대개 '경이로운 것'이라는 기본요소를 통해서 서로 연결되어 있으며, 그것은 믿고자 하는 불가사의에 관해 관심을 보이는 이야기 문학의 상위개념으로 흔히 사용된다. 서로 맞물려 있는 고리처럼 슈방크, 성담, 전설 등 인접한 장르들의 기본요소들이 민담과 민담의 구성요소들과 교합하였다. 거기에서 마법민담, 슈방크 형식의 민담, 성담 형식의 민담, 수수께끼 형식의 민담, 동물민담과 같은 혼합형식들

---

115) Bluhm: "Redensarten des Volks" 1997, 192쪽 (색인).

116) 참고. Kvideland/Eiriksson: Norwegische und Isländische Volksmärchen 1988, 280쪽.

117) 참고. Bausinger: Formen der 'Volkspoesie' [2]1980, 98-99쪽.

이 생겨난 것이다. 이들 장르는 민담의 모티브를 공통적으로 지니고 있다. 때문에 이들 장르는 서로 다른 모티브의 콤비네이션이나 이들 모티브의 표현방식을 통해서 서로 구별된다.

여러 문학작품들에서 각기 다른 이야기 형식을 지닌 산문들의 존재는 이들 산문의 공통점들을 구조적으로 파악하고, 이를 비역사적으로 설명하고자 하는 시도로 이어졌다. 이 경우에 자연시학(자발적 생성을 통해서)과 예술시학('가공'으로서)의 대립이라는 낭만주의적 이념을 계승하는 안드레 욜레스André Jolles의 '단순한 형식들'[118]이라는 구상이 끊임없는 공감을 얻었다. 단순한 형식들은 인간 정신의 근본적인 필요욕구들과 표현 가능성들을 기본으로 삼는 그때마다의 일정한 '정신적 태도'로 말미암아 규정된다. 쿠르트 랑케Kurt Ranke(6.1장)와 헤르만 바우징거Hermann Bausinger도 이러한 구상을 수용하였다.

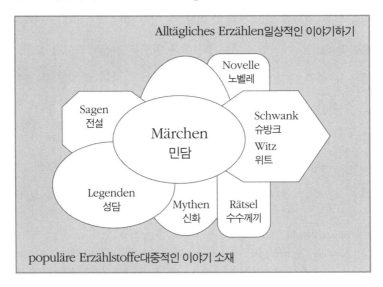

---

118) Jolles: Einfache Formen 1982. 참고. Fabula Band 9 (1967).

방대한 민담집들을 일별해 보면, 흔히 서로 다른 장르들이 그 안에 존재하고 있음을 알 수 있다. 이미 그림 형제는 『어린이와 가정을 위한 민담집』에서 각기 다른 장르들을 통합하였다. 그들은 서로 다른 장르들의 일람표를 제시해 놓고 있으며, 여기에는 '창작민담들'도 해당된다. 그러나 빌헬름 그림은 예를 들어 슈방크 문학과 관련이 있는 텍스트 「가시에 찔린 유대인Der Jude im Dorn」을 근대 초기 슈방크 문학의 의미에서 슈방크 형식의 민담으로 바꾸었다.[119]

흔히 민담에 관한 연구는 서로 다른 분류기준들을 밝히고, 다양한 평가는 서로 다른 장르분류로 이어진다. 그 밖에도 이야기들에 대한 입장이 변할 수 있으며, 특히 신뢰를 받던 초자연적인 내용들 혹은 빈정거리며 회의적으로 이야기를 한 사건들에 대한 입장이 변할 수 있기 때문에 바우징거Bausinger는 위상변화를 계산에 넣는다.[120] 해명, 두려움 또는 경고와 같은 기능도 변할 수 있다. 바우징거에게는 전래된 정신적 태도가 여전히 실현되거나 혹은 변화된 정신적 태도를 토대로 해서 또 다른 형식이 받아들여지면서 이른바 "사실주의 의상"을 걸치고 숨어있는 것은 아닌지 분명하지가 않다. 이를 테면 전에 불이익을 당한 사람들이 행운을 잡는 로또당첨에 관한 운명의 이야기들이 민담에서는 전형적이라고 말할 수 있다. 즉 어느 한 실업자가 로또에 당첨되고, 이제 그는 자기 아들을 위해서 비싼 수술비를 지불할 수 있다. 여

---

119) Bluhm/Rölleke: "Redensarten des Volks" 1997, 22쪽.
120) Bausinger: Formen der 'Volkspoesie' ²1980, 229쪽. 쿠르트 바그너Kurt Wagner 는 슈방크 형식의 이야기와 슈방크 형식의 민담을 구분하기 위해서 '진실이라 생각하는 것Für-wahr-halten'의 서로 다른 정도에 따라서 하나의 기준을 만들었다.

기에서 이런 이야기들은 선별적으로 특정 양식에 맞춰, 즉 민담의 도식에 맞춰서 작성될 수 있을 것이다.[121]

우터Uther가 자신의 판본 『어린이와 가정을 위한 민담집』에 실은 다음의 표는 장르와 혼합형식들을 가리킨다.[122] 덧붙여 여기에는 모범이 되는 실례들과 혼합형의 전형적인 실례들이 제시된다.

그림 형제의 『어린이와 가정을 위한 민담집』 1857년도판

장르	실례: KHM No.
기원	171 굴뚝새 (동물민담)
	172 가자미 (경고전설)
	173 해오라기와 후투티 (경고전설)
	175 달 (익살스럽고 그로테스크하게)
	KL 10 개암나무가지
귀감	109 수의(壽衣)
	115 빛나는 햇살이 그 일을 밝힐 거예요
	145 은혜를 모르는 아들
	157 아빠참새와 네 마리 새끼참새
	177 죽음의 사자(使者)들 (거인과 죽음 사이의 투쟁을 익살스럽게)
	194 곡식의 이삭 (기원전설)
	185 무덤에 누운 불쌍한 소년
	184 못

---

121) Bausinger: Formen der 'Volkspoesie' ²1980, 230-231쪽.

122) 참고. 장르분류에 관해서는 우터 Uther의 KHM 1996년판 제3권 230-233쪽, 그리고 각각의 민담 일련번호에 관한 설명은 제4권.

장르	실례: KHM No.
공포이야기	4 두려움을 찾아 나선 소년 (익살형식의 민담) 28 노래하는 뼈 (마법민담) 40 강도 신랑 42 대부 47 트루데 부인 150 거지 노파
체인형식의 민담	30 이와 벼룩 80 병아리의 죽음 131 아름다운 카트리넬리에와 피프 파프 폴트리에 140 하인 143 여행
성담(聖譚)	KL 9 하늘나라의 결혼식 KL 7 성모 마리아의 작은 잔 KL10 개암나무가지 KL 6 세 개의 초록색 나뭇가지 KL 5 하느님의 음식 KL 3 장미 KL 2 십이 사도
성담형식의 민담	87 가난뱅이와 부자 153 동전이 된 별 176 일생 (우의적) 180 닮지 않은 이브의 아이들 (익살스럽고 기원론적으로) KL 1 숲 속의 성 요셉 KL 4 하늘나라로 가는 길
성담형식의 슈방크	167 천국에 간 농부 (베드로)

장르	실례: KHM No.
허풍	159 디트마르쉬의 허풍 71 여섯 사나이의 성공담 (슈방크) 112 하늘나라에서 가져온 도리깨 (슈방크) 134 여섯 명의 하인들 (슈방크) 138 크노이스트와 세 아들
마법민담	1 개구리 왕자 또는 철의 하인리히 3 성모 마리아의 아이 (성담식으로) 21 재투성이 아가씨 97 생명의 물 179 샘물가의 거위소녀 181 물의 여신 닉스 186 진짜 신부 188 물레와 북과 바늘 193 북치는 사람 196 올드 링크랭크 197 수정공
야유성 이야기	86 늑대와 거위 200 황금 열쇠
노벨레 형식의 민담	198 순결한 처녀 말렌
비유	78 노인과 손자
수수께끼	160 수수께끼 이야기
수수께끼 형식의 민담	121 겁 없는 왕자 191 열두 개의 요술창문

장 르	실례: KHM No.
수수께끼 형식의 슈방크	22 수수께끼 94 영리한 농부의 딸 114 영리한 꼬마 재단사 152 양치기 소년
전설	KL 8 외로운 할머니 KL 10 개암나무가지 39 꼬마 요정 105 두꺼비 이야기 117 고집 센 아이 (경고전설) 149 닭장의 홰 154 숨겨놓은 돈 172 가자미 173 해오라기와 후투티
전설의 요소들을 지닌 민담	182 난장이의 선물
슈방크	61 작은 농부 83 행운아 한스 84 한스, 결혼하다 95 늙은 힐데브란트 98 척척 박사 119 일곱 명의 슈바벤 사람들 128 게으른 아내 174 부엉이 189 농부와 악마 183 거인과 재단사 195 무덤의 봉분

장 르	실례: KHM No.
슈방크 형식의 민담	20 용감한 꼬마 재단사 178 구둣방 주인 프리엠 192 거물 도둑 199 들소가죽 장화
동물민담	2 고양이와 쥐 5 늑대와 일곱 마리의 어린 양 48 늙은 술탄 58 개와 참새 72 늑대와 인간 171 굴뚝새 190 식탁 위의 빵부스러기
동물 슈방크	10 불량배들 18 밀짚과 석탄괴 콩 23 생쥐와 작은 새와 소시지 27 브레멘 음악대 38 여우 마나님의 결혼식 41 코르베스 씨 73 늑대와 여우 74 여우와 대모 75 여우와 고양이 86 늑대와 거위 102 굴뚝새와 곰 187 토끼와 고슴도치 (동물 슈방크, 루트비히 베흐슈타인에 　　　따라 고지독일로)

그림 형제의 『어린이와 가정을 위한 민담집』에는 창작민담도 실려 있다. 가령 KHM 69 「요린데와 요링겔」, KHM 83 「행운아 한스」, KHM 161 「흰눈이와 빨간 장미」 등과 같은 창작민담들은 구체적으로 이름을 댈 만한 저자와 관련해서 뿐만이 아니라 변칙적인 구성에서도 '전래민담'과는 구별된다. 즉 예의 창작민담들에서는 등장인물들이 내면의 생활을 유지하고 있으며, 자신들의 주변 환경을 의식하고 있다.

사람들이 민담을 공시적 방법으로 혼합장르와 인접장르로 간주한다면, 이들 민담은 장르 특유의 성격을 지닌 다양한 모티브의 혼합물로 나타난다. 통시적 영역에서 보면 민담연구사에서는 혼합물을 시대순으로 재구성하려는 다양한 낌새들이 있었다. 그림 형제의 필사기록, 그리고 클레멘스 브렌타노Clemens Brentano를 위해서 그들이 만든 사본을 근거로 하여 일곱 개의 KHM 판본비교를 통해서 합성과 개정 단계를 재구성할 수가 있다(참고. 4장). 문서형태의 증거들, 즉 민속학적, 민족학적 현장사례조사의 전형적인 실례들이 결여된 기록물의 경우에는 새로운 문제점들이 발생한다. 이 경우, 누구보다도 인류학자들은 문자가 없는 문화권의 기록들을 포함시켜 이에 대한 답변을 얻고자 하였다.

함브루흐Hambruch의 모음집에 실린 No. 57은 하와이에서 유래된 것으로 그와 같은 시도에 대한 하나의 예이다. 이것은 민담형식의 신화로 간주될 수 있다. 즉 구조나 모티브 구성에 있어서 마법민담 KHM 97과 매우 흡사하다 할 수 있다. 그러나 내용적으로는 신화를 떠올리게 한다. 세 명의 형제가 생명의 물을 지키고 있으며, 또한 이 텍스트에서는 마법의 왕으로 묘사되는 폴리네시아의 신(神) 칸Kane의 왕국으로 들어가게 된다. 그러나 그림 형제의 민담에서와 마찬가지로 세 형제는 다른 세계의 문지기인 난장이의 시험을 통과하지 못한다. 그들은 이 난장이에게 자신들이 예의바르고, 싹싹하며, 정보제공을 흔쾌히 받아들일 것임을 증명해 보이지 않으면 안 될 상황에 처한다. 그러나 그들은 이 시험에서 떨어지고, 결국 양치식물에 붙잡혀서 "(그들을) 단단히 에워싸고 있는 요정과 난쟁이 나라의 덩굴식물들과 절망적인 싸움을" 벌인다.[123] 막내아들만이 마법사 왕의 성에 도달하게 되고, 거기에서 그는 "너무나 아름다운 소녀"를 만난다. 그는 영웅답게 인간들에게 생명의 물을 가져다준다. 결국 미래의 배우자의 신원을 확인하기 위한 공주의 시험은 다음과 같다: "그녀의 마법사들이 공중에 그은 선을 따라 좌우를 살피지 않고 곧바로 그녀를 향해 오는 사람, 바로 그 남자가 그녀의 신랑임이 분명하다. 이를 위해 특별한 날이 정해졌다." 여기서도 왕자와 공주는 왕과 왕비가 되며, 그 결말은 다음과 같이 정형화되어 있다: "그들은 행복하고 만족스럽게 살았으며, 신민들이 모두 잘 살도록 왕국을 통치하였다."[124]

123) Westervelt, W. D.: Legends of Old Honolulu. Collected and translated from Hawaiian. London 1915, 38쪽. 여기서의 인용: Hambruch (Hg.): Märchen aus der Südsee 1979, No. 57, 244-249쪽, 여기서는 245쪽. 그 밖에 이 책 3.3장의 '신화형식의 민담'에 대한 빌헬름 분트 Wilhelm Wundt의 개념을 참조하시오.
124) 같은 책. 248-249쪽.

2.5 민담과 민담 모티브

(전체 텍스트로서) 민담, 민담 모티브, 장식, 시퀀스의 구별은 연구방법론상의 원칙이자, 그러한 토대 위에서 민담의 비교가 가능해진다. 이러한 분류에 대한 서로 다른 평가로 인해서 학문사에서 흥미로운 논의들이 생겨났다.[125] 라이문트 크비델란트Reimund Kvideland는 노르웨이의 민담과 관련해 증거들에 의거해서만 특정 민담의 존재가 추론될 수 있으며, 그 가운데 몇몇 민담 모티브들은 옛 문헌에 나온다고 적고 있다.[126]

모티브는 일반적으로 이야기의 실마리를 이어가는 작은 단위이며, 각기 다른 방식으로 - 민담이나 이와 유사한 장르에서도 - 나타날 수 있다. 이야기되는 줄거리는 이들 모티브에 바탕을 두고 있으며, 사건진행의 맹아로서 다양한 전개공간을 제공하고 그러한 것으로서 변하지 않는 전승의 한 부분이다. 모티브는 동기소Motivem 또는 몇 개의 장식으로 나뉜다. 모티브는 중의적인 성격, 즉 범례적 회귀와 통합적 융합이 특징이다.[127] 이러한 이중적 성격은 모티브가 지닌 "잠재적 의미내용"과 "개별 텍스트의 구체적 실현"에 근거한다.[128] 모티브의 역사에 관한 연구들은 여기에서 실마리를 찾기 시작한다.[129]

---

125) 참고. Wesselski(이 책 3.2장의 '비판적 논쟁들'을 보시오).

126) Kvideland/Eiriksson: Norwegische und Isländische Volksmärchen 1988, 279쪽.

127) Würzbach, N.: Motiv. In: EM 9, 1999, 947-954단, 여기서는 948단.

128) 같은 책. 949단.

129) 예를 들면 테오도르 벤파이Theodor Benfey, 라인홀트 쾰러Reinhold Köhler, 요한네스 볼테Johannes Bolte, 엠마누엘 코스캥 Emmanuel Cosquin.

민속학적 연구는 "가급적 개별적인 의미를 부여하고 줄거리에 영향을 미치는 구성요소들의 세분화된 연결을" 갈망한다.[130] 막스 뤼티 Max Lüthi는 "전래과정에서 자신을 지탱하는" 모티브의 "힘"을 언급하였다.[131] 나탈리아 뷔르츠바흐Natalia Würzbach는 모티프에 대한 민속학적 정의에서 내용상 다음과 같은 특징들에 대해서는 견해일치를 보고 있다고 생각하였다.[132]

- 불변성
- 역사 및 문화적으로 정의된 평범함으로부터 일탈한 특수성
- 보편타당하고 전통적인 인생경험을 통한 함축적 의미

이와 달리 볼프강 카이저Wolfgang Kayser는 예술작품으로서 '민담'의 전체 구성 쪽에서 문예학적 시각을 좀 더 강하게 정의하였다. 그는 모티브를 문학의 "극히 다양한 관련 속에서" 나타나는 단위라고 생각하였다. 이런 의미에서 민담은 "그와 같이 독립적이며 서로 다르게 비유적으로 표현될 수 있는 단위들의 만화경 같은 합성물"인 것이다.[133] 모티브는 고정되어 있지 않으며, 충만이 되어있다. 그러나 모티브는 서로 관련을 맺으면서 이전과 이후를 환기시킨다. 즉 "상황이 발생하였

---

130) Greverus, E. M.: Thema, Typus und Motiv. Zur Determination in der Erzählforschung. In: Laographia 22 (1965), 130-139쪽. Würzbach, N.: Motiv. In: EM 9, 1999, 947-954단, 여기서는 950단.

131) Lüthi, M.: Motiv, Zug, Thema. In: Elemente der Literatur. Festschrift E. Frenzel. Stuttgart 1980, Bd. 2, 11-24쪽. Frenzel: Motive 1992, VI쪽.

132) Würzbach, N.: Motiv. In: EM 9, 1999, 947-954단, 여기서는 950단.

133) Kayser: Das sprachliche Kunstwerk 1992, 59쪽.

으며, 거기에서 발생하는 긴장관계는 해결을 갈망한다."[134] 특정 장르들에서 모티브 사용을 장려할 수 있는 모티브의 특수한 내용이 자기 자신을 뛰어넘는 모티브의 이와 같은 특성에 덧붙여진다.[135] 그래서 이를테면 구두 신겨보기, 구혼자를 결정하기 위해서 황금 다리 위에서 말을 타기, 또는 풀 수 없는 과제를 해결하는 것 등이 전형적인 민담의 모티브들이다. 이와 달리 예를 들면 악마와의 계약 모티브는 민담뿐만 아니라 전설이나 슈방크에도 있다.[136]

단편적인 고찰과는 대조적으로 엘리자베트 프렌첼Elisabeth Frenzel은 나누어진 규범체계 내에서 모티브들을 기술할 필요성을 언급하였다. 플롯이 진행되는 동안에 고정된 이름이나 사건들에 의해서 제약을 받기 때문에 별로 오픈되지 않는 소재와는 달리, 모티브는 익명화된 인물 및 상황들과 더불어 "매우 상이한 전개의 가능성들을 은닉하고 있는 줄거리의 성향"만을 제시할 뿐이다. 그와 달리 "형식적이며 정신적인" 측면에서는 모티브가 고정되어있지만, 자극을 하고 행동을 유발하는 동인을 제공하는 "심리적-정신적 긴장관계"가 덧붙여짐으로써 모티브는 상황에 어울리는 비유적 성격을 갖게 된다. 이러한 내적 활력이 모티브를 이른바 조그마한 항목으로서의 장식과 구별 짓는다. 물론 장식은 이와 같은 긴장관계에 구성적인 것이 아니라 부수적이며, 특성을 묘사하고 치장하며, 분위기를 만들어내는 역할을 담당한다. 그 때문에 복잡한 구조들, 그리고 이와 동시에 예술적 형상들이 프렌첼의

---

134) 같은 책. 60쪽.
135) 같은 책. 61-62쪽.
136) Röhrich: Sage und Märchen 1976, 261쪽.

핵심어들에서 발견된다. 모티브는 테마와 달리 제한적이며, 핵심어를 좀 더 자세하게 설명하는 부대조항을 달고 있다.[137]

유형별 색인을 만드는 경우에, 사람들은 가령 모티브를 "전통을 존속시키는 힘을 지니고 있는 이야기의 가장 작은 요소"라고 간략하게 정의하면서 등장인물들(actors), 소도구들(objects), 독립적인 에피소드들과 비독립적인 에피소드들(incidents) 및 줄거리 진행 상황들, 캐릭터의 특성들, 꾸미기 위한 장식들 등으로 분류한 톰프슨Thompson의 경우에서 보듯이 주로 내용에 초점을 맞추면서 의미론적-논리적 기준에 근거해 분류한다.[138]

정확한 텍스트 분류와 편재는 유형별 색인의 발전과 관련해 중요해졌다. 이러한 원칙을 낭만주의 운동의 민중문학 구상에 적용하면서 이러한 의미 있는 연구방법들을 처음으로 사용한 연구 작업들을 그림 형제가 예를 들어 KHM에 관한 그들의 주해를 통해서 이미 수행하였지만, 핀란드 학파가 결정적이었다(참고. 3.2장 "지리-역사 연구방법론"). 그 결과 미국의 민속학자 스티스 톰프슨Stith Tompson이 1910년 안티 아르네Antti Aarne의 유형별 목록을 마무리하였다. 이 목록의 초판은 1928년에 출간되었으며, 두 번째 수정판은 1961년에 나왔다(²1964). AaTh, 또는 드물게는 AT라는 약어로 표시되는 이 색인목록이 일반적으로 인정받았으며, 전 세계적으로 유형별로 일치하는 이야기들을 찾

---

137) Frenzel: Motive der Weltliteratur 1992, VI쪽.
138) Würzbach, N.: Motiv. In: EM 9, 1999, 947-954단. 여기서는 948단. Thompson: The Folktale 1977 (초판 1946), 415쪽. Uther: Introduction. In: ATU, 10쪽. 참고. Motif-Index, 약어 Mot.

을 수 있도록 가능성을 제공해준다. 물론 이 색인목록은 이른바 오늘날 기준이 되는 색인목록 신판(약어 ATU)을 완성한 한스-외르크 우터 Hans-Jörg Uther와 같은 여러 비평가들과 끊임없이 마주쳤다. 1998 년 디터 뢰트Diether Röth도 「유럽의 마법민담과 노벨레 형식의 민담 유형들에 관한 소형 색인목록Kleines Typenverzeichnis der europäischen Zauber- und Novellenmärchen」을 펴냈다. 결국 비판의 논점은 유사하며, 또한 핀란드 학파와 관련해 변화된 연구 상황을 반영하고 있다.

a) 유형체계가 구술 및 문필의 전통에 있는 원전의 상태와 일치하지 않으며, 지나치게 유럽의 상황에 초점이 맞춰져 있다.

b) 장르의 정의와 분류가 가령 노벨레 형식의 민담에서 보는 것과 같이 테마 및 구조에 의거한 유형체계와 일치하지 않는다.

c) 외적인 특징들 때문에 동일한 이야기 유형에 해당되는 일련번호들이 멀리 떨어진 자리에 중복해서 위치하게 되었다(315와 590 배신을 하는 누이들verräterische Schwester).

d) 단순한 모티브들 혹은 에피소드들에 유형별 일련번호 부여하기 (모티브: 1180 체로 물 긷기, 315 불가사의한 탈출; 에피소드: 518 마법의 물건을 둘러싸고 벌이는 상속싸움; 특히 ATU 1240 「나뭇가지 치기Ast absägen」[139]).

e) 마법민담으로서 전설유형의 소재들 수용(365 레오노레Leonore,

---

139) Lixfeld, H.: Ast absägen. In: EM 1, 1977, 912-916단, 여기서는 913-914단.

470A 「성난 두개골The Offended Skull」, 돈 후안Don Juan).

f) 민중들 속에 생생히 살아 있는 텍스트들이 거기에서 분명하게 벗어날지라도, KHM에 의거한 유형기술(310 라푼첼Rapunzel KHM 12, 「세 마리 작은 새De drei Vügelkens」 KHM 96에 의거한 707 세 명의 황금 아들).

g) 부정확한 기술, 특히 이른바 불규칙한 유형들.

h) 지나치게 남자주인공의 역할을 기준으로 삼음.[140]

이러한 비판을 토대로 해서 뢰트Röth, 우터Uther 및 그 밖의 다른 연구자들이 지역별 유형목록을 만들기 위해서 이야기 유형별로 독자적인 줄거리 진행과정의 개요들을 만들었으며, 부분적으로는 유형별로 독자적인 표제들을 만들어냈다. 그 이면에는 모티브와 에피소드, 시퀀스와 완벽한 이야기로의 분류에 근거하는 일종의 개념화가 본질적으로 숨겨져 있다.

이러한 요소들이 피라미드식으로 서로 포개져 있다:

장식Zug 또는 **동기소**Mitivem는 모티브를 구성하는 가장 작은 구성요소들을 가리킨다. 소도구들, 민담의 배경이 되는 장소나 마법의 물건들에 관한 디테일이 여기에 해당된다. 그것은 하나의 모티브에 담긴 구체적 개념들 혹은 개별적 "충전물들"이며, 이러한 것들을 문학적으로 형

---

140) Röth: Kleines Typenverzeichnis 1998, 6-7쪽. Uther: Introduction. In: ATU, 7-8쪽.

상화할 때에는 뚜렷하게 구별되지만, 다른 한편으로 특정 모티브들에 있어서는 전형적이다.[141] 그러므로 가령 앞서 두 형들이 시험을 쓸데없이 치르지 않으면 안 되었던 것은 민담 「생명의 물Wasser des Lebens」에서 왕의 딸이 진짜 신랑을 다시 알아보기 위한 재인식과정의 일부에 해당된다.

알랜 던데스Alan Dundes에 따르면 그러한 모티브들은 이른바 이형(異形) 모티브로서 모티브상의 여백을 덮을 수가 있다.[142] 블라디미르 프로프Vladimir Propp는 그의 저서 『민담 형태론Morphologie des Märchens』에서 행위 하는 일곱 명의 등장인물들의 31가지 기능에 관한 하나의 모델을 만들었으며, 이 모델은 구조주의 민담연구에 광범위한 영향을 미치고 있다(참고. 6.2장). 프로프의 구조주의 모델에 따르면 이러한 동기소들은 구조적으로 대등할 뿐만 아니라 상징적으로도 대등한 것으로 여겨진다.[143]

모티브는 - 동기소와 마찬가지로 - 다양한 이야기 유형과 장르에서 등장하며, 이해를 바탕으로 의미가 전달되는 반복적이고, 전형적인 구성요소이다. 지리-역사 연구방법론의 의미에서 모티브에 따른 이야기 유형분류는 유형학적 체계로 편재하는 데 이용되며, 이야기 유형 및 이와

---

141) Kayser: Das sprachliche Kunstwerk 1992, 60쪽.
142) Dundes, A.: The Symbolic Equivalence of Allomotifs: Towards a Method of Analyzing Folktales. In: Le Conte: pourquoi? Comment? Hg. v. Geneviée Calame-Griaule and Veronika Görög-Karady. Paris 1984, 187-199쪽.
143) Conrad, J.: Motivem. In: EM 9, 1999, 954-957단.

관련된 색인목록 편성도 마찬가지이다. 이러한 목록을 둘러싼 논쟁은 기존의 모음집들, 즉 전설, 성담 그리고 노벨레 형식의 민담과 같은 장르들의 고르지 못한 수용, 그리고 모티브, 주제와 장식의 결여에 초점이 맞추어져 있다. 그것은 새로운 구상과 수정[144], 그리고 스티스 톰프슨Stith Tompson에 의한 모티브 목록의 완성으로 이어졌다. 1955년부터 1958년까지 그의 수정본에는 알파벳 및 일련번호 체계(약어 Mot.+알파벳과 일련번호)[145] 내에서 중심인물, 모티브, 표상 그리고 사건에 따라서 대략 40,000개의 텍스트와 참고문헌들이 분류되어 있다.

한편으로 모티브들이 일정한 상황들에 단단히 고정되어 있을 수 있으나, 다른 한편으로는 이야기 속에서의 치환도 가능하다. 모티브들의 결합력은 서로 다른 이야기 유형들의 결합과 융해를 가능하게 만든다(합성). KHM 42 「대부Der Herr Gevatter」에서는 상이한 혈통의 모티브들이 결합된다. 그리하여 공포민담의 요소들과 초자연적인 요소들이 익살스럽게 그려진다.

> 자식이 많은 아버지는 갓 태어난 아이를 위해서 대부를 찾는다. 그는 문 앞에 서 있는 대부를 발견하는 꿈을 꾼다. 그런 일이 실제로 일어난다. 그리고 그는 죽음이 병자의 머리맡에 드리워지더라도, 병자를 낫게 할 수 있는 한 잔의 물을 그로부터 받는다.

---

144) Aarne/Thompson: The types of the Folktale 1987.
145) Uther, H.-J.: Motivkataloge. In: EM 9, 1999, 957-968쪽, 여기서는 958단.

여기에서는 형식적으로 ATU 332 대부의 죽음(KHM 44와 비교)과 ATU 334 마녀의 가정(KHM 43과 비교)이 결합되어 있었다. 대부는 생명의 물을 아들에게 건네며, 이것을 가지고 아들은 유명한 의사가 된다. 그가 은인의 집에 발을 들여놓자, 그는 두려움을 배우게 되고, 결국에는 달아난다.[146] 「생명의 물」의 모티브는 이 경우에 성담의 소재를 연상시킨다.

체로 물 긷기 모티브(아르고스의 왕 다나오스의 오십 명의 딸, 참고. 마태복음 7,1ff.)는 이야기 유형 ATU 1180뿐만 아니라 KHM 178 「구둣방 주인 프리엠Meister Pfriem」에서도 발견된다(ATU 801, 1248). 이 구두장이는 하늘나라에서 두 명의 천사가 우물에서[147] 수많은 구멍이 뚫린 통에다 물을 긷는 모습을 꿈꾼다. 그 때문에 물이 사방으로 흐른다. 구두장이 프리엠은 이러한 바보 같은 짓에 대해서 흥분을 한다. 그는 이러한 방법으로 천사들이 땅 위에다 비를 뿌린다는 사실을 알아채지 못하고, 모든 것을 단순한 소일거리라고 생각한다.[148] 여기에서는 성담이나 귀감의 특성과 함께 잘못된 방향설정으로 인한 오류가 더 이상 문제되는 것이 아니라, 이러한 모티브들이 결정적으로 익살스러운 의도로 이용된다.[149] 디츠-뤼디거 모저Dietz-Rüdiger Moser는 이 민담을 불합리한 재판관의 예수 비유에 관한 성경 패러프레이즈로서 간주하였지만(Mt 7,1-5; Lk 6, 42), 그것은 "의도적으로 성취한 웃

---

146) Uther: KHM IV, 86쪽.
147) Heindrichs, U.: Der Brunnen. In: Die Welt im Märchen. Kassel 1984, 74-84쪽.
148) Uther: KHM III, 92쪽.
149) 참고. Uther: KHM IV, 329쪽.

음으로 (예수의 부활에 대한) 부활절의 기쁨에 가시적이고 음미할 수 있는 표현을 부여하는 것"이 중요했던 "부활절 이야기Ostermärlein"의 특징을 분명하게 준수하고 있다.[150]

"소금과 같은 사랑Lieb wie das Salz"(Mot H 592.1; M 21) 모티브는 전승 소재들과 이야기 내에서 모티브가 갖는 다중결합가에 대한 하나의 예이다. 흔히 왕은 딸들에게 자기를 얼마나 사랑하고 있는지를 묻는다. 손위 딸들이 다소 값비싼 물건을 예로 들지만, 막내딸은 "소금과 같아요!"라고 대답한다. 이러한 대답이 끝나자마자, 그녀는 추방된다. 이웃나라 왕과의 결혼식에 사람들이 아버지를 초대하지만, 그에게는 소금 끼가 없는 음식만을 가져다준다. 이제 그는 답변의 진실을 인정하지 않을 수가 없다. 그것은 사건을 촉발시키는 요소로서 예컨대 ATU 510 「신데렐라」(재투성이 아가씨Aschenputtel, 털복숭이 공부 Allerleirauh)와 같이 훨씬 더 큰 민담유형에 속하며, ATU 923 하에서는 독립적인 노벨레로 존재한다. 또한 그러한 것으로서 그것은 코르델리아Cordelia가 그와 같은 답변을 하는 셰익스피어Shakespeare의 『리어왕King Lear』으로도 잘 알려져 있다.[151] 쿠르트 랑케Kurt Ranke는 이러한 모티브가 오래되고, 널리 유포되어 있는 모티브이며, 훨씬

<hr />

150) Moser: Märchen als Paraphrasen 2003, 2쪽. KHM 180 「이브의 닮지 않은 자식들 Die ungleichen Kinder Evas」은 예수 육신의 사지들을 통합하기 위한 바울의 행동에 대한 패러프레이즈라고 한다, 1. Kor. 12, 4. (5쪽). 마찬가지로 KHM 147 「젊어진 노인Das junggeglühte Männlein」(AaTh 753 예수 그리스도와 대장장이Christus und der Schmied)는 가짜 예언자들에 대한 성경의 경고와 연결되어 있으며 (Mt 24, 11), 반기독교인에 관한 가르침에 다리를 놓는다고 한다 (1. Joh. 2, 18) (9쪽).

151) Köhler: Aufsätze über Märchen und Volkslieder 1894, 15쪽.

나중의 전승문학에서도 활발하게 등장하고 있다고 생각한다. 이에 관한 증거들은 가령 1557년 마르틴 몬타누스Martin Montanus의 슈방크 모음집 『지름길Wegkürzer』혹은 한스 빌헬름 키르히호프Hans Wilhelm Kirchhof의 슈방크 모음집 『불쾌해짐Wendunmuth』(1563)에 실린 흔히 있는 변형들이기도 하다.[152]

에피소드는 이야기꾼과 청중 사이에 교류할 수 있도록 하기 위해서 이야기 유형에 고정되어 있는 줄거리의 일부가 아니다. 예를 들어 에피소드 ATU 518 "마법도구를 둘러싸고 벌이는 싸움"은 줄거리의 유발원 인자로서 경이로운 사건을 각기 다른 유형 내에서 가속화하거나 아니면 주인공이 뭔가를 구하기 위해서 떠나는 여행의 성공에 이용될 수 있다.[153]

시퀀스는 이야기 유형들의 사건진행과정들을 단락형식으로 정리하며, 이야기꾼들은 그 자체로 완결된 이들 단락을 다른 유형들에서도 인용할 수 있다.

변형은 기존의 이야기 소재로 만들어진 전형적 줄거리 전개과정에서 일어나는 변화이며, 이러한 전형적인 줄거리 전개과정이 기본형태 (이야기 유형)로 확정될 수 있다.[154] 비록 일치하는 경우가 드물긴 하지만,

---

152) Ranke: Schwank und Witz als Schwundstufe 1955, 50쪽.
153) 참고. Röth: Kleines Typenverzeichnis 1998, 8쪽.

하나의 이야기 유형이 갖는 일체의 변형은 이러한 전형적인 줄거리 전개과정과 동일함을 보이지 않으면 안 된다.

어느 한 이야기의 유형에 속할 수 있는 **버전**은 역사적, 지역적 그리고 서사적 변화 속에서 생겨난다. 버전은 이야기꾼들이 생생하고 활기 넘치는 이야기 상황 속에서 자신들의 경험, 자신들의 관심사, 그리고 자신들의 형상화 의지를 이야기 속으로 끌어들이고, 그렇게 함으로써 이야기의 기본형태를 변경할 때 발생한다.

이야기 유형은 공통적인 줄거리의 도식(plot outline)과 일치하는 가급적 많은 변형들에서 보이는 전형적인 줄거리 전개과정에 대한 개념적 표현이다. 이로써 이야기 유형은 그때마다 하나의 기본형태를 구성한다. 발견된 변형이나 버전들은 그와 같은 기본형에서 유래되거나 아니면 기본형의 일탈을 근거로 해서 확인될 수가 있다.

이야기 유형 AaTh 551 생명의 물Wasser des Lebens[155] 내지는 ATU 551「생명의 물Water of Life(이전의 제목: 아버지를 위해서 경이로운 치료제를 찾아 나선 아들들The Sons on a Quest for a Wonderful Remedy for their Father)」에 대한 기술은 색인목록이 지닌 그러한 가능성과 한계들을 보여주는 하나의 예이다.[156]

---

154) 참고. 같은 책. 7-8쪽.
155) 같은 책. 118쪽.

I. 병든(눈 먼) 왕에게는 비범한 치료제만이 도움이 될 수 있다(생명의 물, 젊어지는 사과, 불사조 등등). 그것을 가져오는 사람이 왕관과 왕국을 물려받는다.

여기에서 발전되어 아들들이 집을 나서도록 만드는 동기부여, 즉 왕위 상속은 예를 들면 그림 형제의 판본(KHM 97)에는 없다. 여기에서는 단지 아들의 사랑에 관한 이야기일 뿐이다. 그와 달리 많은 판본들이 슬라브 언어권에 있으며[157], 이곳에서는 왕위상속이 분명한 동기부여이자, 동시에 이를 통해서 형들의 간계를 뒷받침한다. 즉 막내아들은 그들의 권리인 왕위상속권을 잃게 만든다.

II. 그의 세 아들들은 그것을 찾기 위해서 길을 나선다. 오만한 두 형은 여흥에 빠지거나 혹은 절망적인 상황에 빠진다. 그러나 막내아들은 현혹되지 않고 길을 안내하는 노인들(난장이, 독수리)을 친절하게 대한다. 그는 충고를 받고 도움을 얻는다. 그래서 그는 단 한 시간만 열리는 마법의 성에 다다른다.

과제와 시험들은 주인공을 선별하는 데 이용된다. 여기에서 난장이는 어디에서 어디로 갈 것인지를 단순히 묻는다. 그러나 그는 두 형들로부터 어떤 대답도 듣지 못한다. 다른 버전들에서 막내는 음악과 소음이 있는 술집으로는 들어가지 말고, 돌아오는 길에 교수대에 매달린 시신을 사지 말라는 지시를 받는다.

---

156) Uther: The Types of International Folktale 2004: ATU 551 Bd. I, 320-321쪽. 뢰트 Röth와 우터 Uther에 따라 제시된 자료. 후자의 경우에는 그때마다 모티브의 일련번호들이 삽입되어 있다. 그 밖의 차이점은 매우 미미하다.
157) Pomeranzewa: Russische Volksmärchen ¹ª1977, No. 31.

Ⅲ. 그는 성문을 지키는 동물들(용 등등)을 진정시킨다. 그러나 그곳에는 모든 것이 잠 자고 있음을 알아차린다. 그는 생명의 샘(황금사과나무)을 발견하고, 신비로운 치 료제를 얻는다. 그리고 아름다운 여인(공주)과 동침을 한다. 그는 자신의 이름(인식 표)을 남기고, 성문이 닫히기(가라앉기) 전에 곧바로 나온다. 돌아오는 길에 그는 도움을 준 노인들을 다시 젊게 만들어 주고(구원해주고), 마법의 물건들을 얻는다.

여기서 흔히 하나의 에피소드가 삽입된다. 이 에피소드에 따르면 막내 아들은 예를 들어 교수대에서 자신의 두 형을 구출해 그들을 자유롭게 풀어준다. 그의 도움으로 두 형은 자유를 얻고 집으로 돌아온다.

Ⅳ. 생명의 물을 가져오는 데 실패한 두 형은 남의 눈에 띄지 않게 부왕인 아버지의 치료제를 평범한(독성이 있는) 약으로 바꿔치기를 한다. 다시 왕이 건강해진다. 두 형은 막내를 비방한다. 그 때문에 왕은 막내아들을 죽이라는(유폐시키라는) 명령 을 내린다. 그렇지만 막내아들은 이 형벌을 모면한다(감사의 표시로 받은 마법의 물건에 의지해 탑 안에서 몸을 지탱한다).

KHM 53 「백설공주Sneewittchen」를 통해서도 잘 알려진 바와 같이 흔히 사냥꾼이 주인공을 살해하라는 명령을 받는 것이 바로 장식 Zug 이다. 그러나 신의(信義) 때문에 사냥꾼은 명령을 따르지 않고, 대신에 동물을 잡아서 혀나 간과 같은 장기를 가져오라고 명령받은 인식표로 사용함으로써 왕을 합리적으로 속인다.

Ⅴ. 그러는 사이에 마법의 성에 사는 아름다운 여인은 사내아이를 낳았으며, 침입자 의 이름을 발견하였다. 그녀는 군대를 이끌고 나타나 아들의 아버지에게 요구를

한다. 건방진 두 형은 있는 힘을 다한다. 그래서 그들은 그녀가 펼쳐 놓은 황금의 천(길) 옆으로 말을 타고 가지만, 그들은 성에 관해 아무 것도 알지 못한다. 이때 기적적으로 구출된 막내아들이(누더기를 걸치고) 나타나 개의치 않고 황금의 천 위로 말을 타고 달려온다(특징들로 식별된다). 그를 위해서 성문이 열린다. 그는 신부를 맞이하고 왕국의 통치자가 된다. 늙은 왕은 무슨 일이 일어났는지를 알게 된다.(신부의 왕국으로 함께 돌아옴).

귀로에서 주인공이 행하는 선행들은 행복한 결말을 위한 전제조건이 된다. 즉 아버지는 분명 모종의 음모가 행해졌음에 주목하게 된다.

그와 같이 도식적으로 묘사할 경우에는 추상화가 문제시 된다. 우선 이야기꾼이나 편집자는 그것에 생명을 불어넣고, 거기서 하나의 이야기를 만든다. 이때 특별한 이야기 판본이 문제라면, 이러한 판본은 다시금 문체양식을 구성하면서 전통을 강화시키거나 혹은 변화시키는 역할을 할 수 있다. 그래서 예를 들면 지크리트 포이크트Sigrid Voigt는 성문을 지키는 마녀가 남성들이 마음속에서 그리는 여자의 모습으로 변신을 하면서, 성의 안채에서 주인공들을 맞아들이고는 그들을 속이는 이야기의 한 변형을 이야기한다. 마녀는 남자의 옷으로 가장하고는 자신의 남편을 해방시켜주는 한 여자에 의해서 패하게 된다.[158]

　　문예학적 연구에서는 민담의 모티브들이 전체 구조 안에서 기본적인 것 혹은 오히려 소도구 정도로 여겨질 수가 있다. 핀란드 학파의 건설적 비판자 알베르트 베셀스키Albert Wesselski(1871-1939)는 이처

---

158) Märchen aus Mallorca 1968, No. 30.

럼 서로 다른 모티브의 중요도가 절대적으로 필요하다고 생각하였다. 그의 구상은 르네상스 시대에 이르기까지 서유럽의 마법민담에 집중되는 경향에 대한 하나의 실례로서 간주된다.[159] 그는 민담이 구술형식으로 먼저 존재하고 있다는 주장을 입증되지 않은 논제라고 생각하고 있으며, 그 때문에 만약 어느 한 텍스트에 대한 문서형식의 전승이 존재하지 않을 경우에만 실제 핀란드 학파의 연구방법론들(참고. 3.2장의 지리·역사 연구방법론)을 적용하고 있음을 알고 싶어 한다.[160] 그의 중요한 비판은 '모티브'의 개념과도 관련된다. 즉 이야기의 종류는 모티브의 선별로 말미암아 결정된다는 것이다. 베셀스키는 **모티브들을 발생에 따라서 다음과 같이 정의한다.**

- '공동체 모티브' : 인간의 공동체 생활에서 실제적인 혹은 있을 수 있는 체험의 결과로 나오며, 이야기를 듣는 청자(聽者)에 의해서 아무런 제약도 받지 않고 진실로 인식된다.
- '환상 모티브' : 미신 혹은 아직 완벽하게 사라지지 않은 믿음에서 유래하며, 반신반의하는 정도의 신뢰를 받는다.
- '기적 모티브' : 더 이상 신뢰를 받지 못하며, "문학적 허구"로서만 간주될 뿐이다.[161]

베셀스키에 따르면 전설은 사실주의적 모티브들 이외에 특히 환상의 모티브를 포함하고 있다. 상당한 정도 예술적 창작물로 간주되는 민담

---

159) 참고. Thompson: The Folktale 1977, 22쪽.
160) Wesselski: Versuch einer Theorie des Märchens 1974, 153쪽.
161) 같은 책. 12쪽과 32쪽.

은 실제의 경험에 바탕을 둔 모티브들과 더불어 무엇보다도 기적의 모티브를 이용하였다. 이때 베셀스키는 믿음의 내용과 그것이 지닌 진실의 내용을 형성하는 것이 갖는 역사성을 참작하지는 않는다. 그는 - 실로 계몽주의적 경향들의 연장선상에서 - 점점 확대되는 기적에 대한 불신에서 출발한다. 장차 그는 미신의 가장 특이한 형식들을 지닌 유럽의 중세시대야말로 진정한 민담을 알지 못하였으며, 오히려 전설, 성담, 일화, 노벨레 등을 알았을 뿐이라는 견해에 이른다. 그러므로 인도역시도 진짜 민담을 알지 못하였다. 왜냐하면 유럽에서는 이미 사라진미신의 다양한 표상들이 오늘날에도 여전히 그곳에서는 활발하기 때문이다.[162]

실제 모티브들은 역사적-사회적 및 개인적으로 다양하게 실현될수 있는 각기 다른 현실의 정도를 갖고 있다. 그러므로 이러한 구분을일반화하는 것이 전혀 문제가 없는 것은 아니다. 그러한 구분이 민담연구에서 인정받지는 못하였지만, 모티브들과 장식들을 일정한 순서에따라 분류할 경우에는 원칙적인 문제점들을 지적하지 않을 수 없다.[163]이 경우에는 구술과 문필의 전통이라는 맥락에서 역사 및 지리적 개별

---

162) 흔히 베셀스키는 예를 들면 발터 안데르손으로부터 민담이 탁월한 예술가들을 통해서만이 생겨나고 전파될 수 있다는 그의 주장 때문에 공격을 받았다. 문서형식의 기록 없이는 민담이 기억 속에서 사라졌을 것이다. 참고. Lo Nigro: Die Formen erzählender Volksliteratur 1973, 372-393쪽, 여기서는 382-383쪽.

163) 참고. Aarne: Leitfaden 1913, 14쪽. Leyen: Das Märchen 1958, 75쪽. Mölk: Das Dilemma 1991, 112쪽. Würzbach, N.: Theorie und Praxis des Motiv-Begriffs. Überlegungen bei der Erstellung eines Motiv-Indexes zum Child-Corpus. In: Jb für Volksliedforschung 8 (1993), 64-89쪽, 여기서는 77-79쪽. Frenzel, E.: Neuansätze in einem alten Forschungszweig. In: Anglia 111 (1993), 97-117쪽.

연구가 절대적으로 필요하다.

2.6 판타지문학과 대중문학

예컨대 톨킨J. R. R. Tolkien의 『반지의 제왕The Lord of the Rings』 (1954/55, 독일어판 1969/70)이나 미하엘 엔데Michael Ende의 작품들처럼 몇몇 작품들이 세계문학의 반열에 올라있기는 하지만, 일반적으로 대부분의 판타지문학은 통속문학에 속한다. 이 장르는 한 눈에 전통적인 민담과 함께 여러 공통점들을 공유하고 있다.

두 장르의 공통적인 특성들은 다음과 같다.

- 판타지적 요소와 변신이 있는 에피소드들, 모티브들이나 장식들과 같은 소규모 구성요소들
- 특히 통속문학과 민담의 이른바 행복한 결말
- 아동문학이자 동시에 성인문학이라는 것
- 산문문학이라는 점
- 에피소드 형식의 줄거리 구조들
- 내적 성숙
- 근본적인 삶의 체험과 종교-철학적 세계해석들과의 연관
- 특유의 상징 언어

그러나 민담과는 달리 억지로 꾸며 낸 태고적 세계가 줄거리의 큰 틀을 형성하고 있으며, 그 안에서 마술과 초자연적인 힘들이 인물들의 행위 잠재력을 확장한다. 또한 판타지가 자연과학이나 과학기술이 없는, 도저히 있을 수 없으며 공상적인 태고의 대안세계들과 대안시대들, 가상의 신화들과 마술적-신비적 피조물들에 의해서 부양된다는 점에서 판타지문학은 전통적인 공상문학과 구별된다. 요정과 요정의 나라에 관한 민담들만이 폭넓게 틀이 잡힌 완성된 대안세계를 담고 있다. 악과 선의 상투적인 싸움, 악의 식별 및 이상적인 통합질서 찾기와 같은 이 장르의 전형적인 주제들은 민담에 있어서는 낯선 것들이다.[164]

두 장르의 다양한 역사적 조탁에 근거한 형식의 안전성과 수용도 근본적으로 서로 다르다. 일반적으로 통속문학과 마찬가지로 판타지문학은 항상 독자들을 위해서 전통적으로 소개된 민담과는 다르게 만들어졌으며, 그것은 특정한 사회계층의 오락에 이용되고 있다.[165] 이와 달리 전래민담은 여전히 구연이든 서적담의 형식으로든 거의 모든 사회계층에서, 그리고 민족의 경계를 뛰어넘어 보존되고 전승되고 있다.

몇몇 특징에 있어서 전래민담은 **통속문학**에 가까우며, 대중적인 이야기 소재에 해당된다. 먼저 통속문학은[166] 대중들에 의해서 폭 넓게 읽

---

164) Pesch: Fantasy 1982. Hume: Fantasy and Mimesis 1984. Todorov: Einführung 1992. Hetman: Die Freuden 1984. Wunderlich: Mythen, Märchen und Magie 1986.
165) Kvideland/Eiriksson: Norwegische und Isländische Volksmärchen 1988, 295쪽.
166) 참고. Wilpert: Sachwörterbuch der Literatur 2001, 851쪽.

혀지는 문학을 가리키며, 발생, 수용 그리고 질에 있어서 고급문학 내지는 문예작품과는 구별된다. 미학적으로는 가치가 별로 없는 대중의 읽을거리가 문제시되며, 이들 작품은 대량으로 공급되는 싸구려 잡지나 분책으로 발간되는 소설 또는 포켓판 서적 형태로 이른바 고급문학과 함께 판매되고 있다. 쉽게 읽을 수 있다는 것, 이해하기 쉬운 줄거리, 그리고 해피엔딩은 분명 민담과 공통되는 점들이다. 그렇지만 통속문학이 일상과 대비되는 행복, 사랑 그리고 부유함에 관해서 이상적이면서 명확한 소망이 담긴 꿈의 세계를 그린다는 점에서 민담과는 다르다.[167] 여기에서는 억지로 꾸민 듯 작위적으로 해결되는 위장갈등이 문제시되는 것이 아니다. 또한 흑백 구도로 판에 박힌 듯 정형화된 인물들이 문제시되지는 않지만, 그러한 흑백 구도의 계급질서가 각양각색으로 이상적인 세계를 거짓으로 약속한다. 전통적인 민담은 갈등을 일상으로부터 취하며, 정형화된 인물들로 하여금 갈등에 반응하도록 한다. 그러므로 갈등의 대리 조정이 비유적인 영역에서 일어날 수 있다. 흰색 가운을 입고 다가오는 통속소설과는 달리 흔히 민담의 무대배경은 농촌의 색채를 띠며, 왕들은 부분적으로만 묘사되고, 오히려 그들이 사는 궁전은 상징적인 무대가 된다.[168] 19세기의 구술 환경에서 비롯된 민담은 구어적 표현과 방언의 형상화에서 두드러지며, 이 점에서 판에 박힌 상징과 표현들로 가득 찬 상투적 은어를 놓치지 않고 따라가면서

---

167) Röhrich: Märchen und Wirklichkeit 2001.

168) 참고. Sprachmagie und Wortzauber/Traumhaus und Wolkenschloss 2004(= EMG 29). Als es noch Könige gab 2001(= EMG 26).

미사여구와 감정을 지나치게 드러내는 통속문학의 이야기하기와는 구별된다.[169]

2.7 구술형식 - 문서형식 - 연속성?

만약 구술형식의 선존재(先存在)를 미화하는 낭만주의적 상투어들이 비판적 질문을 받는다면, '생산'과 전파과정에서 구술형식과 문서형식의 관계에 대한 문제가 연구의 초점이 될 것이다. 민담발생 및 전파에 관한 견해에 있어서 '민중'에 의한 민담발생이라는 논제와 더불어 민담의 구술전승은 낭만주의적 패러다임에 해당된다.[170] 그림 형제의 민담은 이미 구술형식으로 생겨난 이야기 소재들, 텍스트의 일부와 사본들로 이루어진 하나의 집합체이다. 흔히 민담의 전통에서 구술형식의 선존재 혹은 민담의 존속을 위한 문서형태의 기록의 필요성과 관련한 선호 집단의 과대평가는 실제의 과정과는 별로 일치하지 않는다.

텍스트 자체에서 구술의 전통과 구연을 재구성하는 것은 불가능하다. 그것은 모음집의 서문들, 여행기들, 연대기들, 재판서류들 등과 같

---

169) Bausinger, H.: Schwierigkeiten bei der Untersuchung von Trivialliteratur. In: Wirkendes Wort 13 (1963) 4, 204-215쪽. Bausinger, H.: Zur Kontinuität und Geschichtlichkeit trivialer Literatur. In: Festschrift für Klaus Ziegler. Hg. v. E. Catholy und W. Hellmann. Tübingen 1968, 385-410쪽. Fritzen-Wolf: Trivialisierung des Erzählens 1977. Schenkowitz: Der Inhalt 1976 (nach Levins Korpusanalyse).

170) Pöge-Alder: 'Märchen' 1994, 17-23쪽.

은 그 밖의 문헌들을 모범으로 삼지 않으면 안 된다. 그 때문에 연감, 잡지, 수업교재나 독본, 설교나 교회의 오락용 읽을거리들도 특별한 문헌적 가치를 지닌다.[171]

구술 또는 문서의 우위에 관한 질문에 즈음해 민담연구사에서는 다양하면서 극단적인 입장들이 형성되었다. 여기에서는 서로 멀리 떨어져 있는 지역의 민담들 사이에 존재하는 공통점의 원인에 관한 질문과 밀접하게 연결되어 있다. 핀란드 학파의 연구자들은 가장 흔한 전파형식으로 민담소재의 이동 또는 확산 쪽에 무게를 두었다. 예를 들면 발터 안데르손Walter Anderson(1885-1962)은 물결이론에서 출발하였는데, 그의 이론에 따르면 구전형식의 전래민담은 물결과 같은 모양으로 확산되었다고 한다.[172]

일방적으로 구술형식의 전래를 지나치게 과대평가하는 입장 이외에 그림 형제의 『어린이와 가정을 위한 민담집』과 같은 모음집들이 끼친 영향이나 천일야화에 나오는 민담들의 발간에 보다 큰 의미를 부여하는 중도적인 입장들도 있었다. 그래서 핀란드 학자 안티 아르네Antti Aarne는 이들 모음집이 민담의 전파와 일반화를 촉진시켰을 것이라고 생각하였다. 그와 동시에 그는 만약에 인접한 두 국가에서 서로 흡사한

---

171) Röhrich/Wienker-Piepho: Storytelling in contemporary societies 1990. Röhrich: Volkspoesie ohne Volk 1989. Röhrich: Das Kontinuitätsproblem 1976, 292-301쪽. Bausinger/Brückner (Hg.): Kontinuität? 1969, 117-133쪽. Moser-Rath: Predigtmärlein der Barockzeit 1964. Pöge-Alder: Lehren fürs Leben 2003. Müller-Salget: Erzählungen für das Volk 1984. Lox/Schelstraete: Stimmen aus dem Volk? 1990.

172) Anderson: Geographisch-historische Methode 1934/40, 508-522쪽.

이야기의 변형들이 발견되었지만, 그러한 이야기의 변형들이 멀리 떨어져 있는 곳의 이야기 변형들과는 별로 유사하지 않을 경우에는 이를테면 구술형식도 존재했을 것이라고 생각하였다. 또한 그는 교통망을 통해서도 민담들이 언어의 경계와 국경을 넘을 수 있었지만, 전승과정에서 생긴 뜻밖의 틈새는 보다 심도 있는 현장사례수집연구를 통해서만이 극복될 수 있다고 생각하였다.[173]

알베르트 베셀스키Albert Wesselski의 연구와 데틀레프 펠링 Detlev Fehling의 논제를 둘러싼 연구의 연장선상에서 구술형식이 지닌 전승의 중요성에 관한 격렬한 논쟁들이 벌어졌다.[174] 기본적으로 펠링은 구술형식의 전승 가능성을 믿지 않는다.[175] 18세기 독일에서는 민중들 사이에 자연그대로의 전래민담들이 존재하지 않았으며, 19세기 초반의 민담들은 프랑스와 오리엔탈 지역의 원전들에서 나온 것이라는 존재의 확인이 그레츠Gratz에게서 입증되었다. 후자의 경우는 처음에 프랑스어 번역을 거쳐서 독일어권 지역으로 들어왔다.[176]

일반적으로 구술형식과 문서형식이 서로 야기하는 상호영향이 이

---

173) Aarne: Leitfaden 1913, 18-21쪽.
174) Fehling, D.: Amor und Psyche. Die Schöpfung des Apuleius und ihre Einwirkung auf die Märchen, eine Kritik der romantischen Märchentheorie. Mainz 1977(= Akademie der Wissenschaften und der Literatur 9). Wesselski: Versuch einer Theorie 1974. Wesselski: Die Vermittlung des Volks 1936, 177-197쪽. Anderson: Zu Albert Wesselski's Angriffen 1935. Wienker-Piepho: Schriftlichkeitssymbole 1997, 207-215쪽. Wienker-Piepho: "Je gelehrter, desto verkehrter" 2000.
175) Fehling: Erysichton oder das Märchen von der mündlichen Überlieferung 1972, 173-196쪽.
176) Grätz: Das Märchen 1988.

야기될 수 있을 것이다. 압도적인 구술형식에서 문서형식으로, 그리고 이제는 이른바 새로운 매체로 이어지는 각각의 변동국면에서 개별 전승의 예로 분리해서 연구하지 않으면 안 될 만큼 변화과정들이 중요해지고 있다. 문서형식의 변형들이 전래의 경계점들을 이루고 있다. 만약 정황증거들이 있다면, 구술형식의 전래가 고려될 수 있다. 그렇지 않은 경우에는 문헌상의 증거들만이 발생연대를 확인할 수 있는 전승 고리의 확실한 구성요소로 간주될 수 있다. 어느 한 이야기 소재의 구전전통은 증거가 부족할 경우에는 허구로 판명될 수가 있다. 그와 달리 이른바 일상적인 이야기하기는 언제나 있었다.

> 행복한 결말에 이르는 이야기들을 매끄럽게 다듬어서 이야기하는 것은 [...] 세련된 구연태도를 지닌 고상한 창작이다.[177]

오늘날 제2의 구전형식의 다양한 현상들과 만나게 된다. 민담의 유래와 전승과정을 재구성하는 일이 결코 쉽지 않은 복사형식의 민담전파를 가리키는 이른바 이야기의 복사가 여기에 해당된다.[178] 또 다른 연구대상은 오늘날의 민담 이야기하기에서 인쇄된 원전을 재구술화(再口述化)하는 것이다.[179] 본래의 원전을 언급하지 않고 익명화해서 이야기 텍스트들을 서로 나누는 경우에 이야기를 주고받는 장소, 그리고 이와 관련된 사람만이 종종 기억될 뿐이다. 마찬가지로 인터넷에서도 이야

---

177) Schenda: Von Mund zu Ohr, 274쪽. 참고. 같은 책. 268쪽.
178) Bausinger, H.: Folklore, Folkloristik. In: EM 4, 1984, 1397-1403단. 여기서는 1401단.
179) Pöge-Alder: Erzählerlexikon 2000.

기들이 교환되고 전달된다. 토크쇼들은 민담과 같은 이야기들을 옮겨 실는 장소가 된다.

문헌의 영향을 전혀 받지 않는 민담의 구술전통에 관한 견해는 민담연구에서 이제는 진부하다. 뢰리히와 바우징거는 문헌과 구전이 병행해서 진행되며, 개별 원전이나 민담을 분류할 수 있는 "민속의 문학화"와 "문학의 민속화"에서 출발하고 있다.[180] 증명이 가능한 구술형식의 전승은 기껏해야 19세기 초반으로 거슬러 올라가야 추적이 가능하다.[181] 그 때문에 가령 『민담백과사전Enzyklopädie des Märchens』의 각 조항에 실린 그러한 원전들은, 구술형식에 대한 증거자료가 아니라 19세기의 모음집들에 나오는 증거자료로 제시된 것이다. 뢰리히에 따르면 1925년 베셀스키가 발간한 모음집 『중세시대의 민담들Märchen des Mittelalters』 또는 1962/67년 발간된 『중세 후기의 이야기들Erzählungen des späten Mittelalters』은 문서형식에 해당된다. 물론 실린 이야기들의 기원이나 이야기하기의 방식, 그리고 효과는 구술적이지만, 문서형식의 텍스트들만이 실려 있었다.[182] 개별 민담 또는 이야기 유형에 있어서 구술형식 혹은 문서형식의 출전에 대한 그때그때의 가치평가는 개별적으로 정해질 수 있다. 19세기의 민속이야기 모음집들의 경우에는 학교 교과서나 달력화(역자 주: 달력에 실린 주로 교훈적인 내용의 이야기들), 그리고 일간지 등과 같이 인쇄된 원전들로부터 흔히 이야기를 공

---

180) Bausinger: Formen der 'Volkspoesie' ²1980, 53쪽. Röhrich: Volkskunde und Literaturgeschichte 1982, 742-760쪽.

181) Röhrich: Erzählforschung 1988, 353-379쪽, 여기서는 356쪽.

182) 같은 책, 358쪽.

급받는 간접적 구두형식에서 비롯될 수 있다.[183]

학습과제

1. 어떠한 동기들이 낱말 '메르헨Märchen'을 지칭하는 장(場)으로 이어졌는가?

2. 어원의 관점에서 '메르헨Märchen'의 의미를 설명해보시오.

3. 그림 형제의 민담집에 실려 있는 민담 「생명의 물Wasser des Lebens」을 통해서 '민담'의 특징들을 밝혀보시오.

4. KHM에서 이른바 '안티민담Antimärchen'의 예들을 찾아보시오.

5. 유형별 목록을 하나 선택해서 하나의 민담유형에 적합한 예들을 찾아보시오. 여러 민담모음집에 의거해서 이야기 변형의 예들을 제시하고, 흔치 않은 모티브들과 장식들을 찾아보시오.

---

183) Tomkowiak: Lesebuchgeschichten 1993.

3

발생 및 전파이론

ärchenforschung

3
발생 및 전파이론

텍스트를 모으는 과정에서 야콥Jacob과 빌헬름 그림Wilhelm Grimm 은 민담의 유사한 변형들을 정리하였다. 이때 그들은 지리적으로 멀리 떨어져 있는 지역들이 여러 공통점을 공유하고 있다는 사실을 확인하였다. 그러한 공통점들의 원인에 관한 그들의 주장은 후에 여러 차례 설명하면서 깨닫게 되는 핵심적인 내용들과 동일하다.

대중적인 서사소재로서의 민담의 경우, 그 발생과 공통점들의 원인에 관한 질문들이 반복해서 제기되었다. 왜냐하면 대부분 이야기의 창작자들을 입증할 수 없으며, 텍스트들 속에는 전승의 다양한 층위들이 겹쳐지기 때문이다. 소개된 답변들은 재차 이야기들의 일반적인 관찰에 관한 정보를 제공한다. 이들 이야기를 연구할 때 기원과 유사점 찾기는 접근방법의 문제가 되었으며, 그것은 또한 출판방법과 해석방식들에도 영향을 끼쳤다.

늦어도 그림 형제의 발언 이후부터, 발생과 관련해서는 특히 일원발생설(一元發生設)과 확산에 관한 이론들이, 그리고 민담의 모티브들 또는 총체적 현상의 후속 변화들에 관한 이해와 관련해서는 확산과 진화의 원리들이 존재한다.[1] 이 이론들은 두 개의 그룹으로 나뉘어 뚜렷하게 각인된 채 오늘날의 민담이론들에도 등장한다.

우리는 몇 가지 예에서 19세기의 이론들이 - 비록 그 이론들이 시대에 뒤떨어지긴 하지만 - 되풀이해서 인용되고 있음을 확인할 수 있다. 때문에 그림 형제 이후부터 오늘날의 논쟁에 이르기까지의 이론형성을 보여주는 학문적 회고가 필요하다.

3.1 민담의 근원으로서의 태고시대

낭만주의의 운동과정에서 형성되었던 신화학파의 주장들은 이제 더 이상 서사연구에서 수행되지 않는 민담의 기원에 관한 주장들에 해당된다.

요한 고트프리트 헤르더Johann Gottfried Herder나 그 밖의 다른 사람들의 견해들에 따르면, 그림 형제는 동시대의 구전된 이야기들 속에도 옛 신화의 잔재들이 존속하고 있다는 데에서부터 출발하였다. 그들은 '민중문학Volksliteratur' 본래의 총체성을 위해서 "그 깊이를 알 수 없는 우물" 또는 "옛 강물"이나 "결코 멈추지 않는 하천"[2]으로

---

1) E. B. Tylor: Primitive Culture. 2 Bde., London 1871. Hesse, K.: Evolution. In: Streck, B. (Hg.): Wörterbuch der Ethnologie. Wuppertal 2000, 59-63쪽.

형용되는 깨진 보석의 표상을 활용하였다. 문학고찰과 새로운 관찰들의 정형화 원칙으로서 자연과 유기체 사이에서의 이러한 유추들이 헤르더의 주장들과 이러한 고찰방식들을 연결 짓는 것을 가능하게 한다.[3]

　그 밖의 예를 들면 '인도유럽인들의 원시어Ursprache der Indo-europäer' 로서 산스크리트어의 재구성이 그 하나인데, 18세기 말 이래로 언어학의 진전된 연구방법론들이 신화학적 연구를 촉진시켰다.[4] 이들 연구방법론은 수집된 민중문학의 증거자료들에 응용되었지만, 민중문학의 기능이나 전승, 그리고 구연이 고려되지는 않았다. "오늘날 아직도 생생한 민간설화들이나 어린이를 위한 이야기들, 놀이들, 격언들, 관용어들"은 야콥 그림에게는 신들에 관한 신화의 기원으로 간주되었다.[5] 그는 민속의 동일한 구성요소들을 민담과 같이 현존하는 이야기에 이르기까지, 그리고 오래 전부터 풍습으로까지 이어져 내려온 인도유럽어족의 불변의 유산으로 이해하였다.[6] 그림 형제의 견해에 따

---

2) Grimm: KHM. Vorrede 1850, LXIII쪽. Grimm: Vorrede zum ersten Band 1812, 332쪽.

3) Herder: Suphan-Ausgabe, Bd. 32, 235쪽, Bd. 18, 483쪽. Grimm: Vorrede zum zweiten Band 1815, 330-331쪽. 참고. Lempicki: Geschichte der deutschen Literaturwissenschaft 1968, 386쪽.

4) Bopp, Franz: Vorreden zur ersten und zweiten Ausgabe(1833). In: ders.: Vergleichende Grammatik des Sanskrit, Send, Armenischen, Griechischen, Lateinischen, Litauischen, Altslavischen, Gothischen und Deutschen. Bd. 1, Berlin ³1868.

5) Grimm: Deutsche Mythologie ³1854, 11쪽. Ebel: Jacob Grimms Deutsche Altertumskunde 1974, 133쪽.

6) Vries: Forschungsgeschichte der Mythologie 1961, 123-124쪽. Pikulik: Die sogenannte Heidelberger Romantik 1987, 190-215쪽, 특히 203쪽. Hunger: Romantische Germanistik 1987, 47-48쪽. Bausinger: Volkskunde 1971, 41-42쪽.

르면 이러한 포괄적인 신화가 시문학의 토대를 이루었으며, 그 밖의 연구들에 따르면 그 경계선들이 밖으로 옮겨지는[7] 언어군(言語群)에는 공통적이다.[8]

1815년 빌헬름 그림은 『어린이와 가정을 위한 민담집』 제2권 서문에서 다음과 같이 썼다.

> ... 이들 전래민담 속에는 사람들이 잃어버렸다고 생각하는 순수한 원시독일의 신화가 존재하며, 사람들이 지금도 복 받은 우리 조국의 모든 지역에서 그것을 찾고자 한다면, 이 과정에서 주목받지 못한 보물들이 믿기 어려운 보물로 바뀌고, 우리 시문학의 기원에 관한 학문의 기초를 닦는 데 도움이 될 것이라고 우리는 확신한다.[9]

마찬가지로 방언들은 문학 언어를 설명하는 데 이용될 수 있을 것이다. 왜냐하면 방언들은 사람들이 잃어버렸다고 생각하는 고유한 특성들을 간직하고 있기 때문이다. 1850년 그의 추론은 동시에 강령이 되었다.

> 초자연적인 사물들이 상징적으로 파악되고 표현되는 태고시대에 관한 믿음의 잔재들이 모든 민담에는 공통적이다. 이처럼 신화적인 것은 깨진 보석의 조그마한 조각들과 같으며, 이들 조각은 무성하게 자란 풀과 꽃들에 의해 가려진 땅 위에 흩어져 있으며, 다만 예리하게 바라보는 눈을 통해서

---

7) Grimm: Vorrede 1850, LXX쪽.
8) Grimm: Vorrede 1850, LXIX-LXX쪽. Grimm: Vorrede 1812, 325쪽.
9) Grimm: Vorrede zum zweiten Band (1815) 1881, 330쪽.

만이 발견될 뿐이다.

신화적인 것은 "우리가 거슬러 올라가면 갈수록 확장되며, 실로 가장 오래된 문학의 유일한 내용을 형성한 듯하다"[10]고 빌헬름 그림은 결론 짓는다. 비교연구방법론들은 인도유럽의 원시어를 재구성하는 것뿐만 아니라 광범위하게 소개된 민중문학의 기원과 예수 탄생 이전의 신화를 재구성하는 데 이용되었다.

그 때문에 야콥과 빌헬름 그림은 예를 들면 민담의 모티브들을 다음과 같이 신화의 잔재들과 동일시하였다.

- 검은 신부와 하얀 신부에 관한 민담(ATU 403)을 낮과 밤에 관한 신화와 베르타Berta 전설[11], 베르타 또는 페르히타 폰 로젠베르크Perchta von Rosenberg 그리고 홀레Holle 부인과 베르타 인물괴의 역사적 관계[12],
- 「가시장미공주Dornröschen」(KHM 59)를 가시에 찔려 영원히 잠든 (고대 스칸디나비아) 브룬힐데Brunhilde,
- 「백설공주Sneewittchen」(KHM 53)를 스네프리드르Snäfridr,
- 「황금새Der goldene Vogel」와 왕의 아들 찾기(KHM57)를 트리스탄Tristan의 왕 마르크Mark,
- 도둑과 다른 사람들이 달라붙어 있는 「황금거위Die goldene Gans」(KHM 64)

10) Grimm: Vorrede 1850, LXVII쪽.
11) 참고. Rumpf, M.: Braut: Die schwarze und die weiße B. (AaTh 403). In: EM 2, 1979, 730-738단, 여기서는 734단.
12) Grimm, J.: Gedanken über mythos, epos und geschichte. In: ders.: Kleinere Schriften Bd. 4. Hildesheim 1965, 74-85쪽. 참고. Kellner: Studien zum Mythosbegriff 1994, 319-351쪽.

를 신(新)에다 Edda에 실린 로키Loki와 그의 내동댕이쳐진 장대와 동일시하였다.

그림Grimm은 "예배와 자연 사이의" 결합을 증명하는 식물이나 별자리 이름들과 신화적 요소의 혼합을 말하면서 일반적인 자연신화와의 관계를 보여주는 예들을 제시하였다.[13]

전 세계의 많은 사람들은 학문적 모델로서의 『독일신화』(1835, ²1844)를 모방하였다. 야콥 그림이 인도게르만의 신화들을 체계화하고 그 의미를 설명하는 데 많은 노력을 기울였기 때문에 사람들은 민속학 분야의 전체 연구방향을 "신화학파Mythologische Schule"라고 불렀다.[14]

동시에 이들 연구와 함께 고고학의 학술적 가치가 입증되었다. 이러한 의미에서 1854년 야콥 그림은 세르비아 민담 발간에 즈음한 서문에서 다음과 같이 썼다. 즉 수집가들 덕분에 예기치 못한 많은 양의 자료들이 수집되었다.

비판적 연구들의 성공은 그러한 많은 양의 자료에 좌우되고 있으며, 이들 이야기 소재가 천박하고 고려할만한 가치가 없는 창작문학들에서 기인한

---

13) Grimm: Deutsche Mythologie ³1854, 10쪽.
14) 참고. Sokolov: Russian Folklore 1950, 54-55쪽. Gusev, V. E.: Mifologičeskaja škola. In: Bolšaja sovetskaja enziklopedija, Bd. 16, Moskva ³1974, 340쪽. 참고. Pöge-Alder: Die Mythologische Schule 1998, 79-83쪽. Pöge-Alder: Mythologische Schule. In: EM 9, 1999, 1086-1092단.

다는 잘못된 생각이 사라져야만 한다. 오히려 이들 이야기 소재는 옛날 옛적의 신화들을, 설령 그것이 각각의 민족에 맞도록 적용하면서 계속 이야기되는 과정에서 변화되고 파편화되었을지언정 옛 신화들을 받아들임으로써 유럽뿐만 아니라 아시아도 공유하는 수많은 전설이나 우화의 유사성에 관한 중요한 해명을 제공할 수 있기 때문이다.[15]

잔존하는 이야기들을 수집하는 일이야말로 "우리 시문학의 기원에 관한 학문"의 토대를 마련해주며, "독일의 민중문학사에 기여할" 것이라고 말한다.[16] 민담연구는 신화학파와 더불어 야콥과 빌헬름 그림의 견해들을 중요하게 생각하고 따랐다. 학문사를 기술(記述)하면서 사람들은 인도게르만 또는 인도유럽의 이론으로서 민담발생과 전파에 관한 그들의 주장들을 발견하게 된다.

　신화야말로 예술의 참된 기초라고 생각하는 셸링Schelling이나 슐레겔 형제들A. W. Schlegel/Friedrich Schlegel의 이념들이 철학적 토대를 제공하였다. 아르님Arnim, 브렌타노Brentano, 그리고 괴레스Görres는 민속학과 신화를 연결하였다. 또한 크로이처F. Creuzer와 뮐러K. O. Müller는 그림 형제들보다 앞서 나갔다. 유사성을 통해서 관련성을 생산하고자 하는 경향은 낭만주의 시인들과 그림 형제 사이에서 일치한다.[17]

---

15) Grimm, Jacob: Vorrede zu: Volksmärchen der Serben. Hg. v. Wuk Stephanowitsch Karaditsch. In: ders.: Kleinere Schriften, Bd. VIII, Hildesheim 1966, 386-390쪽, 여기서는 387쪽. Grimm, Wilhelm: Vorrede (1815) 1881, 330-332쪽.
16) Grimm, Wilhelm: Vorrede (1815), 330-332쪽.

민중문학의 기본체계로서 민족 신화 - 이러한 주장은 한편으로 "지속적이고 화해 불가능한 본래의 문화와 시문학 전통의 역사"에 종교적 영향을 끼치는 원칙의 지속적 영향으로 간주될 수 있으며, 아르님도 이러한 원칙을 「민요에 대해서Von Volksliedern」(1805)라는 자신의 논문에서 언급하고 있다.[18] 다른 한편으로 기원의 문제에 관한 하이델베르크 낭만파 시인들의 관심은 "아마도 독일 문화민족의 자기표현을 위한 가장 중요한 매체"로서 민중문학의 본질적 내용, 전통사 및 영향사를 탐색하는 쪽으로 이미 옮겨졌다.[19] 사회발전의 출발상황으로서 완전성에 관한 생각이 19세기 초반에 반드시 필요하였듯이, 그것은 국민적 관심과 수용자들의 통합을 촉진시켰다.[20]

신화학파의 대표적 인물들

신화가 민담을 이해하기 위한 기초라는 연구신념은 특히 야콥 그림의 노력들과 관련되었다. 다음의 대표적인 인물들은 수집목적이나 발간의 형식으로도 반영되어 나타나는 그와 같은 견해의 폭넓은 확산에 일조

---

17) Pikulik: Die sogenannte Heidelberger Romantik 1987, 203쪽. Hunger: Romantische Germanistik und Textphilologie 1987, 42-68쪽, 여기서는 47-48쪽. 참고. Bausinger: Volkskunde 1971, 41-42쪽.

18) Hofe: Der Volksgedanke 1987, 246쪽.

19) 같은 책. 250쪽. 이러한 과정은 제바 Seeba의 저서에 기술되어 있다. Seeba, H. C.: Zeitgeist und deutscher Geist. Zur Nationalisierung der Epochentendenz um 1800. In: DVjS. Sonderheft 1987, 188-215쪽.

20) 참고. Rosenberg: Zehn Kapitel 1981, 52쪽.

한다.

프란츠 펠릭스 알베르트 아달베르트 쿤 Franz Felix Albert Adalbert Kuhn(1812-1881)은 비교신화학의 창시자인데, 그의 이론적 토대는 도발적인 어원학이었다. 인도게르만족의 신성체계와 그 신화에 관한 그의 생각들은 거기에서 비롯되었다. 베다Veda 경전의 언어작품들 속에서 그는 자신의 신화비교에 기초를 구성하는 후대의 "진정한 신화"의 씨앗을 보았다. 쿤에게 있어서 신화를 발생시키는 사건은 무엇보다도 폭풍을 수반하는 거친 날씨였다.[21]

이와 달리 베를린의 한 김나지움에서 교장을 역임한 **프리드리히 루트비히 빌헬름 슈바르츠**Friedrich Ludwig Wilhelm Schwartz(1821-1899)는 신들에 관한 신화보다는 지위가 낮은 신화가 훨씬 더 본질적이라고 생각하였다.[22] 그는 오늘날까지 살아남은 초자연적 관념들을 원시적 사고의 표현으로, 그리고 포괄적인 태고시대의 신화에 대한 반향으로 이해하였다. 그와 함께 이른바 빌헬름 만하르트Wilhelm Mannhardt의 생각들이 채비를 갖추게 되었다.[23] 예를 들면 하르츠 Harz(역자 주: 독일 북부에 있는 산) 지역에서는 반복적으로 전설들을 인쇄한 것

---

21) Kuhn, A.: Die Herabkunft des Feuers und des Göttertranks. Berlin 1859, 253-254쪽. Kuhn, A.: Märkische Sagen und Märchen 1843, 신판 1937, IX-XI쪽. In: Die Entwicklungsstufen der Mythenbildung(Berlin 1873) gibt Kuhn generelle Erklärungen (zusammen mit Schwartz). Kuhn/Schwartz: Norddeutsche Sagen, Märchen und Gebräuche 1848. Kuhn/Schwartz: Sagen, Gebräuche und Märchen aus Westfalen 1859.
22) Schwartz: Der Ursprung der Mythologie 1860, 56쪽. Schwartz: Indogermanischer Volksglaube. Ein Beitrag zur Religionsgeschichte der Urzeit. Berlin 1885.
23) 참고 Sokolov: Russian Folklore 1950, 56쪽. Pöge-Alder: 'Märchen' 1994, 99-105쪽.

이 중요한 기능들을 담당하였다. 그것은 신화적 전통 내에서 역사적 자기이해를 강화하였으며, 여행문학과 관광산업 측면에서도 영향을 미쳤으며, 외견상 본래의 풍습들을 대중화하는 데 기여하였다.[24]

요한(네스) 빌헬름 볼프Johann(es) Wilhelm Wolf(1817-1855)는 「독일 신화학 및 풍속학회지Zeitschrift für deutsche Mythologie und Sittenkunde」(1853-1859, 4권)을 창간하였다. 그는 전설과 민담 속에서 신화의 "온전한 전체의 부분들"을 짜 맞추려고 하였다. 그렇지만 그는 "언제나 거의 확실한 경우에만 앞으로 나아갈 수가 있었다. 그 때문에 스칸디나비아의 신화와 독일의 민담들이 지닌 유사한 특징들만이 작성될 수 있었다. 계속해 나가는 것이 너무나 아슬아슬하였다."[25]

리하르트 보시들로Richard Wossidlo(1859-1939)는 메클렌부르크 지역의 민간설화에 나타나는 "이교도적 신성세계의 존속"을 탐구하였다.[26]

테오도르 콜스호른Theodor Colshorn(1821-1896)은 자신의 저서 『하노버 지역의 민담과 전설Märchen und Sagen aus Hannover』을 통해서 '바람직한 아동도서'를 제시하고자 하였을 뿐만 아니라, 거기에서 "독일의 신화를 진흥"시키기 위한 "보다 높은 목표"를 찾았다. 그의 책은 "이 멋진 신흥 학문"을 위해서 몇몇 "새롭고 의미 있는 장식

---

24) 참고. Uther: Einführung: Zur Entstehung der Sagen. In: Uther: Deutsche Märchen und Sagen. Digitale Bibliothek 2003, Bd. 80, 41-65쪽. 참고. 이 책의 5.1장.

25) Wolf: Beiträge zur Deutschen Mythologie 1852, VI쪽, X쪽, XXIV쪽.

26) Wossidlo: Neumann: Das Wossidlo-Archiv 1994, 20쪽. 참고. Pöge-Alder: Richard Wossidlo im Umgang 1999, 325-344쪽.

들"을 끄집어내고, 거기에서 그는 부오탄Wuotan, 도나르Donar, 로키 Loki 그리고 프로Fro를, 여신들Göttinen, 숲의 여인들Waldweiber과 물의 여인들Wasserweiber, 마녀들Hexen, 거인들Riesen, 요정들 Elben, 난장이들Zwerge 등을 발견한다.[27]

에른스트 마이어Ernst Meier(1813-1866)에게는 슈바벤Schwaben 지방 민담의 "서사적 소재들"이 대부분 "신화적인 신들에 관한 전설이나 영웅-전설"에 속하였다. 그 소재들은 "독일의 모든 혈통이 공유하는 태고시대의 공동자산"이기 때문에 KHM의 특성들이 거기에서 재발견될 수 있다고 한다.[28]

하인리히 프릴레Heinrich Pröhle(1822-1895) 역시 민담이 지닌 신화적 내용에서 출발한다. 그 때문에 그는 이러한 가치를 지니고 있지 않은 것들만을 언어적으로 개정하였다고 설명한다. 바로 이러한 민담들 속에서 그는 "시간이 흐르면서 기적에 대한 믿음이 사라졌으나, 바로 그 때문에 상당수 신화적으로 설명할 수 있는 오래되고 쇠퇴한 민담의 소재들"[29]을 검출해낸다.

프리드리히 판처Friedrich Panzer(1794-1855)는 자신의 저서 『바이에른 지역의 전설과 풍습Bayerische Sagen und Bräuche』(1848년 발간)을 "독일의 신화학을 위한 기고문"이라고 생각하였다. 거기서 그는 예수 탄생 이전의 증거들을 찾아냈다.

---

27) Colshorn: Märchen und Sagen aus Hannover 1854, 257-258쪽.
28) Meier: Deutsche Volksmärchen aus Schwaben. Vorrede 1852, 5-6쪽.
29) Pröhle: Kinder- und Volksmärchen 1853, 11쪽.

오래 전에 이교는 아래에 가로 놓여 있다. 그러나 그것은 전설 속에, 실로 미신 자체에 흔적들을 변함없이 붙여놓았다. ... 몇 년 동안은 수확이 더 이상 풍성하지 않을 것이다. 고령의 노인과 함께, 늙은 어머니와 함께, 흔히 전설은 언제나 서서히 사라지고 있다.[30]

학문적인 모델로서의 "독일 신화학Deutsche Mythologie"은 이와 유사하게 개관하고자 애쓴 수많은 연구 작업들 가운데 커다란 공감을 얻었다.[31]

- 파울 헤르만Paul Hermann: 독일의 신화Deutsche Mythologie. Leipzig 1898 (요약 신판: Berlin 제2판, 1992). 같은 이: 스칸디나비아의 신화Nordische Mythologie, Leipzig 1903 (요약 신판: Berlin 1992).
- 빌헬름 만하르트Wilhelm Mannhardt: 신화학 연구Mythologische Forschungen, 파치히H. Patzig에 의해서 유고집으로 묶음, 뮐렌호프K. Müllenhoff와 쉐러W. Scherer의 서문, Straßburg1884(= Quellen und Forschungen No. 51).
- 칼 뮐렌호프Karl Müllenhoff: 독일 고고학Deutsche Altertumskund, 제1권, Berlin 1883.
- 칼 짐로크Karl Simrock: 독일신화 안내서Handbuch der deutschen Mythologie, 스칸디나비아 신화 포함, Bonn 1887.
- 루트비히 울란트Ludwig Uhland: 문학과 전설의 역사Schriften zur Geschichte

---

30) Panzer: Bayerische Sagen, Bd. I, X쪽. Alzheimer-Haller, H.: Panzer, Friedrich. In: EM 10, 2002, 515-516단, 여기서는 515단.

31) Pöge-Alder: Die Mythologische Schule 1998, 79-83쪽. Pöge-Alder: Märchen aus dem Volk - Märchen für das Volk? 2003, 32-53쪽.

der Dichtung und Sage, VI, VII 권, Stuttgart 1868.

자연신화학파

1900년대 자연신화학적 해석에서 자연현상들이 민간신앙의 원천으로 간주되었으며, 그것은 현존하는 이야기에 이르기까지 전승된 신화를 형성하는 데 자극을 주었다. 해석자들은 천체신화 (해와 달에 관한 신화) 내에서 신화와 민담을 자연현상의 비유담(比喩譚)이라고 생각하였다. 뒤피Ch. F. Dupuis는 1794년 『우상숭배와 보편종교의 기원Origine de tous les Cultes ou Religion universelle』(1809)에서 인간 그리고 빛과 어둠, 해와 하늘에 미치는 자연의 영향을 자신의 비유담적 해석의 토대로 삼았다.[32] 19세기를 주도하는 자연과학을 배경으로 삼아 단순한 인과론적 의미설명이 특히 납득할 만한 것으로 보였던 것이다. 이른바 자연신화학파는 문학고찰의 원리로서 유기체와 자연 사이의 유추에 근거를 두고 있다. 사람들은 낭만주의적 사조에 맞춰서 규칙적인 연관성들을 찾아내고자 애를 썼다. 인도유럽 비교언어학에서 출발하는 소위 비교신화연구와 특히 바빌론의 천체신화의 기원에 관한 해석은 거기에 커다란 영향을 미쳤다.[33] 사람들은 신화를 자연현상에 대한 비유담으로 해석하였다. 이때 민담의 모티브는 자연신화의 의미에서 상징적 해석을 만들어냈다.

---

32) Vries: Forschungsgeschichte 1961, 129쪽; cf. EM 6, 1990, 794단.
33) Schier, K.: Astralmythologie. In: EM 1, 1977, 921-928단, 여기서는 923단.

산스크리트 언어학자인 프리드리히 막스 뮐러Friedrich Max Müller(1823-1900)는 언어변천에 관한 자신의 이론을 신화해석과 결부시켰다.[34] "언어의 질병"에 관한 뮐러의 이론은 하이네Chr. G. Heyne (1764년 괴팅겐 Göttingen 아카데미에서의 강연)에 의해서 이미 구상되어 있었으며, 크로이처Greuzer와 괴레스Görres가 그의 뒤를 따랐다.[35] 민담은 추정적 어원학을 매개로 신화에서 그 기원을 찾게 되고, 그 기반이 베다 경전에서 전래되었듯이 자연숭배에서 모색된다.[36] 뮐러에 따르면 문법상의 범주들과 의미론적 변화들이 신화 형성에 기여하였다. 대부분의 신화들은 몇몇 자연현상들, 즉 해 그리고 이와 관련된 현상들, 특히 아침노을과 저녁노을에서 기인하였다. 때문에 사람들은 신화학파의 이와 같은 연구영역을 "태양이론Solartheorie"이라고도 부른다.[37] 뮐러의 이론은 산업화 이전 및 문학 이전 시대의 전통들에 관한 관심 때문에 영국에서 열광적으로 받아들여졌다.[38]

조지 윌리엄 콕스George William Cox(1827-1902)는 신화의 발생에 관한 태양이론과 성운(星雲)이론을 확장하였으며, 이때 신화, 전설, 민담 그리고 영웅서사시가 지닌 공통의 요소들을 부각시켰다. 그

---

34) Braun, H.: Müller, Friedrich Max. In: EM 9, 1999, 987-992단.
35) Vries: Forschungsgeschichte 1961, 143-144쪽.
36) Forke: Die indischen Märchen und ihre Bedeutung 1911, 21쪽. 참고. Oxford Essays. Oxford 1856. Lectures on the Science of language delivered at the Royal Institution of Great Britain in April. May, June 1861, Feb., March, April, May, 1863, London 1864. 참고. Vries: Forschungsgeschichte 1961, 225-231쪽.
37) 참고. Sokolov: Russian Folklore 1950, 58쪽과 60쪽. 참고. EM 8, 1996, 768-769단.
38) Gilet: Vladimir Propp and the Universal Folktale 1999, 18쪽.

때문에 그는 유형 및 모티브 분석의 선구자로 간주된다.[39]

자연신화학의 의미에서 민담 모티브의 비유적 해석은 이를 대변하는 모든 이에게 특징적이다. 에른스트 지케Ernst Siecke, 파울 에렌라이히Paul Ehrenreich, 에드바르트 슈튀켄Eduard Stucken, 린니히F. Linnig 등이 여기에 해당된다.[40] 프리드리히스Friedrichs는 극단적으로 천체신화에 집착하였다. 이를테면 그는 「두 나그네Die beiden Wanderer」(KHM 107)를 샛별Morgenstern과 금성Abendstern으로 해석하였다.[41]

여기서 천체신화학의 또 다른 대표자들이 계속해서 이어졌다. 필립 슈타우프Philipp Stauff(1876-1923)[42]와 베르너 폰 빌로우Werner von Bülow[43]는 1906년 6월 6일 설립된 비교민담연구회가 발간하는 『신화

---

39) Newall, V.: Cox, George William. In: EM 3, 1981, 160-161단. Cox, G. W.: The Mythology of the Aryan Nations. 2 vols., London 1870.

40) Stucken, E.: Der Ursprung des Alphabets und die Mondstationen. Leipzig 1913. Ehrenreich: Die Sonne im Mythos 1915. Fries/Kunike/Siecke: Vier Abhandlungen 1916.

41) Friedrichs, G.: Grundlage, Entstehung und genaue Einzeldeutung der bekanntesten germanischen Märchen, Mythen und Sagen. Leipzig 1909. Friedrichs, G.: Wie die Menschheit ihre Götter, Mythen, Märchen und Sagen fand. Leipzig 1935. Friedrichs, G.: Deutung und Erklärung der germanischen Märchen und Mythen. Leipzig 1934.

42) Stauff: Märchendeutungen 1914.

43) 빌로우Bülow의 저서 『민담의 신비로운 언어Geheimsprache der Märchen』(1925)가 발간되면서 국가사회주의 통치기간 동안에 민담들이 어떻게 통용되었는가 하는 그런 식의 해석들이 지닌 위험이 드러난다. 빌로우는 어떻게 그가 에다와 "철저하게 루네 문자 알파벳"에서 민담의 기원을 찾고자 하는지를 설명한다.(3쪽.) 그의 견해에 따르면 개구리왕자는 신들이 알프하임Alfheim, 즉 태어나지 않은 영혼의 나라이자 황금빛 순수함으로 가득 찬 어린아이들의 천진난만한 나라를 세례 축하의 선물로 주었던 신의 아이

총서』(1907년 이후)에 자신들의 글을 발표하였다. 베를린의 한 고등학교 교사출신인 칼 프리스Carl Fries는 예를 들어 귀감이 되는 이야기를 모아놓은 모음집 『로마인들의 행동Gesta Romanorum』과 성담을 모아놓은 모음집 『아름다운 성담Legenda aurea』에서 "신화의 원형적 요소들을" 끄집어내고자 하였다.[44]

이른바 빈Wien 신화학파도 민담을 인도게르만의 신화와 결부시켰다. 빈 신화학파는 1914년부터 인도의 빛의 신의 이름을 따와서 「미트라. 비교신화연구지Mitra. Zeitschrift für vergleichende Mythenforschung」를 발간하였다. 문화인류학(Völkerkunde) 분야에서 빈 학파의 창립자이며 문화권 학설의 대표적인 중심인물로 빌헬름 슈미트 Wilhelm Schmidt(1868-1954)[45]와 빈의 문화인류학자이며 동양어문

프라이르Freyr이며, 인간은 프로Froh와 혈족관계에 있다(Fro-sk - Frosch).(5쪽.) 이러한 해석방법은 민담 「가시덤불 속의 유대인Der Jude im Dornbusch」의 반유대적 해석에서부터 민담 「샘물가의 거위소녀Gänsehirtin am Brunnen」로까지 이어진다. 가장 어린 왕의 딸은 소금Salz이 Sal=치료로 해석될 수 있는 치료의 길에 오르고, 눈물은 에메랄드 통속의 진주로서 "업보의 교훈Die Lehre vom Karma"을 가르쳐주었다. "인생에서 특별한 임무가 주어지는 사람은 무슨 일이 있어도 그 임무를 다하지 않으면 안 된다. ..."(79쪽.) 그뿐만 아니라 개인이든 민족이든 궁핍을 감수하지 않으면 안 된다. "독일 국민이 이러한 심오한 연관성들을 훤하게 꿰뚫어 보면 볼수록 모든 것을 주재하는 사람이 우리 어깨 위에 올려놓은 위대한 세계사적 과제에 대한 의식이 멈추지 않고 스며들 것이다. ... 그럴 때는 실로 독일 민족은 선택받은 민족이다."(81쪽.) 유사종교로 위장하고 정치적으로 폭발성이 강한 그러한 해석들이 야만적인 체제의 이념적 뼈대를 구성하였다. 그것이 2차 세계대전 이후 민담연구에 대한 의구심을 다시금 가져오게 한 요인이다.

44) Fries: Mythologisches in der Gesta Romanorum und der Legenda aurea. In: Fries, C./Kunike, H./Siecke, E.: Vier Abhandlungen. Leipzig 1916, 여기서는 38쪽(= Mythologische Bibliothek VIII, 4).

45) 빌헬름 슈미트는 1906년 학술전문지 「안트로포스Anthropos」를 창간하고, 1932년에는

학자인 로베르트 블라이히슈타이너Robert Bleichsteiner(1891-1954),
그리고 고대 인도어문학자이자 고고학자로서 1899년부터 빈에서 교수
로 활동한 레오폴트 폰 슈뢰더Leopold von Schroeder(1851-1920)
그리고 오래된 달에 관한 신화가 슈뢰더에 의해 수용된 아리안 혈통의
해에 관한 신화보다 훨씬 앞섰다고 생각하는[46] 빈 학파의 발기인 게오
르크 휘징Georg Hüsing(1869-1930) 등이 빈 신화학파에 속하는 대
표적인 인물들이다. 볼프강 슐츠Wolfgang Schultz(1881-1936) 역시
음력에 따른 시간배분, 즉 아리안족의 질서욕구에서 세 번의 달빛 없는
밤과 3x9번의 달빛 있는 밤이 일치하는 음력에 따른 시간배분을 신화
에 대한 자기 해석의 기초로 삼았다.[47]

막스 밀러만이 인간에게 미치는 태양의 영향을 특별히 높이 평가
하지는 않았다.[48] 이탈리아의 인도어문학교수 안젤로 드 구베르나티스

성 아우구스틴 St. Augustin에 인지학 연구소를 창설하였다.

46) Bleichsteiner, R.: Kaukasische Forschungen. Wien 1919. Bleichsteiner, R.:
Iranische Entsprechungen zu Frau Holle und Baba Jaga. In: Mitra 1 (1914),
65-71쪽. Bleichsteiner, R.: Perchtengestalten in Mittelasien. In: Archiv für
Völkerkunde 8 (1953), 58-75쪽. Schroeder, L. von: Arische Religion. Leipzig
1914. Hüsing, G.: Die iranische Überlieferung und das arische System. Leipzig
1909. 참고. Moser-Rath, E.: Hüsing, Georg. In: EM 6, 1990, 1411-1412단.

47) 참고. Lüthi: Märchen "2005, 65쪽. Schulz, W.: Rätsel aus dem hellenischen
Kulturkreis. Leipzig 1912 (= Mythologische Bibliothek 5,1). Schulz, W.:
Zeitrechnung und Weltordnung in ihren übereinstimmenden Grundzügen bei
den Indern, Iranern, Italikern, Kelten, Germanen, Litauern, Slawen. Leipzig 1924
(= Mannus-Bibliothek; 35). Ehrenreich: Die Sonnen im Mythos 1915, 3-22쪽.
참고. EM 2, 1979, 864단.

48) Lang, A.: EM 8, 1996, 768단. Müller, M.: Quart. Review 4/1913, 311쪽. Grimm's
household tales Bd. 1. Hg. v. M. Hunt, London ²1901, Einleitung.

Angelo de Gubernatis(1840-1913)는 신화 형성에 있어서 동물형상물(동물설화)의 중요성을 비교해서 연구하였다.[49] 그밖에 독문학자 칼 짐로크Karl Simrock(1802-1876)[50], 인도학자 헤르만 올덴베르크 Hermann Oldenberg(1854-1920)[51], 민족학자이자 아프리카 연구자이며, 그리고 문화권 학설의 창시자인 레오 프로베니우스Leo Frobenius(1873-1938)[52], 그리고 1921년부터 빈에서 언어 및 문화인류학 교수로 활동한 빌헬름 슈미트Wilhelm Schmidt(1868-1954)[53]가 대표적인 인물들이었다.

인류학적 이론경향의 추이

빌헬름 만하르트Wilhelm Mannhardt(1831-1880)의 저서는 특히 설문형식으로 만들어진 그의 혁신적인 자료조사를 토대로 민속학에 널리

---

49) Sokolov: Russian Folklore 1966, 100쪽. Gubernatis, A. de: Zoological Mythology, 2 Bde. 1872(독일어판 1874). Gubernatis, A. de: Mythologie des Plantes, 1878-80. 러시아 출신의 그의 제자 줌초프N. F. Sumtsov는 신화학파와 랑Lang과 타일러Tylor 의 인류학 이론들을 접목하였다.
50) Simrock: Handbuch der deutschen Mythologie 1878.
51) Oldenberg, H.: Die Religion des Veda. Stuttgart 1894, 1914, 1923, 1927.
52) Frobenius: Atlantis. Volksmärchen und Volksdichtungen Afrikas. 12 Bde. 1921-28. 참고. Braukämpfer, U.: Frobenius, Leo. In: EM 5, 1987, 378-383단.
53) Schmidt, W.: Der Ursprung der Gottesidee. Münster 1926-1955, 특히 Bd. 1과 Bd. 2. 슈미트는 1906년 민족학 및 언어학 분야 국제학술지인 「안트로포스Anthropos」 의 창간 발기인이었다, 그의 빈 학파는 문화의 층위들을 밝히고자 하는 역사 연구방법론 에 바탕을 두고 있었다. 예를 들면 『민족과 문화Völker und Kulturen』 1924. 참고. 「안트로포스Anthropos」 1954.

알려져 있다.[54] 지금까지는 민담연구에서 그의 연구방법론들이나 주장들이 민담과 연결되지 못하였다. 그러나 그는 신화학파와 인류학 이론들 사이의 추이에서 대표적인 인물이었기 때문에 여기에서는 그의 연구 성과들이 언급될 만한 가치가 충분히 있다고 본다.

1854년 『게르만의 인류학Die Anthropologie der Germanen』이라는 논문제목으로 박사학위를 취득한 이후, 우정어린 관계가 그림 형제와 메노파(역자 주: 네덜란드의 메노 지몬스Menno Simons가 주창한 재세례파)의 어느 한 설교자의 아들을 연결해주었다. 특히 그의 존경은 야콥 그림을 향하였다. 왜냐하면 야콥 그림이 『독일신화』에서 처음으로 신화를 "언어와 더불어 무의식적으로 만들어진 민족정신의 한 창조물이라고"[55] 생각하였기 때문이다. 만하르트는 독일의 고대 및 게르만-독일의 신화를 연구

---

54) Beitl, R.: Wilhelm Mannhardt und der Atlas der deutschen Volkskunde. In: ZfVk 42(1933), 70-84쪽. Weber-Kellermann, I.: Erntebrauch in der ländischen Arbeitswelt des 19. Jahrhunderts auf Grund der Mannhardtbefragung in Deutschland 1865. Marburg 1965. Weber-Kellermann/Bimmer: Einführung in die Volkskunde/Europäische Ethnologie 1985. 칼 임머만Karl Immermann(1796-1840)은 소설 『농가의 바깥 마당에서Der Oberhof』(1839)에서 고고학자의 수집욕을 다음과 같이 묘사하였다: "빌헬름 만하르트는 문헌학적 정밀함과 고고학에 대한 열정으로 전승소재들을 조사하는 연구방면에서 가장 의미 있는 대표자라고 해도 좋을 것이다 - 자칭 '원형'을 재구성하기 위한 수단으로서 소재들, 그리고 그와 동시에 소재 자체의 '원형' 찾기와 함께 - 물론 그러한 소재가 지닌 인간적 관계나 사회적 기능과는 거리가 멀지만..."(40쪽.) 극단적으로 신화학파와는 반대편에 서있는 지구르트 에릭손Sigrud Erixon(1888-1968)과 스칸디나비아 학파는 세 가지 문화차원, 즉 공간, 시간 그리고 사회적 집단이라는 개념을 들고 나와 만하르트의 견해를 수정하는데 결정적으로 기여하였다.

55) Mannhardt: Wald- und Feldkulte. Bd. 2, 1963, XI쪽. 그는 뮐렌호프Müllenhoff와 관련해서, 이를테면 그림 형제의 편지에서 빈번하게 등장한다. Leitzmann: Briefe der Brüder Grimm 1923, 55, 57, 217쪽.

의 중심으로 끌어들였던 야콥의 전통 쪽에 섰다. 이러한 연구방향에서 그는 요한(네스) 빌헬름 볼프Johann(es) Wilhelm Wolf의 "특별한 제자이자 후계자이며, 그의 유언을 충실하게 이행한 사람"이었으며, 1855년에는 「독일 신화학회지Zeitschrift für deutsche Mythologie」 의 편집책임을 넘겨받기도 하였다. 민간전승이나 민간신앙 속에는 "하등(下等)의 원시신화"가 포함되어 있다고 생각하는 빌헬름 슈바르츠 Wilhelm Schwartz의 학설 역시도 그에게 커다란 감명을 주었다. 그래서 그 또한 민간전승 속에 남아있는 스칸디나비아 신화의 흔적들을 찾았다.[56]

만하르트는 풍습, 관례, 전설, 민담, 민요 및 동요들 속에서 전승시기와 전승방식이 각기 다른 층위들을 발견할 수 있다고 믿었다. 즉 인도게르만의 태고시대와 그 이후의 이교도적 요소들이 기독교의 그것들과 병존하고 있으며, 그러한 요소들이 그때마다 전승되거나, 변형되거나 아니면 새롭게 형성되는 것이라고 보았다.[57] 때문에 그는 다음과 같은 결론에 이르렀다.

> 우리의 전설이나 풍습들은 그와 같은 전승의 흔적을 다양하게 포함하고 있다. 민담의 그것들은 대부분 멀찌감치 거리를 두고 그것으로부터 벗어나 있다.[58]

---

56) Mannhardt: Mythologische Forschungen, 1884, VII.쪽. Mannhardt: Germanische Mythen 1858, VIII쪽.

57) Mannhardt: Germanische Mythen 1858, VII쪽.

58) Mannhardt, W.: Die Korndämonen. Ein Beitrag zur germanischen Sittenkunde. Berlin 1868, VI쪽.

만하르트는 변하지 않는 '민족정신'의 표상과 함께 문학의 불변성을 설명하는 그림Grimm 시대의 낭만주의 패러다임을 전수하였다. 그는 '자연시학Naturpoesie'을 직접 자연과 관련시켰으며, 그것을 옛날의 자연신화, 천체와 자연현상의 메아리로 생각하였다. 그러므로 그것이야말로 민담과 전설 생성의 원인이라고 보았다. 이로 인해서 문학의 근거이자 대상으로서의 자연과 문학 속에서 인위적으로 만들어지지 않은 것으로서의 '자연'과 마찬가지로 각기 다른 생각들이 하나의 평면 위에 놓인다.[59]

밀렌호프Müllenhoff는 문헌학적 방법론과 인류학파, 특히 타일러Tylor의 저서들을 만하르트에게 알려주었다. 때문에 그의 저서 『숲과 들녘의 제식(祭式)Wald- und Feldkulte』(1875/78)은 그것으로부터 영향을 받는다. 그에게는 어느 한 소재의 다양한 형성이 문제였기 때문에, 역시 다양한 민담이나 신화, 그리고 전설을 끌어댔다. 예를 들어 아카스토스Akastos를 향한 펠레우스(역자 주: 아킬레스의 아버지)의 모험들에서 게르만민족의 경우에 그림 형제의 민담 「두 형제Die zwei Brüder」(KHM 60)와 「황금 아이들Die Goldkinder」(KHM 85)에서 보는 바와 같이 몇몇 민담의 내용이나 지크프리트Siegfried 전설의 주요부분을 차지하는 반면, 켈트족의 경우에는 트리스탄Tristan 전설의 일부를 차지하는 옛 신화가 문제라고 보았다.[60] 만하르트는 텍스트 및 모티브의 비교를 통해서 일치하는 부분들을 밝혀낸다. 바로 거기에서 그는 다음과 같은

---

59) 참고. Bausinger: Formen der 'Volkspoesie' ²1980, 36쪽.

60) Mannhardt: Wald- und Feldkulte, Bd. 2, 1963, 52-54쪽.

공통점들을 찾아낼 수 있다고 생각하였다.[61]

- 산중에서 괴물과의 싸움
- 싸움의 순간에 필승의 마법의 검 획득
- 혀의 절단
- 인식조각인 혀를 통한 승리자의 검증
- 전장에서의 잠

이들 "이해하기 쉬운 신화적 민간설화"는 전설이나 민담 모음집들에 포함되어 있으며, 시인들을 통해서 비로소 웅장한 영웅 신화들로 형상화되었다.[62] 이때 만하르트는 전승의 연결요소를 민간신앙에서 찾는다. 그러나 만하르트는 실제적인 기원의 예속관계를 제시할 수도, 제시하려고도 하지 않았다.

만약 만하르트가 이야기 소재들이 유럽의 유래에서 출발할 수 있다고 믿었다면, 그는 그 소재들의 공통점을 "가령 비슷한 상황 하의 동일한 정신적 배아에서 성장하는 유사한 발전"[63], 즉 동일한 원인에 대한 동일한 작용으로 설명하였다. 예를 들면 용을 퇴치하는 용사에 관한 민담의 경우에 "우리의 민간신앙과 마찬가지로 자연관에서 나온 원시 종교적 감정의 직접적인 창조물, 즉 그와 같은 신화적 인격화들"이 있을 것이다.[64]

---

61) 같은 책. 75쪽.
62) 같은 책. 77쪽.
63) 같은 책. 348쪽.
64) 같은 책. 350쪽.

만하르트는 선사시대의 상황들, 즉 인도게르만의 민족분리 이전인 "스칸디나비아 주민의 초기 원시상태"에 이러한 과정들을 포함시킨다. 고대 민간신앙의 낡은 층위도 인도게르만의 원시시대의 유산들을 함께 포함하였다.[65]

칼 폼 슈타인Karl vom Stein 남작이 1819년에 시작한 중세시대의 원전텍스트를 모아놓은 모음집『게르만의 역사적 기념비Monimenta Germaniae Historica』와 유사하게 이야기 소재들의 이동과정이 광범위한 자료 수집에 의해서 입증되지 않으면 안 된다.[66] 만하르트의 연구목표는 전승물의 수집과 실험, 그리고 그것을 역사적으로, 지역적으로 확정하는 데 있었다. 그래서 그는 기원이나 가장 오래된 의미, 본래의 내용과 점진적인 변화에 관한 분명한 결과들을 얻고자 하였다. 따라서 신화학은 정밀한 학문으로 자리매김 하지 않으면 안 된다.[67] 제임스 프레이저James Frazer(1854-1941)는 민족의 생생한 전통과 선사시대 및 초기 역사시대의 신화학들 사이의 연관성들을 찾으면서『황금가지The golden bough』(초판 1890년)에서 만하르트를 거의 그대로 수용하였다.

---

65) 같은 책. 348과 350쪽.

66) Mannhardt: Die Götter 1860, 13쪽. 참고. Sievers: Fragestellungen der Volkskunde 1988, 82쪽.

67) Schmidt: Wilhelm Mannhardts Lebenswerk 1932, 10쪽. Mannhardt: Wald- und Feldkulte, Bd. 2, 1963, XXVII-XXVIII쪽. Mannhardt: Die Götter 1860, 15쪽.

20세기 전반기의 자연신화학 수용

신화학파는 독일에서 국가사회주의 이념이 지배하는 동안에 또 다시 부활하였다. 칼 하이딩Karl Haiding(1906-1985) 이외에 빈의 민속학자인 칼 폰 슈피스Karl von Spieß(1906-1985)[68]와 에드문트 무드라크Edmund Mudrak(1880-1957)가 여기에 속하였다. 이 두 빈의 민속학자들은 민담을 서기 1000년까지 거슬러 올라가 농민들에 의해서 만들어진 스칸디나비아 전승물의 세계로 위치시킨다.[69] 뮌헨에서 사서(司書)로 일한 마리아 퓌러Maria Führer는 북게르만민족의 신들에 관한 전설과 그림Grimm의 80개 민담들 사이에서 "의미가 동일한" 공통점을 제시하고자 하였다.[70]

후에 라이프치히 대학총장이 된 율리우스 리프스Julius Lips(1896-1950)도 자연신화학의 견해를 따랐다. 그는 문자가 없는 문화들에 관한 신화학적 연구에서 일출과 일몰의 기원을 밝혀주는 전설에 관한 증거들을 모았다. 바다나 큰 강이 없는 지역들의 경우에는 코끼리 또는 늑대가 낮의 별자리를 잡아먹는다고 한다. 그러므로 그에게 있어서 빨

---

68) Spieß, K. von: Der Vogel. Bedeutung und Gestalt in sagtümlicher und bildlicher Überlieferung. Hg. v. Herta Spieß und Alice Schulte. Klagenfurt 1969(= Aus Forschung und Kunst 3). 이 저서는 그의 사진과 함께 사후에 출판됨.

69) Spieß, K. von/Mudrak, E.: Deutsche Märchen - deutsche Welt. Zeugnisse nordischer Weltanschauung in volkstümlicher Überlieferung. Berlin 1939, 7쪽. 또는 다음의 저서명; Spieß, K. von/Mudrak, E.: Hundert Volksmärchen, treu nach den Quellen in ihren Beziehungen zur Überlieferung. Wien 1947.

70) Führer, M.: Nordgermanische Götterüberlieferung und deutsche Volksmärchen. München 1938, 3쪽. Rebholz, D.: Der Wald im deutschen Märchen: Das Erlebnis

강모자 민담은 "자연신화인 고래신화의 한 변형 이외에 다른 아무 것도 아니다. 즉 그의 빨강 모자는 지는 태양이며, 늑대는 밤이다."[71] 민족학자 리프스Lips는 신화와 민담이 이른바 '원시민족들'에게는 여전히 친밀하다는 사실을 확인하였다. 그래서 그는 두 장르를 서로 구별하지 않고, 오히려 유럽의 '민담들'과 자연을 설명하는 다른 대륙의 신화들을 섞어서 해석하였다.

최근의 천체신화론적 해석에 대한 시도들 역시도 초기의 일방적인 해석수준을 뛰어넘지 못하고 있다.[72] 나중에 종교학이 비로소 세분화된 연구들에서는 종교와 신화 속의 천체현상들을 서로 연결해 밝히고자 시도하였다.[73]

사람들은 자연신화론적 이론수용에 결정적 영향을 미친 예를 민담 「손 없는 소녀Mädchen ohne Hände」(KHM 31)에 대한 유진 드류어맨Eugen Drewermann의 민담해석에서 찾는다. 그는 줄거리의 전체 진행과정을 달의 변화단계와 비교한다. 즉 천상의 아버지(역자 주: 여기서는 성서적 의미가 아니라 자연신화적 의미에서 쓰임)는 운명에 순응하면서 자기 딸의 팔다리를 잘라내야만 하고, 그녀는 점점 더 쇠약해지면서 그곳을 떠나

als Grundlage für die Auffassung des Waldes, seine Darstellung und Rolle im deutschen Märchen. Diss. Heidelberg 1944, 70-79쪽. 참고. Kellner: Grimms Mythen 1994, 71쪽.

71) Lips: Vom Ursprung der Dinge 1951, 473쪽.

72) Schellhorn, L.: Goldenes Vlies. Tiersymbole des Märchens in neuer Sicht. München/Basel 1968.

73) Eliade, M.: Die Religionen und das Heilige. Elemente der Religionsgeschichte. Salzburg 1954. Röhrich, L.: Die Sonne. Licht und Leben. Freiburg 1975. 참고. Schier, K.: Astralmythologie. In: EM 1, 1977, 912-928단, 여기서는 926단.

간다. 그녀는 근근이 살아가면서 왕국의 신랑, 즉 태양과 만나는 세계의 중심에 다다를 때까지... 드류어맨은 그 증거로서 칼 케레니이Karl Kerényi에 따라서 지상 최초의 여인 엠블라Embla의 어두운 영혼의 옷과 달의 여신을 니오베 Niobe(역자 주: 탄탈로스 Tantalus의 딸; 자식이 많음을 자랑하다 신들의 원한을 사서 14명의 자식 모두를 잃고 비탄의 눈물을 흘리며 대리석이 됨)로 의인화하는 그리스인들을 인용한다. 그 밖에도 그는 자연신화학파의 대표적인 인물로 해와 달의 주행궤도를 믿기 어려운 운명을 서로에게서 끌어내어 서로에게 가져다주는 연인들이 걷는 행로로 묘사한 에른스트 지케 Ernst Siecke를 덧붙인다. 칼 구스타프 융Carl Gustav Jung과 함께 드류어맨은 달에 관한 신화를 천체의 진행과정에 인간의 무의식적 영혼이 투영된 것이라고 이해한다.[74]

카탈린 호른Katalin Horn은 "민담을 통한 자아체험"을 얻고자 노력하는 성인집단들 속에서 그녀가 겪은 경험들을 보고하였다. 그녀와 마찬가지로 비슷한 모임의 다른 많은 참석자들은 사람들이 민담 속에 그려지는 마법의 믿음을 성서 이전 시대의 종교적 내용 찾기라는 이름을 붙여주고자 했음을 경험하였다. 그 대신 이 집단의 대표자는 두꺼비가 달과 관계를 가지지만, 달은 여성적-신적인 것과 관계를 가진다고 말하였다. 그렇지만 신화적 태고시대와 민담의 관계들이 실제 존속하고 있다는 것은 입증될 수가 없다. 따라서 호른의 단순한 명명은 어느

---

74) Drewermann/Neuhaus: Das Mädchen ohne Hände 1985, 30, 31, 42쪽. Kerényi, K.: Niobe (1946). In: Apollon und Niobe. München/Wien 1980, 275쪽. Siecke: Die Liebesgeschichte des Himmels 1892, 3쪽.

한 민담 텍스트의 생성연대와 타당성에 관한 어떤 유추도 허용하지 않는다. 증빙자료들에는 총체적 연관성이 결여되어 있기 때문이다.[75]

신화적 구상에는 낭만주의의 패러다임이 형성되어 있었으며, 그것은 최근까지도 전해져 내려왔다. 헤르더Herder 이후부터는 이야기 소재들의 비현실적 구성으로서 '민담'에 관한 생각들이 널리 퍼졌으며, 그러한 민담 모티브들은 오랫동안 보존되었다. '민중' 속에서 생성된 민담들은 오랜 시간을 거치면서 구술형식으로 전해졌다. 물론 집단적 생성은 '민족정신'의 이념을 통해서 은연중에 유발되었지만, 그림Grimm 민담의 필사본에 실린 기고자들에 관한 기록들은 현실화된 간행본임을 입증하고 있다. 민담들의 '창작자'에 관한 생각이 베일에 싸여있었다면, 마지막으로 이야기를 한 남녀이야기꾼들에 관한 논거들은 이러한 진술을 담은 그림 형제의 간행본 이전에 전승되었다고 할 수 있다. 이러한 애매한 생각들이 '민담'에 관한 이상상(理想像)의 생성을 장려하는 이야기 현실과의 괴리를 통해서 강화되었다. 헤르더의 애매한 장르 규정 덕택에 고고학적 가치가 입증된 것으로 간주된 이 이야기들은 '자연시학Naturpoesie'의 위치에 오를 수 있었다. 사람들은 이 이야기들을 수 백 년 거슬러 올라가 기산하였으며, 동시에 사회의 '건강한 자연 상태"를 내포하고 있다고 생각하는 이 과거의 유물에 의거해 이야기의 모티브들을 연구하였다.

만프레트 그레츠Manfred Grätz가 말했듯이 거기서 귀결되는 민

---

75) Horn: Selbsterfahrung mit Märchen 1996, 235쪽.

담의 출판기술에 관한 요구사항들은 두 가지 극단적인 방향으로 진행되었다.[76]

1. 텍스트를 면밀하고 변조하지 않는 기록과 복사: 기술적인 가능성들이 점차 증대되면서, 이러한 노력은 20세기에 녹음테이프와 비디오가 기억이나 메모에 의존하는 (예컨대 보시들로 Wossidlo의 경우에) 기록을 대신하기까지 점점 더 완벽해졌다.
2. 일체의 상스러움 배제, 그리고 아주 오래 된 민중의 서사작품으로서의 '민담'에 관한 생각과의 불일치.

'장르 그림Grimm'의 완성은 '전래민담'의 이미지를 굳혔다. 막스 뤼티Max Lüthi는 민담의 문체양식특징으로서 20세기 후반에 미학적 요구사항들을 기술하였다. 거기에는 에로틱한 요소들 또는 상스러운 표현들이 없었다.[77] 민담은 기적과 그 밖의 초자연적 모티브와의 유희적 교류로 특징지어졌으며, 진실이라 여겨지지 않는다. 낭만주의의 패러다임으로서 '전래민담'에 관한 이와 같은 이미지는 오늘날에도 존재한다. '민중'에 의한 민담생성이라는 전제와 구술형식에 의한 민담전승이 바로 거기에 해당된다.

　　신화학파는 민담의 모티브들을 훨씬 앞쪽으로 기산함으로써 연구대상으로서의 '전래민담'을 재평가하는 데 영향을 끼쳤다. 자연신화학

---

76) Grätz: Das Märchen 1988, 210-211쪽.
77) Röhrich: "und weil sie nicht gestorben sind" 2002, 34-36쪽.

파는 그때까지 설명할 수 없었던 모티브들을 익숙한 자연의 변화과정들과 연결시켰다. 두 학파 모두 서사적 능력분석 또는 서사텍스트의 의미를 탐구하지는 않았다.

3.2 전파 원리로서의 '이동'

18세기 말 이후의 민족주의운동과 관련하여, 그리고 문화민족으로서 언어민족에 관한 낭만주의적 상상을 기반으로 하여 민족의 초점을 전승문학의 기원 찾기에 맞추고자 하는 노력이 언어학적 연구들과 함께 추구되어야 한다. 이미 이러한 노력은 빌헬름 그림에게서 엿볼 수 있는 생각, 즉 "개별적인 경우에 어떤 민족에게서 다른 민족에게로 하나의 민담이 넘어갈 개연성을 의심하지 않는 것은 가능하지 않다."[78]는 사고의 기반 위에서 행해졌다. 이로써 빌헬름 그림은 민담과 민담소재에 관한 일원발생설(一元發生設)과 확산의 일반적인 원리를 명확하게 표현하였다. 즉 언젠가 어느 한 장소에서 발생한 민담은 국경을 넘어 전파되었을 것이다. 따라서 실증주의적 경향들과 문헌학적 엄밀성을 위한 노력이 이러한 주장을 옹호하는 연구 작업들 속에 반영되어 있다.

---

78) Grimm: Vorrede 1850, LXIII쪽.

근원지로서 인도

『판차탄트라Pantschatantra』(산스크리트어로Pañcatantra), 즉 "[처세에 관한] 5권의 이야기"에 실린 거의 모든 민담들은 원래 인도와 불교에서 유래한다.[79] 이후 민담들과 민담소재들의 이동이 대륙을 거쳐 유럽으로까지 이어졌다 - 테오도르 벤파이Theodor Benfey(1809-1881)가 처음으로 상세한 연구를 통해서 이러한 주장을 펼쳤다.[80]

기원후 1세기와 6세기 사이에 이 책은 이름이 알려지지 않은 한 저자에 의해서 창작되었다. 고급문학, 즉 순수문학의 문체로 대부분 동물우화들을 묶은 5권의 책으로 묶은 이것은 왕자의 교육을 위한 군주의 품행지침서이다. 따라서 일반 민중들이 읽을 수 있는 민중서로의 발전은 부차적인 문제이다.[81]

벤파이는 대부분 동물우화의 출처들을 이솝 우화집에서 발견하였다. 주로 괴팅겐에 머물면서 인도학이나 언어학, 그리고 민담을 연구한 벤파이는 산스크리트어로 쓰여 진 『판차탄트라Pantschatantra』의 이야기들을 독일어로 옮겼으며, 이 이야기들을 상세한 주해와 함께 발간

---

79) 벤파이Benfey는 헤르텔Hertel에 따라서 불교 쪽의 유래를 가정하였다. 왜냐하면 그는 부정확한 비교자료 때문에 판차탄트라Pañcatantra의 팔라비Pahlavi-비평판을 과대평가하였으며, 이를 다루는데 있어서도 왜곡되지 않은 것이라고 생각하였기 때문이다. 그러므로 반(反)바라문교적 단락이나 후에 발견된 불교 총서에 실린 이야기들이 이러한 가정을 정당화하는 것으로 그에게 비쳐졌다. Hertel: Das Tantrakhyayika 1970, 1-3쪽.
80) 이미 인도의 민담과 독일의 민담 사이의 관계들은 훨씬 앞서서 언급된다. 참고. Funke: Enthalten die deutschen Märchen Reste der germanischen Götterlehre? 1932, 69쪽. 벤파이는 인도의 모든 민담의 유래에서 출발하였다.
81) Hoffmann, H.: Pañcatantra. In: KLL. München 1992, Bd. 19, 233-234쪽.

하였다.[82] 그의 제자들은 특히 문헌학적 민담연구를 대표하는 인물들이었다. 그들은 뒤에 언급되는 인도 이론을 발전시켰다.[83] 이 이론은 유럽뿐만 아니라 그 밖의 지역에서도 커다란 반향을 불러일으켰다. 왜냐하면 이 이론은 텍스트와 보다 구체적인 연구방법론상의 관계를 가능하게 해주었기 때문이다.[84] 이로써 사람들은 낭만주의의 패러다임에서 벗어나지 않으면서, 동시에 보편적인 낭만주의식 '민족정신' 찾기와는 절교를 할 수 있었다.

텍스트문헌학-비교연구방법론과 함께 불교와 바라문교 사이의 종교적 충돌과 같은 역사적 배경들을 고려하면서 벤파이는 10세기 이전에 그와 같은 이동과정이 몇몇 경우에만, 십중팔구 서쪽 방향으로 구술형식의 전승에 의해서 일어났음을 증명하고자 하였다. 인도에서 이슬람 민족의 침입과 정복이 시작되면서 문학의 전승이 획기적으로 증가

---

82) Benfey: Pantschatantra 1859(재인쇄 1966).

83) 라인홀트 쾰러Reinhold Köhler, 엠마누엘 코스캥Emmanuel Cosquin, 펠릭스 라이프레히트Felix Leibrecht, 오스카 덴하르트Oskar Dahnhardt와 그레테 덴하르트Grete Dähnhardt, 빅토르 쇼뱅Victor Chauvin 등이 그의 제자에 속하는 대표적인 인물들이다.

84) 벤파이는 어마어마한 분량의 편지왕래를 하였으며, 1844년 베를린, 런던, 그리고 파리로, 1878년에는 플로렌스로 여행을 하였다. 참고. Bezzenberger, A.: Theodor Benfey. In: Benfey, Th.: Kleinere Schriften 1, Abt. Hildesheim/New York 1975(재인쇄 1990-92). Cocchiara: Auf den Spuren Benfeys 1973, 254-272쪽. 러시아의 벤파이 수용은 19세기의 60년대 이후부터 블라디미르 스타쏘프Vladimir Stassov에 의해서 이루어졌다. 그는 러시아의 민중문학이 동쪽 지역에 근원을 두고 있으며, 특히 빌리네와 민담은 이란에 근원을 두고 있다는 결론에 이르렀다. 그 때문에 '러시아의 민족정신'이 발견될 수 없다고 말한다. 치체로프Čičerov는 이러한 주장을 보수적인 사회계층에서 특징적으로 나타나는 세계주의 이론이라고 평가하였다: Čičerov: Russische Volksdichtung 1968. Sokolov: Russian Folklore 1950, 78-89쪽, 101쪽.

하였다. 페르시아어나 아라비아어 번역작업들이 이슬람 제국들에 관한 내용을 아시아에 확산시켰던 것이다. 아시아, 아프리카 그리고 유럽 사이의 교통로들은 기독교 세계를 거쳐, 특히 비잔티움, 이탈리아 그리고 스페인 쪽으로 서사작품들을 전파하는 데 기여하였다.[85]

벤파이는 중앙아시아를 거치는 두 번째 전승경로에 대해서도 기술하였다. 즉, 본래 인도의 이야기 소재들의 내용 및 이념적 유래가 불교 문헌에 있었기 때문에 베파이는 그것이 공통된 지역을 거쳐서 동쪽과 북쪽의 인도와 접경한 지역들로 확산되었다고 결론지었다. 거기에서부터 그 소재들은 1세기 이후부터 중국과 티베트에 이르렀다. 몽고제국의 유럽지배가 여기에서도 마찬가지로 이러한 이동경로를 거쳐 인도의 이야기들을 전파시켰다.[86]

벤파이 이후에도 수많은 인도학자들이 인도 우화문학에서 가장 중요한 작품이라고 할 수 있는 『판차탄트라』를 연구하는 데 전념하였다. 그리하여 모두 합쳐 54개 언어로 쓰인 200개 이상의 개정판이 나왔다.

벤파이가 표명한 주장들은 독어독문학 분야에도 오랫동안 영향을 미쳤다. 그의 연구방법론은 특히 텍스트비평 및 문헌학적 엄밀성, 비교 연구작업 그리고 광범위한 원전지식으로 사람들을 매료시켰다. 되벨른 Döbeln에서 김나지움 교사로 활동했던 요한네스 헤르텔Johannes Hertel(1872-1955)은 의미 있는 교정쇄들을 발간하였다. 헤르텔의 다음과 같은 발언은 커다란 설득력을 지녔다.

---

85) Benfey: Pantschatantra 1966, XXIII쪽, 24-25쪽, § 225, 585-595쪽.
86) 같은 책. XXIII-XXIV쪽.

그러므로 때로는 문헌형식으로, 때로는 구술형식으로 이야기의 이동이 인도에서 시작해서 동서남북으로, 그러나 또한 부분적으로는 서구에서 인도로의 이동이 예부터 끊임없이 일어난다. 이러한 일들을 전혀 알지 못하는 사람만이 '민담의 다원발생설(多元發生設)'을 믿을 수 있으며, 그리고 이러한 경솔한 슬로건을 가지고 인도의 이야기 소재들의 이동에 관한 벤파이의 견해를 불식했다는 착각을 할 수 있다.[87]

이러한 확신과 함께 저절로 생성된 것이라는 자연시학의 주장이 흔들렸다.[88] 벤파이는 개인이 창조하는 '민족정신'의 특징에 대해서 말하였다. 이와 관련해서 그는 다음과 같이 생각하였다.

볼품없는 초기 형태들이 민중의 삶의 물결 속에서 오랫동안 굴러다니면서 그러한 같은 유형의 형태로 마무리되고, 그런 다음 그것들이 이런 저런 형식에 맞는 탁월한 재능을 지닌 개인에 의해서 민족정신의 생생한 표현으로 선택되고 수준 높은 개인의 정신적 마무리를 통해서 특징지어지는 최고의 완성품을 만들어냈다.[89]

그러나 여기에는 구비문학의 예술작품 전승이라는 또 다른 맥락이 존재한다. 그러므로 개별 특징들에 대한 해명을 넘어서 다원발생적(多元發生的) 이론들 - 서로 다른 장소에서 동일한 모티브의 동시적, 독자적

---

87) Hertel: Das Pañcatantra 1914, IX쪽.
88) 참고. Poser: Das Volksmärchen 1980, 38쪽.
89) Benfey: Pantschatantra 1966, 325-326쪽.

발생에 관한 이론에 폐를 끼치지 않으면서 다양한 민족에게서 보이는 이야기들 내지는 그 소재들의 일반적 수용이 인정된다. 헤르텔과 마찬가지로 벤파이는 원칙적으로 개인들에 의한 문학적 형식으로서 민담의 생성, 즉 문학적 예술작품에 근거를 두고 있다. 이러한 가정 하에서 텍스트비평의 연구방법론이 응용될 수 있다. 이때 하층계급인 '민중'에 의한 구전이 전래작품의 보존 및 변화의 원인으로 파악된다.

야콥 그림은 "꼭 그래야 하는 것처럼 수많은 증거들에 대해서 상세하게 논하면서 뜻밖의 확증들을 제시하는" 벤파이의 "광범위하고 철저한 상론(詳論)의"[90] 진가를 높이 평가하고, 그것을 1859년 11월 벤파이를 베를린 아카데미의 통신회원으로 추천하는 신청서의 근거로 삼았다. 자료수집, 역사 및 비교방식의 엄격한 학문적 연구방법론 - 이러한 학문의 전형은 일반적인 호응을 받았으며, 그러한 견해에 역점을 두면서 연구대상, 즉 '전래' 민담을 필적할만한 학문의 대상으로 끌어올렸다. 그 밖에 인도이론은 낭만주의 사조 이래로 독일에서 아(亞)대륙 인도와 산스크리트어에 대한 왕성한 연구 활동과 딱 들어맞았다. 그리고 이러한 연구 활동은 인도유럽언어학 분야의 괄목할만한 연구 성과로 이어졌다.[91]

벤파이의 이론들은 20세기 전반기까지 어문학자들로부터 지지를 받았다. 독문학자 빌헬름 쉐러Wilhelm Scherer(1841-1872)는 자기

---

90) Grimm, J.: Antrag, Theodor Benfey zum correspondierenden mitgliede der Berliner academie zu ernennen. In: ders.: Kleinere Schriften, Bd. VIII, Hildesheim 1966, 560쪽.

91) Pöge-Alder: 'Märchen' 1994, 58-62쪽.

앞에 놓여있는 자료를 보면서 민담들이야말로 본래 그 내용이 독일적이지 않기 때문에 "적어도 국적이 부여된 시문학"이라고 결론지었다. 민담들은 "물론 빌헬름 그림의 의미에서 낭만주의 시문학의 일부, 즉 우리에게 수입된 시문학의 일부를" 수용한 것이다. 중세시대에는 도입이, 18세기와 19세기 낭만주의 시대에는 문학에서 민담의 재탄생과 재생산이 뒤따랐다.[92]

독일어권의 또 다른 두 명의 민담연구자들은 자신들의 표현으로 인도이론이 끼친 광범위한 영향을 입증한다.

독문학자 프리드리히 폰 데어 라이엔Friedrich von der Leyen (1873-1966)은 그림 형제의 『어린이와 가정을 위한 민담집』에 실려 있는 다음의 몇몇 민담소재의 유래를 인도 또는 근동(近東)이라고 추측하였다.

- 「영리한 농부의 딸Die kluge Bauerntochter」 (KHM 94)
- 「척척 박사Doktor Allwissend」 (KHM 98)
- 「재주가 좋은 네 형제Die vier kunstreichen Brüder」 (KHM 129)
- 「도둑과 선생De Gaudeif un sien Meester」 (KHM 68, ATU 325; 마찬가지로 KHM 56, 88 그리고 113을 포함해서)에서와 같이 마법사들의 변신 겨루기 모티브
- 충신 요한네스에 관한 민담 (KHM 6)의 부분들
- 「황금머리카락Der Teufel mit den drei goldenen Haaren」 (KHM 29)의 부분들
- 「요술식탁, 황금 당나귀, 자루 속의 몽둥이Tischchendeckdich, Goldesel und

---

92) Scherer: Jacob Grimm ²1921, 93-95쪽.

Knüppel aus dem Sack」(KHM 36)에서와 같이 기적의 물건을 둘러싼 싸움에 관한 부분들.

이들 소재는 13세기 십자군 전쟁 과정에서 처음으로 독일어권으로 유입되었다고 한다. 그의 저서 『민담Das Märchen』의 3번째 (1925년) 및 4번째 (1958년) 개정판에서는 인도이론의 의미가 분명하게 축소되어 있음을 보여준다. 그와 같은 이론 성향을 넘어서 폰 데어 라이엔von der Leyen은 『꿈의 해석Traumdeutung』에서 내세우는 지그문트 프로이트Sigmund Freud의 주장들과도 평행선을 그었다.[93]

베를린의 고전어문학자이며, 고전주의 고고학자이며, 서사연구자인 요한네스 볼테Johannes Bolte(1858-1937)에게 있어서도 인도 민담들이 지닌 "기술적 세련미"는 정말이지 탁월하다. 즉 액자식 줄거리 안에 삽입된 이야기들은 긴장을 고조시키며, 진지함과 유희 그리고 거듭되는 비교와 격언들이 독특하게 뒤섞이게 하면서 특수한 효과를 만들어냈다.[94]

원칙적으로 민담의 이동경로를 추적하는 연구방식이나 관심은 이른바 핀란드 학파에 의해서 꽃피었다.

---

93) Leyen: Das Märchen 1958, 174쪽. 참고. Schier, K.: Leyen, Friedrich von der. In: EM 8 1996, 1005-1011단, 여기서는 1007-1008단.
94) BP Bd. 5, 1932, 253쪽. 참고. Lixfeld, H.: Bolte, Johannes. In: EM 2, 1979, 603-605단.

지리-역사 연구방법론

지리-역사 연구방법론은 특히 발생지 핀란드의 이름을 따서 명명된 이른바 핀란드 학파의 연구 작업들에 의해서 그 토대가 마련되었다. 그것은 우연히 일어난 일이 아니었다. 왜냐하면 민족 핀란드 운동이 민족국가적 정체성과 후일의 통일을 위한 전제로서 언어와 문화민족 형성을 위해서 유럽의 낭만주의 운동이 진행되는 과정에서 시작되었기 때문이다.[95]

공식어, 문학어 및 교육어로서의 핀란드어는 1863년 러시아의 황제 알렉산더Alexander 2세(1855-1881) 치하에서 핀란드어와 스웨덴어를 동렬에 놓음으로써 인정받았다. 이러한 상황에서 구술로 전승된 전통문학은 핀란드의 문화어와 민족문학을 조성하기 위한 목표를 실현할 수 있는 유일한 기반이었다.

핀란드 문학협회Die Finnische Literatur-Gesellschaft는 창립년도인 1831년에 핀란드의 영웅서사시 칼레발라Kalevala 노래들을 수집하기 위해서 최초의 협회장학금을 엘리아스 뢴로트Elias Lönnrot (1802-1884)에게 수여하였다. 이 노래들은 같은 시기에 만들어진 문서보관실의 목록에도 실렸다. 이 협회는 1888년 헬싱키Helsinki 대학을 필두로 1963년 투르쿠Turku 대학에 민속학과가 개설되기까지 연구와 교육 분야에 있어서 핀란드 민속학과 비교민속학이 정착할 수 있도록 제도적으로 뒷받침하였다.[96]

---

95) Kaukonen: Jacob Grimm und das Kalevala-Epos 1963, 229쪽.

율리우스 크론Julius Krohn(1835-1888)은 먼저 지리-역사 연구 방법론을 칼라벨라 노래를 근거로 해서 구상하였다.[97] 이와 동시에 그는 그룬트비히Grundtvig와 릴Riehl(1854년 이후)의 견해에서 실마리를 찾고자 하였다.[98] 그의 아들 카를레 크론Kaarle Krohn(1863-1933)은 그 방식을 민담에 적용하였으며, 이를 곰(늑대)과 여우에 관한 동물민담을 근거로 해서 검증하였다.[99] 그는 1888년 민속학 교수가 되었으며, 1896년 특임교수직에 임명되었다.[100] 그의 제자 안티 아르네Antti Aarne(1867-1925)는 다시금 지리-역사 연구방법론의 원칙에 입각해 학문사에서 최초로 민담유형목록(AaTh)을 작성하였다. 콕스 마리앤 에밀리 로알페Marian Emily Roalfe Cox(1860-1916)도 비슷한 방식으로 연구 작업을 하였다.[101] 슈바벤 지방의 목사 에른스트 뵈클렌 Ernst Böklen(1863-1936)은 널리 퍼져있는 이야기 소재들에 관해서 물론 어떤 해석을 제공하지는 못했지만, 백설 공주 민담과 관련해서 서로 밀접한 연관성이 있는 75개의 이야기 변형과 그 밖의 7개의 변형을 근거로 해서 이들 이야기를 서로 비교하고, 아르네의 유형체계에 의거

---

96) Lehtipuro, O.: Trends in Finnish Folkloristics. In: SF 18 (1974), 7-36쪽.

97) Krohn, Julius: Suomalaisen kirjallisuuden historia. 1: Kalevala. Helsinki 1883-85.

98) Cocchiara: Auf den Spuren Benfeys 1973, 267쪽.

99) Krohn: Übersicht über einige Resultate 1931, 13-15쪽. Krohn: Bär(Wolf) und Fuchs 1889, 1-132쪽. Honko: Zielsetzung und Methoden 1985, 322-325쪽.

100) Hautala, Jonko: Finnish Folklore Research 1828-1918. Helsinki 1969, 11쪽.

101) 그 밖의 대표적인 연구자들로는 그룬트비히S. Grundtvig, 차일드F. J. Child, 랑케F. Ranke, 콜마체프수키이L. Kolmačevskij 등이 있다. Cox, M. E. R.: Cinderella. Three hundred and forty-five Variante. London 1893.

해서 이들 이야기를 분석해서 공통의 모티브들을 작성하였다.[102]

　다음의 지리-역사 연구방법론을 대표하는 인물들도 마찬가지지만 카를레 크론Kaarle Krohn 역시도 인도학파의 이론들을 따랐으며, 인도에서 유럽으로 이어지는 민담의 '주요이동경로'를 믿었다. 그는 유럽, 특히 핀란드의 전통에 전념하였기 때문에 그의 민담연구 초기에는 벤파이에 따르면 유럽에서 탄생한 유일한 민담유형인 동물민담이 자리를 잡고 있었다.[103] 그의 아버지 율리우스 크론의 주장들에는 자연신화적 이론들이 여전히 반영되어 있다. 카를레 크론은 전승 자료의 유래를 밝히기 위해서 연구의 기초를 세우고자 하였다.[104]

전제조건들

새로운 학파는 동시대의 지배적인 학문적 견해들을 넘겨받았으며, 새로운 연구방법론과 더불어 비로소 등장하였다. 이야기 또는 노래의 유형이 언젠가 특정 장소에서 발생하였다는 가정이 하나의 기초를 이룬다(**일원발생설**). 여기에서 시작해 그 유형은 이동을 통해서 공감할 수 있는 방식으로 퍼져나갔다고 한다(**확산**). 결정적인 요인으로서 장소와 시간이 본래의 형태로부터의 변화와 일탈을 결정하였다. 그 때문에 장소와 시간에 있어서 서로 인접해 있는 이야기의 변형들은 상당한 정도로 닮는다.[105] 이러한 강령을 입안한 발터 안데르손Walter Anderson

102) Böklen, E.: Sneewittchenstudien. 2 Bde. Leipzig 1910/15.

103) 참고. Röhrich: Geographisch-historische Methode. In: EM 5, 1987, 1014단.

104) Krohn: Suomalaisen kirjallisuuden historia 1883-85.

105) Aarne: Leitfaden 1913, 41쪽.

(1885-1962)은 아르네 이후 연구의 전제조건들과 연구방법론을 비평가들 앞에서 옹호하고 요약한 연구세대에 속하였다. 그의 견해에 따르면 모든 연구는 지리-역사 연구방법론에 속하며, 그러한 연구는 하나의 이야기와 관련해서 존재하는 모든 기록들을 파악하고, 즉각 이 기록들을 서로 비교하고, 이때 각각의 변형을 기록한 장소와 시간에 주목한다.[106]

그는 『민담 소사전Handwörterbuch des Märchens』에서 아래의 사항들을 재구성해서 연구방법론의 **목표들**을 제시하였다.

1. 이야기의 원형, 즉 "우리가 알고 있는 모든 이야기의 변형들이 유래하는 공통의 전형"
2. 원형의 고향과 생성시기
3. "이야기가 개별 지역에서 출현해 지역에 따라 수정된 형태들", 즉 지역적 교정과 그것의 상호관계
4. 이야기의 전파경로.[107]

이러한 연구 작업을 수행하기 위한 첫 번째 전제조건은 자료를 광범위하게 작성하는 일이다. 따라서 방대한 수집들이 연구를 비로소 가능하게 만든다.

---

106) Anderson: Geographisch-historische Methode 1934/40, 508쪽.
107) 같은 책.

연구방법

먼저 자료를 정리하고, 이후에는 개별적인 조사결과를 평가한다.

1. 기록한 장소에 따라서 수집된 이야기들을 분류한다. 이를 토대로 지리적 자료정리가 이루어진다.
2. 문헌의 출처가 수집된 자료의 역사적 분류를 가능하게 해준다.[108]
3. 분석은 이야기들을 주요 구성요소 별로 분류해서 행하여진다. 목적은 변형된 이야기들의 개별 특성비교, 즉 인물, 주제, 도구, 행동 등의 비교이다.

다음의 기준들은 하나의 특성이 지닌 본원성을 결정하는 데 적용된다.[109]

1. 기록물의 **분포지역 빈도와 크기**: 어떤 형태가 범위가 넓은 전승지역에서 나타난다면, 그 형태가 훨씬 더 일반적이다. 개별적이고 드문 것은 오히려 우연한 변화로 간주된다. 지역들에서의 각기 다른 수집목적이 고려되어야 한다.
2. **생성시기와 보존**: 가장 오래되고 가장 잘 이야기된 기록물에 포함되어 있는 특성이 본원적인 것으로 간주되어야 한다. 가장 자연스럽고 가장 일관성이 있게 이야기에 어울리는 특성이 훨씬 더 본원적이다.

---

108) Aarne: Leitfaden 1913, 41쪽.
109) 같은 책. 42-43쪽. Anderson: Geographisch-historische Methode 1934/40, 517쪽.

3. **차용**: 다른 이야기유형으로부터 차용하지 않은 특성이 훨씬 더 본래에 가깝다. 지역적 변형으로서 다른 형태들이 어느 한 특성에서 쉽게 파생될 수 있다면, 그 특성이 훨씬 더 본래에 가깝다.

4. **그 밖의 상황들**: "예를 들면 어느 한 형태의 분포지역이 다른 형태들의 분포지역을 고리 모양으로 에워싸고 있다면, 일반적으로 에워싸고 있는 형태가 에워싸인 형태 보다 훨씬 더 오래 된 것이며, 에워싸인 형태는 나중에 지역적으로 새로 형성된 것을 의미한다."[110] "가장 순수하고, 가장 원래에 가까우며, 가장 고풍스러운" 형태가 언제나 도래지에 해당된다. 왜냐하면 거기에서는 그런 형태가 그리 심하게 변화되지 않았기 때문이다.[111]

어느 한 이야기의 모든 특성에 맞춰 원형이 재구성될 때 비로소 "이야기의 원본"은 이러한 특성들로 이루어진다.[112]

연대측정과 이동

안데르손은 만약 다른 기준들이 허탕을 친다면, 전파경로를 재구성하기 위해서 일반적인 문화경로에 기대지 않으면 안 된다는 점을 인정하였다.[113]

지리-역사 연구방법론은 그 처리방식에 있어서 이야기들의 역사성

---

110) Anderson: Geographisch-historische Methode 1934/40, 527쪽.
111) 같은 책. 518쪽,
112) 같은 책. 527쪽.
113) 같은 책. 520쪽.

을 강조한다. 실제보다 앞선 연도가 목적이 아니라, 신화적 추측에 반대되는 구체적인 질문과 답변들이 중요한 것이다.

이를 위해서 문서형식의 기록들 혹은 언급들은 확고한 기능을 갖고 있었다. 대부분의 핀란드 학파 연구자들에게는 문헌적 증빙자료가 구술형식으로 전승된 것을 가공한 것으로 여겨지기 때문에 그들은 가장 뒤늦은 발생연대, 즉 안데르손에 따르면 "원전이 알려지기 시작한 가장 확실한 시점"을 제시한다.[114] 발생연대의 근거는 이민사나 식민지 역사의 시작과 끝, 그리고 민족상호 간의 관계를 조명하기 위한 고립된 언어지역에 관한 연구(역자 주: 주변과 다른 언어를 쓰는 작은 지역)와 같이[115] 문화사적으로 연대를 확인할 수 있는 개념들을 제공한다.[116] 물론 아르네 Aarne에게는 언어의 경계선들이 전반적으로는 오히려 구전형식의 민담전파에 있어서 자그마한 장애물로 간주된다: "민담의 전파를 위해서는 개인과 민족 간의 상호교류만이 필요하다." 그러나 어느 한 민담유형의 전파는 민담의 나이, 민담의 이동시기 그리고 민담의 "고유한 특성", 즉 "내용상의 매력"에 좌우된다. 그러므로 오락적인 민담이 "건조한" 민담보다 오히려 잘 보존되고 전파되었다.[117]

어느 한 이야기 유형의 원형 찾기는 문헌학적 사고와 일치한다. 즉 원형이 재구성될 때 비로소 해석들이 가능한 것이다.

---

114) 같은 책. 518쪽.

115) Aarne: Leitfaden 1913, 85쪽.

116) Anderson: Geographisch-historische Methode 1934/40, 518-519쪽.

117) Aarne: Leitfaden 1913, 20쪽.

지역적인 변화

"국제적으로 폭넓게 전파된 어느 한 이야기 유형의 경계를 정할 수 있는 지역 또는 민족 집단에 어울리는 특수한 이야기 버전"에 이름을 붙이기 위해서 스웨덴 출신의 폰 지도우C. W. von Sydow는 1932년 '생태유형Ökotyp'이라는 개념을 도입하였다.[118] 개념구성의 전제조건은 지역의 불규칙한 이야기 형태들과는 구별되는 안정된 이야기 유형이다. 이 경우에는 단일화 과정이 중요하다. 지역의 이야기 전통들은 구전으로 전승되는 동안에 공동체의 점유나 전승자들 상호간의 영향을 토대로 해서 형성된다.[119] 그렇게 해서 생성되는 지역적 특성들이 생태유형으로 명명된다.

'생태유형'이라는 개념은 식물학에서 빌려 온 것이며, 특수한 환경에 적응하도록 물려받은 유전 형태를 말하는데, 그것은 어느 한 종(種)의 다양한 표본들에게 공통적이다. 즉 새로운 장소에서 식물의 생태학적 적응을 말한다. 그러므로 라우리 혼코Lauri Honko에 따르면 이야기들도 전승과 기능에 있어서 주위환경의 특수한 조건들에 동화하는 과정이 뒤따른다.

이에 덧붙여 그는 적응형태를 다음과 같이 기술하였다.[120]

    1. 이른바 새로운 주위환경의 환경-지배적 특성과 전승물의 결합

---

118) Hasan-Rokem, G.: Ökotyp. In: EM 10, 2002, 258-263단, 인용문 258단.

119) 참고. Bogatyrev/Jakobson: Die Folklore als besondere Form des Schaffens 1972, 13-24쪽.

120) Honko: Four Forms of Adaptation of Tradition. In: SF 26 (1981), 19-23쪽.

2. 지역전통의 지배적 특성과 새로 유입된 전통적인 요소들의 결합 (인물과 장소들)

3. 구연이나 이야기꾼의 인성에 의해서 제약을 받는 상황적 조건에의 기능적 적용

4. 한 지역 혹은 집단의 특색을 나타내는 방식으로 새로운 전통요소들의 포괄적이고 지속적인 변화

오늘날의 이주과정에서 분명하게 관찰될 수 있는 과정들이 여기에서도 기술된다. 지도우는 '생태유형'이라는 개념을 공시적 과정들 쪽으로 유도하였다. 그것은 카를레 크론이 완성한 지리-역사 연구방법론과는 대립되는 것이다. 지도우의 연구목표는 안데르손의 자기수정의 법칙이 돌보는 이야기 유형들 속에 존재하는 발전의 역동성 보다는, 전승의 맥락과 기능 그리고 그것의 변화를 고찰하고자 하는 것이었다.

그러므로 생태유형은 다양한 매체나 장르 가운데 어느 한 이야기 유형의 특수하고 지배적 특성인 것이다. 그러한 하위유형들은 견고하며 빈번하게, 그리고 풍요롭고 생산적이며, 환경에의 적응능력이 뛰어나고, 합성에 맞서는 저항력이 뛰어나다.

1961년 아르네/톰프슨의 민담유형목록 두 번째 수정판에는 전파가 지역적으로 한정된 생태유형들이 별표로 표시되어 하위유형으로 등재되었다. 그 밖에 사람들은 이 개념을 흔히 고유의 정체성을 지키기 위해서 애쓰는 소수민족들과 관련해서도 사용한다.

예를 들어 민담유형 「생명의 물」 ATU 551의 몇몇 지역적 특색은 다음과 같다.

남부유럽 : 행복의 원천으로서 한 마리의 새, 조력자들은 고마움을 느끼는 동물들, 한 명의 죽은 자, 한 명의 노파

남동부유럽 : 요정들, 용, 괴물이 초자연적 존재들이다. 흙, 한 마리의 황금 새, 젊음과 죽음의 물이 치료제로 간주된다. 술집은 과제 수행을 막는데 이용된다. 종교적 규범들이 분명하게 표현된다. 이야기꾼들은 방언으로 말하고, 관객에게 직접 말을 걸기도 한다.

슬라브 지역 : 주인공이 동물의 왕들에게서, 마녀들의 집에서 (노파 Baba Jagá) 그리고 술집들에서 단계별 시험에 합격한다. 성(性)이 보다 큰 역할을 하며, 말을 하는 말(馬)이 조력자이다. 이야기꾼은 수사적인 질문이나 구어적인 표현을 하면서 개입을 하고, 소도구의 변화(전화기와 같은 현대식 소도구들)가 관찰될 수 있다.

남아메리카 : 한 아이가 집을 나선다. 그러나 두 형이 집으로 돌아오는 그를 위협한다. 새들, 한 마리의 여우, 마녀와 거인의 딸이 조력자이다. 치료제로는 앵무새의 배설물, 꽃과 새들이 이용된다. 이야기꾼은 유머러스한 표현과 함께 이야기를 마치면서 해설을 한다.

아라비아반도 : 권력상속을 부각시킨다. 지배자의 다양한 여인들을 통해서 사회적 계급제도가 설명된다. 여자의 순결성이 강조된다. 조언자는 말하는 동물들이다 (말). 그리고 이야기는 액자형식의 이 야기로 구성되어 있다.

민담연구 내에서의 영향

민담연구에서 먼저 자료작성에 대한 요구가 수집활동들을 결정적으로 증대시켰다. 그 성과물로는 문서보관소들에 전 세계로부터 수집된 자료들이 모아지고, 그것이 민담연구에 이용된다. 수집된 자료의 원본을 보관하는 민담 관련 문서보관소는 헬싱키, 움살라, 스톡홀름, 괴테보리, 룬트, 코펜하겐, 오슬로, 빌니우스, 리가, 타르투, 더블린, 파리, 마르부르크, 괴팅겐, 아테네, 성 페터스부르크, 모스크바 같은 도시들에 설치되어 있다.

안티 아르네Antti Aarne와 스티스 톰프슨Stith Thompson(약칭 AaTh, 때로는 AT)이 작성한 『민담의 유형들The Types of the Folktale』은 민담자료의 기록화와 출판을 위한 토대를 마련해주었으며, 최근에 괴팅겐의 한스-외르크 우터Hans-Jörg Uther는 직접 작성하고 수정한 유형목록 『국제 민담 유형들The Types of International Folktales』(약칭 ATU)이라는 색인목록을 만들었다. 학문적 요구를 충족시키는 민담출판물들은 국제적 기준을 보증하기 위해 텍스트를 설명하면서 민담의 유형별 일련번호를 제시한다.[121] 그 밖에도 지역적 차원에서 몇몇 유형목록들이 생겨났다.[122]

대략 40종의 모노그래프가 자료목록에 근거를 두고 있다. 이들 모노그래프는 개별 민담유형뿐만 아니라, 전통문학의 여러 장르들, 이를테면 관용적인 표현들과도 관련을 맺는다.[123] 민담 변형의 유형화(FFC 총서에 실린 약 50개의 일련번호)와 더불어 지리-역사 연구방법론의 연구 작업들이 민속학회 커뮤니케이션Folklore Fellows Communications(FFC)의 총서로 발간된 연구서의 대략 반을 차지하고 있다.[124] 이 총서는 "민속학회Folklore Fellows"(FF)라는 단체에서 발간하는 최초의 이야기 연구자들을 위한 연합기관지이다. 이 연구자 협회는 1907년 요한네스 볼테, 카를레 크론, 칼 빌헬름 폰 지도우에 의해서 설립되었다. 오늘날에는 민담연구를 위한 국제사회The International Society for Folk Narrative Research(ISFNR)와 더불어 1958년 창설된 유사한 연합단체가 있다.[125]

비판적 논쟁들

지리-역사 연구방법론에 힘입어 민담연구가 점차 더 진지하게 받아들

---

121) 하인츠 뢸레케Heinz Rölleke, 한스-외르크 우터Hans-Jörg Uther의 KHM, 베를린 아카데미 출판사의 민담선집 『세계문학의 민담Märchen der Weltliteratur』, 『민족의 얼굴Gesicht der Völker』, 『전래민담. 세계 총서Volksmärchen. Eine internationale Reihe』.

122) Kerbelite, Bronislava: Tipy narodnych skazanij. Sankt-Petersburg 2001. Robe: Indesx of Mexican Folkstales 1973, Marzolph: Die Typologie des persischen Volksmärchens 1984.

123) Kuusi: Regen bei Sonnenschein 1957.

124) Röhrich: Geographisch-historische Methode. In: EM 5, 1987, 1017단.

125) 참고. Kuusi: Regen bei Sonnenschein, 1957, 8-11쪽.

여겨졌기 때문에, 이 연구방법론 역시도 커다란 공감을 얻었다. 이후 민속학은 독자적인 학문분야로서 명성을 획득하였다. 연구결과들을 객관적으로 추(追)체험하려는 연구 성향과 달리 전술한 기준들은 광범위한 경험과 주관적 평가에 의해서 결정되어 있다. 그러나 모든 이야기의 변형을 포함하는 자료수집이 불가능하기 때문에 "연구자의 패러다임"이 "전승물의 전승사를 추체험하는데" 결정적이다.[126]

새로운 연구방법론은 그 목표가 그러했듯이 "불가피한 논리적 귀결"로 이어지는 것이 아니라, 개인적인 해답들을 허용한다.[127] 여기에서 퇴화론적 입장과 진화론적 입장은 서로 다른 견해에 해당한다. 일찍이 율리우스 크론Julius Krohn이나 마티 쿠우시Matti Kuusi 같은 연구자들은 이야기 유형이야말로 비교적 단순한 원핵(原核)으로 시작해서 완전히 성숙해진 형태가 될 때까지 발전을 한다고 생각하고, 카를레 크론Kaarle Krohn과 마르티 하아비오Martti Haavio를 중심으로 하는 또 다른 연구자 그룹은 거꾸로 민담이야말로 원형과 함께 발전의 정점에서 출발해서 그때부터 발전이 퇴행하기 시작한다는 견해에 근거를 두고 있다.[128] 뢰리히Röhrich는 이 연구방법론의 성과들이 분명하지도 않으며, 특정 인물과 무관하지 않다는 사실을 보여주는 몇 가지 실례를 제시한다.[129] 그러므로 「노래하는 뼈다귀Singender Knochen」 ATU 780의 원형과 전파경로가 민담의 고향을 플랑드르 지역

---

126) Honko: Zielsetzung und Methoden 1985, 322쪽.
127) Röhrich: Geographisch-historische Methode. In: EM 5, 1987, 1017-1018단.
128) 참고. 같은 책. 1017단. Honko: Zielsetzung und Methoden 1985, 322-324쪽.
129) Röhrich: Geographisch-historische Methode. In: EM 5, 1987, 1017-1018단.

Flämische Gebiete(역자 주: 독일 엘베 강 중류의 구릉지대)이라고 추정하는 루츠 마켄젠Lutz Mackensen의 경우와, 그리고 시종일관 인도를 민담의 고향으로 생각하지만, 적어도 민담의 이동경로를 프랑스에서 시작해서 왈론Wallonien 지역(역자 주: 벨기에의 동남부)을 거쳐 플랑드르 지역에 이른다고 추정하는 카를레 크론Kaarle Krohn의 경우가 서로 구별된다.[130] 그 밖에 다음과 같은 문제점들이 비판의 초점이 된다.

a) 각각의 이야기 유형별 **전형 또는 원형 재구성**은 역사적으로 가장 오래 된 형태의 가치에 대한 낭만주의적 생각들과 밀접하게 연결되어 있는 학문적 관심사이다.

원칙적으로는 또 다른 대상 - 구술형식으로 전승된 이야기에 대한 문헌학적 원리들의 적용이 중요하다.[131] 그 결과는 - 전형이든 원형이

130) Mackensen: Der singende Knochen(= FFC 49) 1923, 64쪽: "두 자매 가운데 예쁘고 어린 여동생이 사랑의 행복(구혼자 또는 신랑의 사랑)을 누린다. 그러자 못생긴 언니는 동생을 너무 시기한 나머지 죽일 작정을 하고 그녀를 물속으로 밀어 넣는다. 그녀의 아버지가 그녀의 무덤에서 나무를 발견하고는, 이 나무로 악기를 만든다. 이 악기가 살인과 그 이유를 아버지에게 일러준다. 이로써 살인을 한 언니가 발각되고, 이제 그녀 역시도 동생과 마찬가지로 죽음을 면치 못하게 된다. 이를 통해서 죽은 동생이 다시 살아난다." Krohn: Übersicht über einige Resultate 1931, 79-80쪽: "왕의 두 딸 가운데 예쁘고 어린 딸은 그녀가 누리는 사랑의 행복(구혼자 또는 신랑의 사랑) 때문에 못생긴 언니로부터 질시를 당한다. 결국 언니는 동생을 죽일 작정을 하고 물속으로 밀어 넣는다. 해변 가에 한 시체의 나무가 자라나자, 지나가던 한 남자가 (인도에서는 거지, 유럽에서는 목동) 그 나무를 잘라서 바이올린 또는 플루트를 만들어 왕이 사는 궁전으로 간다. 이때 궁전에서는 동생을 죽인 못생긴 언니가 죽은 여동생의 신랑과 결혼식을 올린다. 그 남자의 플루트 연주가 언니의 범행과 동기를 밝혀준다. 신부(? IN K; PT 4, 7b)가 플루트를 내리쳐 부수자, 죽은 동생이 거기서 살아나온다. 죄를 지은 언니는 왕에 의해서 죽음의 형벌을 받는다." 참고. Vries: Betrachtungen zum Märchen 1954, 10-12쪽.

든 - 바라던 희망, 즉 해석을 위한 보다 안정된 토대에 부합하지 않는다. 문헌학에서의 텍스트비평적 처리방식은 필사본과 텍스트 역사와의 관계에 관한 연구에 따라서 가장 앞서 전승된 원문을 확인하는 데 그 목표를 두었다.[132] 이러한 재구성은 이른바 민중문학에서는 성공을 거둘 수가 없었다. 오히려 어느 한 유형에서 추정되는 본래의 줄거리 진행순서에만 통할 수 있을 뿐이었다. 그러나 보다 상세한 표현들이 결합될 수 있는 원문텍스트도 마찬가지로 문예학적, 심리학적 원산지를 해석하기 위한 지지대를 형성한다.

> 원형은 문자 그대로 추상적 개념이며, 지적인 가정이다. 그것은 실제 하는 텍스트가 아니라, 단지 가정적 텍스트에 불과하다. 그 재구성은 단지 통계에 바탕을 두고 있을 뿐이다.[133]

이와 달리 핀란드 학파의 이념에 따르면 창조성은 비난받아 마땅한 것으로 여겨진다 - 덧붙이자면 바로 구전형식의 전승은 새로운 구상과 수정을 거듭하는 재능 많은 이야기꾼들에 의해서 이루어진다는 것이다. 이 경우에는 다원발생설에 관한 생각들을 고려하지 않았다. 재구성된 '원형'과 함께 새로운 문서형식이 만들어진다. 이때 문서형식은 구

---

131) Pöge-Alder: 'Märchen' 1994, 76-80쪽.
132) 문헌학에서와 마찬가지로 민담연구에서도 원전연구와 출판은 민중문학의 해석과 역사 기술에 비해서 토대연구의 위상을 갖는다. 참고. Rosenberg: Zehn Kapitel 1981, 51-52쪽.
133) Röhrich: Geographisch-historische Methode. In: EM 5, 1018-1019단.

술형식과는 실질적인 관계가 없다고 본다.[134] 구술형식으로 진술된 텍스트들이 전승과정으로 편입되지만, 여기에서 그러한 기록들은 전승단계만을 나타낸다. 이와 달리 '원형' 또는 전형의 재구성은 비역사적인 것이다. 왜냐하면 역사적 관점이 이야기의 변형들을 관찰할 때 포함되지 않았기 때문이다. 여기에서는 형식소재상의 기준들이 가장 큰 역할을 하였다.[135]

b) 지리-역사 연구방법론은 **가능한 한 통계적으로 원전자료의 완벽한 이해**를 기초로 삼는다.

그 때문에 통계적이고 정량적(定量的)으로 작업하는 이러한 연구방법론은 정성적(定性的) 물음에 눈길을 보내지 않는다. 하나의 이야기 소재가 남자 혹은 여자 이야기꾼에게는 어떤 의미가 있는가 하는 물음은 다음의 과제들이 (이야기유형의 원형, 발생지 및 발생 시기, 전파경로) 충족될 때까지 논의되지 않은 채 미처리로 남는다.

c) 이야기 목록에 등재되어 있는 이야기 변형들의 상호밀접한 관계가 **언제나 발생학적으로 앞서 존재해 있는 것은 아니다.**

활기 넘치는 이야기의 경우에는 친화성과 혼합이 추측될 수 있으며, 마찬가지로 다른 이야기 유형들이 커다란 영향을 미칠 수 있다.[136]

---

134) Schade: Mehr als 'nur' Transkription 1898, 253쪽.
135) Fromm: Einführung. Die Erforschung der Kalevalischen Lieder Bd. 2 1967, 9-18쪽, 여기서는 11쪽.

d) 구술전통의 상대적 견고함과 우위가 지리-역사 연구방법론의 **가설(假說)들** 가운데 하나이다.

안데르손은 이를 입증하기 위해 민속학적 실험을 수행하여 자기교정의 법칙을 발전시켰다.[137] 여기에서 문서형식의 버전들은 별로 진지하게 받아들여지지 않았다. 가령 그림 형제의 『어린이와 가정을 위한 민담집』의 보급이나 그것이 구술전통에 미친 영향에 관한 연구들은 그것이 지닌 영향력을 보여준다.[138] 연대가 훨씬 앞선 구술형식의 전승이 약화되지 않고 지속한다는 가정은 오늘날 더 이상 버틸 수가 없다.[139]

e) 지리적 전승에 대하여 **비교적 기계적인 전제들** 역시도 폰 지도우von Sydow와 혼코Honko에 의해서 강하게 논박 당하였다.[140]

여기에서는 변화의 움직임들이 지나치게 총괄적이고 기계적으로 기술되며, 구술형식의 전승이 지닌 상대적 견고함이 시공간적으로 되풀이해서 과대평가된다. 또한 모델들이 너무 지나치게 유럽 중심적이

---

136) 가령 AaTh 550과 551은 분명 밀접한 관계에 있다. 참고. Röhrich: Geographisch-historische Methode. In: EM 5, 1020-1021단.

137) Anderson: Zu Albert Wesselskis Angriffen 1935. Ders.: Ein volkskundliches Experiment. Helsinki 1951 (= FFC 168). 베셀스키와의 논쟁: Pöge-Alder: 'Märchen' 1994, 73-76쪽. Pöge-Alder: Albert Wesselski and the History (인쇄 2007).

138) Herranen: The maiden without hands (AT 706) 1990, 106쪽.

139) Moser, D.-R.: Altersbestimmung des Märchens. In: EM 1, 1977, 407-409단. Wienker-Piepho, S.: Noch einmal: Wie alt sind unsere Märchen? In: MSP 16 (2005) H. 4, 20-34쪽. Fehling: Erysichthon 1972. 참고. Grätz: Das Märchen 1988.

140) Sydow: Selected Papers on Folktale 1948, 47-59쪽. Honko: Zielsetzung 1985, 325쪽.

다. 문화권역들 간의 전승을 유리하도록 하기 위해서 세대와 세대 사이의 전승이 고려되지 않는다.[141]

f) 논쟁을 불러일으키는 방식으로서 어느 한 민담유형에 관한 **모노그래프**들이 그 유용성 측면에서 당연히 논박 당하였다.

해당 민담유형의 발전사는 연대를 확인할 수 있는 문헌적 증거들이 많을 경우에만 기호를 붙일 수 있기 때문에, 그렇지 않은 경우에는 현재 이야기 소재의 특성만이 밝혀질 뿐이다.[142] 그 때문에 엘프리데 모저-라트Elfriede Moser-Rath는 특정 시기의 원전들을 통해서 종단면뿐만 아니라 횡단면에도 관심을 기울일 것을 촉구하였다.[143]

라우리 혼코Lauri Honko에 따르면 이 연구방법론은 다음의 경우에 가장 적합하다.

> 예를 들면 정형화된 일정한 형식이 적용되는 비교적 긴 민담들, 운율을 갖추고 있으며 연으로 구분된 노래들, 수수께끼나 격언들과 같이 고정된 형식을 갖춘 복합적인 전승 작품들을 연구하는 데 적합하다. 다른 말로 바꾸어 말하면, 일원발생설 및 이동의 가설에 적합한 전제조건들이 사실로 존재하기 위해서는 연구대상이 되는 전승 작품들의 매우 까다로운 특징을

---

141) 참고. Röhrich: Geographisch-historische Methode. In: EM 5, 1987, 1023단.
142) 참고. 같은 책. 1022-1023단.
143) Moser-Rath, E.: Gedanken zur historischen Erzählforschung. In: ZfVK 69 (1973), 61-81쪽, 여기서는 65쪽.

연결해서 동일성이 확인될 수 있어야만 한다.[144]

민담에 관한 또 다른 학문적 논쟁에서 지리-역사 연구방법론은 구조적인 관점들을 좇는 형식비판적 연구방법론들을 훨씬 더 강하게 응용하는 결과를 가져왔다.

오늘날의 민담연구는 매우 겸손한 자세를 보이며 진행된다. 즉 민속 소재의 유래는 밝혀질 수 없지만, 가변성과 그것이 지닌 개인적, 문화적 배경들이 관심을 얻고 있다. 이야기 유형의 연대나 발생학적 의존 대신에 오늘날의 민담연구는 다른 문제들을 전면에 내세우고 있다.[145]

● 이야기 소재가 이야기꾼과 청중에게 어떤 의미를 차지하였는가(이야기 작품의 생물학)?
● 개별적인 이야기 변형이나 버전들이 어떤 문화적 맥락 속에 놓여있는가? 이 경우에 텍스트들에 관한 이주사적, 언어사적 그리고 사회사적 관점들이 고려된다.[146]
● 민속 이야기들의 양식, 구조, 장르 및 기능의 양상들이 때때로 중요시되었다.
● 전승과정들의 진행이 (심리, 역동성, 역사 및 사회적 과정들의 변동) 구전형식의 전승이 지닌 의사소통체계와 전달체계를 설명하기 위하여 주목 받는다.
● 의미를 지닌 전승의 일부분으로서 텍스트 해석들이 민담연구와 관련된 학문

---

144) Honko: Zielsetzung und Methoden 1985, 323쪽.
145) 참고. Röhrich: Geographisch-historische Methode. In: EM 5, 1987, 여기서는 1024-1025단.
146) Brednich: Volkserzählungen 1964. Petzoldt: Der Tote als Gast. Helsinki 1968 (= FFC 200).

분야들 내에서 인정받았다.

오늘날의 연구

민담 및 서사연구는 지리-역사 연구방법론, 즉 민담연구의 "애창곡 Evergreen"으로 말미암아 처음으로 연구의 완결성을 경험하였다.[147] 이 연구방법론은 추측으로부터 멀찌감치 떨어져서 민담연구에 내재해 있는 지리적, 역사적 깊이에 도달할 수 있는 구조화된 길을 처음으로 열어주었다. 그래서 『민담백과사전Enzyklopädie des Märchens』의 유형별 항목도 지리-역사 연구방법론의 사고에 기초하고 있다. 즉 가급적 이야기 변형들의 완벽한 작성이 그 전제이다. 여기에서 일반적인 형태 또는 표준형태가 결정된다. 그러나 괄호 속에 또 다른 버전들의 인물들 또는 대상들이 인용되면서 변형의 폭에 대해서도 인식하도록 만든다. 오늘날에도 핀란드에서는 여전히 "원핵" 혹은 "가장 본래적인 특징들의 결합" 보다 원형에 관해서는 그다지 화제로 삼지 않는다.[148]

「아름다운 아내 때문에 박해를 받는 남편Mann wird wegen seiner schönen Frau verfolgt」 (ATU 465)이라는 이야기 제목 뒤에는 초자연적 능력을 지닌 아내를 다루는 여러 에피소드가 있는 마법민담이 숨

---

147) Honko: Zielsetzung und Methoden 1985, 322쪽. Krohn: Die folkloristische Arbeitsmethode 1926. 참고. Röhrich: Geographisch-historische Methode. In: EM 5, 1987, 1012-1030단, 여기서는 1027단.

148) Honko: Zielsetzung und Methoden 1985, 323쪽. 혼코에 따르면 이것은 그 차체가 논리적이며 완성된 하나의 총체일 수 없다. 그러므로 표준형태는 "예를 들면 똑같은 편집에 속하는 이야기 변형들을 토대로 한 개념화의 총체"이다. "물결주기-전파와 자동이동은 이주사적, 언어사적, 문화사적, 사회사적 추론에 의해서 점차 대체된다."

겨져 있다. '표준형태'는 다음과 같다.

> (1) 한 가난한 젊은 남자 (사냥꾼, 어부; 삼형제 중 막내)가 초자연적 능력
> 을 지닌 여자와 결혼한다. 그녀의 비범한 아름다움은 돋보일 정도이다.
> (2) 군주 (주인공의 아버지)는 주인공의 아름다운 아내 때문에 그를 시기
> 한 나머지 그녀를 차지하고 싶어 한다. 그녀의 남편을 해치기 위해서 그
> 는 (그의 조언자들) 주인공이 자기 아내의 도움으로 해결할 수 있는 어려
> 운 과제들을 생각해낸다. (3) 대부분 마지막 과제는 적대자의 파멸 또는
> 그의 통찰로 이어진다.[149]

이 요약에 따르면 문학적 전통의 자료 제시는 뒤이어서 생겨난다.
ATU 465의 예를 보면 그것들은 중국의 가장 오래된 증거자료가 당
(唐) 시대 이후, 즉 대략 7세기경으로 알려져 있는 원동(遠東)지역으로
뻗어나간다. 그 이후 19세기와 20세기에 수집된 이야기 변형들에 대한
자료제시가 이루어진다. 또 다른 유형들과의 혼합과 상사(相似)들이
소개된다. 앞서 있는 경우에는 특히 이러한 맥락에서 그때마다 마지막
과제들이 매우 흥미롭다. 구술형식과 문서형식은 오늘날에도 원전의
가치라는 측면에서 진가를 인정받고 있으며, 그때그때의 전후관계를
밝히기 위해서 개별적으로 연구된다.

---

149) Pöger-Alder, K.: Mann wird wegen seiner schönen Frau verfolgt (AaTh 465).
In: EM 9 (1999), 162-171단, 여기서는 162단. Pöger-Alder: Zaubermärchen über
die bedrohte Partnerschaft mir einer schönen Frau (AaTh 465). In: MSP 10
(1999) H. 4, 110-115단.

백과사전의 최종적인 입장은 해석적인 내용을 가질 수 있다. 이야기 유형이 "초자연적 또는 마법에 걸린 남편 (아내) 혹은 또 다른 상대들 Supernatural or Enchanted Husband (Wife) or Other Relatives" (ATU 400-459)의 범주에 속하지 않는다는 점이 여기에서는 매우 인상적이다. 여기에서는 아내가 안내자로서 사건의 중심에 놓인다. 그녀는 과제를 이행하도록 안내하며, 주인공이 금기위반 이후에 떠맡을 과제들을 미리 알고 있다. 결국 그녀의 도움으로 이러한 시험들이 공동의 행복이라는 결과를 낳는다.

민담 「생명의 물Das Wasser des Lebens」(KHM 97)에서 소재의 증거는 비교적 일찍 발견된다. 그것은 이미 1300년경 프로방스의 도미니크 수도사 요한네스 고비Johannes Gobi 2세의 고문헌집 『야곱의 사다리Scala coeli』에서 입증되어 있다.[150] 형들에 의한 막내 동생의 살해 이야기가 빠져있으며, 근동지역의 텍스트들에서 흔히 보이듯이 이야기는 구혼과 연결되어 있다.[151] 그렇지만 이러한 문서형태의 원전들은 일반적으로 문헌학적 분석에서 보듯이 문화사적 정황증거들로 가득 채워질 수 있는 그때까지의 시점만을 보여줄 수 있다.

---

150) 설교용 이야기로서 1480년경 울름Ulm의 라틴어 인쇄본; 브레스라우의 독일어 필사본. 슐레지엔 민속학회지 20호, 11호의 보고, 1300년경 BP Bd. 1, 510-512쪽을 보시오. 텍스트: "생명의 샘Der Quell des Lebens". In: Wesselski: Märchen des Mittelalters 1925, No. 28.

151) Prym, E./Socin, A.: Syrische Sagen und Märchen aus dem Volkskunde. Göttingen 1881, No. 18, 38, 386쪽.

3.3 '다원발생설' : 인류학 이론들

그림 형제 이후의 민담연구는 가령 요한네스 볼테Johannes Bolte에 의해서 독일 어문학분야뿐만 아니라 테오도르 벤파이Theodor Benfey, 요한네스 헤르텔Johannes Hertel 그리고 모리츠 빈터니츠Moritz Winternitz의 오리엔탈어문학분야 내에서도 수행되었다. 민담연구는 다양한 학문분야의 연구들, 예를 들면 테오도르 바이츠Theodor Waitz 의 철학, 에드워드 타일러Edward Tylor와 앤드류 랭Andrew Lang 의 인류학, 아돌프 바스티안Adolf Bastian의 민족학, 빌헬름 분트 Wilhelm Wundt의 민족심리학 그리고 빌헬름 만하르트Wilhelm Mannhardt의 민속학으로부터 많은 자극을 받았다. 이론형성에 영향 을 미친 최근의 이러한 경향들이 민담의 생성과 전파에 관한 테제의 두 번째 이론집단을 형성하였다. 이 집단은 민담생성과 관련해서 민담 의 **다원발생설**과 민담이 전파될 때 일어나는 진화를 강조한다. 이 경우 "어디서든 반복될 만큼 단순하고 자연적인", 그리고 "그 때문에 서로 다른 나라에서 동일한 또는 매우 유사한 민담들이 서로 영향을 받지 않으면서도 만들어지는" 상황들이 존재한다는 빌헬름 그림Wilhelm Grimm의 생각이 그 배후에 있다.[152]

이와 같이 다원발생설을 주장하는 연구자들에게는 전 세계적으로 서로 비슷한 여러 민담의 기초를 구성하는 공통점들을 밝히는 것이 중 요하였다. 사람들은 민담생성을 과정으로 생각했다. 즉 동류존재(同類

152) Grimm: KHM. Vorrede 1850, LXII쪽.

存在)로서 인간을 특징짓는 동종에 영향을 주는 기본요소들로 인해 지구의 서로 다른 장소에서 서로 영향을 받지 않으면서 민담들이 생성되었다는 것이다. 그 때문에 이들 민담은 서로 일치하는 특성들을 지닌다. 모든 민족에게서 발견되는 동일한 혹은 비슷한 민담의 변형들이 모든 민담에 공통적으로 있는 그와 같은 특성들에서 유래된다. 인류학적 특성들이 - 일원발생설과 확산이론과는 달리 적절한 진화와 함께 다원발생설의 생성과정을 위한 전제조건을 형성하였다. 연구자들은 진화론적 관점 하에서 특히 다양한 민족들에게서 보이는 민담발전의 동일한 과정을 강조하였다.

이처럼 이른바 인류학적 이론들을 구성하는 데 있어서 변화된 자료의 기반이 결정적인 역할을 하였다. 『판차탄트라Pantschatantra』의 다양한 문서형식의 변형, 기록물 및 번역물이 어문학에 관심을 가졌던 벤파이Benfey에게는 있었다. 이제 전 세계적으로 행해지는 수집활동을 토대로 한 구전형식의 전승물을 모아놓은 민담모음집이 있었다. 물론 그 내용과 형식들이 이동의 움직임만으로는 설명될 수가 없다. 여기서 인류학적 이론들은 새로운 길을 제시하는 듯이 보였다. 여행자들, 상인들, 선교사들 그리고 외교사절들의 보고를 시작으로 자료수집이 행하여졌다. 예를 들면 헨리 로우 스쿨크래프트Henry Rowe School-craft(1793-1864), 알렉산더 폰 훔볼트Alexander von Humbolt(1769-1859), 요한 바프티스트 폰 슈픽스Johann Baptist von Spix(1781-1826) 그리고 칼 프리드리히 필립 폰 마르티우스Karl Friedrich Philipp von Martius(1794-1868)의 학술적 수집은 고고학적 조사결과와 더불어 확장된 연구기반을 조성하였다.[153] 이때 지리와 관련해 선별된 지역들만이 포함되었던 것이 아니라, 이 이론들은 특수한 인간상과 결합된 보편적 설명을 제시하고자 하였다.

테오도르 바이츠 Theodor Waitz의 철학적 토대들

독일의 철학자 테오도르 바이츠(1821-1864)는 그의 저서들, 특히 『원시민족들의 인류학Anthropologie der Naturvölker』(전6권, 1859-72)에서 향후 그의 연구방향을 제시하였다. 즉, 그는 한편으로는 '원시민족들'의 삶에 관한 광범위한 문헌자료들을 작성하였으며, 다른 한편으로는 인간을 기질과 사회적 상황, 자연적 혹은 본원적이라 생각되는 상태에 놓여있는 인간을 관찰하였다.[154] 이와 동시에 오히려 그는 전체론적 구상을 좇았다. "인류의 단일성"에 관한 그의 이론은 전체 인류를 포괄하였다. 여기에서 바이츠Waitz는 점진적인 발전이 덧붙여지는 인간의 '자연 상태'를 보았다. 그는 일반적이며 변하지 않는 인간의 존재로부터 출발하였다. 또한 그는 인종적 차이들도 본원적인 것이라고 생각하지 않았다.[155] 그는 문화사적 진보의 원인을 4가지, 즉 인간의 정신

---

153) Harris, M.: The Rise of Anthropological Theory. New York ²1969, 144-145, 148쪽.
154) Pöge-Alder: 'Märchen' 1994, 87-88쪽. 참고. Dilthey, W.: Die "Anthropologie" von Theodor Waitz. In: ders.: Gesammelte Schriften, Bd. XVI. 인류학의 발전에 대해서. 참고. Eidson, J.: Anthropologie. In: Streck, B. (Hg.): Wörterbuch der Ethnologie. Wuppertal 2000, 27-32쪽, 여기서는 29쪽.
155) Waitz: Anthropologie der Naturvölker, Bd. 1, 1859, 11-12쪽.

적 형성 및 육체적 형성, 자연환경 및 인간 상호간의 사회적 상황이나 관계들이라고 보았다.[156]

바이츠에게 있어서는 상이함이 정신적 삶의 형식, 방식 및 발전으로 나타나 있지 않으며, 어느 한 민족이 변함없이 유리한 상황이나 발전조건들에도 불구하고 본래의 천성을 제한함으로써 저급한 단계에 머물게 된다는 사실이 분명하지 않는 한, 인간의 상이성 또한 증명되어 있지 않았다.[157]

식민주의의 다양한 형식들은 연구 자료만을 준비한 것이 아니라 다른 문화들의 "낯섦음"과 씨름할 필요성도 야기하였다. 사람들은 약화되지 않은 것으로 해석되는 이른바 원시민족들의 문화적 삶의 상황들을 그들의 이전의 소외현상들과 함께 독자적인, 시민적인 상황의 전도라고 생각하였다. 그리하여 "부정을 통한 획득"의 형식으로 "가상의 민족지학(民族誌學)"이 발생하였다.[158] 이와 관련하여 헤르더Herder, 헤겔Hegel 그리고 크로이처Greuzer의 최초 연구서들이 나오기 시작하였다. 선의(船醫)로 활동한 바스티안Bastian은 답사여행을 하였으며, 말린노브스키Malinowski는 현장사례수집연구를 수행하였다. 고갱Gaugin과 놀데Nolde는 창조적으로 이국풍을 습득하였다. 그렇게 문화인류학은 1860년과 1890년 사이에 인류학의 한 분야로 발전하였다.[159]

---

156) 같은 책. 6쪽.
157) 같은 책. 15쪽.
158) Kramer, Fritz: Verkehrte Welten. Zu einer imaginären Ethnographie des 19. Jahrhunderts. Frankfurt a.M. 1977.

'기본사상' 찾기

1826년 브레멘Bremen에서 태어난 아돌프 바스티안Adolf Bastian
은 이러한 주장들을 학문적으로 엄밀하게 규명하고자 하였다. 그는 선
의(船醫)로서 1850년 오스트레일리아를 자신의 첫 여행지로 삼은 이
래로 트리니다드Trinidad의 스페인 항구에서 1905년 죽음을 맞이하
기까지 총 25년간 외국에 머물렀다. 이때 그는 베를린 민족학 박물관
Berliner Museum für Völkerkunde 설립을 위한 기금을 끌어 모았
다. 민속학의 제도적 발전, 즉 민속학회들, 학술지들 그리고 박물관들
의 발전을 위한 추진력 또한 그의 인품과 관련되어 있다. 그는 해부학
자 루돌프 피르초우Rudolf Virchow와 함께 "인류학, 민족학 및 선사
학을 위한 베를린 학회Berliner Gesellschaft für Anthropologie,
Ethnologie und Urgeschichte"(1869) 설립을 추진하였으며, 이듬해

---

159) 이와 관련해서 다음의 저서들은 길잡이로 간주된다: 역사적 사건들에 관한 구약의 보
고들과 바라문의 전설 및 성담 사이의 비교연구: 윌리엄 존스William Jones의 『Über
die Götter Griechenlands, Italiens und Indicns』(1788), 칠스 다윈Charles Darwin
의 『On the origin of species by the means of natural selection』(1859), 제임스
프리차드James C. Prichard의 『Researches into the physical history of mankind』,
후에는 『Natural history of man』(1840 독일어판, 『Über die psychische
Gleichartigkeit der verschiedenen Völkergegenüber der eines Urstammes und
dessen Verbreitung』), 부세 드 펠르트Boucher de Perthes의 구석기 시대 인간문
명의 발견 『Antiquités celtiques et antédiluviennes』(3 Bde., Paris 1846-65), 헨
리 매인Henry Maine의 『Ancient Law』, 요한 바흐오펜Johann J. Bachofen의 『Das
Mutterrecht』(1861, ²1897), 끌로드 앙리 드 루브뢰Claude Henry de Rouvroy, 콩
트 드 생-시몽Comte de Saint-Simon(1760-1825) 그리고 오귀스트 콩트August
Comte(1798-1857)에 의한 프랑스 사회학의 발전, 모리츠 라차루스Moritz Lazarus
(1824-1903)의 민족 및 사회심리학, 하이만 슈타인탈Heymann Steinthal(1823-
1899)의 비교언어학.

에 동음이의(同音異義)의 이름을 가진 독일학회와 "적도 아프리카 연구를 위한 독일학회Deutsche Gesellschaft zur Erforschung des äquatorialen Afrikas"(1873) 설립을 추진하였다. 그는 왕립 박물관들의 민족학 및 선사학 수집을 위해서 박물관장의 보좌관으로도 활동하였다. 그의 활동의 결과로 1886년 민족학 박물관이 태어났다. 이 박물관은 관장인 바스티안과 함께 독자적인 학문으로서의 민족학을 대표하였다.[160]

낭만주의적 노력에서 비롯된 인간의 모든 창작물을 보존하자는 사상도 19세기 후반의 민족학 분야를 자극하였다. 가령 그림 형제와 달리 바스티안은 자신의 재빠른 "자료공급"에서 모든 '원시민족'의 삶의 증거물들에 집중하였다. 바스티안은 모든 민족의 동일한 발전과정에서 출발하였으며, 그 때문에 그는 문화재들의 유실을 예견하였다. 민담연구에서 중요한 심리학적 연구들의 또 다른 목적은 본래 민중의 전설모음집들에서 되풀이되는 모든 민족의 사상들에 관한 색인목록이었다.[161] 이 색인목록은 핀란드 학파의 유형목록에 앞서 나왔지만, 실현되지는 못했다.

수집한 민족학적 유사현상들을 해석하기 위해서 바스티안은 "정신적 생산물의 규칙적인 변화 속에서 정신의 유기적 성장을 동시에 포착하는 사상-통계"를 실행하고자 하였다. 이때 그는 기초를 구성하는 요

---

160) Pöge-Alder: 'Märchen' 1994, 88-95쪽.

161) Bastian: Die Vorgeschichte der Ethnologie 1881, 91쪽. Bastian: Das Beständige in den Menschenrassen und die Spielweite ihrer Veränderlichkeit. Prolegomena zu einer Ethnologie der Culturvölker. Berlin 1868, 64쪽.

소들로부터 전체 대상을 설명하였다.

> 존재하는 모든 것은 그 기본요소들, 즉 가장 작은 부분들부터 이해되어지
> 지 않으면 안 되며, 정신적 삶의 기본요소들은 심리학이 그것들이 지닌 상
> 대적 가치에 따라서 정리하고 고려해야만 하는 사상들이다.[162]

바스티안은 '기본사상들' 을 기술하면서 칸트Kant를 끌어들였다. 그는
기본사상을 원자나 세포와 비교될 수 있는 작은 미립자로 해석하였고,
식물형태학에서의 씨앗과 같이 거기에는 인간의 정신적 창조물들이 예
정되어 있으며 선취되어 있다고 보았다.[163] 그런 다음 '기본사상들' 의
통합에서 '민족의 사상들' 이 자라나게 된다는 것이다. 그것들은 숫자
로만 보면 미미하다. 왜냐하면 단순한 사유 가능성들은 민족들이 지닌
정신적, 육체적 단호함 가운데 단지 제한된 변형들만을 허용하기 때문
이다. 그러므로 그것들도 모든 문화에서 인간의 동질성을 생성시키는
원인이 되었다.[164]

    '기본사상들' 은 물질 및 정신적 문화의 모든 단계에서 "종교적 표

---

162) Bastian: Der Mensch in der Geschichte 1860, Bd. 3, 428쪽.
163) Bastian: Die Vorgeschichte der Ethnologie 1881, 89쪽.
164) Fiedermutz-Laun, A.: Elementargedanke. In: EM 3, 1981, 1312-1316단, 여기서
    는 1314단. Eisenstädter, J.: Elementargedanke und Übertragungstheorie in
    der Volkerkunde. Stuttgart 1912, 2쪽. 라이프니츠Leibniz의 단자론과 비코Vico의
    저서 '대조e confronti' 는 '기본사상' 에 관한 이론과 비슷하다. 볼테르Voltaire도 동
    일한 인간의 본성을 토대로 해서 동일한 인간의 인식과정을 전제하였다. 참고. 실러
    Schiller의 취임연설 "왜 그리고 어떤 목적을 위해서 사람들이 세계사를 공부하는가?"
    1789.

상들, 사회적 관행들, 경제적 제도들, 미학적 감동들, 기술적 재능들의 형태로" 발견될 수 있다.[165] 물론 '기본사상들'은 나중에 지도우Sydow 가 말하는 생태유형과 비슷하게 일체를 포괄하지만, 동시에 지역적 특 수성들을 키워낸다.

> 고정된 규칙에 따라서 발생하면서 보통은 어디에서든 동일한 기본사상들
> 이 그와 같은 문화의 천부재능으로 발전하며, 지리-역사적 상황에 따라서
> 거기에 맞게 그때마다 민족이 나타난다.[166]

유형화에 대한 바스티안의 시각은 문화 속에서 역사적 사건의 개인적 양상들을 무의미한 것으로 깎아내린다.[167] 마찬가지로 신화 및 민담에 관한 그의 관찰에서도 이야기꾼들 자체가 어떠한 역할도 하지 못한다. 여행을 하는 학자 바스티안은 "민족 신화들"이 우선 존재한다고 믿는 다. 여기에서는 아직 인간과 신들이 분리되어 있지 않다고 본다. 나중 에야 비로소 학문과 "문학"이 나뉘어졌다. 그에게 있어서 문학의 일부 인 민담은 현실과 상상한 것 사이를 식별하기 위한 분리의 결과였다.

> 민중의 시야가 맑으면 맑을수록 민담의 연구궤도를 자유롭고 순수하게 유

---

165) Steinen, Karl von den: Gedächtnisrede auf Adolf Bastian. In: Zeitschrift für Ethnologie 37 (1905), 236-249쪽, 여기서는 245쪽.

166) Bastian, A.: Allgemeine Grundzüge der Ethnologie. Prolegomena zur Begründung einer naturwissenschaftlichen Psychologie auf dem Material des Völkergedankens. Berlin 1884, 15쪽.

167) 참고. Fiedermutz-Laun: Der kulturhistorische Gedanke 1970, 256쪽.

지하기 위해서는 판타지의 애매모호한 형상들을 하고서 민중에 의해 민담의 여명 속으로 더 더욱 억누르지 않으면 안 된다. 교양인들의 종교가 민중에게는 민담이 되고, 마법사와 성직자, 해로운 마법과 해롭지 않은 마법 사이를 구분하기 위해서는 상대적 가치들만이 제시될 수 있듯이 그 차이는 다만 단계적 차이에 지나지 않는다.[168]

이러한 견해에 따르면 민담 혹은 그 내용들이 도리어 부정확하고 공상적이며, 여기에서는 믿음이 지식보다 우월하고, 그것이 지닌 현실의 내용은 실제적인 것으로 보이게 하는 경험들을 포함하고 있다.

바스티안은 종교와 달리 민담 속에는 '민중'에게는 알기 쉬운 것이 격리된 형태로 발견될 수 있다고 믿었다. 민담의 내용들은 철학이 얕보는 종교의 수준보다도 떨어질지도 모른다.

[종교의] 정신적 내용이 때로는 성직자 계급에 의해서 재차 소진되어 버리고, 생각 없는, 그리고 때로는 의미심장한 순간에 우연을 결합시키는 매우 자의적인 상징들 속에서 사라져버린다. 민중이 스스로 싹을 틔운 종교로부터 흔히 이해한다고 하는 것은 민담으로서 종교적 내용의 주변을 나풀거릴 뿐이다. 반면에 사원(寺院)의 성전을 생각할 수 없거나 혹은 그 판에 박힌 귀족적 형식들에 만족하지 못하는 사색적 두뇌들은 독자적인 인식을 추구하고, 다른 한편으로 민담들이 그 밑으로 가라앉듯이 철학적 사변에서는 종교적 이해의 수준을 뛰어넘는다.[169]

---

168) Bastian: Der Mensch in der Geschichte 1860, Bd. 2: Psychologie und Mythologie, Abschnitt "Religion, das Mährchen und die Philosophen", 57쪽.

원칙적으로 바스티안은 '교양이 없음'과 '사회적으로 천함'으로 분류되는 하층계급으로서의 사회적 기능을 염두에 둔 민중에게서 민담생성에 관한 낭만주의적 생각을 고수하였다. 바스티안은 독일민담이 역사적으로 생긴 지 비교적 얼마 안 된다고 생각하였다. 그는 훨씬 이전에 토착한 민속 이야기들이 절멸된 중세시대에 민중이 그러한 이야기들을 만들었다고 믿었다.[170]

바스티안은 민담을 통틀어 유년시절의 성장과정에서 이월된 일종의 발전과정이라고 보았다. 그는 민담을 인간의 특정 발전단계에서 발생한 공상적인 이야기라고 생각하였다. 그러한 특성 때문에 민담은 주변 환경의 영향을 받아서 가공될 개연성들을 노출시킨다. 민담은 인간 정신의 특정 발달단계에서 인간의 영혼에 주어진 상황들을 따른다.

연역적 처리방식들에 의해서 주도되는 역사-철학적 연구들과 달리, 바스티안은 자신의 연구방법론에 따라 수집한 민족 관련 자료를 토대로 해서 귀납적이고, 비교문학적이며, 발생론적인 관찰방식에 관심을 기울였다. 후일에 서로 다른 역사적, 지리적 성격의 문화현상들이 비교되고, 세부적인 개별연구들에 매우 소중한 수많은 상세내용을 담은 총서들이 생겨났다.[171] 바스티안의 연구 작업들은 어떤 배타적인 이론을 기술하는 것이 아니라, 과거 시대의 생기론적(生起論的) 특성들과 문화사적 인과율로 구성된 집적물로 간주되었다.[172]

---

169) Bastian: Der Mensch in der Geschichte 1860, Bd. 2, 16쪽.

170) 같은 책. 57쪽.

171) 참고. Wundt: Völkerpsychologie Bd. 4, 1920, 315쪽.

민담연구에 있어서 아돌프 바스티안는 유럽과 아시아 이외의 전승물에 대한 시각변화보다는 비체계적으로 수집된 자료 활용에 있어서는 그 의미가 덜하다. 그의 이론들이 고수하는 기본원칙들은 융C. G. Jung과 '원형들'에 관한 융의 생각에까지 미친다. 여기에서 '기본사상들'이란 "매우 쉽게 일방적이며 형식적으로 고정될 수 있는 형식원칙"을 의미한다는 바우징거Bausinger의 경고는 오늘날까지도 유효하다. 그것은 실제적인 이해의 폭과 거짓으로 추정되는 이해의 폭 지우기와 경계지우기로 유혹하는 환원될 수 없는 실상을 가리키는 명칭이다.[173] 바스티안의 그것과 마찬가지로 진화론적 모델은 그것이 지닌 추상적 개념으로 말미암아 이야기들 사이에 놓여있는 실질적인 역사적 관계들과 부합할 수 없다.

실제로 민담의 모티브 차용과 독자적인 발생 사이에서 정확한 결정을 내리기란 결코 쉽지가 않다. 이때 민담 텍스트와 민담 모티브 사이를 구분하는 것이 기본이다. 하나의 완전한 민담이 두 번씩이나 완벽하게 똑같이 창작된다는 것은 정말이지 거의 불가능에 가까운 일이다. 그와 달리 모티브들은 오히려 다원발생론적으로 설명될 수 있다. 그래서 게르하르트 칼로Gerhard Kahlo는 흔히 '기본사상들'이야말로 가령 새가 영혼을 지니고 있다는 (참고. KHM 47 「노간주나무Von dem Machandelboom」) 만유정신론(萬有精神論)의 성격을 지니고 있다고 믿었다. 자연에 혼을 불어넣는 것, 즉 만유정신론은 세계종교로서 관련을 맺을 수 있으며,

---

172) 참고. Fiedermutz-Laun: Der kulturhistorische Gedanke 1970, 256쪽.
173) 참고. Bausinger: Formen der 'Volkspoesie' ²1980, 35쪽.

그 때문에 제식(祭式)이라는 동일한 관습들도 생겨났다. 영혼이 피 속에 있다는 믿음은 예를 들면 게르만인들, 그리스인들, 아랍인들 그리고 아프리카나 파푸아에서도 볼 수 있듯이 혈연적 우정을 낳았다.[174]

따라서 칼로에게 있어서도 '기본사상들'이라는 이론은 반박의 여지가 전혀 존재하지 않는다.

> 각 민족들은 동일한 상상력을 지니며 자연을 동일하게 관찰한다. 그래서 우리는 공동의 원(原)민담들을 한정된 민족공동체에게서만 가정할 수 있다. 그 밖에 중복되는 모든 창작은 인간 공동의 영혼에서 기인한다.[175]
>
> 커다란 뇌피질은 한결같은 상황 하에서 모든 인간에게 동일하게 형성되어 있다.[176]

무엇 때문에 똑같은 생각이 그렇게 자주 나타나는가에 대한 이유는 여러 가지가 있다.[177] 지리-역사 연구방법론 가운데 구조지향적인 연구들의 경우에는 이러한 물음이 관심의 초점이 되지 못하였다. 그래서 예를 들면 무엇 때문에 생명을 기부하는 요소의 모티브가 한 번은 물로, 다음번에는 사과 또는 불사조의 깃털로 나타나는지가 불확실하다. 지리적으로 주어진 상황들, 이야기꾼과 청중에게 잘 알려진 전통이나 선호가 여기에서는 중요한 이유들인 듯하다. 그러나 그 이유들은 개

---

174) Kahlo: Elementargedanke im Märchen 1930/33, 523쪽.
175) Kahlo: Die Seele der Volker. Völkerkunde 1926, 10-12, 217쪽
176) Kahlo: Elementargedanke im Märchen 1930/33, 522쪽.
177) 같은 책. 520쪽.

별적인 사례연구를 통해서만이 설명될 수 있을 것이다.

'생존Survival' 이론

바스티안은 지구상의 다양한 지역들에서 동시에 창작될 수 있으며, 어느 한 민담의 기초를 구성하는 작은 요소들의 존재에 관한 생각을 발전시켰다. 그리고 그는 이러한 요소들을 '기본사상들'이라고 불렀다. 물론 영국의 인류학자 에드워드 버넷 타일러Edward Burnett Tylor (1832-1917)도 이러한 생각에 기초하였다. 그렇지만 그는 역사적 시각을 유지하였다. 그는 세대를 거치면서 구전형식으로 전승된 이야기들을 가장 오래된 민족의 이야기라고 생각하였다.[178] 이를 해석하기 위해서 그는 자연신화적 의미에서 해와 달의 비유이자 의인화로서, 그리고 허위의 이야기이자 기원을 알려주는 전설로서, 신화에 관한 견해들을 자신의 사고체계로 끌어들였다.[179]

타일러에게는 민족들의 유래가 중요한 것이 아니라 그들의 발전이 중요하였다.[180] 그는 다양한 인종들의 발전 단계들을 동일하다고 생각하였다. 그 단계들은 서로 다른 장소와 서로 다른 시간에 되풀이되었다.

타일러에 따르면 어느 한 지역의 민담을 알 수 있는 가능성은 세 가지

---

178) Tylor, E. B.: Einleitung in das Studium der Anthropologie und Civilisation, dt. v. G. Siebert. Braunschweig 1883, 451쪽.
179) Tylor: Die Anfänge der Cultur 1873, 8-10장.
180) Tylor: Forschungen über die Urgeschichte der Menschheit 1866, 466쪽.

가 있다.

- 독자적인 창작
- 멀리 떨어져 있는 지역의 선조로부터 물려받음
- 어느 한 인종으로부터 다른 인종에게로의 전달 (이동).[181]

인류 전체의 유기적 생산물로서 구술형식의 이야기 소재들은 균형 잡힌 발전을 통해서 유래하였다는 타일러의 인식이 중요해졌다. 이때 개인과 민족의 차이 그리고 인종적 차이는 인간정신의 일반적인 특성들 뒤로 물러난다.[182]

　이러한 주장에서 출발하는 타일러는 전승물에서 초개인적이며 역사적으로 편입될 수 있는 요소들을 찾아내고자 시도하였다. 게다가 그는 자신의 저서 『인류의 초기 역사에 관한 연구Researches into the Early History of Mankind』(1865)를 통해서 '성유물(聖遺物)'의 의미에서 '생존'이라는 개념을 풍속학에 도입하였다. 그는 "후대의 문화 속에 고립된 채 잔재로만 보존되었던 이전 문화의 살아남은 문화요소들"을 그렇게 부른다.[183] 이러한 개념과 각기 다른 연대층위로 구성된 민담의 구조에 관한 생각이 다양한 인류학적 민담연구에 의해서 지속되었다.

---

181) 같은 책. 467쪽, 471쪽.

182) Tylor: Die Anfänge der Cultur 1873, 410쪽.

183) Hirschberg, W.: Survival. In: Neues Wörterbuch der Völkerkunde. Hg. v. Walter Hirschberg. Berlin 1988, 462쪽.

타일러의 견해에 따르면 민족들 간의 친화성 또는 직접 내지는 간접적인 교류를 통해서 일원발생설이 입증될 수만 있다면, 그들 사이의 유사성의 가치는 상승할 것이다.[184] 따라서 전파경로는 민족들 간의 친숙한 교류에 근거해서 입증될 수 있으며, 그런 다음에 그것은 역사적 관련성을 표현한다고 본다.[185] 그 예로서 그는 여우 라이네케Reinecke의 동물우화를 인용한다.[186] 일원발생설과 확산은 복잡한 텍스트들의 경우에 훨씬 더 그럴 듯하게 보인다.[187] 이 경우, 체계적이고 정확한 공통점이 있어야만 한다.

> 그러한 일치는 두 개의 결합이 독자적으로 생겨났다는 점을 상당한 정도로 믿을 수 없게 만들거나, 혹은 적어도 여러 지역에서 동일한 형태로 발견된 이야기들이나 생각들이 이미 문제의 단순한 피상적 주시가 그것의 반복적 창작을 믿을 수 없도록 보이게 할 만큼 독특하고 공상적인 성격을 지니지 않으면 안 된다.[188]

바스티안과 마찬가지로 타일러는 특히 민담이나 신화의 개별적인 모티브의 생성, 가령 나무 위에서 (무지개 위에서, 초원지대의 풀 섶 위에서, 밧줄을 통해서, 거미줄 또는 다른 도구를 통해서) 하늘을 향해 기어오르는 모티브를 다원발생론적으로 설명하였다. 거기에서 표현된 사

---

184) Tylor: Forschungen über die Urgeschichte der Menschheit 1866, 6쪽.
185) 같은 책. 424쪽.
186) 같은 책. 12쪽, 424쪽.
187) 같은 책. 198쪽.
188) 같은 책. 424쪽.

건은 특정 문화단계에서의 자연스러운 생각이나 '초보적인' 지리에 관한 지식수준과 일치한다.[189] 이 인류학자는 세계 어디에서든 존재하는 거인과 괴물에 관한 민담도 다원발생론적 생성으로 설명하였다. 왜냐하면 이들 민담은 화석 뼈의 발견과 직접적인 관련을 맺고 있기 때문이다.[190]

타일러는 기후, 사회적 상황들, 민주 혹은 전제정부, 전쟁 또는 평화로 말미암아 발생하는 문화발전들이 지역적이며 영속적이지 못하고[191], 그와 동시에 일반적으로 알려져 있으며 오랜 기간을 거치면서 전승된 이야기 속으로 파고들어가지 못했다는 사실에서 출발하였다. 이 경우에 그는 사회적인 삶이나 역사가 민담, 특히 줄거리에서 생성되는 전형적인 이미지들 속에 반영된다는 점을 등한시하였다.[192]

인류 공동의 발전단계들

종교사학자 앤드류 랭Andrew Lang(1844-1912)은 민족학의 역사를 깊이 파고 들어갔다. 이때 그는 호머의 『오디세이Odyssee』(1897) 번역에도 전념하였으며, 『푸른 동화책』(1889, 훗날 『칼라 동화책』이라는 제목으로 11권의 시리즈로 확대됨)을 발간하기도 하였다. 그의 견해에

---

189) 같은 책. 450쪽.
190) 같은 책. 404쪽.
191) 같은 책. 231쪽.
192) 참고. Neumann: Mecklenburgische Volkserzähler der Gegenwart 1990, 102-103쪽. 여기에서는 흔히 농부와 귀족들에 의해서 농촌풍경이 익살스럽게 묘사되어 있다.

따르면 「칼레발라Kalevala(역자 주: 핀란드의 영웅서사시의 제목)」나 민담 같이 수준 낮은 하등(下等)의 신화적 요소들이 비로소 시인들의 예술적 형상화에 기운을 불어넣어 기독교인들 사이에서는 "모든 민족의 원시동화"로 살아남았다. 이러한 형상들에서 고등(高等)신화가 발전하였다.[193] 랭은 민담이 인류발전의 초기단계에 발생하였거나 아니면 유사한 전통들을 매우 자유롭게 수용하였다는 점에서 출발하였다. 이와 관련한 그의 주장은 다음과 같다.

> 문명화된 민족들은 (그들이 어떻게 시작했든 간에) 사고와 행위에 있어서
> 원시적 발전단계를 거쳤거나 아니면 동일한 전제조건을 지녔던 민족들로
> 부터 그러한 것을 거리낌 없이 넘겨받았다.[194]

예를 들면 멕시코와 스리랑카의 서로 비슷한 두 개의 이야기에서 보듯이, 동일하지만 멀리 떨어진 곳에서 발견된 증거물들에 대해서 그는 공통의 기원이나 이야기의 진실에 관한 공통의 실제적 믿음이라기보다는 오히려 정신적 발전에 있어서 공통의 단계로 그 근거를 논증하고자 하였다.

> 분명 이러한 생각들은 미신적 표상에 대한 공통적인 발전단계의 표현이다.
> 그러나 본래의 기원사회의 징표들은 아니다.[195]

---

193) Lang: Custom and Myth 1904, 157, 177, 179쪽.
194) Lang: Myth, Ritual and Religion 1906, 47쪽.
195) Lang: Custom and Myth 1904, 17쪽. 그리스인들과 호주인들의 공통점들에 대해서:
　　같은 책. 25쪽.

민족의 정체성 혹은 생각이나 생활습관의 차용과는 무관하게 동종(同種)의 정신적 전제조건들이 동일한 관습들과 이야기들을 발생시켰다고 한다.[196]

> 실제 지구의 동서남북에서 똑같은 이야기들의 전파는 (잠정적으로) 전 지역에서의 일반적 평가의 결과로서, 이런 저런 시점에서의 유사한 정신적 태도나 생각의 결과로서 이해될 수 있다. 이러한 설명은 과장되어서는 안 된다. [...] 정신적 발전단계, 그리고 동일한 현상을 설명하고자 할 때 동일하게 작용하는 힘의 역사적 상등성(相等性)은 - 신화의 수용 또는 전승, 또는 민족들 본래의 통일성에 관한 이론 없이도 - 수많은 신화적 구상의 전 세계적 전파를 설명해줄 것이다.[197]

동일한 정신적 발전단계들이나 그에 상응하는 정신적 힘의 작용이 수많은 신화적 구상들을 전 세계로 전파시켰다고 할 수 있다. 물론 그와 동시에 랭은 정신적 발전들과 부합하고, 또한 그것과 결합하는 다원발생론적 민담생성에 근거를 두고 있었다. 그러나 여기에서 그는 자신의 주장을 뒷받침하기 위해서 오히려 모티브상의 공통점을 끌어다댄 반면, 복잡한 구성방식의 이야기 문학 또는 이야기들을 전적으로 배제하였다.[198]

랭은 민담생성의 초점에 대해 규명하는 것을 거부하였다. 마찬가지

---

196) 참고. 같은 책. 22쪽.
197) Lang: Myth, Ritual and Religion 1906, 41쪽.
198) 같은 책. 42쪽.

로 원래 이야기된 이야기와 다음에 차용된 이야기들을 규명하는 것은 불가능한 일이다. 즉 민담의 소재들이야말로 인간의 의사소통의 내용이기 때문에 거기에는 세상 어디에도 경계선이 존재하지 않는다.[199]

민족심리학 이론가 빌헬름 분트Wilhelm Wundt(1832-1920)에게 있어서 민담은 인간 공동체의 발전의 토대이자 공동체의 정신적 생산물들을 구성하는 심리적 과정의 한 표현으로 간주되었다.[200] 인간 공동체의 일반적인 발전법칙들을 드러내 보이기 위해서 그는 그러한 것들을 자신의 연구기반으로 삼았다.[201] 그에게는 개별 민담이 완성되는데 있어 개별 이야기꾼의 기여는 학문적으로 어떤 문제도 되지 않았다.

그는 낭만주의 전통에서 기본요소들이 인간의 공동생활의 조건들과 연결되어 있는 "민족정신의 교훈Lehre von der Volksseele"을 민족심리학에서 보았다.[202] '민족정신' 은 '개개인의 영혼' 에서 생겨나지만, 그것은 개인적 영혼의 생리학적 개별 유기체와 어떤 직접적인 관계를 가지는 것이 아니라[203], 오히려 정신적 발전의 지속선상에 놓여있는 것이다.[204]

---

199) 같은 책. 336-337쪽.
200) Wundt: Völkerpsychologie 1921, Bd. 1, 1쪽.
201) 같은 책. 4쪽.
202) 같은 책. 8, 16쪽. 참조. 그와 달리 『심리학 사전Lexikon der Psychologie』의 견해, 표제어「민족심리학Völkerpsychologie」Bd. 3, Freiburg/Basel/Wien 1980, 2501 단. 분트는 사회심리학적 관점을 도외시하였다.
203) Wundt: Völkerpsychologie 1921, Bd. 1, 10쪽.
204) Wundt: Völkerpsychologie 1921, Bd. 1, 11쪽.

분트는 신화적 상상을 담고 있는 이야기들을 신화적 민담과 신화적 전설로 구분하였다.[205] 이 경우에 민족학적 증거에 의거하든 심리학적 특징들에 의거하든, 이른바 원시적 신화민담이 그에게는 가장 본래적인 형태로 간주되었다.[206] '원시민족들'의 경우에는 그것이 가장 널리 전파되어 있었으며, 그리고 그것은 노래(역자 주: 장가長歌)와 더불어 유일하게 문학적이며, 구술형식으로 전승된 형식이며, 질료적인 것과 비교해 오히려 전파능력이 있다. 왜냐하면 거기에는 어디에서든 공통의 신화를 구성하는 판타지의 특징들이 존재하기 때문이다.[207] "소원과 두려움에 대한 생각들을… 공상적인 자유재량으로 꿈에도 그리던 몽상의 현실로" 전환하는 민담의 심리학적 성격으로 분트는 이러한 본래성의 근거를 뒷받침하였다.[208] 그러나 이와는 달리 그는 민담의 소재를 시대를 초월한 것으로 여긴다. 그것은 결코 경험되지 않은 것이라고 한다.[209] 내용상으로 "장소, 시간 그리고 체험의 어떤 제한도 받지 않는 마법의 인과관계와 더불어 직접 믿는 현실"이 중요하다고 그는 말한다.[210]

이러한 생성에 관한 생각과 함께, 민담은 의식이나 축제에 속하는 것이 아니라 오히려 인간의 일상에 속하였다.[211] 분트는 민담의 생성연

---

205) Wundt: Märchen, Sage und Legende 1908, 217쪽.
206) Wundt: Völkerpsychologie ²1914, Bd. 5, 33쪽.
207) 같은 책. Bd. 3 ²1908, 349, 364쪽, Bd. 5 ²1914, 92쪽.
208) Wundt: Märchen, Sage und Legende 1908, 204쪽. 참고. Wundt: Völkerpsychologie ²1914, Bd. 5, 34쪽.
209) Wundt: Völkerpsychologie ²1914, Bd. 3, 351-352쪽.
210) 같은 책. 350, 371쪽.

198 민담, 그 이론과 해석

대를 사람들이 신빙성 있는 신화들의 특성 가운데에서 민담과 유사한 이야기들만을 알고 있었던 토템신앙의 시대로까지 거슬러 올라가 기산하였다.[212] 분트는 이러한 높은 연령대를 다음과 같은 특징들을 통해서 확인할 수 있다고 보았다.

- 원시적 자연신화의 침투
- 사물들의 의인화
- 동물우화와의 공통점들
- 주인공의 도덕적 무관심
- 도덕적 영향에도 불구하고 남아있는 마법과 기적을 매개로 하는 민담 사건의 인과관계.[213]

이러한 신화의 이야기들에 따라서 신화적이고, 익살스럽고, 도덕적인 민담형식이 생겨났다.[214] 분트는 민담의 원시적 형태가 오늘날의 어린이를 위한 동화와 순수한 마법동화에 남아있다고 보았다. 이와 함께 신화와 전설의 발전이 시작되었다.[215]

분트는 인간의 발전과 일치하는 민담의 발전단계들을 다음과 같이 보았다.[216]

---

211) 같은 책. 326쪽.
212) Wundt, W.: Elemente der Völkerpsychologie. Grundlinien einer psychologischen Entwicklungsgeschichte der Menschheit. Leipzig ³1913, 9쪽. 그 때문에 민담이 영웅-전설의 전단계라고 한다. 같은 책. 475쪽.
213) Wundt: Völkerpsychologie ²1908, Bd. 3, 351-352쪽.
214) 같은 책. 369-382쪽.
215) Wundt: Völkerpsychologie ²1914, Bd. 5, 368, 370쪽.
216) 같은 책. 108, 358-359, 362-364쪽.

마법민담
⬇
신빙성 있는 신화적 내용을 담은 신화형식의 민담/이야기

⬇	⬇
허풍 형식의 민담, 슈방크 형식의 민담, "생물학적 민담" (민담형식으로 자연설명) ⬇	장소들 그리고 역사적 또는 역사적으로 수용된 사건들의 통합 ⬇
자유분방한 "민담문학" ⬇	전설 및 성담
동물우화와 노벨레	

분트는 신화형식의 민담이 지닌 단순하면서도 발전된 형식을 형식적 특성들과 인간의식의 발전과 유사한 점들을 비교함으로써 구분하였다.

신화형식의 민담	
단순한 형식	발전된 형식
마법적인 개별 사건	전체를 위한 개별 사건들의 구성
	일관성 있는 모티브들의 통일
	비현실적 연관성

분트에게는 여기에서 이야기를 통해서 전체의 생각이 조각으로 나누어져 있으며, 주 모티브에 결속된 전체 생각을 통각하기 위해서는 기본적

인 접촉결합이나 균등결합을 통해서만이 탄탄하게 연결되어 있는 몇몇 개별적인 생각들에 관한 통각(의식적 지각)의 발전단계가 반영되었다.[217]

민담의 유사성들을 설명하기 위해서 분트는 대립적인 두 이론 사이에서 타협을 하였다. 즉 그는 "있을 수 있는 증명의 모든 경계를 훨씬 벗어나는 이동의 가설을" 거부하였지만, 개별 모티브의 이동은 있을 수 있는 일이라고 생각하였다. 원시적 믿음의 형태들은 균일하고 반복되는 생활조건들에 따라서 서로 무관하게 발생한다. 민담과 우화의 소재들은 오히려 이동을 하였다.[218] 이때 이동의 특성과 고수의 특성이 서로 짝을 지었다. 즉 "이러한 관계 속에서 언젠가 한 번이라도 일어난 모티브들의 복잡한 짜깁기는 매번 그러한 신화의 소재가 이주해 온 문화와 교양의 특수한 매개체로 흡수되면서 서로 멀리 떨어진 지역과 시대의 민담 이야기들 속에서 반복된다." 자연스러운 사고와 감정의 친화성이 크면 클수록 동화(同化)의 힘이 그만큼 크다.[219]

나중에 문명화된 민족들 사이에서와 마찬가지로 '원시인들'에게 있어서도 그와 같은 과정들의 원시적 전(前)단계들이 인식될 수 있는 반면에, 이야기 소재의 일률적인 진화에 관한 분트의 생각은 끊임없는 비판에 부딪혔다.[220] 문화사적 변화들 및 내용과 형식면에서 이야기들

---

217) Wundt: Völkerpsychologie ²1914, Bd. 5, 105-106, 112쪽.

218) 같은 책. Bd. 4 1920, 49쪽, 223쪽. Wundt: Völkerpsychologie ²1908, Bd. 3, 351쪽.

219) Wundt: Völkerpsychologie ²1914, Bd. 5, 113쪽.

220) 『심리학 사전Lexikon der Psychologie』, 표제어 「민족심리학Völkerpsychologie」 Bd. 3, Freiburg/Basel/Wien 1980, 2501단. 분트의 세분화된 생각들은 자주 알려지

에 미치는 그것의 영향을 올바르게 평가하고자 하는 분트의 노력은 그의 선배연구자들과는 구별되었다.

3.4 연대측정도구로서의 문화사적 특징들

사라지지 않고 남아 있는 흔적으로서 텍스트의 연대확인 및 문화사적 원전으로서의 활용을 허용하는 민담의 문화사적 기호이론은 장차 대호평을 받았다. 이 이론은 구두형식의 전승물을 가지고 증명할 수 있는 높은 연령대를 근거로 해서 그 가치를 확인할 수 있다고 생각하였다.

　프리드리히 폰 데어 라이엔Friedrich von der Leyen은 KHM을 출판하면서 텍스트들을 문화사적 특징에 따라서 그 순서를 배열하였다.[221] 마법적 성격의 이름Namenszauber을 지닌 「룸펠슈틸츠헨 Rumpelstilzchen」(KHM 55)이 맨 앞에 위치하였으며, 그리고 인간의 육신의 각 부분(전체를 이루는 부분들)에 혼을 불어넣는다는 믿음 때문에 「노래하는 뼈다귀Der Singenden Knochen」(KHM 28)가 그 뒤를 이었다.[222]

　빌-에리히 포이케르트Will-Erich Peuckert는 모티브들이 해석되

지는 않았다. 사람들은 '신화형식의 민담'에 관한 상론만을 끌어댔으며, 훨씬 복잡한 모티브 구조를 지닌 민담에 관한 분트의 설명을 발견하지는 못하였다. 참고. Lüthi: Märchen 2004와 분트에 대한 프로프

221) Leyen: Die Welt der Märchen 1953/54. Leyen: Die deutschen Märchen 1964.
222) 참고. Röhrich: "und weil sie nicht gestorben sind" 2002, 377-387쪽.

었으며, 문화사적으로도 그 시기가 결정되어 있는 문화사적 기간들을 탐구하였다. 그래서 그는 라푼첼을 탑에 감금하는 것(KHM 12)을 원시민족들의 통과의례에서 사춘기 소녀들을 움막에 가두어놓은 것과 동일시하였다.[223)

블라디미르 프로프Vladimir Propp는 역사적으로 개별 모티브의 연대측정과 함께 민담의 구조분석을 통과의례에 맞추고자 하였다(참고 6.2장). 피에르 상티브Pierre Saintyves는 민담을 의례의 해설로 해석하였다. 요한네스 지우츠Johannes Siuts도 저승 세계에 관한 고대의 생각들을 독일민담을 입증하기 위한 기초자료라고 생각하면서 그러한 생각들을 받아들였다. 하이노 게르츠Heino Gehrts가 그 뒤를 이었다. 그에게 있어서 민담은 샤머니즘문화의 세계상과 딱 들어맞는 것이다.[224)

가령 아우구스트 니츠케August Nitschke는 "역사적 행동과학"을 매개로 해서 민담 「노간주나무Von dem Machandelboom」(KHM 47)를 구석기 시대의, 민담 「재투성이 아가씨Aschenputtel」(KHM 21), 「털복숭이 공부Allerleihrauh」(KHM 65) 그리고 「오누이Brüderchen und Schwesterchen」(KHM 11)을 후기 빙하시대의 사냥꾼과 목동들과 나란히 놓았지만, 이와 달리 민담 「헨젤과 그레텔Hänsel und

---

223) Peuckert: Deutsches Volkstum in Märchen und Sage, Schwank und Rätsel 1938.
224) Gehrts, H.: Schamanistische Elemente im Zaubermärchen. Ein Überblick. In: Schamanentum und Zaubermärchen. Kassel 1986, 48-89. Gehrts, H.: Von der Wirklichkeit der Märchen 1992. Saintyves: Les contes de Perrault et les récits paralléles 1923. 참고. Eliade, M.: Les savants et les contes de fées. La nouvelle Nouvelle Revue française 4 (1956), 884-891쪽.

Gretel」(KHM 11)을 중석기 시대의 농부와 어부와 병치시키면서 독
자적인 학문분야의 주장도 입증될 수 있다고 생각하였다.[225]

역사화와 탈역사화는 민담전승 내에서의 경향들이다. 그 때문에 왕
국의 특징들이 특정한 문화사적 관계, 이를테면 페로의 민담들을 프랑
스의 절대왕정에 편입시킬 수는 없다. 왕들은 오히려 공동체 내에서 실
질적인 지배자라기보다는 한 집안의 가장으로서 행동한다. 그러나 뢰
리히는 사람들이 비역사적인 뜨내기의 일화보다는 계몽주의 절대왕정
에 관해 훨씬 더 많은 경험을 할 것이라는 「상수시의 방앗간 주인Der
Müller von Sanssouci」의 예를 든다.[226] 전체적으로 민담에서 빛을
발하는 왕국은 오랜 과거를 지닌 전통적인 이야기 소재로서 민담의 분
위기를 고정시키려는 목적을 수행하고자 하는 소도구 경직의 영역에
해당된다. 그와 달리 오늘날의 해석에서는 상징적인 영역에서 부각되
고, 민담을 통해서 언어적 상징으로 이야기되면서 남자 주인공 혹은 여
자 주인공이 도달하고자 하는, 도달하지 않으면 안 되는 내면의 왕국에
관해서 이야기된다.

그러므로 그림 형제의 민담 「생명의 물Das Wasser des Lebens」
(KHM 97)에서 구원받은 신부와 막내아들의 행복한 결합은 "'크나 큰
기쁨'과 함께 치러지는 신성한 결혼식"으로 간주된다. 그것은 "공주와
왕자가 성장했음을 보여주는 완전한 인간존재에 대한 눈부신 비유이
다. 즉 두 사람이 진정한 왕인 것이다." 생명의 물을 가지러 가던 중에

---

225) Nitschke: Soziale Ordnungen im Spiegel der Märchen 1976/77.
226) Röhrich: "und weil sie nicht gestorben sind" 2002, 385쪽.

주인공은 자연스럽게 여러 선물을 받았다. 즉 "왕도를 걷는 자에게는 흔히 찾아보기 어려운 불가사의한 선물들이 점점 늘어난다. 그는 풍성한 선물을 받는다. 그는 인정받지 못하고, 중상모략을 당하며 추방을 당하고, 결국에는 방랑을 한다. 그의 순수한 마음과 사랑은 그를 불행으로부터 왕의 성, 즉 왕국으로 이끈다."[227]

실제로 민담에는 문화사적 특징들이 존재한다. 불의 기원에 관한 신화나 이야기들은 분명 불의 기술(技術)에 의존하는 문화에서는 당연한 것이다.[228] 눈을 멀게 한다든가, 사지를 네 조각으로 잘라 죽인다든가, 손이나 발을 잘라낸다든가, 자루나 통속에 빠뜨려 익사시킨다든가, 화형을 시킨다든가, 생매장한다든가 하는 몇몇 민담의 형벌들은 형벌권의 문화사적 단계들에 해당된다. 이때 다음의 사항이 중요하다: 기록이 오래되지 않은 것일수록 민담의 특징들이 지닌 문화사적 연대를 확인할 수 있는 가능성이 훨씬 높다. 뢰리히에 따르면 민담 「이브의 닮지 않은 자식들Die ungleichen Kinder Evas」(KHM 180)은 분명 종교개혁 시대의 신분질서를 정당화하는 데 해당된다. 이러한 프로테스탄티즘-후기종교개혁시대의 문화기에는 어린아이가 없는 여성 성직자에 관한 이야기 유형(ATU 755 「죄와 은총Sunde und Gnade」 또한 볼 수가 있다.[229]

---

227) Heindrichs: Vom Königsweg des Menschen im Märchen 2001, 308쪽. 참고. Vonessen: Der wahre König - Die Idee des Menschen im Spiegel des Märchens 1980, 9-38쪽.

228) Röhrich: "und weil sie nicht gestorben sind" 2002, 384쪽.

229) 같은 책. 384쪽.

이와 달리 민담에서는 소도구들이 교체될 수 있다. 고대풍의 소도구들, 가령 무기, 산업화 이전 시대의 교통수단이나 기구들, 검(劍)이나 철봉, 물렛가락과 마차와 같은 소도구들이 이용되는 것은 장르의 특성에 해당된다. 물론 소도구의 위상변동이 전화기, 신문 또는 비행기 등을 사용하게 만든다. 이러한 경향은 특히 이른바 도회지 전설, 신문전설, 대도시신화, 그리고 인터넷에서 전파되는 이야기들 속에 반영된다. 민담은 모두 오늘날의 대중적인 서사작품에 속한다. 그러므로 전통적인 이야기모형과 신화적-마술적 세계상과 오늘날의 현실과의 결합은 합리적인 정신적 태도와 함께 여전히 변함없이 입증될 수 있다.[230]

3.5 개별사례에 대한 평가

특정 이론에 대한 호불호는 종종 그때마다의 지식수준이나 학문, 연구자 자신의 경험과 일치한다.[231] 그러므로 주관성의 상당한 정도가 확인되어야 하며, 그 정도는 학문의 전통에서 종종 사실의 풍부함을 통해서 균형이 맞춰져야 한다.

확산이라는 콘셉트는 민족학에서 '문화영역'의 개념으로 오늘날 필수불가결하다. 이 경우 가령 슈트레크Streck는 "경계들, '문화특징들'과 같은 특징들, 중심지 또는 층위(層位)들이 결코 명확하게 확정될

---

230) 같은 책. 385쪽. Petzoldt: Einführung in die Sagenforschung 1999, 60쪽.
231) 참고. Tylor: Forschungen über die Urgeschichte 1866, 211, 219쪽.

수 없음을" 인정하고 있다.[232] 이때 이야기 연구는 인상 깊은 사례연구들로 입증될 수 있었다.[233] 이러한 사실을 1940년 미국의 확산론자인 크뢰버Kroeber가 확인하였다. 즉 낯선 문화를 받아들일 경우에는 어떤 모방이 일어나는 것이 아니라 "외부자극의 독자적인 확대(자극전파 stimulus diffusion)"가 발생하였다는 것이다.[234]

전파이론상의 과정들을 입증하는 것은 민담연구에서 중요한 위치를 차지한다. 흔히 민족학적 연구들에서와 마찬가지로[235] 혼합과정들, 즉 잡종교배나 보편적인 문화교류 방향으로의 발전들이 나타난다. 이러한 과정들은 독자적인 이야기 방식을 갖춘 창조적 번역본들이다.

오늘날의 이야기 연구에서 전파는 **혁신구상**과 관련해서 사용된다. 즉 하나의 이야기가 잘 알려진 것과 다르다면, 그것은 혁신으로 확장될 수 있다. 이때 역할을 담당하는 생성과 전파의 조건들도, 전파대상의 특성들도 흥미롭다. 전달사회와 수용사회 사이의 특수한 교류에 관한 기술(記述)은 소재의 융합이 어떻게 진행되는지를 보여준다.[236] 그러한 과정들은 오늘날의 문화적 이주 움직임들과 관련해서도 의미를 획득하였다.

어문학분야에서 전통적인 민담생성에 관한 생각은 여전히 시인에 의해서 드러난다. 그래서 오베나우어Obenauer는 옛날 자연철학에서

---

232) Streck: Diffusion. In: Ders. (Hg.): Wörterbuch der Ethnologie 2000, 45쪽.
233) 예를 들면. Pentikäinen: Oral Repertoire and World View 1978.
234) Streck: Diffusion. In: Ders. (Hg.): Wörterbuch der Ethnologie 2000, 45쪽.
235) 같은 책. 46쪽.
236) Pentikäinen, J.: Diffusion. In: EM 3, 1981, 666-670단, 여기서는 668-669단.

일곱 가지 금속으로 설명되었던 일곱 개의 행성들(금 = 태양, 은 = 달 등등)에 상응해서 일곱 난쟁이들이 일곱 가지 금속을 찾아서 채굴한다는 점을 상기시킨다. "그러한 생각들은 민담을 창작하고 발전시킨 옛 시인에게는 익숙한 것이었을 수 있다. 그러나 그 어떤 것을 대신해서 그것을 가리키는 것이라면, 그것은 그에게 그리 중요한 것은 아니다."[237]

그러한 추측들은 민담과 대중적인 이야기 소재들과 관련해서 계속 도움이 되지는 못한다. 모티브 일치의 문제는 그림 형제 등의 그것과 마찬가지로 원칙적이고 총괄적인 설명을 통해서 해결되지 못한다. 다원발생론과 전파 사이의 결정은 그때그때 맞춰서 내려질 수밖에 없다. 여기에 더해 그것은 주도면밀한 간접증거들을 필요로 하지만, "종종 문학적 관계들과 유형학적 전제조건들이 공동으로 영향을 미치며, 양쪽 모두 서로에게 의존한다." 한 작가의 인용문들이 유래를 말해줄 수도 있다. 결국 모티브 형성의 세부사항들이 힌트를 준다.[238]

융 학파의 견해에 따르면 모티브들은 인류사적 의의들을 지니고 있다. 괴테Goethe는 시적 모티브들을 "반복되었고 반복될, 그리고 시인만이 역사적인 것으로 증명하는 인간정신의 현상들"이라고 생각하였다. 이때 융의 개념이 의미하는 것과 동일하지 않으면서도 원형들에 관하여 이야기하게 된다.[239] 여기에서 사람들이 상투적인 모티브들 혹은 서로 다른 모티브들의 연속, 플롯 혹은 또 다른 상수(常數)들에 관해서 언급을 하든지 간에 전승의 변함없는 구성요소들을 특징짓는 것이 언

---

237) Obenauer: Das Märchen 1959, 122쪽.
238) Frenzel: Motive der Weltliteratur 1992, X쪽.
239) 같은 책. IX쪽.

제나 중요하다.

텍스트 해석을 위해서는 가급적 많은 판본(板本)들의 텍스트를 비교하는 것이 필요하다. 여기에 덧붙여 줄거리의 중요한 요소들을 모두 기록하는 일람표가 도움이 될 것이다.

「생명의 물Das Wasser des Lebens」(ATU 551)의 경우에는 다음과 같은 보기를 제안할 수 있을 것이다.

원전, 지역	출발 상황	1. 아들 2. 아들	3. 아들	1. 체류지	2. 체류지	3. 체류지	목적지	귀향	종결

이러한 비교견본에 따라서 작성된 이야기의 변형목록은 개별 전승물이 어떤 변화를 보여주는지를 단초적으로 드러낸다. 그러므로 민담유형의 골자가 어떤 내용인지, 그리고 어떤 이야기 무리들이 그러한 민담유형과 결합하는지에 관한 개략적인 표상을 얻을 수 있다. 이 경우, 원전의 상태에 따라서 그때그때 이야기꾼과 수록기간에 관한 내용이 첨부되어야 한다.

한편으로는 텍스트의 연대측정이 텍스트의 발간 혹은 집필에 관한 확증된 내용 및 역사나 문학적 원전을 통해서 수행될 수 있다. 그러나 다른 한편으로 그것은 추측과 이론조성을 반복해서 자극하는 모티브들의 고풍이다. 여기에서 사회학적 학문분야들, 예컨대 민속학, 역사적 행동과학, 문화사 등이 중요한 기여를 하였다.

경험적 기술(技術)들, 원전비평 및 역사 연구방법론들, 그리고 해석들과 역사적 분류들을 처음으로 입증하는 해석방법들이 사용되면서 다양한 연구방법론의 혼합만이 실제로 성공을 거둔다. 설령 낭만주의적 패러다임에서와 같이 옛날 옛적의 민담에 관한 전체적인 판단에서 시작될 수는 없더라도, 이러한 대중적인 이야기 소재의 전통적인 전승 속에서 과거의 사회 상황들[240] 및 인간상호 간의 경험들이나 행동패턴들에 관한 집단의 기억이 관찰될 수 있다.

---

240) Röhrich: "und weil sie nicht gestorben sind" 2002, 388쪽.

학습과제

1. 핀란드 학파Finnische Schule의 문헌학적 텍스트 관찰이 지닌 장점은 어디에 있는가?

2. 타일러Tylor, 랭Lang 그리고 분트 Wundt의 이론들에서 유사점과 차이점을 기술해 보시오.

3. 소개된 해석방식에 따르면 1986년 ATU 755에 대한 벵트 아프 클린트베르크 Bengt af Klintberg의 모범적 분석에 대해서 토론해보시오.

4. 어느 한 지역에서 민담유형이 지닌 특징을 분석하기 위해서 한 지역의 여러 텍스트들을 토대로 해서 다음의 질문에 답해 보시오.

   a. 그 지역에는 어떤 전형적인 구조계열이 존재합니까?

   b. 여러분의 지역에는 어떤 특이한 모티브들이 등장합니까?

   c. 어떤 인물이 전형적입니까?

   d. 여러분은 어떤 전형적인 언어수단들을 확인할 수 있습니까?

4

규범으로서의 그림 형제의 민담

ärchenforschung

4

규범으로서의 그림 형제의 민담

그림 형제의 민담집은 『어린이와 가정을 위한 민담』이라는 강령적 성격의 제목을 달고 있다. 이 민담집은 독일 문학작품 가운데 세계에서 가장 널리 보급된 작품에 속한다. 예를 들면 그림 민담은 2004년 괴테 문화원을 통해서 민족 상호간의 이해증진을 위한 목표로 아프가니스탄어로 번역되었다. 동시에 그림 민담은 유럽에서 대중문학의 후속 편찬, 특히 민담편찬의 모범이 된다. 때문에 그림 민담 자체가 언제나 민담연구의 초점이 되고 있다.

야콥Jacob과 빌헬름 그림Wilhelm Grimm 형제는 독특한 저자공동체를 이루었으며, 슐레겔Schlegel, 훔볼트Humboldt 그리고 나중에 만Mann 형제들과 마찬가지로 이상적인 "형제들"이라 불려진다. 야콥(1785-1863)과 빌헬름(1786-1859)은 60년 동안이나 함께 살았다. 이들은 이제 막 꽃피기 시작한 독어독문학자이며 고고학자이자, 교육학자였다. 민담 텍스트의 구성과 해석 자체는 19세기를 뛰어넘어 지속적인 영향을 미치는 모종의 규범을 제시하였다. 두 형제는 독일어권에서 서적담의 전형을 확립하였으며, 그 뿐만 아니라 다른 신생 민족들에게 전래민담의 수집과 발간에도 영향을 미쳤다.

독문학자 하인츠 뢸레케Heinz Rölleke를 중심으로 하는 부퍼탈 Wuppertal 학파와 괴팅겐의 서사연구자 한스 외르크 우터Hans-Jörg Uther의 연구 작업은 오늘날 그림 민담에 관한 연구에 있어서 가장 중요한 토대를 마련하였다.[1] 루트비히 데네케Ludwig Denecke(1905-1996)도 그림 연구의 대가 가운데 한 사람이다.[2] 그 밖에 베른하르트 라우어Bernhard Lauer의 감독 하에 있는 카셀의 그림Grimm 박물관에서 발간하는 간행물과 전시회 등도 언급될 수 있을 것이다.[3]

이어지는 연구에서 그림 형제가 말하는 세 가지 주장이 후기 이론 형성에 끊임없이 강조되었다. [4]

---

1) 이 책의 참고문헌에 실린 뢸레케Rölleke, 우터Uther 그리고 블룸Bluhm의 저서들을 보시오. 참고. Heidenreich/Grothe (Hg.): Kultur und Politik 2003.

2) Köhler-Zülch, Ines: Ludwig Denecke (1905-1996). In: Fabula 38 (1997) H. 1/2, 125-128쪽. Denecke, Ludwig: Jacob Grimm und sein Bruder Wilhelm, Stuttgart 1971.

3) Lauer: Die hessische Familie Grimm - Herkunft und Heimat. In: Heidenreich/ Grothe(Hg.): Kultur und Politik 2003, 17-42쪽. Lauer: Die Brüder Grimm-Gesellschaft e.V. und die literarischen Grimm-Stätten in Hessen. In: ebd. 341-353쪽. Lauer: Ausgewählte Brüder Grimm-Bibliographie. In: ebd. 355-361쪽.

4) 연구문헌에서는 대부분 첫 번째 주장만이 명명되거나, 아니면 그림 형제의 견해에서 '모든 것을 생산하는 민족정신'만이 언급된다. 참고. Pikulik: Die sogenannte Heidelberger Romantik 1987, 209쪽. 바우징거 Bausinger는 그의 저서 『민중시학의 형식들Formen der 'Volkspoesie'』에서 그림 형제의 세 가지 주장을 처음으로 수용한다.

1) 민담은 우선 공동의 정신적 소유물, 즉 본원적이고 단일한 - 인 도게르만 - "종족"의 기본 신화에서 비롯되어 독일 민담에 맞게 전승된 유산이라고 생각된다.

2) 민담은 총체적으로 오랜 기간을 거치면서 전해지면서 전승되는 유랑문화재의 형태를 이룬다.

3) 민담은 인간의 삶의 기본적 유대에서 생겨난 하나의 서사형식 이다. 민담은 세계 어디에서든지 생성될 수 있으며, 그 때문에 똑같은 특징들을 보일 수 있다.

4.1 모음집의 생성

모음집의 생성은 그림 형제의 생애 그리고 그들의 학문적 성숙과정과 밀접한 관련을 맺고 있다. 충분한 조사로 밝혀진 그들의 전기에서 민담 연구에 중요한 몇몇 관점들이 강조될 수 있다.[5]

'민중시학' 으로서의 민담

중세문학을 재평가하는 과정에서 "하이델베르크 낭만파Heidelberger Romantik"와 그림 형제에게 요한 고트프리트 헤르더Johann Gottfried

---

5) 참고. L. Deneckes Artikel zu Jacob und Wilhelm Grimm in: EM 6, 1990, 171-186 단, 186-195단. Ginschel: Der junge Jacob Grimm 1989.

Herder(1744-1803)는 선구자적인 역할을 하였다. 그의 이념들은 이른바 민중문학과 수집활동에 대해 새로운 시각을 여는 데 있어서 결정적인 영향을 미쳤다. 그러나 헤르더와 그림 형제 사이에 그 어떤 직접적인 연관성이 있는 것은 아니다.

전반적으로 중세문학에 대한 재평가는 18세기 말에 일어났다. 이 시기에 '민중시학', 즉 언어와 풍습들이 어떻게 생겨났는지를 설명하기 위한 '민족정신'에 대한 생각은 대부분의 역사가들이나 법률가들이 주장하였다.[6] 다만 헤르더에게서만 시작된 것은 아니지만, 발전사적 사고에 의해서 결정되는 역사연구에 대한 그의 입장은 그림 형제에게 영향을 미쳤다.[7] 헤르더와 그의 아내 카롤리네Caroline는 이미 1796년부터 규모가 큰 모음집에 어울리는 교훈적 문학 장르로서 가능한 한 가공되지 않은 '어린이를 위한 민담들'을 찾고 있었다.[8]

야콥 그림은 1802년 발간된 헤르더의 모음집 『노래에 실린 민족의

---

6) Wyss: Die wilde Philologie 1979 nennt neben Herder Montesquieu, Gustav Hugo, A. W. Rehberg, Savigny, 77쪽 그리고 79-81쪽. 사회적 변증법을 목표로 하는 헤겔 Hegel의 '민족정신 Volksgeist'에 관한 사상들은 민속학에 별 다른 영향을 끼치지 못하였다. Weber-Kellermann: Deutsche Volkskunde zwischen Germanistik und Sozialwissenschaften 1969, 11-12쪽. 참고. Schuler: Jakob Grimm und Savigny 1963, 241쪽.

7) 참고. 사빙니 Savigny의 글 "우리 시대의 직업에 관해서 Vom Beruf unserer Zeit"; 참고. Ginschel: Der junge Jacob Grimm 1989, 5-6쪽. 초기 낭만주의에 미친 헤르더의 영향: 같은 책. 23쪽. 참고. Pénisson: Nachwort. In: Herder, Werke, Bd. 1, Darmstadt 1984, 907쪽.

8) Arnold, Günther: Herders Projekt einer Märchensammlung. In: Jb für Volkskunde, Bd. 27, N.F. Bd. 12 (1984), 99-103쪽, 여기서는 99쪽. 참고. Herder: Adrastea 1881, Bd. 2, 3. Stück: Mährchen und Romane, 28-29쪽.

소리들Stimmen der Völker in Liedern』(1778/79)을 "옛 시문학을 올바르게 인식"하기 위한 길잡이라고 칭찬을 아끼지 않았다.[9] 헤르더는 이 노래들의 기원과 그 구성을 다음과 같이 정의하였다. 즉 이 노래들은 "거의 구체적인 오성과 상상"을 지닌 "민족의 영혼"에서 생겨났다고 하였다.[10]

헤르더에 따르면 직접적인 현재, 그리고 이러한 현재에서 비롯되는 체험이 이 노래들의 출처이다.

> 저기 참으로 상황들이, 현재의 특징들이, 일부 사건들이 얼마나 풍부하고 다양한가! 그리고 그 눈이 모든 것을 보았다! 영혼은 그것들을 상상한다. 그것은 도약과 투척을 자극한다![11]

1777년에 헤르더가 기술하였듯이 "공동의 민간설화, 민담 그리고 신화"의 내용은 자연과 주변 환경으로부터 겪은 체험들을 경험하고, 설명하고, 이해하는 것을 기본으로 삼았다.

> 그것들은 어느 정도 민간신앙의, 즉 그것이 지닌 관능적 직관, 힘, 충동의 결과물이다. 사람들은 알지 못하기 때문에 꿈을 꾸고, 보지 못하고, 전반적으로 세분화되지 않았고, 교양이 없는 영혼과 협력하기에 그것을 믿는다: 따라서 인류의 역사를 기록하는 자, 시인과 시학이론가 그리고 철학자

---

9) Steig: Achim von Arnim und Jacob und Wilhelm Grimm 1904, 140쪽.
10) Herder: Ossian 1891, 185쪽.
11) 같은 책. 196-197쪽.

에게 민담은 커다란 대상이다.[12]

(전래)민담의 유래에 관한 이러한 생각들은 그림 형제나 19세기 및 20세기 초반의 이야기연구에서 재발견된다.

그의 마지막 저서들 가운데 하나인 1801년의 『아드라스테아 Adrastea』에서 헤르더는 '민담'에 대해 훨씬 더 밀접하게 연관 지어서 다루었다. 그에게는 민담의 생성이 꿈의 형성과 비교될 수 있는 듯이 보였다.

> 우리 안에서 작용하면서 많은 것들을 하나로 만들어내는 힘이 꿈의 바탕이다. 또한 그것은 소설, 민담의 기초가 된다.

꿈이 "깨어 있는 삶의 난폭한 분규를 해결"하듯이, 소설이나 민담 또한 "야비한 세계"를 극복한다.[13] 꿈의 "달콤한 유혹", 즉 불가사의한 것이 민담과 소설을 관통한다. 이러한 견해는 노발리스Novalis의 경우에도 비슷하였다: "모든 민담은 어디에든 존재하지만, 어디에도 없는 저 고향 세계에 관한 꿈들일 뿐이다."[14] 헤르더의 시각에서 소설과 민담은 꿈과 마찬가지로 "우리 마음의 내밀함과 기호", "우리의 태만과 소홀

---

12) Herder: Von der Ähnlichkeit 1893, 525쪽. 민요의 독특한 특징들은 "상상의 기질"에 있다고 한다. Herder: Ossian 1891, 198쪽.

13) Herder: Adrastea 1881, 295-296쪽.

14) Aus dem 196. Fragment. Novalis Schriften, Bd. 2. Hg. v. Richard Samuel. 2., nach Handschriften ergänzte u. erw. Aufl. Stuttgart 1960.

함" 그리고 "우리의 적"을 표현하고, 일깨우고, 경고하고 그리고 벌하면서 여전히 드라마의 특징인 마술적이고 도덕적인 관심을 획득한다.[15]

헤르더는 '민중문학', 특히 어린이를 위한 민담에 관한 새로운 평가를 다음과 같이 말하였다.

> 인간의 상상력의 영역을 학구적인 눈빛으로 여행한 사람은, 우리 시대와 후대가 훨씬 잘 사용할 수 있도록 맹아의 형태로 이전 시대의 문학, 극히 다양한 민족들로부터 신뢰받는 민담들 속에 얼마나 풍부한 지혜와 교훈의 수확물이 묻혀있는지를 안다. 그것은 시간과 장소에 따라서 가능한 한 모든 표현과 서술의 형식을 발견하기 위해서 마치 이성이 지구상의 모든 민족과 시대를 여행하지 않으면 안 되었던 것과 같다...[16]

헤르더는 민담 속에는 잊혀지지 않도록 보존해야만 하는 민족의 지혜와 전승된 체험들이 축적되어 있다고 생각하였다. 개별 가문(家門)이 사건 말고도 경험과 믿음의 내용이 포함된 그들만의 사담(史譚)을 지니고 있듯이, 자연에 대한 해명이 담긴 "우주진화론적 민담들", "역사를 다룬 전설이나 지방의 이야기를 다룬 전설" 그리고 "국민이나 지방, 그리고 가정을 위한 민담들"이 존재할 것이다.[17] 헤르더의 이러한 견해는 괴테나 그림 형제뿐만 아니라, 특히 클레멘스 브렌타노Clemens Brentano와 아힘 폰 아르님Achim von Arnim에게도 영향을 끼쳤다.

---

15) Herder: Adrastea 1881, 297쪽.

16) 같은 책. 287-289쪽.

17) 같은 책. 275.

연구방법론상의 도구

"참된 교육서"[18]를 만들겠다는 목표 이외에 먼저 그림 형제는 그들의 역사적 관심들을 좇았다. 우선 내용에 초점을 맞춘 이러한 시각은 텍스트와 다양한 신화들 또는 민간신앙 사이의 유사점들을 찾는 민담해석의 가능성들을 열어주었다. 여기에서 출발해서 이른바 신화학파가 조직되었다(참고 3.1 장).

마르부르크에서 법학을 공부하는 동안에 야콥과 빌헬름 그림은 1802/03년 겨울학기부터 후일 역사법률학파의 정신적 지주로 활동하는 프리드리히 칼 폰 사빙니Friedrich Carl von Savigny(1779-1861) 교수의 강의를 들었다.[19] 그의 견해에 따르면 법률학은 역사 및 철학적 양상을 따라가야만 하고, 결국에는 이러한 방식으로 체계적인 결론에 도달하지 않으면 안 된다.

> 모든 체계는 철학으로 이어진다. 단순한 역사체계의 기술은 그것이 기초로 삼는 통일성, 모범으로 이어진다. 그리고 그것이 철학이다.[20]

사빙니는 단순한 자료 쌓기를 넘어서 "총체의 이념"으로 가공하고 "보편적인 규칙들"을 만드는 것을 목표로 삼았다.[21] 그러므로 학문의 엄밀

---

18) Grimm: Vorrede 1815, 1881, 331쪽.
19) Scherer: Jacob Grimm ²1921, 15쪽. Schuler, Theo: Jacob Grimm und Savigny 1963, 197-305쪽, 여기서는 202쪽. 이론형성: Pöge-Alder: 'Märchen' 1994, 40-43쪽.
20) 참고. Sievers: Fragestellungen der Volkskunde im 19. Jahrhundert 1988, 41쪽.

성, 법률적 안정성과 정의가 가치불변으로 보장되지 않으면 안 된다.[22]
새로운 세기를 시작하면서 하나의 체계화된 연구방법론이 가치불변의
의미에서 법률가들이 의도하는 학문의 엄밀성, 법률적 안정성 그리고
정의를 허용하는 듯이 보였다.[23] 이러한 견해는 라흐만Lachmann이나
뮐렌호프Müllenhoff와 같은 문헌학자들에게도 관심의 대상이 되었
다.[24]

사빙니는 법률학의 역사연구방법론을 다음과 같이 보았다.

> 현존하는 소재들을 그 뿌리까지 추적하고, 그렇게 해서 유기체적 법칙을
> 발견하는 것이 법률학의 역사연구방법론이다. 이를 통해서 아직도 생명을
> 지니고 있는 것과 이미 사멸해서 역사가 되어버린 것이 자연스럽게 분리
> 된다.[25]

이러한 생각은 그림 형제가 텍스트를 다루는 데에서도 관찰될 수 있다.
그들은 기원과 연관성을 밝혀주는 '민중문학'의 광범위한 역사에 어울

---

21) 참고. Müllenhoff: Vorrede. In: Mannhardt, W.: Mythologische Forschungen 1884,
   VI쪽. 문헌학자로서 뮐렌호프는 학문의 대상과 과제에 대한 엄격한 역사적 견해를 획득
   하려고 노력하였다.
22) Müllenhoff: Vorrede. In: Mythologische Forschungen 1884.
23) 쉐러Scherer에 대한 뮐렌호프Müllenhoff의 견해. In: Mythologische Forschungen.
   Straßburg/London 1884.
24) Müllenhoff: Die deutsche Philologie 1980, 280쪽.
25) 참고. Mannhardt: Wald- und Feldkulte 1963, XXVIII쪽. 그는 낭만주의의 전통에
   서있다. 왜냐하면 그는 "초자연적 힘의 의인화와 추정되는 표현들"을 생성시키고 변화시
   키는데 "신화를 구성하는 충동"이 작용하고 있다는 점을 수용하고 있기 때문이다.

리는 자료와 소재들을 수집하였다. 먼저 그들은 『어린이와 가정을 위한 민담집』 제3권에서 개요를 묶어서 공개하였다.

연구방법론상의 예비지식뿐만 아니라 사빙니 교수가 가지고 있는 도서들도 그림 형제에게는 매우 중요하였다. 이를테면 야콥은 독일연가들(역자 주: 중세기사의 사랑의 노래)을 묶은 보드머Bodmer(역자 주: 스위스의 시인, 1698-1783)의 간행본에서 민네장Minnesang(역자 주: 중세독일의 연애문학)을 부른 궁정가인(弓旌佳人)들의 미학적, 문화사적 가치를 경험하였다.[26] 중세문학에 관한 루트비히 티크Ludwig Tieck의 간행본들과 루트비히 바흘러Ludwig Wachler(1767-1838)의 문학사 강의들도 그림 형제의 발전과정에 지대한 영향을 끼쳤다.[27]

1805년 사빙니는 자신의 사서작업을 적극 돕도록 하기 위해서 야콥 그림을 파리로 불러들였다. 법학자 사빙니는 『중세시대의 로마법 역사Die Geschichte des römischen Rechts im Mittelalter』(하이델베르크 1815-1831)에 관한 증거자료들을 찾고 있었다. 이것이 계기가 되어 야콥 그림은 로마법과 관련된 중세시대의 원전뿐만 아니라 옛

26) Ginschel: Der junge Jacob Grimm 1989, 129쪽. Wyss: Die wilde Philologie 1979, 54-55쪽. Grimm, Wilhelm: Selbstbiographie. In: ders.: Kleinere Schriften 1881, Bd. 1, 3-26쪽, 여기서는 11-12쪽. Strack, F.: Zukunft in der Vergangenheit? Zur Wiederbelebung des Mittelalters in der Romantik. In: Heidelberg im säkularen Umbruch: Traditionsbewußtsein und Kulturpolitik um 1800. Hg. v. F. Strack. Stuttgart 1987, 252-281쪽, 여기서는 257쪽. Lempicki: Geschichte der deutschen Literaturwissenschaft 1968, 284-287쪽, 293-294쪽.

27) Bodmer/Breitinger (Hg.): Sammlung von minnesingern 1758/59. Tieck: Minnelieder aus dem Schwäbischen Zeitalter 1803. 참고. Denecke: Jacob Grimm und sein Bruder Wilhelm 1971, 50쪽. 야콥은 1801년부터 1815년까지 마르부르크의 바흘러Wachler 교수의 제자였다.

독일문학과 관련된 원전들을 알게 되었다.[28]

역사법률학 역시도 역사적 사실의 원천으로서 구술형식의 전통을 고려하였다. 그러나 사빙니와 달리 그림 형제는 언어의 본질에서 '시적인 것'을 끄집어내었다. 그들에게는 역사화 된 모든 것을 처음으로 인식할 수 있는 표현과 원천들이 '시문학' 속에 담겨있었다. 그들은 구술형식으로 전래된 민담의 기원에 관해 물으면서 본래의 형태에 접근하고자 하였다. 그들에게는 민중문학의 표현으로서 민담이 직접 민족을 통합하는 토대들을 놓는 데 이바지하는 것으로 보였다. 이러한 토대들은 이른바 1813년 대(對)나폴레옹 해방전쟁시기에 모색되고 촉진되었다. 민담들을 분류해 넣을 수 있는 인도게르만어족에 관한 그들의 주장은 이른바 언어민족의 이상과도 일치하였다.[29]

상이한 지리 및 시간상의 기원에도 불구하고 커다란 공통점들을 드러내는 민담의 공간적 전파와 관련해서, 야콥 그림은 자신이 인도게르만 혹은 인도유럽어족의 고향이라고 추정하는 유럽과 아시아 대륙으로 눈을 돌렸다.[30] 빌헬름 그림은 이들 민족의 언어들이 지닌 친화성을 증거로 끌어대면서[31] 전파의 범위를 다음과 같이 기술하였다.

---

28) 참고. Mannhardt: Wald- und Feldkulte 1963, 350쪽.

29) 같은 책.

30) "전설"이라는 개념은 그림 형제의 경우에 민중문학의 장르 말고도 일반적으로 세계문학의 서사적, 신화적 소재나 모티브들을 가리킨다. 참고. Ginschel: Der junge Jacob Grimm 1989, 40쪽, 283-285쪽. Sydow: Kategorien der Prosa-Volksdichtung 1934.

31) 참고. Grimm, W.: Einleitung. Über das Wesen der Märchen. In: Kleinere Schriften 1881. Bd. 1, 333-358쪽. Grimm, W.: Rezension zu: Märchensaal. Sammlung alter Märchen. In: ders.: Kleinere Schriften 1882. Bd. 2, 221-225쪽, 여기서는 225쪽.

사람들이 인도게르만족이라고 부르곤 하는 큰 규모의 민족을 통해서 경계들이 표시되고, 그 친화성은 가령 우리가 거기에 속한 개별 민족들의 언어들 속에서 공통점과 특수함을 찾아내는 그러한 관계와 마찬가지로 점점 좁아진 독일인들의 거주지 주변으로 스며든다.[32]

인도게르만어족과의 특수한 관계는 민담 속에서 끼친 영향들이 발견될 수 있다는 상위의 신화에 관한 주장으로 이어지고, 동시에 인도게르만어족의 단일성은 언어와 이른바 민중문학의 민족적 정당성을 표현한다. 따라서 모티브와 줄거리의 갈래가 "옮겨 다니며" 전파될지도 모를 가능성에 대해서는 아예 고려의 대상이 되지 못하였다. 때문에 아프리카와 아메리카의 이야기 변형들은 그들의 모델로 편입될 수가 없었다. 그래서 빌헬름 그림은 "아마 다른 원전들이 나타날 경우에는", 그 경계를 "확장할 필요성이" 생길지도 모른다고 말했다.[33]

　1818년에 그는 민족들 간의 유사성에도 불구하고 "특히 민담들이 책 속에서가 아니라 민족의 전승물 속에 살아있으면서, 지속하고 있기 때문에, 차용이나 넘겨받는다는 것이 극히 불가능할 만큼" 각 민족이 고유하다는 것을 이론의 여지가 없는 사실로 단언하였다. 따라서 이러한 현상들은 "역사적인 방식"으로만 설명될 수 있을 것이다.[34]

　약 30년 뒤에 그는 "개별적인 경우에 어느 한 민족에게서 다른 민

---

32) Grimm, Wilhelm: Vorrede 1850, LXIX-LXX쪽. Grimm, Wilhelm: Vorrede 1812, 325쪽.

33) Grimm: Vorrede 1850, LXX쪽.

34) Grimm, W.: Rezension zu: Märchensaal. Sammlung alter Märchen. In: ders.: Kleinere Schriften 1882. Bd. 2, 221-225쪽, 여기서는 225쪽.

족에게로 민담이 전파될 수 있는 가능성"을 더 이상 반박하지는 않는다. 이제는 이동을 통한 전파를 적어도 고려하였다. 이때 이례(異例)들은 "공동소유의 커다란 범위와 폭넓은 전파에 대해서는 여전히 설명하지 못하였다."[35] 여기에서는 민담의 이동에 관한 주장이 그렇게 표현되어 있으며, 장차 학술문헌에서 그것은 필요불가결한 것이 된다. 그것은 또한 민족국가에 대한 열망으로 그 탄생이 촉진되었던 핀란드 학파에 이르기까지 영향을 끼쳤다(참고 3.2장).

신화와 민담의 기본적인 공통점들을 설명하고자 했던 이른바 신화학파의 시도는 특히 민담의 다양성에 직면해서 확대되지 않으면 안 되었다. 그래서 빌헬름 그림은 1850년판 민담집 서문에서 다음과 같이 시인하였다.

> 자연스럽게 등장하는 사상들이 있듯이 어디에서든 반복될 만큼 단순하고 자연스러운 상황들이 존재한다. 그 때문에 서로 다른 나라들에서 그와 동일한 혹은 매우 유사한 민담들이 서로 무관하게 독자적으로 만들어질 수 있었다. 이러한 민담들은 미미한 편차 혹은 완벽하게 일치하는 자연음의 모방을 통해서 서로 유사하지 않은 언어들이 만들어내는 개별 낱말들과도 비교될 수가 있다.[36]

즉, 언어나 민담 속에 서로 무관하게 비슷한 방식으로 표현되어 있는 사고와 감정의 일치가 공통점의 원인으로 거명된다. 유사성의 원인을

---

35) Grimm: Vorrede 1850, LXIII쪽.
36) 같은 책. LXII쪽.

민족들 사이에 존재하는 그러한 공동의 토대에서 보고 있는 다원발생론의 단초들이 거기에 있다.

빌헬름 그림은 "기본적인 표현형식"과 함께 민담의 "기본적인 사회기능"도 인식하였다.[37]

> 가축, 곡식, 농기구, 주방기구나 살림도구, 무기 등 대체로 인간의 공동생활을 위해서 없어서는 안 되는 물건들과 마찬가지로 시선이 멀리 미치는 한, 문학의 촉촉한 이슬인 전설이나 민담도 저 눈에 띄는, 동시에 영향을 받지 않는 조화 속에서 모습을 드러낸다.[38]

이러한 사회적 구성요소는 그가 구전의 지속성을 특히 "동일한 생활방식으로 말미암아 변화하지 않고 지속하는 사람들에게서"[39] 관찰할 수 있다는 생각을 밝힌 1815년 그림Grimm의 서문에서도 이미 암시되었다. 뢰리히는 이른바 원시민족들이나 어린아이들의 경우에 이야기하기에서, 그러나 독일어권의 일정한 이야기 상황에서 그러한 점을 확인하였다. 그에게는 이미 "고정된 텍스트 원문을 고집하는 것이 ... 본래적이며, 아직도 믿음 속에 깊이 뿌리박힌 모든 서사양식의 한 특징인 것이다."[40]

1850년 처음으로 이동과 다원발생론에 관한 주장들이 대폭 확대

---

37) 참고. Bausinger: Formen der 'Volkspoesie' ²1980, 32쪽.
38) Grimm: Vorrede 1850, LXIII쪽.
39) Grimm: Vorrede 1812, 329쪽.
40) Röhrich: Märchen und Wirklichkeit 2001, 174쪽.

된 제6판에서 위와 같은 형식으로 표명된다.

4.2 민담연구의 이니셔티브

KHM과 주해서 (1822년과 1856년, 아르님의 제안에 따라서 별권으로 분권됨)를 통해서 전래민담을 일반사람들뿐만 아니라 교양 있는 상류 계층에게도 친숙하게 만든 것은 그림 형제의 불변의 업적이다. 그들의 민담집이 나오면서 이 이야기들을 먼저 종교와 신화사, 철학이나 민족 심리학의 관점 하에서 고찰하는 민담연구가 활발하게 이루어지기 시작 하였다. 19세기말 이후에는 뿌리가 아주 다른 심리학자들이나 인류학 자들, 또는 인지학자들로부터도 이들 이야기는 커다란 주목을 받는다.

전 유럽에서 민담연구가 시작되고 문화재 수집이 계속 이루어진 것은, 그들의 연구가 가져온 효과에 해당한다. '민중문학'은 국가적 민 족형성의 통합과정에서 중요한 역할을 수행하는 국민문학의 토대로 간 주되었다. 이러한 과정이 예를 들어 핀란드 학파에서 보듯이 북유럽에 서만 수행된 것이 아니라, 가령 러시아의 민담 발행인 아파나세프 Afanas'ev의 작품에서도 알 수 있듯이 동유럽의 경우에서도 우리는 확인할 수 있다.

민담연구가 진행되면서 형성된 발생이론과 전파이론들은 그림 형 제의 견해로까지 거슬러 올라갈 수 있다(참고 3장).

사빙니 교수를 통해 알게 된 클레멘스 브렌타노와의 관계에서 그림 형제는 결정적인 자극을 받았다. 브렌타노는 1806년 누가 카셀 도서관에서 옛 노래들을 필사할 수 있는지를 그의 처남에게 물었다. 나중에 이 필사본은 아르님과 브렌타노가 그들의 민요모음집 『소년의 마술피리 Des Knaben Wunderhorn』(전3권, 1805-08)를 완간하는 데 중요한 역할을 하였다. 당시 아르님과 브렌타노는 그들의 민요모음집을 전설이나 민담집을 통해서 보완하려는 계획을 가지고 있었다. 그러자 그림 형제들은 그들을 적극 돕고자 하였다. 브렌타노는 피쉬아르트Fischart, 모쉐로쉬Moscherosch 또는 그림멜스하우젠Grimmelshausen의 작품들 속에도 문서형식으로 이루어진 구술전통의 흔적들이 남아있음을 그림 형제에게 알려주었다. 브렌타노 자신은 이미 「쥐, 새, 소시지에 관한 이야기Die Geschichte vom Mäuschen, Vögelchen und Bratwurst」(모쉐로쉬에 따라서; KHM 23의 초기 형태)를 1806년 바덴 지역의 주간신문 "바디쉐 보헨슈리프트Badische Wochenschrift"에 발표하였다. 민요모음집 『소년의 마술피리』의 부록에서 브렌타노는 KHM 80 「암탉의 죽음Von dem Tode des Hühnchens」에 관한 산문 텍스트를 발간하였다. 이 텍스트는 카셀 출신의 육군대령 빌헬름 엥겔하르트Wilhelm Engelhardt의 이야기 결말과 함께 1812년 민담모음집 제1권에 통합되었다.[41] 야콥 그림은 1807년 소설 『실리Schilly』(1798)에서 민요풍의 구절뿐만 아니라 민담 「털복숭이 공부 Allerleirauh」(KHM 65)의 텍스트도 번역하였다. 이러한 예들은 전래

---

41) 참고. Rölleke: Nachwort. In: KHM 1997, 972쪽.

민담에 대한 그림 형제의 문학적, 문학사적 관심을 증명한다.

옛 독일문학을 모으고 이야기들을 수집하도록 자극한 사람은 누구 보다도 클레멘스 브렌타노와 아힘 폰 아르님이었다.[42] 그는 그림 형제에게 옛 독일문헌에 실린 민담이나 이야기꾼들을 알려주었다.[43]

브렌타노가 카셀에서 일하는 동안에 그림 형제의 문예학적, 민속학적 관심들이 다음과 같은 경로로 진행되었음이 카셀에서 아르님에게 보내는 브렌타노의 1807년 10월 19일자 편지에서 분명해진다.

> 너무 오랜 시간이 지체된 마술피리의 제2부를 정리하기 위해서는 그대가 나와 함께, 물론 이곳으로 와주는 것이 정말 좋겠소 (...). 왜냐하면 여기에는 그림Grimm이라는 성을 가진 매우 사랑스러운, 사랑스러운, 고대 독일어를 잘 아는 두 친구가 있소. 예전에 나는 그들에게 옛 문학에 대한 관심을 갖도록 하였으며, 대학을 마친 이후에 2년간 오랫동안, 열심히, 아주 일관되게 나는 그들을 가르쳤소. 그들은 자신들이 지닌 보물에 대해서도 겸손해 하는 것을 보면, 그들은 내가 놀랄 정도로 동기나 경험, 그리고 전체 낭만주의 문학에 대한 다방면에 걸친 견해들을 풍부하게 재발견한 친구들이오.[44]

---

42) Ginschel: Der junge Jacob Grimm 1989, 212쪽. 전기(傳記)에 대해서: Grimm, Jacob: Rede auf Wilhelm Grimm. In: ders.: Kleinere Schriften. Bd. I, Hildesheim 1965, 163-177쪽. Grimm, Jacob: Selbstbiographie. In: ders.: Kleinere Schriften, Bd. I, Hildesheim 1965, 1-24쪽. Grimm, Jacob: Ein Lebensabrisz. In: ebd. Bd. VIII, Hildesheim 1966, 459-461쪽. Grimm, Wilhelm: Selbstbiographie. In: ders.: Kleinere Schriften. Hg. v. Gustav Hinrichs, Berlin 1881, Bd. 1, 3026쪽.

43) Rölleke: Clemens Brentano und die Brüder Grimm im Spiegel ihrer Märchen 1996, 78-93쪽.

그림 형제와 브렌타노 사이의 밀접하고 텍스트 내재적인 참고는 이러한 관계가 어떤 디테일이나, 표현들에서, 그리고 어떤 암시나 텍스트들에서 드러나는지를 보여준다. 그림 형제는 그들의 문헌학적 철저함, 끈기와 예민한 감각, 그리고 엄청난 근면성으로 말미암아 초창기의 다른 수집가들과는 분명 구별된다.

구술형식으로 생생하게 살아 있는 민담의 전통을 기록함으로써 그림 형제는 미개척지에 발을 들여놓았다. 여기에서도 브렌타노는 이른바 전래민담에 전념하도록 최초의 안내와 기회를 마련해주었다.[45) 브렌타노 자신이 작성한 민담에 관한 색인이 보존되어 있다. 그는 구전형식의 이야기들 (KHM 19 「어부와 그의 아내Von dem Fischer un syner Fru」와 KHM 47 「노간주나무Von dem Machandelboom」)에 나오는 룽게Runge의 기록들을 추천하였으며, 그림 형제는 귀감이 될 정도로 거기에 의존하였다.[46)

고대 독어독문학에 대한 그림 형제의 관심은 이제 막 시작된 민속학 연구나 수집과 결합하였다. 이에 관한 하나의 징표는 그림 형제가 고대 독일어 「힐데브란트 노래Hildebrandlied」의 비평판을 출간한 그해에 비로소 KHM이 발간되었다는 점이다. 그러므로 1837년 KHM 제3판에 새로 실린 민담들이 거의 전적으로 문서형식의 원전에 의존한

---

44) Rölleke: Nachwort. In: KHM 1997, 971쪽.

45) Rölleke, Heinz: Brentano, Clemens Maria Wenzeslaus. In: EM 2, 1979, 767-776 단.

46) Hofmann, W. (Hg.): Runge in seiner Zeit. Kunst um 1800. München 1977.

것은 어쩌면 당연하다 하겠다. 연구 작업이 진행되면서 그림 형제는 처음으로 '민속문학' 과 '민담' 에 관한 독자적인 견해를 발전시켰다.

4.3 민담구성의 원칙들

우리는 이들 민담이 가능한 한 순수하게 해석될 수 있도록 노력하였다...
본래 상사(相似) 또는 유사성을 지닌 많은 전설들을 자체적으로 확대하는
것을 우리가 꺼렸기 때문에 어떤 상황도 창작을 해서 덧붙이거나 아름답
게 장식되거나 수정되지도 않았다. 이들 이야기는 날조된 것이 아니다.[47]

야콥과 빌헬름 그림은 1812년 첫 번째 민담모음집을 위해서 수집한 텍스트와 그들의 텍스트 취급에 관련해서 그렇게 말하였다. 예외 없이 민담 본래의 버전들이 문제라는 점이 거기에서 흔히 추론되었다. 그러나 개정판을 거듭하면서 1819년 서문에는 세련된 그림Grimm식 서적담의 문체기술에 관한 명확한 언급들이 실려 있다. 두 형제는 먼저 수집한 자료에 그 어떤 것도 의도적으로 덧붙이지 않았음을 언급하면서 작가그룹이나 전임자들과는 거리를 둔다.

우리가 여기에서 수집한 방식과 관련해서 말하자면, 우리에게는 정확성과
진실이 중요하였다. 물론 우리는 손수 뭔가를 덧붙이거나 전설의 어떤 상

---

47) Grimm: Kinder- und Hausmärchen. Berlin 1812/1815, 18쪽. In: Uther: Digitale
Bibliothek 2003, Bd. 80: Deutsche Märchen und Sagen, 23663-23664쪽.

황이나 특징 자체를 아름답게 장식한 것이 아니라, 우리가 들었을 때와 똑같이 그 내용을 재현하였다. 물론 개개의 표현이나 상론이 대부분 우리에게서 나온 것은 자명하다. 그렇지만 이러한 관점에서 모음집에다 있는 그대로의 다양함을 그대로 싣기 위해서 우리가 표명한 각각의 특성을 유지하고자 노력하였다.[48]

물론 그들은 이야기의 실제 구성, 즉 표현은 그들에게서 나온 것임을 분명하게 밝힌다. "정확성과 진실"은 소재에 대한 자기의무로 비쳐지지만, 글자그대로 인쇄된 표현내용은 원형에 대한 보증은 아니다.

그들은 자신들의 방식을 상세하게 기술하였으며, 이 경우에 각기 다른 이야기들을 합성하는 자신들의 방식을 다음과 같이 언급하였다.

다양한 이야기들이 상호 보완되고, 이를 합치는 데 있어 편차가 제거될 수 없는 경우가 있다. 그러나 각각의 평범한 이야기가 독특한 특징들을 지녔으나, 이 이야기들이 어긋날 경우에 우리는 이들 이야기를 하나의 이야기로 통보하고, 가장 좋은 이야기를 상위에 올려놓고 다른 나머지 이야기들은 주해를 위해서 보관하였다. 물론 이러한 편차는 예전에 있었던 원형의 단순한 수정이나 훼손을 거기에서 보는 사람들보다는 우리에게 훨씬 더 유별나게 비쳐졌다. 그와 반대로 경우에 따라서는 다양한 경로로 마음속에 단순히 존재하는 것, 무한한 것에 접근하려는 시도들에 지나지 않기 때문이다. 개별 문장들이나 특징들, 그리고 도입부의 반복은 거기에 붙는 톤

---

48) Kinder- und Hausmärchen. Gesammelt durch die Brüder Grimm. München 1977, 34쪽. In: Uther: Digitale Bibliothek 2003, Bd. 80: Deutsche Märchen und Sagen, 24517쪽.

이 움직이자 언제나 반복되는 서사적 행간들과 마찬가지로 음미될 수 있고, 어떤 다른 의미에서는 본래 이해될 수가 없다.[49]

여기에서 그림Grimm의 초기 민담수집이 전적으로 현장사례수집에 의존하고 있지 않았음을 알 수 있다. 그들은 '소박한' 민중, 즉 사회적으로 신분이 낮은 계층으로부터 민담을 듣기 위해 이곳저곳을 돌아다니지 않았다.

그림 형제는 대개 이른바 통신수법을 통해서 민담을 끌어 모았다. 그들은 동료들이나 친구들, 그리고 이른바 민중문학이라는 이념을 숭배하는 사람들의 각계각층의 지인들을 통해서 그것을 건네받을 수 있었다. 그림 형제는 1811년과 1815년에 두 번에 걸쳐 수집과 관련한 호소문을 발간하였다. 그러나 이 호소문들은 그들이 수집하는 데 있어서 주제에 길맞는, 사회적으로나 내용적인 측면에서 포괄적인 선택을 제공하지는 못하였다.[50]

1890년 헤르만 그림Herman Grimm은 가장 중요한 그림 민담들을 자신이 마리 클라Marie Clar(1747년 출생)라고 생각하는 "노파 마리alte Marie"의 것으로 돌렸다. 그녀는 그림 형제의 이웃이자 카셀에서 약사로 일한 빌트Wild 집안의 가정부였다. 그녀는 오로지 카셀 지역에서만 살았으며, 프랑스어를 하지 못했기 때문에 그녀가 사회의 하

---

49) Kinder- und Hausmärchen. Gesammelt durch die Brüder Grimm. München 1977, 35쪽. In: Uther: Digitale Bibliothek 2003, Bd. 80: Deutsche Märchen und Sagen, 24518쪽.

50) Rölleke: KHM. In: EM 7, 1993, 1280-1281단.

층민들에게서 나온 헤센Hessen 지역의 레퍼토리를 이야기하는 여자 이야기꾼의 이상적인 표상을 입증해주는 것처럼 보였다. 이러한 소개 는 유감스럽게도 빌헬름 그림의 아들 헤르만의 오류였음이 드러났다. 민담들은 늙은 가정부의 입에서 나온 것이 아니라 마리 하센플루크 Marie Hassenpflug(1788-1856)에게서 나왔기 때문이다. "노파 마 리"에 관한 연구들은 분명 이념적 사고로부터 영향을 받은 순수 독일 적 기원과 KHM에 대한 헤센 출신의 기고자들에 관한 신화를 뒤집었 다. 그림 형제가 야심차게 "헤센 지역의 민담모음집"[51]을 출판하고자 한 것이 아니라 그들의 추종자들이 기꺼이 헤센이나 순수 독일적인 민 담에 대한 자신들의 생각을 모음집에서 재발견하고자 하였던 것이다.[52]

그림의 민담공장에 대한 이해는 텍스트문헌학적 연구들을 허용한 다.[53] 그것은 가공양식의 특징들, 그리고 우리가 오늘날 낭만주의적 패 러다임에서 벗어나지 못하는 '전래민담'의 전통적 이미지로 기술하는 것을 적절하게 연마했음을 보여준다. 반면에 민담연구자들은 이른바 민중문학이 시골의 소박한 환경에서 살고 있는 '민중', 즉 사회의 하층 계급 사이에서 발생하였으며, 이후 구전으로 전승되었다고 믿었다. 이 러한 경향이 낭만주의의 생각들과 연결되기 때문에 그것은 '낭만주의 적 패러다임'이라는 표현으로 이름이 붙여진다. 흔히 이렇듯 널리 퍼 져있는 '전래민담'의 기본구성은 전승 시에 변화하지 않는다는 견해

---

51) BP Bd. 4, 471쪽.
52) Rölleke: Die Märchen der Brüder Grimm ²2004, 29쪽, 54쪽. Bluhm: Grimm-Philologie 1995. Bluhm: Neuer Streit um die "Alte Marie"? 1898, 180-198쪽.
53) 예를 들어: Rölleke: Die Märchen der Brüder Grimm ²2004, 86-91쪽.

역시도 이러한 주장과 연결된다. 특히 막스 뤼티Max Lüthi는 '문체양식특징들'을 통해서 전래민담의 미학을 기술한다(참고 6.4장). 그러한 이야기들은 기적이나 또 다른 초자연적인 요소들의 유희적 취급을 통해서 특징지어진다. 이 이야기들은 진짜로 간주되는 것이 아니라, 특히 환담거리로 이야기되었다. 오늘날의 민담연구에서 이러한 생각들은 더 이상 타당성을 지니지 못한다.[54]

그림 형제의 민담 출판에 관한 최초의 제안들은 룽게Runge와 브렌타노Brentano의 입에서 나왔다. 그 때문에 그들은 정해진 모델, 즉 예술적으로 높은 수준을 지닌 민담 이야기에 상응하는 자료들을 찾았다. KHM의 후기 개정판들에서 우리가 빈번하게 마주치는 것과 같은 그들의 독자적인 민담양식을 그림 형제가 아직 민담에 몰두하던 초기에는 발전시키지 못하였다. 그들은 다만 '민담답지 않은' 문구들만을 요약하였다. 그들은 별다른 수정이나 합성, 또는 완벽성을 기하지 않았다. 왜냐하면 브렌타노가 그것을 유보했기 때문이다. 텍스트 선별과 기여그룹들과 관련해서 그림 형제는 이처럼 초기의 견본들에 충실하게 머물러 있었다.

문헌학적 연구들은 가정적으로 재구성하는 이야기와 일치하는 이른바 장르 그림Gattung Grimm이 독일 민담의 규범을 어떻게 결정하는지를 보여준다. 예를 들면 유럽 전래민담의 "지역적 불확실성"이라는 특징이 거기에 해당된다.[55] 특히 구전으로 전승된 민담에서 일정한

---

54) 참고. Grätz: Das Märchen 1988.

55) Rölleke: Die Märchen der Brüder Grimm ²2004, 86-87쪽. Martin Kaiser: Das tapfere Schneiderlein. In: Librarium 3 (1987), 175-210쪽.

장소에 국한하는 지역화의 경향들이 얼마나 강하게 침전되어 있는가는 전반적으로 모음집들마다 서로 다르다.[56] 여기에서 뤼티가 기술한 문체 양식특징들은 비록 그 기준들이 이미 하나의 이상을 좇는 텍스트 선별 자체에서 기인하는 것이지만, 그것은 서사연구자의 세대들을 특징지었다.[57] 그러나 해석 이전에 개별 텍스트들에 대한 그림 민담의 출판 범위 안에서 문헌학적으로 행해지는 상세한 연구들이 수행될 때 비로소 마무리하기 위한 수정내용들이 드러난다.[58]

그림민담 문체양식의 특징들·[59]

- 간결한 병렬문장의 선호
- 직접화법 삽입
- 낱말의 반복이나 세련된 유모의 경쾌함
- 직관적이고 대담한 묘사
- 민중적 표현과 의성어 삽입
- 도식적이고, 명료한 색채나 윤곽선 선호
- 예술적 구성을 위한 노력
- 이야기의 설득력 있는 동기부여와 마무리

---

56) Marzolph, U.: Lokalisierung. In: EM 8, 1996, 1172-1177단, 특히 1173단.

57) Schenda, R.: Lüthi, Max. In: EM 8, 1996, 1307-1313단, 여기서는 1311단, 주해 13.

58) Rölleke: Die Märchen der Brüder Grimm ²2004 예를 들면 「꼬마 요정들Die Wichtelmänner」(KHM 39/II, 예를 들면 96쪽: Zeitraffung im Märchenwunder). Bottigheimer, R. B.: Marienkind (KHM 3): A Computer-Based Study of Editorial Change and Stylistic Development within Grimm's Tales from 1808 to 1864. In: ARV Scandinavian Yearbook of Folklore 46 (1990), 7-31쪽.

그림 형제는 텍스트를 선별하는 데 있어서 불완전한 이야기 파편들이나 모티브 측면에서 모순되는 요소들, 그리고 나중에는 선정적인 내용이나 성적인 내용, 사회비판적인 내용들을 완화하거나 삭제하고, 훌륭하게 이야기될 수 있는 완벽한 텍스트들과 관련해서 일정한 민담상(像)을 좇았다. 그들은 작스Sachs, 키르히호프Kirchhof 또는 그림멜스하우젠Grimmelshausen과 같은 작가들의 16/17세기 작품에 기대었으며, 특히 카셀의 고상한 시민계급출신의 수다스러운 여성들로부터 이야기들을 채집하였다.[60]

사전준비작업 이후인 대략 1813/14년부터 일정한 장르특징들이 처음으로 "독일의 전설들"과 경계를 짓는 데 역할을 하였다[61] 그 때문에 오늘날 다른 장르에 속하는 텍스트들이 그림 민담모음집에 실려 있다(참고 2.3장). 하나의 텍스트를 모음집에 집어넣는 데에는 옛 동물서사시의 자칭 신화적 뿌리 또는 모티브들뿐만 아니라 텍스트의 가정 또는 실제적인 구술형태의 전승이 결정적인 역할을 하였다.[62]

---

59) Rölleke: Nachwort. In: KHM 1997, 597-599쪽.
60) Rölleke: KHM. In: EM 7, 1993, 1280단. Rölleke: Die Märchen der Brüder Grimm ²2004, 25쪽. 참고. Röhrich: "und weil sie nicht gestorben sind" 2002.
61) Rölleke: KHM. In: EM 7, 1993, 1281단.
62) 참고. 같은 책.

4.4 평가와 정치적 기능

그림 형제는 이상적인 생각들을 따랐으며, 이때 일종의 "허구적 구두형식"[63]에 매달렸다. 거의 변함없는 구두형식에 대한 그림의 생각 속에는 '서민출신'의 여성 이야기꾼의 전형으로서 니더츠베른Niederzwehrn 출신의 재봉사 아내 도로테아 피만Dorothea Viehmann(처녀성 Pierson, 1755-1815)이 있다. 그녀는 자신의 정원에서 수확한 것을 카셀의 시장에 내다팔았다. 그림 형제는 표제지의 동판화나 이름의 표기를 통해서 그녀가 유일한 이야기꾼이라는 점을 강조하였다.

그녀는 옛 전설들을 매우 분명하게 기억하고 있었으며, 스스로 이러한 재능은 누구에게서 부여받은 것도 아니고, 그러한 맥락에서 많은 사람들이 옛 이야기들을 제대로 간직할 수 없을 것이라고 말하였다. 그때 그녀는 사려 깊게, 그리고 분명하면서도 매우 생생하게, 그러면서도 흡족해하면서 아주 자유분방하게, 그러나 사람들이 원하면 다시 천천히 이야기를 하였다. 그래서 사람들은 약간의 연습과 함께 그 내용을 받아 적을 수가 있었다. 상당수의 이야기는 이러한 방식으로 글자 그대로 놓치지 않았으며, 따라서 진실이라는 측면에서 전혀 오해받지는 않을 것이다. 전승물 변조의 용이성, 이를 보존할 때 생길 수 있는 부주의, 그리고 그 때문에 오랜 기간 보존하는 것이 불가능하다고 통상적으로 생각하는 사람은 언제나 그녀가 이야기할 때 얼마나 정확했는지, 자신의 정확성에 얼마나 많은 공을 들였는가를 들었어야만 했다. 그녀는 반복을 하더라도 결코 이야기에서 뭔

---

63) Röhrich, L.: Erzählforschung 1988, 353-379쪽, 여기서는 359쪽.

가를 고치는 법이 없었으며, 그리고 자신의 실수를 알아차리자마자, 이야기하는 도중에라도 그녀는 스스로 자신의 실수를 즉각 수정하였다.[64]

따라서 "피만 부인Viehmännin"의 민담 레퍼토리 기록 가운데에는 "상당수가" - 전부가 아니라 - "글자그대로 존치되어 있다." 주해는 종종 합성과 변경에 관한 정보를 제공한다. 특히 1815년 이후부터 빌헬름 그림의 그와 같은 텍스트 작업은 텍스트 비교를 통해서 더욱 분명해진다. 위그노파(역자 주: 16세기 프랑스의 칼뱅파의 신교도)의 음식점 주인의 딸이 그림 형제에게 40개 이상의 민담을 들려주었다. 그러나 다른 기고자들과 비교해서 대략 50세가 넘은 나이나 그녀의 사회적 위치, 그녀의 다양한 레퍼토리를 보면 그녀는 그림 형제에게 이야기를 들려준 사람들 가운데에서 이례적인 경우라 할 수 있다.

이야기의 현실과 그 대변인들, 즉 이야기의 보증인들과 그림 형제의 소원한 관계는 이들 이야기를 '자연시학'에 편입시켜, 이야기들이 지닌 고고학적 가치를 통해 게르만문학과 동시에 독일문학의 옛 기원들을 입증하고자 하였던 헤르더Herder와 관련해서 명료하고 정형화된 민담에 관한 생각들을 바로잡는 데 영향을 주지는 못하였다. 이와 함께 전래민담의 모음집이 독일 전역에서 독일의 민족국가통합 과정에서 인접 국가들과 구별되는 통합기능을 수행하기를 기대하였다. '문화민족' 독일이 이들 이야기를 통해서 그것을 확인받을 수 있다고 보았다.

---

64) Kinder- und Hausmärchen. Gesammelt durch die Brüder Grimm. München 1977, 35쪽. In: Uther: Digitale Bibliothek 2003, Bd. 80: Deutsche Märchen und Sagen, 24514-24515쪽.

19세기의 민담기능과 관련해서 디터 리히터Dieter Richter와 요한네스 메르켈Johannes Merkel은 읽을거리를 중재하고, 이를 통해서 바람직한 정신적 태도를 전달하기 위한 사회화, 민담, 그리고 판타지의 관계구조를 제시하였다. 봉건제도의 쇄락과 민족의식의 강화가 여기에 해당되었다. 또한 민담은 판타지, 소망, 그리고 욕구의 사회문화적 조작에도 이용되었다.[65]

그림 형제가 그들의 민담을 어디에서 받았는지는 특히 텍스트 해석에서 중요하고, 반복해서 "구두형식과 문서형식"이라는 주제로 이어지는 문제이다. 1697년 페로Perrault의 민담들에 대해서 알게 된 것은 1807년 이후이고, 이 점은 그림의 주해서에도 분명하게 나타난다. 이로써 페로의 민담들과 개별 민담들의 친밀성이 그림 형제에게 있어서는 부분적으로 분명해졌다.[66]

17세기 말 샤를 페로Charles Perrault(1628-1703)는 8개의 이야기를 출판하였다. 이들 8개 민담의 흔적들은 그림의 민담모음집에, 예를 들면 「가시장미공주Dornröschen」(KHM 50), 「빨강모자Rotkäppchen」(KHM 26), 「푸른 수염의 기사Blaubart」(KHM 부록 9), 「장화신은 수고양이Der gestiefelte Kater」(KHM 부록 5), 「홀레 부인Frau Holle」(KHM 24), 그리고 야만인의 집에 사는 소년에 관한 이야기로 (엄지손가락만한 꼬마 이야기로서가 아니라, KHM 55 룸펠슈

---

65) 참고. Richter/Merkel: Märchen, Phantasie und soziales Lernen 1974, 23쪽, 42쪽. Henderson: Kultur, Politik und Literatur 1996, 217-218쪽.
66) Rölleke: Die Märchen der Brüder Grimm ²2004, 29-31쪽. 페로의 「요정들Les Fées」이 KHM 13 「숲 속의 난쟁이Die drei Männlein」에 미친 영향: 같은 책. 54-56쪽.

틸츠헨Rumpelstilzchen이 불구가 되는 표현으로) 쓰인다.

프랑스 문학의 영향은 독일의 상류층, 특히 귀족계급의 프랑스어에 대한 관심과 위그노파의 헤센 지역으로의 이주와 연결해서 설명할 수 있다. 하인츠 뢸레케Heinz Röllecke는 도로테아 피만이나 하센플루크 집안의 딸들처럼 이야기 제공자들이 위그노파라는 점을 지적하였다 (참고 5.3장). 사람들은 프랑스어로 환담을 나누었고, 책을 읽었으며 프랑스 문학을 잘 알고 있었다.[67] 특히 요정민담은 상당한 인기를 얻었다. 그리하여 1750년 이후 프랑스와 오리엔탈 지역의 민담들에 대한 독일어 번역본들이 눈에 띄게 증가하였다.[68]

프랑스 원작을 너무 뚜렷하게 상기시키는 민담들은 KHM의 부록으로 옮겨졌거나 아니면 완전히 삭제되었다. 이와 같은 내용들은 전반적으로 나중에 행해진 문헌학적 연구들에 의해서 확인되었다. 그 때문에 그 영향으로부터 그것들은 전혀 잃은 것이 없었다. KHM은 가장 많이 번역된 독일 서적 가운데 하나로 독일문학을 대표하는 작품이다.

---

67) Röllecke: Die Märchen der Brüder Grimm ²2004, 39-40쪽. 마인Main 강 인근에 위치한 하나우Hanau에서 어린 시절을 보낸 자매 쟌네테Jeannette와 아말리에 하센플루크Amalie Hassenpflug가 기억하는 민담들도 있다. 뢸레케에 따르면 이들 이야기는 철저하게 프랑스적인 반면에, 나중에 카셀 Kassel에서 알게 된 민담들은 오히려 독일의 이야기 전통을 따랐다. 그림 형제는 후자의 이야기들을 "헤센에서aus Hessen"라고 표기하고, 이와 달리 전자의 이야기들을 "마인의 인근지역들에서aus den Maingegenden"라고 표기하였다. 두 자매의 어머니 하센플루크는 위그노파였으며, 1880년까지 사람들은 식탁에서 프랑스어를 말했다. 1822년 그녀의 남동생 한스 다니엘 하센플루크Hans Daniel Hassenpflug는 그림 형제의 누이동생 로테 아말리에 그림Lotte Amalie Grimm과 결혼하였다. Scurla, H.: Die Brüder Grimm. Berlin 1985, 89쪽.

68) 참고. Grätz, M.: Fairy Tales and Tales about Fairies in Germany in the Eighteenth and Nineteenth Centuries. In: Marvels and Tales 21(인쇄 2007).

19세기 가족사회사와 밀접한 관련이 있는 독서용 민담의 전형으로서 그림 형제가 만든 격조 높은 서적담은 결정적인 기여를 하였다. 전승민담을 개작한 다음에 비로소 그림 형제의 민담들은 시민계급출신의 아이들을 독자로 확보하였다.[69]

4.5 실례 「생명의 물Das Wasser des Lebens」

그림의 민담 텍스트 KHM 97은 처음에는 1814년판 제2권에서 1815라는 연대표기와 함께 No. 11로 출판되었다. 1819년 두 번째 개정판 이후부터 이 텍스트는 No. 97을 달았으며, 이와 동시에 제3권에서는 「세 마리의 작은 새De drei Vügelkens」(KHM 96)와 「척척 박사 Doktor Allwissend」(KHM 98)의 중간에 위치하게 되었다. 후자와 같은 슈방크 형식의 민담(ATU 1641)은 마법민담을 승계한 것이었다. 이 이야기는 도로테아 피만이 들려준 것이었다. 그 앞에 위치한 마법민담(AaTh 707)을 그림 형제는 계통상 서로 친밀하다고 생각하였다. 여기에서는 생명의 물이 잘못으로 인해 오랜 시간 감금되었던 친모의 병을 낫도록 도와준다.

마지막 개정판에 실린 텍스트는 KHM의 제3권에 실린 주해에 따르면 헤센Hessen 지역의 이야기와 파더보른Paderborn 지역의 이야

---

69) Weber-Kellermann: Deutsche Volkskunde 1969, 19쪽. 텍스트 구성과 어린이 독자를 위한 텍스트 가공: Lüthi: Märchen 2004, 52-55쪽.

기를 합성한 것이라고 생각할 수 있다. 그림 형제는 후자의 이야기를 "대체로 너무 불완전하다고" 생각했기 때문에 오히려 그들은 헤센 지역의 이야기 소재를 재현하고자 하였다. 여기에다 그들은 "동물들의 주인"에 관한 모티브 이외에 한 마리의 여우와 바람(風)이 왕자를 생명수 쪽으로 인도하는 하노버Hannover 지역의 버전을 덧붙여 다시 이야기하였다.

다음의 표는 언어적인 관점에서 개별적인 변화를 명료하게 보여준다.

1814/1815년 (초)판	1857년 (개정)판
한 왕이 병이 들었습니다. 어느 누구도 그가 다시 일어날 것이라고 믿지 않았습니다. ein König, der ward krank und glaubte niemand, daß er mit dem Leben davon käme.	한 왕이 아팠습니다. 어느 누구도 그가 다시 일어날 것이라고 믿지 않았습니다. ein König, der war krank, und niemand glaubte, daß er mit dem Leben davon käme.
그러자 그들은 아버지가 몹시 아프며...; 그 어떤 것도 아버지의 병을 낫게 하지 못할 것이라고 말했습니다. Da erzählten sie, ihr Vater wär' so krank ...; es wollte ihm nichts helfen.	그들은 아버지가 몹시 아프며..., 그 어떤 것도 아버지의 병을 낫게 하지 못할 것이기 때문이라고 말했습니다. Sie erzählten ihm, ihr Vater wär' so krank ..., denn es wollte ihm nichts helfen.
노인이 말했습니다: ... Der Alte sprach: ...	그때 노인이 말했습니다: ... Da sprach der Alte: ...
그러자 큰 아들이 말했습니다 ... Da sagte der älteste ...	큰 아들이 말했습니다 ... Der älteste sagte ...
너무 큰 위험들이 있을 텐데 dabei sind zu große Gefahren	그러기에는 위험이 너무 크구나 die Gefahr dabei ist zu groß

1814/1815년 (초)판	1857년 (개정)판
왕이 이를 허락할 때까지 bis es der König zugab	왕이 승낙할 때까지 bis der König einwilligte
왕자 역시 마음속으로 생각했습니다: "내가 물을 구해온다면, ... der Prinz dachte auch in seinem Herzen: "hol' ich das Wasser, ...	왕자는 마음속으로 생각했습니다: "내 가 물을 가져온다면, ... Der Prinz dachte in seinem Herzen: "bringe ich das Wasser, ...
"여보게, 난쟁이, 왕자는 매우 거만하 게 말했습니다 ... "Du Knirps, sagte der Prinz ganz stolz ...	"이런 멍청한 난쟁이" 왕자는 매우 거 만하게 말했습니다. "Dummer Knirps", sagte der Prinz ganz stolz,
이제 왕자가 말을 타고 계속가자, 그는 협곡에 다다랐습니다. 계속 가면 갈수 록 산들이 점점 더 좁아졌습니다. 마침 내 왕자가 단 한 발자국도 더 이상 움 직일 수 없을 정도로 길이 좁아졌습니 다. 그는 말머리를 돌릴 수도 없었고, 말에서 내릴 수도 없었습니다. 그러자 그는 영락없이 갇힌 꼴이 되어 거기 남아있을 수밖에 없었습니다. wie nun der Prinz fortritt, kam er in eine Bergschlucht, und je weiter, je enger thaten sich die Berge zusammen, und endlich ward der Weg so eng, daß er keinen Schritt weiterkonnte, und auch das Pferd konnte er nicht wenden und selber nicht absteigen und mußte da eingesperrt stehen bleiben.	왕자는 이어 곧장 협곡 안으로 휩쓸려 들어갔습니다. 계속 가면 갈수록 산들 이 점점 더 좁아졌습니다. 마침내 왕자 가 단 한 발자국도 더 이상 움직일 수 없을 정도로 길이 좁아졌습니다. 말머 리를 돌리거나 말안장에서 내려오는 것은 불가능한 일이었습니다. 그는 영 락없이 갇힌 꼴이 되어 박혀버리고 말 았습니다. Der Prinz geriet bald hernach in eine Bergschlucht, und je weiter er ritt, je enger taten sich die Berge zusammen, und endlich war der Weg so eng, daß er keinen Schritt weiter konnte; es war nicht möglich, das Pferd zu wenden oder aus dem Sattel zu steigen, und er saß da wie eingesperrt.

1814/1815년 (초)판	1857년 (개정)판
그 사이 병든 왕은 아들을 기다렸습니다. 그러나 그는 돌아오지 않았습니다. Indessen wartete der kranke König auf ihn; aber er kam nicht und kam nicht.	병든 왕은 오랫동안 그를 기다렸습니다. 그러나 그는 돌아오지 않았습니다. Der kranke König wartete lange Zeit auf ihn, aber er kam nicht.
그때 둘째 왕자가 말했습니다: "그러면 제가 가서 물을 구해오겠습니다." 그러면서 그는 혼자 생각했습니다. 내게 좋은 일이야. 그가 죽었다면, 왕국은 내 것이 되겠지. Da sagte der zweite Prinz: "so will ich ausziehen und das Wasser suchen" und dachte bei sich, das ist mir eben recht, ist der todt, so fällt das Reich mir zu.	그때 둘째 아들이 말했습니다: "아버지, 제가 가서 물을 구해오도록 해주세요." 그러면서 그는 혼자 생각했습니다: "형이 죽었다면, 왕국은 내 것이 되겠지." Da sagte der zweite Sohn: "Vater, laßt mich ausziehen und das Wasser suchen", und dachte bei sich: "Ist mein Bruder tot, so fällt das Reich mir zu."
처음에 왕은 아들이 길을 떠나는 것을 원하지는 않았습니다. 그러나 그는 마침내 그렇게 하도록 허락하였습니다. Der König wollt' ihn auch anfangs nicht ziehen lassen, endlich aber mußte er's doch zugeben.	처음에 왕은 아들이 길을 떠나는 것을 원하지는 않았지만, 마침내 그는 승복하고 말았습니다. Der König wollt ihn anfangs auch nicht ziehen lassen, endlich gab er nach.
"여보게 난쟁이, 그대가 알 필요 없네, 하고 왕자가 말하였습니다." 그리고는 의기양양해 하면서 그는 말을 타고 계속 갔습니다. "Du Knirps, sagte der Prinz, das brauchst du nicht wissen", und ritt in seinem Stolz fort.	"이런 조그마한 난쟁이." 왕자는 말했습니다. "그대가 알 필요 없어." 그리고는 돌아다보지도 않고 그는 말을 타고 계속 갔습니다. "Kleiner Knirps", sagte der Prinz, "das brauchst du nicht wissen", und ritt fort, ohne sich weiter umzusehen.

1814/1815년 (초)판	1857년 (개정)판
도중에 그가 난쟁이를 만나자, 어딜 그리 급하게 가느냐고 난쟁이가 물었습니다. 그러자 왕자는 그에게 대답했습니다: "아버지가 위독하기 때문에 생명의 물을 구하러 갑니다."	그가 난쟁이와 마주치자, 그에게 어딜 그리 급하게 가느냐고 난쟁이가 물었습니다. 그러자 왕자는 가던 길을 멈추고 그에게 설명을 하면서 말했습니다: "아버지가 위독하기 때문에 생명의 물을 구하러 갑니다."
Wie er nun den Zwerg auf dem Wege fand, und der fragte: wohinaus so geschwind? so antwortete er ihm: "ich suche das Wasser des Lebens, weil mein Vater sterbenskrank ist."	Als er dem Zwerg begegnete und dieser fragte, wohin er so eilig wolle, so hielt er an, gab ihm Rede und Antwort und sagte: "Ich suche das Wasser des Lebens, denn mein Vater ist sterbenskrank."
"도대체 어디서 그걸 구할 수 있는지 아세요?"	"어디서 그걸 구할 수 있는지 아세요?"
"Weißt du denn, wo das zu finden ist?"	"Weißt du auch, wo das zu finden ist?"
"자네가 예의바르게 말을 했기에 자네에게 그걸 말해주겠네;	자네는 교활한 자네 형들과는 달리 오만하지도 않고 예의바르게 행동을 했기에 생명의 물을 구할 방법을 자네에게 가르쳐 주겠네.
"So will ich dir' s sagen, weil du mir ordentlich Rede gestanden hast;	"Weil du dich betragen hast, wie sich' s geziemt, nicht übermütig wie deine falschen Brüder, so will ich dir Auskunft geben und dir sagen, wie du zu dem Wasser des Lebens gelangst.

1814/1815년 (초)판	1857년 (개정)판
생명의 물은 저주받은 성 안 우물에서 솟아나오네. 그곳에 갈 수 있도록 쇠막대와 빵 두 조각을 자네에게 주겠네. 쇠막대로 세 번 성문을 두드리게, 그러면 쇠로 만든 성문이 활짝 열릴 걸세. es quillt aus einem Brunnen, in einem verwünschten Schloß, und damit du dazu gelangst, geb' ich dir da eine eiserne Ruthe und zwei Laiberchen Brot, mit der Ruthe schlag dreimal an das eiserne Thor vom Schloß, so wird es aufspri ngen;	생명의 물은 저주받은 성 안마당에 있는 우물에서 솟아나오네. 그러나 내가 자네에게 쇠막대와 빵 두 조각을 주지 않는다면, 자네는 들어갈 수 없네. Es quillt aus einem Brunnen in dem Hofe eines verwünschten Schlosses, aber du dringst nicht hinein, wenn ich dir nicht eine eiserne Ruthe gebe und zwei Laiberchen Brot.
그러자 왕자는 그에게 고맙다는 인사를 하고 쇠막대와 빵을 건네받고는 길을 떠났습니다. 모든 것이 난쟁이가 말한 그대로였습니다. Da dankte ihm der Prinz und nahm die Ruthe und das Brot, ging hin und war da alles, wie der Zwerg gesagt hatte.	왕자는 그에게 고맙다는 인사를 하고 쇠막대와 빵을 건네받고는 길을 재촉하였습니다. 그곳에 도착하자, 모든 것이 난쟁이가 말한 그대로였습니다. Der Prinz dankte ihm, nahm die Ruthe und das Brot und machte sich auf den Weg. Und als anlangte, war alles so, wie der Zwerg gesagt hatte.
사자들이 온순해지자 그는 성안으로 들어갔습니다. 크고 아름다운 방을 발견하자 거기에는 저주받은 왕자들이 있었습니다. Als die Löwen gesänftigt waren, ging er in das Schloß hinein und fand einen großen schönen Saal, und darin verwünschte Prinzen	쇠막대로 세 번을 치자 성문이 열렸습니다. 그는 빵으로 사자들을 온순하게 만든 다음, 성 안으로 들어갔습니다. 그가 크고 아름다운 방 안으로 들어가자, 그곳에는 저주받은 왕자들이 앉아 있었습니다. Das Tor sprang beim dritten Ruten-schlag auf, und als er die Lowen mit dem Brot gesänftigt hatte, trat er in das Schloß und kam in einen großen schönen Saal; darin saßen verwünschte Prinzen

1814/1815년 (초)판	1857년 (개정)판
그런 다음 그는 다음 방으로 들어갔습니다. 거기에는 공주가 있었습니다. 공주는 그를 보자 매우 기뻐하며 입을 맞춘 다음, 자기를 구해준다면 자신의 왕국을 전부 주겠다고 말했습니다. 또한 1년 안에 그가 돌아와 자기와 결혼도 할 것이라고 했습니다.	그런 다음 그는 다음 방으로 들어갔습니다. 거기에는 아름다운 젊은 여자가 서 있었습니다. 그녀는 그를 보자 매우 기뻐하며 입을 맞춘 다음, 자기를 구해준다면 자신의 왕국을 전부 주겠다고 말했습니다. 그리고 1년 안에 그가 돌아오면, 자기와 결혼도 할 것이라고 했습니다.
Und weiter kam er in ein Zimmer, darin war eine Prinzessin, die freute sich, als sie ihn sah, küßte ihn und sagte, er hätte sie erlöst und sollte ihr ganzes Reich haben; in einem Jahr sollt' er kommen und die Hochzeit mit ihr feiern.	Und weiter kam er in ein Zimmer, darin stand eine schöne Jungfrau, die freute sich, als sie ihn sah, küßte ihn und sagte, er hätte sie erlöst und sollte ihr ganzes Reich haben, und wenn er in einem Jahr wiederkäme, sollte ihre Hochzeit gefeiert werden.
그러나 그는 생명의 물을 가지고 있었기 때문에 몹시 기뻤습니다. 그는 집으로 돌아오는 길에 난쟁이를 다시 만났습니다.	그러나 그는 생명의 물을 구했기 때문에 몹시 기뻤습니다. 그는 집으로 돌아오는 길에 난쟁이를 다시 만났습니다.
Er war aber froh, daß er das Wasser des Lebens hatte und ging heimwärts und wieder an dem Zwerg vorbei.	Er war aber froh, daß er das Wasser des Lebens erlangt hatte, ging heimwärts und kam wieder an dem Zwerg vorbei.

1814/1815년 (초)판	1857년 (개정)판
그때 형들을 찾기 전에 아버지에게 돌아가고 싶지 않다고 생각한 왕자는 말했습니다: "난쟁이 아저씨, 저보다 먼저 생명의 물을 찾아 집을 나섰다가 다시 돌아오지 못한 제 형들이 어디 있는지를 말씀해주시지 않겠어요." Da dachte der Prinz, ohne deine Brüder willst du zum Vater nicht nach Haus kommen und sprach: "lieber Zwerg, kannst du mir nicht sagen, wo meine Brüder sind, die waren früher, als ich, nach dem Wasser des Lebens ausgezogen und sind nicht wieder kommen."	그때 형들을 찾기 전에 아버지에게 돌아가고 싶지 않다고 생각한 왕자는 말했습니다: "난쟁이 아저씨, 제 형들이 어디 있는지를 말씀해주시지 않겠어요? 그들은 저보다 먼저 생명의 물을 찾아 집을 나섰다가 다시 돌아오지 못했습니다." Der Prinz wollte ohne seine Brüder nicht zum Vater nach Haus kommen und sprach: "Lieber Zwerg, kannst du mir nicht sagen, wo meine Brüder sind? Sie sind früher als ich nach dem Wasser des Lebens ausgezogen und sind nicht wiedergekommen."
"그들은 두 개의 산 사이에 갇혀 있단다 "Zwischen zwei Bergen sind sie eingeschlossen	"그들은 두 개의 산 사이에 갇힌 채 꼭 끼어 있단다," "Zwischen zwei Bergen stecken sie eingeschlossen,"
다시 풀어놓아주면서 그는 덧붙였습니다: wieder los ließ, aber er sprach noch:	다시 풀어놓아주면서 그에게 주의를 환기시키며 덧붙였습니다 wieder los ließ, aber er warnte ihn und sprach
그리고 이미 왕은 기근 때문에 망하는 것이 시간문제라고 생각했습니다; und der König glaubte schon, er sollte verderben in der Noth;	그리고 이미 왕은 너무나 큰 기근이 들었기 때문에 망하고 말 것이라 생각했습니다. und der König glaubte schon, er müßte verderben, so groß war die Not.

1814/1815년 (초)판	1857년 (개정)판
비웃으며 말했다: "그야 네가 생명의 물을 발견했었지? 넌 애를 썼지만, 상을 받는 건 우리야, spotteten sein und sagten: "nun, hast du das Wasser des Lebens gefunden? du hast die Mühe gehabt und wir den Lohn,	그를 조롱하며 말했다: 물론 네가 생명의 물을 발견했지. 그러나 넌 애를 썼지만, 상을 받는 건 우리야; verspotteten ihn und sagten: Du hast zwar das Wasser des Lebens gefunden, aber du hast die Mühe gehabt und wir den Lohn,
아무 것도 모른 채 사냥을 나가자, 왕의 사냥꾼이 그를 따라나섰다. auf die Jagd ritt und nichts davon wußte, mußte des Königs Jäger mitgehen.	어떤 불길한 일이 있으리라곤 전혀 생각지도 못하고 사냥을 나가자 왕의 사냥꾼이 그를 따라나섰다. auf die Jagd ritt und nichts Böses vermutete, mußte des Königs Jäger mitgehen.
그러자 사냥꾼은 왕자의 옷을 걸쳤고, 왕자는 사냥꾼의 옷을 걸친 채 깊은 숲 속으로 들어갔습니다. Da nahm der Jäger des Prinzen Kleid und der Prinz das schlechte vom Jäger und ging fort in den Wald hinein.	그러자 그들은 옷을 서로 바꿔 입었다. 사냥꾼은 집으로 돌아갔지만, 왕자는 깊은 숲 속으로 계속 들어갔습니다. Da tauschten sie die Kleider, und der Jäger heim, der Prinz aber ging weiter in den Wald hinein.
그리고 자기들 나라를 먹여 살렸다. und ihr Land ernährt hatten.	그리고 자기들 나라를 먹여 살렸으며 이에 감사를 표하고자 하였다. und ihr Land ernährt hatten und die sich dankbar bezeigen wollten.

1814/1815년 (초)판	1857년 (개정)판
그것이 늙은 왕의 마음을 무겁게 하였습니다. 그는 자기 아들이 죄가 없을지도 모른다고 생각하면서 신하들에게 말했습니다: "아! 내 아들이 아직 살아 있다면 얼마나 좋을까. 그를 죽이라고 했으니 이 얼마나 기가 막힌 노릇인가."	그러자 늙은 왕은 생각했습니다: "내 아들이 무죄임이 분명하지 않은가?" 그리고는 신하들에게 말했습니다: "내 아들이 아직 살아있다면 얼마나 좋을까. 그를 죽이라고 했으니 이 얼마나 기가 막힌 노릇인가."
Das fiel dem alten König auf's Herz und er dachte, sein Sohn könnte doch unschuldig gewesen seyn und sprach zu seinen Leuten: "ach! wär' er noch am Leben, wie thut mir's so herzlich leid, daß ich ihn habe tödten lassen."	Da dachte der alte König: "Sollte mein Sohn unschuldig gewesen sein?" Und sprach zu seinen Leuten: "Wäre er noch am Leben, wie tut mir's so leid, daß ich ihn habe töten lassen."
"그럼 제가 잘 했군요. 사냥꾼이 말했다. 저는 왕자님을 죽일 수 없었습니다." 그는 왕에게 자초지종을 이야기했습니다.	"왕자님은 아직 살아있습니다." 사냥꾼이 재차 말했습니다. "저는 차마 전하의 명령을 따를 수가 없었습니다." 그는 왕에게 자초지종을 이야기했습니다.
"So hab' ich ja Recht gethan, sprach der Jäger, ich hab' ihn nicht todt schießen können", und sagte dem König, wie es zugegangen wäre.	"Er lebt noch", sprach der Jäger, "ich konnte es nicht übers Herz bringen, Euern Befehls auszu führen", und sagte dem König, wie es zugegangen wäre.
그러자 왕은 기뻤습니다. 그는 막내아들이 다시 돌아와야 하며 자신이 그를 관대하게 맞을 것이라고 온 나라에 알리도록 하였습니다.	그러자 왕은 이제 한시름 놓았다. 그리고 그는 막내아들이 다시 돌아올 수 있으며 관대하게 맞을 것이라고 온 나라에 공포하도록 하였습니다.
Da war der König froh und ließ bekannt machen in allen Reichen, sein Sohn solle wieder kommen, er nehme ihn in Gnaden auf.	Da fiel dem König ein Stein von dem Hernzen, und er ließ in allen Reichen verkündigen, sein Sohn durfte wiederkommen und sollte in Gnaden aufgenommen werden.

1814/1815년 (초)판	1857년 (개정)판
그러나 공주는 길 하나를 허락하였습니다 Die Prinzessin aber ließ eine Straße vor	그러나 왕의 딸은 길 하나를 허락하였습니다 Die Konigstochter aber ließ eine Straße vor
그는 생각했습니다: "에이, 참으로 딱한 일이야 dachte er: "ei, das ware jammerschade	그는 생각했습니다: "참으로 딱한 일이야 dachte er: " Das ware jammerschade
그리고 공주는 그를 반갑게 맞아주었습니다. und die Prinzessin empfing ihn mit Freuden	그리고 왕의 딸은 그를 반갑게 맞아주었습니다. und die Königstochter empfing ihn mit Freuden

문헌학적 텍스트 비교는 이 모음집의 역사 내에서 개별 텍스트들의 완성과정을 보여준다. 그 예는 다음과 같은 사실들 알게 해준다.

- 언어적 형식의 완성과 현재화
- 직접화법과 간접화법의 긴밀한 연결
- 줄거리는 주로 과거시제로 표현
- 공주 대신 왕의 딸이라는 낱말사용에서 알 수 있듯이 낱말의 변화

그 밖의 텍스트들은 개정판을 거듭하면서 본질적으로 훨씬 더 많이 수정되었다. 특히 선정적인 요소들이 삭제되었고, 소녀나 여성은 적극성이라는 측면에서 자제되었다. 계모의 상(像)이 폭력적인 친모를 대신했으며, 이를 통해서 끊임없이 부정적인 격정을 만들어냈다. 또한 사회

적 갈등들은 약화되어 있는 반면에, 종교적인 동기부여는 훨씬 더 강화되었다.[70] 이러한 언어적 가공을 통해서 완성된 그림Grimm의 민담들은 유럽 서적담의 모범이 된다.

4.6 가정과 교육을 위한 민담

야콥 그림이 일찍부터 어린이들에게 적합한 민담을 생각하고 있었다는 사실은 그가 1808년 그의 대녀(代女) 베티네Bettine를 위한 일곱 개의 민담을 사빙니 교수에게 보냈다는 것만 봐도 입증될 수 있다. 이 민담들 가운데는 초판본에 실려 있는 「마리아의 아이Marienkind」(KHM 3)와 「룸펠슈틸츠헨Rumpelstilzchen」(KHM 55)도 들어있었다.[71]

그림은 개작을 통해서 민담을 가정문학, 특히 어린이문학으로 재탄생시켰다. 민담들은 그들 모음집의 제목에서도 알 수 있듯이 이들에 의해서 "가정"이라는 영역 안에서 부동의 위치를 확보하였다.

무엇 때문에 그림 형제가 이들 민담을 교훈적인 것으로, 그리고 어린이에게 맞도록 분류하였는지는 1812/1815년 서문에서도 읽을 수 있다.

---

70) 참고. Bottigheimer: Grimm's Bad Girls and Bold Boys 1987. Tatar: The Hard Facts of the Grimm's Fairy Tales 1987(독일어판 1990).

71) Rölleke: KHM. In: EM 7, 1993, 1278-1279단, 여기서는 1279단.

... 혹은 세속의 영민함이 멸시받고, 모든 사람들로부터 비웃음을 당하고 무시당하지만, 순수한 마음을 지닌 바보만이 행복을 얻는다. 그러나 만약 이들 민담으로부터 아주 손쉽게 훌륭한 가르침을 얻고, 그것을 현실에 적용할 수 있다면, 행복은 그와 같은 특성들에 기초하고 있다; 행복은 민담의 목적도, 그 때문에 민담이 창작된 것도 아니었다. 그러나 인간이 관여하지 않아도 건강한 꽃망울에서는 훌륭한 과실이 나오듯이 거기에서 행복이 소생한다. 그것이 결코 삶과 관계없이 존재할 수 없음을 모든 순수 시문학이 보여주었다. 왜냐하면 구름이 대지를 적신 뒤에 자신이 태어난 곳으로 돌아가듯이 그것은 삶에서 떠올랐다가 삶 쪽으로 되돌아가기 때문이다.[72]

전반적으로 그림 민담의 대중적 수용과 학문적 수용은 항상 손을 서로 맞잡았으며 상호 결실을 맺었다.[73] 그래서 텍스트를 선별해서 실은 이른바 민담 포켓판이 대형판의 유통을 증대시켰다. 어린이를 위한 빌헬름 그림의 의도적인 텍스트 가공, 일정한 목적을 갖고 대중성을 확보하려는 그의 사고전환, 그리고 시민적 도덕이념에 대한 그의 고려는 이른바 3월 전기(前期)(역자 주: 3월 혁명의 전시대, 즉 1815-48년 3월의 혁명시기)의 정치적 소요에 대해 염려하면서도 1840년대의 사회적 변화들을 받아들였다. 이러한 에피소드는 전반적인 산업화와 시골에서 장인들이 운영하던 공장들의 소멸, 읽기능력의 향상, 그리고 핵가족의 형성으로 말미암아 특

72) Grimm: Kinder- und Hausmärchen. Berlin 1812/1815, 12-13쪽. In: Uther: Digitale Bibliothek 2003, Bd. 80: Deutsche Märchen und Sagen, 23659-23660쪽.
73) 참고. Rölleke: KHM. In: EM 7, 1993, 1286단.

징지어진다. 그러므로 가정이나 학교 그리고 어린이문학에 대한 수요가 증가하는 속에서 교육학 주도의 어린이교육에 대한 요구가 촉발되면서 『어린이와 가정을 위한 민담집』도 19세기 중반 이후부터 어른들을 위한 읽을거리에서 어린이들을 위한 독본으로 발전하였다. 이야기 문화에서도 바로 그와 같은 변화가 형성될 수가 있었던 것이다. 그러나 오늘날의 이야기꾼들은 특정 민담들이 특정 연령층에게만 적합하다고 생각하면서 일반적으로 성인을 위한 이야기하기를 강조한다.[74]

학습과제

1. KHM에서 민담 하나를 선택해 텍스트의 변화를 비교해 보시오.

2. KHM(예를 들어 「헨젤과 그레텔Hänsel und Gretel」)과 다른 민담모음집들에서 그려지는 마녀상들을 비교해 보시오.

3. 예를 들어 「백설공주Sneewittchen」(KHM 53)의 경우에서 볼 수 있듯이 KHM의 서로 다른 개정판에서 그려지는 다양한 여성상을 찾아보시오.

---

74) 참고. Pöge-Alder: Erzählerlexikon 2000, 12, 15쪽.

5

이야기하기 - 이야기 공동체

ärchenforschung

5

이야기하기 - 이야기 공동체

동사 '이야기하다erzählen' (고고지독일어: 'arzellan', 'irzellan', 중고지독일어: 'erzeln', 'erzellen')는 '통지하다', '사려 깊으면서도 축제다운 보고', "법률의 관례를 공개적으로 읊거나 공포하다"[1]를 의미한다. 이로써 공적 생활과 관련된 중요한 내용에 관한 구체적 전달이라는 의미가 처음부터 이 동사의 의미에 속해있었다는 것을 알 수 있다. 8세기에 나오는 최초의 증거들을 보면 원래 '열거하다aufzählen'라는 뜻에서 '잘 정리된 순서대로 읊다, 보고하다'라는 뜻으로 의미가 변화하고 있음을 볼 수 있다.[2] 오늘날 '이야기하다erzählen'는 어떤 사건의 진행과정에 관해서 보고하는 것을 가리키고, 이 경우 서술이나 낱말을 통해서 언어적 상징을 구성하면서 어떤 실상이나 사건의 진행

---

1) Grimm DWb: 핵심어 "erzählen", 1076단.
2) Kluge, Friedrich: Etymologisches Wörterbuch der deutschen Sprache. Bearb. v. Elmar Seebold. 23., erw. Aufl. Berlin/New York 1995, 233쪽.

을 묘사하는 것을 의미한다. 구전형식으로 이야기할 경우에는 원전과 재현된 텍스트 사이의 불일치가 흥미롭다. 원전은 문서형태 또는 구술형식으로 재현된 기억의 형태로도 있을 수 있다. 이야기하기는 자신만의 언어 또는 습득한 표현들을 담은 형상화를 포괄하며, 낭독 또는 비슷한 소규모의 예술행사와도 비교될 수 있다. 사람들은 이야기하기에서 텍스트의 재현이 다양한 방식으로 실현되고, 그런 식으로 서로 분리해서, 그리고 원전에서 벗어나는 표현들이 생겨난다는 사실에서부터 출발할 수 있다.[3] 언어의 도움 없이 이루어지는 표현수단들 역시 이야기하기의 일부이며, 이야기할 때 매우 중요한 역할을 한다.

견고하고 경험 많은 계층이 문제인 경우에 이야기 공동체의 공감은 마치 중재를 하는 주무관청처럼 영향을 미친다. 마찬가지로 공감은 이야기의 선별이나 구연에 있어서 아주 중요한 자극제가 된다. 다른 문화권의 민담을 찾는 것은 다른 문화에 대한 관심에서 비롯된다. 그래서 가령 오리엔탈 민담의 밤은 커다란 호응과 함께 인기를 누린다. 남녀 이야기꾼들 모두가 천일야화에 나오는 이야기들을 구연할 기회들을 찾는다. 그들은 의상을 갖추고 구연상황에 맞게 민담들을 변형한다. 이러한 민담수용은 오랫동안 유럽에 존재하는 오리엔탈리즘의 일부이다. 전 세계의 민담, 그리고 흔히 그림 민담을 소재로 사용하는 시청각 매체들로 인해서 구연자의 수요가 자극을 받는다.

인간의 기본적인 욕구로서 이야기하기는 개인적인 전달 내지는 자

---

3) 참고. Wienker-Piepho: Die orale Tradierung der Sage. In: Petzoldt/Haid (Hg.): Beiträge zur Rezeptions- und Wirkungsgeschichte 2005, 5-16쪽.

기표현에 따른 구연자의 즐거움이라는 원리에서 비롯된다. 그러므로 이야기하기를 연구하기 위해서는 구연자와 그의 구연을 수차례에 걸쳐 주의 깊게 관찰하지 않으면 안 된다. 이때 모든 남녀 이야기꾼들의 자기묘사, 즉 그들의 자기해석이 무엇보다도 중요하다.[4]

5.1 의사소통으로서의 이야기하기

이야기하기를 하나의 커뮤니케이션 모델로 관찰해 보면, 이야기꾼들은 청중 내지는 이야기 공동체, 전통 그리고 평상시의 이야기하기 사이에서 일종의 중재기관의 역할을 한다. 내용상으로도 그들은 이야기할 때에 자의적으로 하는 것이 아니라, 일정한 역사적, 사회적 및 개인적 상황을 고려해서 이야기를 한다. 그들은 역사와 현재의 차원에서 구술형식과 문서형식의 전승 사이의 중간에 놓인다. 이때 경우에 따라서는 그들의 이야기하기가 다시 기록되고, 그렇게 해서 그것이 전통의 일부가 되기도 한다. 민담을 개작하고 출판자로서 민담을 발간하는 기록자 혹은 녹취자도 거기에 기여를 한다. 이때 이야기된 텍스트는 매체를 바꿔서 보존하게 되며, 이와 같은 정적인 형태로 수용자 층을 바꾸게 된다. 생활상들을 중계하는 오늘날의 매스미디어 시대에는 매스미디어의 재방 또는 중재가 이야기의 전통이 되기 위한 그런 과정에서 결정적인 기여를 한다. 서적이나 그림책뿐만이 아니라 음반, 방송극, 영화, TV,

4) 참고. Pöge-Alder: Erzählerlexikon 2000.

CD 그리고 컴퓨터 게임 등이 문화기억 속에서 이야기하는 내용과 이야기된 내용을 저장하고, 바꾸고, 선택하는 데 상당한 정도로 기여를 한다.

그뿐만 아니라 본질적으로 이야기하기는 커뮤니케이션을 촉진시키거나 혹은 방해를 하는 상황에 따라서 좌우된다. 상황은 가령 참여자들이 얼마나 감성적으로 강하게 이야기에 몰입하고 있는지, 그들이 이야기꾼과 더불어 어떤 사회적 영역들을 공유하고 있는지, 그리고 이야기에 대한 그들의 사전지식이나 평가가 얼마나 높은가 하는 문제들을 포함한다.

공개석상에서의 이야기하기는 서유럽이나 미국에서는 현대문화의 일부이다. 그것은 매스미디어 영상을 통해서 새롭게 변화된 연출과 표현의 연극적 과정들에 해당한다. 퍼포먼스, 연출, 구현, 지각과 같은 연극성의 일반적 양상들 역시 이야기하기의 특성인 것이다.[5] 이와 동시에 대부분 낯선 청중 앞에서 행해지는 민담구연이 침묵 사회의 논쟁에 가까운 요청에도 불구하고, 오늘날에도 여전히 모든 공동체의 일부인 '일상적 이야기하기'와는 구별된다. 구술문학Oral Poetry 내지는 구전문학Litterature Orale, 패리Parry와 로드Lord의 작품들, 마찬가지로 메모라트Memorat 형식의 이야기들이나 '가족사', 집단수용소에서의 체험들 혹은 현대적 전설의 영역(도회지 전설)에서 체험들에 관해 이야기하기는 공개석상에서의 이야기하기의 또 다른 형식들이다.

---

5) Fischer-Lichte/Horn/Umathum/Warstat: Theatralität als Modell 2004. 같은 이: Performativität und Ereignis 2003.

물론 여기에서 민담의 이야기하기가 구분되지만, 그것은 의사소통 형식으로서의 일반적인 이야기하기와 연결된다. 헬무트 피셔Helmut Fischer는 **일상적인** 이야기하기에 대해서 다음과 같이 주장하였다: "현실을 낯설게 묘사하는 신비스러운 것에 대한 믿음이 반복해서 내비쳐진다."[6] 사람들이 얼마나 더 강력하게 이것을 우리 시대의 민담 이야기하기에서 관찰할 수 있겠는가! 이 경우 그의 견해에 따르면 믿음의 내용(헬무트 피셔의 경우에는 "옛 믿음에 대한 확신들")과 서사적 구성력이 이른바 본래의 전통적인 이야기하기의 범주에서는 특히 이야기 형식의 소규모 형식들로 표현된다. 장르에 관한 **역사적 가설** 내에서는 이러한 소규모 이야기 형식들이 일상적인 이야기하기와 대비되며, "서적-이야기"로 전승된다. 여기에서는 명확하게 문자로 고정되어 모음집들에 실린 민담, 전설, 그리고 슈방크는 정형화된 형태를 받아들였다.[7]

한편으로 오늘날의 이야기하기는 민담 텍스트들의 새로운 변형에 기여한다. 이들 텍스트는 많은 이야기꾼들이 말하는 것처럼 책표지 사이에 오랫동안 묻혀 있지는 않다. 동시에 민담 이야기꾼들에 의해서 민담에 대한 생각이 굳어졌다. 다른 한편으로 오늘날의 이야기하기는 역사적으로 경직된 장르가설의 상황에 형체를 부여하였다. 이때 하나의

---

6) Fischer, H.: Alltägliches Erzählen heute: Zum Problem der Texterhebung und Textverarbeitung. In: Petzoldt, L./Rachewiltz, S. de (Hg.): Studien zur Volkserzählung. Berichte und Referate des ersten und zweiten Symposions zur Volkserzählung Brunnenburg/Südtirol 1984/85. Frankfurt a.M. u.a. 1987, 5-32 쪽, 여기서는 7쪽(= Beiträge zur Europäischen Ethnologie und Folklore. Reihe B, 1).
7) 같은 책. 24-25쪽.

"운동"으로 이어지는 추세가 문제시 될 수 있다. EMG(유럽 민담협회)와 아카데미 렘샤이트Remscheid, 뉘른베르크Nürnberg 소재의 트루바두르(역자 주: 11-14세기 남프랑스의 음유시인) 및 가시장미협회 Troubadour und Dornrosen e.V. 또는 아헨Aachen의 레기나 좀머Regina Sommer, 그리고 일부 스위스 민담협회Schweizer Märchengesellschaft에 소속된 스위스의 민담 공여자들과 같은 조직들이 남녀 이야기꾼들을 양성하기 위한 교육과정과 수료증을 취득할 수 있는 수료과정들을 제공하고 있다.[8] 물론 이야기꾼들은 단순한 민담구연만으로는 풍족할 수가 없으며, 극히 몇몇 경우에만 민담구연을 통해서 생계를 유지할 수 있음을 잘 알고 있다. 그렇지만 몇몇 교육자들은 하나의 직업으로서보다는 소명의식으로서 이 직업을 제안한다. 트루바두르 협회로부터 이야기꾼들은 경제적 모험과 더불어 사례를 받을 수 있게끔 자신을 상품화할 목적으로 훈련을 받는다. 이와 같은 트루바두르의 활동 덕분에 이야기하기와 그 일부인 인형극이 하나의 새로운 직업으로 부상하고 있다. 또한 이야기꾼들을 소개해주는 중개프로덕션들도 있다.[9]

---

8) 검증된 EMG 소속의 이야기꾼들은 예를 들면 우선적으로 협회의 모임에서 구연할 수 있다. 검증된 남녀 이야기꾼들을 특징짓기 위해서 'EMG 이야기꾼 동업조합'과 같은 명칭 사용이 논의되기도 하였다: EMG 이사회의 결정과 2002년 9월 바트 칼스하펜Bad Karlshafen 회의에서의 보고.

9) Janning, J.: Troubadour. In: MSP 10 (1999) H. 3, 93쪽. 여기서는 트루바두르 조직과 책임자 장 링겐발트Jean Ringenwald를 다룬 1999년 5월 17일자 중부독일방송 MDR의 방송프로그램 "팩트Fakt"에 관한 내용도 실려 있다. 비교적(秘敎的) 사고: Wienker-Piepho, S.: Junkfood for the Soul. In: Fabula 34 (1993), 225-237쪽. 프랑크푸르트 소재의 중개프로덕션 "메르헨슈타르크Märchenstark": 이 프로덕션의 인터

5.2 이야기꾼들

민담을 이야기하는 이야기꾼들은 민속학에서 말하는 일반적인 개념인 '이야기하는 사람'과 여러 특성들을 공유한다. 그렇지만 민담을 이야기하는 이야기꾼들은 무엇보다도 민담, 특히 전래민담에 포커스를 강하게 맞춘 그들의 레퍼토리와 자기이해를 통해서 구별이 된다. 물론 그들은 '민담'이라는 장르에 국한함으로써 이러한 형식으로 존재하지 않는 또 다른 장르들의 배척을 의도하고 있다. 그러나 실제로 오늘날의 이야기꾼들은 (드물지만) 슈방크나 전설, 일화, 심지어 위트까지도 이야기를 한다. 장르에 대한 이해가 뚜렷하게 존재하지 않는 것이다. 이는 특히 신화 형식의 민담, 슈방크 형식의 민담 그리고 노벨레 형식의 민담과 같은 혼합형식에도 해당이 된다. 텍스트의 내용에 있어 전통적인 가치와 도덕적 기준으로의 응용 가능성이야말로 텍스트를 선택하는 데 있어 특히 주의해야 할 점이다. 성담 형식의 민담들은 비교적 드물게 이야기된다.

이야기꾼이란 무엇인가?

1. 이야기의 창작자는 그것을 이야기하는 이야기꾼이 아니다. 대부분의 창작자는 잊혀져있다.

넷사이트에 따르면 "독일에서 가장 성공한 민담 이야기하기 서비스업체"이며, 1998년 이후부터는 이곳을 통해서 소개된 이야기꾼들이 약간의 보수를 받고 이야기를 한다: www.maerchenstark.de.

2. 이야기꾼은 집단의 구술전통을 나타낸다.

3. 이야기꾼은 단순한 재생산자가 아니다.

4. 이야기꾼의 자질은 이야기하기 테크닉, 레퍼토리 및 청중과의 관계를 결정짓는다.

5. 이야기는 반복됨으로써 살아남는다.

6. 이야기 생산자로서의 이야기꾼은 민간전승의 역사적 및 현재적 맥락에 포함된다.

민담을 이야기할 때에 서사적 주관성은 중요하다. 이야기꾼들은 텍스트를 가지고 뭔가를 진실로 믿게 만들고, 그럴 듯하게 꾸며대려고 한다. 진실과 거짓, 실제적인 것과 이야기꾼에 의해서 덧붙여진 것이 민담의 의도적 허구성과 쉽게 분리될 수 없지만, 이러한 긴장관계는 의도된 것이다. 도입부와 결말부의 정형화된 형식, 표정과 몸짓[10]이 이런저런 방향에서 촉진된다. 구성의 주관성은 일정한 전망 속에서 민담의 진실성이 드러나 보이도록 하며, 그 때문에 언제나 포괄적인 의미에서 확실한 앎, 즉 이야기의 내용과 이것을 말하는 사람에 대한 일말의 진실을 포함해서 그것을 외견상 거짓에 가깝도록 만든다. '전래'-민담은 종종 소원의 문학이며, 사회나 개인의 관점에서 이야기꾼들의 소망들을 직간접적으로 전달하는 동경의 표현으로 간주된다.[11] 오늘날의 연출에서는 의식적 구성의 정도가 상당히 높다.

---

10) Haiding, K.: Von der Gebärdensprache der Märchenerzähler. Helsinki 1955(= FFC 155).

11) Röhrich: Märchen und Wirklichkeit 2001, 24쪽.

이야기꾼들의 다음과 같은 특징들이 서사연구에 적용된다[12] :

1. 이야기꾼은 창작자가 아니다.

물론 민담의 창작자는 대부분 잊혀져있다. 그러나 크로니카트Chronicat 또는 메모라트Memorat 형식의 경우에 이야기들이 이야기꾼의 체험에 기초하며, 설사 본래의 이야기꾼이 바뀌더라도 그것은 함께 전승된다. 전설 역시도 이야기할 때에 원전을 제시하는 형식으로 전승된 진실의 가치를 필요로 한다.

2. 이야기꾼은 집단의 구술전통을 표현한다.

특히 핀란드 학파와 관련해서 불변성과 가변성에 관해서 논의되었다.[13] '집단의 구술전통' 이라는 표현은 공동체의 수용의사 그리고 구조나 양식에 있어서 이야기의 변형을 규제하는 이전의 규범과 관련을 맺는다. 이야기 공동체는 특히 이야기 공동체가 변함없이 존재해 있을 경우, 즉 이야기꾼이 반복해서 그를 응시하는 청중 앞에서 이야기를 할 경우에는 납득할 만한 이유 없이 이야기를 변경하는 것을 그다지 수용하지 않는다. 소소한 요소들의 경우에는 이른바 민담의 수정이 가능하며, 그것은 자연스럽게 이루어진다. 울리히 얀Ulrich Jahn은 "불가사의한 것에 대한 애착에서 인간의 판타지를 생산하고, 동일한 조건 하에서는 독

---

12) 참고. Kaivola-Bregenhøj: Narrative and Narrating 1996, 20-24쪽.
13) 참고. 베셀스키와 안데르손 간의 논쟁: Pöge-Alder: Wesselski and the History of Fairy Tales(인쇄 2007).

일인이든 중국인이든 남아프리카의 카피르족이든 인디언이든 간에 아주 같아야만 한다는" 생각들이 변하기 쉬운 민담의 일부분들이라고 기술하였다. 이러한 변화들은 세계사와 보조를 맞춘 반면에, 민담의 본질은 별로 변하지 않았다.[14]

특히 이야기에 종교적 의무를 강조할 경우에 이야기꾼은 텍스트의 변경을 시도해서는 안 된다. 이는 예견되는 실수로 여겨진다.[15] '구술전통'은 이야기꾼이 청자를 자신의 이야기와 더불어 비언어적 수단들을 동원해 청중을 매료시키는 구두형식의 프레젠테이션을 포함한다. 이야기꾼의 언어는 예를 들어 문장의 단절, 이야기의 도약이나 중복을 통해서도 형식적으로 두드러진다.

오늘날 이야기하기의 상업적 측면에서 이야기 창작자와 지속적인 이야기하기가 문제인 경우에는 **저작권** 문제가 영향을 미친다. 원칙적으로 저작자 사후 70년 동안에는 저작권의 보호를 받는다. 그 때문에 이 기간 이전에 나온 민담들만이 수없이 출판된다. 물론 재인쇄판들도 고려되어야만 한다. 구술형식으로 자유롭게 이야기할 경우에 저작권의 문제가 없는가 하는 문제는 최종적인 공표가 있을 때까지는 사태파악과 구체적 실행의 문제로 남는다. 한편 이야기꾼들 사이에서는 민담 텍스트들, 사본이나 개작의 활발한 교류가 이루어진다. 몇 년 전부터 EMG는 신학자이며 동시에 이야기꾼인 하인리히 디커호프Heinrich

---

14) Jahn: Volksmärchen aus Pommern und Rügen 1998, 13쪽, 15쪽.

15) Taube: Märchenerzählen und Übergangsbräuche 2000. Taube: Warum sich der Erzähler 1996. 참고. Leeuw, G. v. d.: Phänomenologie der Religion. Tübingen 1933; 4. Aufl. d. 2., durchges. Aufl. Tübingen 1977, 317-320쪽.

Dickerhoff 협회장 주도로 쾨닉스푸르트Königsfurth 출판사를 통해서 개작된 대부분의 민담들을 출판하고 있다. 협회의 모임에서 이들 민담이 이야기된다. 다른 한편 지금도 활동을 하는 이야기꾼들은 자신들이 출판한 민담들을 미리 이야기하기 전에 동의를 받을 것을 요구한다. 이미 1990년대에 미국에서 시작된 '인터넷을 통해서 알리기Tootsnic via Internet' 운동은 미국에 등록된 예술가들의 모든 텍스트에 대한 공연자유를 공포하였다. 왜냐하면 민간전승/민속문학으로서 이들 텍스트는 모든 이의 것이기 때문이다. 실제로 독일에서는 민담의 저작권 문제에 관해서는 지금까지는 별다른 의식이 존재하지 않는다.

3. 이야기꾼은 재생산자가 아니다.

이야기꾼이 단순한 재생산자가 아니라는 생각은 거기에서 생겨난다. 이야기꾼의 작업은 3단계를 거치면서 진행된다: 습득을 거듭하면서 이야기꾼은 민담을 기억 속에 저장하고, 그런 다음에 민담을 이야기할 수 있다. 지루한 설교와의 차이를 설명하기 위해서 이야기꾼들은 습득과정을 흔히들 내면화 과정이라고 말한다. 습득방식이 이미 이야기꾼들을 서로 구분한다. 정확한 암기, 심화의 출발, 내면의 상징이나 혹은 쌍엽곡선의 방법에 따라서 이야기하기 사이에는 다양한 뉘앙스나 놀이형식들이 존재한다.[16] 각각의 이야기꾼은 점진적으로 자신에게 적합한 텍

---

16) 참고. Knoch, L.: Märchenerzählen lernen bei der Europäischen Märchengesellschaft (EMG). In: MSP 8 (1997) H. 3, 89-90쪽. Knoch, L.: Praxisbuch Märchen 2001.

스트를 습득하는 방식을 찾아낸다. 그밖에 이야기꾼은 이야기꾼으로서의 자질을 결정짓는 여러 영역에서 매우 창조적이다:

이야기꾼은 다음과 같은 사항들을 결정한다:

- 무엇을 배우고, 무엇을 배우지 말 것인가,
- 이야기하기에서 얼마나 많은 것을 배우고, 자신의 능동적인 레퍼토리는 무엇에 의해서 결정되는지,
- 이야기를 변경하는 방법,
- 레퍼토리를 어떻게 바꾸고, 지금까지 자신이 몰랐던 이야기들을 어떻게 덧붙일 것인가.

오스트리아의 이야기꾼 카이KAI는 텍스트 창조의 좋은 본보기라고 할 수 있다. 그는 유럽의 민담이나 켈트족의 신화뿐만 아니라 타로Tarot 카드로 자신의 이야기들을, 니벨룽겐의 이야기나 호프만E. T. A. Hoffmann의 소설들을 이야기한다고 썼다.[17]

4. 이야기꾼들은 자질을 갖춘 사람들이다.

물론 민담연구에서는 기고자들이나 이야기꾼들에 대해서 언급하면서 이들을 어떤 배경에 귀속시켜 억지로 유형화하려는 경향이 있었다. 일반적으로 그들은 다양한 방식으로 분류된다. 이때 이야기하기의 테크닉, 레퍼토리, 그리고 청중과의 교감은 탁월하다. 그렇지만 원전찾기 및 원전개작 방식, 텍스트습득 및 연출 방식 또한 이야기꾼으로서의 중

---

17) 1999년 7월 27일자 E-Mail.

요한 자질에 해당된다.

5. 이야기된 민담은 일회용품이 아니다.

오히려 장기간에 걸친 반복이 민속전승의 핵심에 해당된다. 이와 달리 일상적인 환담에 가까운 이야기들은 흔히 잊혀 진다. 그렇다 해도 이러한 이야기들은 규칙적으로 이야기될 만큼 생명력이 있다. 그러므로 반복적으로, 그리고 흔히 가족구성원들에 의해서 변칙적인 형태로 이야기되지만, 그 본질에서는 모두 같은 이야기들이 많은 가정에는 있다.[18]

6. 생산자로서의 이야기꾼

이야기된 민담들은 다시 전승될 수 있다. 흔히 논쟁의 내용은 민담 텍스트의 변화가 얼마나 넓게 이어져도 괜찮은가 하는 문제이다. 나의 설문 질의가 증명한 대로 글자 그대로 익히는 것에서부터 즉석에서 이야기하는 것까지 수많은 뉘앙스들이 있다. 이야기 전달은 다양하다: 이야기들을 다른 사람들에게 전하는 청중에서부터 매스미디어의 전파에 이르기까지 그 폭은 매우 넓다. 이와 동시에 이야기꾼 스스로가 민속양식이나 숙련된 기억에 대한 자신의 친숙함에 근거해서 역사 및 현재의 맥락(문화나 상황 내지는 구연의 맥락)에 적응하는 민속전승물을 생산한다.[19]

---

18) 참고. MacDonald: Scipio Storytelling 1996. Rezension. In: Fabula 38 (1997) H. 3/4, 342-345쪽.

19) Ben-Amos, D.: Kontext. In: EM 8, 1996, 217-237단, 여기서는 224-227단.

5.3 삶의 맥락에서 이야기하기: 민담 생물학

이야기꾼에 관한 연구(민담 생물학 또는 민담 사회학)는 민담 내지는 서사연구 내에서 하나의 연구방향으로 이러한 소규모 예술형식과 마찬 가지로 '생긴 지 얼마 되지 않는다.' 이 연구는 이야기의 맥락이나 퍼 포먼스에 대한 이해에 집중된다. 따라서 민족과 사람들 사이의 이야기 하기와 전승하기의 역동적 과정이 주된 관심사이다.[20] 이 연구방향의 중요한 단계들을 1983년 라이너 베제Rainer Wehse(민담 구연자), 1984년 린다 데그Linda Dégh, 1997년 디트마르 제틀라체크Dietmar Sedlaczek가 작성하였다.

알려지지 않은 이야기꾼 대신 소재의 전통

이름, 거주지, 연령 또는 직업표시는 그림Grimm 시대 이후 오랫동안 민담수집과 출판의 기준으로 여겨졌다. 그림 형제는 1815년 『어린이와 가정을 위한 민담집』 제2권 서문에서 피만 부인Viehmännin을 강조 하였지만, 텍스트와 관련해서는 이야기를 취득한 지역들, 예를 들면 "츠베른에서aus Zwehrn"(= 도로테아 피만Dorothea Viehmann으 로부터), "카셀에서aus Cassel"(= 빌트Wild 부인으로부터), "헤센에 서aus Hessen" 또는 "헤센 지방의hessisch"(= 빌트Wild 자매로부

---

20) Dégh, L.: Biologie des Erzählgutes. In: EM 2, 1979, 386-388단. Dégh, L.: Erzählen, Erzähler. In: EM 4, 1984, 320-325단.

터), "마인 강 인근지역aus den Maingegenden"(= 프랑크푸르트 암 마인Frankfurt am Main 출신인 루도비카 요르디스-브렌타노 Ludovica Jordis-Brentano로부터)라고만 기록하였다. 마리Marie와 하센플루크Hassenpflug 가족의 기고는 그들이 서로 알고 지낸 시간에 따라서 "마인 강 인근지역", "하나우 지역" 또는 "헤센"으로 표시되어 있다. 왜냐하면 이 가족은 1789년까지 하나우Hanau(마인Main 강 인근지역)에 살았으며, 그 후 카셀Kassel(헤센 Hessen)로 이사했기 때문이다. 1812/1815년 저자 보존용 판에 실린 그림 형제의 메모 덕분에 하인츠 륄레케Heinz Rölleke는 이들 주해에 기고자들의 이름을 붙일 수가 있었다.[21]

에른스트 마이어Ernst Meier(1813-1866)는 덧붙여서 몇몇 이야기꾼들의 이름을 거명한다. 그는 이들의 이름을 하층계급의 사회 환경에서 찾아내어 이들의 가치를 인정하였지만, 길쌈방 금지와 관련해서 경찰이나 경건주의적 교회율법감독을 비판하였다. 왜냐하면 민담을 이야기하는 데 있어서 아주 중요한 사회적 맥락이 사라져 버렸기 때문이다.[22] 리하르트 보시들로Richard Wossidlo(1859-1939)는 자신이 메클렌부르크Mecklenburg에서 사례들을 수집할 때, 이야기꾼들에 대한 이야기들을 우연하게 알게 되었다. 보시들로 문서실에 보관되어 있는 문헌들은 이야기꾼들이 그들의 이야기 뒤로 물러나 있었음을 보여준다.[23]

---

21) 참고. Rölleke: Die 'stockhessischen' Märchen der 'Alten Marie' 2000, 18쪽.
22) Meier: Deutsche Sagen 1983, XII-XV쪽.

마이어는 그의 제5번 민담 「병든 왕과 그의 세 아들Der kranke König und seine drei Söhne」을 설명하면서 이 이야기의 유래에 관해서 다음과 같이 말하였다: "뷔르템베르크의 고지(高地), 즉 울름 Ulm의 인근지역에서 전해져 내려옴." 이어서 내용상 비슷한 민담들에 관한 설명이 뒤따른다.[24] 그는 서문에서 뷜Bühl 지역의 눈먼 이야기꾼을 언급할 뿐이다. 거기에서 그는 "꽤 더디고 반복해서 들려주는 이야기를 거의 글자 그대로 받아 적을" 수 있었다.[25] 그러나 마이어는 이러한 사실을 텍스트를 재현하는 데 있어서 계속되는 신빙성에 대한 자신의 노력을 입증하기 위해서 언급할 뿐이었다. 마이어의 경우에서 보듯이 수집자들의 관점은 이야기 소재에 훨씬 더 많은 관심을 기울이고 있었다. 오히려 기술(記述)은 변용되어 출판되었고, 이야기를 왜곡하지 않고 보존하려는 수집자의 소망에 관한 정보를 제공한다.

이야기꾼과 이야기 상황들에 관한 서술들

그림 형제 이후 탁월한 이야기꾼들과의 만남, 이야기의 사건들이나 이야기의 상황들에 관해서 라르미니Larminie나 루첼Luzel과 같은 수집가들이 기술하였다.[26]

---

23) 예를 들면: Pöge-Alder: Richard Wossidlo im Umgang mit seinen Erzählern 1999.
24) Meier: Deutsche Volksmärchen aus Schwaben 1971, 301쪽.
25) 같은 책. 4쪽. Jeske: Sammler und Sammlungen 2002, 42-43쪽. 이야기꾼 슈트롬베르크 Stromberg는 10세 이후에 눈이 멀었으며, 그 전에 글을 읽을 줄 알았다: Herranen, G.: A Big Ugly Man with a Quest for Narrative. In: Studies in Oral Narrative. Hg. v. A.-L. Siikala. SF 33 (1989), 64-69쪽.

울리히 얀Ulrich Jahn은 『포메른과 뤼겐 지방의 전래민담Volks-
märchen aus Pommern und Rügen』 서문에서 민담을 이야기하는
계층과 주민집단들에 관해서 기술하였다. "그와 같은 이야기들을 탐닉
하는 일이 실로 유행되지 않았거나 혹은 위에서부터 바라던 바라 할지
라도" 교양 있는 상류계층이 민중적인 것을 알지 못하고, 기능장이 신
문이나 책을 읽고, 농부는 오로지 경제적인 것에 관심의 초점이 맞춰져
있는 반면에, 제4계급만이 민담 찾기에 도움이 됐음을 얀은 경험하였
다. 이 경우에 공장노동자들이나 종교적으로 엄격한 노동자들 역시도
민담을 전혀 모르고 있다.

> 결국 우리에게 전래민담이라는 수확물을 기대하게 만든 사람으로는 중년
> 이나 성년이 된 어부들이나 선원들 그리고 일하지 않으면 안 되는 계급에
> 속하는 농촌주민만이 남게 된다.[27]

그러나 그들이 서로 이야기를 주고받거나 아니면 아이들을 위해서 이
야기를 들려주었다고 해도 그들은 그들의 이야기만을 들려줄 뿐이었
다. 얀은 성직자들이나 교사들, 농부와 도시민들을 망각의 원동력이라
고 지명하였다. 마침내 이야기꾼들과의 완벽한 관계가 얀이 기대하는
결과를 가져왔다: 수집자는 "민중 속으로 들어가야만 한다. 그는 민중
과 함께 할 줄 알아야만 한다. 그들의 언어, 그들의 풍습, 그리고 그들

---

26) Larminie: West Irisch Folk-Tales 1893. Lutz: Contes populaires de Basse-Bretagne
    1887.
27) Jahn: Volksmärchen aus Pommern und Rügen 1998, 9쪽.

의 습관과 생각들을 받아들일 줄 알아야만 한다." 그런 다음 기회가 닿는다면 수집자는 아낌없이 수년을 기다리면서 민담 수집을 성공적으로 진행할 수 있을 것이다: "나는 그림 형제가 독일 전역에서 구전 및 문서형식의 원전에서 얻어낸 것보다도 적지 않은 민담자료를 포메른 지역에서 직접 민중의 입으로부터 수집하는 데 성공하였다."[28]

여기에는 당연한 자부심과 오로지 민중의 입에서 나온 이야기들을 수집했다는 점에서 그림 형제를 능가하고 있다는 점을 알고 있음이 함께 담겨 있다. 얀은 50개, 60개 그리고 더 많은 이야기들을 수집하면서 남성 위주의 이들 진짜 이야기꾼을 만났다. 한 이야기꾼은 그의 동료들로부터 존경을 받지만, "그가 예술로 먹고 살 수 있다는 것"은 쉬운 일이 아니다.[29] 얀은 그가 청중들과 어떻게 호흡을 맞추는지, 그가 얼마나 활발하게 표정이나 몸짓으로 이야기를 하면서 청중들을 매료시키는지, 그런 다음 코담배나 둘러앉은 사람들에게 술을 한 잔씩 돌리기 위해서 긴장감이 넘치는 이야기 부분에서 어떻게 이야기를 멈추는지를 묘사하고 있다. 그리고 대부분 민담의 내용이 중요한 시점에서 반복되는데, 이때 민담에 삽입된 노래(長歌)들을 함께 부른다.

자신의 수집경험들을 토대로 해서 얀은 개별 이야기꾼들이 민담을 이야기하는 데 미치는 영향들을 기술하였다. 이때 그는 이야기꾼의 개성, 잘 알려져 있지 않은 특징들을 바꿔가면서 "이야기꾼의 상상의 세계"에 맞도록 이야기를 조정하는 조정능력, 효과를 배가시키고 연결시

---

28) 같은 책. 10쪽.
29) 같은 책. 11쪽.

키려는 노력을 강조하였다. 그러므로 모험가들이 적어도 세 배로 늘어나게 되고, 3개나 6개 혹은 9개의 머리를 가진 용들이 등장하거나 아니면 여러 개의 짧은 이야기들의 비슷한 소재들이 결합된다(융합).[30]

이러한 묘사들은 상당한 정도의 신빙성을 드러내 보이게끔 한다. 물론 오토 크노프Otto Knoop는 『포메른과 뤼겐 지방의 전래민담』에 대한 서평에서 얀이 이들 재능 있는 이야기꾼들 가운데 단 한 사람도 만나지 않았음을 입증하고자 하였다. 분명 구조나 모티브 및 언어적 형상화와 관련해서 그림의 민담 텍스트와 그의 민담의 유사성이 이 모음집에 지속적인 성공을 안겨다 주었다.[31] 이러한 경우는 이미 수집자와 출판인들이 성취한 균형감각의 예이다: 처음에 민속학적 서사연구가 진행되면서 그들은 이야기하는 사람들의 편에 완벽하게 놓여졌던 그들 시대의 표준으로서 전형들에 관심을 기울였다.

이야기꾼에 관한 연구에 새로운 방향을 제시한 사람은 빌헬름 비써Wilhelm Wisser(1843-1935)이다. 그는 킬Kiel 대학 중앙도서관에 보관되어 있는 텍스트들 가운데에서 이름뿐만 아니라 거주지, 직업, 생년월일과 출생지에 관한 색인목록을 만들었다.[32] 한네롤레 예스케Hannelore Jeske는 비써에게 이야기를 들려준 사람들 대부분이 직업교육을 받지 않은 노동자들로 연령은 대체로 60 내지 80 이상이며, 다

---

30) 같은 책. 15-18쪽.

31) Tietz: Charaktere im kleinen Pommern 1999, 382쪽. 오토 크노프Otto Knoop의 서평: ZfVK 3 (1890), 396-399쪽. 참고. Lucke: Der Einfluß der Brüder Grimm 1933.

32) 참고. Jeske: Sammler und Sammlungen 2002, 239-289쪽, 여기서는 246쪽. Wisser, W.: Auf der Märchensuche. Die Entstehung meiner Märchensammlung. Hamburg/Berlin 1926(= Unser Volkstum).

른 보고서들과 마찬가지로 놀랍게도 60개 이상의 이야기들이 발견되지는 않지만, 폭넓은 레퍼토리를 지닌 235명 이상의 이야기꾼들에 근거를 두고 있다.[33] 반복적인 기록에 의거해서 확인될 수 있었듯이 일반적으로 비써의 이야기꾼들에게서는 비록 논리 정연한 보존자의 유형들이 발견될 수는 없었지만, 그들은 자신들의 민담 텍스트의 내용을 고집하였다. 그 가운데에서 비써는 이야기꾼 한스 렘프케Hans Lembke의 다채롭고 생동감 넘치는 이야기 방식을 높이 평가하였다.[34]

남자 또는 여자 이야기꾼들로부터 이야기들을 전해 듣기 위해서는 남성이 수집했는가 아니면 여성이 수집했는가에 달려있었음이 서사연구가 진행되면서 분명해졌다. 비써는 50명의 여성에 대해서만 기록하였다.[35] 그는 여전히 삶 속에서 이른바 민담의 발생지에 관해서 관심을 갖기 보다는 맥락, 즉 이야기를 들려주고 들었던 이야기 공동체나 상황들에 대해서 관심을 가졌다. 두 당사자 간의 대화에서 이야기들이 직접

---

33) 이야기꾼들의 연령은 대체로 60세 이상이며, 경우에 따라서는 80세 이상인 경우도 있었다. 참고. Jeske: Sammler und Sammlungen 2002, 248, 252쪽. 실례들: Bîrlea: Über das Sammeln volkstümlichen Prosagutes in Rumänien 1985, 463쪽. Dégh: Märchen, Erzähler und Erzählgemeinschaft 1962, 167쪽. 아마추어 이야기꾼들은 4-6개 정도의 민담과 20개 정도의 발췌한 이야기 내용을 재현하는 반면에, 진짜 이야기꾼들은 40개 이상, 대부분은 그 보다 훨씬 더 많은 이야기들을 재현한다. 예를 들면, 라요스 아미Lajos Ami는 236개의 민담을, 아일랜드 이야기꾼들은 200-300개의 민담을, 스웨덴의 타이콘Taikon은 250개의 민담을 재현한다. 참고. Uffer: Von den letzten Erzählgemeinschaften 1983, 27쪽. 매년 바뀌는 레퍼토리와 성인에서 어린이로 바뀌어 가는 이야기 공동체: Starzacher: Das Märchen und seine Erzähler 1937, 32쪽.
34) Jeske: Sammler und Sammlungen 2002, 250쪽.
35) 같은 책. 253-254쪽. 참고. Köhler-Zülch: Ostholsteins Erzählerinnen 1991. Köhler-Zülch: Who are the Tellers 1997, 200-201쪽.

그에게 이야기되었으며, 이때 그는 이야기들을 받아 적었다.[36]

유명한 이야기꾼들

19세기 말의 탁월한 이야기꾼들은 먼저 침대커버를 재봉하는 여재봉
사 아가투차 메시아Agatuzza Messia라는 인물로 쥐세페 피트레
Guiseppe Pitré의 간행본이나, 미화원 토비아스 케른Tobias Kern[37]
이라는 한 이야기꾼의 이야기들을 처음으로 출판한 요한 라인하르트
뷘커Johann Reinhard Bünker(1863-1914)의 모음집이나, 그리고
맥파이D. McPhie라는 인물로 이미 19세기 중반에 레퍼토리 연구들을
수행하면서 일정한 시간 간격을 두고서 같은 소재를 같은 이야기꾼으
로부터 여러 번 기록한 캠벨Campbell of Islay의 모음집에서 발견되
다.[38]

---

36) Jeske: Sammler und Sammlungen 2002, 251쪽.
37) Bünker: Schwänke, Sagen und Märchen in heanzischer Mundart. 1906년의 초
   판은 112개의 텍스트를 실었으며, 특히 10개의 상스러운 텍스트는 1905년 잡지 「안트
   로포피테이아Anthropophytheia」에 실렸다. Haiding, K.: Bünker, Johann Reinhard.
   In: EM 2, 1979, 1031-1032단, 여기서는 1032단. Schenda: Von Mund zu Ohr
   1993, 188-191쪽: 이들 이야기꾼의 텍스트들은 "성공적인 교류, 도발적인 퍼포먼스, 재
   빠른 채록의 과정이 없었더라면 교육을 받은 사람이나 많이 읽혀지는 문학에 대해서 들
   은 이야기를 직접 가공하는 것으로는 더 이상 존재하지 못하였다." 채록은 정말이지 퍼
   포먼스의 양상들, 즉 "제스처와 표정의 생동감, 말투, 예술생산의 아우라, 요컨대 민담이
   나 전설, 그리고 슈방크가 지닌 연극적 막의 구성이나 옷차림을 그리워하게 만든다. 보
   다 철저한 연구가 이런 모든 양상들을 보다 세심하게 밖으로 끄집어내야 할 것이다."
   (191쪽.)
38) 참고. Wehse, R.: Campbell of Islay, John Francis. In: EM 2, 1979, 1165-1167단,
   여기서는 1166단. Campbell of Islay: Popular Tales of the West Highlands 1860-

페로의 경우에서도 볼 수 있듯이 문학적 가공은 가상의 이야기꾼을 즐겨 이용한다. 가스코뉴Gascogne(역자 주: 프랑스 서남부 지방)의 장-프랑수아 블라데Jean-Francois Bladé(1827-1900)의 경우에 이야기꾼들의 보고에 관한 연구들은 현실 보다는 설정된 인물상과 일치한다. 추측컨대 블라데는 민담 텍스트를 작성하면서 손을 댔지만, '신빙성 있는' 민담을 요구하는 자기 시대의 이상에는 부합하지 못하였다.[39]

민족학과 사회학, 두르크하임Durkheim, 말리노브스키Malinowski 그리고 래드클리프-브라운Radcliffe-Brown의 저작물들은 현장사례수집의 범위 안에서 그들의 이론이나 정확한 기록을 위한 연구방법론에서 민담 생물학의 기원으로 부각되었다. 그밖에 실무적인 측면에서 아자도브스키Azadovskij는 누구보다도 고무적인 활동을 벌였다.[40]

러시아 빌리네Byline 연구의 자극들

20세기 전반기 러시아에서 사람들은 러시아의 영웅서사시를 노래하는

62, 여기서는 Bd. 1, IX-XXXII쪽. Pitré: Fiabe, Novelle e racconti popolari siciliani 1874-75, XVII쪽. 시칠리아의 민담들 1991, 피트레Pitré에 의해서 수집됨 (EM 11). Schenda: Von Mund zu Ohr 1993.

39) Steinbauer: Das Märchen vom Volksmärchen 1988. Bladé: Contes populaires 1885.

40) 참고. Dégh, L.: Biologie des Erzählgutes. In: EM 2, 1979, 386-406단, 여기서는 393단. Gilet: Vladimir Propp and the Universal Folktale 1999, 23쪽: "기능주의처럼 유사하게 신화와 의례의 우선순위는 신화 텍스트 자체보다는 오히려 신화를 둘러싸고 있는 세계의 사회적 구조에 우선권을 부여하였으며, 결국 그것은 전후맥락을 위해서 텍스트를 희생시켰다."

가인(歌人)들에 주목하였다. 러시아의 전형적인 서사가요 빌리네Byline는 개인적으로, 그리고 구두로 낭송되는 예술가들의 창작물로 간주되었다.[41] 유럽에서는 구두형식으로 전승된 문학을 연구하면서 시베리아 지역 출신의 여자 이야기꾼 나탈리아 오시포브나 비노쿠로바Natalja Ossipowna Winokurowa에 관한 마르크 아자도브스키의 기록이 이야기꾼들에 관한 관심을 불러일으켰다. 1926년 상류 레나 Lena 지역의 민담들을 수록한 그의 민담집 서문이 독일어로 출판되었다. 거기에서 아자도브스키는 러시아 민속학의 뿌리에서 출발해서 이야기꾼 쪽으로 이어지는 민속학의 길을 힐퍼딩A. Hilferding 하의 오네가Onega 지역 빌리네 수집가들에게 제시하였다. 이미 리브니코프P. Rybnikov는 다양하게 형상화된 소재들과 이를 노래하는 가인들을 언급하였지만, 그는 여전히 빌리네를 가인들에 따라서가 아니라 주제에 따라서 정리하였다. 힐퍼딩은 10년 뒤 재조사해서 상세한 성과물들을 처음으로 출판하였다.

아자도브스키에 따르면 1차 세계대전 이전과 1차 세계내전 중에 민담수집이 매우 성공적으로 이루어졌다. 그의 설명에 따르면 1908년과 1926년 사이에 페터스부르크 민담위원회Petersburger Märchen-kommission는 1,000개 이상의 민담 텍스트를 출판하였으며, 35명의 여자 이야기꾼들의 특징을 수집해서 그들의 주변 환경을 묘사하였다. 사람들은 지리적으로는 특히 북유럽의 러시아 지역에서 교류하였다.[42]

---

41) Braun, M.: Byline. In: EM 2, 1979, 1088-1096단. Dégh, L.: Erzählen, Erzähler. In: EM 4, 1984, 315-342단, 여기서는 320단.

페터스부르크에서 1845년 창설된 민담위원회와 더불어 자흐마토
프A. Šachmatov와 올덴부르크S. Ol'denburg가 의장으로 있던 러시
아 지리학회는 민담위원회와 함께 활발하게 민담을 출판하기 위해서
노력하였다.[43] 1914년 젤레닌Zelenin은 대(大)러시아 행정구역 페름
Perm(역자 주: 러시아의 카마 강가의 도시; 옛 이름은 몰로토프) 지역의 광범위한 민담집
을 출판하였으며, 그 후 매년 행정구역 비아츠크Vjatsk의 민담들을 출
판하였다. 그리고 그는 예카테린부르크Jekaterinburg 지역 이야기꾼
들의 초상을 그렸다. 유일하게 이야기꾼 롬테프Lomtev만이 이 수집가
에게 27개의 텍스트를, 부분적으로는 분량이 꽤 큰 텍스트들을 전해주
었다.[44]

아자도브스키에 따르면 이야기꾼들과 시인들은 의식적이든 무의식
적이든 비슷한 과제를 가지고 있다. 즉 그들은 소재를 정리하고 선별하
며, 자신들의 예술적 의도에 맞게 형상화하지 않으면 안 된다. 그 때문
에 이야기꾼의 예술적 구상과 구성적 개성이 연구영역 안으로 들어왔
다. 전기(傳記)에만 관심을 가질 것이 아니라 예술적인 특징이나 레퍼
토리 그리고 문체양식에도 연구가 집중되어야 한다.[45]

---

42) Asadovskij: Eine sibirische Märchenerzählerin 1926, 12쪽.
43) 같은 책. 9-10쪽. Asadovskij, M.: Die Folkloristik in der U.d.S.S.R in den fünfzehn
    Jahren 1918-1933. Leningrad o.J. (1936).
44) Zelenin, D. K.: Großrussische Märchen aus dem Gouvernement Perm 1914.
    Zelenin, D. K.: Großrussische Märchen aus dem Gouvernement Vjatsk 1915.
45) Asadovskij: Eine sibirische Märchenerzählerin 1926, 21쪽.

능동적인 전통의 수호자와 수동적인 전통의 수호자

연구방향과 '민담 생물학' 개념은 핀란드 학파 내지 지리-역사 연구방법론과의 토론과정에서 본래 칼 빌헬름 폰 지도우Carl Wilhelm von Sydow(1878-1952)와 프리드리히 랑케Friedrich Ranke(1882-1950)에 의해서 만들어졌다. 이로써 어느 한 민담유형의 '원형' 찾기를 넘어서 텍스트의 전승과 그것이 지닌 사회문화적 조건들이 시야에서 사라져버렸다.[46)]

핀란드 학파의 주장들과 민담전승의 견고성을 둘러싼 논쟁을 다루면서 스웨덴 출신의 폰 지도우는 능동적인 전통의 수호자(이야기꾼)와 수동적인 전통의 수호자(청중)들이 민담의 보급 혹은 소실에 책임이 있음을 강조하였다. 그는 확실한 기억, 활발한 상상력, 그리고 훌륭한 서사재능이 전승보존의 특성들이라고 말한다. 특히 메모라트Memorat와 파불라트Fabulat를 정의한 것으로도 유명한 이 스웨덴 학자는 민담이 언어의 경계를 쉽게 넘을 수 없으며, 오히려 세대 사이에서 전승되면서 이른바 생태유형을 이룬다는 점을 강조한다.[47)]

이와 달리 알베르트 베셀스키(1871-1939)는 민담의 형식과 언어형태를 보존하기 위해서 애쓰는 민담후견인의 업적을 강조한다. 그를 통해서 민담은 먼 거리를 극복한다. 그밖에 베셀스키는 구술형식의 전

---

46) Pöge-Alder: 'Märchen' 1994, 76-80쪽. Dégh, L.: Biologie des Erzählgutes. In: EM 2, 1979, 386-406단, 여기서는 387단. 그 개념은 1909년 올리크Olrik에 의해서 전설을 위해서 만들어졌다.

47) Von Sydow: Selected Papers 1948, 11-43쪽: 전통의 만개에 대해서: Von Sydow: Märchenforschung und Philologie 1973, 187쪽.

승을 별로 전통의 보존이라고 여기지 않고 있으며, 대신에 문서형식의 원전이 전통을 보존하는 데 중요한 기여를 하고 있다고 본다.[48]

린다 데그Linda Dégh는 1971년 바스찌니이A. Vászsinyi와 함께 이른바 도랑-이론을 발전시켰으며, 이 이론에 따르면 이야기를 수용하고, 그들이 들은 바를 계속 이어가는 사람들이 바로 적합한 자질을 갖춘 남녀 이야기꾼들이다. 그러므로 여러 갈래로 갈라져 나가는 (멀티전도시스템) 전승의 통로들이 (도랑들) 생겨난다. 자유분방한 맥락에서 이러한 커뮤니케이션 과정 내에서도 의식적 혹은 무의식적으로 전승된 것을 선별한다. 이 이론은 심리학적 실험들을 재생산 실험 안으로 끌어들여 대중적인 이야기 소재의 견고성을 설명하기 위해서 새롭게 시도를 한다.[49]

이야기꾼에 대한 관심

1930년대에 전승을 책임진 사람들, 즉 이야기꾼들이 개별적으로 혹은 어느 한 지역의 사회적 단위로서 학문의 관심사가 되었다. 서사연구의 이러한 부상은 중요한 모노그래프와 이론적 견해들 덕분이며, 그 영향과 전통은 오랫동안 지속되었다.[50] 두 가지 예는 지리-역사 연구방법론

---

48) Pöge-Alder: Albert Wesselski and the History of Fairy Tales (인쇄 2007). Wesselski: Versuch 1974, 174쪽.

49) Dégh, L.: Conduit-Theorie. In: EM 3, 1981, 124-126쪽.

50) Grudde: Wie ich meine "Plattdeutschen Märchen aus Ostpreußen" aufschrieb 1932. Tolksdorf, U.: Grudde, Hertha. In: EM 6, 1990, 257-258단. Brachetti, M.: Das Volksmärchen als Gemeinschaftsdichtung. In: Niederdeutsche Zeitschrift

의 원칙들에 의거한 연구 작업에서 이야기꾼에 초점을 맞추는 연구로 중심이 이동하고 있음을 보여준다.

고트프리트 헨센Gottfried Henßen(1889-1966)은 1939년 전승과 전승담당자 사이의 특수한 관계를 기술하고, 이야기의 생물학을 고려할 것을 요구한, 즉 내용뿐만 아니라 이야기꾼들과 이야기에 대한 그들의 의견 및 이야기하기의 보다 상세한 상황들을 기록할 것을 요구한 프리드리히 랑케를 끌어들였다.[51] 랑케는 재능 있는 이야기꾼들을 전승담당자로 여기고, 바로 그 때문에 그들을 이야기의 보존자이자 창작자라고 생각하였다. 그는 "독자적으로 이야기를 구성하는 이야기꾼에 비해서" 청중을 균형 잡힌 전승의 토대가 되는 "확고한 부분"이라고 평가하였다.[52] 그러한 요구들을 실행하기 위해서 그는 "... 음향구성을 왜곡하지

für Volkskunde (1931) H. 9, 197-212쪽. Henßen: Stand und Aufgaben 1939. Henßen: Überlieferung und Persönlichkeit 1951. Ortutay, G.: Fedics Mihály mesél (Mihaly Fedics erzählt). UMNGY I. Budapest ²1978 (초판 1940). Uffer: Rätromanische Märchen und ihre Erzähler 1945. Uffer: Die Märchen des Barba Plasch 1955. Uffer: Märchen, Märchenerzähler und Märchensammler 1961. Haiding, K.: Träger der Volkserzählungen in unseren Tagen. In: Österreichische Zeitschrift für Volkskunde (1953) H. 56, 24-36. Haiding, K.: Von der Gebärdensprache der Märchenerzähler 1955. Gerndt, H.: Ulrich Tolksdorf 1938-1992. In: ZfVK 89 (1993), 100-102쪽.

51) Ranke, F.: Grundsätzliches zur Wiedergabe deutscher Volkssagen. In: Niederdeutsche Zeitschrift für Volkskunde 4 (1926), 44-47쪽. Ranke: Aufgaben volkskundlicher Märchenforschung 1933, 203쪽.

52) Henßen, G.: Sammlung und Auswertung volkstümlichen Erzählgutes. In: Hessische Blätter für Volkskunde XLIII (1952), 5-29쪽. 6쪽에서 헨센은 한스 나우만Hans Naumann과 이야기꾼의 "창조적 독자성"을 인식하지 못하거나 혹은 낭독으로

않고 재현할 수 있는" 자기(磁氣)녹음기를 사용하도록 하였다.[53] 1936
년 헨센은 처음에 베를린에 독일민중서사문학 중앙문서보관실을 설립
했다가, 1945년 이후에는 마르부르크 대학에 설치하였다. 그는 이야기
꾼 에크베르트 게리츠Egbert Gerrits에 관해 전범이 되는 모노그래피
를 썼다.[54]

리하르트 비달레프Richard Viidalepp(1904-1986)는 중앙 에스토니
아에서 에스토니아 농부의 아들로 태어났으며, 이미 학창시절에 신문
에 글을 썼다. 타르투Tartu에서 학업을 마친 뒤, 그는 유명한 이야기
수집가 마티아스 요한 아이젠Matthias Johann Eisen 그리고 핀란드
학파의 핵심인물인 발터 안데르손Walter Anderson과 오스카 로리츠
Oskar Loorits와 함께 특히 에스토니아의 전승물을 모아 둔 에스토니
아 민속자료보관실에서 일하였다. 그 자신은 비용이 많이 드는 현장사
례 수집을 시도하였으며, 점점 더 많은 학생들을 자기 작업으로 끌어들
였다. 현장사례 수집을 하는 동안에 그는 양로원들을 방문하였으며, 동
시에 1932년과 1933년 사이에 1868년에 출생한 64세의 맹인 이야기
꾼 카렐 위르옌손Kaarel Jürjenson을 만났다. 그로부터 비달레프는
691개의 이야기들을 기록할 수 있었으며, 그 가운데에 256개의 민담,

매도하는 민속학 그룹의 과대평가에 대해서 반대를 표명한다. 헨센은 예를 들어 신뢰 받
는 전설들에 대한 이야기하기를 통해서 이야기 공동체에 미치는 경이로움을 과대평가하
는 것을 거부한다 (7쪽).

53) Henßen: Stand und Aufgaben 1939, 134쪽.
54) Henßen: Überlieferung und Persönlichkeit 1951. Schwebe, J.: Henßen, Gottfried.
    In: EM 6, 1990, 821-823단.

슈방크와 전설이 들어있었다. 비달레프는 이야기꾼이 자신이 이야기하는 이야기들을 어디에서 들었는가 하는 내용이 빠져있었기 때문에 민속 이야기들의 전파방향들을 함께 체험할 수 없게 된 점을 스스로 책망하였다. 그러나 이러한 진술과 더불어 사람들이 "전파는 몇몇 경우에 비약적이며, 개개인에게 달려있는 문제였을 수 있다"는 점을 증명할 수 있을지도 모른다. 이에 따라서 비달레프는 이야기의 유래에 관한 설명에 너무 많은 시간을 보냈으며, 카드를 그리고 이야기꾼들의 직업과 이야기 모임들에 관해서 보고하였다. 위르옌손은 레퍼토리에서 러시아 소재의 유래도 밝힐 수 있었다. 그의 서사양식은 약간의 편차가 있지만, 정확하게 반복되는 것으로 판명되었다. 루츠 뢰리히Lutz Röhrich의 저서 『민담과 현실Märchen und Wirklichkeit』과 유사하게 비달레프는 이야기 소재에 등장하는 구체적인 시간들, 장소들, 그리고 지역적으로 잘 알려진 인물들에 관해 점차 더 많은 흥미를 느꼈다.[55]

이야기꾼에 대한 고조된 관심은 제도적으로도 나타났다. 연방민속학회원들의 제안에 따라서 1907년 건립된 문서보관실은 이제 자료조사에만 역점을 두지 않았다. 비달레프가 기술했듯이 에스토니아 민속자료보관실만이 원전명기를 확대한 것은 아니었다. 노르웨이 출신의 라이다르 크리스티안젠Raidar T. Christiansen은 이야기꾼들의 레퍼

---

55) Hiiemäe: Richard Viidalepp 2005, 243-258쪽. Viidalepp: Von einem großen estnischen Erzähler und seinem Repertoire 1937, 재인쇄 2005, 259-272쪽, 인용 265쪽.

토리를 수집하고, 이야기꾼들을 자세히 연구하기 위해서 1935년 더블린Dublin에 아일랜드 민속위원회를 설립하였다.

퍼포먼스로서 이야기하기

이야기의 내용과 더불어 이야기꾼이 관심의 초점이 된 이후, 이젠 퍼포먼스, 상황, 기능, 과정 그리고 삶의 연관성 등의 문제가 연구대상에 포함되었다.[56] 마찬가지로 1930년대에 농촌을 배경으로 하는 민속 이야기들의 퍼포먼스에 관한 사회학적 연구들이 율리우스 슈비터링Julius Schwietering의 주도 하에서 수행되었다.[57] 이러한 연구방향에서 지속적인 연구 작업을 수행한 민속학자들은 미국학자 댄 벤-아모스Dan Ben-Amos, 리차드 바우맨Richard Bauman 그리고 로버트 조지스Robert A. Georges가 있다. 독특한 특징들을 지닌 이야기하기도 현 시점에서 연구될 수 있는 "어느 한 '이야기꾼의 사건'을 상황에 따른 관계(스토리텔링 이벤트)"를 그들이 기술하였다면, 그것은 1980년대의 상황과 일치하였다.[58]

유하 펜티케이넨Juha Pentikäinen은 마리나 타칼로Marina Takalo (1890-1970)를 예로 들어 그녀가 속하고, 그녀가 이야기를 들려준 사

---

56) Wehse, R.: Feldforschung. In: EM 4, 1984, 991-1005단, 여기서는 995단.
57) Schwietering: Volksmärchen und Volksglaube 1935, 68쪽. 헨센G. Henßen에 의해서 비판적으로 선별됨: Sammlung und Auswertung volkstümlichen Erzählgutes 1952. Linda Dégh: Is the Study of Tale Performance 1980.
58) 참고. Märchenerzähler - Erzählgemeinschaft. Hg. v. R. Wehse 1983, 14쪽.

회문화적 구조들을 연구하였다. 1922년 그녀는 소련의 정치적 변동기에 이주했으며, 이러한 이주과정과 함께 자신의 레퍼토리를 확장하고 변경하였다.[59]

이야기꾼 연구의 규범

이야기꾼들의 활동은 이야기들이 장기간에 걸쳐 여러 번 수용될 경우에 가장 분명하게 표현된다. 이때 이야기하는 사람에 의해서 사용되는 방언의 능숙한 구사는 "들은 내용을 현실을 그대로 재현할 수" 있도록 돕는다. "정신적 태도를 알고, 이와 동시에 민족성을 연구하는 데 이용되는" 모든 것이 (슈방크, 일화, 현재와 밀접한 관련이 있는 보고들도)[60] 기록되고, 관련 인물들과 그들의 사회적 환경도 기록되어야 한다. 직업, 연령, 이야기꾼의 자질개발과정 그리고 이야기의 유래와 더불어 이를 통해서 전승담당자의 포괄적인 상이 밝혀진다.[61] 이러한 조건들을 실현하기 위해서 수집자는 이야기 공동체가 그를 더 이상 국외자로 느끼지 않도록 "이야기꾼과 청중의 신뢰를" 얻지 않으면 안 된다. 전제조건들 가운데 하나가 전래 민담이나 이야기 편찬서, 이들 이야기의 전파와 이야기꾼의 주변 환경에 정통해야만 하는 것이다. 언어로 표현되는 것뿐만 아니라 녹음이나 음반으로 영화, 비디오 또는 사진 속에

59) Pentikäinen: Oral Repertoire and World View 1978, 13-14쪽.

60) Henßen: Sammlung und Auswertung volkstümlichen Erzählgutes 1952, 7쪽.

61) 참고. Dégh, L.: Biologie des Erzählgutes. In: EM 2, 1979, 386-406단, 여기서는 393-394단.

보존되어 있는 몸짓, 표정, 드라마틱한 움직임들, 어조, 음역, 이야기의 템포나 중단에 관한 관찰들이 이야기하기의 맥락으로 흘러들어간다. 이와 같은 체계적인 현장사례 수집의 예들은 오늘날까지도 현실적이다.

현장사례 수집의 목적은 이야기 연구를 위해서 출처를 찾아내는 데 있다. 치밀하지 못한 이야기소재 모음집이 출판되지 않도록 하기 위해서는 가능한 한 현실에 부합하는 이야기 이벤트의 진행과정을 기록하고, 전반적인 특성을 묘사하기 위해서는 이야기꾼의 자질을 관찰하고, 이야기 공동체에서 이야기의 기능을 밝히고, 어느 한 지역의 이야기 보물을 기술하지 않으면 안 된다.

헨센은 자신의 현장사례 수집을 다음과 같이 기술한다: 그는 이야기 모임에서 다음과 같은 일반적인 진행과정을 기록하였다.

> 개별 이야기들의 전개과정, 이야기꾼의 말투와 몸짓, 특히 이야기의 범위 안에서 이루어지는 즉흥적이고 기묘한 관용구들, 끝으로 청중에게 미치는 이야기의 영향, 그들의 공감표시 또는 불만들을 기록하였다. 그런 다음 나는 바로 다음 날 이야기의 보증인들과 함께 이야기를 검토하고, 내가 이야기를 글자 그대로 받아 적을 수 있게끔 그들로 하여금 나에게 천천히 이야기하도록 하였다.[62]

1960년대 이후 생겨난 모노그래프들 가운데 본보기가 될 만한 이야기

---

62) Henßen: Sammlung und Auswertung volkstümlichen Erzählgutes 1952, 9쪽.

꾼들에 대한 모노그래프에서 이들 이야기꾼들은 포괄적인 특성묘사, 즉 그들의 전기, 그들의 환경, 그들의 청중과 그들의 이야기 구성과 함께 관심의 초점이 되고 있다.[63] 헨센과 노이만의 뒤를 이어서 잉그리트 아이흘러Ingrid Eichler는 1874년 출생한 이야기꾼 오토 포겔Otto Vogel을 총 40개의 이야기와 함께 소개하였으며, 그 가운데 15개의 민담과 4개의 슈방크 내지는 일상적인 이야기들이 활자화되었다. 아이흘러는 바우징어가 지적하였듯이 경청하는 것이 "맨 먼저 사라진" 예술이기 때문에, 서론에서 청중의 변화를 기술하고 있다.[64] 비록 아이흘러의 작업이 동독(DDR)의 역사와 연구배경과 밀접한 관련이 있지만, 솔직히 말해서 그녀의 작업은 중요한 증거로 남아 있다. 그녀의 현장사례 수집은 1956년과 1958년 사이에 할레 안 데어 잘레Halle an der Saale(역자 주: 작센-안할트 주와 튀링겐 주를 흐르는 엘베 강의 지류 잘레강변에 위치한 도시) 근교의 델리츠Delitz를 5회에 걸쳐 여행하면서 성사되었다. 그녀가 본보기로 삼은 것에서 볼 수 있듯이 이 책에 실린 모든 텍스트들은 상세한 주석을 달고 있다. 즉 텍스트들은 AaTh-일련번호, 이야기 변형들에 관한

---

63) 이야기꾼들에 관한 모노그래프 (초판): Bünker: Schwänke, Sagen und Märchen 1906. Henßen: Überlieferung und Persönlichkeit 1951. Zenker-Starzacher: Märchen aus dem Schildgebirge 1986. Neumann: Ein mecklenburgischer Volkserzähler 1968. Neumann: Eine mecklenburgische Märchenfrau 1974. Eichler: Sächsische Märchen und Geschichten 1971. Tolksdorf: Eine ostpreußische Volkserzählerin 1980. Tillhagen: Taikon erzählt 1979. Cammann: Märchen, Lieder, Leben 1991. Gwyndaf, R.: The Prose narrative Repertoire of a Passive Tradition Bearer in a Welsh Rural Community. Genre Analyses and Formation. In: SF 20 (1976), 283-293쪽.

64) Bausinger: Lebendiges Erzählen 1952, 14쪽.

참고문헌 그리고 특이점과 원전에 대한 참고사항들을 두루 갖추고 있다.[65]

린다 데그Linda Dégh에 따르면 전래의 주춧돌로 전통, 개인, 그리고 이야기 공동체가 서사연구의 주된 관심사이다.[66] '이야기 작품의 생물학' 개념과 더불어 서사연구에서는 텍스트들 간의 문헌학적-발생학적 관계에서 사회문화적 및 의사소통적 배경 쪽으로의 패러다임 변화가 개괄적으로 요약되어 있다. 그 때문에 이야기의 유형이나 모티브 연구에 관한 문제들과 함께 역사적이며 현재적인, 개인적이며 사회집단적인, 그리고 국지적인, 지역적인, 더 나아가 국제적인, 또한 학문분과를 초월하는 공동연구작업을 통해서 해명되지 않으면 안 되는 문제들이 있다.

> 누가 누구에게 무엇을 어떤 때에, 어떤 이유로 그리고 어떤 목적으로 이야기를 하는가? 어떻게 이야기되는가? 어떻게 이야기된 것이 수취인에게 다 다르며, 그것이 그에게 어떤 영향을 미치는가?[67]

---

65) Eichler: Sächsische Märchen und Geschichten 1971: "이야기꾼과 그의 주변 환경" 8-11쪽, 특히 17쪽. No. 6 「숲속 선술집의 음악가Der Musikant im Waldgasthaus」, No. 12 「영주와 세 명의 딸Der Fürst mit seinen drei Töchtern」; No. 17 프리츠 노인 주변에서 윙윙거리는 소리Schnurren um den Alten Fritz; No. 9: AaTh 562 「부싯돌Das Feuerzeug」. 이 이야기의 시작은 안데르센Andersen과 같지만, 이후에는 완벽하게 독자적으로 이야기된다. 아마도 프로테스탄티즘 계열의 종교를 믿는 어머니의 영향을 받은 듯하다.

66) Dégh: Märchen, Erzähler und Erzählgemeinschaft 1962, 25쪽.

67) Sedlaczek: Von der Erzählerpersönlichkeit 1997, 85쪽.

이 연구는 앞으로도 계속 보완되어야만 한다: 누가 어떤 목적으로 어떤 의도를 갖고 어떤 질문을 제기하였는가? 어떤 영향이 있었는가? 여기에서는 좀 더 창의적으로 생각을 하지 않으면 안 되고, 이야기 연구와 관련된 학문분야의 발전이 함께 이루어져야 한다.

역사와 무관한 소망-카테고리로서의 '구전형식'

19세기 그림의 민담모음집과 그밖의 민담모음집에 관한 자료사적 측면에서의 연구들, 구술형식의 전달과정과 이야기꾼들에 관한 연구, 그리고 읽을거리와 읽기태도에 관한 연구들은 시각을 '구술형식' 이라는 카테고리에 고정시켰다. 이제 이러한 시각은 품질 마크로서 비판적인 평가를 받는다.[68] '민중' 과 그들의 구전에 의한 민담발생이라는 낭만주의적 패러다임에 대한 비판적 연구와 녹음기술, 개작체험들이 도입되면서 처음으로 전반적인 회의, 거부 내지는 세분화를 가져온다. 루돌프 쉔다Rudolf Schenda는 민담의 이야기하기를 "민족적 이야기하기의 문화사"로 끌어들였다: "19세기 전반기에 수집가들의 '구술적인 것' 은

---

68) Gerndt, H.: Sagen und Sagenforschung im Spannungsfeld von Mündlichkeit und Schriftlichkeit. Ein erkenntnistheoretischer Diskurs. In: Fabula 29 (1988), 1-20쪽, 여기서는 7쪽. 참고. Gerndt, H.: Volkssagen. Über den Wandel ihrer zeichenhaften Bedeutung vom 18. Jahrhundert bis heute. In: Volkskultur der Moderne. Probleme und Perspektiven empirischer Kulturforschung. Hg. v. Utz Jeggle u.a. Reinbek 1986, 397-409쪽. Gerndt, H.: Volkserzählforschung. In: Wege der Volkskunde in Bayern. Ein Handbuch. Hg. v. Edgar Harvolk. München/Würzburg 1987, 403-420쪽 (= Beiträge zur Volkstumsforschung 23. Veröffentlichungen zur Volkskunde und Kulturgeschichte 25).

좀 더 자세히 살펴보면 역사와 무관한 소망-카테고리라는 것이 밝혀진다.[69]

예를 들어 펠릭스 카를링거가 적용하였듯이 이야기의 내용뿐만 아니라 형식이나 언어의 질, 그리고 이야기꾼들의 평가, 그들의 개인적인 능력과 청중의 역할에 대한 평가에 대해서 강화된 시각은 이름, 연령, 직업, 그리고 이야기꾼들의 주변 환경과 그들의 이야기 상황에 관한 정기적인 기록들을 수반하였다.[70] 몇몇 남녀 이야기꾼들이 EM으로부터 인정을 받았다. 유럽의 이야기꾼들에 관한 광범위한 기술은 불변의 숙원사항이다.[71]

독일어권, 특히 슐레스비히-홀슈타인Schleswig-Holstein 지역의 수집가들과 그들의 업적에 관한 한네롤레 예스케Hannelore Jeske의 지역연구는 칭찬받을 만하다.[72] 변화된 연구의 관심사는 현존하는 이야기꾼들에 대한 관심을 촉진시켰다. 그래서 오스트리아의 이야기꾼들에 관한 연구논문이 인스부르크Innsbruck에서 나왔다. 2000년 이후부터는 독일어권의 이야기꾼들을 개관할 수 있는 광범위한 자료가 있으며, 여기에는 몇몇 아프리카의 이야기꾼들과 영어로 이야기하는 한 명의 이야기꾼이 소개되어 있다.[73]

일반적으로 사람들은 구술형식과 문서형식의 상호영향에서부터 출

---

69) Schenda: Von Mund zu Ohr 1993, 250쪽.
70) Karlinger: Auf Märchensuche im Balkan 1987, 11-12쪽, 98-102쪽.
71) 참고. Schenda: Von Mund zu Ohr 1993, 188쪽.
72) Jeske: Sammler und Sammlungen von Volkserzählungen 2002.
73) Schiestl: Bemerkenswerte österreichische Märchenerzählerinnen 2000. Pöge-Alder: Erzählerlexikon 2000.

발한다.[74] 이때 매체의 발전이 진행되면서 라디오, 텔레비전, 그리고 인터넷이 새로운 이야기를 수용하고, 그것을 변경하고, 이야기 상황을 새로이 구성하는 데 기여한다. 방송에서의 이야기하기는 일상적인 이야기의 일부가 되었다. 민담에 대한 기억은 매스미디어의 형상화를 수용함으로써 변하고 있다. 이 점은 거부하려는 의도로, 예컨대 "짐잘라그림SimsalaGrimm"과 같은 만화영화시리즈를 근거로 해서 '전래민담' 애호가들에 의해서 상세하게 토론되었다.[75]

삶의 표현으로서의 이야기하기

19세기 이후 구전문학의 수집 동기는 거의 사라진 믿음을 되살리기 위해서였다. 전체적으로 이야기하기, 즉 문맥과 퍼포먼스에 대한 확장된 시각과 더불어 일상적인 이야기하기가 연구의 대상이 되었다. 전통적인 이야기 작품이 그림 시대 이후에 민담, 전설, 슈방크, 성담이라는 장르로 정의되었듯이, 이젠 더 이상 전통적인 이야기만이 연구의 대상이 아니라, 이야기하기는 위에서 언급한 것들과 더불어 다른 여러 장르들, 문체양식들, 그리고 기능들을 반영하는 삶의 표현으로서 기술되어 있다.

헤르만 바우징거Hermann Bausinger는 자신의 박사논문에서

---

74) Wienker-Piepho, S.: Märchenpflege. In: EM 9, 1999, 287-291단, 여기서는 288단.
75) Weiße: Simsala versus Grimm? 2000. Franz/Kahn (Hg.): Märchen - Kinder - Medien 2000.

'일상적인 이야기하기' 라는 개념을 끌어들이고, 이러한 개념 하에서 노동에 대한 기억들, 아픈 경험들, 전쟁이나 전후의 체험들, 여행기들, 재판보고서들과 같이 서로 다른 내용들을 구조나 내용상 전통적인 장르들에 맞추려는 경향을 보이는 이야기의 한 유형이라고 말하였다.[76] 예를 들면 바우징거는 실제적인 것으로부터 방향을 돌리거나 아니면 이탈한 뒤에도 행복한 사건, 들어보지 못한 즐거운 일과 같이 이들 이야기를 '사실주의적 서사형식들' 로 분류하고[77], 그와 동시에 전통적인 서사목적과의 관계를 기술하였다. 전통적인 장르들이 또 다른 수용문화를 획득하였을 때, 미학적으로나 예술적으로나 질적으로 새로이 구성된 이야기들이 등장한다. 이러한 일상적인 이야기의 범주 안에서[78] 노동에 대한 기억들은[79] 특히 비교적 변함없는 노동관계 속에서 중요한 위치를 차지한다.

이야기 연구는 대화상황의 텍스트 영역도, 그것이 지니는 사회적 차원을 관찰할 수 있어야 하고[80], 대화의 역동성과 전달기술의 심리학적 분석방법론을 끌어들이기 위해서 텍스트언어학의 이념과 고프만

---

76) Sedlaczek: Von der Erzählerpersönlichkeit zum Alltäglichen Erzähler 1997, 86-87쪽. 자서전이나 인생사에 관해서는: Brednich: Zur Anwendung der biographischen Methode 1979. Lehmann: Erzählstruktur und Lebenslauf 1983.

77) Bausinger: Lebendiges Erzählen 1952, 199쪽. 3장.

78) Neumann: Erlebnis Alltag 1984, 97-106쪽.

79) Neumann, S.: Arbeitserinnerungen als Erzählinhalt. In: Deutsches Jb für Volkskunde 12 (1966), 177-190쪽. Haiding, K.: Das Erzählen bei der Arbeit und die Arbeitsgruppe als Ort des Erzählens. In: Arbeit und Volksleben. Deutscher Volkskundekongreß in Marburg 1965. Göttingen 1967, 292-302쪽.

80) Bausinger, H.: Alltägliches Erzählen. In: EM 1, 1977, 323-330단, 여기서는 329단. Goffman: The Presentation of Self 1959.

Goffman과 같이 상호작용의, 커뮤니케이션 학문의 이념들을 수용해야만 한다.[81] 모든 인간은 이야기하기의 복잡한 능력을 소유하고 있으며, "일상에서의 이야기하기"를 넘어서 다양한 영역에서 변화를 불러일으킬 수 있다. 바로 제도상의 활동 공간들, 예컨대 병원이나 관공서 또는 법원 앞에서[82] 자신의 관심사를 발언하는 능력은 종종 감정이입 그리고 이와 동시에 개인적인 성과들을 얻는 데 있어서 매우 중요하다. 민족학과 인류학, 사회학, 언어학, 수사학, 음운론, 기호학, 연극학, 신학과 어문학과 같은 연구 분야들에 관한 분석들이 일상적인 언어로 말하는 이야기하기의 분석으로 유입되고 있지만, 이러한 분석들은 이야기 연구의 과거 성과들을 별로 알아채지 못하고 있다.[83]

민속학에서의 이야기 연구는 바우징거를 거쳐 루돌프 쉔다Rudolf Schenda에 이르러 "비일상적인 것에 관한 이야기하기"로 정의된 개념을 설명하기 위해서 노력하였다.[84] 여기에서 비범한 것, 갈등과 그 해결이 결정되면서 민속학의 이야기 연구는 민담 연구의 연구방법론이나 문제점들과 접목된다. 장르체계 밖에서 또는 그것과의 느슨한 관계 속에서 이야기 소재의 역사적 차원은 연구에 있어서 기능들과 모티브

---

81) Jacoby, M.: Übertragung/Gegenübertragung. In: Wörterbuch der Analytischen Psychologie. Hg. v. Lutz und Anette Müller. Düsseldorf/Zürich 2003, 436-437쪽, 여기서는 437쪽.

82) 참고. Ehrlich, K.: Alltägliches Erzählen. Frankfurt a.M. 1980, 13쪽, 16-17쪽, 20-21쪽.

83) Quasthoff, Uta M. (Hg.): Aspects of Oral Communication. Berlin/New York 1995 (= Research in text theory 21).

84) Schenda: Von Mund zu Ohr 1993, 49쪽.

및 장르의 구분들을 단순히 찾는 것으로부터 보호막을 제공한다.[85] 오늘날에도 장르에 관한 논쟁은 민담을 이야기하는 남녀 이야기꾼들로부터 비난을 받고 있으며, 이를테면 쉔다에 의해서 사회문제에 냉담한 것으로 간주되듯이 이야기 상황에 낯선 것으로 여겨진다.[86]

민담 연구도 슈비터링Schwietering 이후, 그리고 그 이후에는 가령 노이만Neumann에 의해서 연구의 대상이 되었듯이 이야기하기가 지닌 사회적 기능을 다루었다.[87] 이 경우에 자신들의 체험들을 이야기하는 것은 개별화, 연대 및 진정시키는 기능들에 이용된다.[88]

개별 이야기꾼과 그들의 전기(傳記)에 담긴 역사와 현재의 맥락에 포함시키는 것과 관련해서 이야기 연구도 전기적 이야기하기 쪽으로의 방향선회와 함께 훨씬 더 민주화하고 인간화하는 쪽으로 움직임으로서 구술형식의 이야기Oral History에 기여한다. 여기에서 1974년에 나온 볼프강 엠리히Wolfgang Emmrich의 『프롤레타리아의 이력서들 Proletarische Lebensläufe』이 개척자적인 역할을 하였다.[89] 민담수용의 전기적 양상에 주목하는 시선이 개인적으로 좋아하는 민담에 대

---

85) 참고. Schenda: Autobiographien erzählen Geschichten. In: ZfVk 77 (1981), 67-87쪽, 여기서는 76-77쪽.

86) 참고. Sedlaczek: Von der Erzählerpersönlichkeit zum Alltäglichen Erzähler 1997, 90쪽.

87) Schwietering: Volksmärchen und Volksglaube 1935, 68-78쪽 . Neumann: Volkserzähler unserer Tage in Mecklenburg 1968, 31-49쪽.

88) Sedlaczek: Von der Erzählerpersönlichkeit zum Alltäglichen Erzähler 1997, 90 쪽. Neumann, S.: Arbeitserinnerungen als Erzählinhalt. In: Deutsches Jb für Volkskunde 12 (1966), 177-190쪽, 여기서는 188-189쪽. Lehmann, A.: Erzählen eigner Erlebnisse im Alltag. Tatbestände, Situationen, Funktionen. In: ZfVk 74 (1978), 198-215쪽, 여기서는 199쪽.

한 물음에 의거해서 전통적인 민담들 속에 이미 형성되어 있으면서 인지되고, 개인적 형상화를 체험할 수 있는 전기적 주제들에 관한 힌트들을 알려주었다.[90] 물론 전통적인 장르들의 이야기하기가 변했다는 점, 그러나 무엇보다도 상황, 소재들, 형식들, 그리고 매체들과 관련해서 이야기하기의 변화가 ('현대풍의 전설'[91], 격언과 격언형식의 관용구들[92], 이야기의 복제, 핸드폰 이야기들 또는 소문들, 특히 인터넷을 통해서[93]) 문제라는 점이 최근의 연구로 확인될 수 있다. 메스미디어에 의한 의사소통의 다양성은 소재들이나 전이변형들의 확대 재생산을 가져온다. 바로 최근의 매체들은 전통적인 장르들의 견본, 특히 유명한 민담들과 기꺼이 함께 한다. 예를 들면 컴퓨터게임, 광고, 만화영화, 극영화나 인터넷 등이 그렇다.[94]

89) Emmrich, W. (Hg.): Proletarische Lebenläufe. Autobiographische Dokumente zur Entstehung der Zweiten Kultur in Deutschland. 2 Bde. Hamburg 1974-75. 구술형식의 이야기에 대해서: Thompson, P.: The Voice of the Past. Oxford 1978.
90) Holbek: Betrachtungen zum Begriff 'Lieblingsmärchen' 1990, 149-158쪽. Kuptz-Klimpel: Lieblingsmärchen 2003, 258쪽.
91) Brednich: Der Goldfisch beim Tierarzt 1994.
92) Mieder: Deutsche Redensarten, Sprichwörter und Zitate 1995. Röhrich: Lexikon der sprichwörtlichen Redensarten 2003.
93) 참고문헌: Wehse, R.: Feldforschung. In: EM 4, 1984, 991-1005단, 각주 36-44.
94) Kölbl: 'Liebesmärchen' aus der Traumfabrik 2005 (Pretty Woman). Schmitt: Adaptionen klassischer Märchen 1993. Schmitt: Werbung und Märchen 1999.

5.4 초기부터 19세기까지의 이야기하기

여기에서는 민담을 이야기하는 이야기하기의 역사에 관해서 개략적으로만 다룰 수밖에 없다.[95] 다양한 문화나 사회계층에 속한 이야기꾼들은 각기 다른 기능들을 가지고 있었다. 다기능성이 여러 이야기 모임들과 더불어 수반되었다. 유럽귀족의 궁정에서, 아프리카의 부족회의에서, 시베리아에서는 샤먼과의 연회에서, 인디언의 위대한 사냥꾼 숙소에서, 수공업 직인들의 모임에서, 여행하는 상인들이나, 순례자들이나, 계절 노동자들과 거지들 사이에서, 초상집에서 밤을 새는 사람들이나 농가의 병상에서, 선술집이나 가게에서도 이야기가 행해졌다.[96] 신구교의 교회당에서는 예배를 보는 동안에 '설교용 이야기Predigtmärlein' 들이 이야기되었다.[97] 이와 같은 다양한 이야기 상황들이 민담 자체에도 반영된다. 여기에서는 인도의 이야기 모음집 『판차탄트라Pantschatantra』의 액자형식의 줄거리나 『천일야화Tausendundeinernacht』에서 보듯이 이야기 상황들이 문학적-허구적으로 형상화되어 있다.

이미 플라톤Platon(기원전 427-347)의 경우에도 어린이를 위한 이야기, 소위 유모가 들려주는 옛날이야기의 이야기하기[98]와 사회적으

---

95) BP Bd. 4, 1930 "민담의 역사에 대해서".

96) Dégh: Biologie des Erzählgutes 1979, 389-390단. Dégh: Märchen, Erzähler und Erzählgemeinschaft 1962, 66쪽.

97) Moser-Rath: Predigtmärlein der Barockzeit 1964. Rehermann, E. H.: Das Predigtexempel bei protestantischen Theologen des 16. und 17. Jahrhunderts. Göttingen 1977.

로, 정치적으로 의미 있는 공공장소에서 직업적인 이야기꾼들에 의해서 행해지는 이야기하기와는 그 가치가 다르게 평가된다.[99] 17세기 이탈리아에서는 공개적인 환담기능을 서적담이 실현하였다. 가장 유명한 인물은 식자층에게 자신의 민담집 『민담 속의 민담Cunto de li cunti』을 들려준 바실레Basile이었다. 방언으로 된 이 이야기들의 최초 활자본은 그가 죽은 뒤인 1634년과 1636년 사이에 발간되었다. 약 50년 뒤 폼페오 사르넬로Pompeo Sarnello는 저녁 때 이야기를 들려주는 것이 어른이나 아이들의 마음을 안정시키는 작용을 한다고 말하였다.[100]

필사본은 1695년에 나왔고, 1697년에 출판된 샤를 페로Charles Perrault의 민담모음집 『어미 거위의 이야기Contes de ma mére l'Oye』는 표제지의 동판화에 젊은 사람들과 나이가 들어 보이는 어린아이들에게 둘러싸여 실을 잣는 여자 이야기꾼을 보여준다. 그 가운데는 필경 페로를 책의 저자로 소개한 페로의 아들 피에르Pierre도 있다.[101] 그의 빨강모자-이야기변형을 보면 공공장소에서 이야기를 할 경우에는 조용한 텍스트를 읽는 쪽으로 변화하고 있음을 알 수 있다. 즉 1695년 페로는 어린아이들이 무서워할 만큼 텍스트가 큰 소리로 이야기될 수 있음을 적었다. 이 부분은 1697년 삭제되었다. - 이제 이야기

---

98) Moser-Rath, E.: Ammenmärchen. In: EM 1, 1977, 463-464단.

99) 참고. Haggarty: Seek out the voice of the critic 1996, 5쪽. Märchenerzähler - Erzählgemeinschaft. Hg. v. R. Wehse 1983, 9쪽.

100) Karlinger: Geschichte des Märchens 1988, 20쪽.

101) Woeller: Es war einmal 1990, 131쪽.

수취인들은 스스로를 위해서 조용한 목소리로 이야기들을 읽는 사람들이다.[102] 텍스트와 독자 사이의 이러한 내적 중음(重音)은 베네딕테 나우베르트Benedikte Naubert(1756-1819)에게 있어서도 이야기하기의 중요한 특징이다. 문학적-허구적 민담 이야기꾼은 자기만의 단점과 장점을 지닌 전지적 화자로서 이야기하기, 그리고 그것이 인간의 삶에 미치는 영향, 옛 이야기들이 전하는 오락성, 경고나 위협들, 그리고 예언들에 관심을 갖는다.[103]

KHM의 의미에서 독일 계몽주의는 민담 이야기하기를 알지 못한다. 이를테면 크리스티안 루데비히 한초크Christian Ludewig Hahnzog의 『시골 사람들의 미신을 반대하는 설교모음집Predigten wider den Aberglauben der Landleute』(1784)에 실린 민담 반대 인용문들은 나이 든 여자들에 의해서 이야기되고, 그 내용들이 신뢰를 받고 있는 미신적인 이야기들에 대해서 논박을 하였다. 이 이야기들은 오히려 『독일미신사전Handwörterbuch des deutschen Aberglaubens』에 어울린다. 19세기에 구전된 부분들을 기록할 수 있었던 마법민담의 전통은 오리엔탈 민담들도 포함해 프랑스어문학 그리고 이탈리아와 프랑스의 번역문학을 거쳐서 독일로 들어왔다.[104]

민담의 목표 집단은 그림Grimm의 민담 시대에 이르러 비로소 어

---

102) 참고. Schenda: Von Mund zu Ohr 1993, 221, 223쪽.

103) Naubert: Neue Volksmärchen 2001, Nachwort Bd. 4, 337-376쪽, 여기서는 359쪽, 특히 주해 73.

104) 참고. Grätz: Das Märchen 1988, 145-148쪽. Grätz: Fairy Tales and Tales about Fairies in Germany. In: Marvels and Tales 21(인쇄 2007). HDA.

린아이들 쪽으로 이동하였다. 빌란트Wieland, 무저이스Musäus 그리고 나우베르트Naubert는 어린아이들과는 관련을 맺지 않았으며, 그들은 민담을 유모의 목소리로 들려주는 식의 이야기하기를 거부하였다. 무저이스의 경우, 역사적 태고시대에서 비롯되는 소재의 연속성보다는 오히려 인류학적 상수, 불가사의한 것에 대한 인간의 욕구 그리고 독서대중에 대한 민담판타지의 계몽적 역량이 그의 주된 관심사였다.[105] 시민계급에 걸맞는 교육학 발전이, 일반적으로 도덕교육과 가정의 발전이 점점 더 어린아이들을 민담의 수취인으로 만들었다.[106] 그래서 그림 Grimm의 '경쟁자'[107] 요한 구스타프 뷔싱Johann Gustav Büsching (1783-1829)은 1811년 그의 서문을 다음과 같이 시작하였다.

> 일반적으로 전설과 민담이 청소년이나 어린아이들에게 소개가 된다. 말하자면 그것은 우리가 그들의 입에 넣어주는 보다 달콤하고 보다 담백한 먹을거리인 것이다. 왜냐하면 그들은 현실의 삶과 그 이야기가 우리에게 주는 훨씬 단단하고, 보다 거친 음식을 견디어낼 수가 없기 때문이다. ... 우리가 예전에 이야기꾼들의 목소리에 귀를 기울였듯이, 이제 우리의 음성에 귀를 기울이는 어린아이들에게 민담을 들려주는 것은 어린아이들을 즐겁게 해준다는 만족감뿐만 아니라 (이때 우리는 종종 몇 가지 실수를 범했다), 우리 마음속에 살아있으며, 우리가 자유를 부여하는 민담 자체에 대

---

105) Naubert: Neue Volksmärchen 2001, Nachwort Bd. 4, 337-376쪽, 여기서는 359-360쪽.

106) 참고. Grätz: Das Märchen 1988, 266쪽.

107) No. 29, 61, 63, 142가 KHM에 수용됨: Uther: Digitale Bibliothek 2003, Bd. 80: Deutsche Märchen und Sagen, 13002쪽.

한 왕성하고, 변함없는 사랑인 것이다.[108]

뷔싱은 그의 어린 시절과 청소년기에 겪은 민담과의 전기적 체험을 자신이 이야기들을 출판하는 데 있어서 가장 중요한 동기였음을 소개하였다. 그러나 그림 형제도 기술한 바 있듯이, 그 역시도 "끊임없이, 이젠 점점 더 시간의 소용돌이 속에서 사라지는" 새로운 소재들을 보내줄 것을 부탁하면서 '민담구명계획Rettungsgedanke' 이라는 표현을 사용하였다.[109]

한편 여기에서는 경이로움이 지닌 긍정적 영향이 부각되는 반면에[110], 크리스티안 루데비히 한초크의 『시골 사람들의 미신을 반대하는 설교 모음집』 마그데부르크Magdeburg 1784에서 보는 바와 같이 18세기에는 '미신' 에 반대하는 대대적인 캠페인들도 있었다. 이 책에서 그는 실 잣는 방에서의 이야기하기를 전통을 중재하는 혐오스런 방법이라고 개탄한다.[111] 이러한 평가는 요한 고트프리트 헤르더Johann Gottfried Herder(1744-1803)와 더불어, 그리고 낭만주의의 조류 속에서 변했으며, '민족정신' 과 '민중문학'[112] 구상과 함께 야콥 그림Jacob Grimm

---

108) Büsching, Johann Gustav: Volks-Sagen, Märchen und Legenden. Leipzig 1812 (Vorwort), 3-4쪽. In: Uther: Digitale Bibliothek 2003, Bd. 80, Deutsche Märchen und Sagen, 13006쪽.

109) 같은 책. 24쪽. In: Uther: Digitale Bibliothek 2003, Bd. 80, Deutsche Märchen und Sagen, 13022쪽.

110) 경이로운 이야기들에 대한 서적상의 관심: Karlinger: Geschichte des Märchens 1988, 29쪽. Mayer/Tismar: Kunstmärchen 1997. 참고. Naubert: Neue Volks-märchen 2001, Nachwort Bd. 4, 363쪽.

111) 참고. Grätz: Das Märchen 1988, 147쪽, 267-268쪽.

(1785-1863)과 빌헬름 그림Wilhelm Grimm(1786-1859)의 출판물들 속에서 분명하게 읽어낼 수 있다. 그림 형제의 개정원칙들은 이들 텍스트에 대한 출판인들의 평가와 일치하는 내용들을 재신화화하고 있음을 보여준다.[113]

무엇보다도 개정판을 거듭하면서 빌헬름 그림은 교육적 측면의 부각, 선정적인 내용의 삭제 그리고 양식화를 통해서 '어린이와 가정을 위한 도서'를 만들고자 하는 목표를 지속적으로 추구하였다.[114]

그림 민담의 영향은 과소평가될 수 없다. 이는 그림 민담을 발행하는 편집자들의 학문적, 사회적 인식에 의해서도 강화된다.[115] 그래서 그 이후의 민담수집가들도 아직도 구명할 수 있는 민담보고(寶庫)들을 보존하고자 하였다.[116]

이미 언급한 바 있는 도로테아 피만Dorothea Viehmann은 민중문학의 담당자에 관한 그들의 낭만적 견해를 대표하는 전형적인 인물로서 그림 형제에게 커다란 힘이 되었다. KHM 제2권 서문에서 그림 형제는 그녀를 "진짜 헤센지방 사람이라고" 표현하였다. 소박한 촌부로서 그녀는 순수하고, 근원적인 민중문학에 대한 낭만주의적 생각을 입증하는 듯이 보였다. 그렇지만 그녀를 이야기꾼의 전형으로 소개하는 그러한 미화된 상은 수정되었다. 오히려 도로테아 피만의 이야기들

---

112) 이 책의 4장. 참고. Pöge-Alder: 'Märchen' 1994, 35-40쪽.

113) Uther: Die Brüder Grimm als Sammler von Märchen und Sagen 2003, 93쪽.

114) Bottigheimer: Grimms' Bad Girl and Bold Boys 1987.

115) 참고. Heidenreich/Grothe (Hg.): Kultur und Politik - Die Grimms 2003. 그림의 '민담구명계획' 서문 KHM 1996, VII쪽.

116) 예를 들면: Seifart: Sagen, Märchen, Schwänke und Gebräuche 1854, III쪽.

은 독일이나 프랑스 문학에 나오는 구전문학과의 관계에서 살펴보아야
한다. 그녀는 교육을 받았을 뿐만 아니라 독일과 프랑스의 문화에 뿌리
를 두고 있었다.[117]

루트비히 리히터Ludwig Richter의 삽화에서 보듯이[118] 어린아이
들에게 둘러싸인 나이 든 여성 이야기꾼들을 그린 삽화는 무수히 많다.
조지 크릭스행크George Cruikshank는 그의 그림 민담 영어판(1826)
에서 주로 나이 든 여자의 이야기를 경청하는 어린아이들을 묘사하였
다.[119] 물레 또는 의상을 입고 등장하면서 오늘날의 이야기꾼들은 그러
한 농촌의 실 잣는 방의 분위기로 돌아가서 이야기를 시작한다. 청중
가운데에도 중세시대의 시장이나 수공업자들의 시장에서 볼 수 있는
이 시대의 도구나 놀이, 이야기들에 대한 관심이 여전히 존재한다.

서사연구자들은 마법담과 모험적인 이야기 소재를 찾던 중에 전통
적인 이야기 공동체 안에서 특히 남자이야기꾼들을 발견하였다. 이와
달리 가사 일을 하면서, 또는 들녘에서 일을 하면서 여성들은 주로 여
자주인공이 등장하는 민담이나, 명랑하고 교훈적인 슈방크들을 이야기
하였다. 어머니와 할머니들이 어린아이들에게 최초로 이야기를 전달하
는 중재자로 여겨진다.[120]

린다 데그Linda Dégh는 일반적으로 전통적인 민담을 이야기하기

117) Rölleke: Die Märchen der Brüder Grimm *2004; Lauer: Dorothea Viehmann
    und die Brüder Grimm 1998.
118) Bechstein: Deutsches Märchenbuch 1845, Colshorn: Märchen und Sagen aus
    Hannover 1854. Scherl, A. (Hg.): Neuer deutscher Märchenschatz. 7. Sonderheft
    der "Woche". 61.-80. Tsd. Berlin o.J. (1905).
119) Woeller: Es war einmal 1990, 19쪽.

위해서는 공동체에 속해 있으면서 업무나 축제에 참여하는 활동적인 이야기꾼들의 예술이 공동체의 삶에 견고하게 속해 있었음을 간략하게 요약하였다. 전성기를 맞이하는 이야기꾼들의 연령대는 40세에서 60세 또는 65세 사이라고 한다. 그러나 서사연구자들은 흔히 현역에서 은퇴한 훨씬 더 나이가 많은 이야기꾼들을 만났다. 그들 자신의 세대는 시대에 뒤떨어졌으며, 청중은 이미 사라지고 없었다. 다만 잘 알려진 기본 레퍼토리만을 간직하고 있었을 뿐이다. 그에 비해 활발한 활동을 벌이는 이야기꾼들의 레퍼토리는 신축성이 있다.[121]

5.5 20세기의 이야기하기

구전으로 전해져 내려온 전래민담은 더 이상 살아 있지 않다 - 사람들은 이 말을 각기 다른 곳에서 발견하고[122], 이러한 상황에서 새로운 민담구명계획을 이끌어냈다.[123] 현장사례 수집과 전승문학의 전문가 지크프리트 노이만Siegfried Neumann은 "집단적으로 보존된 민중문학" 가운데 전통적인 구전이야기의 사멸을 예측하였다.[124] 1945년 이후 메클렌부르크Mecklenburg나 포메른Pommern과 같은 농촌지역들에서

120) Dégh: Erzählen, Erzähler. In: EM 4, 1984, 315-342단, 여기서는 332단.
121) 같은 책. 331단.
122) Horn: Über das Weiterleben der Märchen 1993, 25-71쪽, 여기서는 32쪽; 예를 들면 Apo: Die finnische Märchentradition 1993, 84쪽.
123) 예를 들면 EMG와 민담재단 발터 칸Walter Kahn의 설립.

도 민담이나 성담이 별로 발견되지 않았다. 전설은 유물형태로만 남아 있었으며, 슈방크는 퇴조하였다. 이와 달리 위트는 빈번하게 발견되었다. 물론 노이만은 사건보고나 일상적인 이야기하기의 또 다른 형식들을 발견하였다.

1918년 이후 독일에서는 "사라지는 민중예술의 의식적 보호"로 이해되는 하나의 움직임이 구연예술로서 공공장소에서의 이야기하기가 기록될 만하다. 구 사회주의 국가들이나 1990년대 초반 민담재단 발터 칸Walter Kahn이 행사를 개최하였듯이 이야기하기 경연대회에서의 이야기하기는 그러한 소규모 예술형식들을 보급하는데 일조하였다.[125]

독일어권에서는 세기 전환기 이후에 민담구연으로 직업적 성공의 출발점으로 삼았던 여성들이 몇 명 있었다. 저명한 청소년문학가 리자 테츠너Lisa Tetzner, 요제파 엘스트너-외르텔Josepha Elstner-Oertel, 샤를로테 로즈몽Charlotte Rougemont, 빌마 뫵케베르크Vilma Mönckeberg, 엘자 조피아 폰 캄푀벤너Elsa Sophia von Kam-phoevener가 가장 유명한 여성이야기꾼들에 속한다.[126] 그들은 전체 서부유럽이나 중부유럽과 연계된 '새로운' 이야기 운동을 발기하였다.

---

124) Neumann: Lebendiges Erzählen in der Gegenwart 1969, 157-167쪽, 여기서는 160쪽.
125) Simonides: Rezente Erscheinungsformen der Märchen in Polen. In: Uther: Märchen in unserer Zeit 1990, 124-127쪽.
126) Moericke: Die Märchenbaronin 1995. Bolius, G.: Lisa Tetzner: Leben und Werk. Frankfurt a.M. 1997. Martin, A.: Der Nachlass von Josepha Elstner-Oertel im Institut für Sächsische Geschichte und Volkskunde e.V. In: Volkskunde in Sachsen. Hg. v. Michael Simon. H. 7, Dresden 1999, 179-181쪽. Mönckeberg: Der Klangleib der Dichtung 1981.

이미 프랑스에서는 1968년대 이후부터 이 운동에 대해서 말한다.[127] 영국에서는 1985년에 구연자 단체The Company of Storytellers가, 그리고 1987년에는 크릭-크랙 클럽The Crick-Crack Club이 벤 해거티 Ben Haggarty에 의해서 설립되었다.[128] 마찬가지로 미국이나 호주에서도 대중 앞에서의 이야기하기를 장려하는 수많은 페스티발이 있으며, 각종 시상(施賞)을 행하고 있다.[129]

이야기꾼들의 조직과 행사개최지:

- 1956년 라이네Rheine에서 설립된 유럽민담협회Europäische Märchen-gesellschaft e.V.: 이야기학교들의 다양한 세미나와 회의, 2600명 이상의 회원을 두고 있으며, 독일에서 두 번째로 큰 규모의 문학단체. (www.maerchen-emg.dc)
- 스위스 민담협회Schweizer Märchengesellschaft e.V.: 세미나와 일련의 행사 개최, 잡지 「파라블라Parabla」 발간. (www.maerchengesellschaft.ch)
- 각 지역의 모임이나 행사에 대한 개관[130]. (www.maerchenforum-hamburg.de; www.erzaehlen.de; www. erzaehlkreis-maerchen.de; www.maerchen-kreis.de)
- 아카데미 렘샤이트Akademie Remscheid의 이야기 축제, 오스트리아 마르가레테 벤첼Margarete Wenzel의 단체 메르maer, 예를 들면 스위스에서는 엘리

---

127) Görög: The New Professional Storyteller in France 1990.
128) Haggarty: Seek out the voice of the critic 1996, 3쪽.
129) 예를 들면: www.storynet.org; www.stroyteller.net; www.australianstorytelling.org (링크리스트).
130) Pöge-Alder: Erzählerlexikon 2000, 290-302쪽.

자 힐티Elisa Hilty의 민담 강좌 파볼라favola. (www.maerchenkurse.ch)

● 폴케 테게트호프Folke Tegetthoff가 조직한 이야기축제 "그라츠 이야기하기 Graz erzählt" (www.graz.tales.org)

● 이야기의 고향. 2004년 뉘른베르크에서 설립된 이야기 예술센터, 이야기 예술 단GeschichtenErzählKunstKOmpanie의 책임 하에 시행되는 마르틴 엘로트 Martin Ellrodt의 강좌 등. (www.haus-der-geschichten.de)

● 베를린 민담주간 협회Berliner Märchentage e.V. 2004년 이후부터는 민담나 라협회Marchenland e.V.로 변경. (www.berliner-maerchentage.de)

● 민담 재단 발터 칸Walter Kahn, 정기간행물 「메르헨 슈피겔Märchenspiegel」 발간. (www.maerchen-stiftung.de)

● 예니트체 드레스덴Yenidze Dresden, 예전에는 담배통상사무소로 사용되었으나, 현재는 행사개최장소, 구연과 춤이 중심. (www.1001maerchen.de)

독일어권에서는 1997/1998년도 카트린 푀게-알더Kathrin Pöge-Alder 의 설문조사 이후 285명의 남녀 이야기꾼들 사이에서 최초의 경향들 이 눈에 띈다.[131] 설문조사에 응한 사람들 가운데 79%는 여성이다. 레 퍼토리나 청중과 관련해서 여성과 남성 이야기꾼들을 세분화하기 위한 연구에서는 다양한 의견들이 존재한다.

이야기꾼들은 **모든 연령대**에 걸쳐 있다. 대부분의 여성 이야기꾼들 은 52세에서 60세 사이이고, 대부분의 남성 이야기꾼들은 41세에서 50세 사이이다. 그럼에도 불구하고 대부분의 이야기꾼들은 이른바 그

---

131) 참고. Pöge-Alder: Erzählerlexikon 2000. Vorwort. Pöge-Alder: An die Erzähle-
rinnen und Erzähler: Über ein Projekt an der Universität Heidelberg. In: MSP
8 (1997) H.3, 74-76쪽.

들의 제2의 인생을 살고 있으며, 많은 이들이 초로(初老)의 이야기 할머니 혹은 이야기 할아버지, 이야기 아저씨 또는 이야기 아주머니라는 상투어에 자신들을 억지로 갖다 맞추는 것을 원하지 않는다.

전문성과 신빙성

'옛날 이야기꾼'이나, 오늘날의 이야기꾼이나 어린 시절 사회화 및 적응과 함께 시작되는 교육과정을 거치며 이야기를 익혔다. 어린이 집단은 보호받는 가정의 주변 환경에 따라서 통상 인지한 내용을 검증하기 위한 최초의 포럼을 제공한다. 훗날 교육계나 노동계의 공동체들이 레퍼토리를 확대한다.[132]

이야기 공동체들의 인정과 오늘날 이야기하기의 부활은 이야기꾼으로 하여금 자신의 존재감을 알도록 만들어준다. 오늘날 이야기꾼의 약 10%는 직업으로서 구연활동을 한다. 즉 이들은 이를 통해서 생계를 유지한다고 진술한다. 이들 가운데에는 40세까지의 이야기꾼들이 가장 큰 그룹을 형성하고 있으며, 40부터 50세까지의 이야기꾼들이 그 뒤를 잇고 있었다. 보다 젊은 이야기꾼들은 본업으로서 자신들의 생계를 꾸려나가고 있으며, 나이가 든 이야기꾼들의 경우에는 또 다른 수입원이 있다.

약 26% 정도는 세미프로로 활동한다. 이들은 부분적으로 이야기를 들려주고 받는 사례금으로 생계를 꾸려나가고 있다고 진술한다. 그

---

132) Dégh, L.: Erzählen, Erzähler. In: EM 4, 1984, 330-331단, 335단.

들 가운데 대부분은(63%) 이야기를 들려주는 것만으로 먹고 살지는 않는다(기타 1%). 이야기꾼들의 대부분은 사례금을 받는다. 오늘날의 이야기꾼들은 다양한 직업에 종사한다. 예를 들면 항공관제사, 학교교사, 유치원 선생님, 심리치료사, 혹은 전업주부 등은 몇 가지 예에 지나지 않는다.

노동시장 상황이 대안적인 활동 분야를 찾도록 만들었다. 이야기꾼을 위한 대부분의 교육과정들, 특히 본격적인 "직업교육"을 위한 교육과정들이 이러한 창의적 예술을 습득하는 것에 대한 불안감을 조성하였다. 그렇지만 이야기하기는 언제나 평생이 걸리는 복잡한 학습과정이다.

이야기하기의 원천으로서의 서적 또는 들은 것

레퍼토리에서 언제나 우대받는 서사장르가 민담이었으며, 슈방크, 신화, 위트, 일화, 수수께끼, 그리고 전설이나 단편소설 등과 같은 장르들이 그 뒤를 이었다. 특히 EMG나 트루바두르 민담센터에 소속된 이야기꾼들에 의해서 이른바 전래민담과 창작민담 사이의 차이점이 언급된다. 특히 이 경우에는 본원적인 것이 높은 평가를 받는다. 그리고 그러한 평가는 '전래민담'에 주어진다.

많은 이야기꾼들이 인쇄된 텍스트에 의거해서 글자그대로 외우는 그림 형제의 민담을 가장 선호한다. 19세기 전반기의 언어, 그리고 이 언어의 양식화와 추상성을 만끽할 수 있는 행복한 체험은 오늘날의 이야기꾼들이나 청자에게도 전형적인 신비로움과 아름다움을 제공한다. 이야기꾼들은 텍스트의 내면화를 말한다. 이와 동시에 그들은 그것이 마치 자신들 속에서 나온 것 같다고 해서 그것을 내면화된 말하기라고도 한다. 이때 청중에게 접근하는 것은 구연이나 연극적 행위와는 독특한 차이점이 있다. 암기한 '서적담'이 이야기될 경우에는 생생함이 유지될 수 있는지가 불확실하다. 이야기를 습득하는 방법들 가운데에서 빌마 묀케베르크Vilma Mönckeberg, 펠리치타스 베츠Felicitas Betz 등이 말하는 쌍엽곡선 방법론에 따르면 민담습득은 육체의 움직임과 암기 사이를 연결해 준다.

이야기 텍스트를 자유분방하게 표현하는 또 다른 극단적 태도는 내면적 습득과는 대비된다. 이 경우에는 청중에 따라서 매번 텍스트가 새로이 창작된다. 그러한 즉흥적인 이야기하기는 신빙성과 독창성을 전달하고자 한다. 흔히 이야기꾼들은 자유분방한 창조성과 전통의 고수 사이에서 중간자적 위치를 모색한다. 그래서 유럽민담협회에 소속된 이야기꾼들은 기꺼이 그림 형제의 민담들을 인쇄된 언어 그대로 이야기하는 반면에, 번역된 텍스트의 경우에는 오히려 자유분방하게 재현하거나 수정해서 이야기한다.[133]

매스미디어의 보급이 광범위하게 이루어지면서 또 다른 이야기꾼들은 그림 형제의 민담을 들려주는 것을 거부한다. 몇 명은 종종 이야기하기 전에 적어 둔 이야기들을 인쇄된 원전에 맞춰서 전개한다. 그러

133) 참고. Gobrecht, Barbara: Probleme der Übersetzung am Beispiel Schweiz. In: MSP 6 (1995) H. 1, 45-48쪽.

므로 그들은 자신들의 이야기가 담긴 서적들을 출판하기도 한다(예를 들면 헴펠Hempel, 클라인한스Kleinhans, 비트만Wittmann 등). 예 컨대 하인리히 디커호프Dickerhoff는 켈트족의 민담을 특히 좋아하는 것과 마찬가지로 몇몇 이야기꾼들은 지역의 이야기 전통에 각별한 애 정을 보이기도 한다. 따라서 이야기꾼의 유형은 전통의 고수 쪽 아니면 자유분방한 창조력을 신봉하는 쪽이다. 서사연구에서 이러한 구분은 개개인의 재능을 나타내는 기준과는 무관하다는 지적과 함께 기술된 다.[134]

레퍼토리의 범위는 매우 일정하지 않으며, 10개 또는 100개의 이 야기 혹은 즉흥적인 이야기하기 사이에서 왔다 갔다 할 수 있다. 여기 에서는 내용에 몰두하는 시간과 강도가 중요하다. 이야기의 내용은 대 부분 알려져 있다. 가장 중요한 원천으로서 서적이 있으며, 특히 그림 민담이 가장 중요한 소스이다. 그 밖에 『세계문학의 민담Märchen der Weltliteratur』 총서 (이전에는 디더리히Diederich 출판사에 의해서 간행)와 피셔Fischer 출판사의 『세계의 민담Märchen der Welt』 또는 유럽민담협회의 개정판들 역시도 중요한 이야기 소재를 제공한다.

서적 혹은 들은 내용/말한 내용을 수용하는 것 사이에는 지속적인 교류가 존재한다. 이야기꾼들은 이야기 소재와 이야기 방식을 선택할 책임이 있다. 그들은 듣는 것을 넘어서 청중들의 감정의 세계, 상상의

---

134) Ortutay: Folk-Life Study in Hungary 1972, 226-227쪽, 229쪽. Henßen, G.: Erzählformen in volkskundlicher Sicht. In: Hessische Blätter für Volkskunde 48 (1957), 76-85쪽.

세계, 그리고 내적 상징의 세계로 들어가서 서로 이야기를 나눈다.

많은 남녀 이야기꾼들이 텍스트들을 스위스식의 독일어로 번역하는 스위스에서는 특히 방언으로 이야기하는 것이 널리 보편화되어 있다.[135] 여기에서는 방언으로 이야기하는 것이 신빙성에 대한 표시이자, 청중의 이해를 돕기 위해서도 불가피하다. 이와 달리 독일에서는 설문에 응답한 이야기꾼들 가운데 약 25%만이 표준 독일어 이외에 방언으로 이야기를 들려주며, 이들 가운데 70%가 여성 이야기꾼들이다. 그렇지만 독일이나 오스트리아에서도 지역의 사건들이나 방언에 대한 높은 관심이 눈에 띈다.[136] 가령 안드레아스 모취만Andreas Motschmann과 같은 이야기꾼들은 전설을 방언으로 구연하고, 그렇게 해서 지역적 연대감을 표현한다. 세계화는 바로 친숙한 것과 소규모 구조화된 것, 즉 '고향같이 편안한 것'을 다시 높게 평가하는 듯하다.

오늘날 이야기하기의 퍼포먼스에서 경이로운 것

오늘날 공공장소에서의 이야기하기에 관한 연구에서 나는 촛불 아래에서 이야기하기, 그리고 여기에 적합한 천 장식 하에서 이야기하기를 연출하는 것에 대해서 질문하였다. 나는 답변으로 양초와 희미한 불빛이 이야기하기의 일부이며, 특히 무서운 이야기와 섬뜩한 것이 특히 사랑

---

135) 참고. Gobrecht, B.: Hier und dort, vorher und nachher 2004.

136) Renaissance des Dialekts? Projekt unter Leitung von Eckart Frahm, Tübinger Vereinigung für Volkskunde. Tübingen 2003, 13쪽, 156쪽.

받는 이야기 소재라는 답변을 받았다. 이러한 답변은 또 다른 자료들을 수집하고, 실제 이러한 욕구가 있는지, 어떻게 그리고 어떤 수단으로 그러한 욕구가 충족되는지, 그리고 그것은 어떤 전통을 지니고 있는지를 거듭 질문하는 계기가 되었다.

서사연구에서 '경이로운 것' (라틴어 numen = 신성한 힘, 신의 지배, 영향)이라는 개념은 "신비에 찬 초자연적 효력"을 나타내는 데 사용된다. 그것은 "종교적 감정을 지닌 사람을 놀라게 하거나 또는 매료시키는, 대부분 모호하게 인지되는 불확실한 모습을 한 저 세계의 무엇을" 가리키는 말이다.[137] 놀라운 것과 마음을 끄는 초자연적인 것은 실제의 인물들에게서는 드물게 표현되지만, 오히려 신적인 존재와 운명의 관계를 연결하고자 하는 특정 분위기와 감정상황을 만들어낼 때 표현된다. 이것은 신앙심의 영역과 초월성에 대한 갈망으로 정리될 수 있다. 놀라운 것이면서 동시에 매혹적인 그러한 감정요소는 전설이든 민담이든 간에 여러 장르에 포함되어 있다. 이 경우에 전설은 보다 빈번하게 신과의 대립에서 비롯되는 무시무시한 감정을 주제로 삼는다.[138] 현대적이고 그리고 (엘리아데Eliade와 더불어) "성스럽지 못하다고"[139] 말하는 우리 세계에서 경이로운 것에 대한 감성은 바로 신비에 찬, 그리고 동시에 사람을 매료시키며, 놀라게 만드는 힘으로 남아있었다.[140]

좁은 의미에서의 전설, 즉 초자연적인 현상을 다루는 전설들은 신,

137) Gerndt, H.: Numinoses. In: EM 10, 2002, 154-159단, 여기서는 154단.

138) Petzoldt: Einführung in die Sagenforschung 1999, 229쪽.

139) Eliade: Das Heilige und das Profane 1957, 89쪽. 참고. Lüthi: Märchen 2004, 6쪽.

유령, 거인, 난쟁이, 그밖의 초자연적 힘과 저 세계의 무엇을 표시하는 존재들에 대해서 이야기한다. 전설이 오히려 이러한 존재들을 중요시 하는 반면에, '민담'이라는 장르에서는 줄거리가 주도적이다. 이와 관련해서 뤼티Lüthi는 다음과 같이 설명한다.

> 저 세계의 것, 경이롭고 전혀 다른 것은 전설의 선율에서 경험하고 생각하는 사람에게 있어서는 비현실적인 것이 아니라 단지 인간적이고 세속적이고 일상적인 현실과는 다른, 그러나 효과가 훨씬 큰 보다 근본적인 현실인 것이다.[141)

그러나 전설이 초자연적인 것 주변을 맴돌고, 이야기하는 사람 스스로가 마치 전설의 주인공인 것처럼 그것으로부터 감동을 받는 반면에, 민담에서는 이러한 영역들이 분리되어 있지 않으며, 주인공은 당연하다는 듯이, 그리고 특별한 "감정의 긴장상태" 없이 저승세계와 이승세계 사이를 옮겨 다닌다.[142) 따라서 이 두 장르는 경이로운 것을 각기 다른 정도로 형상화한다. 그 때문에 장르 자체에 고유한 경이로운 내용들을 뛰어 넘어서 그와 같은 분위기가 어떻게 만들어지는가가 관건이 된다. 이와 동시에 특히 퍼포먼스의 문제점들이 이야기된다. 오늘날 공공장소에서의 이야기하기가 어떻게 초자연적인 것에 대한 욕구를 따르면서, 그리고 동시에 어떻게 그러한 욕구를 일깨우고 충족시키는지를 보

---

140) Lüthi: Märchen 2004, 6쪽.
141) 같은 책. 7쪽.
142) 같은 책, 7쪽.

여준다.

동기부여와 소명의식

이야기꾼들의 자기이해와 관련한 질문은 대체로 **이야기하기를 소명의
식**으로 느낀다는 점을 보여주었다. 설문조사 대상 285명의 이야기꾼들
가운데 15%만이 이를 부인하였으며, 이야기하기를 소명의식으로 느끼
는지에 대해서 확신하지 못하는 경우가 24%였다. 물론 몇몇 사람들이
지나치게 높은 요구가 문제라고 덧붙이기는 했지만, 많은 사람들이 그
것에 동의하였다. 여성 이야기꾼들의 절반 이상은 내심 이야기하기에
서 소명감을 느낀다.

이야기하기의 **동기부여**를 알아보기 위해서 나는 10개의 답변을 미
리 정해놓았다.[143] 이들 답변 가운데에서 설문조사 대상자들은 주로 3
가지 이유를 선택하였다. 이야기꾼들의 경우에는 이야기가 지니는 오
락적 가치(30명에 불과)가 첫 번째 순위에 올라와 있지 않았다. 이야기
를 하면서 그들 스스로 느끼는 즐거움(220명)이 그들에게는 훨씬 더
의미가 있었다. 그리고 청중에게 즐거움을 줄 수 있다는 것(184명)이
그 다음 순위를 차지하였다. 이야기전통의 보존(111명) 역시도 높은

---

143) 나는 이러한 기준들을 앞서의 질문들에서 인용하였다. 그렇게 해서 나는 다음의 답변
가운데에서 선택하도록 하였다: 이야기하기를 즐긴다. 다른 사람들에게 즐거움을 준다.
자신을 즐겁게 해준다. 직업이라고 생각한다. 뜻이 맞는 사람들과 교류할 수 있다. 다
른 사람들에게 삶에 대한 용기를 불어넣어준다. 자신에게 새로운 삶의 용기를 준다. 이
야기를 가지고 청중을 감동시키고 청중의 판타지를 자극하는 이야기 사건들에 대해서
토론한다. 이야기의 전통을 보존한다. 기타.

비중을 차지하였다. 특히 51에서 60세 사이의 중간 연령층에게서는 압도적이었다. 그밖에 이야기를 함으로써 새로운 삶의 용기를 전달해 주고 (96명), 판타지를 자극할 수 있다는 점(101명)도 이야기꾼들 사이에는 광범위하게 퍼져있는 생각들이었다. 이 경우에 남성 이야기꾼들의 경우에는 여성 이야기꾼들과는 달리 뜻이 맞는 사람들과의 교류를 별로 중요하게 생각하지 않는다(총 23명에 불과). 직업이기 때문에 이야기한다는 사람은 45명이었다. 즐거움을 선사하고, 삶의 용기를 전달하고, 판타지를 자극한다는 답변에서도 볼 수 있듯이 이야기하기의 동기부여가 청중들에게 초점이 맞춰져 있다. 그럼에도 불구하고 전반적으로는 이야기를 통해서 스스로가 즐거움을 얻고자하는 것이 지배적이다.

그밖의 답변은 다음과 같았다: "조용한 공동체의 섬을 만들거나"(FB 5) 아니면 "인간 내면의 상을 무감각으로부터 떼어내어서 새로운 상상과 전망으로 용해시킨다."(FB 293)는 답변들이 그것이다. 아우크스부르크Augsburg 출신의 여성 이야기꾼 다크마르 비케Dagmar Wicke는 종교철학자 헤르만 바이델레너Herman Weidelener를 통해서 민담과 신화의 신화학적 참뜻을 보다 심도 있게 다룰 것을 제안 받았다.

현재 74세인 그녀는 다음과 같이 썼다: "가끔 ... 민담은 스스로를 이야기한다는 인상을 내가 받을 정도로 민담은 언제나 내 옆에 있다. 사람들은 그렇게 할 수 없다. 그것은 이야기꾼을 행복하게 만드는 몇 안 되는 시간들이다. 나는 민담이 내게 의미하는 것 가운데 뭔가를 기꺼이 전달하고 싶다: 첫째, 민담은 '현실'과 모순되는 것이 아니라 그것이 지닌 *심층적 의의와 그 배경*을 이른바 현실에 부여하는 세계로 나를 옮겨놓는다. 민담이 영향을 미친다! 그 때문에 민담은 이따금 우리 앞에 현실적으로 모습을 드러내는 것보다 훨씬 더 현실적이다. 둘째, 민담은 *자신의 내적 심연 속으로 인도하며 기억들을 불러일으킨다*. 분명 예전에도 그랬고, 지금도 그렇다 - 나는 그것을 잊고 있었을 뿐이었다! 성인이 된 청중들의 얼굴에서 한번 어린아이들의 눈을 본다면, 뭔가가 이러한 기억으로부터 깨어날 것이다. 셋째, 자극과잉의 시대에 *내적 침묵의 장소*를 발견하고, 내면의 세계를 들여다보고 침묵에 귀를 기울이는 것이 예전보다 훨씬 더 필요하다는 생각이 든다. 그렇게 하도록 민담은 도와줄 수가 있다.[144]

이 말은 이야기의 심층적 의의에 관한 실례이다. 이 경우에 비케 부인은 어떤 소도구들도 거의 이용하지 않는다. 즉 꽃장식이나 양초들은 청중석에 흔치 않게 필요한 만큼만 있으며, 일요일 오후 아이들과 동반한 어른들을 위해서 이야기할 때에는 과도하지 않은 제스처, 손풍금과 동물모양의 손가락인형 등이 있지만, 그녀는 과도하게 변복하거나 변장을 하지 않는다.

이야기꾼들의 68%(195명)가 자신들이 청중에게 전달하고자 하는 **개인적 메시지**가 있다고 답변한 것은 이야기하기를 소명의식이라고 느끼며, 여기에 중요한 의미를 부여하는 본래의 이야기하기에 대한 그와 같은 높은 요구와 일치하였다. 모든 연령대에 걸쳐서 그러한 메시지를

---

144) Pöge-Alder: Erzählerlexikon 2000, 269쪽.

전달하고자 하는 이야기꾼들의 비율이 그것에 동의하지 않는 사람들보다 훨씬 더 많았다. 71세 이상 이야기꾼들의 경우에는 대부분 답변을 하지 않았다. 어느 한 이야기꾼은 민담이 일상사가 아니라 초월적인 상징세계로 인도한다고 생각하였다(FB 315). 슈타인아우 Steinau 출신의 엘프리데 클라인한스Elfriede Kleinhans는 "자주 그리고 심도 있게 민담에 종사하는 사람들은 보다 높은 힘에 대해서 훨씬 더 신뢰할 뿐만 아니라 훨씬 더 큰 인내력을 보인다고 확신한다."[145] 또 다른 이야기꾼은 이야기하기에서의 각기 다른 현실성을 말하고(FB 194), 그밖의 또 다른 한 이야기꾼은 우리의 합리적 세계 저편에 우리가 눈으로 보는 세계와 똑같은 현실의 세계, 그러나 "우리가 그것을 찾아서 생생하게 보존해야만 하는" 또 다른 세계가 존재한다고 믿었다(FB 5).

그림 민담 「황금 열쇠Der goldene Schlüssel」(KHM 200)의 새로운 이야기인 어느 한 민담이 그것을 예증하는 데 이용된다. 이 민담의 제목은 「쇠로 만든 열쇠Der eiserne Schlüssel」이다. 여기에서 여주인공은 쇠로 만든 둥근 열쇠를 발견하고, 이것을 들고 파란색 문을 지나 정원 안에 도착한다. 거기에서 그녀는 말을 하는 황금빛 새와 나비를 만난다. 새와 나비는 그녀를 구원해주는 물의 요정, 나무의 정령과 새의 형상을 한 여자에게로 그녀를 데리고 간다. 결말은 다음과 같다.

물의 요정은 고마워하며 말했다: "쇠로 만든 열쇠를 잘 보관하고 있거라.

---

145) 같은 책. 140쪽. Kleinhans: Märchen helfen leben 1999.

그 열쇠는 네게 언제든 잊혀 진 정원으로 이어지는 파란색 문을 열어줄 거야." 그리고 셋이 모두 부탁하였다: "곧 다시 와서 네 친구들을 잊혀진 정원으로 데리고 오거라. 우리가 너희들에게 매번 아름다운 이야기들을 들려줄 테니." - '난 물의 요정인 닉세야!" - '난 숲과 흙의 정령인 바우만이야!" - '난 해와 달 그리고 별들이 있을 때에는 집에 머무는 바람의 요정 포겔프라우야." 예, 소녀는 종종 그렇게 하였다. 그녀는 종종 친구들과 함께 돌아왔으며, 그들은 아름다운 이야기들을 들었다. 너 역시 파란색 문 뒤에 있는 다채로운 정원 안으로 함께 들어가길 원하니?? 아니면 - 네가 열쇠를 가지고 있니?[146]

이 이야기는 지금의 세계와 모순되는 저 세계들에 발을 들여놓을 것을 직접 요구한다. 그 곳에서 마주치는 생명체들로서 이야기꾼들이 상징적으로 이해하고자 하는 자연의 존재들이 언급된다. 그것은 이야기꾼들이 생명을 부여하는 것을 하나의 과제라고 느끼는 비합리적 세계이다.

소규모 예술형식으로서의 이야기하기

이야기꾼은 이야기 상황에서 매번 그의 청중과 교류하고 있기 때문에 이야기 행위를 일회성 체험으로 만들기 위한 변화를 언제나 기도할 것이다. 그 때문에 영국 출신의 이야기꾼 벤 해거티Ben Haggarty와 더

---

146) 마를리스 아르놀트 Marlis Arnold의 이야기 「쇠로 만든 열쇠」의 미공개 원고, 3쪽 (1997년 4월).

불어 사람들은 활기 넘치고 역동적으로 행해지면서 하나의 이야기가 일회성 '버전'을 생성시키는 "해석적 즉흥연출"을 말한다.[147]

글자 그대로 전하는 이야기하기와 즉흥적으로 행하는 이야기하기에 대해서 80세가 넘은 여성 이야기꾼 게르트루트 헴펠Gertrud Hempel은 예전의 민담 구연자들이 이미 그런 방식으로 이야기를 들려주었듯이 "진정한 여성 민담 구연자로서" 활자화된 텍스트들을 생생하게 구술 형식의 이야기 텍스트로 바꾸라는 요구에 전적으로 찬성한다. 이른바 그와 같은 구술 형식의 텍스트들은 본래의 문서 형식을 개작해서 나온 것이며, 그 사이에 이 이야기꾼은 의미와 상징 내용을 파악하고, 반복해서 새롭게 수정한다. 마침내 그녀는 이야기를 문서화하고, 그것을 공공장소에서 이야기하고 서적 형태로 출판한다. 그렇게 해서 점차 텍스트 특유의 판본이 생겨난다. 게르트루트 헴펠은 텍스트를 마침내 되살리는 총보(總譜)와 서적 형태의 민담을 비교하였다. 특히 그녀는 이야기를 들려줄 때에는 "청중이 기대하는 것에 대한 직감"이 매우 중요하다고 생각한다.[148] 그러므로 예상되는 이야기꾼들의 태도는 퍼포먼스에 의해서 두드러지게 나타난다.

어떤 방식으로든 이야기하기를 하나의 퍼포먼스 안으로 끌어들이는 것은 오늘날의 이야기하기에 해당되며, 이와 동시에 오늘날 이야기할 때에는 경이로운 것을 형상화하는 데 있어서 매우 중요한 수단인

---

147) Haggarty: Seek out the voice of the critic 1996, 10쪽. Dégh, L.: Erzählen, Erzähler. In: EM 4, 1984, 315-342단, 여기서는 315단.
148) Hempel: Erzählte Volksmärchen 1999, 12-14쪽.

듯하다. 사람들은 이 세상을 초월하는, 그러나 신적이지 않은 힘들을 환기시킬 목적으로, 그리고 그것을 촉진시키는 이야기 환경을 만든다.

적절한 이야기 상황들이 특히 유용하다는 것을 보여준다. 이야기하기는 전통적으로 예를 들면 이른바 여명시각, 즉 아직 가정에 불이 들어오지 않았을 때인 초저녁 시간, 그러나 이미 일하기에는 너무 어두운 초저녁 시간에 주로 행해졌다. 가령 유럽민담협회가 이야기행사를 개최할 때에는 펠트로 만든 보이스카우트단원들의 둥근 지붕천막 속에서 행해지는 초저녁 시간대의 이야기하기는 인기가 매우 높으며, 그러한 느낌과도 잘 어울린다. 몽고인의 둥근 천막을 그대로 느낄 수 있는 건물 안에서 청중들은 양탄자로 장식되고 쿠션을 넣은 의자에 앉아 있다. 이야기꾼들은 번갈아가면서 조금 눈에 띄는 이야기 의자 위에 앉는다. 중앙에는 모닥불이 타오르고, 사모바르(역자 주: 러시아의 찻주전자)에는 차가 끓는다.

그러는 사이에 많은 이야기꾼들은 천막에서의 이야기하기라는 원칙을 직업적으로 이어 갔다. 겔젠키르헨Gelsenkirchen에서 개최된 원예전시회에서 "마법담"을 주제로 한 민담회의가 열렸을 때, 천막 안에서의 이야기하기가 행해졌을 뿐만 아니라 아우크스부르크의 마티아스 피셔Matthias Fischer 같은 이야기꾼들은 이야기를 들려주기 위해서 자신의 천막을 만들어 가지고 있다. "매번 몇 개의 민담들이 이야기되고, 그 사이에 쉬는 시간들은 항상 있으며, 우리는 쉬는 시간 동안에 촛불을 들여다보거나 아니면 따뜻한 음료를 마신다. 이따금씩 우리는 어느 방청자의 악기소리나 쟁과리 소리도 들을 수 있다..."[149] 1997년

이후부터 함부르크 출신의 이야기꾼 외른-우베 불프Jörn-Uwe Wulf
는 콘셉트이자 작업장으로서 "민담을 위한 공간Märchenraum"을 소
유하고 있다. 즉 이야기를 들으면서 마음속에, 생각 속에, 그리고 그가
이야기하는 집단 속에 민담을 위한 하나의 공간이 생겨난다. 청중들은
그들 자신의 내면의 상을 들여다본다. 정막과 상상력이 펼쳐진다.
1999년 이후부터 그는 여름에는 벽들을 예술적으로 장식한 밝은 "민
담을 위한 천막" 안에서 이야기를 들려준다. 이 천막에는 양탄자가 깔
려 있으며, 그의 목소리가 닿을 수 있을 만큼 많은 어린아이들에게 자
리를 제공한다.[150)

소도구들, 상징들 그리고 오늘날의 이야기하기

이야기를 하기 위해서 사용되는 표현수단들은 어휘선택, 음향, 리듬,
템포 그리고 표정, 몸짓과 육체언어와 같이 언어를 사용하지 않는 표현
수단들로 이루어진다. 이야기의 효과는 이처럼 이야기꾼의 일반적인
이야기 능력에 달려있다.[151) 그밖에 악기에서부터 민담에 나오는 물건
들에 이르기까지 많은 이야기꾼들은 자신들의 이야기 행사를 위해서
사용하는 소도구들을 이야기를 하기 위한 표현수단으로 이용한다.

설문조사를 보면, 230명의 이야기꾼들이(대략 81%) 소도구들을

---

149) Pöge-Alder: Erzählerlexikon 2000, 78쪽.

150) 같은 책. 276쪽.

151) Haggarty: Seek out the voice of the critic 1996, 20-22쪽.

사용한다고 답하였다. 53명의 응답자만이(18.6%) 어떤 경우에든 그와 같은 표현수단들을 거부하면서 "들려주는 언어만이 효과가 있다"고 생각하였다(예를 들면 FB 315).

이야기꾼들의 약 73%가 이용하는 초가 가장 큰 사랑을 받는다. 그 뒤를 이어서는 상당한 거리를 두고 다음의 소도구들이 이용된다. 즉 천 48%, 흔들거나 돌리면 비가 내리는 듯한 소리를 내는 목재악기 47%, 의상 38%, 그림 19%, 양탄자 15%, 흔치는 않지만 물레도 6%를 차지하고 있다. 61%(142명)는 그밖의 소도구들을 사용한다고 한다.

자주 이야기되는 이야기의 경우에는 이야기와 연상되는 소품들이 사용된다. 예를 들면 그림 형제의 민담「세 개의 깃털Die drei Federn」(KHM 63)의 경우에는 두꺼비 한 마리가,「숲속의 집Das Waldhaus」(KHM 169)를 이야기할 때에는 수수, 납작한 콩, 완두콩, 일상용품들이 사용된다(FB 212, 그밖에 FB 7, 79, 254, 293).

그뿐만 아니라 어느 한 이야기꾼은 가령 사과나 빵(FB 156)과 같이 민담과 관련된 소품들을 상징적으로 해석한다고 답변하였다. 일반적으로 소도구들도(FB 359) 이러한 맥락에 해당된다. 어떤 이야기꾼은 인형이나 공, 깃털(FB 272), 나무로 만든 오리(FB 165), 양모 실 뭉치(FB 281)를 사용한다. 돌도 애용되기도 한다(FB 272, 46). 심지어 빙 둘러 앉기 위한 돌들(FB 165)과 진주(FB 46), 실로 잣지 않은 양털(FB 310), 그리고 이야기에 적합한 소품들이 들어있는 주머니(FB 46, 346)를 사용한다고 말한다. 그밖에 사람들은 자주 꽃을 사용한다(FB 133, 272). 이들 소품이나 물건은 통상적으로 청중의 중앙에 바닥이나 탁자(FB 210) 또는 이른바 장식을 한 무대 위의 중앙에 놓여진다.

이야기 행사 중에 음악을 연주하는가 아니면 음악을 연주하지 않는가 하는 질문에 대한 답변의 경우에는 각각 40% 정도로 서로 엇비슷하다. 이와 달리 녹음테이프에 의존해서 연주하는 음악은 대부분의 이야기꾼들이 거부한다(10%만이 이용). 그럼에도 불구하고 전반적으로 음악적 구성이 매우 중요한 위치를 점하고 있다. 몇몇 이야기꾼들은 연주자들과 함께 이야기의 장면들을 구성한다(FB 5, 351, 34). 그밖의 이야기꾼들은 스스로 악기를 연주하는데, 예를 들면 바이올린(FB 212) 또는 어른이나 젊은 사람과 청소년들에게는 켈트족의 하프(FB 293)를 연주해 들려준다. 또한 소위 민담용 하프(FB 272)나 징, 꽹과리, 사물놀이, 심벨론, 트라이앵글, 오현금과 같은 극동지역의 악기들(FB 210, 46, 165)도 이용된다. 여기에서는 무엇보다도 특정 분위기를 조성하기 위한 음향생성이 중요하다.

소품들을 사용할 경우에는 앞서 말한 물건들에 대한 상징적 이해가 매우 중요하다. 이 점을 응답자의 2/3(188명, 66%)가 강조한다. 상징의 역할이 어디에 있는가에 대해서는 매우 다양하게 기술하고 있다. 진술의 범위가 넓다는 것은 정신적인 과정들과도 관련된다(FB 113, FB 3). 즉 그것은 융 C. G. Jung의 원형에 대한 언급(FB 5, FB 351), 그리고 암호화된 메시지(FB 39)와 심층적인 해석(FB 202)에서부터 무의식 속에 상징이 미치는 영향이 긍정적이고 풍부하며, 도움을 주는 역할들을 한다는 진술(FB 156)을 넘어서 과거와 조상들과 접촉할 수 있는 기회로까지 이어진다. 상징들이 민담을 이해하고(FB 124), 민담을 이야기하고 의미를 해석하기(FB 354) 위한 도구로서 파악되며, 이때 삶에 대한 교훈 들을 전달하는 것은(FB 315) 외적 효과들이다. 상징들이 이야기꾼들을 밤낮없이 따라다니며, 이러한 상징들을 다룸으로써 삶이 훨씬 더 완전해질 것이라고도 말한다(FB 346). 이와 동시에 이야기꾼들의 상징이해는 그들의 인생경험뿐만 아니라 민담의 내용에도 관심을 둔다.

5.6 이야기꾼 유형에 관한 고찰

현재 살아있는 이야기꾼들에 관해서 모범이 될 만한 인물평은 다양한 유형들을 보여준다. 잘 훈련된 기억력을 토대로 광범위한 민담 텍스트의 전후맥락을 완벽하게 기억하는 것은 모든 이야기꾼들에게 있어서 공통적이다. 소콜로프Sokolov와 아차도브스키Azadovskij는 이야기꾼들의 독특한 레퍼토리, 그들의 서사양식 그리고 그들의 구연기술에 따라서 민담 이야기꾼들의 유형을 분류하고자 시도하였다.[152] 뛰어난 어느 한 이야기꾼의 적극성과 예술적 능력이 청중을 위한 레퍼토리도 결정한다는 것은 일반적으로 통용된다. 훌륭한 이야기꾼들 말고도 단

---

152) Dégh, L.: Biologie des Erzählgutes. In: EM 2, 1979, 386-406단, 여기서는 394단.
Azadovskij, M. K.: Russkie skazôcniki. Stat'i o literature i fol'klore. Moskva/
Leningrad 1960. Levin, I.: Azadovskij, Mark Konstantinovič. In: EM 1, 1977,
1114-1118단.

지 몇 개의 이야기만을 아는 아마추어 이야기꾼들과 전통의 계승자로서 수동적으로 활동하는 사람들이 있다.

남녀 이야기꾼들을 유형화하고자 하는 시도들은 많이 있다.[153] 앞서 말한 전통의 고수와 자유분방한 창조성 이외에도 서사형식이나 서사효과에 따른 구별도 있다.

예를 들면 소로코프는 영웅이야기들을 들려주는 서사시인, 몽상가와 공상가, 도덕주의자와 진리탐구자, 인생사를 특히 선호하는 현실주의자, 재담가와 일화를 이야기하기를 좋아하는 사람, 풍자가, 음담가, 흥미롭게 대화를 형상화하는 극작가, 문학교양인과 어린이를 위해서 이야기들 들려주는 이야기꾼들로 분류를 한다. 이들 이야기꾼 모두가 재능이 없거나 평범한 예술가들일 수도 있고, 마법담, 전설, 슈방크, 동물이야기, 노벨레 형식의 민담, 체험보고와 같이 짧지 않은 서사형식들을 들려주면서 청중의 감흥을 불러일으키는 이야기의 뛰어난 대가일 수도 있었다.[154]

---

153) 참고. Dégh, L.: Erzählen, Erzähler. In: EM 4, 1984, 315-342단, 여기서는 326단. Uffer: Rätoromanische Märchen 1945, 10-18쪽.

154) Sokolov: Russian folklore 1966, 404-406쪽.

5.7 민담구연을 위한 시간과 장소들

어떤 공동체를 위해서든 이야기하기는 늘 중요한 기능들을 수행한다. 산업화, 현대화, 도시화, 작업과정의 자동화로 말미암아 도시나 시골에서의 일상의 변화들이 이야기를 할 수 있는 기회들을 근본적으로 바꾸어 놓았다.

1850년과 1945년 사이에는 이야기를 할 수 있는 기회들이 다음과 같았다.[155)]

1. "도시 밖에 거주하는 농촌지역의 뜨내기 직업 구성원들로 이루어진 집단들", 그리고 이들 집단들에는 비농민집단(수공업자, 군인, 행상인, 소매상, 선원, 동냥아치, 순회목사, 어부 등)과 농토를 소유하지 않은 농민집단(선로건설노동자, 농촌의 계절노동자, 임금노동자, 벌목꾼, 목동, 사냥꾼)이 속하였다.

2. 공동 작업을 위한 마을공동체의 모임들, 겨울밤의 자유로운 휴식시간이나 축제가 열리는 동안.

3. 한정되고, 짧은 기간 동안 타의에 의해서 이루어진 집단들. 이러한 맥락에서 오늘날에도 여전히 자발적으로, 예를 들면 요양소, 교도소, 군대 또는 철도, 버스 또는 비행기 여행 중에도 이야기가 행해진다.

---

155) Dégh, L.: Erzählen, Erzähler. In: EM 4, 1984, 315-342단, 여기서는 334-335단.

오늘날에는 이야기를 할 수 있는 전통적 계기들, 특히 공동 작업들이 매우 드물다. 매스미디어의 광범위한 보급이 예를 들면 어린이 TV방송에서 방영되는 영화들을 통해서 민담에 대한 평준화된 지식수준을 불러일으킨다. 오락거리로 일상에서 즐길 수 있는 환담이 텔레비전, 라디오, CD-롬, 컴퓨터 게임 등에서 보듯이 미디어의 소비재가 되고 있다. 청취용 도서들이 현역 이야기꾼들 사이에서 이미 서로 이야기된 바 있는 추세, 즉 이야기를 듣고자 하는 바램을 더 견고하게 하기까지는 시각적 수용 쪽으로의 이동이 관찰될 수 있었다.

질문에 응답한 이야기꾼들의 88% 이상은 이제야 비로소 전통적인 민담의 이야기하기가 미디어의 세계에서 각별한 의미를 지닌다는 것을 확신하고 있다. 그들은 본래의 이야기하기를 통해서 전자대중매체의 영향에 대한 균형추를 만들어내고자 한다.

예전의 이야기꾼들의 경우에는 흔히 이야기를 들려줌으로써 공동체 내에서 자리 하나를 얻게 되는 신분이 낮은 사회계층의 사람들이었다. 예술가적 기질에서 기인하는 그들의 재능, 마음을 빼앗는 그들의 언어, 그들의 일반적인 규범 위반 또는 기이한 행동 때문에 그들은 사회의 변두리에 위치해 있었다. 때로는 이야기하기가 육체적 결함을 커버하기 위한 대상작용(代償作用)에 이용되기도 하였다.[156] 물론 오늘날의 이야기꾼들에게 있어서는 이러한 특징들은 극히 제한적으로 적용될 뿐이다.

솔직히 말해서 이야기하기는 정막 속에서 행해질 때 더 큰 효과가

---

156) 같은 책. 315-342단, 여기서는 328단, 335단.

있으며, 청중들이 고요한 분위기 속에 있을 때 비로소 원초적이고, 특히 신비하게 작용하는 감각적 힘으로 전개된다는 것은 문헌들을 보더라도 알 수 있다.[157] 그 때문에 옛날이나 지금이나 밤 아니면 초저녁에 주로 이야기를 한다. 이야기하기가 부정적인 마법의 효과를 지니고 있기 때문에 많은 민족들이 좋지 않을 때에는 이야기하기를 강렬하게 제재하기도 한다.[158]

오늘날의 이야기꾼들은 특히 강림절이나 성탄절에 활발한 활동을 한다. 이외에 수많은 '인위적인 이야기 상황들'이 있다. 카바레 연기자들과 마찬가지로 이야기꾼들은 다양한 행사에 초대를 받는다. 예를 들면 청소년이나 성인들의 작업장, 이주자 통합이나 마약퇴치를 위한 프로그램 등에 초빙된다. 또한 학교와 유치원 그리고 문학행사에도 이야기꾼들이 자주 초대된다. 그 때문에 이야기를 하는 동기와 장소가 19세기의 그것들과는 분명하게 구별된다. 그래서 오늘날의 이야기꾼들이 가지고 다니는 여러 소품들이나 연출은 적절한 이야기 분위기를 만들기 위해서 사용된다.

오늘날의 이야기 장소는 (그 빈도에 따르면) 다음과 같다:

- 어른들의 사적 모임(82.5%)
- 학교(78.2%)와 유치원(65.3%)

---

157) 같은 책. 337단.
158) 같은 책. 336단. Röhrich: Märchen und Wirklichkeit 2001, 163쪽. Taube: Märchenerzählen und Übergangsbräuche 2000. Taube: Warum sich der Erzähler nicht lange bitten lassen darf 1996.

- 도서관(59.3%)

- 페스티발, 특수학교, 박물관

- 커피숍, 상담실, 극장

- 시민대학이나 교회

5.8 21세기의 민담 이야기하기

공공장소에서의 이야기하기는 독일어권에서 점점 더 큰 인기를 누린다. '전래민담'을 이야기하는 동기는 - '민간설화'의 경우와는 달리 - 더 이상 '고향생각'을 장려하기 위한 목적에서 비롯되지는 않는다. 오히려 삶의 참뜻을 찾으면서 널리 통용될 수 있는 초지역적, 주제 중심의 관점에 의거해서 레퍼토리의 선택이 이루어지고 있다. 전통적인 민담사료의 적극적인 장려는 민속연구의 근본적인 문제들을 제기한다.[159] 이야기 장면들의 퍼포먼스는 경이로운 현상에 독특하게 접근하기 위해서 준비해 놓은 독자적인 모델을 따른다. 청중들을 에워싸고 있는 주변의 분위기 속으로 그들을 흡수하기 위해서는 상징전달이 이야기꾼들에게는 매우 중요하다. 합리적 이해는 감성적 체험 이후에나 자리를 잡는다. 이때 경이로운 현상이 특별한 역할을 한다. 세계 해명에 관한 인간적 욕구는 오늘날 특별한 분위기 조성과 서사 환경 속에서도 드러난다. 그것은 적절한 화성(마법을 불러내는 목소리 톤의 저음 발성), 음향, 주변이나

---

159) Pöge-Alder: Afrikanisches Erzählen 2004.

기억을 통한, 그리고 이야기의 무대중심에 관한 연상을 통한 관념적 '몽유'와 같은 방법들을 통해서 연출된다. 경이로운 것은 심층심리학의 영역 또는 무의식의 영역 쪽으로 이동한다. 이때 "인간의 삶에서 어두운 시간들"이 상대역 또는 적대자 쪽으로 통합된다. 의기양양한 민담 속 주인공들의 전망 속에서 어두운 것이 제압되거나 혹은 그 자체가 이용당하거나, 심지어는 확정된다.[160] 오늘날의 이야기하기에서 경이로운 것에 대한 징표는 의미 찾기가 내용으로 채워지면서 이야기하기를 통해서 제공받는 생활지원의 관점인 것이다.

경이로운 것은 오늘날 주로 상징적 사고를 매개로 인간의 심리에서 탐색된다. 이로써 내면의 세계가 열리고, 그 마력은 서로 다르게 지각된다. 그러나 그것은 철저하게 현실적인 것으로 간주된다. 여기에서 기술한 이야기하기의 동기, 퍼포먼스의 실행, 소도구와 상징들은 인간의 조화로운 자연 이해에 대한 낭만주의적 탐구에 다가가는 모종의 연결점을 찾기 위한 표현이다. 프리드리히 실러Friedrich Schiller는 1795/96년에 문학잡지 「호렌Horen」에서 그와 같은 문학을 "소박하다고" 생각하였다. 즉 그러한 문학은 자연으로 간주되며, 문화와는 대립된다고 말한다.

> 그것은 이러한 대상들(저자 주: 눈에 띄지 않는 꽃, 샘, 이끼 긴 돌, 새의 지저귐)이 아니다. 그것은 그것들을 통해서 표현된 표상이며, 우리는 그것을 그들 안에서 사랑한다. 우리는 그들 안에 고요하고 창조적인 삶을, 자

---

160) Geldern-Egmond: Märchen und Behinderung 2000.

체에서 나오는 고요한 작용을, 자신의 법칙을 따르는 존재, 내적 필연성, 자신과의 영원한 조화를 사랑한다.

실러는 이러한 전승문학의 특별한 이해를 위해서 다음과 같이 포괄적으로 언급하였다:

그것들은 과거의 우리였다. 그것들은 다시 우리가 되어야하는 것들이다. 우리는 그것들과 마찬가지로 자연이었으며, 우리의 문화는 이성과 자유의 도정에서 우리를 다시 자연으로 인도할 것이다.[161]

자연과 문화에 대한 이러한 독특한 이해는 모범이 될 만한 논쟁들 속에서도 나타난다. 이때 볼프강 카슈바Wolfgang Kaschuba의 개념인 "사회적 기억자료실"의 구조에 기대어 의사소통이 작동된다.[162] 이 경우에는 "전통의 비결"[163], 즉 인위적 녹청화(綠靑化) 및 역사화 기법의 관점들은 분명하며, 이용한 '원전의 보고'를 가리킨다.

161) Schiller, F.: Über naive und sentimentalische Dichtung. In: Über Kunst und Wirklichkeit. Schriften und Briefe zur Ästhetik. Leipzig 1985, 385-475쪽, 여기서는 386쪽.

162) Kaschuba, W.: Einführung in die Europäische Ethnologie. München 1999, 171쪽.

163) Hobsbawm, E./Ranger, T.: The Invention of Tradition. Cambridge 1992.

학습과제

1. 여러분의 지역에 살고 있는 남성 또는 여성 이야기꾼들을 찾아서 그들이 즐겨 사용하는 이야기 양식을 분석해 보시오.

2. 피만 부인Viehmännin과 마리 하센플루크Marie Hassenpflug의 민담 텍스트들을 비교하고, 그 차이점을 밝혀보시오. 그림 민담 「손 없는 소녀Das Mädchen ohne Hände」(KHM 31; ATU 706)의 예를 들어서 그 차이점을 밝혀보시오.

6

전래민담의 해석

Märchenforschung

6

전래민담의 해석

민담연구에 있어서 텍스트 이해를 위한 왕도를 찾기 위한 노력은 오랫동안 지속되고 있으며, 민담에 대한 학문적 열의가 그것을 입증한다. 특히 개별적인 문제제기는 커다란 관심을 불러일으킨다. 예를 들어 빌헬름 졸름스Wilhelm Solms는 일반적인 연구성과를 토대로 해서 민담의 윤리적 가치를 상세하게 다루었다. 그는 남자 주인공이나 여자 주인공이 등장인물 모두에 의해서 표현될 수 있거나, 혹은 눈에 띄지 않는 도덕적 요구에 의해서 이끌려간다는 결론에 이르렀다. 내적 음성이나 영감 또한 그들의 행위를 조종할 수 있다. 그들의 도덕적 평가는 관점 상 고정되어 있다. 즉 남녀 주인공의 행위, 현실과 대비되는 행복과 도덕성으로 이어지는 그들의 희생적 행동이 민담의 테마이다.[1]

---

1) 참고. Solms: Die Moral von Grimms Märchen 1999, 224-225쪽.

6.1 다양한 연구방법론과 관심

해석분야에서 민담연구 자체를 흥미진진한 연구대상으로 삼는 다원주의가 연구방법론으로 확산되었다.[2] 다음에서는 기본적인 이론들이 소개된다. 이 경우에 한정된 지면 관계로 인해서 개별적인 해석경향들이 여기에서 모두 소개될 수는 없다. 그러므로 여기서는 루돌프 슈타이너 Rudolf Steiner(1861-9125)를 위시한 인지학자(人智學者)들의 연구성과들은 소개되지 않는다.[3] 그밖의 해석경향들은 그때그때 이어지는 참고문헌들을 참고하지 않으면 안 된다.

민족학적 해석조항들은 레비-슈트로스Lévi-Strauss, 그라이마스 Greimas 등의 구조주의 연구방법론에 관한 논쟁이 진행되면서 생겨났다.[4] 인류학적 영향들은 다원발생론적 이론들에서 찾아볼 수 있다(참고 3.3장).

성경과 전래민담의 관계는 되풀이해서 주제가 되었다. 특히 로스토크Rostocker의 신학자 페터 하이드리히Peter Heidrich는 종교적 실존에 적용해서 그것을 표현하였다. 성경이 다른 방식으로 그것을 행하듯이 민담은 "자기 방식으로" 구원을 이야기하고, 완결을 이야기하고, 결핍의 만회를 이야기한다. 그림 민담 「생명의 물」에서는 자신을 지나치게 대단한 사람으로 생각하지 않으며, 난쟁이의 질문에 겸손하게 대

---

2) Röhrich: Rumpelstilzchen. Vom Methodenpluralismus 1972/1973, 567-596쪽.

3) Steiner, R.: Die Welt der Märchen. Ausgewählte Texte, hg. u. kommentiert von Almut Bockemühl. Dornach 2006.

4) Holbek: Interpretation of Fairy Tales 1987, 338-389쪽.

답하고, 나중에는 약속을 잊지 않는 겸손한 자만이 물을 얻어올 수 있다. 하이드리히는 이 민담 속에 "종교적 실존 또한 성경과 함께 현존하는 그리스도가 그 안에서 재발견될 만큼 상징적으로 묘사되어 있다"고 생각한다. 하인리히 디커호프Heinrich Dickerhoff는 마법담과 기독교 사이의 영혼의 친화성을 말한다. 그는 "삶을 신뢰하고 구원을 받아들이고 변신을 과감하게 시도하는 고무적인 말 속에"[5] 마법담이 기독교 최고의 전통들과 매우 흡사하다고 생각한다.

헤르만 군켈Hermann Gunkel이 성경 속의 민담에 관해서 묻는 반면에[6], 디츠-뤼디거 모저Dietz-Rüdiger Moser는 성경과 관련된 민담을 부각시켰다. 이른바 부활절 민담 「구둣방 주인 프리엠Meister Pfriem」과, "기독교 '복음'의 실현"을 이야기하는 「이브의 닮지 않은 자식들Die ungleichen Kinder Evas」(KHM 180), 불가사의한 회춘과 성공하지 못한 채 그것을 흉내 내는 이야기 「젊어진 노인Das junggeglühte Männlein」(KHM 147)이 바로 그것이다. 그렇지만 그림 형제는 위의 세 이야기들을 KHM의 주해(註解)에서 성경 바꿔 쓰기라고 생각하지는 않았다.[7]

흔히 해석에는 다양한 경향들이 뒤섞여있다. 1945년 이후 민담연구의 길잡이 쿠르트 랑케Kurt Ranke(1908-1985)는 단순한 형식들의 '정신활동'을 "무의식적 생산 활동"이라고 여기면서 욜레스Jolles와

---

5) Dickerhoff, H.: Christentum und Zaubermärchen. In: MSP 10 (1999) H. 3, 98-92쪽, 여기서는 89쪽, 91-92쪽. Dickerhoff: Seelenverwandtschaft 2004.

6) Gunkel: Das Märchen im Alten Testament 1987.

7) Moser: Märchen als Paraphrasen biblischer Geschichten 2004, 3-8쪽.

융Jung의 주장에서 실마리를 찾는다.[8] 단순한 형식들은 "환원될 수 없는, 내용적으로나 구조적으로나 그 자체로 완결된 자연적, 원형적 형식", "꿈과 열정 그리고 사고과정에서 깨어나는 인간적 표현의 원형들"이라고 한다.

> 그 때문에 이러한 장르들은 인간 안에, 그리고 인간의 주변에서 세계와 인간의 충돌에 관해 절대적 구속력을 지닌 자연발생적 표현이며, 그로 인해 각 장르는 일정한 고유의 기능을 지니고 있다.[9]

랑케에 따르면 민담은 "보다 높은 질서와 정의의 세계를 표현하는, 즉 인간의 행복과 성취에 대한 일체의 동경들이 신화적 완결로 형상화되는 순화된 세계를 명료하게 보여주는"[10] 기능을 지니고 있다. 그러므로 형상화된 행복이념은 역사적으로 정해져있는지도 모른다. 여기에서 민담의 사회사적 해석과도 연고를 맺을 수 있다.[11]

---

8) Ranke: Betrachtungen zum Wesen ²1985, 660쪽. 단순한 형식은 "내적 형식으로서 ... 일종의 존재론적 원형"이라고 한다.

9) Ranke: Einfache Formen 1961, 인용 8쪽.

10) Ranke: Einfache Formen 1961, 8쪽. 랑케의 민담발생에 관해서: 참고. Pöge-Alder: 'Märchen' 1994, 116-118쪽.

11) Schenda: Prinzipien einer sozialgeschichtlichen Einordnung 1976, 185쪽.

6.2 역사해석을 위한 구조

안티 아르네Antti Aarne의 유형 체계에 대한 불만은 알베르트 베셀스키Albert Wesselski와 마찬가지로 블라디미르 프로프Vladimir Propp로 하여금 기존의 민담이론들을 수정하는 쪽으로 몰고 갔다. 프로프는 "형태론"으로 마법담의 형식 분석을 시도하였다. 1928년에 발표된 이와 관련된 박사논문으로 프로프는 후기의 이른바 형식학파의 세대에 속하였다. 그에게 있어서 구조는 민담연구의 기초를 이루었다.[12]

블라디미르 프로프Vladimir Propp의 전기 (1895-1970)

프로프는 성 페터스부르크St. Petersburg에서 독일 이민자의 아들로 태어났다. 그의 아버지는 상사원으로 일하였다. 그는 독일-러시아 김나지움 성 안넨슐레St. Annenschule를 졸업한 뒤, 1913년부터 1918년까지 성 페터스부르크 대학에서 독일어문학과 슬라브어문학을 전공하였다. 1928년까지 그는 러시아어 교사로 활동하였다.

1928년부터 그는 레닌그라드 대학의 독일어 담당 교수 및 외국어 담당 학과장으로서 독일어수업 진흥을 위해서 전력을 다하였다. 그는 독일어 교재들도 저술하였다.

프로프는 20년대 이후부터 성 페터스부르크에 소재한 러시아 지리학회 산하 민족학 부서의 민담위원회에 관여하였다. 1928년 그는 사회

---

12) Propp: Morphologie 1975, 22쪽.

의 담화문화를 연구하는 연구소에서 처음으로 『민담 형태론 Mor-
phologie des Märchens』을 제안하였으며, 문학작품의 형식연구를
위한 그의 사상적 정지작업이 정점에 이르렀다.[13]

그는 1932년 이후부터 레닌그라드 대학에 임용되었으며, 1938년
이후에는 이 대학의 민속학과 교수로서 학생들을 가르쳤다. 1939년에
프로프는 대학교수자격취득논문 『마법담의 역사적 뿌리Historische
Wurzeln des Zaubermärchens』를 제출하였다. 이 논문은 1946년에
출판되었다.[14]

1955년 그는 러시아의 전통민요 빌리네Byline를 연구하면서 『러
시아 영웅서사시Russkij geroičeskil epos』라는 저서를 내놓았다. 여
기에서 그의 관심사는 고상한 질서가 붕괴될 때 생겨난 민중서사시의
초기 형태들이었다. 프로프의 마지막 저서로는 1963년에 출판된 『러시
아 농촌축제들Russkie agrarnie prasdniki』이 있다.

외국에서 그의 저서를 수용하게 된 것은 구조주의 연구(드 소쉬르,
레비-슈트로스)를 토대로 눈부시게 빠르게 진행되었으며, 1958년 이후
『형태론』이 영어로 번역되면서부터 이탈리아어, 프랑스어 그리고 독일
어 번역이 뒤따랐고, 1969년에 제2판이 나왔다.

그의 70회 생일에 즈음해서는 수많은 명예표창이 주어졌다. 그렇
지만 프로프는 실제로 30년대 이후부터 1953년 스탈린 사후에 이르기

---

13) 참고. Pöge-Alder: 'Märchen' 1994, 165-172쪽 그리고 132쪽.
14) Hartmann, A.: Rezension zu: Propp, Vladimir: Die historischen Wurzeln des
    Zaubermärchens. München/Wien 1987. In: Fabula (1989) H. 3, 160-162쪽.

까지도 숱한 비난을 받았다.[15] 1948년 프로프가 레닌그라드 대학의 한 회의에서 답변하지 않을 수 없었을 때, 그의 연구업적에서 사해동포주의에 대한 비판이 쏟아졌다. 즉 그는 자신의 계급과 민족에 대해서 무관심하며, 러시아 민담의 "역사적 상황들"을 고려하지 않고 있다는 비판을 받았다.[16] 사람들은 그가 종교, 신화, 그리고 선사시대의 유물들과 같은 의식의 요소들에 의존하고 있다고 비판했으며, 또한 고르키 Gor'kij는 정신문화의 원천으로서 노동과 노동자들을 위한 예술적 기능을 고려하지 않기 때문에 프로프의 생각이 너무 "이상주의적"이라고 말한다.[17] 프로프의 형식주의 연구 작업을 토대로 한 연구는 민간전승의 사상내용을 놓치고 있다고 말한다.[18] 소련에서 그의 연구업적에 대

---

15) 참고. 같은 책. 124-125쪽, 172-181쪽. 출전: Berkov, P. N.: Čestvovanije Prof. V. Ja. Proppa. In: Izvestija Akademiy nauk SSSR. Otdelenie literatury i jazyka. Moskva 1965, vyp. v. str. 558-559. Breymayer: Vladimir Jakovlevič Propp 1972, 36-66쪽. Čistov, K. V.: V. Ja. Propp - issledovatel' skazki (Propp - der Märchenforscher). In: Propp, V. Ja.: Russkaja skazka (Das russische Märchen). Leningrad 1984, 3-22쪽, 여기서는 7-15쪽. Gutzen, D./Oellers, N.: Petersen, J. H./Strohmaier, E.: Einführung in die neuere deutsche Literaturwissenschaft: ein Arbeitsbuch. 6., neugefaßte Aufl., Berlin 1989, 285쪽. Striedter, J. (Hg.): Zur formalistischen Theorie der Prosa und der literarischen Evolution. In: ders.: Russischer Formalismus. München 1994, IX-LXXXIII쪽.

16) Tarasenkov, An.: Kosmopolity ot literaturovedenija. In: Novyj mir, No. 2, XXIV (1948), 124-137쪽, 여기서는 135-136쪽.

17) Propp: Historische Wurzeln 1987, 30-31쪽. Gor'kij, M.: Wie ich schreibe. Literarische Portraits, Aufsätze, Reden und Briefe. München 1978 (Über Märchen 1929), 398-400쪽; Die sowjetische Literatur(Vortrag am 17. 8. 1934 auf dem Ersten Allunionskongreß Sowjetischer Schriftsteller), 559-592쪽. Sokolova, V. K.: Diskussii po voprosam fol' kloristiki na zasedanijach sektora fol' klora instituta etnografii. (Diskussionen zu Fragen der Folkloristik auf Tagungen des Sektors für Folklore am ethnographischen Institut.) In: Sovetskaja etnografija 1948,

한 긍정적 평가는 스탈린 시대 이후에 그의 연구 성과에 대한 새로운 평가가 시작되면서 비로소 이루어졌다.[19] 외국에서 프로프가 폭넓게 수용된 것은 구조주의 언어학과 기호학의 영향을 받은 50년대 서유럽과 미국에서 민족학의 문화모델들이 호황을 누리게 되면서 시작되었다.[20]

프로프의 '민담' - 개념

프로프는 아주 꼼꼼하게 만들어진 문학 장르에서 출발해서 민담시학을 강조하였다. 민담의 미학적 기능은 오히려 실제로 적용된 의미가 전달되는 이른바 의례문학(儀禮文學)과 민담을 대비시킨다고 한다. 그래서 전설은 자료와 정보를 중재하고, 성담(聖譚)은 도덕을 중재한다고 한다. 프로프에게 있어서 빌리네Byline와 달리 '민담'의 개념에는 일상에서 일어난 비상한 사건들에 관한 보고들도 포함되었다. 그래서 노벨레 형식의 민담이 개념의 범주에 포함되었다.[21]

　'민담'이라는 예술작품은 다차원적으로 굴절된 방식으로 현실을

No. 3, 139-146쪽, 여기서는 139-140쪽. Lazutin, S.: Restavracija otzivsich teoriy. (Die Restauration veralteter Theorien.) In: Literaturnaja gazeta, No. 29, 12. 7. 1947.

18) 라주틴 Lazutin은 신화학자들의 논제부활과 관련해서 그를 비난한다. Kuznecov, M./Dmitrakov, I.: Protiv buržuaznych traditij v fol'kloristike. (Gegen Bürgerliche Traditionen in der Folkloristik.) In: Sovetskaja etnografija 1948, No. 2, 230-239 쪽, 여기서는 233쪽. 치체로프 Čičerov 이후에도 프로프는 형식주의 논제들로 연구 작업을 한다.

19) Pöge-Alder: 'Märchen' 1994, 182-184쪽.

20) Meletinskij: Zur strukturell-typologischen Erforschung des Volksmärchens 1975, 249쪽.

반영한다고 한다.[22] 이때 민간전승은 존재의 직접적 환영이 되는 것이 아니라 (러시아어 *byt*는 생활방식, 일상, 풍속, 관례), 수차례의 역사시대들, 생활방식들, 또는 집단들과 그 집단들의 이념이 만나면서 유래한다고 한다.[23] 일상의 현실은 소재에 그다지 포함되어 있지는 않다. 가령 볼테Bolte와 폴리브카Polivka가 "실제의 삶"과 민담의 차이를 강조하며[24] 민담이 시대사적으로나 정치적으로 훨씬 중요하다고 강조하고, 또한 고르키가 민속, 현실, 그리고 노동의 삶의 관계들을 강조하였지만, 그와 같은 견해와 더불어 프로프는 내용들을 탐구하는 민담해석과는 멀어졌다.[25]

프로프에 따르면 문화형태들의 초기 사회적 현존재들 사이의 합법칙적 관계들은 사라진 풍속과 관습의 내용들이 민담으로 변형되는 결과로 이어졌다.[26] 그는 민담이 신화에서 유래했을 것이라고 추측하였다. 그렇지만 신화와 달리 민담은 신뢰를 받지 못하였다.[27] 어느 한 형

---

21) Propp: Russkaja skazka 1984, 39쪽.
22) 마르크스-레닌주의 문예학에서의 '반영'은 "복잡한 실천관계들과 결합되어 있으며, 그 때문에 언제나 사회적인 제약을 받으면서 실천적으로 행동하는 현실과의 충돌을 가리킨다. 즉 그것은 정신적 획득에 맞춰져 있다." Lehmann, G. K.: Widerspiegelung (Stichwort). In: Wörterbuch der Literaturwissenschaft. Hg. v. Claus Träger, Leipzig 1986, 573쪽. '실천적으로 행동하는 충돌'은 '실천', 즉 생활에 영향을 끼치는 문학에 대한 열망을 가리킨다. 예술의 일부로서 문학은 "체계적으로 수용자에게 영향을 끼치기 위한 수단, 즉 사회적 관계에 개입하기 위한 도구"이다. Lenzer, Rosemarie: Abbild oder Bau des Lebens. In: Literaische Widerspiegelung, Berlin/Weimar 1981, 359-402쪽, 여기서는 378쪽.
23) Propp: Spezifica fol'klora 1976, 28쪽.
24) BP Bd. 4, 4쪽.
25) Gor'kij, M.: Die sowjetische Literatur (Vortrag 1934). In: ders.: Wie ich schreibe. Literarische Portraits, Aufsätze, Reden und Briefe. München 1978, 559-592쪽.

식이 종교적 유산과 민담 속에 동시에 나타난다면, 광범위한 자료 비교
만으로 그것을 증명을 할 수 있듯이 종교적 형상화가 본질적이다.[28] 신
화 속에 민중의 성스러운 믿음이 표현되고, 그리고 그러한 믿음이 종교
적 성격을 갖는다면, 민담은 "일종의 현실의 허구"이다. 이야기꾼이나
청중에게는 이러한 장르들의 다양한 진실인지(眞實認知)가 존재한다.
물론 형식과 관련해서가 아니라 내용과 관련해서 그렇다.[29] 신화와 민
담이 공존하였다면, 그 주제가 서로 다르며, 그리고 이 두 장르는 서로
다른 구성 체계에 속했다고 볼 수 있다.[30]

예를 들면 프로프는 용을 퇴치하는 용사들과 관련된 민담 유형
(ATU 300 그리고 유사한 유형들)의 존재를 세 단계로 분류하였다: 관
습이 신화를 만들었고, 이 신화가 민중으로부터 신뢰를 받으면서 종교
화되었다. 그런 다음에는 관습은 이미 더 이상 실행에 옮겨진 것이 아
니라, 위협적인 것으로 체험되었다. 민담은 변경되는 과정에서 핵심을
수용하였으며, 창작으로 받아들여졌다.[31]

---

26) Propp: Morphologie des Märchens 1972, 105쪽.
27) Propp: Russkaja skazka 1984, 42, 45쪽. 프로프: '신화'는 "신 또는 신적 존재에 관
한 이야기이며..., 어느 한 민족이 그것의 실질적인 존재를 믿는다." Propp: Historische
Wurzeln 1987, 26쪽. '신화'라는 개념은 현실을 넘어서지 않는 '원시' 민족들의 저 이
야기들에 해당한다. 사고유형이 다르다: 상상한 것과 현실 사이의 경계가 쉽게 알아볼
수 없다(42쪽).
28) Propp: Transformationen 1975, 160쪽. 특히 태고시대의 사라진 종교적 현상에 비해
서 민담의 예술적 형상화는 훨씬 후의 일이다.
29) Propp: Die Bedeutung von Struktur und Geschichte 1976, 236쪽.
30) 같은 책. 236-237쪽.
31) Propp: Russkaja skazka 1984, 239쪽.

구조모델의 설계

욜레스Jolles와 마찬가지로 프로프는 학술연구에 정진하면서 괴테 Goethe의 '형태론'을 모범으로 삼았다. 생물학에서의 린네Linné와 마찬가지로 프로프는 포괄적인 민담구조를 이해할 수 있도록 해주는 계통학을 탐구하였다.[32] 지리-역사 연구방법론이 일반적으로 공식화하 였던 전제조건들과 비슷하게 프로프는 역사적 연구 작업에 앞서 형식 연구에 대한 주의를 환기시켰다.[33]

그는 1855-1863년에 출판된 아파나제프A. N. Afanas'ev(1826-1871)의 민담집에서 대략 100개의 민담을 연역적으로 연구하였다. 이 처럼 비교적 적은 자료를 기반으로 해서 프로프는 "민담에서의 기본요 소들의 빈도"라는 말로 정당화하였다. 그밖에 프로프는 자신의 연구 작업을 마법담 또는 이른바 본래의 민담(마법담 ATU 300-745A)에 국 한시켰다. 프로프는 현장사례수집가가 아니었기 때문에 원칙적으로 민 담집의 역사적 고정 혹은 그 기록의 시기나 조건에 주목하지 않았다.[34] 그는 그림의 민담집과 비교될 수 있는 아파나제프의 민담모음집을 주 로 이용하였으며, 그리고 이 모음집에 싣기 위한 민담 개작은 19세기

---

32) Jolles: Einfache Formen 1982, 6쪽. Breymayer: Vladimir Jakovlevič Propp 1972, 59쪽; Levin: Vladimir Propp 1967, 6쪽. Propp: Morphologie 1972, 19, 22-23쪽. Lüthi: Märchen 2004, 16쪽. 뤼티는 아르네의 유형별 색인과 관련해서 그를 민담연구 의 린네 Linné라고 생각한다.

33) Propp: Morphologie 1972, 23-24쪽.

34) Propp: Russkaja skazka 1984, 162-163쪽. 최초의 러시아 수집가들은 추방당한 혁명 적-민주적 지식인들이었다.

중반의 경향들을 따랐다. 프로프에게 있어서 민담은 문서화된 텍스트였으며, 그 수집과 발간의 역사적 맥락에 대해서는 파고들지 않았다.

프로프는 민담의 다양한 특징들을 최소 단위가 모티브인 아르네 Aarne의 유형별 분류, 즉 줄거리의 진행과정 속에서의 사건에서 (영어 plot, 러시아어 sujet) 찾지 않고[35], 구조에서 찾았다. 요제프 베디에르 Joseph Bédier(1864-1938), 그리고 상수와 변수 사이의 관계를 기술하고 이를 도식적으로 표현하고자 하는 그의 시도와 연계해서[36] 프로프는 이야기의 구조에서 불변요소를, 그리고 그 내용에서 가변요소를 보았다. 훗날 막스 뤼티Max Lüthi에 의해서 '평면성 Flächen-haftigkeit'이라고 명명된 민담의 특징과 유사하게(참고 6.4장) 등장인물들의 행위들은 프로프에게 있어서는 변하지 않는 것으로 보였다. 프로프는 "그 의미의 관점에서 보면 줄거리의 진행과정에 맞게 확정된 등장인물의 행위"를 '기능'이라고 이해하였다.[37]

이와 동시에 등장인물들이 바뀌더라도 행위들('기능들')은 변하지 않는다. 누구에 의해서 행위가 실행되든 관계없이 프로프는 "그 의미의 관점 하에서 줄거리 진행에 적합한" 등장인물들의 행위들을 규정하였다. 프로프는 불변하는 기능들의 수를 31가지라고 말했다. 물론 그

---

35) Propp: Die Bedeutung von Struktur und Geschichte 1975, 232쪽. Veselovskij, A. N.: Poetika šjuzetov. Vvedenie, Bd. II. St.-Petersburg 1913.

36) Bédier, J.: Les fabliaux études de litterature populaire et d' histoire littéraire de moyen age. Paris 1893. 베디에르의 의미는 유래에서 환경에의 적응과정 쪽으로 관심이 옮겨졌다는데 있다. 참고. Tenéze, M.-L.: Bédier, Joseph. In: EM 2, 1979, 21-25단, 특히 24단. Lüthi: Märchen 2004, 73쪽. 참고. Bausinger: Formen ²1980, 36쪽.

37) Propp: Morphologie 1972, 27쪽.

순서 또한 대체로 같다. 그러나 마법담에 이 모든 기능들이 포함되어 있지는 않다.[38] 그런 까닭에 민담은 기능들의 나열로 이루어진다. 프로프에 따르면 이야기에서 연속적으로 이어지는 기능들은 일직선 모양의 통합순서를 이룬다.[39]

프로프는 여러 **기능들**을 대립쌍으로 배열하였다.

> 금지 - 금지의 위반
> 심문 - 배반
> 투쟁 - 승리
> 박해 - 구원

다음은 줄거리와 주 기능들의 연결고리를 이룬다.

> 가해(결핍상황) - 파견(중재) - 대항결심 - 출발

줄거리의 또 다른 진행은 연결고리에서 비롯된다. 따라서 기능들은 하나의 사슬, 즉 가해 내지는 결핍 요소에 따라서 재구성되는 하나의 시퀀스를 이룬다.[40]

---

38) 같은 책. 27-28쪽.
39) 일직선 모양의 통합순서는 그 순번이 고정되어 있으며, 이를테면 주인공이 마법의 물건을 획득하는 첫 번째 시험에서 증여자의 첫 번째 기능과 결핍 요소를 제거하는데 이바지하는 주 시험, 즉 가해자의 어려운 과제의 대비 역시도 그렇다. Meletinskij: Zur strukturell-typologischen Erforschung der Volksmärchen 1975, 247쪽. 참고. Fischer, John L.: Funktion. In: EM 5, 1987, 543-560단.
40) Propp: Morphologie 1972, 91쪽.

프로프는 하나의 완결된 민담에 8가지 기준을 제시하였다. 이 가운데 특히 3의 수의 법칙과 긍정적인 민담의 결말이 중요하다. 그러므로 민담은 다음과 같은 경우에 완결된다.

- 민담이 세 번씩 반복되는 하나의 시퀀스로 구성되는 경우,
- 하나의 시퀀스가 부정적으로 끝나는 반면에, 또 다른 시퀀스가 긍정적으로 끝나는 경우,
- 첫 번째 시퀀스에서 획득한 마법의 도구가 두 번째 시퀀스에서 사용되는 경우,
- 최종적인 불행 해소 이전에 모종의 결핍이 새로운 시퀀스를 야기시킬 경우,
- 두 가지 가해가 줄거리의 갈등을 초래할 경우, 예를 들면 용과의 결투 이후에 교활한 두 형이 막내 동생을 향해서 경쟁적으로 행동할 경우,
- 주인공들이 갈림길에서 헤어지고, 때문에 두 주인공의 이야기가 이야기될 경우.[41]

마법담의 31가지 기능들[42]

형태론상 중요한 *출발상황* (i) 이후는 다음과 같다:

1. 가족 구성원 가운데 한 명의 *일시적 부재.* (a)

2. 주인공에게 *부과된 금지.* (b)

3. *금지의 위반.* (c)

4. *적대자의 탐지.* (d)

5. *배반:* 적대자는 그의 희생양에 관한 정보들을 얻는다. (e)

---

41) Propp: Morphologie 1972, 93-94쪽.
42) Propp: Morphologie 1972, 31-65쪽. 프로프는 마법담에 일반적으로 적용되는, 그리고 모든 민담에 적용되는 공식을 최종적으로 제시하기 위해서 괄호 안의 부호들을 확립하였다.

6. 적대자의 *기만행위*. (f)

7. 협력: 희생자가 기만 행위에 속아서 본의 아니게 적대자를 돕는다. (g)

(기능 1부터 7까지는 발단부에 해당된다.)

8. 가족구성원에 대한 악의에 찬 적대자의 *가해*. (A)

8a. *결핍상황*: 한 가족 구성원에게는 무엇인가가 결핍되어 있으며, 그 때문에 그것을 갖고 싶어 한다. (*a*)

9. *중재*: 불행 혹은 무엇인가를 소유하고자 하는 소원이 알려지고, 주인공에게 부탁 내지는 명령이 전달되며, 사람들은 그를 보내거나 아니면 그로 하여금 가도록 한다. (B)

10. *시작되는 대항행동*: 탐색자는 대항행동을 위한 준비 또는 결심을 한다. (C)

11. *주인공의 출발*. (↑)

12. *증여자의 첫 번째 기능*: 주인공이 시험대에 세워지고, 심문을 받고 공세 등을 당한다. 이를 통해서 그는 마법의 도구 또는 초자연적인 협력자를 얻게 된다. (Sch)

13. 앞으로 있을 증여자의 행동들에 대한 *주인공의 반응*. (H)

14. 주인공은 *마법도구의 인수* 내지는 그것을 소유하게 된다. (Z)

15. 찾던 대상이 있는 체류지 쪽으로 주인공의 *공간중재*. (W)

16. *결투*: 주인공과 적대자가 직접 결투를 벌인다. (K)

[저자 주: 여기서 프로프는 특히 용과의 결투를 부각시켰다.]

17. 주인공의 *성격묘사, 표시하기*. (M)

18. 적대자에 대한 승리. (S)

19. 애초의 불행 혹은 결핍의 *청산, 종결.* (L)

20. 주인공의 *귀환.* (↓)

21. 주인공에 대한 *추적.* (V)

22. 추적자들로부터 주인공의 *구출.* (R)

23. 주인공이 자신의 고향집 또는 다른 나라에 알려지지 않은 채
    도착. (X)

24. 가짜 주인공의 *부당한 요구들.* (U)

25. 주인공에게 부여된 *시험, 어려운 과제.* (P)

26. 과제의 *해결.* (Lö)

27. 주인공 식별. (E)

28. 가짜 주인공, 적대자 혹은 가해자 확인, 폭로. (Ü)

29. *변모:* 주인공이 다른 모습을 하게 된다. (T)

30. 적대자 *징계, 형벌.* (St.)

31. 주인공의 *결혼, 즉위.* (H)

민담분석은 기능들과 줄거리의 진행에 적합한 이들 기능의 의미를 기
초로 해서 이루어진다. 마법담의 정의는 다음에 근거를 두고 있다.

  형태론상으로 보자면, 가해(A)와 결핍요소(α)에서 출발해 상응하는 중간
  기능들을 거쳐서 결혼(H) 혹은 또 다른 갈등해소의 기능으로 전개되는 모
  든 이야기가 마법담으로 간주될 수 있다. 간혹 보상(Z), 찾던 대상의 획득

또는 일반적인 불행의 청산(L), 추적자들로부터의 구원(R) 등과 같은 기능
들도 이야기의 종결을 이룬다.[43]

앞서 말한 31가지 기능들은 행동영역별로 **7명의 등장인물**, 즉 적대자
혹은 가해자, 증여자, 조력자, 찾는 대상, 파견자, 주인공, 가짜 주인공
에게 배분된다. 7개의 역할과 함께 하나의 줄거리 모형, 즉 "7명-등장
인물-도식Sieben-Personen-Schema"이 생겨난다.

기능들은 7명의 등장인물들의 행동영역으로 분배된다. 여기에서
「생명의 물」(KHM 97)을 예로 들면 다음과 같다.

No.	등장인물	행동영역	KHM 97의 예
1	파견자	주인공의 파견 기능	왕
2	찾는 대상	어려운 과제 부여, 주인공의 성격묘사, 가짜 주인공 노출, 진짜 주인공 확인, 두 번째 주인공 (형들)에 대한 징계, 결혼	생명의 물 왕의 딸
3	주인공	무엇인가를 찾겠다는 목적을 갖고 출발, 증여자의 요구에 대한 반응, 결혼	셋째 아들
4	가짜 주인공	뭔가를 찾기 위해서 출발, 부정적인 결과를 가져오는 증여자의 여러 요구에 대한 반응, 부당한 요구 통보	두 형들

---

43) Propp: Morphologie 1972, 91쪽. 보다 정확한 세분화 내지는 하위유형들은 숫자나
별들을 상징으로 표시한다. 그러므로 민담은 하나의 상징사슬의 형태로 출현한다.

5	증여자	마법의 도구 인도 및 주인공에게 양도	난쟁이
6	조력자	주인공의 공간중재, 불행 또는 결핍 요소의 청산, 추적으로부터의 구원, 어려운 과제 해결과 주인공의 변신을 도움	다른 나라에 있는 또 다른 체류지에서 주인공과 조우, 조력자로서의 동물들
7	적대자 또는 가해자	가해, 결투, 주인공과의 충돌, 추적	생명의 물 감시인
	연결 요소로서의 등장인물들	고발인들, 밀고자들, 정보 누설자들	아들을 죽여야 하는 사냥꾼, 그밖의 예를 들면 거울, 끝, 빗자루, 외눈박이와 세눈박이

마법담 유형의 여러 버전들을 비교하기 위해서 프로프는 지리-역사 연구방법론의 그것과 흡사한 기준들을 제시하였다. 물론 지리적 관점들이 결여되어 있기 때문에 이들 기준이 보잘 것 없는 실용적 및 도구적 가치를 지닌 이완된 일반화라는 평가를 받았다.[44] 그렇지만 이들 기준이 훨씬 더 자주 연구되고 있다.[45]

1. 소재의 비현실적 구성이 합리주의적 구성에 비해서 훨씬 더 오래되고 본질적이다: 마법의 하사품 전달자로서 마녀가 훨씬 더 오래되었다.

2. 영웅적인 구성이 익살맞은 구성과 비교해서 훨씬 더 오래되고 본질적이다: 가령 KHM 4 「두려움을 찾아 나선 소년의 이야기

---

44) Honko: The Real Propp 1989, 20쪽.
45) Propp: Transformationen 1975, 165-167쪽.

Märchen von einem, der auszog, das Fürchten zu lernen」
(ATU 326)에서 보듯이 카드놀이로 괴물 이기기는 생사를 건
결투보다는 훨씬 더 나중에 나온 것이다.

3. 논리적인 이야기 형식이 훨씬 더 오래되고 본질적이다 (참고:
안티 아르네Antti Aarne가 말하는 일관성).

4. 세계적으로, 정량적(定量的)으로 널리 보급된 형식이 훨씬 더
오래되고 본질적이다.

「생명의 물」 ATU 551 이야기 유형의 공통점들

1. 결핍상황	지배자/가장으로서의 아버지가 아프거나 또는 눈이 먼다.
출발	3명의 아들 또는 3명의 부(신)들이 치료약을 가져오기 위해서 출발한다.
마법의 도구	방법/과제들: 조력자의 검증, 충고/마법의 도구 지급 물/치료제의 획득/구출/여자의 구원/소식 남김
귀로	형들과의 만남 및 그들의 구출
귀환	아버지의 집에서 마법의 도구 양도
2. 결핍상황	두 형의 배반
출발	막내아들의 추방/도피
과제	구원을 받은 여자/공주는 그녀의 과제들을 해결해 주는 진짜 주인공을 찾는다.
결말	결혼 두 형들의 도주

정의에서도 보았듯이 마법담의 원칙상의 구조를 제쳐놓고 기능들이 전혀 구속받지 않고 논리적이고 예술적인 맥락에서 결합될 수 있고, 이로써 유형들의 변화가 명백하다고 프로프가 생각하였다면, 그것은 블록 조립방식과 비슷하다. 그렇지만 프로프는 이러한 "완벽한 변형의 자유와 상호보완"을 하나의 원칙으로 국한시켰다. 즉 "사실 민중이 그러한 변형의 자유를 별로 이용하지 않으며, 실제 존재하는 결합의 수가 그리 두드러지지 않는다." 사람들이 "민중창작의 심리학적 구성요소로서 이야기꾼과 그의 창작심리학을 대체로 분리해서" 연구하지 않으면 안 되기 때문에 사건구성의 그러한 법칙들은 다만 신중하게 민중문학에 적용할 수 있을 뿐이다.[46]

프로프의 구조법칙들은 마법담, 특히 주인공이 무엇인가를 찾기 위해서 길(원정)을 나서는 민담유형에 적용된다.[47] 프로프는 예술이 되풀이될 수 없는 천재의 결과물이 아니라 "언어와 민속에서와 같이 재현의 원칙이 폭넓은 기반 위에서 통용될 때", 전통문학과 관련해 등장인물들의 기능을 분석하는 것이 전반적으로 가능하다고 생각하였다.[48] 프로프의 형태론이 (뤼티의 문체양식 분석과 마찬가지로) 일반적인, 문학외적인 삶의 과정에 폭넓게 적용될 수 있는 가능성이 이 이론을 다시 소생시켜서 일반적인 기준이 되도록 만들었다.[49]

---

46) Propp: Morphologie 1972, 108-110쪽.
47) Žirmunski, Viktor M.: Rezension zu: V. Ja. Propp: Istoričeskie korni volšebnoj skazki, Leningrad 1946. In: Sovetskaja kniga, Moskva 1947, No. 5, 97-103쪽, 여기서는 100쪽.
48) Propp: Die Bedeutung von Struktur und Geschichte 1976, 239쪽.
49) Lüthi: Strukturalistische Märchenforschung 1981, 115-116쪽.

자신이 알고 있는 구조모델에 근거해서 남자 이야기꾼이든 여자 이야기꾼이든 자신의 이야기 버전을 만들어낸다. 여러 변화를 포함해서 사용할 수 있는 요소들이 기본적인 구성틀을 채운다. 지리-역사 연구방법론이 재구성하고자 하였던, 이야기의 변형들 사이에 존재하는 텍스트 비평적 의존성이 빠져 있다는 것이 거기에서 추론되었다.[50] 이야기의 변형들은 동등한 권리를 가지고 병존한다. 그것들은 "역사적 뿌리들이" 결정될 수 있는 견고한 구조틀에 근거하고 있다. 여기에서는 용어의 수정이 필수적이다: 텍스트 비평적 연구방법론을 적용하면서 사람들은 변형으로서의 개별 민담텍스트를 말한다. 그러나 모든 이야기꾼들이 자신만의 이야기 구성틀에 기초해서 자신만의 텍스트를 발전시킨다면, 이야기 버전들 내지는 이야기꾼이 발전시켜 생명을 불어넣은 기본틀에서 비롯된 하나의 이야기 버전을 말할 수 있을 것이다.

"마법담의 역사적 뿌리"

프로프는 마법담이 다양한 시기에 생겨났다고 믿었다.[51] 이때 실증적인 것 내지는 민담 고고학은 프로프에게 그다지 중요하지 않았다.[52] 그는 민속자료에서 기존의 '흔적'을 토대로 해서 그것의 초창기 신화적 토대를 재구성할 수 있다고 생각하였다.[53] 그의 역사적 분석들은 '단계별

---

50) Honko: The Real Propp 1989, 54쪽.

51) Propp: Russkaja skazka 1984, 36-37쪽.

52) 민담 고고학의 풍자: Traxler: Die Wahrheit über Hänsel und Gretel 1978.

53) Propp: Spezifica fol' klora 1976, 29쪽.

발전 원칙'에 초점이 맞추어져 있었다. 그는 사회발전이 단선적으로 낮은 곳에서 높은 곳으로 단계별로 진행되었다는 전제 하에서 역사비교 방식으로 유형화하였다. 그는 전승의 연대를 연대순이 아니라, 역사적 시문학을 만들어내기 위해서 역사발전의 어느 한 단계로 귀속시켜 결정하였다.[54] '토대와 상부구조'의 원칙에 따라서 그는 정신문화를 사회경제적 토대의 파생물이라고 이해하였다. 프로프는 어느 한 이야기 유형의 다양한 버전들을 이러한 사회경제적 토대의 변화로 설명하였다. 그와 동시에 이러한 버전들은 심지어 필연적인 현상이었다.[55] 역사적 유형들의 변증법적 발전에 관한 이와 같은 생각, 즉 또 다른 원인설명이 프로프를 다원발생론적 경향들을 함께 보여주었던 인류학적 이론들과 구별 짓는다.

프로프는 필요한 비교자료를 전 세계, 특히 이른바 원시민족들의 민담모음집들에서 끌어냈다. 그에게 있어서 지역적 특수성들은 모든 민족들에게 공통적인 사회발전의 전형적인 단계 또는 시대 뒤편에서 약화된 것처럼 보였다. 19세기와 20세기에 기록된 민간전승의 역사적 해석은 특히 민간전승의 '다단계 발전', 즉 한 이야기 안에서 이미 기술된 보다 오래된 층위와 그 이후의 층위가 퇴적됨으로써 복잡해진다고 한다.[56]

---

54) Propp: Spezifica fol' klora 1976, 29쪽.
55) Propp: Russkaja skazka 1984, 161-162쪽.
56) Propp: Russkaja skazka 1984, 162쪽. Propp: Die Bedeutung von Struktur und Geschichte 1976, 235쪽. 그의 사회분석원리에 관해서: Trockij, L.: Die formale Schule der Dichtung und der Marxismus (Juli 1923). In: ders.: Literaturtheorie und Literaturkritik. Ausgewählte Aufsätze zur Literatur. Hg. v. Ulrich Mölk.

프로프식 역사화의 근본 문제는 정확하고 공인된 시대구분을 증거로 끌어댈 수 있는 불가피함에 있었다. 1877년 런던에서 모건L. Morgan의 『고대사회Ancient society』가 출판되었으며, 1935년에 그것은 러시아로 번역되었다. 그러나 거기에서 사용된 '고상한 질서' 와 '노예 소유자-농업-질서' 라는 개념들이 프로프에게는 그다지 구별되어 있지 않았다.[57]

프로프는 『마법담의 역사적 뿌리Historische Wurzeln der Zauber-märchen』의 도입부에서 8개의 가정을 다음과 같이 제시한다.

1) 『형태론』에서는 **마법담**의 정의가 기초였다. 이제 공시적 연구에 이어서 통시적 연구가 뒤따르지 않으면 안 되었다.[58]

2) 프로프는 민담유형과 모티브를 분리해서 연구하기를 거부하였다. 오히려 그것을 항상 **마법담의 구조**와 관련시키고자 하였다.[59]

München 1973, 100-118쪽, 여기서는 105쪽, 114쪽. Woeller: Der soziale Gehalt 1955. 프로프는 30년대 말까지 국제 및 소비에트 민족학자들과 종교학자들의 참고문헌을 이용하였다. 그는 스탈린이 아니라 마르크스와 레닌을 인용하였다. 이 점은 브라이마이어 Breymayer와 상반된다: Breymayer: Vladimir Jakovlevič Propp 1972, 42쪽.

57) Propp: Russkaja skazka 1984, 163-164쪽. Propp: Spezifica fol' klora 1976, 29쪽. 엥겔스 Engels는 『가족, 사유재산, 그리고 국가의 기원 Der Ursprung der Familie, des Privateigentums und des Staats』 (1884)에서 그 이론구상을 활용하였다.

58) Propp: Morphologie des Märchens 1972, 91쪽. Propp: Historische Wurzeln 1987, 14쪽: 장르 마법담: 상실 또는 불이익으로 시작, 주인공의 출발, 증여자와의 만남, 예를 들면 용과의 싸움에서처럼 적대자와의 결투, 주인공의 귀환 또는 새로운 갈등.

59) Propp: Historische Wurzeln 1987, 15쪽.

3) 반복과 법칙성이 '민간전승'을 만들어냈다. 그 때문에 모든 자료가 존재하지는 않는다. 프로프 역시도 마법담에서 **반복되는 요소들**만을 연구할 생각이었다.[60] 지리-역사 연구방법론과 달리 프로프는 모든 이야기의 변형을 고려하지 않았다. 그는 자신의 비교역사 연구를 기초로 삼기 위해서 러시아, 특히 북러시아 민담을 중심으로 마법담의 모든 기본유형들을 포함시켰다.[61]

4) 프로프는 민담의 모티브들을 **"과거의 역사적 현실"**과 비교하면서 "역사적 뿌리들"을 밝히고자 하였다.[62] 이러한 비교를 위한 방법론적 기초로서 그는 토대와 상부구조, 그리고 경제적 기반과 상부구조의 "불일치"에 관한 칼 마르크스Karl Marx의 테제들을 인용하였다.[63] 사회주의적 사고모델에 대한 이러한 고백을 제외하면, 프로프는 실제 정신적 영역의 현상들만을 상호 연관시켰다. 그는 마법담의 원천을 "역사적 과거의 (사건들이 아닌) 현상들" 속에서 제시하고, 이러한 역사적 맥락에서 "초래되고 야기된" 정량을 규정짓고자 하였다.[64]

프로프는 사회의 상부구조에 해당되는 사회적 삶의 요소들을 "역사적 과거"에 포함시켰다. 혼례형식들, 상속형식들, 종교제도들, 의례

---

60) 같은 책. 34쪽.
61) 같은 책. 37쪽.
62) 같은 책. 18쪽.
63) '상부구조'는 토대에 상응하는 정치관, 법률관, 도덕관, 세계관, 그리고 국가와 같이 그와 관련된 제도들, 사회조직들, 문화 및 교육제도를 가리킨다. 이러한 사회관의 특징들: Basis und Überbau(Stichwort). In: Kleines politisches Wörterbuch. Hg. v. Autorenkollektiv. Berlin 1973, 97-98쪽.
64) Propp: Historische Wurzeln 1987, 12쪽.

나 관습, 그리고 자연에 영향을 미치는 그밖의 문화행위들이 함께 흘러 들어간다.[65] 이와 동시에 프로프는 고대의 관습이나 사고의 반영에 관해 통용되는 견해를 마법담에서 상론할 수 있었다.[66]

5) 민담 모티브들의 비교와 역사적으로 오래 된 층위에 속하는 의례들이 서로 어떤 관계에 있는지를 밝히지 않으면 안 된다. 양자가 전적으로 일치하기란 드문 일이며, 민담에서 그것들은 **새로운 해석과 재평가**하는 가운데에서 나타난다.[67] 이때 프로프는 모티브들이 "내부로부터의 진화를 근거로 해서" 변화하는 것이 아니라 "어느 한 모티브가 새로운 역사적 상황에 이른다는 사실을 근거로 해서" 변화하는 것이라고 기술하였다.[68] 새로운 것과 낡은 것의 충돌이 민담과 '전승'의 발전으로 이어지고, 바로 그 때문에 프로프는 그러한 발전을 "혼합"이라고 간주하였다.[69]

6) 또한 프로프는 입증을 위한 1차 원전으로는 계급이전(階級以前)단계에 있는 **이른바 원시민족들의 신화들**을, 2차 원전으로는 **이른바 고대 문화국가들의 신화들**을 민담과 연계시켰다.[70] "원시민족들의 민담

---

65) 같은 책. 19-20쪽.

66) Becker: Die weibliche Initiation 1990, 11쪽. 그녀는 하르틀란트E. S. Hartland, 랑 Lang, 맥컬로우McCullough, 나우만Naumann, 해리슨Harrison, 로드 래글런Lord Raglan을 언급한다. 프로프는 프레이저Frazer와 쥬네프Gennep만을 끌어 댄다 (『통과의례Übergangsriten』와 더불어 Arnold van Gennep: Mythes et légendes d'Australie. Paris 1905). Becker: Initiation. In: EM 7, 1993, 183-188단.

67) Propp: Historische Wurzeln 1987, 24쪽.

68)같은 책. 25쪽. 프로프는 레닌과 그의 테제 "모순의 통일로서의 발전Die Entwicklung als Einheit der Gegensätze"을 증거로 끌어댄다. In: "Zur Frage der Dialektik". 참고. 같은 책. 23쪽.

69) Propp: Spezifica fol' klora 1976, 28쪽.

들"은 사회적 기능에 있어서 "경제발전의 초기 단계에 나온 생산품으로서 그것의 생산기반과의 관계를 아직 상실하지 않았던" 신화들이다. 유럽의 민담에는 그러한 요소들이 달리 해석되어 있다.[70]

7) 어떤 행위이든 경제적 관심을 통해서 직접적으로 야기되는 것이 아니라 특정한 사고를 통해서 야기되기 때문에 **원시적 사고의 형태들**도 민담의 기원들을 밝혀준다.[72] '원시민족들'의 사고는 추상적 개념의 부재를 통해서 표가 나고, 전승이나 언어 속에 담긴 사회적 조직형태들이나 행위들 속에서 알아볼 수가 있다. 그러므로 공간, 시간, 그리고 민중에 대한 또 다른 시각이 자리 잡고 있다. 그러한 생각들이 지리-역사 연구방법론에서는 어떤 역할도 하지 못하는 반면에, 프로프는 우리에게 불가항력적으로 혹은 그럴 듯하게 보이는 민담 모티브들에 관한 설명들과 더불어 '역사적 뿌리들'을 재구성할 경우에 또 다른 성격의 '원시적 사고'를 덧붙이도록 자극하였다.[73] 오히려 여기에서는 "문화 자체의 재해석"이 발견될 수 있다.[74] 물론 프로프의 경우에 자료에 대한 비판적 평가는 인정받을 수 없다. 그가 '원시민족들'의 자료집을 이용해서 러시아와 유럽의 민담을 역사적으로 확정짓고자 하고자 한다면, 이야기꾼들, 기록자/수집자들, 그리고 편찬자들의 몫을 고려하지 않으면 안 된다.

---

70) Propp: Historische Wurzeln 1987, 30쪽. '신화'의 개념 26쪽.
71) 같은 책. 26-27쪽.
72) 같은 책. 31쪽.
73) 같은 책. 31쪽. 프로프에게는 19세기의 유형이해가 관심사이다.
74) 그와 달리 상징적 혹은 마르크스주의적 방식의 "현학적 과잉해석"은 중요하지가 않다.
　　참고. Honko: The Real Propp 1989, 165쪽.

8) 의례, 신화, 그리고 사회적 사고나 사회적 제도의 형태들이 민담에 선행하고, 그리고 그 때문에 민담을 설명하기 위해서 동원되는 반면에, 프로프는 민담의 기원을 해명하기 위해서 전설, 성담이나 빌리네및 에다, 인도의 위대한 이야기 모음집 마하바라타Mahabharata(역자 주: 가장 오래되고 가장 유명한 인도의 영웅서사시이자 종교 및 철학서), 일리아드(역자 주: 트로이 전쟁을 읊은 고대 그리스 시인 호머Homer의 영웅서사시), 오디세이(역자 주: 호머의 영웅서사시)와니벨룽겐의 노래(역자 주: 독일 중세의 영웅서사시)를 이용하지 않는다.[75]

이러한 가정들을 근거로 해서 프로프는 구체적인 민담들을 그 뿌리에서부터 찾고자 한 것이 아니라, 그가 말하는 '마법민담', 즉 추상적 개념을 찾고자 하였다. 민담 모티브들의 중요한 원천을 표현하는 사회적제도들 사이에는 성년식의 다양성과 저승 세계에 대한 사고가 핵심적위치를 점하고 있다.

성년의례는 민족학에서 "새로운 삶의 단계(성인이 되는 것, 성스러운 또는 불경스러운 직위) 또는 인간집단(연맹, 수도원, 조합) 속으로의 개인적 혹은 집단적 입문을" 말한다. 반 쥬네프van Gennep의 『통과의례Übergangsriten』(1909)에 관한 체계적 연구는 "위협적으로 느끼는 시간도약의 극적 구성에 맞게" 3단계로 묘사하였다: 1. 낡은 상황과의 분리, 2. 과도기, 3. 새로운 상황에로의 입문, 즉 새로운 수준의재탄생 또는 복귀가 그것이다.[76] 프로프의 견해에 따르면 "성년식의 순

---

75) Propp: Historische Wurzeln 1987, 35쪽.
76) Streck: Initiation. In: Ders. (Hg.): Wörterbuch der Ethnologie 2000, 111-114쪽, 여기서는 111-112쪽.

환주기는 **가장 오래된 민담의 토양"**을 표현한다. 그는 어린 시절에서 성인의 삶으로 옮겨가는 그러한 과도기와 마법담의 다음과 같은 부분들이 일치하고 있다고 생각하였다.

> 숲 속으로 어린아이 데려가기 또는 쫓아내기 또는 숲속의 정령을 통한 아이들의 유괴, 작은 오두막, 약속, 마녀를 통해서 주인공에게 상처 입히기, 손가락 잘라내기, 날조된 죽음의 징표, 마녀의 가마솥, 토막 내기와 다시 살아나기, 꿀꺽 삼키기와 뱉어내기, 마법의 도구 혹은 마법의 능력을 지닌 조력자의 획득, 의상도착증, 숲의 스승과 난해한 기술. 그 다음 결혼으로 이어지는 단계와 귀환의 결정적 상황은 저택의 모티브들 속에, 그리고 거기에 식사가 차려져 있는 식탁, 사냥꾼들, 도적떼들, 누이동생, 관 속에 누워있는 미녀, 아름다운 정원이나 궁정의 미녀 모티브에서(그리스 신화에서 에로스가 사랑한 미녀 프시케), 씻지 않은 사람, 자기 아내의 결혼식에 서 있는 남자, 자기 남편의 결혼식에 서 있는 여자, 금지된 방 등의 모티브들 속에 반영된다.

이와 달리 "죽어가는 사람이나 시신 다루기, 장례, 추모, 그리고 죽은 자와 접촉하는 의례형식들"을 포함하는 **죽음에 관한 사고**의 복합체가 다음과 같은 마법담의 요소들과 일치하고 있음을 보여준다.[77]

> 용에 의한 소녀 납치, 서로 다른 형태의 불가사의한 탄생과 죽은 자의 귀

---

77) Hauschild, Th.: Tod. In: Streck, B. (Hg.): Wörterbuch der Ethnologie. 2., erw. Aufl. Wuppertal 2000, 268-271쪽, 여기서는 268쪽.

환, 철로 만든 신 등을 신고 여행을 떠남, 다른 세계로의 입문으로서 숲, 남자 주인공의 체취, 작은 오두막의 문들에 물 끼얹기, 마녀의 집에서 대접받기, 사공과 안내자 인물, 독수리, 말, 보트 등을 타고 떠나는 먼 여행, 도착한 사람을 잡아먹으려는 문지기와의 싸움, 저울에 달기, 또 다른 제정 러시아에서의 탄생 그리고 그것을 둘러싼 모든 주변 상황들.[78]

1926년 출생한 아우구스트 니취케August Nitschke는 민담의 구조와 역사에 관한 프로프의 견해들을 연구의 실마리로 삼았다. 역사인류학의 공동설립자 니취케는 역사학에 있어서 전래민담의 역사적 가치에 대한 관심을 불러일으켰다. 이와 달리 민담에 관한 그의 초기 연대 추정은 반론의 여지가 없을 수 없었다. 구상적 표현들, 예를 들면 동굴벽화와 같은 간접 증거들에 관한 비교에 따르면 요한네스의 충성심, 라푼첼 등의 유형들의 발생을 (기원전 3, 4세기 유럽의) 거석문화로까지 기산하는 것이 그에게는 정당화하게 비쳐졌다.[79] 그의 연구방법론의 기초는 이른바 시대연구에 있으며, 이때 그는 "한 시대의 결과물들이 어느 한 사회 계층에서 비롯되는 한, 그 결과물들은 서로 연관되어 있다는" 사실에 근거하였다.[80] 프로프의 단계별 발전과는 달리 니취케는 다른 사람들과 함께 "획기적인 세계체험들이" 한 시대를 각인하고, 1차적으로 변화된 지각방식이 시대변화에 중요하다는 점에 근거를 두고 있다.[81]

---

78) Propp: Historische Wurzeln 1987, 452쪽, 451쪽(인용문).
79) 참고. Lüthi: Märchen 2004, 79쪽, 100-101쪽.
80) Nitschke: Soziale Ordnungen im Spiegel der Märchen 1976/77, 22쪽.
81) Hirsch: Märchen als Quelle für Religionsgeschichte? 1998, 65쪽.

앙겔리카-베네딕타 히르쉬Angelika-Benedicta Hirsch는 민담에서의 난쟁이 인물에 근거해서 아우구스트 니취케와 블라디미르 프로프의 견해들을 따랐다. 그녀는 니취케의 구조분석을 전래민담을 역사적으로 분류하는 데 이용하였다. 그녀에게 있어서 민담의 종교사적 가치는 반영된 '민속신앙' 안에 있었다.[82] 위기 및 인생 상담분야에서 활동하는 종교학자로서 그녀는 의례와 민담 사이의 차이점을 환기시켰다. 왜냐하면 전자는 현실적인 행위 속에서 실제적인 실행을 보여주는 반면에, 후자는 종종 하나의 의례처럼 구성되어 있으며 공통의 상징들을 이용하지만, 상상 속에서 공유되기 때문이다. 물론 민담은 의례(儀禮)와 마찬가지로 동일한 위기 상황을 소재로 사용하고, 그것의 역할 수행과 그것의 도움을 알게 해주었다.[83]

「생명의 물Wasser des Lebens」 ATU 551에 대한 프로프의 견해

프로프에 따르면 「생명의 물」 ATU 551은 마법담의 줄거리를 결정하는 몇 가지 요소들을 모범적으로 보여준다. 이 민담에서의 중심과제는 **찾기**이다: 주인공은 생명의 물을 가져오지 않으면 안 된다(Mot. H 1321.2). 찾기 과제는 이중적으로 동기가 부여된다: 한편으로 과제의

---

82) 같은 책. 246쪽.
83) Hirsch, Angelika-Benedicta: Märchen und Übergangsrituale. In: MSP 15 (2004) H. 2, 18-22쪽, 여기서는 18-19쪽, 예를 들면 「올드 링크랭크Oll Rinkrank」 (KHM 196). Hirsch, Angelika-Benedicta: An den Schwellen des Lebens. Warum wir Übergangsrituale brauchen. München 2004.

이행은 왕이 **왕국에 있는 자신의 후계자**에게 제시하는 조건이다.[84] 다른 한편으로 주인공은 왕의 후계자로서 **공주와의 결혼**을 필요로 한다. 게다가 공주는 구원을 받지 않으면 안 된다. 그는 그녀에 대해서 자신을 '특징지어야만' 한다. 이 일은 그가 그녀에게 어떤 특징 또는 인식표, 예를 들면 옷감의 조각이나 편지와 같은 것을 남기면서 일어난다. 그러므로 공주는 자신이 낳은 아이의 아버지이기도 한 주인공을 찾아낸다. 구원이 이루어진 뒤에 주인공은 그녀의 곁을 떠나고, 그리고 그녀가 그에게 인식표를 준다면, 프로프는 다시금 왕의 딸에 의한 후일의 "주인공 표시하기"를 성인식과 관련지어 해석하였다.[85]

이러한 민담유형에서 이중의 동기 부여는 부정적으로도 작용한다. 그래서 이 이야기 유형의 몇몇 변형에서는 성공하지 못한 채 귀향하고 아버지의 시험에 합격하지 못한 뒤에 주인공과 그의 신부는 그녀의 왕국으로 돌아가 함께 산다.[86]

프로프는 생명과 죽음의 물을 특별한 의미를 지닌 **마법의 물건들**로 해석하였다. 그것들이 지닌 신통력은 그것들이 죽음의 세계에서 가져온 데서 기인한다.

> 그는 [저자 주: 조력자] 황제의 아들 이반에게 죽음의 물을 뿌렸다 - 그의 몸이 함께 자라났다; 그는 그에게 생명의 물을 뿌렸다 - 황제의 아들 이반이 일어섰다.[87]

---

84) 같은 책. 384쪽 "어려운 과제들".
85) 같은 책. 378-383쪽, 393-394쪽. Af. 144.
86) 같은 책. 395쪽.

이러한 정형화된 표현은 마법담 ATU 551에서 신통력이 있는 물의 효과를 묘사한다. 프로프는 이를 설명하기 위해서 저승세계에 대한 생각들을 기록한 그리스와 바빌론의 자료를 이용하였다. 이에 따르면 죽임을 당한 사람은 부유 상태에 놓여있다. 그는 더 이상 살지 못하지만, 아직은 죽음의 세계에 도달하지 못한 상태, 즉 최종적으로 죽은 상태에 있는 것이 아니다. 따라서 민담의 주인공이 죽은 채로 발견된 뒤에 죽음의 물은 주인공이 떠도는 상태에서 벗어나 실제로 죽게 만든다. 그 뒤에 비로소 생명의 물이 작용할 수 있다.

전도된 결말에서는 생명의 물과 죽음의 물을 소유하는 것이 **저승세계에 주인공이 머물고 있음**을 증명한다. 이와 동시에 왕국에 이르기 위한 하나의 전제조건이 입증되어 있다. 생명의 물은 "다른" 나라, 즉 러시아 민담에서는 흔히 "3x10번째" 러시아 왕국에 흐르고 있다. 거기에서 주인공은 자신의 어려운 과제를 풀고 생명의 물을 가져오지 않으면 안 된다. 이러한 나라가 있는 곳은 언제나 물 밑, 산 위, 땅 밑이며, 너무나 아름다운 초원으로 가득한 곳이거나, 정원과 나무들로 덮여있는 곳이며, 그곳에는 사람들이 거의 살고 있지는 않지만, 그 안에는 궁전들이 솟아있다.[88] 한 궁정에서 주인공이 생명의 물을 발견한다. 물은 감시를 받고 있다. 즉 마녀와 다른 왕국의 **감시자**인 용이 생명의 물을 지키고 있다. 살아있는 존재로서 주인공은 죽음의 세계로 침입해서 물을, 젊음을 선물하는 사과를, 혹은 그밖의 다른 불가사의한 물건들을

---

87) Af. 168. Propp: Historische Wurzeln 1987, 245-246쪽 (인용문).
88) Propp: Historische Wurzeln 1987, 355-358쪽.

훔친다.[89]

생명의 물 민담유형에서 마녀는 보통의 경우와는 다른 기능에서 우리와 마주친다. 마녀는 민담에서 기능집단을 구성하는 **조력자들** 가운데 한 명이다. 그림 형제의 KHM 97에서의 난쟁이처럼 주인공은 찾기 위해 출발하면서 즉각 잠재적인 조력자들을 만난다. 성공적인 시험 뒤에는 조력자가 길을 가리켜주고 충고를 한다. 이러한 도움으로 주인공은 자신의 난제들을 해결한다. 프로프에 따르면 조력자들의 이야기는 어린 소년이 자신의 입문식과 관련해서 조력을 받는 사냥꾼 문화에서 시작된다. 역사적으로 샤머니즘이나 조상숭배 그리고 내세사상과 병행해서 마녀는 여전히 성년식과 관련을 맺었다.[90]

이미 프로프 이전의 연구자들은 민담의 기원을 선사시대나 초기 역사시대에서 찾았으며, 이와 동시에 민담기록들과는 역사적으로 멀찌감치 떨어진 시간대로 거슬러 올라갔다. 이미 생띠브Saintyve는 민담을 고대신화의 잔재로 여겼으며, 야콥 그림 자신도 게르만의 초기 역사시대로까지 거슬러 올라갔다.[91] 프로프의 경우에는 마법담에 기울어 있으며, 형태론적 분석에 근거하는 근본적인 성향이 새롭다. 이러한 분석이

---

89) Propp: Historische Wurzeln 1987, 246-248쪽; 용과 물 273쪽, 320쪽. Johns, A.: Baba Yaga: the ambiguous mother and witch of the Russian folktale. New York u.a. 2004.

90) 같은 책. 231-237쪽. 그 의식이 사라진 뒤에 조력자의 인물은 남아있었으며, 수호천사나 기독교의 성인들 쪽으로의 발전이 시작되었다.

91) Saintyves: Les contes de Perrault et les récits paralléles 1923. 참고. Peuckert, W.-E.: Sage und Märchen, Berlin/München o.J., 69쪽; BP Bd. 5, 257쪽.

매우 일반적으로 행해지고 있다는 점 때문에 그는 비난을 받았다. 그렇지만 바로 이러한 개방성이 여전히 오늘날에도 그러한 분석을 하도록 만드는 듯하다. 그것은 전체 서사연구에 고무적인 영향을 미쳤으며, 확대 및 지속되었다(참고 6.6장).[92]

장르로서 마법담의 기원을 설명할 때, 프로프는 처음부터 예술적 전승을 고려하지 않았다. 이야기가 의례에서 분리되고, 동시에 민담이 그 종교적 기능들을 잃는다면, 프로프는 그것을 타락이 아닌, 긍정적인 것으로 평가하였다. 그런 다음에 민담은 예술적 창작에 속했다.[93]

프로프의 문헌기초는 그것에 대해서 비판적이다. 그는 출처가 극히 다르고 다양하게 출판된 텍스트들을 서로 비교한다. 형태론적 통일성의 우위 하에서 그것은 그에게 어떤 문제도 되지 않는다.

6.3 장르특성으로서의 형식

마찬가지로 패리Parry(1928)와 로드Lord(1960)의 연구 작업과 연계해서 이야기꾼들의 구연 기교와 민중 이야기의 상투적 표현형식이 주목을 받고 있다. 구비문학은 정형화된 즉흥 구연의 전통적 기교에 의해서 전달된다. 이야기꾼의 '능력'도 판에 박힌 요소들을 갖춘 즉흥적인 구

---

92) Pauckstadt: Paradigmen der Erzähltheorie 1980. 참고. Voigt, V.: Morphologie des Erzählgutes. In: EM 9, 1999, 921-932단, 여기서는 925단.

93) Propp: Historische Wurzeln 1987, 458-459쪽. 타락에 대해서: Dorsey, G. A.: Traditions of the Skidi Pawnee. New York 1969 (초판 Boston/New Yorl 1904).

연 기교에 근거한다.[94]

한편으로는 민담의 문맥과 퍼포먼스에, 다른 한편으로는 민담의 구조문제에 주목하는 현장사례조사들은 텍스트의 일부에 직접 해당되는 정형화된 표현양식 또는 이동배경의 의미를 다소 보여주었다. 이야기 도입부의 상투적인 표현양식들(아울러 결론부의 상투적인 표현양식들, 그리고 때로는 이야기의 중심에 위치한 연결부로서도)에 관한 자료들은 유럽이나 아시아의 여러 민담에서 발견될 수 있다. 그것의 가장 중요한 기능은 양쪽 모두에게 익숙한 표현양식을 통해서 청중과의 의사소통 관계를 생산하는 것이고, 이야기의 내용과 이야기하기에 청중을 주목시키는 데 있다. 이야기꾼은 도입부와 결말부의 상투적인 표현양식으로 이야기의 내용을 평가한다. 즉 그는 이야기의 신빙성을 확신시키거나 혹은 거짓임을 암시한다. 흔히 터키에서는 민담의 도입부로 이용되는 난센스에 가까운 상투적 표현들처럼 예술적 보고(報告)로서의 민담은 도입부에 위치한 작은 규모의 민담으로까지 확대될 수 있는 '민담의 나라'로의 입장, 즉 마법의 나라로 주인공들이 출발하는 것과 같은 도입부의 정형화된 표현양식들을 통해서 평가받는다. 때로는 이야기꾼이 그의 보증인을 거명하지만, 이야기 사건의 시간이나 장소는 언제나 명확하지 않다.[95]

예를 들면 덴마크 어문학자 **악셀 올리크Axel Olrik(1864-1917)**는 1904-05년에 덴마크 전승문학을 위한 국립문서보관실을 설립함으로

---

94) Holbek, B.: Formelhaftigkeit, Formeltheorie. In: EM 4, 1984, 1416-1440단.

95) Ranke, K.: Eingangsformel(n). In: EM 3, 1981, 1227-1244단. Pop: Die Funktion der Anfangs- und Schlussformeln im rumänischen Märchen 1968, 321-326쪽.

써 덴마크의 민속학을 제도적으로 조직화하는 데 공헌하였다.[96] 그는 막스 뤼티가 걸었던 것과 같은 방식으로 연구를 하였다. 아르네, 크론, 그리고 올리크와 같은 지리-역사 연구방법론의 후기 대표자들이 끌어들였던 **서사법칙들**은 모우M. Moe가 1889년 일련의 강연을 통해서 이미 제시하였던 것들이다. 먼저 그는 1906년에 이른바 민중문학의 특징들을 다음과 같이 기술하였다.[97]

1. 명료성

등장인물들의 수적 제한, 개별적인 요인들에 의한 운명의 결정, 동시에 미치는 영향이 병행해서 표현된다.

2. 무대의 이원성

일반적으로 두 명의 등장인물만이 동시에 행동한다.

3. 단순화

사건전개에 필요한 특징들만이 묘사된다.

4. 반복

예술적이고 상세한 묘사 대신에 반복을 통한 강조, 그리고 이른바 대조를 이루는 점층법이 여기에 해당된다(두 번의 실패 이후, 세 번째의 시도가 성공을 거둔다).

---

96) Chesnutt, M.: Olrik, Axel. In: EM 10, 2002, 263-265단, 여기서는 264단.

97) Holbek, B.: Epische Gesetze. In: EM 4, 1984, 58-69단, 여기서는 63-65단. 특징 14의 명칭은 '뒤에' 라는 의미에서 선원용어 '선미(船尾)' 에 해당된다.

5. 줄거리에의 종속

인물과 사건의 성격들은 줄거리를 통해서 표현된다.

6. 조형적 중심상황으로서의 클라이맥스

강한 대비, 정적인 상징들.

7. 실제적 개연성이 부재한 논리

중심인물들은 일상적인 삶의 개연성과 전혀 관계없는 모종의 논리적 행위를 전개한다.

8. 줄거리의 통일

각각의 동기소는 일관성 있게 또 다른 사건들의 결과가 된다; 서사단위들의 연속이 공통의 이념을 발전시킨다.

9. 하나의 실타래

줄거리의 연속은 하나의 이야기 실타래로 이루어진다.

10. 중심에 위치한 주인공

한 사람만의 운명이 묘사된다.

11. 대비, 양극성

함께 등장하는 두 명의 인물이 대립쌍을 이룬다; 벌과 범죄행위의 일치.[98]

12. 쌍둥이

하나의 역할을 하는 두 사람이 한 사람 보다는 미약하다.

13. 3의 수

숫자 3의 구조들은 등장인물군(群), 에피소드, 횟수에서 결정한다.

---

98) Röhrich: Märchen und Wirklichkeit 2001, 148-150쪽.

14. 후반부의 중요성

사건진행 과정에서 가장 중요한 것은 마지막에 등장한다.

15. 도입원칙

"단순한 것에서 보다 복잡한 쪽으로, 부동의 상태에서 행동 쪽으로, 평범한 것에서 비범한 쪽으로" 옮겨가는 것이 일반적인 순서이다.

16. 결말

줄거리는 또 다른 운명의 묘사, 상황발전의 묘사, 업적에 관한 묘사, 기억 등의 묘사와 함께 끝난다.

이러한 법칙성들은 특히 민담에 적용될 수 있으며, 서로 영향을 미치면서 그 응집력을 보여준다.[99] 그래서 막스 뤼티는 후반부의 중요성과 더불어 숫자 3을 "민중문학의 가장 중요한 특징"으로 간주하였다. 세 번째 반복은 상승 대신에 방향 전환 또는 대비를 불러온다. 즉 세 형제들 가운데 두 형들이 실패하고, 셋째가 성공을 거둔다. 실패는 말하자면 "성공의 필수불가결한 전조"이다.[100] 홀베크Holbek는 캐릭터가 줄거리에서 표현되는 법칙을 이야기 유형 ATU 551 「생명의 물」에 적용하였다: 주인공은 그의 병든 아버지를 위한 치료제를 가져오기 위해서 집을 떠나지만, 여자와 함께 돌아온다. 그 때문에 이 이야기는 불가사의한 치료제를 찾기 위한 여행에 관한 민담이 아니라 여자를 찾기 위한 여행에 관한 민담일지도 모른다.[101] 19세기와 20세기의 구술형식에서

---

99) Holbek, B.: Epische Gesetze. In: EM 4, 1984, 58-69단, 64단 (인용문), 65단.
100) Lüthi: Märchen 2004, 30쪽.

기록된 전래민담들에서 이러한 법칙들이 증명될 수 있다면, 그것은 이들 텍스트가 지닌 본래의 '민중성'에 대한 징표가 아니다. 오히려 이러한 판단은 '민담'에 관한 하나의 상으로 이어지는 기록물의 개작에 대한 주의를 환기시킨다.[102]

이지도르 레빈Isidor Levin은 이야기들의 빈도를 그의 연구, 즉 "**수량화기초자료료분석**"의 중심에 갖다놓았다: 그는 빈도의 증거로서 전체 조사결과의 통계 및 비교통계도만을 해석할 수 있는 것으로 여긴다. 그는 이야기꾼들의 성별, 연령, 고향, 등장인물들의 특성, 가족관계와 역할 그리고 도입부와 결말부의 정형화된 표현양식의 존재 유무와 부피에 상응하는 빈도를 증거로 끌어댄다.[103]

컴퓨터를 이용한 민속 이야기들에 관한 분석은 특히 동유럽이나 프랑스어권에서 자리 잡았다. 이 분석은 단순한 민담들의 통합으로까지 나아갔으며, 이때 프로프와 레비-슈트로스는 구조적 기초를, 노암 촘스키Noam Chomsky는 언어학적 기초를 세웠다.[104] 홀베크가 평가하듯이 이러한 시도들의 경우에는 본래의 의미에서의 민담해석이 중요

---

101) Holbek: Interpretation of Fairy Tales 1987, 411쪽.

102) Röhrich: Märchen und Wirklichkeit 2001, 174쪽. 올리크의 법칙들은 믿음의 시대를 떠나버린 어느 한 민담소재에 대한 후일의 예술적 형상화를 보여주는 뚜렷한 징표이다. 메라클리스Meraklis의 나륵(羅勒)소녀 AT 879: Das Basilikummädchen 1970, 7쪽.

103) Schenkowitz: Der Inhalt sowjetrussischer Vorlesestoffe 1976 wendete das Verfahren an.

104) Voigt, V.: Computertechnik und -analyse. In: EM 3, 1981, 111-123단, 여기서는 116단, 123단.

한 것이 아니라, 무엇보다도 도식화된 기술이 중요하다.[105]

6.4 막스 뤼티Max Lüthi의 문체양식기술

문예학자 막스 뤼티는 20세기 그림 형제의 민담들에 대한 형식비판적 논쟁들에 결정적인 영향을 끼쳤다. 그는 민담기술의 일반적 상식이 되어버린 이 이야기들의 개념군(概念群)을 발전시켰다.

뤼티에게는 묘사방식이 중요하다. 그것은 모티브와 모티브의 연속 그리고 등장인물들의 직접화법 시퀀스에 관한 분석에 바탕을 두고 있다. 여기에서 반응에 대한 동기들이 설명된다. 흔히 무엇 때문에 뭔가가 행해지는가에 대한 이유가 밝혀지지 않는다. 이미 프로프가 기술하였듯이 줄거리는 눈에 보이는 표피에 지나지 않는다.

막스 뤼티(1909-1991)의 전기

베른, 로잔, 런던, 그리고 베를린에서 독어독문학과 역사학, 영문학을 공부한 뤼티는 1935년 김나지움교사검정고시를 치른 뒤 1936-68까지 취리히의 퇴히터슐레Töchterschule에서 독일어주임교사로 일하였다. 이미 1943년에 그는 『민담과 전설에서의 하사품: 두 형식의 본질이해와 본질차이에 관해서Die Gabe im Märchen und in der Sage: Ein

---

105) Holbek: Interpretation of Fairy Tales 1987, 382쪽.

Beitrag zur Wesenserfassung und Wesensscheidung der beiden Formen』라는 논문제목으로 베른의 헬무트 드 보아Helmut de Boor 교수에게서 박사학위를 취득하였다. 그는 1968-79년까지 취리히 대학의 교수로서 유럽의 민중문학을 담당하였다. 그는 1988년 민담재단 발터 칸Walter Kahn의 민담상Märchenpreis을 수상하였다.[106]

뤼티는 민담연구자로서만 활동하지 않고[107], 개별 해석이 달린 셰익스피어 희곡작품들을(1957) 연구하기도 하였다. 그는 1970년 담시(譚詩), 격언, 민담의 인간상에 관한 논문들을 실은 논문집 『민중문학과 고급문학Volksliteratur und Hochliteratur』을 출판하였으며, 1984년까지 EM의 공동발행인이었다. 또한 그는 30여 편의 논문을 썼으며, 그리고 노이에 취르허 차이퉁Neue Zürcher Zeitung에 다수의 기고문을 싣기도 하였다.

장르특징으로서의 '문체양식'

이미 자신의 박사학위논문에서 뤼티는 스스로 문체양식분석이라고 생각하는 묘사방식을 다룬 민담에 관하여 먼저 연구하였다. 여기에서 그는 저승세계에서 이승세계로, 그리고 그 반대로 건네지는 물건을 하사품이라고 말한다. 하사품의 내용은 매우 다양할 수 있다. 즉 물건, 유용

---

106) Schenda, R.: Lüthi, Max. In: EM 8, 1996, 1307-1313단.
107) 저서목록 막스 뤼티 Max Lüthi: Fabula 20 (1979), 277-284쪽. Schmid-Weidmann: Bibliographie Max Lüthi 1992, 124-126쪽. Näf: Max Lüthis wissenschaftlicher Nachlass 1995, 282-288쪽.

한 충고, 혹은 해를 끼치는 저주들도 거기에 해당된다. 뤼티에 따르면 하사품은 민담의 경우에 '형식내재적'이다. 즉 판타지적 상황에서 판타지의 일부인 것이다. 그와 달리 전설은 '형식초월적'이다. 즉 전설은 판타지에서 나와서 현실의 세계로 들어간다. 이승세계에 속한 사람과 저승세계에 속한 사람 사이에서 이루어지는 하사품의 교환을 통해서 그들 관계의 질이 특징지어진다. 저승세계에 속한 사람의 시험이 있고 난 뒤에야 비로소 이승세계에 속한 사람은 하사품을 획득한다. 이승세계의 사람이 부여받은 과제를 적절하게 이행하지 못한다면, 그 과제 역시 부정적 성격을 지닐 수 있다. 하사품의 수령은 줄거리의 진행에 있어서 매우 중요하다.

뤼티는 민담을 문학으로, 그리고 이와 동시에 예술작품으로 여긴다. 즉 그는 "순수 문학..., 민담은 민중에 의해서 창작될 수 없다고" 생각한다.[108] 그와 달리 그에게 있어서 전설은 '민중 속에 자신의 고향'이 있는 원시적 창작물로 보인다.

뤼티에 따르면 민담은 분명한 결말, 투명함 그리고 경쾌하게 진전되는 세속적인 사건을 통해서 특징지어진다. 남녀 주인공들은 당연하게 받아들여지는 마법의 세계들과 아름다움, 그리고 금빛 찬란함과 아무 두려움 없이 마주친다. 그들은 행복한 만남과 운명의 경쾌한 방향전환을 고대한다.[109]

---

108) Max Lüthi: Die Gabe im Märchen 1943, 142쪽. 인용은 다음의 참고문헌에 따라서 이루어짐: EM 8, 1996, 1311단 not. 3.
109) Schenda, R.: Lüthi, Max. In: EM 8, 1996, 1307-1313단, 여기서는 1312-1313단.

뤼티는[110] 전설을 애매모호하고 우중충한 아우트라인과 주인공을 괴롭히는, 심지어는 위협적인 불가사의한 힘의 지배를 통해서 특징지었다. 즉 무시무시한 것의 섬뜩한 출현, 신체절단이나 창백함, 당황과 충격이 남녀 주인공 모두에게 불안과 고난을 불러일으킨다.

주제 '하사품'에 대한 자신의 생각들과 연계해서 뤼티는 처음으로 1947년 『유럽의 민담Das europäische Märchen』에서 이른바 문체 양식분석을 발전시켰다. 그는 이 연구 작업을 "토대연구, 즉 문체양식 분석으로서 프로프의 구조분석에 대한 일종의 대응작업"이라고 평가하였다.[111] 이때 발전된 특징들이 오늘날에도 일반적으로 통용되고 있다. 왜냐하면 그 특징들은 흔히 민담의 경우에 KHM의 문체양식에 해당되기 때문이다. 그것들은 창작민담과의 구별을 가능하게 해준다. 물론 그 특징들이 민담의 해석 가능성들을 천명하고 있지만, 카프카의 경우에서 보듯이 그것은 꿈이나 현대문학에 인접해 있다.

뤼티의 민담 특징들

- 일차원성
- 평면성
- 격리
- 추상적 양식화
- 눈에 띄지 않는 총체결합

---

110) 같은 책. 1313단.
111) Lüthi: Das europäische Volksmärchen ''2005, 3쪽.

- 승화

- 세계함유성

뤼티에게는 민담의 특징들이 모티브 자체에 있는 것이 아니라 그 이용 방식에 있다. 그는 하나의 구조인 기본형에 근거해서 이러한 문체양식 상의 특질들을 기술하였다. 즉 원래는 그것들이 존재하지 않는다. 그 때문에 그 모든 특징들이 KHM의 모든 민담에서는 동일한 방식으로 발견되지가 않는다.

민담의 **"일차원성"**: 민담은 "정신적으로 세분화된 것을 단 하나의 선상에다 투영하고, 외적 거리를 통해서 내적 거리를 암시한다."[112] 민담에서 주인공은 저승세계를 편력할 수 있다. 이승세계는 저승세계와 나란히 놓여있다. 그 때문에 빨강모자와 늑대가 서로 말을 하고 행동하는 줄거리의 연속은 묘사의 문제가 아니다. 백설 공주는 일곱 난쟁이의 나라를 두루 걸어 다니고, 공주는 개구리의 예기치 않은 방문을 받는다. "민담에서는 이승세계에 속한 사람이 저승세계의 또 다른 차원과 만나는 것에 대해서 어떤 감정도 지니지 않는다."[113]

민담의 **"평면성"**: 뤼티에 따르면 어떤 공간적, 시간적, 정신적, 또는 심리적 심층구조가 존재하지 않는다. "성격과 감정들이 줄거리 속에서 표현된다. 그러나 그것은 다음과 같이 표현된다: 성격이나 감정들은 다른 모든 것이 벌어지는 동일한 평면 위에 투영된다."[114] 육체와 사

---

112) 같은 책. 11-12쪽.
113) 같은 책. 12쪽.
114) 같은 책. 14쪽.

물들은 등장인물들 배후에 있으며, 줄거리는 성격들을 표현하고, 하사품은 관계를 상징한다. 등장인물들 속에서 다양한 행동의 가능성들이 표현되고, 정신적 또는 심리적 거리는 외적 거리로 나타난다. 감정과 성격들은 그것이 줄거리에 영향을 미칠 경우에만 언급될 뿐이다. 묘사된 요소들이 하나의 평면/영역 위에 나타난다. 이로 말미암아 현실과의 커다란 거리감이 생겨난다. 그 때문에 예를 들면 그림의 민담 「개구리왕자Der Froschkönig」에서 개구리를 벽 쪽으로 내동댕이치는 것은 개구리에 대한 공주의 마음 속 깊은 혐오감을 보여주는 것이다.

격리를 뤼티는 "추상적 문체양식"의 지배적 특징으로 간주한다: 민담의 문체양식, 즉 **'추상적 양식화'**의 개념은 빌헬름 보링거Wilhelm Worringer에[115] 의해서도 기술될 수 있다. 그렇지만 민담의 요소들은 세련된 경쾌함의 고정된 아우트라인으로 특색을 나타낸다. 광물성, 금속성 및 일체의 맑은 것이 사물과 색을 표현하는 데 있어 무엇보다도 선호된다. 줄거리는 신속하고 단호하게 진행되며, 이때 일체의 자의가 허락되지 않는다. 그래서 형식, 진행방향, 그리고 법칙들(예를 들면 고정된 표현형식들)이 정확하게 정해져있다. 가령 개구리와 공주 사이의 아름다움과 추함의 대비, 그리고 일치하지 않는 행동에 대한 처벌에서 보듯이 극단적인 것들이 자주 애용된다. 따라서 이러한 묘사에 있어서 관용은 어울리지 않는다.

등장인물들은 어떤 성격을 구체적으로 표현하는 것이 아니라 격리된 타입의 형태로만 등장하기 때문에 모든 등장인물들과 모험가들이

---

115) Worringer, Wilhelm: Abstraktion und Einführung. Leipzig/Weimar 1981.

힘들지 않고 이루는 세련된 협력이 가능하다. 줄거리의 에피소드들은 피막으로 싸여있으며, 어떤 교훈도, 어떤 경험도, 어떤 관계도 상호 존재하지 않는다. 뤼티에 따르면 이러한 "눈에 띄는 격리"는 **"눈에 띄지 않는 총체결합"** 에서 상쇄된다. 즉 "그 어떤 것과도 연고관계가 없다는 것, 다시 말해서 외적 관계에 의해서든, 아니면 자기 내면의 속박에 의해서든 어디에도 얽매여있지 않다는 것은 언제든 원하는 대로 관계를 받아들일 수 있으며, 다시금 파기할 수도 있다. 반대로 격리는 그 의미를 비로소 전방위적 관계능력을 통해서 받아들인다. 그렇지 않다면 외적으로 고립된 요소들은 근거 없이 훨훨 날아가 흩날릴 것이 분명하다."[116]

개념쌍 **승화**와 **세계함유성**은 이러한 생각을 진척시킨다. 현실에서의 어두운 내적심리과정들을 표현하는 사건들이 명료한 상징들로 승화된다. 모티브들은 어떤 사실주의적 묘사를 담는 것이 아니라, 오히려 탈현실화되어 있다. 그러나 승화는 포괄적인 세계묘사와 모사를 가능하게 만든다. 그러므로 세계를 다양성 속에서 표현하는 명확하고 어렵지 않은 상징들이 생겨난다. 그와 달리 사실주의적 묘사는 민담이 제시하는 저 보편성의 상실을 수반한다.

뤼티는 민담이라는 장르를 '내적 진실'을 함유하고, '하나의 순수한 세계체험이 상징'이 되게 하는 "문학의 최후형식"이라고 이해한다. 등장인물들은 자유분방하고 생동감 있으며, 인간-이승의 세계에 속한다.[117] 그러므로 「고슴도치 한스Hans mein Igel」(KHM 188)에서 고

---

116) Lüthi: Das europäische Volksmärchen ''2005, 49쪽.

슴도치 한스는 인간인 부모가 있으며, 그는 자신의 동물의 형상으로부터 구원받을 수가 있다. 이와 동시에 전래민담은 '의미 있는 관계'를 맺고 있다는 확신을 수용자에게 중재한다.[118]

뤼티는 민담의 묘사방식이란, 행위의 즐거움, 빠른 진척, 강렬한 스케치형식들(성, 오두막집, 작은 상자, 집, 지팡이, 검, 칼, 동물의 털), 등장인물들(개별적으로 등장), 그리고 소도구들을 간명하게 언급하고 자세하게 묘사하지 않는 것이라고 간명하게 언급하였다. 그는 순수한 색채(붉은색, 흰색, 검정색, 금색이나 은색)나 선, 금속성, 광물성, 대조 내지는 극단적 묘사 및 상투적 표현양식(도입부와 결말부 이외에 운문, 직접화법)으로 말미암아 과제나 하사품, 금지, 조건, 시험 및 보상과 징벌에서 이러한 명확성과 투명함이 나타난다고 생각하였다. 민담이 단순화되고 규칙적으로 변형되는 반복이나, 숫자 3의 공식과 상승의 법칙을 좋아하는 것이 여기에 해당된다.[119]

뤼티의 민담에 대한 정의는 자신의 생각들을 하나로 묶어서 보여주는데, 이때 지리적, 개별적 특성들을 고려하지 않는 유형학적 기술이 관건이라는 점을 동시에 보여준다.

> 민담은 요약하고 승화시키는 문체양식형태로 세계를 함유하는 모험이야기이다. 비현실적 경쾌함과 더불어 민담은 등장인물들을 격리시키기도 하고, 결합시키기도 한다. 민담은 영향을 미치는 관계들에 대한 독단적 해명을

117) 같은 책. 89쪽.
118) 같은 책. 86쪽.
119) Lüthi: Märchen 2004, 29쪽.

단호하게 포기하면서 선의 선명함, 형식과 색채의 명료함을 조화시킨다.
명료함과 신비함이 민담을 하나로 만든다.[120]

민담의 문체양식에 관한 뤼티의 기술은 민담을 비유적인 방식으로 설
명한다. 그러나 그것을 넘어서 민담의 상징을 이해할 수 있는 통로를
제공하기도 한다. 한편 그는 그러한 이해의 가능성들을 제시한다: 그러
므로 예를 들면 잃어버린 열쇠 찾기는 본래 성적인 내용을 갖지만, 그
러한 상징들이 "성적으로 이해되거나 또는 무의식적으로 성적인 상징
또는 사랑의 상징으로 체험될" 필요가 없다. 다른 한편으로 개별적인
해석들은 "빈곤을 의미하며 본질적인 것을 간과하기" 때문에 그는 그
러한 해석들에 대해서 경고를 한다. 승화는 개인적인 것의 박탈을 야기
하며, 상징들의 발생환경과 거리를 조성한다. "무의식적인 것과 말로
표현할 수 없는 것이 상징들 속에서 하나의 상으로 만들어진다." 그래
서 뤼티는 민담의 상징들을 감추어진 것이자, 동시에 드러난 것이라고
생각한다. 청중에 의한 민담상징의 체험은 민담의 엄격한 형식으로 편
입되고, 그렇게 해서 "정신적 질서"를 유지한다.[121]

  홀베크가 지적했듯이 뤼티는 이야기꾼들이 메타포 대신에 비유를
선호한다는 사실을 아주 정확하게 인식하였다. 그럼에도 불구하고 그
는 뤼티의 문체양식기술을 비판 없이 받아들이지는 않는다. 즉 그에 따
르면 장르들 사이의 사회적, 역사적, 그리고 지리적 여건들과 차이점들

---

120) Lüthi: Das europäische Volksmärchen ''2005, 77쪽.
121) 같은 책. 87-89쪽.

을 찾아내기 위한 어떤 공간도 존재하지 않는다. 뤼티가 민담을 해석하기 위해서 아무 것도 기도하지 않으며, 단지 그는 현상만을 기술하고 있을 뿐이라고 말한다. 이 경우에 홀베크가 완벽하게 발전하고 성숙한 마법담이 남자 주인공과 여자 주인공을 포함한다는 점을 보여주고자 하는 반면에, 뤼티는 마법담을 주인공의 전기로 이해하고 있다고 말한다.[122]

문헌과 비판

뤼티의 공적은 서로 다른 곳에서 진가를 인정받는다.[123] 그는 자신의 어문학-현상학적 입장들을 포기하지 않으면서도 악셀 올리크, 안드레 욜레스의 이른바 단순한 형식들에 관한 이론(참고. 2장), 샤를로테 빌러 Charlotte Bühler, 겔렌A. Gehlen, 융C. G. Jung, 카를 케레니이 Karl Kerényi 또는 오토 랑크Otto Rank 등의 인류학적, 심리학적 및 신화학적 이론들로부터 영향을 받았다.

사람들은 뤼티에게서 텍스트들의 구체적인 원전사적 분류을 발견하지 못한다. 그의 목표는 유럽의 15개 언어권을 자신의 연구에 포함시키는 데 있었다. 그렇지만 실제로 그는 독일, 발칸지역, 발트 해 지역, 프랑스와 이탈리아, 드물게는 스페인 민담의 인용문들을 선호하였다. 그의 해석에서 가장 중요한 문헌기초는 총서 『세계문학의 민담

---

122) Holbek: Interpretation of Fairy Tales 1987, 325쪽.
123) Schenda, R.: Lüthi, Max. In: EM 8, 1996, 1307-1313단.

Märchen der Weltliteratur』이다. 이것과 관련해서 그때그때의 생성 시대에 귀속될 수 있는 텍스트의 정확성을 담보하는 간행본들이 중요하다. 뤼티는 텍스트 기초자료의 사회사적 분류 또는 퍼포먼스 혹은 전후맥락의 연구 문제들에 대해서는 별다른 관심을 두지 않았다. 그의 연구에서는 '현장사례조사'가 없었기 때문에 개개의 이야기꾼들에 관한 사회심리학적 접근 역시도 익숙하지가 않다. 뤼티는 '추상적' 민담의 명백한 또는 '확실한' 해석(핵심어 '비역사적')을 추구하지 않는다. 그리고 그는 매번 민담의 상징을 개인적 직관으로 찾아내는 청중의 자유를 믿는다. 그러나 이와 동시에 그의 연구방식에서는 프로프와의 분명한 공통점들이 발견된다. 즉 두 사람 모두 특정 부류의 민담에 들어맞는 하나의 모델을 설계하였다.

6.5 상징으로서의 텍스트와 매개체로서의 민담

민담에서 특히 상징이해의 문제들에 관한 문헌은 매우 방대하다. 무엇보다도 지그문트 프로이트Sigmund Freud(1856-1939)와 칼 구스타프 융Carl Gustav Jung(1857-1961)의 이론들은 여전히 활발하게 수용되고 있다.

이미 낭만주의자들이 "신화의 불가사의한 표현의 의미 또는 상징적 의미에 관한 그들의 생각"과 함께 그들의 문학적 표현에 있어서도 거기에 의존하였기 때문에 역사적 상징해석과의 관계는 학문사적 유사점들을 제시할 수 있을 것이다.[124] 민담과 신화 사이의 명확한 구분이 작품들 속에서는 대체로 인식되지 않는다. 전래민담에의 접근은 꿈의 해석과 무의식의 내용에 대한 찾기를 넘어서서 행해졌다. 심리분석학적 연구방법론들은 모티브와 민담을 설명하기 위한 하나의 시도이다. 이와 동시에 해석들은 신화, 자연, 그리고 정신적 과정들이 암호해독을 위해서 인용되었던 19세기의 신화학적 의미해석과 가까워진다.[125] 이들 연구자는 민담의 발생을 다원발생론적으로 설명한다. 그들은 낭만주의적 패러다임을 계승한다.[126]

민담의 심리분석학적 이해

프로이트는 "신화, 전설, 그리고 민담의 민족보물"을 "민족심리학적 구성"의 일부라고 생각하였다. 우선적으로 전래민담이 그의 꿈의 해석과 그의 이론체계를 해명하는 데 이용된다. 그는 전반적으로 전래민담이 "전체 민족의 소망을 담은 판타지의 일그러진 잔해, 즉 최근 인류의 현세적 꿈들과 일치한다"고 생각하였다.[127] 그래서 그는 꿈과 민담이나 신화의 통속적 이야기 소재 사이를 연결하는데 필요한 원칙들을 다음과 같이 기술한다.

---

124) Pikulik: Die sogenannte Heidelberger Romantik 1987, 203쪽.
125) Schwibbe: Volkskundliche Erzählforschung und (Tiefen-)Psychologie 2002, 264쪽.
126) Pöge-Alder: 'Märchen' 1994, 112쪽, 114쪽.
127) Freud: Der Dichter und das Phantasieren 1977, 178쪽.

민담이나 그밖의 다른 문학소재들과 우리의 전형적인 꿈들과의 관계는 분명 개별적인 관계도, 우연한 관계도 아니다.[128]

이에 따르면 무엇보다도 소재가, 그러나 프로이트가 동일한 언어를 지닌 상징으로 이해하는 모티브들의 분류 역시도 꿈과 민담을 연결한다. 그는 이러한 상징들을 초개인적인 것이라고 생각하였다. 그것이 "압축, 변위(變位), 그리고 희곡화를 위한 자료를 꿈꾸기에 제공하는 아마도 우리의 무의식적 사고의 색다름"이라는 것이 오히려 유효한지도 모른다고 말한다.[129]

끝으로 전술한 규칙들과 함께 프로이트는 상징이해를 위한 통로를 말하였다. 잠재적인 꿈의 내용을 명백한 꿈의 내용으로 변화시키는 꿈꾸기의 제2의 과정이 거기에 해당된다. 그는 상징들을 서로 다른 원천 속에 다양한 방식으로 보존된 "낡은, 그러나 침몰하는 표현방식"이라고 생각하였다.[130] 초자아(超自我)의 내적 검열에 근거해 억제된 충동과 소망들이 상징의 내용, 즉 프로이트에 따르면 특히 저 성적(性的) 내용들이라고 말한다. 그러므로 그는 우선적으로 성적 상징이라고 해석한다. 프로이트는 상징적-비유적 생각을 무의식적 과정들에 가깝다고 생각하였다. 즉 그는 그것을 개체발생학 및 계통발생학적으로 추상

128) Freud: Traumdeutung. In: ders.: Studienausgabe. Bd. II, 1977, 251쪽.
129) Freud, S.: Über den Traum (1911). In: Essays. Hg. v. Dietrich Simon, Bd. I, Berlin 1988, 53-108쪽, 여기서는 107쪽.
130) Freud, S.: Vorlesungen zur Einführung in die Psychoanalyse (10. Die Symbolik im Traum). In: Essays. Hg. v. Dietrich Simon, Bd. II, Berlin 1988, 226-252쪽, 여기서는 247쪽.

적 사고보다 훨씬 오래된 불완전한 의식화라고 생각하였다.[131]

프로이트는 무의식적인 것을 경험에 근거해서 증명하였다. 그의 견해에 따르면 그것은 주로 억제되고 미숙한 근친상간의 소망을 담고 있다. 치료는 불쾌한 내용들을 의식하고 그것들과 부딪치는 가운데 있다.[132] 그러므로 민담의 해석은 무엇보다도 사회적으로 그리고/또는 개인적으로 불가피하게 억제되었던 의식내용들을 찾을 수 있는 기회를 제공한다.

프로이트에 따르면 그것은 무엇보다도 실현되지 못한 소망들과 관련된 꿈들이다. 변화과정이 진행되면서 그것을 실현하기 위한 표현이 민담을 생기게 만든 것이다.[133] 어린 시절의 기억 대신에 환자는 은폐기억으로 해석되는, 특히 어린 시절의 억제된 소망들에 대해서 설명해 주는 민담들을 말한다고 한다. 예를 들면 한 여자 환자가 코가 붉고, 머리가 희고 대머리인 어느 한 난쟁이의 방문에 관해서 꿈을 꿨으며, 그녀는 그 사람의 모습을 자신의 시아버지에게 적용하였다. 프로이트의 견해에 따르면 그 꿈은 「룸펠슈틸츠헨Rumpelstilzchen」(KHM 55)과 관련이 있었다. 그 의미는 부부의 침대에서 자신의 역할을 다시 받아들

---

131) Freud, S.: Das Ich und das Es. In: ders.: Psychologie des Unbewußten, Studienausgabe, Bd. III, Frankfurt a.M. 1975, 273-330쪽, 여기서는 290쪽.

132) 참고. Isler: Lumen Naturae 2000, 15쪽. 여기서는 프로이트의 다음의 참고문헌에 따라서 인용됨. Freud: Vorlesungen zur Einführung in die Psychoanalyse. GW 11, Frankfurt a.M. 1969, 451쪽, 453쪽. 참고. Freud: Der Witz und seine Beziehung zum Unbewußten (1905). Frankfurt a.M. 1966.

133) Freud: Traumdeutung 1977, 251쪽. 참고. Groeben: Literaturpsychologie 1992, 392쪽.

여야만 하는 남편의 장기간에 걸친 부재와 관련되었다. 프로이트에 따르면 보다 심오한 해석은 전적으로 성적인 내용을 지닌다고 말한다. 그녀 안의 방, 즉 질(膣)은 꿈속에서 정반대로 나타난다. 우스꽝스럽게 행동하는 조그마한 남자는 음경을 대변하고, 좁은 문과 가파른 계단은 성교장면에 대한 해석을 확인시켜준다고 한다. 프로이트에게 있어서 훤히 비치는 회색의 옷은 임신예방을 위한 콘돔을 표현하는 것으로 비쳐졌다. 꿈속에서 잔해들로 나타나는 낮 동안의 체험들과 꿈을 꾼 민담 소재, 여기에서는 「룸펠슈틸츠헨」 사이의 대립관계에 대한 프로이트의 생각은 주목할 만하다. 꿈속의 남자는 두 번째 아이를 가져왔고, 룸펠슈틸츠헨은 그 아이를 취하고자 하였다.[134]

예컨대 문학사학자 프리드리히 폰 데어 라이엔Friedrich von der Leyen(1873-1966)의 『꿈과 민담Traum und Märchen』(1901)에서 보듯이 무엇보다도 프로이트의 『꿈의 해석Traumdeutung』(1900)은 빠르게 수용되었다. 폰 데어 라이엔은 사람들이 기원을 지닌 모티브들을 "이러한 삶속에서는" 그다지 발견하지 못한다는 결론에 이르렀다. 그는 "낮 동안의 체험과 관찰 속에서, 밤 동안 잠을 자면서, 즉 꿈의 판타지 속에서" 찾고자 하였다. "원래 어떤 민족에게도 이들 몇몇 모티브들보다 더 많이 주어지지 않았으며, 더구나 그것들은 언제나 동일한 것들이었다. 그러나 모든 민족이 물려받은 재산을 자기 방식대로 다루었다."[135]

---

134) Freud: Märchenstoffe im Träumen 1967, 2-5쪽.
135) Leyen: Traum und Märchen 1969, 30쪽, 33쪽.

극단적인 성(性)의 상징적 해석경향, 그리고 프로이트 자신이 이 정도로 표현하지는 않았지만, 그의 몇몇 제자들에 의해서 촉진되었던 꿈과 민담을 동일시한 점은 이 연구방법론에 대한 신뢰를 근본적으로 떨어뜨렸다.[136] 특수한 경우의 해석으로서 상징해석은 그 이후에 전성기를 맞이하였다. 프리델 렌츠Friedel Lenz는 상징의 개요가 함께 실린 『민담의 상징어Bildsprache der Märchen』를 썼다.[137]

발행부수가 적지 않았던 그의 『민담, 신화, 꿈Märchen, Mythen, Träume』에서 에리히 프롬Erich Fromm(1900-1980) 역시도 프로이트의 상징해석에서 실마리를 찾는다. 이 저서에서 그는 "효과와 연상"을 통해서 특징적이라고 보고 있으며, 분명 일상어와 대조를 이루는 잊혀진 언어를 복원할 수 있다고 생각한다. 그는 이러한 언어가 보편적이고, 시대와 무관하게 모든 문화 속에 조화를 이루고 있다고 생각한다. 그는 인간과 조화를 이루는 감각적이고 감성적인 기본체험들로 민족들의 조화를 이룬 상징들에 대한 근거를 밝힌다. 프로이트의 견해들을 설명하기 위해서 프롬은 남성-여성 갈등의 변형이라고 생각하는 민담 「빨강모자Rotkäppchen」(KHM 26, ATU 333)에 전념한다. 여기에서는 모티브들이 기계적인 방식으로 성적 상징으로 덧씌어진다. 그래서 성적으로 이미 성숙한 소녀의 "조그마한 빨강색 벨벳모자"는 월경의 상징으로, 그리고 길에서 벗어나지 말고 병을 깨뜨리지 말라는 경고는 성적 위험과 처녀성 상실에 대한 경고로 이해한다.[138] 그러나 텍스트

---

136) 참고. 예를 들면 리클린Riklin과 아브라함Abraham의 연구들.
137) Lenz: Bildsprache der Märchen 1984.
138) Fromm: Märchen, Mythen, Träume 1957, 9쪽, 22쪽, 221쪽.

본문을 보면, 오히려 그 아이가 사춘기 이전의 나이라는 사실이 이러한 "기습적 해석"이 지닌 "지나친 허풍"에 대해서 이의를 제기하였다. 그리고 환자들과의 대화는 월경이 빨강 모자와 관련되어 있지 않았음을 보여주었다.[139] 물론 페로의 「빨강모자Chaperon rouge」에서는 이러한 의도가 분명 존재한다.

정신분석학자이자 심리치료사로서 취리히 대학에 재직하고 있는 브리기테 보테Brigitte Boothe는 소망실현의 정신분석학적 해법구상을 그림 민담에서 "문화경험을 위한 이야기 장르의 형태로" 기술하였다.[140] 순박한 윤리규범과 현실의 삶이 비록 모든 민담 속에 표현되지는 않더라도, 그림 형제가 탁월한 감정이입능력으로 인간의 "순박한 윤리규범"[141]에 "완벽한 표현형식"을 만들어냈으면 좋았을 것이라고 말한다. 그림 형제의 감정이입능력은 도리어 "어린아이의 논리를 지극히 예술적으로 연출하는 데" 있다고 말한다. 따라서 "결말은 텍스트 연출을 통해서 마법에 사로잡힌 채 천진난만함을 강령적으로 제시하는 기획이며, 그러한 기획이 연출된 소박함 자체로 칭송을 받는다." "이러한 연출된 천진난만함이 소망논리의 전개이다." 그렇기 때문에 민담은 "소원성취의 보상을 담은 놀이로 형상화" 되어 있다고 말한다. 경이롭다는 의미에서 보면, 그림 형제의 민담모음집에 나오는 이러한 유형의 민담들은 "이야기의 역동성이라는 맥락에서 성공, 표창, 또는 행복으로 특징지어질 수 있으며", 또한 "동정을 불러일으키는 사람 혹은 감명을

---

139) Ritz: Die Geschichte vom Rotkäppchen 1997, 44쪽.
140) Boothe: Wie kommt man ans Ziel seiner Wünsche? 2002, 135쪽.
141) 참고. Jolles: Einfache Formen 1930, 1982.

396 민담, 그 이론과 해석

주는 사람에게 할당되는 소망성취의 결말을 보이는" 유희의 시퀀스로 구성되어 있다.[142]

브리기테 보테는 형식적으로 모든 그림 민담에서 각각 특색을 보이는 유희의 시퀀스를 갖춘 소원성취 시나리오들을 다음과 같이 구별한다.[143]

I) 영원한 어린아이 - 「엄지둥이Daumesdick」KHM 37

II) 남근의 위풍당당한 형상 - 「어린 거인Der junge Riese」KHM 90

III) 여성의 자기만족 - 「동전이 된 별Die Sterntaler」KHM 153

IV) 여성의 공동행복 - 「빨강모자Rotkäppchen」KHM 26

Va) 진실한 동반자 - 「두 형제Die zwei Brüder」KHM 60

Vb) 진실한 동반자 - 「헨젤과 그레텔Hänsel und Gretel」KHM 15
「오누이Brüderchen und Schwesterchen」KHM 11

Vc) 진실한 동반자 - 「열두 형제Die zwölf Brüder」KHM 9

VI) 여성 우위에 대한 여성의 승리 - 「재투성이 아가씨Aschen-puttel」KHM 21

VII) 위험에 빠뜨리는 여자가 남자에게는 진실한 사랑의 파트너가 됨 - 「지빠귀부리 왕König Drosselbart」KHM 52

---

142) Boothe: Wie kommt man ans Ziel seiner Wünsche? 2002, 139-141쪽.
143) 같은 책. 142-144쪽.

이러한 개요는 주 관심사로서 남성적 또는 여성적 사랑의 테마 이외에 진실함이 동반 모티브로서 중요하다는 점을 보여주고 있다. 따라서 민담의 주제는 정신분석학적 사고의 맥락에서와 마찬가지로 소망-연출에도 친숙하다. 구체적으로 브리기테 보테는 프로이트의 저서 『시인과 판타지Der Dichter und das Phantasieren』(1908)에 기대어 오이디푸스 콤플렉스의 소망들, 자율적 소망들, 남근-자기도취적 및 자기도취-퇴행적 소망들을 언급하다. 민담의 형식은 소원성취의 정점에 이를 때까지 역동적인 과정에서 소망의 강조, 그리고 "말하자면 소원의 문화실천"으로서 소망의 사회화를 제시한다.

만약 사람들이 시적인 것의 기본형식으로서 프로이트의 구상들과 함께 각 개인이 소망들을 창의적으로 생산하고, 그러한 소망들에 생각을 맞추고, 그와 동시에 자신의 정신생활을 구체화하는 데에서 시작한다면, 보테는 낭만주의 운동의 자연시학 구상을 여전히 현재적이라고 생각한다. 그림의 감정이입능력은 소망연출의 사회화에 있다.[144] 민담은 삶의 실천과 현실을 제 것으로만 만들뿐이다. 민담의 소망연출은 성취하려는 자신 및 객체-관계들의 "조화"를 다룬다.[145] 그 때문에 정신분석학적 실천은 소망들을 주제로 삼는다. 민담의 도움으로 사람들은 이러한 소망의 세계를 눈앞에 아른거리게 만들 수가 있다. 장르 그림에 대한 또 다른 긍정적 견해는 이야기 형식으로 그것이 만들어내는 삶의 기쁨을 공유하고 있다는 점이다. 어떻게 사랑의 행복이 성취될 수 있는

---

144) 같은 책. 147쪽.
145) 같은 책. 149쪽.

지, 얼마나 강렬하게 감명을 받을 수 있는지, 어떻게 절대적 진실의 행복이 경험될 수 있는지, 어떻게 성가신 제3자가 떨쳐질 수 있는지를 화자와 청자는 여러모로 숙고한다. 보테는 이야기 공동체를 경이로움의 전망에서 끝까지 펼쳐지는 삶의 유희, 즉 "소망-유희의 공동체"라고 해석한다.[146]

이러한 시도는 장르 그림의 전체 텍스트에 초점이 맞춰져 있으며, 나아가 서사상황을 민담의 해석으로 끌어들인다. 그와 동시에 프로이트가 테마로 삼은 소망성취의 양상이 새롭게 스포트라이트를 받게 되고, 또한 그것이 심리학 연구와 연결되어 있음을 보여준다.

성숙과정의 발현으로서의 민담

칼 구스타프 융Carl Gustav Jung(1875-1961)은 개인적 무의식 이외에 그 자신이 집단적 무의식 또는 객관적-심리적인 것이라고 말하는 비개인적이면서 동시에 보편적 인간의 분명치 않은 포괄적 영역의 존재에서 출발한다. 대체로 그는 집단적 무의식을 모든 정신적 기능들의 자율적 자연의 기초로 간주하고, 그와 동시에 그것을 의식의 근원이라고 생각하였다.[147] 프로이트의 제자로서 융은 자신의 정신과 및 심리치료 경험을 바탕으로 해서 이른바 비개인적, 집단적 무의식을 추론하였다.

---

146) 같은 책. 150-151쪽.
147) 참고. Isler: Lumen Naturae 2000, 15쪽: Jung: Das Grundproblem der gegen-wärtigen Psychologie GW 8, § 681.

그에게 있어서 꿈의 모티브의 다양성은 "일정한 무의식적 과정의 발현"을 표현하였다.[148] 융에게 있어서 무의식적 영혼의 가장 중요한 발현들은 공상과 꿈 속에 놓여있었다. 그 상들이 (상황들과 줄거리의 전개들) 정신적 과정들에 관한 간접적인 인식을 그에게 열어주었다. 설사 전승된 지식들로부터 추론이 가능하지 않더라도, 꿈들이 흔히 신화적 상징들을 이야기한다는 점에 융은 주목하였다. 이러한 모티브들은 유사성에 따라서 분류될 수 있다. 즉 일정한 유형에 따라서 배열될 수가 있다. 신화 내에서의 신화적 요소들의 자생적 등장과 그것의 유형화 가능성을 융은 무의식적인 영혼, 즉 특수하게 인간적으로 조직화되어 물려받은 무의식의 "신화를 구성하는" 구조적 기본요소의 전제로 삼았다.[149]

여기에서 원형들은 '집단적 무의식'의 초석으로서 기본적인 역할을 한다. 이러한 원형들은 내용상 특정한 상 혹은 내용상 계승된 관념들을 갖춘 것이 아니라 형식상 정리된 요소들을 갖춘 구조의 기본요소들이다. 어머니의 원형에 대한 심리학적 견해들에 대해서도 융은 "'상상의 가능성facultas praeformandi', 즉 선험적으로 주어진 표상형태 이외에 다른 아무 것도 아닌" 그 자체로 텅 비어 있는 형식상의 요소라고 말하였다.[150]

융에게서 신화와 민담의 구조유형들은 원형의 '근친'으로 표현되

---

148) Giehrl: Volksmärchen und Tiefenpsychologie 1970, 15쪽.
149) Isler: Lumen Naturae 2000, 16쪽.
150) 참고. 같은 책. 17쪽.

었다. 자발적으로 새롭게 등장하든 아니면 오랫동안 전승된 것이든 관계없이 그것들은 집단적 무의식 속에서의 과정들을 나타낸다. 전승과 의식적 형상화가 지속되면서 이들 모티브에 대한 의식의 관여는 가령 기독교 신앙의 경우에서 보듯이 여러 세대가 함께 만들어낼 때 분명하게 생겨난다.[151]

융은 이러한 모티브의 일치와 표상 이미지의 공통점들을 '무의식적인 것'이라고 설명하였다.

> 개인적인 회상 이외에도 개개인 모두에게는 커다란 '본원적' 이미지들 (…), 즉 옛날부터 그랬던 것과 마찬가지로 인간적 표상을 물려받을 수 있는 가능성들이 존재한다. 이러한 유전의 실현이 전 세계 전설의 소재들이 동일한 형태로 되풀이되는 정말 진기한 현상을 설명한다.[152]

꿈에서와 마찬가지로 민담에서 모티브의 유사성들은 집단정신을 결정하는 원형을 통해서 이미 만들어져 있다(참고. 3.3장 바스티안의 기본사상). 특정한 '자극동인들'이 활발하게 영향을 미치고[153], 결국 일련의 상징 체계와 민담이 생겨난다.

---

151) 같은 책. 17쪽.
152) Jung: Über die Psychologie des Unbewußten (1916) 1966, 74쪽. 여기서는 다음의 참고문헌에 따라서 인용됨. Grummes: Die Bedeutung für die Psychoanalyse. In: Die Psychologie des 20. Jahrhunderts 1976. Jung: Über psychische Energetik und das Wesen der Träume. Zürich 1948, 196쪽, 168쪽. 여기서는 다음의 참고문헌에 따라서 인용됨. Giehrl: Volksmärchen und Tiefenpsychologie 1970, 16쪽.
153) Franz: Bei der schwarzen Frau 1955, 4쪽.

융과 달리 프로이트는 빈번하게, 그리고 세대를 거치면서 경험한 자아의 문제에서 무의식적 이드(역자 주: 프로이트 심리학의 무의식적 욕망, 무의식 속에 자리 잡고 있는 본능적 에너지의 원천)의 요소들 쪽으로 점진적인 변화가 이루어지고, 또한 이러한 의미에서 '유전' 될 수 있다는 점을 가정하였다. 커다란 인간집단의 개인적 체험은 역사과정 속에서 인간집단의 무의식을 조직화할 수 있는 것이다.

이러한 의미에서 심층심리학적 해석은 역사적 발전과정에 대해서 관심을 갖는 것이 아니라 공시적 토대를 이루는 구성요소들에 대해서 관심을 갖는다. 오히려 융의 생각들이 민담에 대한 개인적 해석을 촉진시킨다. 일반적으로 이 경우에는 특히 한 개인의 성장원리와 관련을 맺는다.

꿈의 해석에 있어서 융은 주관의 단계적 해석과 대상의 단계적 해석을 구분하였다. 주관의 단계적 해석은 꿈의 모든 요소들을 "꿈꾸는 사람과 그의 무의식의 흥미, 에너지, 그리고 역동성들을 상징적 형식으로" 표현한다. 민담도 포함되는 집단적-원형적 자료에서는 "게다가 등장인물들은 개개인이 심리적으로 자신과 동일시하는 줄거리 주인공의 관점이나 능력으로 이해될 수" 있다.[154] 그런 다음 텍스트에 등장하는 그때그때의 민담인물들은 민담을 이야기하는 사람의 몫으로 이해될 수 있다. 만약 어느 여성 환자가 민담「헨젤과 그레텔」을 이야기한다면,

---

154) Adam, K.-U.: Deutung auf der Subjektstufe. In: Wörterbuch der Analytischen Psychologie. Hg. v. Lutz u. Anette Müller. Düsseldorf/Zürich 2003, 396-397 쪽.

그녀는 자신과 그레텔을 동일시할 수 있으며, 마찬가지로 헨젤과 마녀의 본성을 자신 안에서 발견할 수가 있다. 대상의 단계적 이해는 남성이든 여성이든 이야기꾼이 그들의 오빠, 그들의 어머니 또는 계모, 그들의 아버지의 특성들을 이야기하는, 즉 이야기의 사건을 "실제 꿈을 꾸는 사람의 삶 속에 존재하는 외부세계의 실재 대상들에"[155] 적용하는 것을 의미한다. 융에 따르면 현대의 심리분석학적 이해에서 이야기하는 사람은 예를 들어 자신이 마녀 또는 헨젤로 경험하는 정신분석전문의 또는 여성심리치료사와 자신의 관계를 설명할 수 있다. 이 경우에 사람들은 전이(轉移)해석을 언급한다.[156]

1933년부터 함께 일을 했던 융의 제자 마리-루이제 폰 프란츠Marie-Louise von Franz(1915-1998)는 신화와 민담을 신화 속의 기본요소들, 즉 작지만 비교적 독립적인 단위로 분류하였다. 그 뿌리들은 a) 지배적인 종교적 견해들이나 일반적으로 받아들여지는 세계관들과 같은 집단적 의식의 내용들이었으며, b) 의식적으로 받아들여지는 사회적, 종교적 상징들과 균형을 이루는 상징들과 같은 무의식의 내용들이었으며, c) 무의식의 창조적 활동에서 비롯된 내용들이었으며, d) 민족의 이동, 외래문화의 영향, 그리고 그로 인해서 발생하는 중첩과 같은 정신적, 물리적 환경조건들에서 비롯된 무의식적 반응들이었다.[157] 이러

---

155) Adam, K.-U.: Deutung auf der Objektstufe. In: Wörterbuch der Analytischen Psychologie. Hg. v. Lutz u. Anette Müller. Düsseldorf/Zürich 2003, 304쪽.

156) 2006년 5월 22일 포츠담Potsdam에서 있었던 정신과의사이며, 신경과전문의이자 심리치료사인 슈테판 알더Stephan Alder와의 대화,

한 특징들이 그 내용에 대한 관심과 더불어 신화 속의 기본요소들의 생성연대와 장소확인을 가능하게 하였다.[158) 특히 폰 프란츠가 민담을 이용해서 원형적 모델을 묘사하고자 했기 때문에 사람들은 그녀를 첫 번째 해석세대의 위치에 올려놓을 수 있다.[159)

프란츠의 민담해석에서 출발해서 『민담의 상징적 의미Symbolik des Märchens』(초판 1952)라는 기념비적 저서의 토대가 마련되었으며, 그 틀과 완성은 민담연구가 헤드비히 폰 바이트Hedwig von Beit (1896-1973)에 의해서 이루어졌다. 다른 상징해석들과는 달리 폰 바이트는 그림의 모음집과 총서 『세계문학의 민담』에 나오는 민담의 전체 줄거리를 작성하였다. 광범위한 색인부록 덕분에 이 저서는 참고서적으로, 그리고 융 학파의 하나의 의견표명으로 이용되고 있다.[160)

민담요소들의 의미충전은 이른바 확장과 함께 일어난다. "또 다른 상징해석들을 제시함으로써" 해석자는 내용과 더불어 하나의 상징을 풍부하게 만들고, 그만큼 원형과의 관련성들을 강조한다.[161) 폰 바이트와 폰 프란츠의 경우에는 이러한 목적을 위해서 다양한 종교적 표상들과 다른 문화요소들이 연상적으로, 그리고 비교적 자의적으로 인용된다.[162) 아스퍼Asper에 따르면 또 다른 가능성은 정신적 실현과 경험들

---

157) Franz: Bei der schwarzen Frau 1955, 4쪽, 5쪽.

158) 같은 책. 5쪽.

159) Asper: Das Märchen in der Psychotherapie 2001, 8쪽.

160) Beit: Symbolik des Märchens 1986. Lüthi, M.: Beit, Hedwig von. In: EM 2, 1979, 68-71단.

161) Asper: Das Märchen in der Psychotherapie 2001, 8쪽.

162) 참고. Lüthi, M.: Beit, Hedwig von. In: EM 2, 1979, 68-71단, 여기서는 69단.

을 통한 확장이다. 그것들은 치료행위와 실제의 삶을 보다 더 접근시키고자 하는 후속 세대의 민담해석에 해당된다.[163] 여기에서는 베레나 카스트Verena Kast의 저서들도 언급되지 않으면 안 된다.[164]

이미 융에게서와 마찬가지로 베를린의 의사이자 심리학자인 한스 디크만Hans Dieckmann(1921-2005)에게 있어서도 민담은 "수천 년 이래 인류의 집단적 무의식을 되풀이하면서 새롭게 만들어진" 이야기들이었다. 신화 속의 기본요소들의 보편타당한 언어를 지닌 보편적 현상으로서 신화, 민담, 그리고 꿈은 그것이 지닌 상징적 의미의 이해를 넘어서 성장과정 혹은 풀 수 없는 문제들에 방치되어서 정신적으로 앓고 있는 사람들에게 해명되어져야만 할 것이다.[165] 가령 디크만은 1990년에 부분영역들로의 영혼분류에 관한 독특한 견해를 피력한바 있었다. 이러한 구상은 민담의 상징이해에 이용된다.[166]

심리치료의 매개체로서의 민담

1973년 루츠 뢰리히Lutz Röhrich는 외견상 인기를 얻기 위해서 의도적으로 특정한 경향을 보이는 해석시도들을 비판하였다: "방금 이리저리 움직였던 사람은 일반적으로 전술한 콤비네이션에 도대체 정통하지

---

163) Asper: Das Märchen in der Psychotherapie 2001, 8쪽.
164) Kast: Liebe im Märchen 2001. 그 밖의 저서들은 이 책의 참고문헌에 실려 있음.
165) Dieckmann: Gelebte Märchen 1978, 13쪽.
166) 두 파트너의 성숙이라는 관점 하에서 동물신부에 관한 민담. Pöge-Alder: Die Tierbraut im Märchen. Die Persönlichkeitsentwicklung nach der Hochzeit 2000, 61-71쪽.

도 못하면서 바로 그가 찾던, 사용할 수 있었던 전망들을 획득하였다. 그러므로 민담은 모든 해석에 기본적으로 열릴 수 있었다. 전래민담의 심리학적 해석들이 인간영혼의 문제들에 관한 표현을 모사하기 이전에, 그러나 원칙적인 사실해명은 언제나처럼 비슷한 모양의 모든 해석 앞에 직면해 있다."[167]

벵트 홀베크Bengt Holbek는 여러 상징해석들에 결여된 맥락을 비판한다. 바로 융 학파의 저자들도 한결같이 이와 같은 점을 훈계하고 있다. 상징의 의미는 상호 대립적이기 보다는 오히려 유사하기 때문에 상징들은 다가적(多價的)이다.[168] 이러한 시각에서 민담이 하나의 매개체로서 다양한 치료형태에 이용될 수 있다는 판단이 이루어졌다. 이러한 목적에서 1998년 민담재단 발터 칸Walter Kahn의 후원으로 EMG가 "심리치료의 매개체로서의 민담"이라는 주제 하에서 회의를 개최하였다. 이러한 개념선택과 함께 사람들은 대중적, 심리적 측면을 강조하는 민담해석과는 거리를 두었다. 그와 달리 지그문트 프로이트를 계승하는 고전적 심리분석, 칼 구스타프 융 학파의 분석적 심리학, 알프레드 아들러에 따른 개인심리학의 연구방법론들과 함께 심리요법에서의 민담응용과 또 다른 분석적 치료형태들이 문제가 되었다. 민담의 친밀성은 변신이 일어나고, 새로운 신분으로 이어지기 위해서 위기를 불러일으키는 주인공의 체험에서 발생한다. 민담은 성년식의 본보기(이미 프로프의 경우에서와 마찬가지로)로 해석된다.

---

167) Röhrich: Rumpelstilzchen 1973, 596쪽.
168) Holbek: Interpretation of Fairy Tales 1987, 210-211쪽.

여러 목소리를 대신해서 융 학파의 심리치료사 카트린 아스퍼 Kathrin Asper는 무엇보다도 마법담이 그녀에게는 중요하다고 말한다. 왜냐하면 여기에서는 위기에서 빠져나오는 길이 곧 긍정적 결말로 이어지기 때문이다. 이러한 이야기들은 과제와 도움을 다양한 형상들(사람들, 동물들, 나무들)과 함께 보여준다. 그녀는 이것을 추상적으로 묘사된 인간의 전형적 요소들이라고 평가한다. 그 때문에 민담은 원형적 이야기라고 할 수 있다. 원형은 다양한 변형들 속에서 표현된다. 아스퍼에 따르면 예를 들어 그림의 민담 「외눈박이, 두눈박이, 세눈박이 Einäuglein, Zweiäuglein, Dreiäuglein」(KHM 130)는 '내' 가 여러 가지 측면에서 자신을 구분하고, 물론 이 경우에 엄마나 누이들과 두눈박이를 구별하는 것을 어떻게 배우는지를 보여준다. 융 학파는 이러한 해석방식을 주관의 단계적 해석이라고 부른다. 따라서 "민담의 인물들은 여자 주인공 혹은 남자 주인공의 관점 또는 한쪽으로 간주된다." 그와 달리 대상의 단계적 해석은 "인물들이 여자 주인공 혹은 남자 주인공과 관련해서 다른 대상들이라는" 점을 고려한다. 예를 들면 카트린 아스퍼는 민담 도입부에서 표현되는 가족 상황을 한 인간의 어린 시절의 상황으로서 대상의 단계로 해석한다. 계속 이어지는 민담의 진행과정은 다양한 콤플렉스(예를 들면 아버지에 대한 콤플렉스나 어머니에 대한 콤플렉스)의 형성과 더불어 주관의 단계로 설명된다.

여기에서 민담은 심리학 이론들을 이해하기 위한 배경을 이루고, 인간의 인생항로를 언어적 상징으로 장식할 수 있다. 카트린 아스퍼는 심리역학적 과정들을 밝히기 위해서 민담을 이용하기 때문에 그녀는

"민담의 응용"에 대해서 말한다.[169] 이러한 견해들은 정신분석을 받는 남성 또는 여성 환자와 심리요법 전문의에 대해서 보고한다. 그리고 그와 동시에 민담의 버전에 관한 해석이 나와 있다.

꿈들이 그다지 이야기되지 않고, 환자 스스로도 자신이 아프다는 사실을 이해하지 못하는 **아동심리치료**에서도 민담이 이용된다. 여기에서는 아이의 놀이, 그림 그리기와 민담들이 영혼의 무의식의 층위(프로이트) 내지는 영혼의 그림자(융)에 발을 들여놓기 위한 한 가지 방법이다. 아동정신과의사 요한네스 빌케스Johannes Wilkes의 견해에 따르면 민담의 인상 깊은 효과는 민담의 "인상적인 힘과 명료함에 관한 연속적이며 생생한 상징들"과 설명하기 어려울 만큼 명료하고 직관적인 언어에서 기인한다고 한다. 민담은 중심을 이루는 갈등상황을 간단명료하게 묘사한다. 한 명의 주인공, 최대 두 명의 주인공들은 손쉽게 신원확인을 한다. 등장인물들은 분명하게 고정된, 정반대의, 명확하게 가치판정을 받은 캐릭터를 지닌다. 따라서 어린애다운 흥미 또한 보장되어 있다.[170]

빌케스에 따르면 아동심리치료에서 직접적인 민담 사용은 심리치료학의 방법론에 구애받지는 않는다. 예를 들면 자기 스스로 사회적으로 인정받기 위해서 기울이는 노력과 열등감을 상쇄하려는 인간을 이해하고자 하는 알프레드 아들러Alfred Adler(1870-1937)의 개인심리학을 들 수 있다. 행동치료를 위해서도 민담은 이른바 모델학습에 이용

---

169) Asper: Das Märchen in der Psychotherapie 2001, 8쪽.
170) Wilkes: Über den Einsatz und die Wirkung von Märchen 2001, 9-10쪽.

될 수 있는 수단들을 갖추고 있다. 갈등을 연극적으로 표현하는 사이코드라마나, 정신병을 인간 삶의 특수한 형태로 이해하고, 그 전개과정에서 환자와 동행하고자 하는 인간 의학이 민담을 이용하는 그밖의 치료 방법들이다.[171]

민담을 매개체로 이용하는 또 다른 분야가 민담에 의거한 그림 그리기이며, 이 방법은 눈에 띄는 행동을 하는 아이들에게도, 별다른 부담이 되지 않는 아이들에게도, 청소년이나 어른들에게도 이용될 수 있으며, 자기인식의 발달을 촉진시키는 길을 제공한다.[172]

교육학에서의 민담

민담장려의 중요한 부분은 **성인 및 아동을 위한 민담교육학**과 관련된다. 민담은 삶과 밀접한 주변 환경의 문제들을 보여주며, 현실의 관계들을 반영한다.[173] 따라서 이러한 이야기들도 교육학에서는 중요한 매개수단으로 이용된다. 모방요구는 주인공의 행위에 대한 관심에서 출발한다. 그와 동시에 민담은 전반적으로 학교에서 벌어지는 일에 효과가 입증된 매개수단으로 간주된다.[174] 그것은 특수교육학과도 관련을

---

171) 같은 책. 11쪽.

172) Overdick: Malen nach Märchen 2001, 22쪽.

173) Pointner: Umweltschutz und Märchen 2000. 치츨슈페르거H. Zitzlsperger의 서평: Zitzlsperger: MSP 12 (2001) H. 1, 34쪽. 여기서 그는 검증된 수업모델들을 높이 평가해 강조한다.

174) Bergmann: Erziehung zur Verantwortlichkeit 1994 (auch zur Waldorfpädagogik). 특히 치츨슈페르거의 연구논문들: Watzke, O. et al.: Märchen in Stundenbildern.

맺는다.[175] 그밖에도 민담은 중독 및 폭력예방에도 의미 있게 사용된다.[176]

취학준비아동이나 초등학생들을 위해서 예를 들면 이야기꾼인 펠리치타스 베츠Felicitas Betz와 브리기타 시더Brigitta Schieder는 위와 같은 청중 속에서 이야기하는 사람에 의해서도 응용되는 여러 가지 제안들을 피력하였다.[177]

1945년 이후 승전연합국들이 처음으로 그림 민담에 대한 유보조치를 취하였다. 영국의 점령군정부는 1945년 이후 나치의 만행에 대한 책임을 잔혹한 이야기들이 실려 있는 KHM에 떠넘겼다. 그림 민담이 테러 정권에 어울리는 심리적 전제로 간주되었다.[178] 후에 DDR(역자 주: 옛 동독)

Unterrichtsvorschläge mit illustrierten Text- und Arbeitsblättern als Kopiervorlagen. 3-4. Jahrgangsstufe. Donauwörth. 2002. 역사적 관심: Woeller: Märchen oder Sage? 1961, 393-399쪽.

175) Beller, M.: Von der Stoffgeschichte zur Thematologie. Ein Beitrag zur kompensatorischen Methodenlehre. In: Arcadia 5 (1970), 1-38쪽, 특히 21쪽. Lüthi, M.: Gebrechliche und Behinderte im Volksmärchen. In: Pro infirmis, H 12. Zürich 1966, 360쪽. Uther: Behinderte in populären Erzählungen 1981. Worm, H.-L.: Märchen im Religionsunterricht der Schule für Lernbehinderte? In: Sonderschulmagazin 12 (1990) H. 1, 8쪽.

176) Grün, M.: Volksmärchen, Konfliktloser auf der Gefühlsebene. Ein Beitrag zur Suchtprävention in der Grundschule. In: Pädagogische Welt 50 (1996), 117-121쪽. Hilty: Rotkäppchens Schwester 1996. Keller: Zaubermärchen in der Suchtprävention 1997.

177) 예를 들면 Schieder: Mit Märchen durchs Jahr 2003. Betz: Märchen als Schlüssel zur Welt 1993 기타 등등.

178) Bastian: Die "Kinder- und Hausmärchen" der Brüder Grimm in der literaturpädagogischen Diskussion des 19. und 20. Jahrhunderts 1981, 186-187쪽.

에서는 '민족 유산'으로서 소비에트 민족들의 '민중문학'에 대한 지침
과 볼프강 슈타이니츠Wolfgang Steinitz의 학문적 노력 덕분에 민담
에 대한 거부감이 재빠른 화해 앞에 굴복하고 말았다.[179]

'전래민담'이 어린아이들에게 적합한지, 어떤 '전래민담'이 어린
아이들에게 적합한지가 관심사이긴 했지만, 1968년에 일어난 68운동
은 민담연구사에서[180] 흔히 언급되는 문제들을 주제로 삼았다.[181]

1. 사람들은 전해져서는 안 될 낡은 생각들, 행동방식들, 그리고 사
   회구조들을 민담텍스트들을 통해서 알게 된다고 생각하였다.
2. 민담에 그려진 공상적인 것, 경이로운 것은 문제가 많은 것으로
   여겼다.
3. 형벌과 같은 잔혹한 민담의 요소들이 비인간적인 것으로 간주되
   었으며, 그 때문에 더 이상 전해져서는 안 된다고 생각하였다.

여기에서 디터 리히터Dieter Richter와 요한네스 메르켈Johannes
Merkel이 실마리를 찾고, 사회적-역사적 차원에서의 민담의 역할과
기능을 연구하였다. 결함이 있는 아이들의 교육과 관련해서 민담을 서

---

179) DDR의 민담연구: Pöge-Alder: 'Märchen' 1994, 5장. DDR에서 민담의 역할:
    Märchen und Religion 1990, 8-9쪽.
180) 예를 들면 Korn, I.: Zum deutschen Volksmärchen. Eine Anregung zur
    Diskussion. In: Der Bibliothekar (1952), H. 7/8, 437-452쪽, 여기서는 438-439
    쪽. Korn: Märchen für die Jüngsten 1955, 10쪽.
181) Psaar/Klein: Wer hat Angst vor der bösen Geiß? 1976. Gmelin: Böses kommt
    aus Kinderbüchern 1972.

술하고, 프로이트적 해석으로 민담의 상징들을 설명하는 브루노 베텔하임Bruno Bettelheim의 저서 『아이들은 민담이 필요하다Kinder brauchen Märchen』(1975년 초판)는 전래민담이 부활하는 데 전환점을 가져온다. 1980년대 이후 눈에 띄게 나타나는 민담의 선풍적인 인기는 민담교육학에서도 나타난다.

전래민담이 실제로는 아동민담(역자 주: 어린이를 위한 이야기 또는 동화)인가 하는 물음에 홀베크는 마법민담에 대한 자신의 구조분석을 통해서 답변한다 (참고. 6.6장). 아동민담은 여자 주인공 또는 남자 주인공이 시험을 거친 다음에 끝나는 것이 전형적이다. 즉 어린아이들이 무시무시한 괴물들에 내맡겨진다. 그러나 그들은 성적인, 사회적인 대립의 차원을 품고 있지 않다. ATU 563(「식탁, 당나귀, 그리고 몽둥이 The Table, the Donkey and the Stick」, 「요술식탁, 황금당나귀, 자루 속의 몽둥이 Tischchendeckdich, Goldesel und Knüppel aus dem Sack」 KHM 36)는 결혼식이 없이 끝난다. 그와 반대로 이를테면 ATU 480 (「상냥한 소녀와 고약한 소녀The Kind and the unkind Girl」, 「홀레 부인 Frau Holle」 KHM 24)에서 보듯이 민담의 첫 번째 단락들에서는 도덕적, 교육적 관점들이 강조되어 있다.[182] 아동민담에서 등장인물들의 역할은 영웅 신화의 그것과 비슷하고, 또한 단순하다. 왜냐하면 주인공을 제외하면 부모와 그들의 대리인들만이 존재하기 때문이다. 어린이를 위한 이야기 유형은 ATU 328 (「소녀가 괴물의 보물을 훔친다The

---

182) Holbek: Interpretation of Fairy Tales 1987, 422쪽.

Boy Steals the Ogre's Treasure」와 ATU 513 (「비범한 친구들The Extraordinary Companions」, ATU 513 A, 「여섯 사나이의 성공담 Sechse kommen durch die ganze Welt」 KHM 71)이 있다. 그리고 이들 이야기들은 '1인 주인공'의 민담들이다.[183]

홀베크에 따르면 집을 떠나면 낯선 사람과 이야기하지 말라는 행동규칙들을 위반하는 것이 아동민담에는 전형적이다. 어린아이들은 의지할 사람이 자신뿐이지만, 이러한 행동규칙들을 시험해본다. 예상대로 소년 또는 소녀는 금지사항들을 잊고, 호기심이 그들을 엄습한다. 이어서 부정적인 결과들이 논리정연하게 이야기된다.[184]

홀베크는 구전된 민담들이 본질적으로 어린이들을 위해서가 아니라 어른들을 위해서 이야기되었다는 일반적인 견해를 받아들인다. 어린아이들은 몇몇 마법민담, 동물민담이나 체인 형식의 민담들을 들었다. 그렇지만 어린아이들은 텍스트들을 별도로 '정리'할 만큼 문화적으로 구분되는 집단을 형성하지 못하였다.[185]

설문조사에서 나타났듯이 여성이든 남성이든 오늘날의 이야기꾼들은 흔히 어른들 앞에서 이야기하기를 선호한다. 왜냐하면 그들 대부분은 그렇게 하는 것이 훨씬 더 품위가 있다고 생각하기 때문이다. 그렇지만 가족단위의 이야기 행사가 그 중 가장 큰 몫을 차지한다. 두 번째로 민담을 듣기를 원하는 집단은 초등학생이나 유치원생들, 노인들이며,

---

183) 같은 책. 422쪽.
184) 같은 책. 414쪽.
185) 같은 책. 405쪽.

청소년들이 그 뒤를 잇는다. 몇몇 저자들에 의해서 이른바 **민담을 들려주는 데 적합한 어린아이의 연령**에 대한 토론이 벌어지기도 한다.[186]

어린이를 위한 교재로서 민담이 갖는 특별한 가치는 빈번하게 입증되었다: 인식발달, 심리활동 및 사회적 습득은 전공분야를 뛰어넘어서 특히 민담을 통해서 지속적으로 이루어지고 있다. 이때 이야기하기는 아주 중요한 매개체로서의 역할을 한다.[187] 의미를 생성하는 민담의 상징들은 이야기꾼의 시선 마주치기, 제스처, 표정이나 직접적인 영향력 발산을 통해서 전달된다. 이야기꾼들은 아이들의 반응을 시선으로, 제스처로, 언어로 받아들인다. 그렇게 해서 형성되는 이야기 공동체는 전통적인 민담의 부정적 정서들을 지니기도 한다.[188]

예술적으로 형상화된 텍스트를 자유자재로 구연하는 구두형식의 이야기하기는 젊은 이야기꾼들의 자의식과 인식의 성과를 장려하는 교육적 논의의 일부이기도 하다.[189] 그와 동시에 1960년대의 논쟁들을 주도했던 민담에서의 이른바 잔혹성의 부정적 결과들에 대한 우려들이 해결되었다.[190] 그 대신에 이야기하기의 습득이 강조된다.[191] 침묵을 향

---

186) Betz: Märchen als Schlüssel 1977. Knoch: Praxisbuch Märchen 2001. Bühler: Das Märchen 1958, 19-24쪽. 일반적으로 4세에서 12-13세 사이의 연령. 참고. Pöge-Alder: Erzählerlexikon 2000.

187) Zitzlsperger: Ganzheitliches Lernen 1993, 49쪽.

188) 참고. 같은 책. 141-142쪽. Wilkes: Über den Einsatz und die Wirkung von Märchen 2001.

189) 참고. Franz, K.: Dichtung auswendig lernen? Anmerkungen zu einer strittigen Kategorie des Deutschunterrichts. In: Grundschulmagazin 1995, H. 4, 37-40 쪽.

190) Scherf: Die Herausforderung des Dämons 1987.

한 이러한 노력들은 시각적 매체들과 대립하며, 듣기를 발전시킨다. 이러한 시각에서 이야기하기는 환담이 아니라 선택한 이야기 소재에 의한 의미구조의 중재이다. 내면의 세계가 자극받고, 고유한 규범들이 형성된다. 민담 듣기는 판타지에 영양을 공급하고 내면의 상상에 활기를 불어넣는다. 민담의 행복한 결말은 긍정적 삶을 지원한다.

6.6 홀베크의 종합과 새로운 이론구상

벵트 홀베크Bengt Holbek (1933-1992)의 전기

라우리츠 뵈트커Laurits Bødker(1915-1982)에게서 덴마크 및 라틴어문학, 그리고 민속학을 공부한 뒤 벵트 홀베크는 1962년부터 1970년까지 덴마크 민속자료실Dansk Folkemindesamling의 문서보관실 직원으로 일하였다. 그리고 1970년부터는 코펜하겐 대학의 덴마크 민속학 연구소Folkemindevidenskab(1988년 이후에는 민속학 연구소 Institut for Folkloristik)에서 학생들을 가르쳤다. 민속학적 이야기 연구에 대한 그의 연구 작업들은 우화, 속담, 수수께끼, 상상의 동물 및 유틀란트의 기록사와 전승사에 집중되었다.[192]

---

191) Janning: Märchenerzählen: Läßt es sich lernen 1983. Janning: Textgebundenes Erzählen 1995. Janning: Zur Choreographie 2002. Mönckeberg: Der Klangleib der Dichtung 1981(Erzählregeln). Betz: Was ist die Lemniskate? 1995.

1987년 그의 박사학위논문 『민담해석Interpretation of Fairy Tales』(=FFC 239)은 앞서 진행된 주제연구들(구조주의 및 심리학적 해석들, 전승주체와 오늘날 민속학의 중요성에 관한 연구)을 하나로 묶었다. 이 논문이 출간된 이후에 그는 FFC의 편집위원이 되었다.[193]

홀베크의 민담해석

홀베크의 주요 관심대상은 덴마크의 초등학교 교사이자, 수집가이며, 출판인인 에발트 탕 크리스텐젠Evald Tang Kristensen(1843-1929)이 1868년과 1908년 사이에 대략 6500명의 보증인들로부터 수집한 자료를 선별하는 것이다. 다른 장르들을 제외하고도 수집한 이야기들은 민담이 약 2700개, 전설이 약 25000개에 달한다. 기록은 이야기하는 가운데 이루어졌으며, 이를 위해서 그는 독자적인 속기술을 발전시켰다. 처음에는 그룬트비히Grundtvig와의 지속적인 교류를 통해서, 1883년 그의 사후에는 올리크Olrik와의 끊임없는 교류를 통해서 그는 동시대의 연구를 접하게 되었으며, 이를 통해서 그는 원전에 충실한 기록들과 변화가 많은 기록들, 사회적 맥락이나 이야기꾼들에 주목하게 되었다. 물론 그렇게 해서 대부분의 경우 계획된 이야기 상황에서 구연된 자료의 높은 가치가 뒷받침 된다.[194]

---

192) 참고. Holzapfel, O.: Holbek, Bengt Knud. In: EM 6, 1990, 1173-1175단.
193) Honko, L.: Bengt Holbek (1933-1992). In: FF Network 6 (March 1993) http://folklorefellows.fi/netw/ffn6/bholbek.html.
194) Kofold, E. M.: Kristensen, Evald Tang. In: EM 8, 1996, 468-471단, 여기서는 469단.

홀베크는 수집된 민담을 연구하면서 민담분석을 위한 모범적인 연구사례를 제시하였으며, 그 중심에는 프로프의 가정과 유사하게 마법민담 혹은 '본래의 민담'이 자리 잡고 있다.[195] 민담분석에서 홀베크는 이야기꾼들이 속한 사회계층을 중요하게 여겼으며, 이를 위해서 그는 그들의 사회적, 경제적 관계를 좀 더 상세하게 관찰하였다. 대농장 소유주, 사법관, 성직자나 장교 등이 속한 '엘리트 계층', 즉 상류계층 출신의 이야기꾼은 단 한 명에 지나지 않았다. 대부분의 이야기꾼은 이른바 농업노동자계급, 즉 임차농, 소작인, 소농, 수공업자, 머슴, 하녀나 은퇴한 농부로 이루어진 중간계층에 속한 사람들이었다. 민담의 전승이 '엘리트 계층'에 의해서 이루어졌는가 아니면 '민중'에 의해서 이루어졌는가 하는 논쟁에서 홀베크는 '민중'의 편에 섰다.[196] 이야기꾼들은 자신들의 개인적인 취향에 따라서 자기 스스로 이야기소재를 선택하였다. 오히려 세대 사이의 전승은 무의식적으로 일어났다.[197]

홀베크의 해석에 따르면 '마법민담'은 신화가 상류계급에서 '공적' 성격을 지닌 반면에, 하류계층에서는 '사적' 성격을 보일 때 발생한다. 그 때문에 이들 민담이 신화적 요소나 신화적 구상의 흔적들을 간직하고 있으나, 이와 같은 것들이 개별적으로 가공되어 있으며, 전체적으로 보면 "그 총체성에서 사회의 안녕"에 대한 관심을 좇지는 않는다.[198]

---

195) Holbek: Interpretation of Fairy Tales 1987, 404쪽: "결혼식과 함께 끝나거나 아니면 결혼이 잘못된 결합이었기 때문에 일찍이 추방당한 커플의 승리로 끝나는 이야기들." 참고. Berendsohn: Grundformen volkstümlicher Erzählerkunst 1921, 31-61쪽 '본래의 민담'에 대해서.

196) Holbek: Interpretation of Fairy Tales 1987, 49-87쪽.

197) Holbek: Eine neue Methode zur Interpretation von Zaubermärchen 1980, 75-76쪽.

홀베크는 마법민담들이 도처에서 이야기되었다는 사실에 근거를 두고 있었기 때문에 그림Grimm 이전의 시대에 그림의 문체양식으로 된 민담이 얼마 되지 않았던 것은 쓰고 읽을 줄 아는 사회계층, 즉 상류계층으로부터 마법민담이 제대로 평가를 받지 못한 이유라고 생각하였다.[199]

의미 있는 텍스트의 상징성은 이른바 사회경제적 분석과 더불어 "계급적으로 분화된 사회에서 가장 낮은 계급에 속하는 농촌의 이야기 공동체가 지닌 실질적인 정신적, 사회적 문제들에 대한 세분화된 담론"[200]으로서의 마법민담을 이해하는 쪽으로 그를 이끌었다. 이때 홀베크는 민담해석에서 동기나 원인에 주목하지 않고, 민담 줄거리의 결과를 평가하는 데 주목하였다.[201] 더 나아가 그는 전체가 부분들을 설명할 수 있다는 원칙을 강조하였다. 따라서 기적의 요소들은 전체적인 맥락에서 설명되지 않으면 안 된다. 그리고 이러한 요소들은 패턴을 이루면서 스스로 기능하는 일정한 규칙들에 상응해서 발생한다. 이러한 주장은 그가 왜 경이로운 것을 초기 문화단계의 유산으로 파악하고, 일반적인 상징 언어를 찾는 것을 거부하고 있는지를 밝혀준다. 몇몇 상징적

---

198) Holbek: Interpretation of Fairy Tales 1987, 603-606쪽. Holbek: On the Comparative Method in Folklore Research. Turku 1992. Holbek: On the Borderline between Legend and Tale. The Story of the Old Hoburg Man in Danish Folklore. In: Arv 47 (1991), 179-191쪽.

199) Holbek: Interpretation of Fairy Tales 1987, 151쪽: "그들이 어디서든지 정기적으로 이야기했음을 고려하면."

200) Holzapfel, O.: Holbek, Bengt Knud. In: EM 6, 1990, 1173-1175단, 여기서는 1174단.

201) Holbek: Interpretation of Fairy Tales 1987, 421쪽.

가치들은 어딘가 다른 곳에서도 발견될 수 있으며, 그리고 그러한 것들이 마법민담의 법칙에 어울리기 때문에 민담에서 수용된다.[202]

홀베크는 마법민담의 시작과 결말을 비교하고, 결혼과 함께 남자 주인공 또는 여자 주인공의 갈등들(구속, 성폭행, 존중의 결핍, 가난, 영향력의 부재)이 해소되어 있음을 밝혀냈다. 기본적으로 그러한 갈등들은 3개의 범주로 나누어볼 수 있다.

1. 세대 간의 갈등: 늙음 - 젊음
2. 성별에 따른 갈등: 남성 - 여성
3. 사회적 지위에서 비롯된 갈등: '높음' - '낮음' 그리고 '가난함' - '부유함'

그렇게 해서 ATU 300-745A 사이에 위치한 모든 민담 유형 가운데 90% 정도에서 결혼이 줄거리의 결말을 이루며, 또한 ATU 850-999에 놓여있는 민담들도 마찬가지로 본질적으로 결혼이 중심 위치에 놓이게 되는 이유가 밝혀진다.[203]

홀베크는 이러한 위기상황들이 이야기 공동체 내에 실제 혹은 있을 수 있는 사건들을 반영하고 있음을 보여준다. 그러한 상황들은 매우 민감하고, 심지어는 고통스럽고 불쾌한 사건들이며, 이 경우 아마도 쉽게 이야기될 수 없는 현실의 문제들일 것이다. 홀베크가 말했듯이 이야

---

202) 같은 책. 411쪽.
203) 같은 책 410쪽, 보다 상세한 내용은 418쪽.

기들은 그러한 문제들을 외견상 완벽하게 허구의 세계 속에서 모든 참가자들을 위장시켜 표현하면서 문제들을 해결한다. 갈등 자체가 베일에 가려지지 않은 채 등장할 뿐이다.[204]

덴마크의 이야기꾼들이 알고 있는 문화적 현실과의 확고한 결합을 홀베크는 시퀀스의 순서에서도 발견하였다: 젊은이는 정신적으로나 경제적으로 확고하게 자립했을 때 비로소 한 여자와 결혼할 수 있었다. 때문에 그는 그녀의 부모님으로부터 인정을 받고, 결혼승낙을 얻지 않으면 안 되었다.[205]

홀베크의 형식분석

홀베크는 마법민담 내지 '본래의 민담'에 적합한 줄거리 및 주제를 묘사하기 위해서 종합적이고 범례적인 모델을 발전시켰다. 그는 프로프의 원칙들을 이야기꾼들의 시각의 총체로서 언제나 마법민담에 적용시키고자 하였음을 강조하였다.[206] '모티브'라고도 할 수 있는 것을 홀베크는 '행동move'이라고 지칭하는 5개의 커다란 장(場)으로 마법민담들의 통합적 모델을 분류하는 반면에, 그의 범례적 모델은 분석에서 모두를 대표하는 등장인물들의 역할들(tale roles)에 관한 하나의 체계로 구성된다.[207] 그들은 3가지 기본갈등(사회적 지위, 나이와 성별)에 따라

---

204) 같은 책. 418쪽.
205) 같은 책 418쪽. 여성형 민담에서는 결혼 이후에 비로소 실질적인 쟁투가 벌어진다. 왜냐하면 여주인공이 시어머니나 그밖의 다른 적대자들로부터 공격을 받기 때문이다.
206) 같은 책. 410쪽. 이어서 이 모델들이 간략하게 기술된다.

서 - 프로프의 경우와 같이 줄거리 선상에서의 그들의 기능에 의거해서가 아니라 - 대립쌍으로 결정지어져 있으며, 프로프의 이론에서와 마찬가지로 구체적인 텍스트 속에서 비로소 캐릭터에 맞게 뚜렷하게 각인되어 있다.

그렇게 해서 8개의 인물의 역할들이 생겨난다.[208]

가난한 어린 여자 - 가난한 어린 남자

부유한 어린 여자 - 부유한 어린 남자

가난한 성인 여자 - 가난한 성인 남자

부유한 성인 여자 - 부유한 성인 남자

베렌트존Berendsohn[209]과 마찬가지로 홀베크는 두 주인공, 즉 남자 주인공과 여자 주인공이라는 두 중심인물에 따라서 여성형 민담과 남성형 민담을 정의한다. 즉 양자 가운데 한 사람이 이야기의 도입부와 중심 모티브에 있어서 훨씬 더 활동적인 몫을 담당한다.[210] **여성형** 민

---

207) 참고. Maranda: Structural Models in Folklore and Transformational Essays 1971. 범례적 모델은 다음의 규칙들을 따른다: 마법민담에는 8명의 등장인물들이 등장하고, 각각의 중심인물에게는 하나의 역할만이 주어지고, 각각의 역할은 이중적, 단순화 또는 독자적 인물로서 만난다는 의미에서 분리되어 ('선' - '악'; '강' - '약'으로 분리) 있을 수 있다, 어느 한 캐릭터는 인물의 역할들 사이에서 바뀌거나 사라질 수 있다. Holbek: Interpretation of Fairy Tales 1987, 347-348쪽, 416-417쪽.

208) 카테고리 '가난'과 '부유'는 특히 사회적 신분에 대한 견해가 포함되며, 원저에는 'high'와 'low'로 표현됨. Holbek: Interpretation of Fairy Tales 1987, 417쪽.

209) Berendsohn: Grundformen volkstümlicher Erzählerkunst 1921, 38-61쪽.

210) 저자는 홀베크의 개념 '행동move'를 '장(場)'으로 번역한다. 물론 장의 움직임을 암시하기 위해서는 '모티브'도 가능할 것이다. 그렇지만 이러한 개념은 모티브의 일부라

담은 장에서 활동적인 부분을 넘겨받는 여주인공에 의해서 결정된다. 두 명의 중심 캐릭터는 천한 신분의 어린 여자와 높은 신분의 어린 남자이다. 남자 주인공은 이들 장('moves')에서 보다 활동적인 부분을 맡는 반면에, 여주인공은 수동적인(마법에 걸렸거나, 아니면 동물로 변신했거나, 아니면 구금되어 있거나 등) 부분을 떠맡는 민담에서는 남자 주인공이 **남성형** 민담으로 결정된다. 그것은 남성의 성에 따른 역할을 담은 마법민담들이다. 이러한 민담형식에서는 두 명의 중심 캐릭터가 신분이 천한 어린 남자와 신분이 높은 어린 여자로 이루어진다.[211]

홀베크에 따르면 이야기 유형 「생명의 물」 ATU 551은 남성형 민담에 해당된다. 이 유형은 두 형식이 보여주는 특징들을 지니고 있다: 다른 아들들과 마찬가지로 막내아들은 생명수를 가져오기 위해서 집을 나선다. 그는 이 과제를 성공리에 마치고 공주를 임신시켰다. 다시금 공주가 아이의 아버지를 찾고, 이와 동시에 그를 구하기 위해서 집을 나선다. 이처럼 내용상 양성(兩性)적으로 균등한 2개의 이야기가 연결되었을 가능성들은 이 이야기 유형이 4명의 남성과 4명의 여성 정보제공자들에 의해서 이야기되었다는 점에서 증명된다.[212]

홀베크는 해석을 위해서 동기 또는 원인이 아니라, 민담 줄거리의 결과에 주목하도록 주의를 환기시킨다.[213]

는 의미에서 내용상 채워져 있다.

211) Holbek: Interpretation of Fairy Tales 1987, 161쪽, 417쪽. 참고. Berendsohn: Grundformen volkstümlicher Erzählerkunst 1921, 39쪽.
212) Holbek: Interpretation of Fairy Tales 1987, 163쪽.
213) 같은 책. 421쪽.

홀베크가 지적했듯이 마법민담의 이야기 패턴(narrative pattern)은 두 명의 주인공, 즉 한 쌍의 젊은이에 정통하며, 이들은 결혼식에서 입증되는 것을 서로 찾는다. 그들은 매번 서로 다른 출발상황에서 자신들의 길을 걷기 시작하고, 대부분 그 가운데에서 하나의 출발상황만이 마무리되어 있을 뿐이다.[214] 「생명의 물」 ATU 551에서도 공주는 어떤 이야기를 가지고 있지 않다. 어째서 그녀가 생명수가 있는 성에서 발견되는지는 남자 주인공이 자신을 구했다고 그녀가 말할 때 비로소 암시된다. 또한 이 공주가 어디에서 마법의 힘을 얻은 것인지도 이야기되지 않는다. 즉 증여자에 관한 시퀀스가 결여되어 있으며, 이러한 것이 홀베크에게는 여성형 민담의 전형인 것이다. 어디에서 여주인공이 불가사의한 능력들을 얻었는지 설명하지 않는 것은 젊은이의 이야기가 이야기되는 ATU 313 마법의 비상 (잊혀진 약혼녀Forgotten Fiancée)에서도 마찬가지이다. 예컨대 올리크Olrik나 뤼티Lüthi의 경우에서 보듯이 여타의 해석들과는 달리 ATU 313의 주인공은 소녀이다.[215]

홀베크에 따르면 이야기 패턴의 첫 번째 주제는 사회적 지위와는 무관한 세대 간의 갈등이다. 아버지가 아들들을 떠나보내는 「생명의 물」에서도 그렇다. 증여자의 시험은 내면의 품성과 관련되고, 이 젊은이를 한 사람의 성인(成人) 남성으로 끌어올린다. 따라서 흔히 부모는 더 이상 등장하지 않는다.[216]

---

214) 같은 책. 419쪽.
215) 같은 책. 327과 419쪽.
216) 같은 책 419쪽. 부모가 죽거나 또는 손님으로서 그의 승리를 경험하거나 또는 아들이 예전에 입었던 옷을 걸치고 집으로 돌아와 자신의 모습을 보여줌으로써 부모를 놀라게

이러한 시험에서 구세대(舊世代)가 전해주는 선물들은 주인공으로 하여금 그의 미래의 파트너에게 접근할 수 있도록 해준다. 그것을 서사적 기능에서 보면, 이러한 하사품들 또는 동물형상의 조력자들도 주인공의 능력을 고양시킨다. 홀베크에 따르면 이러한 것들은 그의 내적 품성에 대한 상징적 표현으로 이해될 수 있으며, 미래의 신부를 얻기 위한 지표인 것이다. 바로 그 때문에 홀베크는 그러한 것들을 남근의 상징으로도 이해한다(검, 총, 플루트, 곤봉).[217]

여성형 이야기들에서는 이처럼 성인이 되었음을 보여주는 성년식이 흔히 결여되어 있다. 그밖에 그러한 성년식이 위험해서가 아니라, 그것은 오히려 예를 들면 마녀를 위한 일종의 봉사 내지는 전통적인 마을공동체에서 그러한 역할에 부여하는 자격에 대한 일종의 통보인 것이다. 다시금 선물은 대개 성에 따른 역할과 관련된다: 구두, 옷, 방직 및 직조기구들.[218]

이러한 판단을 근거로 해서 홀베크는 마법민담이 성년의례에서 기인한다는 프로프의 이론을 적어도 한 가지 관점에서는 동의하고 있다고 생각하였다: 성년의례는 어떤 발자취 혹은 유물들이 아니라, 젊은이의 내적 품성들이 앞의 세대에 의해서 측정되기 때문에 성인의례에 속하는 민담 첫 장에서의 필수적인 민담구성요소들이 바로 시험인 것이다.[219] 여기에서 추론할 수 있는 전승의 내용과 형식이 이야기 공동체

한다(ATU 935 실종된 아들의 귀향).

217) 같은 책 420쪽.

218) 같은 책. 420-421쪽.

219) 같은 책 422쪽. "... 그것들은 자기 시대의 이야기 공동체들과 관련되어 있다. 그것들은

에 미치는 현재적 의미가 전승을 설명하는 민담이론구성의 한 시각이기도 하다: 그 내용들이 이야기 공동체에 중요하다고 판명되는 한, 그것들은 이야기되고 습득된다. 이야기 문화의 변화와 더불어 전통적인 이야기 공동체들이 해체되고, 다르지만 전통적인 내용들을 계속 돌보는 새로운 구조들이 오늘날까지 자리 잡게 되었다. 성숙과 시험은 오늘날에도 중요하다.

마법민담의 **범례적 관계**는 인물의 역할과 관련한 주제들, 즉 **연령, 사회적 지위, 그리고 성별**에 의해서 요약되어 있는 반면에, **종합적 관계**는 5개의 장으로 나누어져 각 부분들을 서로 결합시킨다. 여기에서는 남성용 민담에 적용해 순서별로 요약된다.[220]

　　제I장과 제II장은 서로 밀접한 관계를 맺고 있으며, 주제 면에서는 '어린'과 '어른'의 대립을 통해서 결합되어 있다. 홀베크는 이 장을 설명하면서 프로프의 기능들에 긴밀하게 의존한다(참고 6.2장). 따라서 도입부는 기능 1-8을 포괄하고, 주인공이 왜 집을 떠나는지에 대한 질문에 답한다. 3가지 유형의 도입부는 매번 기능의 쌍에서 생겨난다(기능 2와 3: 금지와 위반; 기능 4와 5: 적대자의 탐색과 배반; 기능 6과 7; 적대자의 기만행위와 협력). 형태론상 이러한 시퀀스들은 기능 12: 주인

　　　오랜 과거로부터 유산으로 물려받은 상속물이기 때문에, 그리고 그러한 모든 것이 현재와 관련되어 있음으로 해서 이러한 요소들이 기억되고 있다고 생각할 이유는 없다. 그것들이 형식에 있어서는 정말 오래된 것이지만, 삶과 함께 말없이 맥박치고 있다."

220) 마찬가지로 홀베크는 프로프에 기대어 여성형 민담에도 이를 적용해서 기술한다. 그러나 그는 5장으로 시작한다. 참고. Holbek: Interpretation of Fairy Tales 1987, 411-413쪽. 실례 ATU 551 때문에 여기에서는 기술되지 않는다.

공의 시험, 기능 13: 증여자에 대한 주인공의 반응, 기능 14: 마법도구의 수령을 담은 제II장에서 증여자의 장면과 균형추를 이룬다.

제II장은 다른 사람은 성공을 하지 못했는데, 주인공은 어떻게 공주를 구원할 수 있었는가에 대한 물음에 답한다; 여기에서 주인공이 집을 나와서 그가 통과해야만 하는 시험에 관해서 이야기된다. 구세대의 일원 내지는 대표자가 시험을 하고, 훌륭하게 시험을 통과한 대가로 마법의 도구를 건네주거나 혹은 그것을 얻을 수 있는 방법 등에 관한 정보들을 건네준다. 주인공이 보여준 내면의 품성들(친절함, 정보의 수용자세, 협조심)이 공주를 구원하고, 그녀의 사랑을 얻고, 찾던 것을 가져올 수 있도록 해주는 마법의 힘으로 변화된다. 결국 여기에서는 연령(어른이 됨)이나 사회적 지위(경제적, 사회적 독립)와 관련해 노력해서 얻은 성숙함을 구체적으로 표현하는 결혼의 전제조건들이 형성된다.[221]

홀베크의 견해에 따르면 **제III장**에서는 두 주인공의 애정관계가 확고해진다. 다만 여기에서는 결투 때문이 아니라 하나의 유대관계가 맺어지기 때문에 결혼은 제V장에서 일어난다. 주제 면에서 여기에서는 생물학적 성(性)의 만남이 중요시된다. 사랑하는 사람들이 서로를 훨씬 더 잘 알게 되는 은밀한 약속이 행해지는 것이 이야기된다. 결국 여기에서 여자는 자신이 누구와 함께, 즉 아버지 또는 사랑하는 남자와 오래도록 결합되기를 원하는지를 결정하지 않으면 안 된다. 이러한 관점에서 이 장에서의 여러 상징들은 성과 관련해서 채워진다. 이 경우에는 ATU 530에서와 같이 성, 연령, 그리고 사회적 지위의 거리감을 표

---

221) Holbek: Interpretation of Fairy Tales 1987, 413-14쪽.

현하는 상징으로 유리 산은 매우 간결한 표현이다. 남자 주인공은 자신의 마법의 물건들(검, 지팡이, 플루트)을 사용한다. ATU 551에서 남자 주인공은 마법의 정원에 이르러 공주와 동침을 하고, 그의 이름 또는 자신에 관한 인식표를 남겨둔다. 미래의 신부는 남자 주인공을 숨기고 알게 한다.[222]

은밀한 애정관계의 문제는 대부분 남자 주인공에 의해서가 아니라 그의 파트너에 의해서 예견된다. 그래서 공주는 가짜 주인공과의 싸움이 승리로 끝난 뒤에는 잠자는 남자 주인공과 결투의 장을 떠난다. 왜냐하면 그녀는 결혼을 약속한 신랑을 아직은 집으로 데려갈 수 없기 때문이다. 그녀는 자신의 부모와 남자 주인공을 소개함으로써 일어날지도 모르는 충돌에 마음의 준비가 되어있지 않다. 그 때문에 그녀는 결혼을 미루게 되고, 이것이 홀베크에 따르면 새로운 불행의 빌미가 된다.[223]

이러한 상황에서 시작되는 **제Ⅳ장**은 사회적 신분이라는 측면에서 인정을 받고자 애쓰는 남자 주인공을 주제로 다룬다. 제Ⅲ장에서 확립된 애정관계가 알려지지만, 그것은 받아들여지지 않는다. 가짜 주인공, 상대방의 부모 또는 형제자매들처럼 이때 반응하는 적대자들은 현실의 삶에서 비롯된 인물들이다. 그렇지만 그들이 누구와 결혼하기를 원하는지를 부유한 사회계층의 아들들 또는 딸들은 결정할 수 없었다. 이러한 상황에서 조력자들이 등장하는 데, 이들은 ATU 551의 사냥꾼처럼

---

222) 같은 책. 414-426쪽. 홀베크의 남근 해석은 이미 앞에서 언급되었다.
223) 같은 책. 427-428쪽.

대부분이 자기 집안에서 나온다. 만약 새로운 찾기 여행이 시작된다면, 이것은 아풀레이우스Apuleius의 「아모르와 프시케Amor und Psyche」에서 신들과 죽음에서 벗어나지 못하는 인간들 사이의 간격만큼이나 엄청나게 큰 사회적 간격을 극복하기 위한 표현으로 이용된다. 홀베크에 따르면 이러한 간격을 극복할 의무는 신분이 낮은 사람에게 있다. 제III장에서 금기의 훼손 혹은 금지의 위반이 필연적으로 나타난다. 그렇지 않으면 신분이 낮은 주인공이 은밀한 애정관계를 유지하지 못할 것이기 때문이다.[224]

제IV장에서는 이러한 불만족스러운 상황이 어떻게 종결되고 극복되는지에 대해서 이야기되고, 시험 뒤에 주인공의 실제 능력과 내적 품성들이 알려지는 **제V장**으로 이어진다. 그것은 종종 진짜 주인공과 가짜 주인공의 대결이라는 범주 안에서 일어난다. ATU 551 「생명의 물」에서 주인공의 두 형들은 황금길 옆으로 말을 타고 달려간다. 그러나 막내는 공주만을 생각할 뿐이다. 그래서 그는 열린 성문 안쪽으로 곧장 공주에게로 말을 타고 가고, 이로써 그는 인정을 받는다. 이 이야기 부분에서 공주는 적극적으로 변한다.[225] 왜냐하면 그녀는 과제나 조건들을 제시하거나 아니면 아버지가 낸 과제들을 풀 수 있도록 주인공을 돕기 때문이다. 마지막 장애물은 제거되어 있으며, 이제 부모가 멸시를 받지 않으려면, 그들은 주인공을 받아들이지 않으면 안 된다. 만약 그들이 앞서 자신들의 운명을 극복하고자 노력하였다면, 이미 결정은 내

---

224) 같은 책. 428-431쪽.
225) 참고. Horn: Der aktive und passive Märchenheld 1983.

려져 있었다. 따라서 사회적 신분 때문에, 그리고 세대 간의 충돌들이 이 마지막 장의 주제들이다. 결국 고통스러운 갈등들은 조화로운 해결의 장엄함을 더 더욱 분명하게 인식하게 만든다. 범례적 의미에서 남자 주인공과 여자 주인공은 자신들의 위치를 뒤바꾸었다: 그는 누더기를 걸치고 천한 신분에서 벗어나 이제는 높은 평가를 받는다; 반면에 그녀는 공손한 딸이자, 독립적인 사람이 되었다.[226)]

그러므로 마법민담이 주인공 1인의 이야기가 아니라는 점이 제V장과 제III장에서 분명해진다. 오히려 홀베크는 마법민담이 멋지게 조직화되고, 시대를 시험하는 문학적 이념으로서 공동의 백일몽에 적합한 틀, 즉 양성(兩性)을 반영할 수 있는 혼성인물군에 적합한 하나의 틀을 갖추고 있다고 생각한다. 왜냐하면 민담이야말로 남자 이야기꾼 또는 여자 이야기꾼이 이야기하느냐에 따라서 서로 다르게 이야기될 수 있기 때문이다. 예를 들면 ATU 551 「생명의 물」에서 한 여성 이야기꾼은 주인공이 위험한 상황에 처해 있는 동안에, 주인공에 의해서 임신한 소녀가 어떻게 그녀의 아들과 함께 군대를 이끌고 와서 주인공의 성을 포위하는지를 이야기한다. 이 여자 이야기꾼은 농부의 아들 또는 대농장 소유주에 의해서 임신이 된 운명을 알고 있다. 그녀는 남자 이야기꾼이 생략하는 주제를 전개할 것이다. 따라서 여자나 남자 이야기꾼들의 전형적인 이야기 변형들은 문서보관실에서는 흔히 볼 수 있는 것이다.[227)]

---

226) Holbek: Interpretation of Fairy Tales 1987, 412쪽, 431-432쪽.
227) 같은 책. 412쪽, 434쪽.

홀베크의 상징해석

홀베크의 견해에 따르면 상징은 이야기꾼들과 그들의 청중에 의해서 알려지고, 이야기를 통해서 형상화되는 실제의 세계와 관련된다. 이 경우에 '마법의' 요소들은 아무 것도 설명하지 않지만, 탁월한 반응을 보여준다. "민담에서의 상징적 요소들은 실제 세계의 존재들, 현상들, 그리고 사건들의 감성적 표현들을 전달하며, 이러한 표현들은 공동체의 문제점들, 희망들, 그리고 이상들에 관해서 이야기하는 것을 이야기꾼에게 허용하는 허구적, 이야기 형식의 시퀀스 형식으로 조직화되어 있다."[228]

홀베크는 감성을 상징으로 전환하는 데 있어서 다음과 같은 규칙들을 제시하였다.[229]

규칙 1. 쪼개기/나누기(split): 캐릭터들은 그들의 상반된 관여를 민담 속의 여러 인물들에게 분할한다. 그들이 동일한 인물의 역할을 떠맡고, 상호작용을 하지 않을 때, 그들의 정체성은 드러난다. 그러므로 착한 캐릭터와 못된 캐릭터 또는 적극적 관여와 수동적 관여 또는 정

---

228) 같은 책. 434-435쪽. 원문: "The symbolic elements of fairy tales convey emotional impressions of beings, phenomena and events in the real world, organized in the form of fictional narrative sequences which allow the narrator to speak of problems, hopes and ideals of the community."

229) 같은 책. 435쪽. 이들 규칙은 올리크Olrik의 서사법칙이나 뤼티Lüthi의 문체양식경향들 뒤에 놓여있다(이야기 재료의 서사적 조직화 설명); 몇 가지는 프로이트Freud나 랑크Rank와 마찬가지로 꿈과 신화의 구성 메커니즘과 일치한다. 물론 그 몇 가지가 마법민담에 응용된다면, 그것은 달리 표현되지 않으면 안 된다.

신적 관여와 육체적인 관여가 생겨난다.

홀베크에 따르면 마법의 능력을 지닌 불가사의한 인물들은 실제 사람들의 생각들을 표현한다. 그들은 인물 배분이라는 서사기법에 의해서 생겨난다. 예를 들면 초자연적 존재와 공주의 아버지가 부유한 성인남자의 그것과 같은 역할을 해낸다. 따라서 이 두 인물은 동일한 캐릭터의 (가장을 하든, 가장을 안 하든 간에) 서로 다른 화신이다.[230]

홀베크는 일반적으로 쪼개기를 위한 규정들을 다음과 같이 말한다: 한 캐릭터의 선한 본성과 악한 본성은 범례적 모델인 '젊음'-'늙음'의 중심축에서 추론될 수 있다. 정신적 관점과 육체적 관점의 분할은 배우자의 경우에는 각기 다른 속도로 실현되는 성적 성숙과 관련된다. 여기에서 특히 남성-여성의 중심축 및 동물-인간-변신이 이용된다. 적극적인 관점과 수동적인 관점으로 나누어질 경우에는 주인공이 조력자로서 행동한다.[231]

규칙 2. 특수화/개별화(particularization): 민담에서는 사람들, 현상들, 사건들에 대한 시각들이 이분법적 관계에서 표현되는 것이 아니라, 독자적, 상징적 요소들로 표현된다. 홀베크는 여성적 원리로서 흔히 성적 관점에서 소녀를 암시하는 물, 그리고 남성을 표현하는 잠수하는 사람, 용, 물고기, 또는 그밖의 다른 남근의 상징물과 같은 실례를 들어서 이러한 해석원칙을 설명한다. 천일야화에 나오는 ATU 707을 근거로 해서 그는 발육과 성숙의 상징으로서 힘들여 산에 오르기와, 젊

---

230) 같은 책. 418-419쪽.
231) 같은 책. 436-437쪽.

은 사람이 제멋대로 발전하는 것을 막기 위한 것으로서 화석화(化石化)를 성숙과정의 원리로 제시한다.[232]

규칙 3. 반영: 홀베크에 따르면 감정과 반응은 주인공의 머릿속에서는 주변세계에 등장하는 하나의 현상으로 반영된다. 남자 주인공이든 여자 주인공이든, 그들이 자기 불행의 장본인으로 등장하는 것이 아니라, 불행의 장본인은 부모이다(흔히 제1장): 주인공은 미성숙하고 - 배우자는 동물이다; 소녀는 아버지를 원하지 않는다 - 아버지는 그녀를 탐한다(ATU 706); 남자 주인공은 외롭다고 느끼지 않는다 - 성에는 사람이 살지 않는다.[233]

심리학적 의미에서 다음의 규칙들은 반영의 특수한 예를 포함한다: **규칙 4. 구체화**와 더불어 홀베크는 자질 혹은 행동들이 내면의 품성을 표현한다고 기술하였다. 규칙 3과 4는 민담에서 객관성을 야기한다. 예술적인 실험에서와 마찬가지로 실제 존재하는 감성들이 해당 인물들로부터 분리된다. 그것은 제1장의 시험에서 특히 중요해진다. 그 시험의 결과는 제II장에서 선물로 표현된다. 그런 다음 '마법적'이라는 단어는 그것이 지닌 특수한 의미를 상실하고, 인용부호가 찍히지 않으면 안 될 것이다. 이러한 규칙들은 부모가 우위를 점하는 상황 하에서 남자 주인공/여자 주인공의 절망적 상황의 표현으로서 공주의 불가사의한 잠 혹은 금지 위반 이후의 화석화와 같은 구체화를 통해서 생겨나는 상황들에도 적용된다.[234]

---

232) 같은 책. 438-439쪽.
233) 같은 책. 440-441쪽.

규칙 5. 과장(Hyperbole): 홀베크에 따르면 감정의 강도는 감정을 불러일으키는 현상의 과장을 통해서 표현된다. 따라서 적대자는 훨씬 클 뿐만 아니라, 거인으로 등장한다. 늙은 여자는 단순히 늙은 것이 아니라, 깃털처럼 가볍고 가느다랗다. 막스 뤼티는 원리의 원인을 강렬함, 유희에 대한 전통예술의 선호, 그리고 명료함과 절제의 조화로서 일상의 요소들과 연결해서 기술하였으나, "대립적인 것에 의한 극단의 대조"(이분법) 또한 기술하였다.[235] 이러한 의미에서 홀베크는 '신비한 힘을 지닌' 선물들을 어른들의 놀이 공간이며 세력범위를 과장해서 표현한 것으로 이해한다. 이러한 선물들은 사용 뒤에는 곧바로 잊혀진다. 과장은 이상(理想)을 분명하게 드러내 보이기 위한 수단이다. 이런 경우에는 상세한 내용이나 꾸밈이 필요하지도 않고, 원하는 바도 아니다.[236]

규칙 6. 정량화(定量化): 민담에서 정성은 정량에 의해서 표현된다: 올리크가 숫자 3의 법칙에서 표현하였듯이 서양문화에서 특별한 존재, 현상 또는 사건은 숫자 3에 의해서 단순화되어 있다. 여행은 9x9(역자 주: 9x9는 조화, 통합, 합일을 의미하는 민담의 전형적인 숫자 3의 상승이다. 왜냐하면 숫자 '9'에는 각각 3x3이 내포되어 있기 때문이다. 물론 여기에서는 줄거리의 지연 내지는 장식하기 위한 과장의 한 문체수단)의 러시아 왕국들을 통해서 일어난다; 용과의 결투에서 머리의 수는 빠르게 늘어나고, 주인공에게는 한층 더 불안감이 가중된다. 전반적으

234) 같은 책. 442쪽.
235) Lüthi, M.: Extreme. In: EM 4, 1984, 710-720단, 인용문 718단. Wollenweber, B.: Dichotomie. In: EM 3, 1981, 607-610단.
236) Holbek: Interpretation of Fairy Tales 1987, 442-443쪽.

로 마법민담의 엄격한 구조화는 비교적 고정화된 반복으로 이어졌다.[237]

규칙 7. 수렴(contraction): 물론 민담에서의 전개는 시공간적으로 확대되어 있지만, 장시간의 보행, 기진맥진한 여행, 끝없이 반복되는 일을 순간의 변화들로 대개는 3개의 장면으로 압축해서 표현한다. 일반적으로 일상생활 세계에서의 전형적인 단계적 변화는 마법민담에서는 결코 묘사되지 않는다.[238]

이러한 원칙들에 상응해서 홀베크는 우리의 정신에 영향을 미칠 만큼 중요한 사건들이나 존재들이 불가사의한 방법으로 표현되는 것을 기본 규칙들로 묘사하였다. 이러한 표현기법에 의해서 민담의 독특한 거리두기의 인상이 발생한다고 한다. 홀베크에게 있어서 이것은 정서적이거나 공동체적인 문제점들을 열어놓고 참고 견디라는 것이 아니라, 그것을 대리해서 극복하고자 하는 목표와 일치한다.[239]

홀베크는 모든 요소들이나 상징들을 상황, 즉 그 본래의 상태에서 이해할 것을 명시적으로 환기시킨다. 그러므로 상징성은 응집력 있는 전체를 구성한다. 예를 들면 ATU 550과 같은 남성형 민담들은 기사다운 분위기가 물씬 풍기는 표현들에 의해서 주도된다. 그래서 주인공 역시도 검이나 창을 들고 등장한다. 이 경우에는 ATU 570에서와 같이

---

237) 같은 책. 443쪽.
238) 같은 책. 444-445쪽.
239) 같은 책. 445쪽.

주인공이 플루트를 든 목동이 아니다. 따라서 남근의 시각을 끌어들일 경우에도 내적 조화가 민담 전체에 깔려있어야만 한다.[240]

홀베크는 민담이 다시금 습득할 만한 가치가 있는 잊혀진 언어를 말하는 것이라는 에리히 프롬의 견해에 동의하면서 프로이트나 그의 제자들이 꿈에 적용해 기술하였고, 리클린Riklin, 랑크Rank, 그리고 베텔하임Bettelheim이 민담에 적용하였듯이 아마도 보편적이라 할 수 있는 몇몇 상징들을 성적 의미에서 이해하였다.[241] 그렇지만 홀베크는 생각할 수 있는 모든 상징이 성과 관련된 문제들과 동일시되는 것을 비판하였다. 그럴 경우 마법민담의 복잡한 시퀀스들이 훨씬 단순한, 예를 들면 오이디푸스 콤플렉스의 그것으로 무리하게 짜 맞추어지고, 민담의 또 다른 내용들이 관찰되지 못하기 때문이다. 갈등에 관한 평가도 이야기 공동체들 간에는 서로 다를 수 있으며, 전 인류에 적용되어서는 안 된다. 그러므로 세대 간의 갈등, 즉 사회적 특성 또는 의존과 독립 사이의 대립이 보다 더 분명하게 형상화될 수 있다.[242]

홀베크는 마법민담에 대한 주목할 만한 분석을 내놓고 있으며, 이제 이러한 분석은 이제 기준이 되고 있다. 프로이트의 전통에서 상징으로서의 모티브를 이해하기 위한 그의 입문서는 정신분석이나 심리치료에서의 최근의 발전을 확대하기 위한 것이다. 관련 학문분야의 역사적

---

240) 같은 책. 447쪽.
241) Fromm: Märchen, Mythen, Träume 1957 u.o.
242) Holbek: Interpretation of Fairy Tales 1987, 446쪽.

연구들도 마찬가지로 함께 고려될 수 있는 복잡한 의미배경들을 파악
하였다.

6.7 민담연구에서의 젠더와 Genderlect

서사연구에서 *섹스Sex*, *젠더Gender*, 그리고 *성별에 따른 언어
Genderlect*의 개념은 영어에서 차용한 개념들이다. '섹스Sex' 는 생물
학적 성을 가리킨다. 반면에 '젠더Gender' 는 여성성 내지는 남성성의
모든 사회적 문제나 사회적 제약들을 포괄하며, 역할부여과정의 결과
이다. 그 때문에 '성 역할' 이라는 개념도 독특하고, "가장 세련된 기호
학적 체계를 통해서 비로소 인식될 수" 있다.[243]

'성별에 따른 언어Genderlect' 의 문제에서는 사회문화적으로 제
약을 받는 성의 역할이 이야기하기와 이야기의 내용에 미치는 영향이
중요하며, 이러한 영향은 언어나 메타 언어적 특징들을 통해서 돌출된
다. 초기의 연구들에서는 **주인공**을 토대로 해서 정의한 이른바 남성민
담과 여성민담들이 연구되었다.[244] 전문용어 '여성민담' 은 1935년 브
라헤티Brachetti가 실 잣는 방 안에서 여성들이 이야기한 민담을 가리

---

243) Bottigheimer, R. B.: Männlich -Weiblich: Sexualität und Geschlechterrollen.
   In: Männlich -Weiblich. Hg. v. Chr. Köhle-Hezinger. Münster 1999, 59-65쪽,
   여기서는 60쪽.
244) 참고. 홀베크의 남성형과 여성형. Cardigos: Female model, male worldview. In:
   Petzoldt: Folk Narrative and World View 1996, 133-144쪽.

키기 위해서 사용하였다. 가족이나 직장 내에서의 서로 다른 신분, 지위 때문에 성별에 따른 모종의 역할 분담은 전통적인 이야기 공동체(유럽, 아시아 및 영향을 받은 지역들)에서 전형적인 민담을 이야기하는 것을 남성들의 일로 여기는 결과를 가져왔다.[245] 공동체 내에서 이야기하는 사람의 기능이 어떤 성에 부합하는가 하는 생각들을 세분화하기 위해서 로트K. Roth는 문화권, 사회계층, 선호하는 이야기 장르, 그리고 개인의 재능에 의해서 보완될 수 있는 이야기하기 이벤트라는 4가지 요인에 대해서 언급한다.[246] 전반적으로 '여성민담'이라는 개념은 "고정되어 있지 않으며, 시간 또는 장소의 제약을 받아 변하기 쉬운 콘셉트"를 포함한다.[247] 보완개념으로서 '남성민담'이라는 용어는 훨씬 덜 통용되고 있으며, 마찬가지로 개념적으로도 결정되어 있지 않다. 이 개념은 내용상 남성에 의해서 또는 남성을 위해서 이야기되는 민담들을 가리키며, 이러한 민담들은 주인공들, 그리고 이들의 두드러진 특성들, 독특한 내용전개 및 표현양식이나 형식에 따라서 정해진다.[248] 예를 들면 51명의 여성 이야기꾼들과 76명의 남성 이야기꾼들의 레퍼토리는 홀베크의 해석에 따르면 분명하게 구별된다. 즉 남성들은 가난한 청년이 공주와 결혼식을 올리는 민담들을 이야기하는 반면에, 여성은 남

---

245) Dégh, L.: Frauenmärchen. In: EM 5, 1987, 211-220단, 여기서는 211-212단. Brachetti, M.: Studien zur Lebensform des deutschen Volksmärchens. Bühl 1935.

246) Roth, K.: Mann. In: EM 9, 1999, 144-162단, 여기서는 156단.

247) Dégh, L.: Frauenmärchen. In: EM 5, 1987, 211-220단, 여기서는 218단.

248) Wehse, R.: Mannermärchen. In: EM 9, 1999, 222-230단, 여기서는 223단.

자 주인공이든 여자 주인공이든 관계없이 자신들의 행복을 찾는 젊은 이들에 관한 이야기를 거의 같은 빈도수로 이야기하였다. 그 원인은 서로 다른 서사 환경에서 찾을 수 있다. 즉 남자들은 남성 청중들을 위해서 주로 밖에서 이야기를 하였으며, 여자들은 대부분 집안에서 이야기를 하였다.[249] 일상의 의사소통 방식, 이야기 양식, 자신의 경험에 따른 이야기의 가공, 인생사나 삶의 전망에서 나오는 자신만의 이야기 구상 역시도 성별에 따라 구체화되었다.[250] 전반적으로 홀베크의 구상도 상호보완적인 젠더의 특수성을 보여준다.

이야기들의 전후맥락과 내용상의 전체배열을 위한 문제들:

I. 텍스트 내재적:

a) 남성과 여성이 매번 줄거리에서 어떤 역할을 부여받는가? 그 역할은 어떻게 평가되는가?

b) 주인공들은 어떻게 구별되는가? (두드러진 성격들, 독특한 내용전개, 표현양식 및 형식)

c) 어떤 장에서 누가 주도적 인물인가? 남자 주인공인가, 아니면 여자 주인공인가?

d) 가난함-부유함 (사회적 신분이 낮음·높음), 어린-어른의 상황이 어떻게 변화되는가?

---

249) Holbek: Interpretation of Fairy Tales 1987, 405쪽. 참고. 이 책의 6.6장.
250) Roth, K.: Mann. In: EM 9, 1999, 144-162단, 여기서는 157단.

II. 전후맥락에 초점 맞추기:

　a) 누가 이야기하는가? 남자 이야기꾼인가 아니면 여성 이야기꾼인가?

　　사회문화적으로 제약을 받는 성의 역할이 이야기에 미치는 영향은 (문

　　화권, 사회계층, 선호하는 이야기 장르들(전체 레퍼토리)과 이야기하

　　기 이벤트들, 개인적인 재능)?

　b) 누구를 위해서, 그리고 어떤 상황에서 어떤 민담이 이야기되는가?

　c) 누가 어떤 장소에서, 그리고 어떤 상황에서 수집하였는가?

　d) 누가 어떤 취지로 출판하였는가?

　e) 어떤 표현들이 역할행동에 해당되는가? (예를 들면 도덕, 텍스트 상호

　　간의 미덕, 도입부의 표현양식과 결말부의 표현양식; 사회문화적으로

　　제약을 받는 성의 역할이 이야기에 미치는 영향)

　f) 이러한 것들이 어떤 역사적, 현재적 전통 속에 있는가?

III. 어느 한 서사유형의 버전들 속에서 그러한 요인들이 어떻게 변화하는가?

80년대와 90년대에는 **모권문화(母權文化)의 흔적들**이 민담들에서 제시
되었다.[251] 전후맥락의 연구는 퍼포먼스연구와 더불어 새로운 인식들을
가져왔다. **내용과 텍스트 선택은 수집자, 기록자 및 출판자들에 의해서
결정되며,** 이들이 "젠더-필터"의 기능을 수행한다.[252] 청중의 성별은 이
야기하기와 이야기의 내용에 영향을 미친다.[253] 물론 이야기하기의 역

---

251) Wagner-Hasel, B.: Matriarchat. In: EM 9, 1999, 407-415단.

252) Wienker-Piepho: Genderlect 1999, 228쪽. Klintberg: Die Frau, die keine Kinder
　　1986.

253) Dégh, L.: Frauenmärchen. In: EM 5, 1987, 211-220단, 여기서는 212-213단.
　　Bacchilega: Postmodern Fairy Tales 1997.

사적 전후맥락들에 관한 자료들이 그다지 많이 있지는 않다. 그래서 이를테면 여행기, 소설, 자서전, 삽화[254] 등과 같이 간접적이고 통례에서 벗어난 문헌들이 인용되지 않으면 안 된다.[255] 물론 성의 역할에 관한 시각과 레퍼토리와 그것과의 관계, 관객이나 연구자는 별다른 관심의 초점이 되지는 못했지만, 이야기꾼에 관한 연구는[256] 중요한 세부설명들을 얻게 해주었다. 여성 이야기꾼들에 관한 모노그래프는 대부분 남성들에 의해서 작성되었다.[257]

장르 선호는 지역마다 서로 다른 조사결과들을 가져왔다. 그러나 여성들은 일반적으로 마법민담, 노벨레 형식의 민담, 동물이야기, 성담을 선호하였다. 그들에게는 험담이나 소문도 이야기 소재이었다. 남성들은 무엇보다도 짧고, 에로틱하고 풍자적인 슈방크나 일화, 위트를 이야기하였다. 이집트에서 민담은 '여성들이 즐기는 잡담'이며, 남성들은 모범적이고 종교적인 이야기를 하는 사람으로 간주된다고 엘-쉐이미El-Shamy가 말했다. 국제 '조크 학회'는 성별에 따른 - 대개 어느 한쪽이 희생하고 - 웃음을 분석하였다.[258] 켈러G. Keller는 처음으로 우즈베키스탄 여성들 틈에 끼어서 오로지 여성들을 위해서 여성들에

---

254) Wienker-Piepho: Genderlect 1999, 226쪽.
255) Diederichs: Märchenfrau, Märchengroßmütter. In: ders.: Who's who 1995, 218-219쪽.
256) Dégh, L.: Erzählen, Erzähler. In: EM 4, 1984, 315-342단, 여기서는 특히 남성과 여성의 역할분담에 관해서는 332-333단.
257) Wienker-Piepho: Genderlect 1999, 226쪽.
258) 같은 책. 227쪽. Dégh, L.: Erzählen, Erzähler. In: EM 4, 1984, 315-342단, 여기서는 332단. Köhler-Zülch: Der politische Witz und seine erzählforscherischen Implikationen 1995, 71-85쪽.

의해서 정해져 있던 민담을 기록할 수 있었다.[259] 이 경우에도 마찬가지로 이야기 장소가 (가정-사적 공간 vs 공적 공간) 퍼포먼스, 레퍼토리, 평판 등에 영향을 미치고 있다는 사실이 부각되었다.[260]

구술형식이나 문서형식과 관련해 사람들은 일반적으로 여성들이, 특히 농촌지역들에서는 교육받을 기회가 별로 없는 관계로 오랫동안 구두로만 이야기를 주고받는 상황 속에 있었음을 확인하였으며, 이를 통해서 세계에 대한 변화된 시각이 논증되지 않으면 안 된다.[261] 연구 논문들은 사고방식의 영향에 대해서, 예를 들면 교육을 받지 못한 여성들이 다른 주제들을 선택하고, 주인공들의 다른 모습들을 이용하고, 그들이 잘 알고 있는 방언을 고집하였음을 입증하였다.[262] 물론 이야기 수집자들은 압도적으로 많은 수의 남자 이야기꾼들에 관해서 되풀이해서 보고하였다 (홀베크Holbek, 캄만Cammann, 우퍼Uffer, 노이만 Neumann). 린다 데그Linda Dégh의 여자 이야기꾼 추찬나 팔코 Zsuzsanna Palkó는 자신의 레퍼토리를 그녀의 아버지와 오빠로부터 습득하였다. 그 때문에 여성이 주인공인 16개의 이야기와 남성이 주인공인 22개의 이야기로 구성된 그녀의 레퍼토리를 보면, 19세기의 여성 상에서는 어떤 특이한 민담선호가 드러나지 않는다.[263]

---

259) Keller: Märchen aus Samarkand: Feldforschung an der Seidenstraße 2004.
260) Köhler-Zülch/Shojaei-Kawan: Schneewittchen hat viele Schwestern 1988, 13-17쪽.
261) Wienker-Piepho: Genderlect 1999, 227쪽.
262) Wienker-Piepho: "Je gelehrter, desto verkehrter" 2000.
263) Dégh, L.: Frauenmärchen. In: EM 5, 1987, 211-220단, 여기서는 216단. Dégh, L.: Märchen, Erzähler und Erzählgemeinschaft 1962, 190-194쪽.

홀베크가 말했듯이 오늘날 주로 여성들이 이야기꾼으로 등장하는 현상은 아마도 이야기를 할 수 있는 기회들이 계속 단절되고, 집밖에서 일하는 것으로 남자들이 규정된 산업화 및 도시화와 관련되어 있을 것이다. 그러나 오랫동안 전통적 상황 속에 놓여있는 여성들은 남성들의 이야기 기능을 넘겨받았다.[264] 또는 우즈베키스탄의 조사결과가 거듭 시사하는 바와 같이 수집가들이 여성의 이야기하기 속으로 파고들어가지 않았다.[265] 노이만은 북동부 독일의 민중적인 이야기 전승은 남성적인 것으로 특징지어져 있음을 확인하였다. 왜냐하면 "남자들의 노동 및 '여가' 구성이 '하층 민중계급'에서는 성에 따른 전통적인 역할분담에 따라서 훨씬 폭넓고 다양한 정신적 교류의 기회들을 제공하였기 때문이다. [...] 이 경우에 남자든 여자든 모두 은밀한 또는 공개적 자기표현의 매체이자 서사형식으로서 같은 장르들을 이용하였다. 그렇지만 그들은 자신의 사고모델 또는 감정모델 내지는 표현의도에 근접하는 것을 전승된 이야기 레퍼토리에서는 성별에 따라 서로 다르게 선택하였다." 자필로 이루어진 문서형태나 구두형식으로 기억에 의존해 이야기하는 경우에도 이러한 경향들이 지속된다는 그의 언급은 또 다른 연구에 대한 시각을 열어준다.[266]

오늘날 공개 장소에서 이야기하는 이야기꾼들은 대부분이 여성들이다(80% 이상). 1990년대 말의 이러한 상황은 한편으로 가사노동에

264) Holbek: Interpretation of Fairy Tales 1987, 156-157쪽.
265) Wehse, R.: Männermärchen. In: EM 9, 1999, 222-230단, 여기서는 224단. Köhler-Zülch: Ostholsteins Erzählerinnen 1991, 94-118쪽.
266) Neumann: Geschlechtsspezifische Züge 1999, 255쪽.

서 벗어나 새로운 과제를 찾는 이른바 제2의 삶을 사는 여성들의 상황에 그 원인이 있었으며, 다른 한편으로는 직장생활을 하는 동안에 이미 여성들에게 민담 이야기하기와 접할 수 있는 기회를 제공한 여성들의 빈번한 사회진출에 그 원인이 있었다. 여성들은 항상 전체 생계비를 걱정하지 않아도 되고, 이야기하기로 생계비를 벌 생각도 하지 않는다. 반면에 젊은 남자들이나 젊은 여자들은 민담 이야기하기로 밥벌이를 하려는 욕구가 있다.

이야기꾼들뿐만 아니라 민담의 내용도 젠더 연구의 대상이 되었다. 루트 보티히하이머Ruth B. Bottigheimer는 성에 따른 역할과 관련해서 그림의 민담을 분석하였다. 이때 그녀는 여성들의 침묵이 빌헬름 그림의 민담개작 이후에 생겨났음을 보여주었다. 예를 들면 「개구리왕자 Froschkönig」에서 여전히 어린 공주의 대답은 기술될 뿐이며, 그리고 「라푼첼Rapunzel」의 경우에서도 주로 마녀와 왕자가 이야기를 나눈다. 그러므로 성별에 따라 이야기꾼들에 의해서 형성된 차이가 존재한다. 권력행사와 관련해서 언어상실을 부과하는 경우에도 그렇다. 그 목적은 예컨대 마리아의 아이에게 그의 의지를 꺾으려는 데 있다. 그러나 권력을 지닌 여성인물들은 언어를 약탈당하지 않았다.[267] 1987년의 광범위한 연구에서 보티히하이머는 19세기 유럽문화에서 여성 내지는 남성에 관한 표상의 토착화에 대해서도 논하였다. 어느 한 특정 행위가 소녀에 의해서 시작된 경우에는 부정적으로 평가되는 반면에, 소년에 의해서 행해지는 경우에는 기특하게 여겨졌다.[268]

---

267) Bottigheimer: "Still Gretel!" 1986, 48쪽.

이탈리아, 프랑스, 영국, 독일에서 나온 1700년 이전의 이야기 모음집들에 대한 그녀의 시각은 또 다른 연구결과를 가져왔다. 1700년 이후부터는 성행위의 결과들, 즉 9개월의 임신상태와, 특히 개인적 및 경제적 독립성 상실이 이야기 모음집들에 등장한다. 보티히하이머가 주장하듯이 현대의 성역할은 1550년과 1700년 사이에 여성들이 그들의 가임 자제를 상실한 데서 기인한다. 그녀는 1550년 이전의 텍스트들에서는 여성의 성역할이 성행위의 결과들로부터 자유로웠다고 생각하였다. 1472년부터 독일어로도 번역된 보카치오Boccaccio의 이야기들에서는 임신이 아니라 육체적 사랑의 즐거움이 생생하게 보고된다. 그러나 바실레Basile의 『펜타메로네Pentamerone』(1634-36)에서는 이미 그러한 상황이 변하였다: 임신 쪽으로 빠르게 이어지고, 이에 관해서도 이야기된다.[269] 이러한 변화과정의 추동력은 프로테스탄트의 종교개혁과 반종교개혁이었지만, 마녀사냥이나 조산원의 발달 그리고 남성 진료제도의 결과들도 이에 대한 일정한 책임이 없지 않다.[270]

이처럼 간단하게 요약해서 보더라도 민담연구가 서사연구의 일부로서 젠더 문제를 다루는 데 있어서 의미 있는 연구수단을 갖출 수 있음이 분명해진다. 즉 젠더 문제를 다루는 것은 이야기의 내용과 이야기하기를 공시적 맥락과 통시적 맥락에서 해체한다. 이 경우에 '남성적

---

268) Bottigheimer: Grimms' Bad Girls and Bold Boys 1987.

269) Bottigheimer, Ruth B.: Männlich -Weiblich: Sexualität und Geschlechterrollen. In: Männlich -Weiblich. Hg. v. Chr. Köhle-Hezinger. Münster 1999, 59-65쪽. Bottigheimer: Fertility Control and the Birth of the Modern European Fairy-Tale Heroine 2000.

270) Ehrenreich/English: Witches, Midwives and Nurses 1973.

인 것'과 '여성적인 것'은 대립을 의미하는 것이 아니라, 보완적인 개념들이다. 따라서 주인공들만이 분류되는 것이 아니라, 수용 및 퍼포먼스 과정도 함께 포함된다. 이때 자료취급의 개방성을 근거로 해서 다른 텍스트들이나 역사적 증거물들의 세부내용들도 받아들이는 것이 가능하다. 그 목표는 일상의 이야기하기에서 성별에 따른 언어의 전체적 맥락을 표현하는 데 있으며, 이 경우에 이른바 대중적인 이야기 소재들이 특히 서사연구에서 설득력 있는 결과들을 얻게 해준다.

학습과제

1. 그림 형제의 민담 「용감한 재단사Das tapfere Schneiderlein」(KHM 20)를 프로프의 구조연구를 적용해 분석해 보시오. 장르의 귀속과 관련해서 거기에서 어떤 의견을 이끌어낼 수 있습니까?

2. 홀베크의 원칙에 따라서 그림 형제의 민담 「생명의 물Wasser des Lebens」을 분석해 보시오.

3. 여러분이 좋아하는 민담은 어떤 장르특성들을 지니고 있으며, 그 민담을 어떻게 해석할 수 있겠습니까?

7

연구문헌

ärchenforschung

7

연구문헌

7.1 약어

AaTh	Aarne, Antti/Thompson, Stith: The Types of the Folktale. A Classification and Bibliography. Second Revision (=FFC 184) Helsinki 1987. 영문 초판(FFC 74)은 1928년 출판되었음. 아르네 Aarne의 최초 색인은 1910년 출판되었음.
Af.	Afanas' ev, Aleksandr Nikolaevič: Narodnye russkie skazki v trech tomach. Podgotovka teksta, predislovie i primečanija V. Ja. Proppa (3권으로 된 러시아 전래민담 - 블라디미르 프로프 V. Ja. Propp의 서문과 해설). Moskva 1957. 독일어판: Afanas' ev, Aleksandr N.: Russische Volksmärchen, übertragen von Swetlana Geier. München 1989.
ATU	Uther, Hans-Jörg: The Types of International Folktales. 3 Bde. Helsinki 2004 (=FFC 284, 285, 286)

BP	Bolte, Johannes/Polívka, Georg: Anmerkungen zu den 『Kinder- und Hausmärchen』 der Brüder Grimm. 5 Bde. Leipzig 1913-1932, 재인쇄 Hildesheim 1963.
DVjs	Deutsche Vierteljahresschrift für Literaturwissenschaft und Geistesgeschichte. Hg. v. Paul Kluckhohn und Erich Rothacker. Halle, Tübingen, 1994년 이후부터 는 Stuttgart/Weimar.
EM	Enzyklopädie des Märchens. Handwörterbuch zur historischen und vergleichenden Erzählforschung. Hg. v. Kurt Ranke, 이후부터는 v. Rolf Wilhelm Brednich u.a., Bd.1 ff., Berlin/New York 1977ff. 핵심어, 목록, 도서: http://www.user.gwdg.de/~enzmaer /online-katalog-dt.html
EMG	Europäische Märchengesellschaft e.V. 1956년 설립된 이 협회는 라이네 Rheine에 소재하고 있다. EMG의 총서에 실린 발표논문들은 『민담세계에 대한 연구논문들 Forschungsbeiträge aus der Welt des Märchens』로 출간되고 있다 (여기에서는 EMG로 약칭).
Etym. Wb	Pfeifer, Wolfgang (Hg.): Etymologisches Wörterbuch des Deutschen. 2. Bde., 2., erw. Aufl. Berlin 1993
FB	설문지: 카트린 푀게-알더 Kathrin Pöge-Alder가 보낸 설문지들은 전신약호에 따라서 일련번호가 매겨져 있다.
FFC	Folklore Fellows Communications, Helsinki 1907ff.

Grimm DWb	Grimm, Jacob und Wilhelm: Deutsches Wörterbuch. Bde. 1-33. Gütersloh 1991 (1854-1971년 초판의 재인쇄)
HDA	Handwörterbuch des deutschen Aberglaubens. Hg. v. Hanns Bächtold-Stäubli. 10 Bde. Berlin/Leipzig 1927-1942, Berlin/New York ³2000.
HDM	Handwörterbuch des deutschen Märchens. Hg. v. Lutz Mackensen unter Mitwirkung von Johannes Bolte, 2. Bde. Berlin 1930-40.
Jb	Jahrbuch
JbVK	Jb für Volkskunde und Kulturgeschichte. Hg. v. Zentralinstitut für Geschichte der Akademie der Wissenschaften der DDR, Wissenschaftsbereich Kulturgeschichte Volkskunde. Berlin 1974ff. 1969년 까지의 학회지 이름: Deutsches Jb fur Volkskunde
Jh.	Jahrhundert
KHM	『Kinder- und Hausmärchen』 der Brüder Grimm. Hg. v. Hans-Jörg Uther. 4 Bde. München 1996 (MDW). (mit Register, Anmerkungen) Hg. von Heinz Rölleke mit einem Anhang sämtlicher, nicht in allen Auflagen veröffentlicher Märchen. Ausgabe letzter Hand, Stuttgart 1997 (초판 1980, 3 Bde.).

KHM 1996	Kinder- und Hausmärchen, gesammelt durch die Brüder Grimm. Vergrößerter Nachdruck der zweibändigen Erstausgabe 1812 und 1815 nach dem Handexemplar des Brüder Grimm Museums Kassel mit sämtlichen handschriftlichen Korrekturen und Nachträgen der Brüder Grimm sowie einem Erg.-Heft. Hg. v. Ulrike Marquardt u. Heinz Rölleke. Göttingen 1986, 재인쇄 1996.
KHM 1819	Rölleke, Heinz (Hg.): Kinder- und Hausmärchen der Brüder Grimm. Nach d. 2. Aufl. 1819 textkrit. rev. mit Biographie der Märchen. 2 Bde. Köln 1982. Uther, Hans-Jörg (Hg.): Kinder- und Hausmärchen der Brüder Grimm. Gesammelt durch die Brüder Grimm. Nach der 2. Aufl. 1819. Mit Wörterverzeichnis, Typen- und Motivkonkordanz, Literaturverzeichnis, Registern. 3. Bde. Hildesheim u.a. 2004.
KLL	Kindlers Neues Literatur-Lexikon. Hg. v. Walter Jens. 20 Bde. München 1988-92.
MDW	Die Märchen der Weltliteratur (ab 1904 Jena, ab 1949 Düsseldorf/Köln, ab 1982 Köln, ab 1988 München, jetzt im Hugendubel Verlag)
Mot.	Thompson, Stith: Motiv-Index of Folk-Literature. 6 Bde. Kopenhagen ²1955-58 u.ö.

MSP	Märchenspiegel. Zeitschrift für internationale Märchenforschung und Märchenpflege. Hg. v. d. Märchen-Stiftung Walter Kahn; 1990년 이후부터는 계간으로 발행되고 있다.
SF	Studia Fennica
SWS	Johann Gottfried Herder - Sämtliche Werke. Hg. v. Bernhard Suphan. 33 Bde. Berlin ³1913, 재인쇄 Hildesheim u.a. 1994.
DSL	Karl Friedrich Wilhelm Wander: Deutsches Sprich-wörter-Lexikon. Ein Hausschatz für das deutsche Volk. 5 Bde. 1867-80, 재인쇄 Darmstadt 1977.
ZfVK	Zeitschrift des Vereins für Volkskunde, 1930년 이후 변경된 학술지 이름: Zeitschrift für Volkskunde.

7.2 참고문헌

Aarne, Antti: Leitfaden der vergleichenden Märchenforschung. Hamina 1913 (= FFC 13).

Abraham, Karl: Traum und Mythos, eine Studie zur Völkerpsychologie (1909). In: Märchenforschung und Tiefenpsychologie. Darmstadt ²1972, S. 44-48.

Akidil, Inci: Formelhafte Wendungen in deutschen und türkischen Volksmärchen. Diss. Marburg 1968.

Andersn, Walter: Geographisch-historische Methode. In: HDM Bd. 2, 1934/40, S. 508-522.

Anderson, Walter: Zu Albert Wesselskis Angriffen auf die finnisch-folkloristische Arbeitsmethode. Tartu 1935.

Apo, Satu: Die finnische Märchentradition. In: Märchen und Märchen-forschung in Europa. Frankfurt a.M. 1993, S. 80-87.

Apo, Satu: The narrative world of Finnish Fairy Tales. Helsinki 1997 (= FFC 256).

Asadowskij (Azadovskij), Mark: Eine sibirische Märchenerzählerin. Helsin-ki 1926 (= FFC 68).

Asper, Kathrin: Das Märchen in der Psychotherapie. In: MSP 12 (2001) H. 1, S. 4-9.

Baccilega, Cristina: Postmodern Fairy Tales. Gender und Narrative Strategies. Philadelphia 1997.

Badura-Simonides, Dorota: Baśń i Podanie Górnośląskie. Katowice 1961. (Zusammenfassung S. 70f.)

Balmer-Aebi, Marie Anna (Hg.): Bibel und Märchen. Winterthur 2001.

Bastian Adolf: Der Mensch in der Geschichte. Zur Begründung einer psychologischen Weltanschauung. Leipzig 1860.

Bastian, Adolf: Die Vorgeschichte der Ethnologie. Berlin 1881.

Bastian, Ulrike: Die "Kinder- und Hausmärchen" der Brüder Grimm in der literaturpädagogischen Diskussion des 19. und 20. Jahrhunderts.

Frankfurt a.M. 1981 (= Studie zur Kinder- und Jugendmedien-Forschung 8).

Bauman, Richard: Story, performance, and event: contextual studies of oral narrative. Cambridge u.a. 1986 (= Cambridge studies in oral und literate culture 10).

Bauman, Richard: Verbal Art as Performance. Rowley 1977.

Bausinger, Hermann: 'Historisierende' Tendenzen im deutschen Märchen seit der Romantik. Requisitverschiebung und Requisiterstarrung. In: Wirkendes Wort 10 (1960) H. 5, S. 279-286.

Bausinger, Hermann: Formen der 'Volkspoesie'. Berlin ²1980 (zuerst 1968).

Bausinger, Hermann: Märchen, Phantasie und Wirklichkeit. Frankfurt a.M. 1987.

Bausinger, Hermann: Volkskunde. Berlin u.a. 1971.

Bausinger, Hermann: Wege zur Erforschung trivialer Literatur. In: Studien zur Trivialliteratur. Hg. v. Heinz Otto Burger. Frankfurt a.M. 1968, S. 1-33.

Becker, Ricarda: Die weibliche Initiation im ostslawischen Zaubermärchen. Ein Beitrag zur Funktion und Symbolik des weiblichen Aspekts im Märchen unter besonderer Berücksichtigung der Figur der Baba-Jaga. Berlin 1990 (= Veröffentlichungen der Abteilung für Slavistische Sprachen und Literaturen des Osteuropa Instituts, FU Berlin, Slavistische Veröffentlichungen 71).

Beit, Hedwig von: Das Märchen: sein Ort in der geistigen Entwicklung. Bern 1965.

Beit, Hedwig von: Symbol des Märchens. Versuch einer Deutung. 3 Bde.

Bern/München 1986.

Berendsohn, Walter A.: Grundformen volkstümlicher Erzählerkunst in

den Kinder- und Hausmärchen der Gebrüder Grimm. Ein

stilkritischer Versuch. 2. erw. Aufl. Vaduz 1993 (zuerst 1921).

Bergmann, Ingrid: Erziehung zur Verantwortlichkeit durch die Zauber-

märchen der Brüder Grimm unter besonderer Berücksichtigung

der Sinnkategorie V. E. Frankls. Frankfurt a.M. 1994.

Bettelheim, Bruno: Kinder brauchen Märchen. Stuttgart 1977 (engl. zuerst

1975).

Betz, Felicitas: Märchen als Schlüssel zur Welt. Eine Auswahl für Kinder

im Vorschulalter. Handreichung für Erzieher. Lahr 1993.

Betz, Otto: Märchen als Weggeleit. Würzburg 1998.

Bîrlea, Ovidiu: Über das Sammeln volkstümlichen Prosagutes in Rumänien

[1970]. In: Wege der Märchenforschung. Hg. v. Felix Karlinger.

Darmstadt ²1985, S. 445-466.

Bluhm, Lothar/Rölleke, Heinz: "Redensarten des Volks, auf die ich immer

horche": Märchen - Sprichwort - Redensart; zur volkspoetologischen

Ausgestaltung der Kinder- und Hausmärchen der Brüder Grimm.

Neue Ausgabe. Stuttgart/Leipzig 1997.

Bluhm, Lothar: Grimm-Philologie. Beiträge zur Märchenforschung und

Wissenschaftsgeschichte. Hildesheim 1995.

Bluhm, Lothar: Neuer Streit um die "Alte Marie"? Kritische Bemerkungen

zum Versuch einer sozialgeschichtlichen Remythisierung der KHM.

In: Wirkendes Wort 2 (1989), S. 180-198.

Bogatyrev, P./Jakobson, Roman: Die Folklore als besondere Form des
Schaffens. In: Heinz Blumensath (Hg.): Strukturalismus in der
Literaturwissenschaft. Köln 1972, S. 13-24.

Boothe, Brigitte (Hg.): Wie kommt man ans Ziel seiner Wünsche? Modelle
des Glücks in Märchentexten. Gießen 2002.

Bottigheimer, Ruth B.: "Still Gretel!" Verstummte Frauen in Grimms "Kinder-
und Hausmärchen". In: Akten des VII. internationalen Germanisten-
Kongresses Göttingen 1985. Tübingen 1986, S. 43-53 (= Kon-
troversen, alte und neue 6).

Bottigheimer, Ruth B.: Fairy Godfather. Straparola, Venice, and the Fairy
Tale Tradition. Philadelphia 2002.

Bottigheimer, Ruth B.: Fertility Control and the Birth of the Modern
European Fairy-Tale Heroine. In: Marvels and Tales 14.1 (2000),
S. 64-79.

Bottigheimer, Ruth B.: France's First Fairy Tales: The Restoration and
Rise Narratives of Les facetieuses nuictz du Seigneur Francois
Straparole. In: Marvels and Tales 19.1 (2005), S. 17-31.

Bottigheimer, Ruth B.: Grimms' Bad Girls and Bold Boys. The Moral and
Social Vision of the Tales. New Haven/London 1987.

Brednich, Rolf Wilhelm: Volkserzählungen und der Glaube von den
Schicksalsfrauen. Helsinki 1964 (= FFC 193).

Brednich, Rolf Wilhelm: Zur Anwendung der biographischen Methode in
der volkskundlichen Forschung. In: Jb für ostdeutsche Volkskunde

22 (1979), S. 279-329.

Breymayer, Reinhard: Vladimir Jakovlevič Propp (1895-1970) - Leben, Wirken und Bedeutsamkeit. In: Linguistika Biblica 15/16 (1972), S. 36-66.

Brückner, Wolfgang (Hg.): Volkserzählung und Reformation. Ein Handbuch zur Tradiereung und Funktion von Erzählstoffen und Erzähl- literatur im Protestantismus. Berlin 1974.

Brunvand, Jan Herold: Encyclopedia of urban legends. New York/London 2001.

Bühler, Charlotte: Das Märchen und die Phantasie des Kindes. München 1958.

Cammann, Alfred: Aus der Welt der Erzähler: mit rußland- und rumäniendeutschen Berichten und Geschichten. Marburg 1987 (= Schriftenreihe der Kommission für Ostdeutsche Volkskunde in der Deutschen Gesellschaft für Volkskunde e.V. 38).

Cammann, Alfred: Märchen, Lieder, Leben in Autobiographie und Briefen der Rußlanddeutschen Ida Prieb. Marburg 1991 (= Schriftenreihe der Kommission für Ostdeutsche Volkskunde in der Deutschen Gesellschaft für Volkskunde e.V. 54)

Cardigos, Isabel: Female model, male worldview: an analysis of two Portugese fairy tales. In: Petzoldt, Leander (Hg.): Folk Narrative and World View. Vorträge des 10. Kongresses der Internationalen Gesellschaft für Volkserzählungsforschung (ISFNR) Innsbruck 1992, Teil I. Frankfurt a.M. 1996, S. 133-144 (= Beiträge zur

Europäischen Ethnologie und Folklore 7).

Christiansen, Reidar Thoralf: The Tale of the Two Travellers or The Blinded

Man. Hamina 1916 (= FFC 24).

Čičerov, Vladimir: Russische Volksdichtung. Berlin 1968.

Clausen-Stolzenburg, Maren: Märchen und mittelalterliche Literaturtradition.

Heidelberg 1995.

Cocchiara, Guiseppe: Auf den Spuren Benfeys (1954). In: Wege der

Märchenforschung. Hg. v. Felix Karlinger. Darmstadt ²1985, S.

254-272.

Dégh, Linda: Is the Study of Tale Performance Suspect of Aggressive

Nationalism? A Comment. In: Journal of American Folklore (1980)

H. 93, S. 324-327.

Dégh, Linda: Märchen, Erzähler und Erzählgemeinschaft. Dargestellt an

der ungarischen Volksüberlieferung. Berlin 1962.

Denecke, Ludwig: Jacob Grimm und sein Bruder Wilhelm. Stuttgart 1971.

Dickerhoff, Heinrich: Seelenverwandtschaft - wie Märchen und Religion

sich wechselseitig erschließen. In: MSP 15 (2004) H. 1, S. 20-

23.

Dieckmann, Hans: Gelebte Märchen. Lieblingsmärchen der Kindheit.

Krummwisch 2001.

Dieckmann, Hans: Komplexe. Diagnostik und Therapie in der analytischen

Psychologie. Berlin u.a. 1991.

Diederichs, Ulf: Who' s who im Märchen. München 1995.

Drascek, Daniel: "SimsalaGrimm". Zur Adaption und Modernisierung der

Märchenwelt. In: Schweizerisches Archiv für Volkskunde 97 (2001),

S. 70-89.

Drewermann, Eugen/Neuhaus, Ingrid: Das Mädchen ohne Hände. Olten

1985 (1. Aufl. 1981).

Dundes, Alan: Cindarella. A folklore casebook. New York 1982.

Ebel, Else (Hg.): Jacob Grimms Deutsche Altertumskunde. Göttingen 1974

(= Arbeiten aus d. Niedersächs. Staats- und Universitätsbibliothek,

Göttingen).

Ehrenreich, Barbara/English, Deirdre: Witches, Midwives and Nurses. A

History of Women Healers. Old Westbury 1973.

Ehrenreich, Paul: Die Sonne im Mythos. Mit einem Bild. Aus den

hinterlassenen Papieren. Hg. v. Ernst Siecke. Leipzig 1915 (=

Mythologische Bibliothek 8,1).

Eliade, Mircea: Das Heilige und das Profane. Vom Wesen des Religiösen.

Hamburg 1957.

Fehling, Detlev: Erysichthon oder das Märchen von der mündlichen

Überlieferung. In: Rheinisches Museum für Philologie 115 (1972),

S. 173-196.

Fiedermutz-Laun, Annemarie: Der kulturhistorische Gedanke bei Adolf

Bastian. Systematisierung und Darstellung der Theorie und

Methode mit dem Versuch einer Bewertung des kulturhistorischen

Gehalts auf dieser Grundlage. Wiesbaden 1970.

Fischer, Helmut: Erzählen - Schreiben - Deuten. Beiträge zur Erzähl-

forschung. Münster u.a. 2001 (= Bonner kleine Reihe zur

Alltagskultur 6).

Fischer-Lichte, Erika/Horn, Christian/Umathum, Sandra/Warstat, Matthias: Theatralität als Modell in den Kulturwissenschaften. Tübingen/Basel 2004 (= Theatralität 6).

Forke, Alfred: Die indischen Märchen und ihre Bedeutung für die vergleichende Märchenforschung. Berlin 1911.

Franz, Kurt/Kahn, Walter (Hg.): Märchen - Kinder - Medien. Beiträge zur medialen Adaption von Märchen und zum didaktischen Umgang. Baltmannsweiler 2000 (= Schriftenreihe d. Dt. Akademie für Kinder- und Jugendliteratur Volkach e.V. 25).

Franz, Marie-Louise von: Bei der schwarzen Frau. In: Studien zur analytischen Psychologie C. G. Jungs. Hg. v. Kurt Binswanger und Mircea Eliade, Bd. II. Zürich 1995.

Franz, Marie-Louise von: Das Weibliche im Märchen. Fellbach-Oeffingen 1991.

Franz, Marie-Louise von: Psychologische Märcheninterpretation. Eine Einführung. München 1989.

Frazer, James George: Der goldene Zweig. Das Geheimnis von Glauben und Sitten der Völker. Leipzig 1928. 독일어 요약 초판; 영어 원본: The golden Bough: A study in Magic and Religion. 2 Bde. 1890, 최종판: 12 Bde. 1911.

Frenzel, Elisabeth: Motive der Weltliteratur. Ein Lexikon dichtungs geschichtlicher Längsschnitte. 4. überarb. Aufl. Stuttgart 1992.

Freud, Sigmund: Der Dichter und das Phantasieren. Studienausgabe Bd.

10. Frankfurt a.M. 1977, S. 169-179.

Freud, Sigmund: Märchenstoffe in Träumen. In: ders.: Gesammelte Werke.

Bd. 10. Frankfurt a.M. 1967, S. 2-10.

Freud, Sigmund: Traumdeutung. Studienausgabe Bd. 2. Frankfurt a.M. 1977.

(Leipzig/Wien 1900, 러시아어 번역: Psychological Studies. Poet and

Fantasy. Moscow 1912.)

Fromm, Erich: Märchen, Mythen, Träume. Eine Einführung in das

Verständnis einer vergessenen Sprache. Konstanz 1957 (원본 1951).

Funke, Ulrich: Enthalten die deutschen Märchen Reste der germanischen

Mythologie? Eine kritische Darstellung der von der Schule Grimms

vertretenen Anschauung. Bonn/Düren-Rhld. 1932.

Gehrts, Heino: Von der Wirklichkeit der Märchen. Regensburg 1992.

Geldern-Egmond, Irene: Märchen und Behinderung. Ein Beitrag zur

Resilienzforschung bei Kindern und Jugendlichen mit Lern-

behinderung. Baltmannsweiler 2000.

Gennep, Arnold van: Übergangsriten. Frankfurt a.M. 1987 (초판 1909).

Giehrl, Hans E.: Volksmärchen und Tiefenpsychologie. München 1970.

Gilet, Peter: Vladimir Propp and the Universal Folktale. Recommissioning

an Old Paradigm - Story as Initiation. New York u.a. 1999.

Ginschel, Gunhild: Der junge Jacob Grimm 1805-1819. 2., erw. Aufl., Berlin

1989.

Gmelin, Otto: Böses kommt aus Kinderbüchern. Die verpaßten Möglich-

keiten kindlicher Bewußtseinsbildung. München 1972.

Gobrecht, Barbara: Hier und dort, vorher und nachher: Wie heutige

Erzählende deutsche Märchen für ein Schweizer Zielpublikum "zurechtmachen" : Erzählen zwischen Deutschland und der Schweiz. In: Wienker-Piepho, Sabine/Roth, Klaus (Hg.): Erzählen zwischen den Kulturen. Münster u.a. 2004, S. 187-197.

Görög, Veronika: The New Professional Storyteller in France. In: Storytelling in contemporary societies. Hg. v. Lutz Röhrich u. Sabine Wienker-Piepho. Tübingen 1990, S. 173-183 (= Script Oralia 22).

Grätz, Manfred: Das Mädchen in der deutschen Aufklärung. Vom Feenmärchen zum Volksmärchen. Stuttgart 1988.

Grimm, Jacob und Wilhelm: Briefwechsel zwischen Jacob und Wilhelm Grimm. Hg. v. Heinz Rölleke. Stuttgart 2001.

Grimm, Jacob und Wilhelm: Vorrede zum ersten Band. In: dies.: Deutsche Sagen. Berlin ²1984, S. 9-21.

Grimm, Jacob und Wilhelm: Deutsche Mythologie. Göttingen ³1854.

Grimm, Jacob: Gedanken wie sich die sagen zur poesie und geschichte verhalten. In: ders.: Kleinere Schriften. Bd. 1. Hildesheim 1965, S. 399-403.

Grimm, Jacob: Kleinere Schriften. 8 Bde. (1864-1890) Hildesheim 1965-66.

Grimm, Wilhelm: Kleinere Schriften. Hg. v. Gustav Ludwig Hinrichs. 4 Bde. Berlin 1881-1883, 1887.

Grimm, Wilhelm: Vorrede zum ersten Band (1812). In: ders.: Kleinere Schriften. Berlin 1881. Bd. 1, S. 320-328.

Grimm, Wilhelm: Vorrede zum zweiten Band (1815). In: ders.: Kleinere

Schriften. Berlin 1881. 328-332.

Grimm, Wilhelm: Vorrede. In: Kinder- und Hausmärchen. Hg. v. Jacob und

Wilhelm Grimm. Göttingen 1850, S. IX-LXXII.

Grudde, Hertha: Wie ich meine "Plattdeutschen Märchen aus Ostpreußen"

aufschrieb. Helsinki 1932 (= FFC 102).

Grummes, Ulrich: Die Bedeutung des Märchens für die Psychoanalyse.

In: Die Psychologie des 20. Jahrhunderts. Bd. 2. Hg. v. Dieter Eicke.

Zürich 1976, S. 564-581.

Gunkel, Hermann: Das Märchen im Alten Testament. Frankfurt a.M. 1987

(초판 1917).

Gutwald, Thomas: Schwank und Artushof. Frankfurt a.M. u.a. 2000.

Haase, Donald (Hg.): The reception of Grimm's Fairy Tales. Responses,

Reactions, Revisions. Detroit 1993.

Haggarty, Ben: Seek out the voice of the critic. London 1996.

Hartland, Edwin Sidney: The Art of Story-Telling. London 1891.

Haubrichs, Wolfgang (Hg.): Erzählforschung: Theorien, Modelle und

Methoden der Narrativik. 2 Bde. Göttingen 1976, 1977 (mit

Auswahlbibliographie) (= Lili Beiheft 4 und 6).

Heidenreich, Bernd/Grothe, Ewald (Hg.): Kultur und Politik - Die Grimms.

Frankfurt a.M. 2003.

Heindrich, Ursula: Es war einmal - es wird eines Tages sein. Zur Aktualität

der Volksmärchen. Baltmannsweiler 2001.

Heindrichs, Ursula: Vom Königsweg des Menschen im Märchen. In: Als

es noch Könige gab. 2001, S. 302-316.

Henderson, Cary: Kultur, Politik und Literatur bei Albert Wesselski. In: Fabula 37 (1996) H. 3/4, S. 216-229.

Henßen, Gottfried: Stand und Aufgaben der deutschen Erzählforschung. In: Volkskundliche Beiträge. Festschrift Richard Wossidlo. Neumünster 1939, S. 133-137.

Henßen, Gottfried: Überlieferung und Persönlichkeit. Erzählungen und Lieder des Egbert Gerrits. Münster 1951.

Herder, Johann Gottfried: Adrastea 2 (1881), 3. Stück. In: SWS Bd. 23, Berlin 1885, S. 287-289.

Herder, Johann Gottfried: Auszug aus einem Briefwechsel über Ossian und die Lieder alter Völker. In: SWS Bd. 5, Berlin 1891.

Herder, Johann Gottfried: Von der Ähnlichkeit der mittlern englischen und deutschen Dichtkunst. In: SWS Bd. 9, Berlin 1893, S. 522-535.

Herranen, Gun: The maiden without hands (AT 706), Two Tellers - two versions. In: D' un conte... á l'autre. Hg. v. Veronika Görög-Karady und Michele Chiche. Paris 1990, S. 105-115.

Hetman, Frederik: Die Freuden der Fantasy: von Tolkien bis Ende. Frankfurt a.M. u.a. 1984.

Hiiemäe, Mall: Richard Viidalepp: A Folklorist with an Ethnological Inclination. In: Studies in Estonian Folkloristics and Ethnology. A Reader and Reflexive History. Ed. by Kristin Kuutma and Tiiu Jaago. Tartu 2005, S. 243-258.

Hilty, Elisa: Rotkäppchens Schwester: elf Märchen zur Suchtprävention. Gümlingen 1996.

Hirsch, Angelika-Benedicta: Märchen als Quelle für Religionsgeschichte? Ein neuer Versuch der Auseinandersetzung mit den alten Problemen der Kontinuität oraler Tradition und der Datierung von Märchen. Frankfurt a.M. 1998.

Hofe, Gerhard vom: Der Volksgedanke in der Heidelberger Romantik und seine ideengeschichtlichen Voraussetzungen in der deutschen Literatur seit Herder. In: Heidelberg im säkularen Umbruch. Hg. v. Friedrich Strack. Stuttgart 1987, S. 225-251.

Holbek, Bengt: Betrachtungen zum Begriff 'Lieblingsmärchen'. In: Uther, Hans-Jorg (Hg,): Märchen in unserer Zeit. München 1990, S. 149-158.

Holbek, Bengt: Eine neue Methode zur Interpretation von Zaubermärchen. In: JbVK N.F. 8 (1980), S. 74-79.

Holbek, Bengt: Interpretation of Fairy Tales. Danish Folklore in a European Perspective. Helsinki 1987 (= FFC 239).

Holbek, Bengt: On the Borderline between Legend and Tale. The Story of the Old Hoburg Man in Danish Folklore. In: Arv 47 (1991), S. 179-191.

Holbek, Bengt: On the Comparative Method in Folklore Research. Turku 1992.

Homo narrans. Studien zur populären Erzählkultur. Festschrift für Siegfried Neumann. Hg. v. Christoph Schmitt, Münster 1999.

Honko, Lauri: The Real Propp. In: SF 33 (Studies in Oral Narrative), Helsinki 1989, S. 161-175.

Honko, Lauri: Zielsetzung und Methoden der finnischen Erzählforschung. In: Fabula 26 (1985), S. 318-335.

Horn, Katalin: Der aktive und der passive Märchenheld. Basel 1983 (= Schweizerische Gesellschaft für Volkskunde. Beiträge zur Volkskunde 5).

Horn, Katalin: Selbsterfahrung mit Märchen. Ein Beitrag zu den Funktionen und zum Gebrauch des Märchens in unseren Tagen. In: Fabula 37 (1996) H. 3/4, S. 230-240.

Horn, Katalin: Über das Weiterleben der Märchen in unserer Zeit. In: Die Volksmärchen in unserer Kultur: Berichte über Bedeutung und Weiterleben der Märchen. Hg. v. der Märchen-Stiftung Walter Kahn, Frankfurt a.M. 1993, S. 25-71.

Hose, Susanne: Sorbisches Sprichwörterlexikon. Bautzen 1996.

Hunger, Ulrich: Romantische Germanistik und Textphilologie: Konzepte zur Erforschung mittelalterlicher Literatur zu Beginn des 19. Jahrhunderts. In: DVjS, Sonderheft 1987, S. 42-68.

Isler, Gotthilf: Lumen Naturae. Zum religiösen Sinn von Alpensagen. Vorträge und Aufsätze. Küsnacht 2000.

Jacoby, Mario/Kast, Verena/Riedel, Ingrid: Das Böse im Märchen. Freiburg i.B. 1994.

Janning, Jürgen: Märchenerzählen: Laßt es sich lernen - kann man es lehren? In: Märchenerzähler - Erzählgemeinschaft. Kassel 1983, S. 126-140.

Janning, Jürgen: Textgebundenes Erzählen als sprachliche Sensibilisierung zum freien Erzählen. In: MSP 6 (1995) Jahresheft, S. 56-59.

Janning, Jürgen: Zur Choreographie rhythmischen Erzählens. In: MSP 13

(2002) H. 2, S. 9-12.

Jeske, Hannelore: Sammler und Sammlungen von Volkserzählungen in

Schleswig-Holstein. Diss. Neumünster 2002.

Jessen, Jens: Das Recht in den Kinder- und Hausmärchen. Diss. Kiel 1979.

Jolles, André: Einfache Formen (Legende, Sage, Mythen, Rätzel, Spruch,

Kasus, Memorabile, Märchen, Witz). Tübingen 1982 (초판 1930).

Jung, Simone: Der aktuelle Stand der französischen Märchenforschung.

Schriftliche Hausarbeit im Rahmen der Ersten Staatsprüfung. Köln:

Romanisches Seminar 1999.

Kahlo, Gerhard: Die Wahrheit des Märchens. Grundsätzliche Betrachtung.

Halle a.d.S. 1954.

Kahlo, Gerhard: Elementargedanken im Märchen. In: HDM Bd. 1, 1930/33,

S. 519-524.

Kaivola-Bregenhøj, Annikki: Narrative and Narrating. Variation in Juho

Oksanen's Storytelling. Helsinki 1996 (= FFC 261).

Karlinger, Felix: Auf Märchensuche im Balkan. Köln 1987.

Karlinger, Felix: Geschichte des Märchens im deutschen Sprachraum. 2.,

erw. Aufl. Darmstadt 1988.

Karlinger, Felix: Legendenforschung. Aufgaben und Ergebnisse. Darmstadt

1986.

Karlinger, Felix: Wege der Märchenforschung, Darmstadt ²1985.

Kast, Verena: Die Dynamik der Symbole. Grundlagen der Jungschen

Psychotherapie. München ³1999.

Kast, Verena: Märchen als Therapie. München 1989.

Kaukonen, Väinö: Jacob Grimm und das Kalevala-Epos. In: Fraenger, Wilhelm/Steinitz, Wolfgang (Hg.): Jacob Grimm zur 100. Wiederkehr seines Todestages. Berlin 1963, S. 229-239.

Kayser, Wolfgang: Das sprachliche Kunstwerk. Eine Einführung in die Literaturwissenschaft. Tübingen/Basel 1992.

Keller, Gabriele: Zaubermärchen in der Suchtprävention der Schulen. Ein Pilotprojekt der Drogenhilfe Köln. In: MSP 8 (1997) H. 3, S. 86-87.

Kellner, Beate: Grimms Mythen. Studien zum Mythosbegriff und seiner Anwendung in Jacob Grimms Deutscher Mythologie. Frankfurt a.M. u.a. 1994.

Kleinhans, Elfriede: Märchen helfen leben. Frankfurt a.m. 1999.

Klimová, Dagmar: Versuch einer Klassifikation des lebendigen Sagenerzählers. In: Fabula 9 (1967), S. 244-253.

Klintberg, Bengt af: Die Frau, die keine Kinder wollte. Moralvorstellungen in einem nordischen Volksmärchen (AaTh 755). In: Fabula 27 (1986), S. 237-264.

Knoch, Linde: Praxisbuch Märchen. Verstehen - Deuten - Umsetzen. Gütersloh 2001.

Köhle-Hezinger, Christel (Hg.): Männlich - Weiblich. Zur Bedeutung der Kategorie Geschlecht in der Kultur. 31. Kongress der Deutschen Gesellschaft für Volkskunde. Marburg 1997. Münster 1999.

Köhler, Reinhold: Aufsätze über Märchen und Volkslieder. Aus seinem

schriftlichen Nachlaß, hg. v. Johannes Bolte u. Erich Schmidt. Berlin
1894.

Köhler-Zülch, Ines: Der politische Witz und seine erzählforscherischen
Implikationen. In: Lipp, Carola (Hg.): Medien popularer Kultur.
Erzählung, Bild und Objekt in der volkskundlichen Forschung.
Rolf Wilhelm Brednich zum 60. Geburtstag. Frankfurt a.M. u.a. 1995,
S. 71-85.

Köhler-Zülch, Ines: Ludwig Denecke (1905-1996). In: Fabula 38 (1997)
H. 1/2, S. 125-128.

Köhler-Zülch, Ines: Ostholsteins Erzählerinnen in der Sammlung Wilhelm
Wisser. Ihre Texte - seine Berichte. In: Fabula 32 (1991), S. 94-
118.

Köhler-Zülch, Ines: Who are the Tellers? In: Fabula 38 (1997) H. 3/4, S.
199-209.

Kölbl, Andrea: "Liebesmärchen" aus der Traumfabrik. Gattungsspezifische
Filmuntersuchungen. Diss. Jena 2005.

Kongräs Maranda, Elli/ Maranda, Pierre: Structural Models in Folklore
and Transformational Essays. The Hague/Paris 1971 (= Approaches
to Semiotics 10).

Korn, Ilse: Märchen für die Jüngsten. Eine Märchensammlung für die Hand
der Kindergärtnerin und der Eltern. Berlin 1955.

Korompay, Bertalan: Zur Finnischen Methode. Gedanken eines
Zeitgenossen. Helsinki 1978.

Krohn, Kaarle: Bär (Wolf) und Fuchs. Eine nordische Tiermärchenkette.

In: Journal de la Société finno-ougrienne [= JSFO] 6 (1889), S. 1-132.

Krohn, Kaarle: Die folkloristische Arbeitsmethode. Oslo 1926. 영어판: Folklore Methodology. Formulated by Julius Krohn and expanded by Nordic researchers. Austin/London 1971 (= Publications of the American Folklore Society 21).

Krohn, Kaarle: Übersicht über einige Resultate der Märchenforschung. Helsinki 1931 (= FFC 96).

Kuptz-Klimpel, Annette: Lieblingsmärchen. In: Wörterbuch der Analytischen Psychologie. Hg. v. Lutz und Anette Müller. Düsseldorf/Zürich 2003, S. 258-259.

Kutter, Uli: "Ich kündige!" Zeugnisse von Wünschen und Ängsten an Arbeitsplatz; eine Bestandsaufnahme. Marburg 1982.

Kuusi, Matti: Regen bei Sonnenschein. Zur Weltgeschichte einer Redensart. Helsinki 1957 (= FFC 171).

Lachmann, Renate: Die Propp-Nachfolge in der sowjetischen Forschung. In: Erzählforschung 3: Theorien, Modelle und Methoden der Narrativik. Hg. v. Wolfgang Haubrichs. Göttingen 1976, S. 46-70 (= Zeitschrift für Literaturwissenschaft und Linguistik, Beiheft 8).

Laeverenz, Judith: Märchen und Recht. Eine Darstellung verschiedener Ansätze zur Erfassung des rechtlichen Gehalts der Märchen. Diss. Frankfurt a.M./Bern/Wien 2001.

Laiblin, Wilhelm (Hg.): Märchenforschung und Tiefenpsychologie. Darmstadt ²1972.

Lang, Andrew: Custom and myth. New York/Bombay 1904.

Lang, Andrew: Myth, ritual and religion. 2 Bde. 4., erw. Aufl. New
York/Bombay 1906 (초판 1886).

Lauer, Bernhard: Dorothea Viehmann und die Brüder Grimm. Märchen
und Wirklichkeit. In: MSP 9 (1998) H. 2, S. 36-42.

Lecouteux, Claude: Die Volkserzählung als Bewahrerin früherer
Glaubensvorstellungen. Felix Karlinger zum 74. Geburtstag. In:
Fabula 37 (1996) H. 3/4, S. 193-215.

Lehmann, Albrecht: Erzählen zwischen den Generationen. Über historische
Dimensionen des Erzählens in der Bundesrepublik Deutschland. In:
Fabula 30 (1989) H. 1/2, 1-25.

Lehmann, Albrecht: Erzählstruktur und Lebenslauf. Autobiographische
Untersuchungen. Frankfurt a.m./New York 1983.

Leitzmann, Albert (Hg.): Briefe der Brüder Grimm. Gesammelt von Hans
Gürtler. Jena 1923.

Lempicki, Sigmund von: Geschichte der deutschen Literaturwissenschaft
bis zum Ende des 18. Jahrhunderts. 2., erw. Aufl., Göttingen 1968.

Lenz, Friedel: Bildsprache der Märchen. Stuttgart 1984 (초판 1971).

Levin, Isidor: Vladimir Propp. An evaluation on his seventieth birthday.
In: Journal of the Folklore Institute, Bloomington, Fnd. 1967, S. 32-
49.

Lévi-Strauss, Claude: Das wilde Denken. Frankfurt a.M. 1973.

Lévi-Strauss, Claude: Die Struktur und die Form. Reflexionen über ein Werk
von Vladimir Propp. In: Propp, Vladimir: Morphologie des Märchens.

Frankfurt a.M. 1975, S. 181-213.

Leyen, Friedrich von der: Das deutsche Märchen. Düsseldorf/Köln 1964.

Leyen, Friedrich von der: Das Märchen. Ein Versuch. 4., ern. Aufl. Heidelberg 1958 (초판 1911).

Leyen, Friedrich von der: Die deutschen Märchen und die Brüder Grimm. Düsseldorf 1964.

Leyen, Friedrich von der: Die Welt der Märchen. 2 Bde. Düsseldorf 1953/54.

Leyen, Friedrich von der: Traum und Märchen. In: Märchenforschung und Tiefenpsychologie. Hg. v. Wilhelm Laiblin. Darmstadt ²1972, S. 1-12.

Lips, Julius Ernst: Vom Ursprung der Dinge. Eine Kulturgeschichte des Menschen. Leipzig 1951 (영문원본: The origin of things).

Lo Nigro, Sebastiano: Die Formen erzählender Volksliteratur. In: Wege der Märchenforschung. Hg. v. Felix Karlinger. Darmstadt ²1985, S. 372-393.

Lox, Harlinda/Schelstraete, Inge: Stimmen aus dem Volk? Volks- und Kunstdichtung bei Johann Karl August Musäus und Gottfried August Bürger. Gent 1990 (= Studia Germanica Gandensia 25).

Lucke, Hans: Der Einfluß der Brüder Grimm auf die Märchensammler des 19. Jahrhunderts. Diss. Greifswald 1933.

Lütge, Jessica: Liebe, Partnerschaft und Erlösung in den Kinder- und Hausmärchen der Brüder Grimm. Diss. Marburg 2001.

Lüthi, Max: Das europäische Volksmärchen. Form und Wesen. Tübingen /Basel 2005 (초판 1947).

Lüthi, Max: Die Gabe im Märchen und in der Sage: Ein Beitrag zur Wesenserfassung und Wesensscheidung der beiden Formen. Bern 1943.

Lüthi, Max: Märchen. 10., aktualisierte Aufl., bearbeitet v. Heinz Rölleke. Stuttgart 2004 (초판 1962).

Lüthi, Max: Strukturalistische Märchenforschung. In: ders.: Das europäische Volksmärchen. Tübingen/Basel 2005, S. 115-121.

Lüthi, Max: Volksmärchen und Volkssage. Zwei Grundformen erzählender Dichtung. Tübingen ³1975.

Mackensen, Lutz: Der singende Knochen. Ein Beitrag zur vergleichenden Märchenforschung. Helsinki 1923 (= FFC 49).

Maennersdoerfer, Maria Christa: Märchen und Mythen von Tieren. Aachen 1994.

Malinowski, Bronislaw: Myth in Primitive Psychology (1926). In: Malinowski and the work of myth. Selected and introduced by Ivan Strenski. Princeton 1992.

Mannhardt, Wilhelm: Die Götter der deutschen und nordischen Völker. Eine Darstellung. Berlin 1860.

Mannhardt, Wilhelm: Germanische Mythen. Berlin 1858.

Mannhardt, Wilhelm: Mythologische Forschungen. Aus dem Nachlasse, hg. v. Hermann Patzig, mit Vorreden v. K. Müllenhoff u. W. Scherer. Straßburg/London 1884 (= Quellen und Forschungen 51).

Mannhardt, Wilhelm: Wald- und Feldkulte. 2 Bde. Darmstadt 1963 (재인 쇄 ²1905, 초판 1875/78).

Märchen und Märchenforschung in Europa. Ein Handbuch. Hg. im Auftrag

   d. Märchen-Stiftung Walter Kahn v. Diether Röth u. Walter Kahn.

   Frankfurt a.M. 1993.

Märchen und Religion. Interview mit Dr. Peter Heidrich. In: Flensburger

   Hefte (1990) H. 30, S. 7-20.

Martin, Laura: Benedikte Nauberts Neue Volksmärchen der Deutschen:

   Strukturen des Wandels. Würzburg 2006.

Marzolph, Ulrich: Die Typologie des persischen Volksmärchens.

   Beirut/Wiesbaden 1984. Diss. Köln 1981 (= Beiruter Texte und

   Studien 31).

Mayer, Mathias/Tismar, Jens: Kunstmärchen. 3., völlig neu bearb. Aufl.

   Stuttgart/Weimar 1997 (= Sammlung Metzler 155).

Meletinskij, Eleasar: Zur strukturell-typologischen Erforschung des

   Volksmärchens. In: Propp, Vladimir: Morphologie des Märchens.

   Frankfurt a.M. 1975, S. 241-276.

Meraklis, Michael: Das Basilikummädchen, eine Volksnovelle (AT 879).

   Göttingen 1970.

Mieder, Wolfgang: "Findet, so werdet ihr suchen." Die Brüder Grimm

   und das Sprichwort. Bern 1986.

Mieder, Wolfgang: Deutsche Redensarten, Sprichwörter und Zitate. Studien

   zu ihrer Herkunft, Überlieferung und Verwendung. Wien 1995.

Möckel, Margarete: Mit Märchen leben. Waldenburg/Erlangen 2004.

Moericke, Helga: Die Märchenbaronin. Elsa Sophia von Kamphoevener.

   Zürich/Dortmund 1995.

Mölk, Ulrich: Das Dilemma der literarischen Motivforschung und die europäische Bedeutungsgeschichte von 'Motiv'. In: Romanistisches Jb 42 (1991), S. 91-120.

Mönckeberg, Vilma: Der Klangleib der Dichtung. Ebenhausen 1981.

Moser, Dietz-Rüdiger: Märchen als Paraphrasen biblischer Geschichten. Anmerkungen zu einigen Kinder- und Hausmärchen der Brüder Grimm. In: MSP 15 (2004) H. 1, S. 3-8.

Moser, Dietz-Rüdiger: Theorie und Methodenprobleme der Märchenforschung. In: Jb für Volkskunde 3 (1980), S. 47-64.

Moser-Rath, Elfriede: Predigtmärlein der Barockzeit. Exempel, Sage, Schwank und Fabel in geistlichen Quellen des oberdeutschen Raums. Berlin 1964.

Müllenhoff, Karl: Die deutsche Philologie, die Schule und die klassische Philologie. In: Eine Wissenschaft etabliert sich. Hg. v. Johannes Janota. Tübingen 1980, S. 277- 303.

Müller-Salget, Klaus: Erzählungen für das Volk. Evangelische Pfarrer als Volksschriftsteller im Deutschland des 19. Jahrhunderts. Berlin 1984.

Murphy, G. Ronald: The Owl, the Raven and the Dove. The Religious Meaning of the Grimms' Magic Fairy Tales. Oxford 2000.

Näf, Regula: Max Lüthis wissenschaftlicher Nachlass im Universitätsarchiv Zürich. In: Fabula 36 (1995), S. 282-288.

Neuhaus, Stefan: Märchen. Tübingen/Basel 2005.

Neumann, Siegfried: Das Wossidlo-Archiv. Rostock 1994.

Neumann, Siegfried: Der mecklenburgische Volksschwank. Sein sozialer Gehalt und seine soziale Funktion. Berlin 1964.

Neumann, Siegfried: Ein mecklenburgischer Volkserzähler. Die Geschichten des August Rust. Berlin 1979 (초판 1968).

Neumann, Siegfried: Eine mecklenburgische Märchenfrau. Bertha Peters erzählt Märchen, Schwänke und Geschichten. Berlin 1974.

Neumann, Siegfried: Erlebnis Alltag. Beobachtungen zur Volkserzählung in der Gegenwart. In: The 8th Congress for the International Society for Folk Narrative Research. Hg. v. Reimund Kvideland and Torunn Selberg. Bergen 1984, Bd. 2, S. 97-106.

Neumann, Siegfried: Geschlechtsspezifische Züge in der erzählerischen Selbstdarstellung 'einfacher Leute' des 20. Jahrhunderts. In: Männlich - Weiblich. Hg. v. Christel Köhle-Hezinger. Münster 1999, S. 246-255.

Neumann, Siegfried: Lebendiges Erzählen in der Gegenwart. Befunde und Probleme. In: Probleme und Methoden volkskundlicher Gegenwartsforschung. Vorträge und Diskussionen einer internationalen Arbeitstagung in Bad Saarow. Hg. v. Paul Nedo und Wolfgang Jacobeit. Berlin 1969, S. 157-167.

Neumann, Siegfried: Volkserzähler unserer Tage in Mecklenburg. Bemerkungen zur Erzählerforschung in der Gegenwart. In: Deutsches Jb für Volkskunde 14 (1968), S. 31-49.

Nitschke, August: Soziale Ordnungen im Spiegel der Märchen. 2 Bde. Stuttgart 1976/77.

Obenauer, Karl Justus: Das Märchen. Dichtung und Deutung. Frankfurt a.M. 1959.

Olrik, Axel: Epische Gesetze der Volksdichtung. In: Zeitschrift für deutsches

Altertum 51 (1909), S. 1-12.

Ortutay, Gyula: Folk-Life Study in Hungary. In: ders.: Hungarian Folklore.

Essays. Budapest 1972, S. 15-63.

Ortutay, Gyula: Mihály Fedics Related Tales. In: ders.: Hungarian Folklore.

Essays. Budapest 1972, S. 225-285.

Overdick, Wilhelm: Malen nach Märchen. In: MSP 21 (2001) H. 1, S. 13-

22.

Pauckstadt, Bernhard: Paradigmen der Erzähltheorie: Ein methodenge-

schichtlicher Forschungsbericht mit einer Einführung in Schema-

konstitution und Moral des Märchenerzählens. Freiburg 1980.

Pentikäinen, Juha: Grenzprobleme zwischen Memorat und Sage. In:

Temenos 6 (1970), S. 89-118.

Pentikäinen, Juha: Oral Repertoire and World View. An Anthropological

Study of Marina Takalo's Life History. Helsinki 1978 (= FFC 219).

Pesch, Helmut W.: Fantasy: Theorie und Geschichte einer literarischen

Gattung. Diss. Köln 1982.

Petzoldt, Leander: Einführung in die Sagenforschung. Konstanz 1999.

Peuckert, Will-Erich: Deutsches Volkstum in Märchen und Sage, Schwank

und Rätzel. Berlin 1938.

Pikulik, Lothar: Die sogenannte Heidelberger Romantik. Tendenzen,

Grenzen, Widersprüche. Mit einem Epilog über das Nachleben

der Romantik heute. In: Heidelberg im säkularen Umbruch. Hg. v.

Friedrich Strack. Stuttgart 1987, S. 190-215.

Pöge-Alder, Kathrin: 'Märchen' als mündlich tradierte Erzählungen des

'Volkes' ? Zur Wissenschaftsgeschichte der Entstehungs- und

Verbreitungstheorien von 'Volksmärchen' von den Brüdern Grimm

bis zur Märchenforschung in der DDR. Frankfurt a.M. u.a. 1994.

Pöge-Alder, Kathrin: Afrikanisches Erzählen in Deutschland. Zwischen

Folklorismus, Fakelore und Authentizität. In: Wienker-Piepho,

Sabine/Roth, Klaus (Hg.): Erzählen zwischen den Kulturen. Münster

u.a. 2004, S. 199-216.

Pöge-Alder, Kathrin: Albert Wesselski and the History of Fairy Tales. In:

Marvels and Tales. (2007) 1. 21 현재 인쇄중.

Pöge-Alder, Kathrin: Die Mythologische Schule in der Märchen- und

Erzählforschung. In: MSP 9 (1998) H.3, S. 79-83.

Pöge-Alder, Kathrin: Die Tierbraut im Märchen. Die Persönlich-

keitsentwicklung nach der Hochzeit. In: Volkmann, Helga/Freund,

Ulrich (Hg.): Der Froschkönig und andere Erlösungsbedürftige.

Baltmannsweiler 2000, S. 61-71.

Pöge-Alder, Kathrin: Erzählen. In: Kinder- und Jugendliteratur. Ein Lexikon.

Hg. v. Kurt Franz, Günter Lange und Franz-Josef Payrhuber.

Meitingen 2002, Teil 7, S. 1-27.

Pöge-Alder, Kathrin: Erzählerlexikon. Deutschland. Österreich. Schweiz.

Marburg 2000.

Pöge-Alder, Kathrin: Lehren fürs Leben. Märchen und populäre Erzählstoffe

in Lesebüchern von 1870-1990. Zur Ausstellung des Kinder- und

Jugendwettbewerbs 2003 im Schulmuseum - Werkstatt für

Schulgeschichte. Leipzig 2003.

Pöge-Alder, Kathrin: Märchen aus dem Volk - Märchen für das Volk?

Bechsteins Märchen im Kontext der Erzählforschung. In: Richter,

Karin/Schlundt, Rainer (Hg.): Lebendige Märchen- und Sagenwelt.

Baltmannsweiler 2003, S. 32-53.

Pöge-Alder, Kathrin: Richard Wossidlo im Umgang mit seinen Erzählern.

Das Beispiel Nehls. In: Homo narrans. Münster 1999, S. 325-344.

Pointner, Alfred: Umweltschutz und Märchen. Baltmannsweiler 2000.

Pop, Mihai: Der formelhafte Charakter der Volksdichtung. In: Deutsches

Jb für Volkskunde 14 (1968), S. 1-15.

Pop, Mihai: Die Funktion der Anfangs- und Schlussformeln im rumänischen

Märchen. In: Volksüberlieferung. Festschrift für Kurt Ranke zur

Vollendung des 60. Lebensjahres. Hg. v. Fritz Harkort, Karel C.

Peeters, Robert Wildhaber. Göttingen 1968, S. 321-326.

Poser, Therese: Das Volksmärchen. München 1980.

Propp, Vladimir Jacovlevič: Die historischen Wurzeln des Zaubermärchens.

München/Wien 1987 (러시아어 원본: Leningrad 1946: Istoriceskie

korni volšebnoj skazki).

Propp, Vladimir Jacovlevič: Fol'klor i desjtvitel' nost. Izbrannye stat' i

(Folklore und Wirklichkeit. Ausgewählte Aufsätze). Moskva 1976

(초판 1946).

Propp, Vladimir Jacovlevič: Märchen der Brüder Grimm im russischen

Norden. In: Deutsches Jb für Volkskunde 9 (1963), S. 104-112.

Propp, Vladimir Jacovlevič: Morphologie des Märchens. Hg. v. Karl Eimermacher. Frankfurt a.M. 1975.

Propp, Vladimir Jacovlevič: Russkaja skazka (Das russische Märchen). Leningrad 1984.

Propp, Vladimir Jacovlevič: Specifika fol' klora (Die Spezifik der Folklore). In: ders.: Fol' klor i dejstvitel' nost'. Moskva 1976, S. 16-33.

Propp, Vladimir Jacovlevič: Transformation von Zaubermärchen (초판 1928). In: ders.: Morphologie des Märchens. Hg. v. Karl Eimermacher. Frankfurt a.M. 1975, S. 155-180.

Propp, Vladimir Jacovlevič: Die Bedeutung von Struktur und Geschichte bei der Untersuchung des Märchens. In: ders.: Morphologie des Märchens. Hg. v. Karl Eimermacher. Frankfurt a.M. 1975, S. 215-239.

Psaar, Werner/Klein, Manfred: Wer hat Angst vor der bösen Geiß? Zur Märchendidaktik und Märchenrezeption. Braunschweig 1976.

Ranke, Friedrich: Aufgaben volkskundlicher Märchenforschung. In: ZfVk 42 (1933), S. 203-211.

Ranke, Kurt: Betrachtungen zum Wesen und zur Funktion des Märchens (1958). In: Karlinger, Felix: Wege der Märchenforschung. Darmstadt ²1985, S. 320-360.

Ranke, Kurt: Einfache Formen. In: Internationaler Kongreß der Volkserzählungsforscher. Berlin 1961, S. 1-11.

Ranke, Kurt: Schwank und Witz als Schwundstufe. In: Festschrift für Will-Erich Peuckert zum 60. Geburtstag dargebracht von Freunden und Schülern. Hg. v. Helmut Dölker. Berlin 1955, S. 41-59.

Richter, Dieter/Merkel, Johannes: Märchen, Phantasie und soziales Lernen.

Berlin 1974 (= Basis Theorie 4).

Richter, Dieter: Schlaraffenland. Geschichte einer populären Phantasie.

Köln 1984.

Riedel, Ingrid: Die weise Frau in Märchen und Mythen. Ein Archetyp im

Märchen. München 1995, ²1997, 초판: Olten 1989.

Rieken, Bernd: Arachne und ihre Schwestern: eine Motivgeschichte der

Spinne von den "Naturvölkermärchen" bis zu den "urban legends".

Diss. Münster 2003.

Riklin, Franz: Wunscherfüllung und Symbolik im Märchen (1908). In:

Laiblin, Wilhelm (Hg.): Märchenforschung und Tiefenpsychologie.

Darmstadt ²1972, S. 13-43.

Ritz, Hans (d.i. Ulrich Erckenbrecht): Die Geschichte von Rotkäppchen.

Ursprünge, Analysen, Parodien eines Märchens. 12., erw. Aufl.

Göttingen 1997.

Robe, Stanley Linn: Index of Mexican Folktales. Including Narrative Texts

from Mexico, Central America, and the Hispanic United States.

Berkeley/Los Angels/London 1973 (= Folklore and Mythology

Studies 26).

Röhrich, Lutz/Wienker-Piepho, Sabine (Hg.): Storytelling in contemporary

societies. Tübingen 1990.

Röhrich, Lutz: "Die Sage von Schlangenbann" (Thompson Q 597: Snake

carries into fire man who has banned snakes). In: Volksüberlieferung. Festschrift für Kurt Ranke zur Vollendung des 60. Lebensjahres. Hg. v. Fritz Harkort u.a. Göttingen 1968, S. 325-344.

Röhrich, Lutz: "und weil sie nicht gestorben sind." Anthropologie, Kulturgeschichte und Deutung von Märchen. Köln 2002.

Röhrich, Lutz: Das Kontinuitätsproblem bei der Erforschung von Volksprosa. In: Röhrich, Lutz: Sage und Märchen. Erzählforschung heute, Freiburg/Basel/Wien 1976, S. 292-301.

Röhrich, Lutz: Der Witz. Figuren, Formen, Funktionen. Stuttgart 1977.

Röhrich, Lutz: Erzählforschung. In: Grundriß der Volkskunde. Hg. v. R. W. Brednich. 3., überarb. Aufl. Berlin 2001, S. 515-542.

Röhrich, Lutz: Erzählungen des späten Mittelalters und ihr Weiterleben in Literatur und Volksdichtung bis zur Gegenwart: Sagen, Märchen, Exempel und Schwänke. 2 Bde. Bern/München 1962 und 1967.

Röhrich, Lutz: Lexikon der sprichwörtlichen Redensarten. 3 Bde. Freiburg/Basel/Wien 2003.

Röhrich, Lutz: Märchen - Mythos - Sage. In: Antiker Mythos in unseren Märchen 1984, S. 11-35.

Röhrich, Lutz: Märchen und Wirklichkeit. Baltmannsweiler 2001.

Röhrich, Lutz: Rumpelstilzchen. Vom Methodenpluralismus in der Märchenforschung. In: Festschrift für Robert Wildhaber. Hg. v. Walter Escher. Basel 1973, S. 567-596.

Röhrich, Lutz: Sage und Märchen. Erzählforschung heute. Freiburg/Basel/Wien 1976.

Röhrich, Lutz: Volkskunde und Literaturgeschichte. In: Reallexikon der

deutschen Literaturgeschichte 4 (1982), S. 742-760.

Röhrich, Lutz: Volkspoesie ohne Volk. Wie mündlich sind sogenannte

Volkserzählungen? In: Volksdichtung zwischen Mündlichkeit und

Schriftlichkeit. Hg. v. Lutz Röhrich und Erika Lindig. Tübingen

1989 (= Script Oralia 9).

Röhrich, Lutz: Wage es, den Frosch zu küssen. Das Grimmsche Märchen

Nummer Eins in seinen Wandlungen. Köln 1987 u.o.

Rölleke, Heinz (Hg.): Grimms Märchen und ihre Quellen: die literarischen

Vorlagen der Grimmschen Märchen syoptisch vorgestellt und

kommentiert. 2., verb. Aufl., Trier 2004 (= Schriftenreihe

Literaturwissenschaft 35).

Rölleke, Heinz: Die Märchen der Brüder Grimm - Quellen und Studien.

Gesammelte Aufsätze. Trier [2]2004 (= Schriftenreihe Literatur-

wissenschaft 50).

Rölleke, Heinz: Die Märchen der Brüder Grimm: eine Einführung. Stuttgart

2004.

Rooth, Anna Birgitta: The Cinderella Cycle. Lund 1951.

Rosenberg, Rainer: Zehn Kapitel Geschichte der Germanistik. Literatur-

geschichtsschreibung. Berlin 1981.

Rosenfeld, Hellmut: Legende. Stuttgart [3]1972 (= Sammlung Metzler 9).

Röth, Dieter: Kleines Typenverzeichnis der europäischen Zauber- und

Novellenmärchen. Baltmannsweiler 1998. 2., erw. Aufl. 2004.

Saintyves, Pierre: Les contes de Perrault et les récits paralleles - Leurs origines (coutumes primitives et liturgies populaires). Paris 1923.

Genève 1990.

Schade, Ernst: Mehr als "nur" Transkription. Zur Einführung der historisch-
philologischen Methode in Volksliedforschung und Volkslied-
Edition. In: Volksdichtung zwischen Mündlichkeit und Schrift-
lichkeit. Hg. v. Lutz Röhrich u. Erika Lindig. Tübingen 1989, S.
241-259.

Schenda, Rudolf: Prinzipien einer sozialgeschichtlichen Einordnug von
Volkserzählungsinhalten. In: SF 20 (1976), S. 185-191.

Schenda, Rudolf: Von Mund zu Ohr. Bausteine zu einer Kulturgeschichte
volkstümlichen Erzählens in Europa. Göttingen 1993.

Schenkowitz, Gisela: Der Inhalt sowjetrussischer Vorlesestoffe für
Vorschulkinder: eine quantifizierende Corpusanalyse unter
Benutzung eines Computers. München 1976 (= Slavistische
Beiträge 95).

Scherer, Wilhelm: Jacob Grimm. Berlin ²1921.

Scherf, Walter: Die Herausforderung des Dämons. Form und Funktion
grausiger Kindermärchen. München/New York/London u.a. 1987.

Schieder, Brigitta: Märchen machen Mut. Ein Werkbuch zur Werteerziehung
und Persönlichkeitsentfaltung von Kindern. München 2000.

Schiestl, Margit: Bemerkenswerte österreichische Märchenerzählerinnen
und -erzähler der Gegenwart. Diplomarbeit Innsbruck 2000.

Schmidt, Arno: Wilhelm Mannhardts Lebenswerk. Danzig 1932.

Schmid-Weidmann Ursula: Bibliographie Max Lüthi. Ergänzung zur

Bibliographie in Fabula 20 (1979), S. 277-284. In: Fabula 33 (1992),

S. 124-126.

Schmitt, Christoph: Adaptionen klassischer Märchen im Kinder- und

Familienfernsehen. Frankfurt a.M. 1993.

Schmitt, Christoph: Werbung und Märchen - eine vage Analogie? In: MSP

10 (1999) H. 4, S. 103-106.

Schrader, Monika: Epische Kurzformen. Theorie und Didaktik. Königstein

1980.

Schuler, Theo: Jacob Grimm und Savigny. Studie über Gemeinsamkeit und

Abstand. In: Zeitschrift der Savigny für Rechtsgeschichte,

germanistische Abteilung. 80 (1963) S. 197-305.

Schwartz, Friedrich L. W.: Der Ursprung der Mythologie dargelegt an

griechischer und deutscher Sage. Berlin 1860.

Schwibbe, Gudrun: Volkskundliche Erzählforschung und (Tiefen-)

Psychologie: Ansätze, Methoden, Kontroversen. In: Fabula 43

(2002) H. 3/4, S. 264-276.

Schwietering, Julius: Volksmärchen und Volksglaube. In: Euphorion N.

F. 36 (1935) H. 1, S. 68-78.

Sedlaczek, Dietmar: Von der Erzählerpersönlichkeit zum Alltäglichen

Erzähler. Stationen der volkskundlichen Erzählforschung. In:

Fabula 38 (1997) H. 1-2, S. 82-100.

Siecke, Ernst: Die Liebesgeschichte des Himmels. Untersuchungen zur

indogermanischen Sagenkunde. Straßburg 1892.

Sievers, Kai Detlev: Fragestellungen der Volkskunde im 19. Jahrhundert.

In: Grundriß der Volkskunde. Einführung in die Forschungsfelder der Europäischen Ethnologie. Hg. v. Rolf W. Brednich. Berlin 1988, S. 31-71.

Simonides, Dorota: Rezente Erscheinungsformen der Märchen in Polen. In: Uther, Hans-Jörg (Hg.): Märchen in unserer Zeit. München 1990, S. 115-130.

Simrock, Karl: Handbuch der deutschen Mythologie mit Einfluß der nordischen. Bonn 1878.

Siuts, Johannes: Jenseitsmotive im deutschen Volksmärchen. Diss. Kiel 1910.

Sokolov, Jurij M.: Russian Folklore. New York 1950; 재인쇄: Hatboro, Pa. 1966 (원본: Sokolov, Ju. M.: Russkij fol' klor. Moskva 1941).

Solms, Wilhelm/Oberfeld, Charlotte (Hg.): Das selbstverständliche Wunder. Beiträge germanistischer Märchenforschung. Marburg 1986 (= Marburger Studien zur Literatur 1).

Solms, Wilhelm: Die Moral von Grimms Märchen. Darmstadt 1999.

Strazacher, Elli: Das Märchen und seine Erzähler. Diss. (ms.) Wien 1937.

Stehr, Johannes: Sagenhafter Alltag. Über die private Aneignung herrschender Moral. Frankfurt a.M./New York 1998.

Steig, Reinhold (Hg.): Achim von Arnim und Jacob und Wilhelm Grimm. Stuttgart/Berlin 1904.

Steinbauer, Maria Anna: Das Märchen vom Volksmärchen. Jean-François Bladé und die Contes populaires de la Gascogne. Problematik der Märchensammlung des 19. Jahrhunderts. Frankfurt a.M. u.a. 1988.

Stickfort, Bernd: Internet-Ressourcen für Volkskunde/Europäische

Ethnologie. In: Alsheimer, Rainer/Doelman, Eveline/Weibezahn,

Roland (Hg.): Wissenschaftlicher Diskurs und elektronische

Datenverarbeitung. Bericht über zwei Tagungen der Internationalen

Volkskundlichen Bibliographie (IVB) in Amsterdam und Třešt.

Bremen 2000, S. 115-145.

Straßner, Erich: Schwank. Stuttgart ²1978 (= Sammlung Metzler 77).

Streck, Bernhard (Hg.): Wörterbuch der Ethnologie. Wuppertal 2000. 여

기서: Anthropologie, Diffusion, Evolution, Initiation, Tod.

Sydow, Carl Wilhelm von: Kategorien der Prosa-Volksdichtung. In:

Volkskundliche Gaben. John Meier zum 70. Geburtstage

dargebracht. Berlin 1934. S. 253-268.

Sydow, Carl Wilhelm von: Märchenforschung und Philologie. In: Wege

der Märchenforschung. Hg. v. Felix Karlinger. Darmstadt ²1985,

S. 177-193.

Sydow, Carl Wilhelm von: Selected Papers on Folklore; published on the

occasion of his 70th birthday, selected and edited by Laurits Bødker.

Copenhagen 1948.

Tatar, Maria: The Hard Facts of the Grimms' Fairy Tales. Princeton, New

Jersey 1987 (독일어: 1990).

Taube, Erika: Märchenerzählen und Übergangsbräuche. In: MSP 11 (2000)

H. 4, S. 122-124.

Taube, Erika: Warum sich der Erzähler nicht lange bitten lassen darf und

warum ein Erzähler manchmal dennoch nicht erzählt. In: MSP 7

(1996) H. 4, S. 55-59.

Theiß, Winfried: Schwank. Bamberg 1991 (= Themen - Texte - Interpre

tationen).

Thompson, Stith: The Folktale. Berkeley/Los Angels/London 1977 (초판

1946).

Tietz, Karl-Ewald: Charaktere im kleinen Pommern. Erzählforscher Otto

Knoop und Ulrich Jahn als Kontrahenten. In: Homo narrans. Hg.

v. Christoph Schmitt. Münster 1999, S. 371-388.

Todorov, Tzvetan: Einführung in die fantastische Literatur. Frankfurt a.M.

u.a. 1972 u.o.

Tolksdorf, Ulrich: Eine ostpreußische Volkserzählerin: Geschichten,

Geschichte, Lebensgeschichte. Marburg 1980 (= Schriftreihe der

Kommission für Ostdeutsche Volkskunde in der Deutschen

Gesellschaft für Volkskunde e.V. 23).

Tomkowiak, Ingrid: Lesebuchgeschichten: Erzählstoffe in Schullesebüchern

1770-1920. Berlin/New York 1993.

Traxler, Hans: Die Wahrheit über Hänsel und Gretel. Der Dokumentar-

bericht über die Ausgrabungen des Hexenhauses auf dem

Engelesberg im Spessart. Reinbek 1994 (초판 1978).

Tully, Carol Lisa: Creating a national identity: a comparative study of

German and Spanish Romanticism with particular reference to

the Märchen of Ludwig Tieck, the brothers Grimm, and Clemens

Brentano, and the costumbrismo of Blanco White, Estébanez

Calderón, and López Soler. Stuttgart 1997.

Tylor, Edward Burnett: Die Anfänge der Cultur. Untersuchungen über

die Entwicklung der Mythologie, Philosophie, Religion, Kunst

und Sitte (독일어 번역: J. W. Spengel u. Fr. Poske). 2 Bde. Leipzig

1873.

Tylor, Edward Burnett: Forschungen über die Urgeschichte der Menschheit

und die Entwicklung der Civilisation (독일어 번역: H. Müller).

Leipzig o.J. (1866).

Uffer, Leza: Märchen, Märchenerzähler und Märchensammler in Romanisch

Bünden. In: Schweizerisches Archiv für Volkskunde 57 (1961), S.

129-147.

Uffer, Leza: Rätoromanische Märchen und ihre Erzähler. Basel 1945 (=

Schriften der Schweizer Gesellschaft für Volkskunde 27).

Uffer, Leza: Von den letzten Erzählgemeinschaften in Mitteleuropa. In:

Märchenerzähler und Erzählgemeinschaft. Hg. v. Rainer Wehse.

Kassel 1983, S. 21-29.

Uther, Hans-Jörg (Hg.): Märchen in unserer Zeit: Zu den Erscheinungs-

formen eines populären Erzählgenres. München 1990.

Uther, Hans-Jörg: Behinderte in populären Erzählungen. Berlin/New York

1981.

Uther, Hans-Jörg: Die Brüder Grimm als Sammler von Märchen und Sagen.

In: Heidenreich, Bernd/Grothe, Ewald (Hg.): Kultur und Politik -

Die Grimms. Frankfurt a.M. 2003, S. 67-107.

Uther, Hans-Jörg: The Types of International Folktales. 3 Bde. Helsinki

2004 (= FFC 284, 285, 286).

Verweyen, Annemarie/Letocha, Michael [Red.]: Illustrierte Bücher 1945-2000: Katalog der Arbeitsbibliothek Annemarie Verweyen. Dresden 2001 (= Schriftenreihe der Sächsischen Landesbibliothek - Staats- und Universitätsbibliothek Dresden 6).

Viidalepp, Richard: Von einem großen estnischen Erzähler und seinem Repertoire (1937). In: Studies in Estonian Folkloristic and Ethnology. A Reader and Reflexive History. Ed. by Kristin Kuutma and Tiiu Jaago. Tartu 2005, S. 259-272.

Vonessen, Franz: Der wahre König - Die Idee des Menschen im Spiegel des Märchens. In: Vom Menschenbild im Märchen. Kassel 1980, S. 9-38.

Vries, Jan de: Betrachtungen zum Märchen. Besonders in seinem Verhältnis zu Heldensage und Mythos. Helsinki 1954 (= FFC 150).

Vries, Jan de: Forschungsgeschichte der Mythologie. Freiburg/München 1961.

Waitz, Theodor: Anthropologie der Naturvölker. 6 Bde. Leipzig 1859-72.

Wardetzky, Kristin: Märchen-Lesearten von Kindern. Frankfurt a.M. 1992.

Weber-Kellermann, Ingeborg/Bimmer, Andreas C.: Einführung in die Volkskunde/Europäische Ethnologie. Stuttgart 1985.

Weiße, Suse: Simsala versus Grimm? Eine Untersuchung über die Rezeption von Märchen und Märchenzeichentrickfilmen in Berliner Grundschulen. Märchen-Stiftung Walter Kahn 2000 (vervielfältigtes Manuskript).

Wesselski, Albert: Die Vermittlung des Volks zwischen den Literaturen.

In: Schweizerisches Archiv für Volkskunde 34. Bd. Basel 1936, S. 177-197.

Wesselski, Albert: Versuch einer Theorie des Märchens. Hildesheim 1974 (초판 1931).

Wienker-Piepho, Sabine/Roth, Klaus (Hg.): Erzählen zwischen den Kulturen. Münster u.a. 2004 (= Münchner Beiträge zur Interkulturellen Kommunikation 17).

Wienker-Piepho, Sabine: "Genderlect". Ein Beitrag zur historisch-vergleichenden Erzählforschung. In: Männlich-Weiblich. Hg. v. Chr. Köhle-Hezinger. Münster 1999. S. 224-234.

Wienker-Piepho, Sabine: "Je gelehrter, desto verkehrter?" Volkskundlich-Kulturgeschichtliches zur Schriftbeherrschung. Münster u.a. 2000.

Wieker-Piepho, Sabine: Die orale Tradierung der Sage. Ein paradoxes Paradigma. In: Petzoldt, Leander/Haid, Oliver (Hg.): Beiträge zur Rezeptions- und Wirkungsgeschichte der Volkserzählung. Berichte und Referate des 12. und 13. Symposions zur Volkserzählung Brunnenburg/Südtirol 1998-1999. Frankfurt a.M. 2005, S. 5-28.

Wienker-Piepho, Sabine: Schriftlichkeitssymbole in der mündlichen Überlieferung. Ein Beitrag zur historischen Erzählforschung. In: Brednich, Rolf W./Schmitt, Heinz (Hg.): Symbole. Zur Bedeutung der Zeichen in der Kultur. 30. Deutscher Volkskundekongreß (1995). Münster u.a. 1997, S. 207-215.

Wilkes, Johannes: Über den Einsatz und die Wirkung von Märchen in der Kinderpsychotherapie. In: MSP 12 (2001) H. 1, S. 9-13.

Woeller, Waltraud/Woeller, Matthias: Es war einmal... Illustrierte Geschichte

des Märchens. Leipzig 1990.

Woeller, Waltraud: Der soziale Gehalt und die soziale Funktion der

deutschen Volksmärchen. Habil. 2 Bde. (ms.) Berlin 1955.

Woeller, Waltraud: Märchen oder Sage? Zur Behandlung der Volksdichtung

in der allgemeinbildenden polytechnischen Oberschule. In:

Deutschunterricht 14 (1961) H. 7, S. 393-399.

Wolf, Johann Wilhelm: Beiträge zur Deutschen Mythologie. Göttingen

/Leipzig 1852, 2. Abteilig. Hg. v. Wilhelm Mannhardt. Göttingen 1857.

Wührl, Paul Wolfgang: Das deutsche Kunstmärchen. Heidelberg 1984.

Wunderlich, Werner: Mythen, Märchen und Magie. Ein Streifzug durch

die Welt der Fantasyliteratur. In: Wirkendes Wort 36 (1986) H. 1, S.

26-34.

Wundt, Wilhelm: Märchen, Sage und Legende als Entwicklungsformen des

Mythus. In: Archiv für Religionswissenschaften. Hg. v. Albrecht

Dietrich, Bd. 11. Leipzig 1908. S. 200-222.

Wundt, Wilhelm: Völkerpsychologie. Bd. 1, Stuttgart 1921; Bd. 3, 2. neu

bearb. Aufl. Leipzig 1908; Bd. 4, Leipzig 1920; Bd. 5, 2. neu bearb.

Aufl. 2. Teil. Leipzig 1914.

Wyss, Ulrich: Die wilde Philologie. Jacob Grimm und der Historismus.

München 1979.

Zelenin, Dmitrij K.: Russische (Ostslavische) Volkskunde (러시아어 1991).

Berlin/Leipzig 1927 (= Grundriß der slavischen Philologie und

Kulturgeschichte 1).

Zipes, Jack (Hg.): The Oxford Companion to Fairy Tales. Oxford u.a. 2000.

Zipes, Jack: Fairy Tales and the Art of Subversion. The Classical Genre for Children and the Process of Civilization. New York 1983.

Zitzlsperger, Helga: Ganzheitliches Lernen: Welterschließung über alle Sinne mit Beispielen aus dem Elementar- und Primarbereich. Weinheim/Basel ³1993.

Zitzlsperger, Helga: Kinder spielen Märchen. Schöpferisches Ausgestalten und Nacherleben. 4. überarb. Aufl. Weinheim/Basel 1993.

Zitzlsperger, Helga: Vom Gehirn zur Schrift: Handbuch Anfangsunterricht. Lernen durch Bewegung - Hand - und Sprachspiele - Schriftspracherwerb und LRS-Prävention. Baltmannsweiler 2002.

7.3 텍스트 모음집

Bechstein, Ludwig: Deutsches Märchenbuch. Leipzig 1845.

Bechstein, Ludwig: Deutsches Sagenbuch. Leipzig 1853.

Benfey, Theodor: Pantschatantra. 2 Bde. Hildesheim 1966 (초판 1859).

Bladé, Jean-François: Contes populaires de la Gascogne. Paris 1885.

Bodmer, Johann Jakob/Breitinger, Johann Jakob (Hg.): Sammlung von minnesingern aus dem schwäbischen zeitpuncte. 2 Bde. Zürich 1748, Hildesheim 1973.

Brednich, Rolf Wilhelm: Der Goldfisch beim Tierarzt und andere sagenhafte Geschichten von heute. München 1994.

Brüder Grimm: Deutsche Sagen. Hg. v. H.-J. Uther, 3 Bde. München 1993.

Bücksteeg, Christel (Hg.): Und meine Seele spannte weit ihre Flügel aus...
Märchen von der Seele. Krummwisch 2005.

Bünker, Johann Reinhard: Schwänke, Sagen und Märchen in heanzischer
Mundart: mit Erg. zur Aufl. Leipzig 1906 in vereinfachter
Mundartwiedergabe hg. v. Karl Haiding. Graz 1981.

Büsching, Johann Gustav: Volks-Sagen, Märchen und Legenden. Leipzig
1812.

Campbell of Islay, John Francis: Popular Tales of the West Highlands: orally
collected with a translation by the late J. F. Campbell. 4 Bde.
Hundslow 1983-1984.

Colshorn, Carl und Theodor: Märchen und Sagen aus Hannover. Hannover
1854.

Die Edda. Göttersagen, Heldensagen und Spruchweisheiten der Germanen.
Hg. v. Harri Günther. Nach der Handschrift des Brynjolfur Sveinsson
in der Übertragung von Karl Simrock. Berlin 1987.

Dietz, Josef: Aus der Sagenwelt des Bonner Landes. Bonn 1965 (=
Deutsches Volkstum am Rhein. Veröff. Dt. Inst. f. Gesch.
Landeskunde d. Rheinlande Universität Bonn 7).

Dünninger, Josef (Hg.): Fränkische Sagen vom 15. bis zum Ende des 18.
Jahrhunderts. Kulmbach 1963 (= Die Plassenburg 19).

Ecker, Hans-Peter (Hg.): Legenden. Heiligengeschichten vom Altertum
bis zur Gegenwart. Stuttgart ²2001.

Eichler, Ingrid: Sächsische Märchen und Geschichten - erzählt von Otto

Vogel. Berlin 1971.

Fischer, Hanns (Hg.): Der Stricker. Verserzählungen. 5. verb. Aufl. Hg. v.

    Johannes Janota. Tübingen 2000 (= altdeutsche Textbibliothek 53).

Fischer, Helmut: Erzählgut der Gegenwart: mündliche Texte aus dem

    Siegraum. Köln/Bonn 1978.

Fromm, Lore und Hans (Hg.): Kalevala. 2 Bde. München 1967.

Gerstner-Hirzel: Aus der Volksüberlieferung von Bosco Gurin. Sagen,

    Berichte und Meinungen, Märchen und Schwänke. Basel 1979.

Gobrecht, Barbara: Märchenfrauen. Von starken und schwachen Frauen

    im Märchen. Freiburg u.a. 1990.

Gozenbach, Laura: Sicilianische Märchen. Leipzig 1870.

Gottschalck, Friedrich: Die Sagen und Märchen der Deutschen. Halle 1814.

Grimm, Jacob (Hg.): Grimms Märchen, wie sie nicht im Buche stehen.

    Hg. und eingel. v. Heinz Rolleke. Frankfurt a.M./Leipzig 1993.

Grimm, Jacob und Wilhelm (Hg.): Deutsche Sagen. Berlin 1816/18.

Haas, Alfred: Pommersche Wassersagen. Pommern. Greifswald 1923.

Haiding, Karl: Alpenländischer Sagenschatz, m. wiss. Erl. im Ahn.

    Wien/München 1977.

Haiding, Karl: Österreichs Märchenschatz. Wien 1980.

Hambruch, Paul (Hg.): Märchen aus der Südsee. München 1979 (= MDW).

Hellinghaus, Otto: Legenden, Märchen, Geschichten, Parabeln und Fabeln

    des Mittelalters aus den Gesta Romanorum ausgewählt und in

    deutscher Übertragung mit Einleitung und Anmerkungen heraus-

    gegeben. Regensburg 1921.

Hempel, Gertrud: Erzählte Volksmärchen. Frankfurt a.M. 1999.

Henßen, Gottfried: Volk erzählt: Münsterländische Sagen, Märchen und Schwänke. Münster ³1983.

Herder, Johann Gottfried von: Werke. Hg. v. Wolfgang Pross, Nachwort v. P. Pénisson. Darmstadt 1984 u.o.

Hertel, Johannes: Das Pañcatantra. Leipzig/Berlin 1914.

Hertel, Johannes: Ds Tantrakhyayika. Darmstadt 1970 (초판 1909).

Jahn, Ulrich: Volksmärchen aus Pommern und Rügen. Neu ediert und mit Erläuterungen versehen v. Siegfried Neumann und Karl-Ewald Tietz. Bremen/Rostock 1998 (초판 1819).

Karlinger, Felix: Geschichten vom Nikolaus. Frankfurt a.M./Leipzig 1995.

Keller, Gabriele: Märchen aus Samarkand: Feldforschung an der Seidenstraße in Zentralasien; aus der mündlichen Überlieferung in Usbekistan. Buchenbach 2004.

Köhler-Zülch, Ines/Shojaei-Kawan, Christine (Hg.): Schneewittchen hat viele Schwestern. Frauengestalten im europäischen Märchen. Beispiele und Kommentare. Gütersloh 1988.

Kuhn, Adalbert/Schwartz, Wilhelm: Norddeutsche Sagen, Märchen und Gebräuche aus Mecklenburg, Pommern, der Mark, Sachsen, Thüringen, Braunschweig, Hannover, Oldenburg und Westfalen. Leipzig 1848.

Kuhn, Adalbert/Schwartz, Wilhelm: Sagen, Gebräuche und Märchen aus Westfalen und einigen andern, besonders den angrenzenden Gegenden Norddeutschlands. 2 Bde. Leipzig 1859.

Kuhn, Adalbert: Märkische Sagen und Märchen nebst einem Anhange

   von Gebräuchen und Aberglauben. Berlin 1937 (초판 1843).

Kvideland, Reimund/Eirísson, Hallfreðour Örn: Norwegische und Islan-

   dische Volksmärchen. Berlin 1988.

Larminie, William: West Irish Folk-Tales and Romances. London 1893.

Luzel, François-Marie: Contes populaires de Basse-Bretagne. 3 Bde. Paris

   1887.

Märchen aus Mallorca. Hg. u. übers. v. Felix Karlinger und Ulrike Ehrgott.

   München 1968.

Märchen aus Sizilien, gesammelt von Giuseppe Pitre. Hg. u. übers. von

   Rudolf Schenda und Doris Senn. München 1991 (= MDW).

Marzolph, Ulrich (Hg.): Das Buch der wundersamen Geschichten:

   Erzählungen aus der Welt von Tausendundeine Nacht. Unter

   Verwendungen von Übersetzungen von Hans Wehr, Otto Spieß,

   Max Weisweiler und Sophia Grotzfeld zusammengestellt,

   kommentiert. München 1999 (= Neue orientalische Bibliothek).

Meier, Ernst: Deutsche Sagen, Sitten und Gebräuche aus Schwaben.

   Kirchheim/Teck 1983 (초판 1852).

Meiner, Ernst: Deutsche Volksmärchen aus Schwaben. Aus dem Munde

   des Volks gesammelt. Hildesheim/New York 1971 (초판 1852).

Naubert, Benedikte: Neue Volksmärchen der Deutschen. 4 Bde. Hg. v.

   Marianne Henn, Paola Mayer und Anita Runge. Göttingen 2001

   (초판 1789-1792).

Nedo, Paul: Sorbische Volksmärchen. Systematische Quellenausgabe mit

Einführung und Anmerkungen. Bautzen 1956.

Neumann, Siegfried: Mecklenburgische Volksmärchen. Berlin ²1973.

Neumann, Siefried: Sprichwörtliches aus Mecklenburg. Anekdotensprüche, Antisprichwörter, apologetische Sprichwörter, Beispielsprichwörter, erzählende Sprichwörter, Sagte-Sprichwörter, Sagwörter, Schwanksprüche, Wellerismen, Zitatensprichwörter. Göttingen 1996.

Panzer, Friedrich: Bayerische Sagen und Bräuche. 2. Bde. Hg. v. Will-Erich Peuckert. Göttingen 1954/56 (초판 1848).

Petzoldt, Leander: Deutsche Schwänke. Baltmannsweiler 2002.

Pomeranzewa, Erna: Russische Volksmärchen. Berlin ¹³1977.

Pröhle, Heinrich: Kinder- und Volksmärchen. Leipzig 1853.

Ranke, Kurt: Schleswig-holsteinische Volksmärchen. 3 Bde. Kiel 1955/1958/1962.

Rölleke, Heinz (Hg.): "Kinder- und Hausmärchen" gesammelt durch die Brüder Grimm. Vollst. Ausgabe auf der Grundlage der 3. Aufl. (1837). Frankfurt a.M./Leipzig 2004.

Rölleke, Heinz: Märchen aus dem Nachlaß der Brüder Grimm. 5. erw. Aufl. Trier 2001 (= Schriftenreihe Literaturwissenschaft 6).

Samuel, Richard (Hg.): Novalis Schriften. 2. Bde. 2., nach Handschriften erg. u. erw. Aufl. Stuttgart 1960.

Seifart, Karl: Sagen, Märchen, Schwänke und Gebräuche aus Stadt und Stift Hildesheim. Hildesheim/Zürich/New York 1996 (초판 1854).

Simonides, Dorota (Hg.): Märchen aus der Tatra. München 1994 (= MDW).

Simrock, Karl: Das deutsche Rätselbuch. Dortmund 1979 (초판 1850).

Tieck, Ludwig: Minnelieder aus dem Schwäbischen Zeitalter. Berlin 1803.

Tillhagen, Carl Herman (Hg.): Taikon erzählt Zigeunermärchen. München

1979 (초판 1948).

Tolksdorf, Ulrich: Ermländische Protokolle: Alltagserzählungen in Mundart.

Marburg 1991 (= Schriftenreihe der Kommission für Ostdeutsche

Volkskunde in der Deutschen Gesellschaft für Volkskunde e.V.

55).

Uffer, Leza: Die Märchen des Barba Plasch. Zürich 1955.

Uther, Hans-Jörg (Hg.): Deutsche Märchen und Sagen. Berlin 2003 (=

Digitale Bibliothek Bd. 80).

Uther, Hans-Jörg (Hg.): Europäische Märchen und Sagen. Berlin 2004 (=

Digitale Bibliothek Bd. 110).

Wesselski, Albert (Hg.): Märchen des Mittelalters. Berlin 1925.

Wisser, Wilhelm: Plattdeutsche Volksmärchen. Düsseldorf/Köln 1982 (초

판 1914; = MDW).

Wittmann, Helmut: Wo der Glücksvogel singt. Volksmärchen und

Schelmengeschichten für ein ganzes Leben. Wien 2000.

Zenker-Starzacher, Elli: Es war einmal... Deutsche Märchen aus dem

Schildgebirge und dem Buchenwald. Wien 1956.

Zenker-Starzacher, Elli: Märchen aus dem Schildgebirge. Deutsches

Erzählgut aus Ungarn. Klagenfurt 1986.

7.4 EMG 총서

Als es noch Könige gab. Hg. v. Heinz-Albert Heindrichs und Harlinda Lox,
Kreuzlingen/München 2001 (= EMG 26).

Alter und Weisheit im Märchen. Hg. v. Ursula und Heinz-Albert Heindrichs.
München 2000, Krummwisch 2005 (= EMG 25).

Antiker Mythos in unseren Märchen. Hg. v. Wolfdietrich Siegmund. Kassel
1984 (= EMG 6).

Das Märchen und die Künste. Hg. v. Ursula Heindrichs und Heinz-Albert
Heindrichs. Wolfsegg 1996, Krummwisch 2005 (= EMG 21).

Der Wunsch im Märchen/Heimat und Fremde im Märchen. Hg. v. Harlinda
Lox, Barbara Gobrecht und Thomas Bücksteeg. Kreuzlingen 2003,
Krummwisch 2005 (= EMG 28).

Die Frau im Märchen. Hg. v. Sigrid Früh und Rainer Wehse. Kassel 1985
(= EMG 8).

Die Welt im Märchen. Hg. v. Jürgen Janning und Heino Gehrts. Kassel
1984 (= EMG 7).

Die Zeit im Märchen. Hg. v. Ursula Heindrichs und Heinz-Albert
Heindrichs. Kassel 1998 (= EMG 13).

Gott im Märchen. Hg. v. Jürgen Janning, Heino Gehrts, Herbert Ossowski,
Dietrich Thyen. Kassel 1982 (= EMG 2).

Hessen - Märchenland der Brüder Grimm. Hg. v. Charlotte Oberfeld und
Andreas C. Bimmer. Kassel 1984, Krummwisch 2005 (= EMG 5).

Homo faber/Verlorene Paradies - gewonnene Königsreiche. Hg. v. Harlinda

Lox, Helga Volkmann und Thomas Bücksteeg. Krummwisch 2005

(= EMG 30).

Liebe und Eros im Märchen. Hg. v. Jürgen Janning und Luc Gobyn. Kassel

1988, Krummwisch 2005 (= EMG 11).

Mann und Frau im Märchen. Hg. v. Harlinda Lox, Sigrid Früh und Wolfgang

Schultze. Kreuzlingen 2002, Krummwisch 2005 (= EMG 27).

Märchen in der Dritten Welt. Hg. v. Charlotte Oberfeld, Jorg Becker und

Diether Roth. Kassel 1987, Krummwisch 2005 (= EMG 12).

Märchen in Erziehung und Unterricht heute. Hg. v. Kristin Wardetzky

und Helga Zitzlsperger. 2 Bde. Rheine/Baltmannsweiler 1997 (=

EMG 22).

Märchen in Erziehung und Unterricht. Hg. v. Ottilie Dinges, Monika Born

und Jürgen Janning. Kassel 1986, Krummwisch 2005 (= EMG 9).

Märchen und Schöpfung. Hg. v. Ursula Heindrichs und Heinz-Albert

Heindrichs. Regensburg 1993, Krummwisch 2005 (= EMG 19).

Märchenerzähler - Erzählgemeinschaft. Hg. v. Rainer Wechse. Kassel 1983

(= EMG 4).

Märchenkinder - Kindermärchen. Hg. v. Thomas Bücksteeg und Heinrich

Dickerhoff. München 1999 (= EMG 24).

Phantastische Welten. Hg. v. Thomas Le Blanc und Wilhelm Solms.

Regensburg 1994, Krummwisch 2005 (= EMG 18).

Rumänische Märchen außerhalb Rumäniens. Hg. v. Felix Karlinger. Kassel

1982 (= EMG 3).

Schamanentum und Zaubermärchen. Hg. v. Heino Gehrts und Gabriele

Lademann-Priemer. Kassel 1986 (= EMG 10).

Spiel, Tanz und Märchen. Hg. v. Margarete Möckel und Helga Volkmann. Regensburg 1995, Krummwisch 2005 (= EMG 20).

Sprachmagie und Wortzauber/Traumhaus und Wolkenschloss. Hg. v. Harlinda Lox, Ingrid Kacobsen und Sabine Lutkat. Krummwisch 2004 (= EMG 29).

Tiere und Tiergestaltige im Märchen. Hg. v. Arnika Esterl und Wilhelm Solms. Regensburg 1991, Krummwisch 2005 (= EMG 15).

Tod und Wandel im Märchen. Hg. v. Ursula Heindrichs, Heinz-Albert Heindrichs und Ulrike Kammerhofer. Regensburg 1991, Krummwisch 2005 (= EMG 16).

Vom Menschenbild im Märchen. Hg. v. Jürgen Janning, Heino Gehrts und Herbert Ossowski. Kassel 1890 (= EMG 1).

Wie alt sind unsere Märchen. Hg. v. Charlotte Oberfeld. Regensburg 1990 (= EMG 14).

Witz, Humor und Komik im Volksmärchen. Hg. v. Wolfgang Kuhlmann und Lutz Röhrich. Regensburg 1993, Krummwisch 2005 (= EMG 17).

Zauber-Märchen. Hg. v. Ursula Heindrichs und Heinz-Albert Heindrichs. München 1998, Krummwisch 2005 (= EMG 23).

8

찾아보기